BASTEI
LÜBBE
TASCHENBUCH

Titel in der Regel auch als E-Book erhältlich

Hannah Beckerman

IN LIEBE, FÜR IMMER

Roman

Aus dem Englischen von
Dietmar Schmidt

BASTEI
LÜBBE
TASCHENBUCH

BASTEI LÜBBE TASCHENBUCH
Band 17230

Dieser Titel ist auch als E-Book lieferbar

MIX
Papier aus verantwortungsvollen Quellen
FSC
www.fsc.org
FSC® C083411

Vollständige Taschenbuchausgabe

Deutsche Erstausgabe

Titelillustration: © Sandra Taufer, München, unter Verwendung von
Fotos von © shutterstock/Snezh; shutterstock/Kaliaha Volha;
shutterstock/Petrovic Igor; shutterstock/stockphoto mania;
shutterstock/Woodhouse; shutterstock/Laralova
Umschlaggestaltung: Sandra Taufer, München
Satz: Urban SatzKonzept, Düsseldorf
Gesetzt aus der Garamond
Druck und Verarbeitung: CPI books GmbH, Leck – Germany
Printed in Germany
ISBN 978-3-404-17230-6

1 3 5 7 6 4 2

Für meine Mutter Tania,
für meinen Mann Adam
und meine Tochter Aurelia:
drei Generationen,
die mich die wahre Bedeutung von Liebe gelehrt haben.

Wir sind aus solchem Stoff
wie Träume sind, und unser kleines Leben
ist von einem Schlaf umringt.

William Shakespeare: *Der Sturm*

PROLOG

Ich wollte nie so jung sterben. Das will wohl niemand. Wie viele Menschen würden sich schon bereit erklären, ihren siebenunddreißigsten Geburtstag oder ihren achten Hochzeitstag nicht zu erreichen oder das siebte Lebensjahr ihrer Tochter nicht mitzuerleben? Kaum jemand würde freiwillig auf all das verzichten, wenn er die Wahl hätte. Aber darauf jedoch läuft es schließlich hinaus, richtig? Dass wir keine Wahl haben.

Eines Tages verlässt man mit seinem Ehemann das Restaurant und denkt nicht weiter über die Zukunft nach. Man ist sicher, dass sie kommen und dass man Teil von ihr sein wird, ist beschäftigt mit der Beförderung, die man gerade gefeiert hat, der Planung des Sommerurlaubs und den Fortschritten, die das Kind macht und über die man gerade gesprochen hat. Ein Abend, an dem das Glück, das man empfindet, nur zum Teil aus der Flasche Champagner stammt, die man gemeinsam geleert hat, hauptsächlich aber Resultat eines jener seltenen Augenblicke ist, in denen sich die Puzzleteile zusammenfügen und man klar das Bild des Lebens vor sich sieht, an dem man seit Wochen und Monaten, seit Jahren gebastelt hat. Und im nächsten Moment liegt man auf dem Boden, ist sich nur undeutlich bewusst, wie man dahin gelangt ist, und spürt scharf den heißen, ziehenden Schmerz im linken Arm, der rasch in die Brust vorrückt.

Ich erinnere mich, dass ich dachte, niemand könne solche Schmerzen überleben. Nachdem mein Herz entschieden hatte, dass es nicht mehr von dieser Welt war – eine Entscheidung, die getroffen wurde, lange bevor der Notarzt kam, lange bevor dieser Abend überhaupt begann, wie sich erwies: ein Herz, dem vorzeitig aufzugeben bestimmt gewesen war, seit dem Moment, da es zu schlagen begonnen hatte –, nachdem mein Herz also versagt hatte, fand ich mich hier wieder.

Ich weiß gar nicht, wo »hier« ist. Wenn ich an den Himmel geglaubt hätte, wäre ich jetzt enttäuscht. Hier ist niemand außer mir; es gibt kein Wiedersehen mit geliebten Menschen, und keine geflügelten Wesen checken Leute ein oder aus. Ich bin vollkommen allein. Und einsam. Einsamer, als ich es je für möglich gehalten hätte. Hier sind keine Gärten, keine Regenbögen, keine verzauberten Welten wie im Land hinter den Spiegeln, nur ein Weiß, das sich in alle Richtungen ausbreitet, so weit das Auge reicht.

Die einzige Abwechslung in dieser grenzenlosen Leere tritt auf, wenn gelegentlich, sporadisch, das Weiß unter mir aufklart wie Nebel, der sich an einem kalten Wintermorgen widerwillig zurückzieht. Dann erhalte ich einen Blick aus dem ersten Rang auf die Welt der Lebenden und kann meine Familie dabei beobachten, wie sie ohne mich weiterlebt. Ich habe keine Ahnung, wer mir diese Einblicke schenkt, warum er es tut oder wie er es macht. Für mich ist es ein Segen und zugleich ein Fluch, die Menschen, die ich liebe, sehen und hören zu können, aber dabei still, unsichtbar, machtlos zu sein. Ich weiß, ich darf mich glücklich schätzen, dass ich wenigstens bruchstückhaft etwas von ihrem Leben mitbekomme, dass ich ihren Gesprächen zuhören und – oberflächlich – so tun kann, als gehörte ich noch immer dazu. Andererseits ist es schmerzhaft, sie nicht trösten zu können, wenn sie traurig sind, nicht mit ihnen zu lachen, wenn sie sich freuen, oder sie einfach zu halten und von ihnen gehalten zu werden, Zuflucht im Behagen körperlicher Nähe zu geben und zu empfangen. Vielleicht würde er mich nicht so aufwühlen, dieser unergründliche Zugang zu den Lebenden, wenn er berechenbarer wäre. Manchmal hält meine Zeit bei ihnen einen ganzen Tag an, manchmal auch nur ein paar Minuten. Manchmal muss ich zwischen zwei Besuchen nur einige Stunden warten, aber manchmal vergehen lange einsame Wochen, ohne dass ich auch nur einen einzigen Blick auf die Realität erhaschen darf. Ich verbringe endlose Zeit allein in diesem undurchdringlichen Weiß und frage mich, was ich in meiner erzwungenen Abwesenheit vermisse, doch in Wirklichkeit vermag ich das Verstreichen der Tage hier nur sehr schlecht zu messen. Und es ist so frustrierend unvorhersehbar: Manchmal darf ich etwas beobachten, an dem ich unbedingt teilnehmen möchte, während sich zu anderen Zeiten der Nebel öffnet und ich Zeuge von Dingen werden muss, die ich nur zu gern verpasst hätte. So grausam kann es sein. Wenn meine Ängste und Fantasievorstellungen überhandnehmen, frage ich mich gelegentlich, ob meine Anwesenheit hier Privileg oder Strafe ist. Ob es sich um eine vorübergehende Erscheinung handelt oder ob es bis in alle Ewigkeit so weitergehen wird. Ob es eine Zukunft gibt, in der ich etwas anderes bin als passive Zuschauerin eines Lebens, an dem ich nicht mehr teilhabe.

Hin und wieder frage ich mich, ob irgendetwas von dem, was ich sehe, überhaupt real ist. In unerträglichen Momenten zweifle ich daran, dass ich wirklich tot bin. Ich hoffe, dass ich in einem Koma liege, aus dem ich irgendwann erwache, und dass das Weiß und die Einsamkeit und die Leben der Lebenden, die ich beobachte, nichts weiter sind als Erzeugnisse meiner unbewussten Fantasien.

Ich habe viel Zeit, um über solche Dinge nachzudenken. Ich frage mich auch, ob es schlimmer ist zuzusehen, wie die eigene Familie um mich trauert oder wie meine Angehörigen eines Tages zu trauern aufhören und ohne mich zu leben beginnen, ohne dass es ihnen wehtut. Ich versuche mir vorzustellen, wie ich mich fühlen werde, wenn ich dahin verlegt werde, wovor es allen Toten grauen muss: in einen fernen und nur selten aufgesuchten Winkel im Bewusstsein der Lebenden, säuberlich verpackt in einer Schachtel mit der Aufschrift *Erinnerungen.*

Ich denke oft an diese Gespräche zurück, die Paare über den Tod führen, an die Gespräche, in denen jeder erklärt, dass im Falle seines Todes der Hinterbliebene sein Leben weiterführen soll, jemand anders kennenlernen, glücklich sein soll. Heute weiß ich, wie sehr man sich mit solchen Gesprächen Sand in die Augen streut. Wie unaufrichtig man ist. Ich weiß jetzt, dass es auf der Welt nur eines gibt, das schlimmer ist, als zu sterben, und zwar die Angst, eines Tages ersetzt zu werden, während das Leben mit einem nur ganz schwachen Nachhall der eigenen Existenz weitergeht. Denn wenigstens für die Menschen, die wir lieben, sind wir ja alle unersetzlich, nicht wahr?

SCHOCK

1

Heute ist mein Jahrestag. Allerdings jährt sich weder meine Hochzeit noch meine Verlobung oder der Tag, an dem Max und ich einander bei der Hochzeit eines Freundes begegneten und auf der Stelle wussten, dass zwischen uns etwas Besonderes geschehen könnte. Bis dahin hatte ich immer geglaubt, so etwas gebe es nur im Film.

Heute ist der Jahrestag meines Todes. Heute vor einem Jahr lebte ich noch und hatte noch fünfzehn Stunden, ehe die Herzrhythmusstörung, von der ich sechsunddreißig Jahre lang nichts geahnt hatte, den Blutzufluss in meine linke Herzkammer unterbrechen sollte, sodass nicht mehr genug Blut in mein Gehirn gelangte und ich innerhalb weniger Minuten starb.

»Jahrestag« ist wahrscheinlich nicht ganz das richtige Wort, oder? In den letzten Tagen habe ich viel darüber nachgedacht, nachdem ich gehört hatte, wie Max mit seinen Eltern besprach, was er, Ellie, meine Mum und die anderen Menschen, zu deren Leben ich einst gehört habe, zu meinem Todestag tun sollten. Ich habe mich gefragt, ob es sentimental und zügellos und sogar selbstsüchtig von mir wäre, wenn ich hoffte, dass sie den Tag irgendwie begehen würden. Ich weiß aber auch, dass ich am Boden zerstört wäre, wenn sie darauf verzichteten.

Mir bangt davor, dass das Weiß sich auflöst. Und wenn es geschieht, frage ich mich beklommen, was werde ich dann sehen? Besonders schlimm ist es nach längeren Abwesenheiten, beherrscht von Angst und Spekulationen darüber, was ich verpasst habe, während ich fort war. Nicht, dass Zeit für mich noch einen klaren, einheitlichen Ablauf hätte, nicht in dem Sinn, in dem ich ihn kannte, als ich noch lebte. Nur anhand von Informationsbruchstücken, die ich jedes Mal, wenn das Weiß sich lichtet, zusammensetze, kann ich festmachen, wie lange ich abwesend war. Ich komme mir dann vor wie eine Detektivin, die Hinweise sammelt, mit denen sie die Lücken im Zeitablauf der Welt der Lebenden füllt. Statt Zeit gibt es für mich Raum und Stille und oft, trotz der Einsamkeit, eine unerklärliche Beschaulichkeit. Nur verhindert das nicht, dass ich mich sorge, wie es ihnen geht, was sie vorhaben, wie sie ohne mich zurechtkommen. Sich zu sorgen ist wohl das Vorrecht einer Mutter, ob sie nun tot ist oder lebt, oder etwa nicht?

Der heutige Tag scheint zu beginnen wie jeder andere. Die Wolken haben sich geteilt und offenbaren die Leuchtzeiger eines Weckers auf einem Nachttisch – genau des Weckers, der mich in den letzten sieben Jahren meines Lebens an jedem einzelnen Morgen geweckt hat. Sie verraten mir, dass es kurz nach halb sieben ist.

Ellie kriecht eilig unter die Decke, wo Max sich gerade regt und erst langsam erwacht. Sie vergräbt sich unter seinem schweren, schlafenden Arm und wickelt geistesabwesend die spärlichen Haare auf seiner Brust um ihre Finger. Er nimmt ihre Hand, nur zum Teil, um das Kitzeln zu unterbinden, hauptsächlich aber, um ihr zu versichern, er wisse, dass sie bei ihm ist.

Ich glaube, zu dieser Tageszeit vermisse ich sie immer am meisten. Ich vermisse das Gefühl, wie Ellie jeden Morgen zu uns ins Bett gekrochen ist und mich mit dem Federgewicht ihres kleinen schlanken Körpers geweckt hat. Ich vermisse ihre Gleichgültigkeit gegenüber den erwachsenen Gliedmaßen, über die sie hinüberkletterte, um die winzige Lücke zwischen uns zu finden, wo sie mit den Füßen zuerst unter die Bettdecke schlüpfen konnte. Ich vermisse den Geruch ihres Haares, den Anblick ihrer schläfrig flatternden Lider und die Wärme ihrer Beine, die sich – erhitzt nach einer langen Nacht unter ihrer Hello-Kitty-Bettwäsche – um die meinen schlangen.

Max und ich legten dann immer die Arme um sie und hielten sie zwischen uns fest. »Ellie-Sandwich« nannten wir sie, und sie musste darüber kichern. Wir sagten ihr, dass sie das beste Frühstück sei, das man sich wünschen könne.

»Daddy?«

Max stößt ein tiefes Ächzen aus und zieht Ellie zur Antwort in eine sichere Umarmung.

»Daddy, bist du wach?« Ellie kämpft, um sich von Max zu befreien, und stupst sanft gegen seine geschlossenen Lider.

»Nein, ich schlafe noch.«

Ellie kichert.

Es ist ein Spiel, das sie beinahe jeden Morgen spielen, und dennoch scheint Ellie nie genug davon zu bekommen.

»Du bist wach, Daddy. Du hast doch was gesagt.«

»Ich rede im Schlaf, Schatz. Ich bin überhaupt noch nicht wach. Guck.«

Max stößt ein langgezogenes, übertriebenes Schnarchen aus.

Ellie lacht noch immer. »Daddy, werd wach! Wir haben schon Morgen.«

»Aber nur gerade so eben. Hör auf, mir in die Augen zu stechen, dann wache ich ganz bestimmt schneller auf. Wie hast du geschlafen, Schatz?«

»Ich hab die ganze Nacht durchgeschlafen. Ich musste nicht mal aufs Klo.«

»Das ist sehr gut, Engel. Und hast du was Schönes geträumt?«

Max fragt Ellie jeden Morgen nach ihren Träumen. Das ist seine Art, eine Tradition fortzuführen – unsere Tradition –, die begann, als unsere Romanze nur wenige Wochen alt war und ich ihm in allen Einzelheiten die Geschichten anvertraute, die ich mir während der Nacht erzählt hatte. Er sagte, er kenne niemanden, der sich so lebhaft an seine Träume erinnere, und er könne kaum glauben, dass jemand tagsüber derart von Ereignissen beeinflusst werde, die nur in den unbewussten Tiefen der Nacht geschehen seien. Manchmal träumte ich, dass er mir untreu gewesen wäre, und am Morgen war ich dann so aufgewühlt, als hätte er mich tatsächlich betrogen.

»Du kannst mir keine Seitensprünge vorwerfen, die ich in deinen Träumen begehe«, sagte er dann lachend, und er tröstete und beruhigte mich damit, dass selbst meine stärksten Ängste nicht die Kraft hätten, etwas wahr werden zu lassen.

Jetzt träume ich gar nicht mehr. Ich schlafe nicht, also kann ich nicht träumen. Träumen ist nur eine der vielen Erfahrungen lebender Menschen, die ich vermisse. Ich vermisse den Zauber des Schlafes, das Wissen, dass ich noch immer denke, fürchte, begehre und verzweifle, obwohl ich mir dessen nicht bewusst bin. Ich vermisse die Gelegenheit, allem zu entfliehen.

»Weiß ich nicht mehr. Wovon hast du geträumt, Daddy?«

»Nun, Schatz, ich habe von Mummy geträumt. Du warst in dem Traum. Wir haben in einem kleinen Boot auf dem Meer gesessen, so ein Boot wie das, das wir in Griechenland hatten, und es war richtig heiß und sonnig. Erinnerst du dich noch an das Boot, das wir für einen Tag gemietet hatten und mit dem wir die ganzen schönen Buchten abgefahren sind?«

»War das, wo ich ein Eis wollte und du gesagt hast, es gibt keins?«

Max lacht.

Sie hat recht. Den ganzen Tag auf dem Boot hat sie gequengelt, weil sie ein Eis haben wollte und nicht begreifen konnte, weshalb wir ihr keins herbeizauberten. Der Urlaub war wunderbar, zwei idyllische Wochen in Griechenland – erst in Athen, dann auf Naxos –, und Max war unser persönlicher Fremdenführer gewesen. Als wir die Reise buchten, machte ich mir Sorgen, Ellie könnte sich langweilen, wenn wir zwischen antiken Ruinen herumklettern und historische Wahrzeichen erkunden würden, doch sie schien Max' Freude an der Geschichte geerbt zu haben und lauschte gebannt seinen Erzählungen von Göttern und Göttinnen, von Krieg und Vergeltung, von Liebe und Ehre.

In diesem Urlaub war Ellie zum ersten Mal, im zarten Alter von fünf Jahren, eine richtige Reisegefährtin gewesen, die lange mit uns aufblieb, dicke Oliven und in der Pfanne gebratenen Halloumi, Sardinen vom Grill und riesige Garnelen aß, über die Erlebnisse des Tages plauderte, über die möglichen Abenteuer des kommenden Tages sprach und ihre eigene, individuelle Hierarchie der ästhetischen Vergnügen entwickelte: Sie zog klares blaues Wasser den staubigen Olivenhainen vor, die Berge dem Flachland, den Sonnenuntergang dem blauen Mittagshimmel.

Und es war unser letzter gemeinsamer Urlaub gewesen. Ich wüsste gern, ob sie sich in den Jahren, die kommen, überhaupt noch daran erinnern wird.

»Klar, dass dir sofort das eine Mal einfällt, wo du kein Eis bekommen hast. Aber normalerweise bin ich doch ein ziemlich guter Eiscremejäger, oder nicht?«

Ellie kichert und schlingt die Arme um Max' Brust.

Ich schließe die Augen und stelle mir vor, dass ich es bin, die sie umarmt. Die Erinnerung an die Wärme ihres Atems an meinem Hals ist noch so frisch, dass ich für einen ganz kurzen Moment glauben kann, ich spürte sie wirklich: ihre Wange platt an meiner Schulter, ihr Gewicht in meinem Arm, ihr weiches Haar an meinen Lippen, die Luft von tief in ihr, die sanft über meine Haut streicht.

Ich verzehre mich körperlich danach, sie zu halten.

Als ich die Augen öffne, löst sich Max sanft aus Ellies Umarmung.

Er nimmt ihr Gesicht zwischen die Hände und mustert sie mit einem Ernst, der gar nicht zu der Unterhaltung passt, die sie gerade geführt haben. »Schatz, weißt du, was für ein Tag heute ist?«

Ich spüre, wie die tektonischen Platten der Panik sich verschieben. In den letzten paar Tagen habe ich an nichts anderes gedacht als an die Hoffnung, dass er Ellie daran erinnern würde, doch jetzt, da er es tut, stelle ich fest, dass ich mir wünsche, er ließe es bleiben. Ich weiß, dass es ihr gegenüber nicht fair ist, die Erinnerungen immer wieder zu wecken, zugleich aber – selbstsüchtig – spüre ich eine vorauseilende Enttäuschung für den Fall, dass er es ihr gestattet zu vergessen.

»Äh, es ist Mittwoch, Daddy. Ich war gestern in der Schule und vorgestern auch, und davor war Wochenende.«

»Ja, Schatz, da hast du recht. Aber heute ist ein besonderer Tag. Soll ich dir sagen, wieso?«

In Ellies Gesicht vereinen sich Verwirrung, Misstrauen und Hoffnung. Sie erinnert sich nicht. Natürlich tut sie das nicht. Sie ist schließlich erst sieben. Wenn ich ehrlich sein soll, bin ich sogar erleichtert, dass sie nicht die Tage abzählt, bis sich der Abend jährt, an dem sie erfahren musste, dass ihre Mummy nie wieder nach Hause kommt.

»Was ist denn heute besonders? Machen wir eine Party?«

»Nein, Schatz, wir machen keine Party. Erinnerst du dich an letztes Jahr, als wir alle so traurig waren, weil Mummy krank wurde und nicht mehr bei uns sein konnte? Na ja, heute ist es genau ein Jahr her, dass Mummy gestorben ist. Deshalb dachte ich, es wäre schön, wenn du und ich sie nach der Schule besuchen gehen. Vielleicht nehmen wir ihr Blumen mit, damit sie weiß, dass wir an sie denken. Was meinst du, würdest du das gern tun?«

Ich wäre entzückt, wenn ihr das tätet.

Ellie scheint sich nicht so sicher zu sein. Sie vergräbt ihren Kopf an Max' Brust, die Augen fest zugekniffen, als wollte sie die ganze Welt und ganz besonders dieses Gespräch von sich fernhalten.

Max streicht ihr über den Scheitel. »Was hast du, Schatz? Macht es dich traurig, von Mummy zu sprechen? Du weißt doch, dass das völlig in Ordnung ist, oder? Ich bin immer ganz traurig, wenn wir von Mummy sprechen. Wir vermissen sie, stimmt's?«

Ellies einzige Reaktion besteht darin, dass sie sich noch mehr zusammenrollt und die Augen weiter fest geschlossen hält.

Vielleicht ist das die Antwort für mich. Vielleicht ist das alles zu viel für Ellie. Vielleicht vergessen Max und ich beide, wie klein sie noch ist, wie verwundbar, wie zerbrechlich.

»Engel, es tut mir leid. Ich weiß, dass es schwer ist. Ich weiß es wirklich. Ich werde dich zu nichts zwingen, was du nicht möchtest. Ich dachte nur, es wäre nett, wenn wir uns heute auf diese Art an Mummy erinnern. Was macht dir denn solche Angst? Dass wir über Mummy sprechen?«

Ellies langes, lockiges braunes Haar zittert fast unmerklich.

Es sind Momente wie dieser, in denen ich am meisten infrage stelle, was ich hier tue. Wieso lässt man mich beobachten, was auf der Welt vorgeht, ohne mir die Möglichkeit zu geben, mein kleines Mädchen hochzunehmen und dafür zu sorgen, dass alles gut wird?

»Meinst du, du kannst mir eine Antwort geben, Schatz? Ich glaube, wir sind heute beide sehr traurig, aber vielleicht wird es besser, wenn wir uns gegenseitig erzählen, wie es uns geht. Glaubst du, das schaffst du?«

Ellie reagiert gar nicht.

Ich weiß nicht, was ich tun soll. Ich weiß, dass ich nichts tun kann. Doch ich bin mir nicht sicher, ob ich an Max' Stelle wüsste, was ich tun sollte. Ich bin mir nicht sicher, ob es überhaupt jemanden gibt, der einem zeigt, wie man die Welt für ein Kind richtet, für das bereits so viel schiefgegangen ist.

»Möchtest du nicht mit auf den Friedhof? Ist es das?«

Ellie stößt lang angehaltene Luft aus und nickt zögernd.

Es schmerzt mich, obwohl ich weiß, dass es das nicht sollte. Rational weiß ich, dass kein siebenjähriges Kind sich auf einen Besuch auf dem Friedhof freuen würde. Als Mutter weiß ich, dass Ellie zu zart ist, um wieder und wieder zu trauern. Und trotzdem fürchte ich mich vor der Möglichkeit, im Labyrinth von Ellies Gedächtnis verloren zu gehen, zu einem Wort zu werden, das ohne Erinnerung ausgesprochen wird – ohne dass dabei ein Gedanke oder ein Gefühl mit aufsteigt. Doch ich weiß nicht, was Max noch tun könnte, um in ihrer Erinnerung die Mutter lebendig zu halten, die sie so lieb hatte und die sie nie verlassen wollte.

»Süße, kannst du mich ansehen?« Max versucht, Ellies Kopf wegzuziehen, den sie ihm noch immer an die Brust drückt, doch es scheint, als klebte sie an ihm fest, so groß ist ihre Entschlossenheit, sich vor der Trauer zu schützen, der sie sich einfach noch nicht stellen kann. »Gut, du bleibst hier. Aber möchtest du mir erzählen, was du am Friedhof nicht magst? Denn ich glaube, wenn du es mir sagen kannst, dann ist es nachher gar nicht so schlimm.«

Lange herrscht Schweigen, während Ellie über Max' Vorschlag nachdenkt.

»Da ist es gruselig.« Die Worte, gegen Max' Brust gemurmelt, sind gerade eben hörbar, als könnten sie, wenn sie sie deutlich und laut ausspricht, etwas noch Schlimmeres auf die Sprecherin herabbeschwören als das, was sie bereits erduldet hat.

Ich habe angenommen, man könnte keine größeren Schuldgefühle über etwas empfinden, als über die Tatsache, dass man stirbt und die eigene Tochter ohne Mutter zurücklässt. Ich dachte, ich hätte akzeptiert, dass ich keine Gewalt über meinen Tod hatte und es außerhalb meiner Macht lag, Ellie nicht allein zu lassen. Dass manchmal einfach kein Zusammenhang besteht zwischen dem, weswegen wir uns schuldig fühlen, und unserer Beteiligung an den Ursachen. Ich habe angenommen, dass das Schuldgefühl mit der Zeit vielleicht nachlässt.

Doch Schuld ist, wie es scheint, der Titanstahl unter den Gefühlen.

»Engel, ich glaube, jeder findet Friedhöfe ein bisschen gruselig. Warum sagst du mir nicht, wovor du dich am meisten fürchtest? Vielleicht können wir deine Angst verjagen?« Max gelingt es, Ellies Kopf von seiner Brust zu lösen, und sie ist endlich bereit, die Augen zu öffnen und sich der Welt zu stellen, die sie verraten hat.

»Es sind diese ganzen Toten. Die sind schrecklich. Woher willst du wissen, dass sie nicht einfach aus der Erde rauskommen wie bei *Scoobie Doo?*« Ellie ist jetzt nachdrücklicher, sicher, dass die Cartoonwelt die ihre widerspiegeln muss.

»Bei *Scoobie Doo* ist es aber nie wirklich ein Monster oder ein Zombie, was da rumgeht und die Leute erschreckt, stimmt's? Es ist immer nur ein Mensch, der sich verkleidet, so wie an Halloween. Du weißt doch, dass es so was gar nicht gibt – dass jemand von den Toten aufersteht, oder?«

Ich kann nicht anders, als mich zu fragen, ob Ellie es nicht vorziehen würde, wenn die Toten wiederkehrten und die Lebendigen heimsuchten. In diesem Fall wäre der Tod wenigstens nichts Endgültiges. Dann hätte sie mich nicht für immer verloren.

»Aber da ist es immer so still. Das finde ich richtig unheimlich.« Ellie sieht Max bittend an.

Vielleicht sollten sie einfach bis zum nächsten Jahr warten oder sogar bis zum Jahr danach – bis wann immer in der unabsehbaren Zukunft sie bereit ist, sich vor den leblosen Stein zu stellen, der an mich erinnern soll. Schließlich ist es nicht so, als würde sich mein Grab in Luft auflösen.

»Ich weiß, dass Friedhöfe ein bisschen unheimlich sein können, Schatz, aber ich wäre ja bei dir. Wie wäre es damit: Nach der Schule fahren wir einfach vorbei, und wenn du es da nach fünf Minuten nicht mehr aushältst, dann gehen wir wieder. Wie klingt das?«

Das klingt wie die perfekte Lösung, Max.

»Hmm ... Okay, Daddy. Wenn du es auch gruselig findest, dann will ich nicht, dass du ganz allein da hingehst. Aber versprichst du mir, dass wir wirklich gehen, wenn mir unheimlich ist?«

»Ich verspreche es, Engel. Hand aufs Herz.«

Und hoffe, nicht zu sterben.

Als Max und Ellie sich den letzten Minuten ihrer Morgenumarmung ergeben, zieht er sie an sich und küsst sie beschützend auf den Kopf.

Ich wusste immer, dass Max ein guter Vater sein würde. Ich war nur nicht darauf vorbereitet gewesen, in welchem Ausmaß sich meine Liebe zu ihm vervielfachen würde, als ich Zeugin wurde, *wie* gut er war. Während der ersten paar Jahre, die wir nur zu zweit waren, hätte ich nicht gedacht, dass es möglich wäre, ihn noch mehr zu lieben als ohnehin schon. Ich glaubte, die unvergleichliche Tiefe seiner Geduld zu kennen, seine Großzügigkeit, sein Einfühlungsvermögen, seine unglaubliche Fähigkeit, jedes Problem, so schwierig es auch sein mochte, überwindbar erscheinen zu lassen. Doch dann kam Ellie und mit ihr der Beweis, dass sogar die Menschen, von denen man glaubt, sie am besten zu kennen, einen überraschen können, denn ich wurde Zeugin der Zartheit und Verehrung, mit denen er unser kleines Mädchen auf der Welt willkommen hieß. Und jetzt ist er dort und zieht unser Kind ohne mich auf. An diese Möglichkeit hatte ich nie gedacht, als ich noch lebte. Ich glaube nicht, dass irgendjemand so etwas in Betracht zieht. Vermutlich können sich nicht viele Menschen vorstellen, dass sie vielleicht nicht in der Lage sein werden, ihre Kinder ins Erwachsenenalter zu begleiten.

Als das Sieben-Uhr-Piepen des Weckers ertönt, zieht sich unter mir das Weiß zusammen, und mir wird schmerzlich bewusst, dass meine Zeit als Zuschauerin – wenigstens für heute Morgen – dem Ende entgegengeht. Ich sehe zu, wie Max und Ellie langsam außer Sicht geraten. Sie lassen mich mit dem Bild vor Augen zurück, wie sie sich unter der Decke zusammenkuscheln und das zärtlichste aller Morgenrituale teilen, ein Anblick, bei dem jeder Mutter das Herz – sogar mein nutzloses Herz – vor Liebe und Sehnsucht übergeht.

2

Die Wolken teilen sich und enthüllen Max.

Mit einem überteuerten Hühnchen-Pesto-Panini und meiner besten Freundin Harriet sitzt er in dem Café nur eine Ecke von seiner Schule entfernt. Dieses Ereignis ist beispiellos; ich wüsste nicht, dass Max in seinen sechzehn Jahren als Geschichtslehrer jemals zum Mittagessen das Schulgelände verlassen hätte, und Harriets Job als Firmenanwältin lässt ihr nur selten genug Zeit, um vor Mitternacht zu Hause zu sein, geschweige denn mitten am Tag von ihrem Büro in Holborn durch die halbe Stadt zu uns nach Acton zu kommen. Ich kann nur annehmen, dass ich bloß ein paar Stunden verpasst habe und dieser außergewöhnliche gemeinsame Lunch etwas mit dem heutigen Datum zu tun hat.

Harriet war seit der Uni meine beste Freundin. Viele Außenstehende begreifen vermutlich nicht, was uns verband, aber vom ersten Semester an, in dem wir einander Geheimnisse anvertrauten, die wir sogar vor uns selbst kaum einzugestehen wagten, habe ich immer gewusst, dass unsere Unterschiede nur oberflächlich waren. Trotz Harriets Selbstvertrauen, ihrer scheinbar forschen Art und ihrer Weigerung, jemals einen Irrtum einzugestehen – allesamt Eigenschaften, die aus ihr ohne Zweifel eine fantastische Anwältin machen –, sind wir gar nicht so verschieden. Vielleicht hat sie ihre Unsicherheiten besser verbergen können als ich, aber ich glaube, in diesen frühen Tagen unserer Freundschaft war uns klar – vielleicht unbewusst –, dass zwischen uns eine Wesensverwandtschaft bestand, die alle oberflächlichen persönlichen Differenzen überwand. Erst später entdeckten wir, dass wir beide abwesende Väter hatten, deren Verschwinden uns und das Leben, das wir anstrebten, geprägt hatte, wenngleich auf unterschiedliche Weise.

Als Ellie geboren wurde, bestand für mich keine Frage, dass Harriet mehr zukommen sollte als das allgegenwärtige Beiwort »Tante«, und so wurde die Frau, die zwanzig Jahre zuvor geschworen hatte, niemals ein eigenes Kind zu bekommen, Patin meiner Tochter. Und jetzt, da ich tot bin, könnte ich dafür nicht dankbarer sein. Denn Harriet ist nicht nur alles, was man sich von einer Patentante erhofft – sie ist vernarrt in Ellie, engagiert und auf trotzige Weise unkonventionell –, sie gehört zudem zu den nur drei Frauen, bei deren Präsenz im Leben meiner Tochter mich nicht Neid und das Gefühl von Ausgeschlossenheit überwältigen. Und von diesen dreien ist nur Harriet nicht mit Ellie verwandt.

»Und, wie geht es dir?«

Eigentlich sollte diese Frage an Max gerichtet sein, doch stattdessen stellt er sie. Selbst heute, ausgerechnet heute, spielt er wie in den vergangenen zwölf Monaten den Stoiker und setzt jedermanns Gefühle über seine eigenen Empfindungen.

»Ach, weißt du, es fühlt sich einfach merkwürdig an … Ich meine, sie war meine beste Freundin, und ich vermisse sie furchtbar, doch das heißt noch lange nicht, dass ich wüsste, wie ich mich heute benehmen soll. Reicht es, dass wir uns treffen, um über sie zu reden? Es kommt mir eigentlich nicht so vor, als wäre es genug, nur bin ich mir nicht sicher, was ich sonst noch tun könnte. Aber wie geht es dir? Das ist viel wichtiger.«

»Ehrlich? Ich glaube, ich fühle mich nicht anders als vor einem Jahr. Diese Phrase, dass die Zeit alle Wunden heilt …

Das ist Quatsch. Ich denke die ganze Zeit an Rachel. Ich denke an sie, wenn ich wach bin, ich träume von ihr, wenn ich schlafe, und wenn ich aus dem Traum hochfahre, dann verbringe ich die halbe Nacht damit, sie zu vermissen. Ich kann mich nicht erinnern, wann ich zum letzten Mal richtig durchgeschlafen habe. Ich hätte mir nie vorstellen können, dass Trauer einen derart auslaugt.«

Das ist etwas, das du und ich jetzt gemeinsam haben, mein Liebling. Die Menschen reden immer davon, dass die Toten ruhen, aber ich entsinne mich nicht, in meinem ganzen Leben jemals so müde gewesen zu sein wie jetzt.

»Weißt du, mir ist vorher nie klar gewesen, wie fertig der Schlafentzug einen macht. Ich erinnere mich, wie Ellie gerade auf der Welt war und Rachel sie jede Nacht zwei oder drei Mal füttern musste, und ich weiß ehrlich nicht, wie sie das geschafft hat, ohne den Verstand zu verlieren. Im Moment kommt es mir so vor, als stünde ich andauernd an der Schwelle zum Wahnsinn. Und ich verhalte mich auch ziemlich oft so, als wäre ich bereits wahnsinnig. Neulich habe ich Ellie mit zu meinen Eltern genommen, und als ich nach Hause kam, stellte ich fest, dass ich den Schlüssel im Türschloss stecken gelassen hatte. Ein Wunder, dass uns niemand das Haus leer geräumt hat!«

Das ist nicht die erste kleine Katastrophe, der Max im vergangenen Jahr knapp entgangen ist. Einmal hat er einen Auflauf im Backofen vergessen, und erst das Schrillen des Rauchmelders im Flur warnte ihn vor der drohenden Brandgefahr. Manchmal steht er mitten in der Nacht auf und geht unter die Dusche, weil er davon überzeugt ist, dass es schon Morgen ist. Seinen Fehler bemerkt er dann erst, wenn er das Radio einschaltet und statt des Morgenmagazins irgendeine wahllose Zusammenstellung aus Weltmusik und Dokumentarsendungen hört, mit der der Sender die Nacht überbrückt. Und einmal, als Ellie bei meiner Mutter war, ging er frühmorgens laufen, und als er eine Stunde später wiederkam, entdeckte er, dass er in der Badewanne das Wasser nicht abgestellt hatte. Sie war übergelaufen und hatte sogar die Küche überflutet, ein einziges Desaster. Max war ein einziges Desaster. Am nächsten Wochenende kam sein Vater, um ihm bei der Renovierung beider Räume zu helfen. Das war allerdings ganz am Anfang. In letzter Zeit steht er eindeutig nicht mehr so neben sich. Wenigstens meine ich das. Aber vielleicht spricht da auch nur mein Wunschdenken aus mir.

»Jetzt mach dich bloß nicht selber fertig, Max! So etwas passiert jedem mal. Du bist ja noch kein Fall für die Anstalt, nur weil du hier und da mal was vergisst.«

»Wann ist dir denn zum letzten Mal so etwas passiert, Harriet? Ich sehe nicht, dass du so vergesslich wärst.«

»Natürlich würde ich niemals so etwas Dummes tun, wie meinen Schlüssel in der Haustür stecken zu lassen. Doch das liegt daran, dass ich ein Kontrollfreak mit milden Zwangsstörungen bin und ein Dutzend Mal nachsehen muss, ob alles abgeschlossen ist, ehe ich auch nur das Gartentor hinter mir zuziehe. Beurteile dich nicht, indem du dich an mir misst, Max, denn das führt nur auf einem anderen Weg in den Wahnsinn!«

Max grinst schief.

Ich ebenfalls. Harriet mag der pingeligste Mensch sein, den ich je kannte, aber mangelnde Selbstbeobachtung kann man ihr nicht vorwerfen.

»Wo wir schon von verrückten Entscheidungen sprechen: Ich nehme Ellie nachher mit zum Friedhof. Ich finde, dass es wichtig ist, den Tag irgendwie zu begehen. Sie möchte eigentlich nicht hin, und ich weiß nicht, ob es richtig von mir ist, wenn ich sie dazu überrede. Ich bin mir nicht sicher, ob ich nun möchte, dass sie mitkommt, weil ich meine, dass es ihr unterm Strich guttut, oder weil ich es für das Richtige für mich halte oder das Richtige für Rachel. Ich weiß, Letzteres klingt absurd, weil Rachel ja nie erfahren wird, ob wir hingehen oder nicht.« Max hält einen Moment inne, um zu überdenken, was er gerade gesagt hat, so als riefe das laute Aussprechen dieser Worte ihm wieder frisch ins Gedächtnis, dass ich wirklich tot bin. »Ich weiß es nicht, Harriet. Tue ich das Richtige? Was hältst du davon? Gott, willkommen in der Welt der Hinterbliebenenbetreuung, wo alles, was du sagst, fast mit Sicherheit das Falsche sein wird!«

Und willkommen in der Welt, in der ein einziger Satz die Macht hat, mir das Herz von Neuem zu brechen!

»Ich finde, du musst damit aufhören, so verdammt hart zu dir zu sein, Max. Jeder sagt dir doch, wie gut du dich die ganze Zeit schlägst. Mensch, sogar ich sage dir, wie toll du mit Ellie umgehst, und ich bin nicht gerade dafür bekannt, mit Komplimenten um mich zu werfen, nur damit Leute sich besser fühlen. Du bist das große Vorbild für jeden alleinerziehenden Vater.«

Das stimmt. Max ist einfach bewundernswert. Ich wünschte nur, ich wäre es, die ihm das sagte. Nein, das ist nicht ganz richtig. Ich wünschte, niemand würde es ihm sagen. Ich wünschte, es bestünde gar nicht die Notwendigkeit, es ihm zu versichern.

»Das ist nett von dir, Harriet. Wirklich, ich weiß das zu schätzen. Ich bin mir nur nicht sicher, ob meine Schuldgefühle davon verschwinden.«

»Mein Gott, weswegen fühlst du dich denn schuldig? Du tust, was du kannst, und lass dir eins gesagt sein, das ist nach jedermanns Maßstäben verdammt gut!«

Max blickt auf den letzten verbliebenen Bissen seines Paninis und sieht nicht wieder hoch, nicht einmal, als er langsam und leise zu einer Antwort ansetzt. »Wieso wusste ich es nicht? Das ist die Frage, die mir ständig im Kopf rumgeht, die ganze Zeit, Tag und Nacht. Sie treibt mich in den Wahnsinn. Wenn ich Rachel wirklich geliebt habe, wie um alles in der Welt kann es möglich sein, dass ich es nicht gewusst habe?«

»Dass du *was* nicht gewusst hast?«

»Dass sie krank war. Dass ihr Herz kaputt war, dass es im wahrsten Sinne des Wortes gebrochen war. Ich begreife es noch immer nicht. Es gab keinerlei Anzeichen, nicht einmal an diesem letzten Abend. Wie kann ich denn übersehen haben, dass da etwas so katastrophal falsch war? Was für einen Ehemann macht das aus mir? Wirklich, Harriet, was für ein Ehemann bin ich denn?«

So habe ich Max noch nie reden hören. Vielleicht hat er schon so geredet, und ich habe es bisher nur nicht gehört. Oder vielleicht hat er so noch nie gesprochen, und es ist das erste Mal, dass diese Gefühle eine Stimme finden.

»Max Myerson, es macht dich zu einem Ehemann, der zufällig kein Kardiologe ist. Im Ernst, du kannst dir doch nicht wirklich Rachels Tod vorwerfen? Niemand wusste, dass mit ihr etwas nicht stimmte. Kein Arzt, auch nicht ihre Mutter, nicht einmal Rach selbst, soweit wir es sagen können.«

Harriet hat recht. Niemand hat je diese Spannungslinie im lebenswichtigsten meiner Organe entdeckt. Viereinhalbtausend Schläge in der Stunde, über hunderttausend Schläge im Jahr, und dennoch hat nie jemand entdeckt, dass bei mir einige fehlten – wenige, aber genug, um eine Rolle zu spielen. Ich versuche, nicht wütend darüber zu sein, dass in sechsunddreißig Jahren kein einziger Arzt diesen kritischen Fehler entdeckt hat. Ich versuche es, doch es gelingt mir nicht immer. Harriet hat recht, auch ich habe nichts von den Anzeichen bemerkt. Ich habe meine Kurzatmigkeit, meine Müdigkeit und meine gelegentlichen Schwindelanfälle immer für die Folgen meiner mangelnden Fitness gehalten. An jenem Abend, an unserem letzten Abend, auf der Fahrt zum Restaurant hatte ich mir wieder einmal vorgenommen, mich bei einem Fitnessstudio anzumelden. Ich weiß nicht, ob das einen Unterschied ausgemacht hätte. Vermutlich nicht.

»Ich überlege immer, ob sie vielleicht noch am Leben wäre, wenn wir an dem Abend nur nicht ausgegangen wären. Wenn ich nur nicht die Flasche Champagner bestellt hätte ... Mir war eben nach Feiern zumute, weißt du, und ich wollte, dass wir einen ganz besonderen Abend verbringen. Rachel hat in den Wochen, in denen ich mich auf das Gespräch für den Posten des stellvertretenden Schulleiters vorbereitet habe, so viel ertragen müssen ... Ich war so beschäftigt mit dem Gedanken, was das hieße, wenn ich die Stelle nicht bekäme. Ich war mir nicht einmal sicher, ob ich an der Schule bleiben könnte, wenn ich den Posten nicht bekäme. Und dann bekam ich ihn doch und wollte nur einen schönen Abend mit Rachel verbringen, als Dank für ihre Unterstützung. Aber jetzt denke ich ständig, dass vielleicht nichts von alldem passiert wäre, wenn wir an dem Abend zu Hause geblieben wären.«

»Jetzt hör mal gut zu, Max: Du musst aufhören, dir solche Gedanken zu machen! Du weißt so gut wie ich, dass ein Abend im Restaurant nicht den Unterschied zwischen Leben und Tod ausgemacht haben kann. Du musst aufhören, dich fertigzumachen. Damit bringst du Rach nicht zurück. Nichts davon ist deine Schuld. Du wusstest nicht, dass Rach krank war, du konntest es gar nicht wissen, und deshalb hätte auch nichts, was du tun konntest, irgendeinen Unterschied bedeutet.«

»Ich hätte etwas tun *müssen*, um sie zu retten.« Max flüstert es fast, und als er es ausgesprochen hat, scheint er völlig erschöpft zu sein.

Das sind die Augenblicke, in denen ich mir am stärksten wünsche, ich könnte brüllen und die unsichtbare Barriere durchdringen, die uns trennt, damit Max meine Stimme hört und ich ihm versichern kann, dass ich ihm keine Schuld gebe. Ich will ihm sagen, wie leid es mir tut, dass ich ihm diese Last aufgebürdet habe. Ich möchte ihm versichern – ihn beschwören, mir zu glauben –, dass er überhaupt nichts getan hat, weswegen er sich schuldig fühlen müsste. Wenn jemand sich schuldig fühlen müsste, möchte ich ihm sagen, dann bin das ich, denn ich habe die Anzeichen nicht erkannt; ich war nicht in der Lage, mich zu retten, und ich habe meinen Mann ohne Frau und meine Tochter ohne Mutter zurückgelassen.

Man sagt, Rückschau sei etwas Wunderbares. Mir kommt es vor, als wäre man hinterher nur deshalb klüger, damit uns unsere Fehler und unser Versagen umso mehr wurmen können.

Max und Harriet haben eine Minute oder so schweigend dagesessen. Harriet hat die Hand auf den Ärmel von Max' grauem Jackett gelegt. Er hält den Kopf noch immer gesenkt, sie starrt aus dem Fenster, weil sie sich sagt – vollkommen zu Recht –, dass es keine passenden Worte gibt, die sie hätte sagen können.

»Es tut mir leid, Harriet. Ich sollte das nicht alles auf dich abwälzen. Du hättest es dir bestimmt zweimal überlegt, ob du durch die halbe Stadt fährst, um dich mit mir zu treffen, wenn du gewusst hättest, dass es zum Mittagessen Selbstmitleid gibt. Himmel, ich hasse mich selbst, wenn ich so bin!«

»Wenn du *wie* bist? Wenn es dir schlechtgeht? Wenn du

trauerst? Ehrlich, Max, ich würde dich für einen sehr merkwürdigen Menschen halten, wenn du heute gut drauf wärst.«

»Dafür, dass ich es nicht schaffe, aus diesem Sumpf des Selbstmitleids rauszukommen. Das fühlt sich so erbärmlich an. Ich fühle mich so erbärmlich.«

»Max, eines brauchst du ganz bestimmt nicht zu tun: dich zu entschuldigen. Wenn ich vollkommen offen sein soll, bin ich überrascht, dass wir im vergangenen Jahr nicht mehr dieser Gespräche geführt haben. Ich wollte dich nicht bedrängen und bin davon ausgegangen, dass du mit anderen über diese Dinge gesprochen hast. Hast du das?«

»Soll ich ehrlich sein? Eigentlich habe ich das nicht. Mir kam es unfair vor, meine Probleme auf andere abzuwälzen. Meine Mum hätte sich nur Sorgen gemacht, und Celia hätte es zu sehr aufgeregt – es reicht schon, dass sie ihre Tochter verloren hat, da kann sie die Gefühlsaufwallungen ihres trauernden Schwiegersohns wohl kaum auch noch gebrauchen.«

»Was ist mit Connor?«

Max bringt beinahe ein Lächeln zustande. »Das ist sehr großzügig von dir, Harriet, aber wir wissen beide, dass mein Bruder in den Charts der emotionalen Intelligenz nicht gerade sehr weit oben steht.«

»Nun, du musst mit jemandem reden, Max. Du kannst das nicht alles in dich hineinfressen.«

»Wieso nicht? Ich dachte, ich tue allen einen Gefallen, wenn ich still bin. Ich glaube, die meisten Menschen würden über jedes erdenkliche Thema lieber reden, als jemandem zuzuhören, wie er über seine Trauer jammert. Ich erinnere mich noch gut … Nach Rachels Tod war es, als wären diese Wörter – ›Tod‹, ›tot‹, ›gestorben‹ – über Nacht verschwunden. Die Leute versicherten mir, wie sehr sie meinen ›Verlust‹ bedauerten, als wäre Rachel ein kleiner Hund, der mir im Park davongelaufen ist und den ich vielleicht wiederbekommen hätte, wenn ich nur ein paar Suchplakate mit einer Belohnung aufgehängt hätte. Oder sie sagten, es tue ihnen leid, dass Rachel ›gegangen‹ sei, als wäre sie eben zum Supermarkt gefahren, um Milch zu kaufen, und hätte aus einer Laune heraus beschlossen, nicht wieder nach Hause zu kommen. Es war schockierend, wirklich, diese Unfähigkeit, der Realität ins Gesicht zu sehen. Ich musste mit ihrem Tod fertigwerden, und trotzdem brachte es niemand über sich, das Wort laut auszusprechen. Deshalb glaube ich, ich habe schon früh begriffen, dass ich dafür zu sorgen habe, dass andere sich nicht zu unbehaglich fühlen, weil meine Frau gestorben ist.«

Max' Stimme ist rau vor Kummer und Enttäuschung, und ich möchte ihn so gern in die Arme nehmen, ihn trösten, ihm den Nacken streicheln, bis ich den Groll vertrieben habe, der so gar nicht zu ihm passt.

Ich weiß genau, was er meint. Ich erinnere mich, das Gleiche empfunden zu haben, als mein Vater gestorben ist. Die Hälfte meiner Schulfreundinnen konnte mir nicht einmal mehr in die Augen sehen, geschweige denn mit mir sprechen. Selbst ihre Eltern schienen vor mir auf der Hut zu sein, als wäre der Tod eine ansteckende Krankheit, und meine Nähe bedeutete die sehr reale Gefahr, dass ihre eigenen Angehörigen vorzeitig sterben könnten, ganz plötzlich, unter tragischen Umständen.

»Max, bitte denke niemals, du könntest mit mir nicht über Rach reden! Wirklich. Du weißt, wie sehr ich sie vermisse. Ich will keine Sekunde behaupten, dass es auch nur annähernd mit dem zu vergleichen wäre, was du durchmachst, aber ich komme damit zurecht, wenn du hin und wieder niedergeschlagen bist.«

»Ich weiß. Tut mir leid. Ich schätze, ich habe mich einfach

noch nicht an die allgemeine Gleichgültigkeit gewöhnt. Ich erinnere mich vor allem an das Gefühl des Schocks in den ersten Tagen, dass die Welt einfach so weitermachen konnte, als wäre alles normal, als wäre nichts Schlimmes geschehen. Ich konnte nicht fassen, dass andere Menschen weiterlebten, ohne zu ahnen, was ich durchmachte. Ich sah die Kinder in meiner Klasse oder die Kollegen im Lehrerzimmer oder irgendwelche Fremden, die auf der Straße an mir vorbeigingen, und ich wollte sie anbrüllen, weil sie einfach weitermachten mit ihrer täglichen Routine, während ich mir überhaupt nicht vorstellen konnte, wie ich ohne Rachel leben sollte. Ich nehme an, ich habe gelernt, mich abzukapseln und diese Empfindungen für mich zu behalten – gleichgültig zu sein gegenüber ihrer Gleichgültigkeit.«

»Aber ich bin nicht gleichgültig, Max, und damit bin ich nicht allein. Es gibt viele, die sehr gern mit dir über Rach sprechen würden. Nur, dazu müsstest du sie an dich heranlassen.«

»Sicher hast du da recht. Trotzdem habe ich Angst, dass ich nicht mehr aufhören kann, wenn ich einmal anfange, von ihr zu sprechen. Jeden Tag passieren so viele Dinge, von denen ich Rachel erzählen möchte. Dinge, von denen ich weiß, dass sie darüber lachen könnte oder dass sie sie interessant fände. Und dann werde ich wütend, dass ich das nicht abstellen kann, dass ich immer wieder für ein paar Sekunden vergesse, dass sie tot ist, nur um dann wie mit einem Schlag ins Gesicht den Verlust wieder neu zu spüren. Das ist wie *Und täglich grüßt das Murmeltier* für Trauernde.«

»Himmel, es überrascht mich nicht, dass du erschöpft bist, Max. Das klingt furchtbar anstrengend. Dennoch, es wird besser. Das weißt du doch, oder? Ich kann nicht sagen, wann, aber ich weiß, dass es irgendwann so weit ist.«

»Wirklich? Ist das nicht nur so ein Spruch, der Menschen wie mir die Aussicht auf eine Atempause versprechen soll? Ich kann mir nicht vorstellen, Rachel irgendwann nicht mehr so sehr zu vermissen, dass ich kaum atmen kann. Es ist, als führte ich ein Leben in Zeitlupe. Nichts ist real, weil Rachel nicht da ist, um daran teilzuhaben. Mir kommt es vor, als hinge ich nur noch in der Luft.«

Das ist etwas, das Max und ich gemeinsam haben, das Gefühl, irgendwo gefangen zu sein, wo wir nie hinwollten und von wo wir nun nicht mehr entkommen können. Und dieses Bedürfnis, jedes Erlebnis mit dem anderen zu teilen, damit es überhaupt einen Anschein von Echtheit besitzt.

»Weißt du, was du brauchst? Du brauchst einen Tapetenwechsel. Oder du musst wenigstens mal etwas anderes sehen. Wann bist du zum letzten Mal abends ausgegangen?«

Das kann ich beantworten. Soweit ich weiß, war es auf den Tag genau vor einem Jahr.

»Mir war nicht sehr nach Gesellschaft, Harriet. Ich bin mir nicht sicher, ob ich eine tolle Gesellschaft wäre. Und außerdem muss ich mich um Ellie kümmern.«

»Du könntest gehen, wenn sie schläft, Max, und deine Eltern würden es bestimmt nicht ablehnen, einen Abend lang auf sie aufzupassen. Hat Connor dich nicht mal gefragt, ob du mit ihm einen trinken gehst? Muss ich mit deinem Bruder etwa ein ernstes Wort sprechen?«

»Bitte lass das, Harriet! Ich fühle mich für so etwas wirklich noch nicht bereit, und schon gar nicht für Connors Vorstellung von einem lustigen Abend. Mir geht es gut, wirklich. Du erwischst mich nur an einem besonders lausigen Tag.«

»Dir geht es eindeutig nicht besonders, Max. Stell dir vor, ich erzähle dir von jemandem, der seine Frau verloren hat, der ein Jahr lang nicht unter Menschen gegangen ist und der das

Gefühl hat, sein Leben verginge in Zeitlupe, so hast du dich doch ausgedrückt, nicht? Was würdest du ihm raten? Du musst aus diesem Schwebezustand rauskommen, Max. Glaub mir! Du brauchst einfach mal ein bisschen Spaß.«

»Harriet, ich weiß, du meinst es gut, das weiß ich wirklich, aber glaub mir einfach, wenn ich dir sage, dass ich für Spaß noch nicht bereit bin. Noch nicht.«

»Das liegt nur daran, dass du es noch nicht versucht hast. Ich nehme an, du bekämst Schuldgefühle, wenn du an Spaß auch nur denken würdest. Ich glaube, du würdest es als Verrat an Rach empfinden. Doch das wäre es nicht. Ich kann mir vorstellen, dass es im Moment noch schwer vorstellbar ist, aber du wirst darüber nachdenken müssen, wie es weitergehen soll. Wenigstens über den ersten Schritt, und das in nicht allzu ferner Zukunft, Max.«

Er zieht sich allmählich aus dem Gespräch zurück, das merke ich. Das ist seine Art, Konflikten aus dem Weg zu gehen, und es ist auch der Grund, da habe ich keinen Zweifel, weshalb er und ich in unseren zehn gemeinsamen Jahren so gut wie nie miteinander gestritten haben. Ich habe ihn manchmal gefragt, wie er es schaffe, so selten nach den Ködern zu schnappen, die vor seiner Nase hingen. Er lächelte dann nur und sagte nüchtern, dass er keinen Sinn in Streitereien sehe, weil an ihrem Ende fast immer eine Einigung stehe; warum also nicht den Streit überspringen und gleich auf eine Einigung hinarbeiten? Ich liebte ihn für diese Logik, und noch mehr, weil er wirklich in der Lage war, sich immer wieder daran zu halten.

»Mit wem könntest du denn sonst noch ausgehen? Ich würde dich ja zu einem Abend mit meinen Freunden einladen, aber wir wissen beide, dass es dir nicht gefallen würde. Was ist denn mit den vielen Leuten, die zu Ellies letzter Geburtstagsparty gekommen sind?«

Ich weiß, was Max denkt, noch bevor er es ausspricht.

»Darunter ist niemand, den ich treffen möchte, Harriet. Bitte, können wir das Thema einfach fallen lassen?«

»Wieso möchtest du sie nicht sehen? Sie schienen mir alle sehr nett zu sein. Nicht unbedingt meine Kragenweite, das gebe ich zu, doch genau das, was du meiner Ansicht nach im Moment brauchst.«

Max lässt sich mit seiner Antwort ein paar Sekunden Zeit.

Ich glaube, er ist sich nicht schlüssig, wie offen er sein soll.

»Ich möchte sie nicht sehen, Harriet. Das sind Menschen, mit denen ich mich zusammen mit Rachel getroffen habe. Menschen, die mich an sehr schöne Momente mit ihr erinnern. Menschen, deren perfekte Beziehungen und perfekte Familien mich so neidisch machen, dass ich im Augenblick nicht mal in ihrer Nähe sein möchte. Kannst du dir in etwa vorstellen, wie viele Einladungen zu Kindergeburtstagen ich im vergangenen Jahr abgelehnt habe? Ich kann das Glück anderer Familien gerade nicht ertragen. Ich halte es einfach nicht aus.«

Harriet besitzt den Anstand, kurz über Max' Ausbruch nachzudenken. Aber nur kurz. »Na, wenn das so ist, weißt du, was du brauchst? Du brauchst neue Freunde, Leute, die dich nicht an Rach erinnern, jemanden, mit dem du Spaß haben und auf andere Gedanken kommen kannst. Weißt du, was wir tun sollten? Wir sollten dich bei einer Website anmelden, damit du neue Freunde kennenlernst.«

Max sieht Harriet ungläubig an. »Meinst du etwa eine Partnersuche-Website?«

Harriet zieht eine Augenbraue hoch, und unbeabsichtigt sieht es herablassend aus. »Meine Güte, Max, wir sind doch nicht mehr in den Neunzigerjahren! Es geht nicht nur darum, Partner zu finden. Dating-Sites sind für Menschen, die alles

Mögliche suchen – von Freundschaften bis hin zu langfristigen Beziehungen. Du kreuzt eben erst mal nur das Kästchen für Freundschaft an.«

Erst mal? Was hat Harriet vor? War sie nicht irgendwann einmal meine beste Freundin? Wieso ermutigt sie meinen Mann, an eine Zeit zu denken, in der er vielleicht mehr ankreuzt als nur das Kästchen für Freundschaft? Wenn sie sich so emotionale Unterstützung vorstellt, können sowohl Max als auch ich darauf verzichten.

»Harriet, ich bin sicher, für einige ist das genau das Richtige, doch ich kann mir im Moment nichts weniger vorstellen, als jemand völlig Fremdes in irgendeinem Pub zu treffen und einen Abend damit zu verbringen, mit ihm langweiligen, höflichen Small Talk zu halten. Ich finde es schon anstrengend genug, mit dir die Mittagspause zu verbringen, meine Güte!«

Harriet lacht.

Ich lache nicht.

»Na, ich weiß, das denkst du jetzt, aber nur, weil du es noch nicht probiert hast. Du hast dir so völlig abgewöhnt, mit Erwachsenen umzugehen, dass es kaum eine Überraschung ist, wenn dich die Aussicht, den ganzen Abend mit jemandem zu verbringen, der nicht mit dir verwandt und außerdem volljährig ist, in eine Heidenpanik versetzt.«

Max gönnt Harriet ein Lächeln.

Vermutlich ahnt er nicht, wie gefährlich das ist, wie sehr sie sich dadurch ermutigt fühlt.

»Ich überlege wirklich nur, was für dich am besten ist, Max. Was für dich und Ellie am besten ist. Und ich finde nun einmal, dass du anfangen musst, in die Zukunft zu blicken, dass du dein Leben wieder selbst gestalten solltest, dass du darüber nachdenken solltest, wie es weitergehen soll. Ich glaube nicht, dass einer von uns beiden annimmt, Rach würde es gern sehen, wenn dein Leben für immer in der Zeitlupe erstarrt, oder was meinst du?«

»Für immer« ist eine lange Zeit, Harriet. Ich bin erst ein Jahr tot, und ich bin noch nicht so weit, dass es mit Max weitergehen kann – was immer das heißen soll. Noch nicht.

»Harriet, ich weiß, du meinst es gut; das ist ganz klar. Aber wenn du mich ernsthaft fragst, was Rachel sich gewünscht hätte, dann hätte sie gewollt, dass ich in meinem eigenen Tempo über meine Trauer hinwegkomme. Ich bin noch nicht so weit, dass ich ein Leben ohne sie führen könnte, und Ellie ist es auch nicht.«

Danke, Max. Danke, dass du mich sogar im Tod besser kennst, als jemand anders mich je gekannt hat, solange ich lebte.

»Okay, okay. Ich gebe auf. Jedenfalls für den Moment. Aber ich kann nicht versprechen, nie wieder davon zu reden. Also denke darüber nach! Du solltest nicht zu lange damit warten, sonst muss ich deinen Kontakt zu anderen Menschen vielleicht zu meinem persönlichen Projekt machen, und ich bin Frau genug, um zu wissen, dass du das zuallerletzt wollen würdest.«

Max lacht.

Er ist nie nachtragend, nicht einmal, wenn seine Gegnerin ein wie Harriet aussehender Elefant im Porzellanladen der Trauer ist.

»Also, wann kommst du und besuchst Ellie? Es ist fast drei Wochen her, und sie vermisst dich.«

»Also, wenn ich dir diesen plumpen Themenwechsel verzeihe, muss ich sagen, dass es leider sicher noch zwei Wochen dauert. Ich habe im Moment einen teuflischen Fall am Hals, aber in zwei Wochen wird er ad acta gelegt sein. Also vielleicht am letzten Wochenende im Mai?«

»Sehr gut – da haben wir Ferien. Komm sonntags zum Mittagessen! Ellie wird begeistert sein.«

Das perfekte Sonntagsmittagessen. Was würde ich dafür geben, noch einmal dabei sein zu dürfen!

Plötzlich höre ich lautes Klappern und glaube augenblicklich, dass es aus meiner Welt kommt und nicht aus der ihren. Ich sehe hinter mich und nach oben, kneife die Augen leicht zusammen, um tiefer in die Leere blicken zu können, bin unsicher, ob ich hoffe, etwas zu entdecken, oder lieber nicht, und habe Angst, was ein Eindringling in meine einsame, abgeschiedene Ersatzwelt bringen könnte. Ich rufe in die Leere. In meiner Stimme schwingt die ambivalente Kombination von Hoffnung und Angst mit, und ich bin unsicher, was ich tun soll, wenn mein Flehen erwidert wird. Doch es ist nichts und niemand da. Als ich den Blick wieder auf das Café unter mir richte, um dort nach der Ursache der Unruhe zu suchen, entdecke ich, dass die Welt der Lebenden verschwunden und allumfassendem Nichts gewichen ist.

3

Ellie und Max stehen an meinem Grab.

Heute ist ein wunderschöner Nachmittag im Spätfrühling. Die Kirschblüten beginnen gerade erst, sich wie Konfetti über das Gras zu verstreuen, und die Sonne hängt noch über den Bäumen, als probte sie für die kommenden Monate.

Ellie umklammert einen Strauß rosafarbener Pfingstrosen; sie hält sich so sehr an ihnen fest, als wären sie eine neue Sicherheitsdecke. Ich frage mich, ob sie noch weiß, dass es meine Lieblingsblumen waren, oder ob sie sie nur durch Zufall beim Blumenhändler ausgesucht hat. Max und ich hatten Pfingstrosen als Blumenschmuck auf unserer Hochzeit – weiße, nicht rosafarbene, aber dennoch Pfingstrosen. Ich hätte mich auch für Pfingstrosen bei meiner Beerdigung entschieden, hätte ich die Voraussicht oder die Verrücktheit besessen, einen Plan für die letzte Party aufzuschreiben, die ich wider Willen veranstaltete. Stattdessen gab es Rosen, die meine Mutter ausgesucht oder zu denen sie sich vielmehr durchgerungen hatte, als könnte die Entscheidung für die falschen Blumen lebenslange Aufopferung für ihre Tochter zunichtemachen.

Ich glaube nicht, dass Max Ellie seit der Beerdigung schon einmal mit hierhergebracht hat. Ich denke, das war die richtige Entscheidung. Die Beerdigung hat sie völlig niedergeschmettert. Ich bin mir nicht sicher, ob sie so richtig verstanden hat, was damals vorging, weshalb sie in der Kirche war und dass in dem großen Kasten ganz vorn am Altar ihre Mummy lag. Verstört hat sie vor allem die Trauer der anderen Menschen. Der

Anblick der vielen in Tränen aufgelösten Erwachsenen hat ihre Welt auf den Kopf gestellt. Sie hat sich die ganze Zeit still an die Hände ihres Vaters und meiner Mum geklammert, als wäre sie in ein Erdbeben geraten, und wollte nur, dass der Boden unter ihren Füßen zu zittern aufhörte.

Es ist eine der großen paradoxen Fantasien, bei der eigenen Beerdigung dabei zu sein, nicht wahr? Die Grabreden zu hören, die untröstliche Verwandte zusammengestellt haben und mit gebrochenen Stimmen und tränenüberströmten Gesichtern vortragen. Die Vielzahl der Tugenden zu entdecken, die einem zugeschrieben werden, und seinen Wert für die zu erkennen, die ihn nie benannt haben, solange man noch lebte. Sollte es nicht der Augenblick sein, in dem alle verschiedenen Elemente des Lebens, das man geführt hat, zusammenfinden und von einem das wahrste, vollständigste Bild zeichnen, das je existieren wird? Ein Bild des Lebens von der Wiege bis zum Grab.

Ich war nicht darauf vorbereitet gewesen, über dem Altar zu schweben und aus der Vogelperspektive auf eine Trauergemeinde zu blicken, die nicht unglücklicher hätte sein können, und die Menschen, die mir auf der Welt am meisten am Herzen lagen, in ihrem Leid zu sehen. Zumal meine sechsjährige Tochter unter den Trauernden war. Es war bei Weitem kein Augenblick, in dem ich mich in der kollektiven Anerkennung meiner allzu kurzen Existenz sonnen konnte, sondern vielmehr ein Tag, an dem ich verfluchte, dass mir je dieser Zugang gewährt worden war.

»Wie geht es dir, Schatz? Du hast doch keine zu große Angst, oder?«

Ellie schüttelt wenig überzeugend den Kopf. Die fremde Umgebung schüchtert sie ein.

»Möchtest du Mummy die Blumen geben, die du ihr mitgebracht hast? Sie wird sie mögen, weißt du – sie sind so schön. Sollen wir sie ihr aufs Grab legen?«

Ellie bewegt sich nur, um sich noch enger an Max' Bein zu schmiegen. Er hebt sie hoch, in seine Arme. Nun liegt ihr Kopf an seiner Schulter, und die Pfingstrosen schmücken sein Gesicht.

»Ich glaube, Mummy würde sich freuen, wenn wir ihr die Blumen gäben. Soll ich sie für dich hinlegen?«

Ellie nickt zögernd, unsicher, ob das die richtige Antwort ist.

Max löst die Blumen aus ihren Fingern, hockt sich, Ellie noch in den Armen, nieder, und legt die Pfingstrosen an meinen Grabstein. »Sie sehen schön aus, oder? Ich glaube, Mummy findet, dass du sie richtig gut ausgesucht hast.«

Ellie hebt den Kopf und schaut Max an. »Sieht sich Mummy die Blumen denn später an, wenn wir weg sind?«

Max atmet schmerzerfüllt aus und scheint die Luft ringsum mit dem Kummer von jemandem zu füllen, der weiß, dass er dazu verdammt ist, andere zu enttäuschen. »Nein, Schatz. Mummy kann nicht mehr zu uns kommen. Weißt du nicht mehr? Deshalb hatten wir die Trauerfeier, als wir letztes Mal hier waren, mit Granny und Grandpa und Nanna und allen unseren Freunden – damit wir uns von ihr verabschieden konnten.«

Ellie sieht nachdenklich drein.

Ich frage mich, ob sie versucht, sich zu erinnern, oder ob sie sich zu vergessen bemüht.

»Aber wenn sie später nicht kommt, wie soll sie dann die Blumen sehen?«

Max mustert Ellie aufmerksam, als erkundete er die Wege zu antworten, die ihm offenstehen. »Weißt du, manche Leute glauben, dass nach dem Tod ein Teil von uns weiterlebt, und wenn wir die Menschen, die gestorben sind, auch nicht sehen können, können sie vielleicht uns sehen und hören.«

»So wie Gespenster?«

»Nein, nicht so richtig. Denn vor Gespenstern hast du doch Angst, oder? Aber vor Mummy hättest du niemals Angst, richtig?«

Ellie sieht verwirrt aus.

Ich frage mich, wie lange sie über solche Fragen schon nachdenkt, ob sie ihr erst jetzt in den Sinn kommen, da die Grabsteine sie umgeben, oder ob sie diese existenziellen Überlegungen die vergangenen zwölf Monate in sich verschlossen hatte.

»Glaubst du, Mummy kann uns hören?«

Max zögert, und ich warte ab, welchen Weg er wählt: den der Ehrlichkeit, von dem er weiß, dass er Ellie damit noch trauriger macht, als sie sowieso schon ist, oder den der wohlwollenden Beschwichtigung.

»Es wäre schön, das zu denken, nicht wahr? Die Sache ist die, Engel, wir können es nie wirklich wissen, und deshalb sollten wir weiter zu ihr reden, wenn wir uns damit besser fühlen. Meinst du nicht auch?«

Ellie fährt Max mit den Händen geistesabwesend durchs Haar. Den Kopf hat sie noch immer an seine Schulter geschmiegt, ihre Augen zucken, sie springt rasch von einer unmöglichen Frage zur nächsten. »Warum ist meine Mummy gestorben, aber die anderen Mummys sterben nicht?« Sie stellt die Frage mit einer Stimme, die schwermütiger nicht sein könnte, als wüsste Ellie schon vor Max' erstem Wort, dass es keine verständliche Antwort geben kann.

»Darüber haben wir schon gesprochen, nicht wahr, Süße? Erinnerst du dich? Mummy hatte ein krankes Herz, und deswegen ist sie gestorben. Ich weiß aber nicht, warum ihr Herz krank war und die Herzen anderer Mummys gesund sind. Das war einfach ganz, ganz großes Pech.«

Ellie hält kurz inne, als müsste sie Max' vage Antwort verdauen und sich ihre nächsten Worte genau überlegen. »Georgia in unserer Schule sagt, ihre Mummy sagt, dass Mummys nicht sterben, wenn man brav ist, weil Gott nur böse Menschen bestraft. Ist Mummy gestorben, weil ich etwas Böses getan habe?«

Ich könnte weinen, wenn mein Zorn nicht so groß wäre, und bin erstaunt, welchen Schock ich angesichts der Gedankenlosigkeit fremder Menschen empfinde, obwohl ich ein gesamtes Lebensalter Abstand habe.

»Wer ist Georgia? Kenne ich sie?«

Die Art, wie Max die Kiefer zusammenpresst, verrät, dass er genauso wütend ist wie ich.

Ich erinnere mich an Georgia, nicht weil Ellie besonders gut mit ihr befreundet ist, sondern weil ihre Mutter immer eine dominante Kraft auf dem Spielplatz war. So ein Elternteil, der alle anderen Kinder als Hindernisse für den Erfolg des eigenen Kindes ansieht. Ich konnte sie nie leiden.

»Sie ist in meiner Klasse. Sie sitzt nicht an meinem Tisch, aber sie ist beim Sport im roten Team, genau wie ich.«

»Und das hat sie zu dir gesagt? Wann?«

»Vor ein paar Tagen, in der Pause.«

»Nun, sie redet Unsinn, Engel. Ich verspreche es dir – ich schwöre es dir bei meinem Herzen: Mummy ist nicht wegen irgendetwas gestorben, was du getan hättest. Ich weiß, es ist wirklich schwer zu verstehen, und ich kann dir nicht versprechen, dass du es jemals ganz verstehen wirst, doch ich schwöre dir, dass du nicht die geringste Schuld daran hast. Kannst du mir das glauben, Ellie? Bitte?« Max hält sie fest in den Armen, als könnte er sie nur dadurch vor den emotionalen Erschütterungen bewahren, indem er sie an sich schweißt.

Ellie löst sich von ihm. »Aber Georgia sagt auch, dass Mummy vielleicht wiederkommt, wenn ich wirklich brav bin.«

Kummer und Machtlosigkeit vermengen sich zu einem emotionalen Gemisch, das eines Molotowcocktails würdig wäre. Ich weiß, dass ich tot bin, und trotzdem kann ich nicht fassen, dass ich absolut unfähig sein soll, Ellie vor dem Gift der Dummheit Fremder zu bewahren.

»Schatz, du musst mir vertrauen: Georgia weiß überhaupt nicht, wovon sie redet. Versprichst du mir, dass du beim nächsten Mal, wenn sie oder sonst jemand etwas über Mummy sagt, sofort zu mir kommst, damit wir darüber reden können?« Max kann seinen Zorn nicht verbergen.

Er ist nicht wütend auf Ellie, sondern auf Georgia und deren Mutter und alle anderen mit schädlichen Behauptungen, vor denen er unsere Kleine trotz bester Absichten nicht beschützen kann.

Ellie merkt Max die Erbitterung nicht an. Sie ist zu verloren in ihrer Welt der Verwirrung. »Aber heißt das jetzt, dass Mummy nie mehr nach Hause kommt? Wirklich nie mehr? Nicht einmal, wenn ich mir jeden Abend und jeden Morgen die Zähne putze und pünktlich ins Bett gehe und mein Zimmer immer ganz, ganz aufgeräumt ist?« Ellie sieht Max flehend an, beschwört ihn, die kostbarste aller Fantasien nicht zu zerstören.

Ich frage mich, wer am meisten wünscht, dass er das nicht tun muss: Ellie, Max oder ich? Ich frage mich auch, ob sie sich deswegen in den letzten Monaten so gut benommen hat, weil sie einen Pakt mit sich selbst geschlossen hat, bei dem sie eine unsichtbare Verbindung zwischen ihrem Wohlverhalten und der Wahrscheinlichkeit meiner Rückkehr hergestellt hat.

»Engel, du machst dir keine Vorstellung, wie gern ich dir sagen würde, dass Mummy eines Tages zu uns zurückkehrt. Ich wünschte mir genauso sehr wie du, dass es wahr wäre. Es tut mir leid, Schatz, wirklich leid. Aber du darfst nie vergessen, dass Mummy dich sehr, sehr lieb gehabt hat und es noch immer viele Leute gibt, die dich lieb haben, und wir werden immer für dich da sein.« Max umarmt Ellies schlaffen Körper noch fester.

Sie scheint nicht die Willenskraft zu haben, ihn ihrerseits zu drücken. »Aber wenn du nicht verhindern konntest, dass Mummy stirbt, woher weißt du dann, dass du nicht auch stirbst?«

Das ist die Frage aller Fragen, und es hat ein Jahr gedauert, bis Ellie sie stellt, doch jetzt, da sie heraus ist, werde ich die Sorge nicht los, dass sie ihr die ganze Zeit auf der Seele gelegen hat. Ich schaudere vor dem Gedanken, dass sie diese Dinge verknüpft, sich vor dem Schlimmsten fürchtet, sich vorstellt, beide Elternteile zu verlieren. Mir schaudert es, weil ich weiß, wie entsetzlich die Vorstellung ist. Ich bin mir nicht sicher, in welchem Alter man aufhört zu empfinden, dass der Verlust beider Eltern das qualvollste Verlassensein bedeuten würde, das man sich vorstellen kann. Ich glaube nicht, dass ich zum Zeitpunkt meines Todes schon an diesem Punkt angekommen war, selbst nicht als erwachsene Frau mit eigenem Kind.

»Ich gehe nirgendwohin, Engel, das verspreche ich dir.«

»Aber woher weißt du das?«

»Ich weiß es einfach, Kleines. Auf keinen Fall lasse ich dich allein, noch ganz lange nicht.«

Manchmal haben wir keine andere Möglichkeit, als unsere Kinder zu belügen. Denn es ist die gnädigste Alternative.

Oder die selbstsüchtige, die es einem erlaubt, die Wölfe der Trauer noch ein wenig länger von der Tür des Hauses fernzuhalten.

»Wenn Mummy wirklich nie wieder nach Hause kommt, bekomme ich dann irgendwann eine neue Mummy? So wie Tom, nachdem seine Mummy nach Australien gegangen ist?«

Ellies Frage lässt einen einzigen, zermürbenden Augenblick lang jede Faser in meinem nunmehr funktionslosen Sein vibrieren.

Bitte, Max, bitte sag Nein!

»Schatz, jeder hat immer nur eine Mummy. Und deine Mummy hat dich sehr, sehr lieb gehabt. Niemand kann sie je ersetzen, und wir werden sie niemals vergessen, oder?«

Ellie schüttelt nachdenklich den Kopf. In ihren Augen stehen Tränen.

In meinen auch.

Vielleicht hat Max recht; vielleicht war es selbstsüchtig von ihm, sie mit hierherzubringen. Selbstsüchtig von uns beiden, sich heute hier ihre Gesellschaft zu wünschen. Ich hätte es besser wissen sollen, oder? Ich war drei Jahre älter als Ellie, als mein Vater starb, doch meine Erinnerungen sind noch klar, die Verwirrung und die Angst und der Zweifel. Vielleicht hätte ich wissen sollen, dass Ellies Besuch auf dem Friedhof heute die emotionalen Flammen neu entzünden würde, dass die unbeantwortbaren Fragen wieder auftauchen und die endlosen »Warums?« neue Nahrung erhalten würden.

Manchmal frage ich mich, ob es eine Hilfe oder eine Erschwernis ist, dass ich das Gleiche erlebt habe wie Ellie, ob mein Mitgefühl dadurch umso stärker oder einfach nur verständlicher wird. Ich glaube, ich habe in mancherlei Hinsicht größeres Glück gehabt als sie, denn wenigstens hatte ich jemanden, dem ich die Schuld geben konnte. Ich konnte meine ganze Wut gegen den Betrunkenen richten, der an jenem Samstagnachmittag nach einem flüssigen Mittagessen im Pub in den Wagen gestiegen war und kurz darauf nicht vor der roten Ampel an dem Fußgängerüberweg angehalten hatte, den mein Dad zufällig gerade in dem Moment benutzte. Ellie hat so etwas nicht. Ich kann mir nicht vorstellen, wie sie mit dem Bedürfnis der Schuldzuweisung umgehen wird, wenn sie erst groß genug ist, dass Wut und Zorn sich melden. Vielleicht kann Max dem irgendwie entgegensteuern und verhindern, dass sie jemals solche Gefühle haben muss. Ich hoffe, so etwas ist möglich. Ich möchte nicht, dass sie diesen Zorn jemals kennenlernt.

Max stellt Ellie wieder auf die Füße und wischt ihr sanft die Tränen ab. Er legt eine Hand auf meinen Grabstein.

Fast glaube ich, seine tränenfeuchten Finger an meinem Gesicht zu spüren.

»Ich habe eine Idee.« Max spricht in fröhlichem Ton.

Er möchte ganz klar die Stimmung aufhellen.

Hoffentlich gelingt es ihm, sonst möchte Ellie vielleicht nie wieder herkommen!

»Warum erzählst du Mummy nicht, was du heute in der Schule gemacht hast?«

Sie sieht erleichtert aus, ein paar Anregungen zu bekommen, doch sie wirkt nicht sonderlich überzeugt von Max' Vorschlag. »Aber woher wissen wir, ob Mummy uns hören kann?«

»Wissen können wir es nicht. Doch ich möchte trotzdem gern hören, was du heute gemacht hast.«

Ellie hält sich an Max' Hand fest, als sie zu sprechen beginnt. Sie richtet ihre Worte abwechselnd an den Daddy neben sich und den Grabstein vor sich. »Also, heute hatten wir Sport, und Miss Collins hat uns vom Sporttag erzählt, und

Megan und ich wollten bei dem Rennen mitmachen, wo man die Beine zusammenbindet, aber Miss Collins sagte, sie lost es aus.«

»Das ist der Dreibeinlauf, nicht wahr, Schatz?«

»Ja, der Dreibeinlauf. Und dann hatten wir Kunst, und Miss Collins sagte uns, wir sollen ein Bild von unserem Lieblingstier malen, und ich hab ein weißes Kaninchen gemalt, aber ich konnte es nicht bunt malen, also habe ich es rosa ausgemalt.«

Weißes Kaninchen. Max hat ihr letzte Woche vor dem Schlafengehen *Alice im Wunderland* vorgelesen. Sie war ganz gebannt davon, und ihre Faszination von Kaninchenlöchern und Zaubertränken und der Rückkehr aus einer anderen Welt hat vielleicht zu einigen ihrer Fragen heute geführt.

»Warum erzählst du Mummy nicht von dem Diktat heute Morgen? Du warst doch gut, nicht wahr, Engel?«

»Na ja, wir mussten zehn Wörter lernen, und Daddy hat mich die ganze Woche jeden Tag nach dem Abendessen abgefragt, und als wir sie in der Klasse schreiben mussten, hatte ich alles richtig. Miss Collins hat mir einen goldenen Stern und einen Smiley-Sticker für meinen Pullover gegeben. Siehst du?« Ellie beugt sich zum Grabstein vor und zieht ihren flaschengrünen, mit einem Aufkleber geschmückten Pullover vor, als zeigte sie ihre Trophäen einem lebendigen Wesen und nicht einem leblosen Quader aus Granit.

Ich bin hier, Schatz, und ich bin so stolz auf dich.

»Möchtest du Mummy noch etwas erzählen?«

»Äh … ich glaube nicht.«

»Na, wie wäre es dann mit einem kleinen Spiel?«

Ellies Augen leuchten auf.

Max setzt sich mit untergeschlagenen Beinen auf das Gras vor meinem Grabstein und zieht Ellie auf seinen Schoß. »Spielen wir doch ein Spiel, wo wir abwechselnd sagen müssen, was wir an Mummy am liebsten haben. Hör zu, ich fange an! Ich liebe Mummys Baisers, die mit der dicken Sahne in der Mitte und den Erdbeeren obendrauf und der Himbeersoße um die Kanten.«

Ellie denkt ein paar Sekunden lang nach, die Stirn vor Konzentration gerunzelt, als wäre es von entscheidender Bedeutung, dass sie sich die bestmögliche Erinnerung ins Gedächtnis ruft. »Ich liebe Mummys Bratkartoffeln.«

Das stimmt. Sie war immer ganz versessen auf meine Bratkartoffeln. Max versucht, sie nachzukochen, aber er vergisst jedes Mal den Spritzer Zitronensaft. An alles andere erinnert er sich – die Zwiebel, den Knoblauch, den frischen Rosmarin, das Salz und den Pfeffer –, doch nie an die frische Zitrone. Ellie macht ihn immer sanft auf den Fehler aufmerksam und sagt ihm, dass sie »fast perfekt« seien, »aber nicht ganz«, als wäre sie sich unbewusst im Klaren, dass sie Max in seiner unerwarteten, neu gefundenen Rolle in ihrem Leben ermutigen muss.

»Ich liebe es, wenn Mummy singt, und wie sie Wörter erfindet, wenn sie den Text nicht kennt. Sie singt dann ganz viel Kauderwelsch.«

»Kauderwelsch. Das ist lustig.« Ellie kichert hell und wird dann einen Augenblick lang still. Sie scheint sich in einer Welt der eigenen Erinnerungen zu verlieren. »Ich liebe es, wenn Mummy mir vor dem Schlafengehen Geschichten vorliest und allen Leuten in dem Buch komische Stimmen gibt.«

»Ja, Mummys Stimmen für die Figuren sind das Beste. Du machst auch gute Stimmen, Schatz. Mummy hat immer gesagt, dass du einmal eine gute Schauspielerin wirst, oder? Ah, mir ist noch etwas eingefallen! Ich liebe Mummys Haar, wenn sie es frisch gewaschen hat und es ganz lockig wird und hüpft.«

»Und ich liebe es, wenn Mummy mir die Nägel lackiert. Besonders wenn sie meine Finger und meine Zehen in der gleichen Farbe macht. Pink und Rot sind am besten. Sie riechen dann auch gut. Kannst du mir die Nägel lackieren, wenn wir wieder zu Hause sind, Daddy?«

»Ich kann es versuchen, aber ich glaube, es wäre besser, wenn du später deine Oma fragst. Weißt du, was ich an Mummy mit am meisten liebe? Ihr Lachen und die Art, wie ihre Augen ganz kräuselig werden, wenn sie lächelt. Auch wenn sie es nie mochte, wenn ich das gesagt habe. Sie glaubte dann, ich meinte, sie sähe alt aus und hätte Falten. Doch Mummy hat nie Falten gehabt, stimmt's, Schatz?«

»Nein. Mummy war immer die allerschönste Mummy auf der ganzen Welt.«

Wenn es eine Million Möglichkeiten gibt, um ein Herz zu brechen, so muss eine der schmerzhaftesten darin bestehen, mit anzuhören, wie über einen in der Vergangenheitsform gesprochen wird. Und die Menschen, die ich am meisten liebe, dabei zu belauschen, wie sie die einfachsten und alltäglichsten kleinen Freuden unseres gemeinsamen Lebens rühmen, gehört mit Sicherheit zu den bittersüßesten.

Ich wische die Tränen weg, die mir die Sicht verschwimmen lassen, nur um zu entdecken, dass nicht sie allein die Szene unter mir undeutlich werden lassen. Als sich der weiße Nebel zusammenzieht, lasse ich Max und Ellie vor meinem Grabstein zurück, wie sie einander mit Erinnerungen umarmen, während das letzte Sonnenlicht des Tages schwächer wird und meine Grabinschrift in Schatten taucht.

4

Max' Dad schaut Nachrichten, als seine Frau die Treppe herunterkommt, wo sie Ellie nach einem frühen Abendessen zu Bett gebracht hat.

Joan und Ralph haben gut daran getan, sich zur Übernachtung einzuladen. Als Joan es vergangene Woche vorschlug, war ich unsicher, weil ich mich fragte, ob es für Max und Ellie vielleicht wichtig wäre, an diesem Tag miteinander allein zu sein. Doch nach dem Besuch auf dem Friedhof brauchten sie wohl beide die Ablenkung, für die nur Gesellschaft sorgen kann. Wären sie nur zu zweit gewesen, wären sie Gefahr gelaufen, sich in einer hermetisch abgeschlossenen Welt der Trauer zu verbarrikadieren.

Joan hat selbst gemachte Lasagne mitgebracht, eine von Ellies Leibspeisen. Sie bringt den beiden gewöhnlich zwei oder drei Mal in der Woche etwas zum Abendessen vorbei, aber sie isst dann nicht mit Max und Ellie, sondern leistet nur kulinarische Unterstützung.

Als wir vor acht Jahren nach Acton zogen, ich schwanger und mit dem Wunsch nach Stabilität, hätten wir uns nie träumen lassen, wie wichtig die Nähe zu Joan und Ralph einmal sein würde. Ich war mit gemischten Gefühlen in die Gegend gezogen, in der Max seine Kindheit verbracht hatte. Ein wenig hatte mir davor gegraut, so nah bei meinen Schwiegereltern zu leben, und ich war nervös gewesen, dass es sich immer so anfühlen könnte, als kampierten wir nur im Garten hinter ihrem Haus, statt ein eigenes Leben als Erwachsene zu führen. Und ich hatte mir ganz ehrlich Sorgen gemacht über die Botschaft, die es an Joan senden würde, die Mutter, die nie so richtig glauben konnte, dass sie sich nicht mehr täglich um Max und seinen Bruder zu kümmern brauchte. Als Max und ich miteinander auszugehen begannen, war ich überrascht und gelegentlich auch verärgert, wie oft sein Handy klingelte und der Name seiner Mutter auf dem Display erschien. Ich konnte nicht verstehen, wieso Joan ihren Söhnen nicht gestatten wollte, Männer zu sein, flügge zu werden, auf eigenen Beinen zu stehen. Wieso sie nicht zugab, dass sie ihr eigenes Bedürfnis nach Nähe befriedigte, nicht das ihrer Söhne.

Doch da hatte ich Ellie noch nicht.

Und dann kam Ellie und stellte unser Leben auf den Kopf. Ich musste begreifen, dass ich überhaupt nichts darüber wusste, was es heißt, Mutter zu sein, dass ich nichts ahnte von diesem tiefen, instinktiven, unartikulierbaren Drang, das eigene Kind zu beschützen und für sein Glück zu sorgen. Ich werde nie erfahren, was für eine Mutter ich der zwanzig-, dreißig- oder vierzigjährigen Ellie gewesen wäre – ob ich sie ermutigt hätte, unabhängig zu werden, wie Max und ich es uns geschworen haben, oder ob ich ebenfalls dem Drang nachgegeben hätte, sie zu beschützen.

Unsere Rückkehr in Max' Heimat erwies sich rasch als die beste Entscheidung, die wir hatten treffen können, denn Ellies Geburt brachte die Erkenntnis mit sich, dass man die Bedeutung eines Familiennetzwerks für frischgebackene Eltern überhaupt nicht hoch genug schätzen kann. Wir nahmen Joan und Ralph viel mehr in Anspruch, als ich mir je hätte vorstellen können. Und als ich dann starb, erhielt der Umstand, dass sie nur drei Straßen weiter wohnten, einen Wert, den keiner von uns hätte vorhersehen können.

Denn hier sind sie, wie so oft: in meinem Wohnzimmer, an

dem Tag, an dem Max und Ellie sie am dringendsten brauchen.

Ralph verlässt das Sofa und setzt sich in den Sessel. Der Platzwechsel könnte dadurch veranlasst sein, dass der Sessel dem Fernseher am nächsten ist, vielleicht aber auch dadurch, dass er der Stelle, wo Joan Max gerade über sein gegenwärtiges emotionales Wohlergehen ausquetscht, am weitesten entfernt steht.

»Nun, Junge, wie war es heute? Hat Ellie alles gut verkraftet? Heute Abend machte sie jedenfalls einen guten Eindruck, alles in allem.«

»Ich weiß es nicht, Mum. Wir hatten am Ende ein ziemlich schwieriges Gespräch. Ellie fragte, ob Rachel je wieder nach Hause kommt, daher habe ich ihr alles noch einmal erklärt. Nur, wenn ich ehrlich sein soll, komme ich mir dabei vor wie ein Betrüger. Sogar ich stelle mir vor, dass Rachel eines Tages wieder da ist, und ich weiß nicht, wie ich Ellie vom Gegenteil überzeugen soll.«

»Du hast bestimmt genau das Richtige getan. Du darfst nicht so streng mit dir selbst sein.«

»Aber das ist es ja gerade. Mir kommt es vor, als würde ich nie wieder das Richtige tun. Ich weiß nicht, ob der Besuch auf dem Friedhof eine gute Idee war. Ich weiß nicht, ob es richtig ist, Ellie ständig an Rachel zu erinnern, oder ob ich ihr damit nur immer wieder aufs Neue unter die Nase reibe, dass ihre Mum nicht mehr bei uns ist.«

»Natürlich ist es das Richtige, Max. Es geht darum, Rachels Leben zu würdigen, und genau das habt ihr heute getan. Ich bin mir sicher, Ellie wird dir später dankbar dafür sein. Wie lange seid ihr geblieben?«

»Insgesamt ungefähr eine Stunde. Ich habe Ellie dazu gebracht, Rachel zu erzählen, was sie in der Schule gemacht hat.

Ich hatte einfach den Eindruck, sie müsste … ich weiß nicht … aktiv etwas tun. Aber ich glaube, es hat sie sogar noch stärker verwirrt, mit jemandem zu sprechen, der eigentlich nicht da ist und nicht antworten kann. Sie hat es trotzdem gemacht. Du hättest sie sehen müssen, Mum. Sie war so süß, sie hielt sich an meiner Hand fest und schwatzte drauflos. Ellie ist wirklich erstaunlich.«

»Sie ist ein Schatz, Max. Und du bewirkst wahre Wunder an ihr. Ich weiß, du hast es nicht gern, wenn ich es dir sage, aber ich bin so stolz auf dich.«

Max drückt seine bescheidene Dankbarkeit mit seinem Gänsehaut erzeugenden Lächeln aus, und ich werde zurückversetzt zu dem Augenblick, in dem ich dieses Lächeln zum ersten Mal sah. Bei der Hochzeit einer Freundin grinste er mich über den Tisch hinweg an, einem dieser Tische, die in der hintersten Ecke des Großraumzeltes stehen und für Singles reserviert sind, die nicht einmal ansatzweise jemanden haben, der sie begleiten könnte. Max war mir schon gleich zu Anfang ins Auge gefallen. Mit seinem Lächeln erregte er meine Aufmerksamkeit, und ohne auf die Blumen, das Geschirr und die sich rasch leerenden Weinflaschen zwischen uns zu achten, tauschten wir jene stillen visuellen Signale aus, die gewöhnlich für Ehepartner oder – zumindest – Verliebte reserviert sind, ein wortloser Flirt, der in seiner Verstohlenheit umso reizvoller war. Max war das Leben und die Seele an diesem Tisch voller Fremder. Er machte ironische Bemerkungen zu den Tagesereignissen, riss Witze und schuf eine Atmosphäre der Zugehörigkeit bei einem Ereignis, bei dem man sich so oft vorkommt wie ein Statist am Set eines Spielfilms.

Erst später, als wir einander viel besser kannten, erfuhr ich, wie ungewöhnlich dieses Verhalten für ihn gewesen war. Dass Max sich normalerweise bei einem geselligen Beisammensein niemals in den Mittelpunkt spielte, er es auf dieser Hochzeit aber getan hatte, um meine Aufmerksamkeit zu erregen.

Ich glaube, da habe ich mich auf der Stelle ein wenig in ihn verliebt.

»Es ist ja nur ein Vorschlag, Junge, doch hast du schon mal überlegt, dir ein Hobby zuzulegen, irgendwas zu tun, damit du aus dem Haus kommst? Warum fängst du nicht wieder mit dem Fotografieren an? Du hast früher so tolle Fotos gemacht.«

Das ist wahr. Max ist ein großartiger Fotograf. Ohne seine treue Canon ist er früher nirgendwohin gegangen. Im Laufe der Jahre muss er Tausende – wirklich Tausende – Fotos von Ellie und mir aufgenommen haben. Ich habe nicht gesehen, dass er seit meinem Tod seine Kamera angerührt hat, nicht einmal, um Ellie zu fotografieren.

»Eher nicht, Mum.«

»Warum nicht? Denk nur an die vielen wunderbaren Bilder, die du von Rachel gemacht hast! Einige davon sind gut genug, um sie professionell zu veröffentlichen.«

»Weil sie nutzlos sind, Mum. Es sind nutzlose, erbärmliche Lügen.«

»Wie meinst du das? Sei nicht albern! Diese Fotos sind doch wunderschöne Erinnerungen.«

»Aber sie bringen sie nicht zurück, oder? Wenn du die Wahrheit hören möchtest: Ich kann es nicht ertragen, die Fotos anzusehen. Mir kommt es so vor, als könnte ich mich an Rachel als echten Menschen umso weniger erinnern, je mehr ich diese Bilder betrachte. Ich hasse die Fotos dafür, dass sie Rachel zu einem hohlen Abbild auf einem Stück Papier reduzieren. Wenn Ellie nicht wäre, würde ich sie alle verbrennen.«

In Max' Stimme schwingt eine Aggression mit, die Joan vermutlich genauso entsetzt wie mich. Ich wünschte, ich könnte für ihn wieder real sein, seine nackte, warme Haut streicheln, Haut, die selbst an den kältesten Tagen nie zu frösteln scheint, und ihm die Augenlider küssen; er hat einmal gesagt, dass er sich dabei fühlt, als küsste ich direkt seine Seele.

»Es tut mir leid, Junge. Ich wollte dich nicht wütend machen. Ich dachte nur, es könnte ... wie soll ich es sagen ... eine Therapie sein, etwas zu tun, worin du gut bist und durch das du auf andere Gedanken kommst. Ich sorge mich einfach um dich, das weißt du, und ich glaube, es würde dir guttun, wenn du wieder herauskämst und mehr unternehmen würdest. Warum triffst du dich nicht mit deinen alten Freunden? Du bist seit Ewigkeiten nicht ausgegangen.«

Zweimal an einem Tag. Manchen Provokationen kann nicht einmal Max' legendäre Ruhe standhalten.

»Ist das dein Ernst, Mum? Du willst ausgerechnet über dieses Thema reden, ausgerechnet heute? Was ist denn nur los mit dir und Harriet? Die ganze Mittagspause hat sie mich ungefragt mit Ratschlägen gepiesackt, wie ich loslassen soll. Ich verspreche euch, euch beiden, wenn ich so weit bin, dass ich tun kann, was ihr ein Jahr nach dem Tod meiner Frau für das Beste für mich haltet, dann erfahrt ihr es als Erste.«

Joan sieht ihn verdutzt an.

Ich bin nicht überrascht. Ich erinnere mich nicht, dass er ihr gegenüber je die Stimme erhoben hätte. Sie hat einen Nerv getroffen, der empfindlicher ist, als irgendeine von uns je ahnte.

»Du brauchst mir nicht gleich an die Kehle zu gehen, Max. Ich versuche nur, dir zu helfen.«

Eine Welle von Schuldgefühlen zieht über Max' Gesicht. »Das weiß ich ja, Mum. Es tut mir auch leid. Ich hätte nicht so hochgehen sollen. Ich hatte wohl nur schon genug unerwünschte Ratschläge heute, erst von Harriet und jetzt von dir.«

Ein Ausdruck übermächtiger Neugier durchbricht den Schutzwall in Joans Augen. »Was hat Harriet dir denn geraten? Ach, sag nichts – sie hat sich mal wieder in Dinge eingemischt, die sie nichts angehen.«

Es war klar, dass Joan sich diese Gelegenheit nicht entgehen lassen würde. Ich habe die Feindschaft zwischen meiner besten Freundin und meiner Schwiegermutter nie verstanden und weiß nicht, ob sie einfach auf dem Generationenkonflikt beruht oder ob ihr eine tiefergehende Missbilligung der jeweils anderen Lebensentscheidungen zugrunde liegt: die Konventionalität, die Harriet so unerträglich ist, und die Kinderlosigkeit, die Joan nicht begreifen kann. Zu viele Feiern hat es gegeben, bei denen Joans Kommentare nur um Haaresbreite noch im Bereich des Akzeptablen lagen oder bei denen Harriets gepfefferte Entgegnungen drohten, den Firnis der Harmonie zu sprengen, und Max oder mich zum Eingreifen zwangen. Ich möchte wissen, ob sie einander heutzutage überhaupt noch begegnen.

»Ob du es glaubst oder nicht, sie hat exakt das Gleiche gesagt wie du: dass es Zeit ist, darüber nachzudenken, wie ich weitermachen will, dass ich mehr ausgehen soll, dass ich neue Freunde finden muss. Offenbar findet sie, ich soll mich auf einer Website anmelden, wo ich neue Leute kennenlernen kann – im Grunde wäre das so eine Website für die Partnersuche. Das ist okay. Aber ich habe ihr deutlich gemacht, dass sie damit bei mir auf Granit beißt.«

Joan zieht ein nachdenkliches Gesicht und tätschelt Max mütterlich das Knie. »Ich weiß, dass Harriet ein wenig taktlos sein kann, doch ich glaube nicht, dass ihr Vorschlag völliger Unsinn ist. Ich meine, würde es dir schaden, ein paar neue Leute kennenzulernen und dich mal ein wenig zu amüsieren?«

Ich bin mir nicht sicher, was schockierender ist: dass Joan tatsächlich mit Harriet einer Meinung ist oder dass meine Schwiegermutter am ersten Jahrestag meines unerwarteten Ablebens meinen Mann ermutigt, sich bei einer Dating-Website anzumelden.

»Ist das dein Ernst?«

»Aber warum nicht? Es tut dir nicht gut, dich jedes Wochenende zu Hause zu verbarrikadieren.«

»Ich verbarrikadiere mich nicht. Ellie und ich unternehmen jedes Wochenende etwas.«

»Ich meinte nicht Unternehmungen mit Ellie. Ich meine allein, mit anderen Erwachsenen. Du bist immer noch ein junger Mann, nicht wahr? Du hast dein ganzes Leben noch vor dir.«

»Ehrlich, ich fasse es nicht, was ich da höre. Ich kann nicht glauben, dass irgendjemand mir nahelegt, wieder an eine Beziehung zu denken, nicht Harriet und schon gar nicht du. Ich sage dir das Gleiche, was ich zu Harriet gesagt habe: Ich bin dazu nicht bereit und finde, es ist noch zu früh – für mich, für Ellie und für Rachel.«

Joan hebt defensiv eine Augenbraue. »Nun, da du von selbst auf sie zu sprechen kommst – glaubst du denn, es ist gut für Ellie, wenn du dich so abkapselst? Ich mache mir Sorgen um sie, Max, ich sorge mich wirklich. Schlimm genug, dass die arme Kleine keine Geschwister hat, die das Gleiche durchmachen. Ich glaube, es täte ihr gut, wenn du ab und zu mal Freunde hier hättest.«

In den Sekunden, die Max für seine Antwort braucht, befällt mich die Panik, dass er es ihr sagen könnte – dass er ihr die Geschichte offenbaren könnte, von der ich mir am meisten wünsche, dass er sie für sich behält. Sie ist unser Geheimnis, ein Geheimnis, von dem ich nicht möchte, dass er es irgendjemandem anvertraut. Niemals. Über ein Jahr der Versuche und des Scheiterns, in dem wir uns Monat für Monat einredeten, diesmal wäre es so weit. Das Festhalten von Daten und die obsessive Suche nach Anzeichen, ganz gleich welchen, dass wir diesen Monat nicht noch einen Fehlschlag zu verbuchen hätten. Was uns deprimierte, war nicht die wiederkehrende Niederlage, sondern die ständige Hoffnung. Gegen Ende verbrachte ich Stunden online, frustriert, dass niemand mir eine einfache Lösung empfehlen konnte. Und ich machte mich dafür verantwortlich, dass unsere Entscheidung, mit dem zweiten Kind zu warten, damit Ellie ein wenig Zeit mit uns allein verbringen konnte, dazu führen sollte, dass sie nie Geschwister bekam.

Dieses Schuldgefühl ist noch immer da, zusätzlich zu dem, Max und Ellie im Stich gelassen zu haben; das Schuldgefühl, dass ich Ellie nicht nur ohne Mutter, sondern auch ohne Bruder oder Schwester zurückgelassen habe, mit denen sie die Bürde teilen könnte. Ich war ein Einzelkind und musste mit meiner Trauer allein zurechtkommen, zusätzlich zu der vorzeitigen Verantwortung für das Wohlbefinden meiner Mutter, und das hätte ich Ellie wissentlich um keinen Preis aufgebürdet.

»Schön, Mum. Wenn du mich jetzt in Ruhe lassen würdest ... Ich muss darüber nachdenken.«

Er muss darüber nachdenken? Das sagt er doch bestimmt nur, um sie beruhigen, das Thema zu beenden und weiteren Meinungsverschiedenheiten vorzubeugen? Er kann es nicht ernst meinen. Oder?

»Wirklich, Max, versprichst du es mir? Denn ich glaube ehrlich, dass es dir guttäte. Ich würde dich nicht drängen, wenn ich anderer Meinung wäre. Vielleicht hat Harriet recht, vielleicht ist eine dieser Online-Börsen eine gute Idee. Ich meine, es kann doch nicht wehtun, neue Leute kennenzulernen, oder?«

Das kommt darauf an. Es hängt davon ab, ob man die tote Frau eines Mannes ist, den jeder anstachelt, sich mit anderen Frauen zu verabreden, und es so formuliert, dass er sich neue Freunde suchen soll. Dann könnte es vielleicht doch ein wenig wehtun.

»Ehrlich, Mum. Ich werde nicht so tun, als wäre ich schon so weit, aber ich werde darüber nachdenken. Meine Güte, wenn Harriet und du euch mal in einem Punkt einig seid, dann muss ja was Wahres dran sein.«

Der Schock destabilisiert mich wie ein unerwarteter Schlag. Ich wünschte, ich könnte mich an irgendetwas festhalten, aber innerhalb meiner vorstellbaren Reichweite gibt es keinen einzigen greifbaren Gegenstand.

Wie kann Max so etwas überhaupt nur in Erwägung ziehen? Wie kann er auch nur andeuten, dass er darüber nachdenken wird? Wie kann er nicht wissen, dass es zu früh ist, viel zu früh? Seine Worte durchfahren mich wie ein elektrischer Schock und dringen geradewegs in die Brust, die einmal mein fehlerhaftes Herz beherbergt hat. Ich hätte mir nie vorgestellt, dass die Toten Schmerz empfinden könnten, physisch oder emotional. Offenbar habe ich bisher überhaupt nichts gewusst.

Ich kneife die Augen fest zu, wünsche mich weg, und ausnahmsweise kooperieren die Welten. Zum ersten Mal seit einem Jahr habe ich das volle Grauen des Sterbens begriffen. Es sind nicht nur die Schuld und das Gefühl der Verlassenheit und der Verlust. Es ist die Erkenntnis, dass ich auf mich allein gestellt bin. Dass meine Einsamkeit weder eingebildet noch übertrieben ist, sondern vom Mangel an Klebstoff befeuert wird, der jede einzelne menschliche Bindung aufrechterhält:

dem Band des gegenseitigen Einfühlens. Und es ist das Wissen – die entsetzliche Erkenntnis, die mich jetzt erst trifft –, dass mein Leben, meine Liebe und meine Beziehung nicht überdauern werden, nur weil ich nicht mehr bin.

Wie sich herausstellt, ist das Einzige, was noch unerwarteter kommt als mein vorzeitiger Tod, die Unberechenbarkeit des Lebens, das ich hinter mir zurücklasse.

NICHT-WAHRHABEN-WOLLEN

5

Als das Weiß weicht und die Aktivitäten in der Welt der Lebenden offenbart, entdecke ich meine Tochter und ihre Patentante im Garten hinter dem Haus, das ich einmal mein Zuhause genannt habe.

Sie spielen etwas, bei dem Harriet eine Augenbinde trägt und eine überdrehte Ellie sie im wörtlichen Sinne umkreist, unbeherrscht kichert und sich einfach nicht fangen lässt. Es muss ein warmer Tag sein, denn es ist hell, und Ellie flitzt mit nackten Füßen über den frisch gemähten Rasen und wirbelt die blassen, glatten, unbedeckten Arme durch die Luft.

Sie trägt eines meiner Lieblingskleider aus marineblauem knielangem Jersey, das mit kleinen weißen Schmetterlingen besetzt ist, ein Kleid, das unscheinbar wirken könnte, hüllte es nicht anmutig den schlanken Leib meines schönen Mädchens ein. Ihre langen braunen Locken springen im Takt mit ihrem Körper, während sie mit von der Anstrengung geröteten Wangen von einem Bein aufs andere hüpft.

Wäre ich dort unten statt hier oben, würde ich sie in die Arme nehmen und ihr hundert Mal den Nacken küssen, und Ellie würde jeden einzelnen Kuss zählen, damit ich auch ganz bestimmt keinen einzigen ausließe. Das haben wir unzählige Male getan.

»Du fängst mich nicht, Hetty.«

Ich kenne niemanden außer Ellie, dem je gestattet worden wäre, Harriet einen Kosenamen zu geben. Harriet tut so, als duldete sie es gnadenhalber, aber ich glaube, insgeheim liebt sie die besondere Anrede, die sich ihr Patenkind ausgedacht hat und ausschließlich von ihm verwendet werden darf.

»Da hast du bestimmt recht, meine Hübsche. Meinst du nicht auch, wir haben jetzt lange genug gespielt?« Harriet zieht sich die Binde von den Augen, als wollte sie ihre rhetorische Frage selbst beantworten, doch ihr Tonfall deutet schon auf die wahrscheinliche Antwort hin.

»Oh! Mach die Binde wieder dran, Hetty, sonst kriegst du mich zu leicht!«

»Da bin ich mir nicht so sicher, Schätzchen, nicht bei meinen Absätzen.«

»Dann zieh die Schuhe aus, damit du schneller rennen kannst! Das Gras fühlt sich ganz toll an. Es kitzelt zwischen den Zehen.«

Harriet lacht. »Ich gehe lieber nicht mit schmutzigen Füßen in meine wunderschönen kleinen Schuhe, wenn's dir recht ist. Gefallen sie dir? Ich habe sie mir erst gestern gegönnt.«

Ellie hockt sich hin und betrachtet die Schuhe genauer.

Von Harriets teurer Schuhsammlung ist sie immer wie gebannt und hat schon zahllose glückliche Stunden vor dem vom Boden bis zur Decke reichenden Schuhschrank in Harriets Ankleidezimmer verbracht, vor der methodisch katalogisierten Auswahl von über hundert Designerpaaren, die aussehen wie aus einem Modemagazin.

Ellie und ich haben uns manchmal an einem Wochenendnachmittag zu Harriet zurückgezogen, wenn in unserem Wohnzimmer ein Fußballspiel lief. Harriet ließ Ellie nach Herzenslust im Schuhschrank stöbern, und Ellie machte eine große Show für uns, indem sie in Schuhen mit viel zu hohen Absätzen für ihren kleinen Körper über den polierten Parkettboden schlurfte und uns mit der akribischen Detailversessenheit einer Fünfjährigen die Kriterien beschrieb, nach denen sie die Schuhpaare ausgesucht hatte, die sie uns am fraglichen Nachmittag präsentierte. Ich weiß noch, wie ich dann immer gedacht habe, welches Glück Ellie hatte, Harriet zu haben, und wie gern ich jemanden wie sie gehabt hätte, als ich aufwuchs: die Nicht-ganz-Tante, die dennoch so viel mehr ist.

»Hm, sie sind ganz nett. Die Farbe gefällt mir. Bei dem Muster bin ich mir aber nicht so sicher. Meine Lieblingsschuhe sind das ganz bestimmt nicht.«

»Nun, es tut mir leid, das zu hören, junge Dame. Werde versuchen, nächstes Mal welche auszusuchen, die mehr deinem Geschmack entsprechen.« Harriet packt Ellie unter den Armen und schwingt sie durch die Luft, was die Kleine veranlasst, in unkontrolliertes, unbefangenes Kichern auszubrechen.

Sie haben Glück, dass sie einander haben, die beiden.

»Komm schon, Hetty! Nur noch ein Mal! Bitte!«

»Also gut, du kleine Tyrannin. Wie sollte ich mich auch weigern?« Harriet legt sich wieder die Augenbinde an und stolpert schwankend in die ständig wechselnde Richtung, aus der Ellies Lachen kommt.

Ich bin mir nicht sicher, ob Ellie das Spiel amüsanter findet oder den Anblick Harriets, die auf Jimmy Choos mit Acht-Zentimeter-Absätzen und in einem Kleid von Diane von Fürstenberg durch den Garten taumelt. Wie auch immer, es spricht für Ellies Überredungskünste, dass sie Harriet überhaupt dazu bewegen konnte, sich auf dieses Spiel einzulassen. Oder es beweist Harriets Zuneigung zu ihrem Patenkind. Wahrscheinlich handelt es sich um eine Kombination von beidem.

Ellie neckt Harriet, stupst sie aus unterschiedlichen Winkeln an und rennt dann schnell außer Reichweite, bis Harriet sie endlich am Arm packen und festhalten kann, bis die Runde vorüber ist.

»So, mir reicht's, Madame. Ich fürchte, deine Patin braucht eine Tasse Kaffee und ein bisschen Sauerstoff auf Raumtemperatur.«

Harriet zieht die Binde ab und stellt fest, dass Ellie bereits ihre altbewährte mürrische Haltung eingenommen hat: die Arme verschränkt, den Kopf gesenkt, die Stirn gerunzelt und die Lippe geschürzt, eine Karikatur dessen, wie ihrer Meinung nach ein enttäuschtes Mädchen aussehen sollte.

Diesem Ausdruck habe ich nie widerstehen können, weil ich darüber so sehr lachen musste, dass es mir kleinlich vorgekommen wäre, wenn ich ihr danach ihre Bitte verweigert hätte.

»Ooooch. Aber ich will noch nicht wieder rein. Nur noch ein Mal? Bitte! Ich lass mich diesmal auch viel schneller von dir fangen, versprochen.«

»Nun, schönes Kind, du bist vielleicht im Besitz von Überzeugungstechniken, mit denen du die meisten Anwälte beschämen würdest, doch ich fürchte, hier triffst du auf eine würdige Gegnerin. Vielleicht nach dem Mittagessen. Renn doch noch ein bisschen herum und verbrenne etwas von deiner unerschöpflichen Energie! Wir rufen dich, wenn das Essen fertig ist, okay?« Harriet küsst Ellie auf den Kopf, ehe sie zu Max in die Küche geht, der gerade ein Backblech voll Kartoffeln begießt.

Ich freue mich, dass er die Schürze mit der Aufschrift *Ruhe bewahren und weiterkochen!* trägt, die ich ihm vor ein paar Jahren als Scherz zum Geburtstag gekauft habe – als Scherz, weil sich seine Kochkünste damals darauf beschränkten, in der Mikrowelle erhitzte Dosenbohnen auf zwei Scheiben dick gebuttertes Toastbrot zu verteilen. Das nannte er »sich etwas

Leckeres kochen«. Ich hätte es nie geglaubt, wenn mir jemand erzählt hätte, dass er nun mit Topfhandschuhen an den Händen hier stehen und das Garen einer Lammkeule in einer Kruste aus frischem Knoblauch und Rosmarin beaufsichtigen würde – nur ein Gericht auf seiner langen Liste von kulinarischen Leistungen, zu denen er in letzter Zeit fähig ist.

»Himmel, wo um alles auf der Welt haben Kinder nur diese Energie her? Ich bin völlig fertig, und ich bin nur eine halbe Stunde da draußen gewesen.«

»Eher eine Viertelstunde, Harriet. Aber es ist wahr. Kinder sind ziemlich raffiniert, wenn es darum geht, ihre Paten zu bewegen, mit ihnen am Sonntagvormittag kräftezehrende Gartenspiele zu veranstalten.«

»Sehr komisch. Du weißt genau, dass ich ihr nie etwas abschlagen kann. Und sie weiß es leider auch. Ehrlich, mir ist schleierhaft, wie das gehen soll. Eine Neunzig-Stunden-Woche in der Kanzlei ist wie Urlaub im Vergleich zu einem Wochenende Kinderbetreuung. Da fragt man sich, ob an dem Wunsch, Kinder zu haben, nicht doch ein wenig Irrsinn ist, besonders, wenn man das Aufpassen selbst erledigen muss.« Harriet hält lange genug inne, dass bei ihr der Groschen fällt, welche Taktlosigkeit sie begangen hat. »Gott, tut mir leid, Max! Wieder mal kopfüber ins Fettnäpfchen. Tu so, als hätte ich nichts gesagt, und ich versuche, für den Rest des Tages zu denken, bevor ich rede!«

Max schiebt lachend das Blech wieder in den Backofen. »Ich glaube nicht, dass du eine lebenslange Gewohnheit an einem einzigen Tag ändern kannst, Harriet. Denk einfach nicht mehr dran! Du hast nämlich recht – es ist absolut kräftezehrend. Manchmal frage ich mich, ob ich je wieder die Energie haben werde, abends länger als bis neun Uhr aufzubleiben.«

»Ach, da wir schon davon sprechen: Erinnerst du dich, worüber wir uns vor ein paar Wochen unterhalten haben? Du weißt schon, die unübersehbare Tatsache, dass du dich, falls du nicht bald wieder ein wenig unter erwachsene Menschen kommst, in die Sorte von merkwürdigem altem Eigenbrötler verwandeln wirst, an dessen Haus die Kinder sich abends nicht vorbeitrauen?«

Ich hätte wohl ahnen müssen, dass Harriet dieses Thema wieder aufbringen würde. Ich habe sie furchtbar lieb, wirklich, aber so erfolgreich zu sein wie sie und schon beim ersten Anzeichen von Widerstand großmütig nachzugeben sind vermutlich zwei unvereinbare Eigenschaften.

»Wie könnte ich das vergessen, Harriet? Und ich habe darüber nachgedacht, aber mein Standpunkt hat sich nicht geändert. Ich bin dafür noch nicht bereit.«

Eine Welle der Erleichterung spült über mich hinweg. Ich habe die letzten zwei Wochen in der Angst verbracht, er könnte zu einem anderen Schluss gelangen. Ich hätte es besser wissen müssen. Ich hätte Max besser kennen müssen.

»Ja, ich weiß, was du gesagt hast, aber das bedeutet noch lange nicht, dass du auch recht hast. Wie auch immer, ich habe mir gedacht, weil du wahrscheinlich selbst nichts unternimmst, fädle ich eben etwas für dich ein.«

»Himmel, was hast du getan, Harriet? Bitte sag mir nicht, dass du mich mit einer deiner furchtbaren Kolleginnen verkuppeln willst! Falls ja, kannst du es gleich wieder abblasen. Ich gehe mit keiner Anwältin aus.«

»Sei nicht albern, Max! So dumm bin ich nicht – sogar ich weiß, dass das für dich ein Date aus der Hölle wäre. Nein, ich habe den allerkleinsten Babyschritt für dich gemacht. Dagegen kannst nicht einmal du etwas haben, wirklich nicht.«

Darauf würde ich nicht wetten. Einspruch, Euer Ehren, und ich weiß nicht einmal, welches Vergehen dem Angeklagten vorgeworfen wird.

»Mach es nicht so spannend, Harriet! Was hast du getan?«

Ich bin mir nicht sicher, ob ich es wissen möchte oder lieber in seliger Unwissenheit verbleibe, um nicht mit anhören zu müssen, wie meine beste Freundin mit meinem verwitweten Mann mögliche Partnersuche-Strategien erörtert. Ein bisschen ist es, als hörte man seine Eltern über die Feinheiten ihres Geschlechtslebens reden. So etwas sollte einfach nicht geschehen.

»Also, du kennst so etwas vermutlich nicht, denn Rachel und du, ihr seid ja quasi schon zusammen gewesen, ehe das Internet überhaupt erfunden wurde. Nein, Spaß beiseite, es gibt eine wirklich tolle Website, wo man sich nur vorstellen kann und überhaupt nichts machen muss. Wenigstens nicht sofort. Ich erledige alles für dich. Auf der Seite kann man seine Freunde empfehlen – man richtet ihr Profil ein und teilt der virtuellen Welt mit, wie wunderbar sie sind, sodass einem der peinliche Teil erspart wird, sich selbst darzustellen, was du natürlich verabscheuen würdest. Du brauchst nur rumzusitzen und auf die Horden von Frauen zu warten, die von meinem herausragend wortgewaltigen und glühend begeisterten Porträt deiner Person überwältigt sind und dich unbedingt kennenlernen wollen. Und du suchst sie dir aus. Es ist genial. Was kann man daran nicht mögen?« Harriet strahlt Max mit einem triumphierenden Ausdruck an, der vermutlich jedes Mal in ihr Gesicht tritt, wenn sie einen Fall gewinnt.

Nur sieht Max alles andere als hingerissen aus. »Harriet, es mag ja die tollste Website der Welt sein, aber ich bin einfach nicht interessiert. Wenn sie so fantastisch ist, dann gibt es sie bestimmt auch noch in ein paar Jahren, wenn ich so weit bin, dass ich so etwas wieder in Betracht ziehen kann.«

»Ich wusste, dass du das sagen würdest. Deshalb habe ich im Hinblick auf diesen verheißungsvollen Tag jetzt schon dein Profil erstellt.«

Du hast was?

»Du hast was?«

»Sei nicht böse! Wenn es dir absolut nicht gefällt, kannst du es ja immer noch löschen. Ich dachte nur, ich gebe dir mal den sprichwörtlichen Tritt in den Hintern. Den brauchst du nämlich dringend.«

Das Entsetzen in Max' Gesicht weicht der Verärgerung, dann verwandelt es sich in einen Ausdruck, der einer wütenden Miene so nahekommt, wie es bei Max nur möglich ist. »Lösch es, Harriet! Sofort! Du kannst so etwas nicht einfach tun, ohne mir auch nur davon zu erzählen.«

»Ich habe es dir doch jetzt erzählt, oder? Ich habe vorher nichts gesagt, weil ich wusste, dass du dagegen sein würdest. Komm, sieh es dir mal an! Bist du denn kein bisschen neugierig, was ich über dich geschrieben habe?«

»Nein, das bin ich nicht, Harriet. Falls du es mir nicht anmerken solltest, ich bin kein bisschen aus dem Häuschen vor Freude, dass du dir die Mühe gemacht hast.«

»Gut, dann bist du jetzt eben ein wenig sauer, aber warte mal, bis ich dir sage, wie beliebt du bei den Damen bist! Ich habe es erst Freitagabend eingestellt, und als ich heute Morgen nachgeschaut habe, hattest du schon vier Nachrichten. Vier Nachrichten, Max! Das ist verdammt gut, vor allem für jemanden in deinem Alter.«

Max atmet tief durch, während er eine Pfanne mit Wasser auf den Herd stellt, um es zum Kochen zu bringen. »Harriet, nimm es bitte wieder raus! Sofort! Und wir tun so, als wäre es niemals geschehen. Ich weiß, dass du glaubst, du würdest mir helfen, doch du musst mir erlauben, diese Dinge auf meine Weise anzugehen, und in meinem Tempo.«

»Okay, okay, aber lass mich dir vorher wenigstens vorlesen, was ich über dich geschrieben habe! Du musst doch wenigstens ein bisschen neugierig sein.« Ehe Max noch etwas einwenden kann, nimmt Harriet ihr Handy heraus und beginnt, mit einer Konzentration darauf herumzutippen, die klarmacht, dass sie nicht die Absicht hat, irgendwelchem Widerstand nachzugeben. »Also, los geht's: *Ich kenne Max seit elf Jahren. Er ist vielleicht ein bisschen verkrampft und kann manchmal eine Spaßbremse sein, und wenn man zulässt, dass er mit den Rosenkriegen anfängt, hört er vielleicht nie wieder auf zu dozieren. Aber er ist charmant, bei Verstand (meistens) und zuverlässig, und, ehrlich gesagt, was kann man mehr von einem Kerl erwarten, der so gerade noch nicht vierzig ist? Stupst ihn mal an und schaut, ob ihr das Feuer in ihm wieder entfachen könnt!* So. Was hältst du davon?«

Max sieht genauso entsetzt drein, wie ich mich fühle.

»Das hast du doch nicht im Ernst über mich geschrieben? Öffentlich? Was, wenn jemand, den ich kenne, das sieht? Jemand von der Schule? Um Gottes willen, Harriet, was hast du dir nur dabei gedacht?«

»Natürlich habe ich das nicht eingestellt, du Blödmann! Was denkst du denn von mir? Beruhige dich, ehe du noch einen Anfall bekommst! Das war nur ein Scherz.«

»Du meinst, du hast gar kein Profil angelegt? Das ist nicht witzig, Harriet. Du konntest doch sehen, wie sehr ich mich aufgeregt habe.«

»Ich habe durchaus ein Profil für dich angelegt. Das war nur nicht das, was ich geschrieben habe. Mein Gott, Max, du leidest heute aber wirklich an einem schweren Fall von Humorversagen!«

»Mein Sinn für Humor meldet sich, wenn etwas lustig ist, Harriet. Und das war nicht lustig. Hast du nun also ein Profil für mich erstellt oder nicht?«

»Das habe ich. Und du wirst es einfach lieben. Komm schon, ich zeige es dir auf dem Laptop, damit du den Effekt siehst!«

»Ich möchte es nicht sehen, Harriet. Wie oft muss ich es dir noch sagen: Ich bin nicht interessiert.« Noch während Max seinen Mangel an Interesse bekundet, lässt er sich quer durch die Küche zu dem Laptop schleppen, der geöffnet auf dem Tisch steht.

»Ich muss es nur gerade laden. Ich glaube nicht, dass du noch lange auf mich wütend bist, wenn du siehst, wie gut ich dich verkaufe.«

Ihn verkaufen? Hat Harriet die moderne Welt des Firmenrechts verlassen und sich der guten altmodischen Kuppelei zugewandt?

»Schau, ist das nicht ein schönes Foto? Hast du das schon mal gesehen? Wahrscheinlich nicht, oder? Mein lieber Freund Philippe – du erinnerst dich an ihn, schwul, Franzose, ein Akzent, für den man sterben würde – hat es bei meinem Geburtstagslunch vor zwei Jahren aufgenommen. Sogar ich würde sagen, dass du auf dem Bild passabel gut aussiehst.«

Harriet lädt das Foto im Vollbildmodus. Max sieht umwerfend aus. Sein dichtes braunes Haar ist auf dem Bild ein bisschen länger als jetzt und wellt sich oben leicht; ich fand immer, dass er dadurch weltmännisch und zerzaust zugleich wirkte. Er lacht über etwas, das jemand gesagt hat, und sein Lächeln ist geradezu formatfüllend, es umfängt einen und zieht einen von außen ins Bild hinein. Das Foto ist wirklich wunderbar.

»Du weißt, dass ich kein einziges Bild von mir mag, Harriet. Zugegeben, das hier ist weniger schlimm als die meisten, aber viel heißt das auch nicht.«

»Warte nur, bis du siehst, was ich geschrieben habe! Sieh nicht hin – lass es mich dir vorlesen!«

Max tut, wie geheißen. Manchmal wirkt Harriets überzogen herrische Art schon fast komisch. Heute allerdings merke ich von der lustigen Seite nichts.

»*Ich kenne Max seit elf Jahren. Ich weiß, hier geht es überhaupt nicht um mich, aber ich glaube, es ist wichtig, dass ihr von Anfang an wisst, dass ich für Dummköpfe kein Verständnis habe und normalerweise nicht dazu neige, Oden über die Eigenschaften anderer Menschen zu verfassen. Max jedoch ist eine Ausnahme. Um es kurz zu machen, er hat, was man im Allgemeinen ›die ganze Palette‹ nennt: Er ist klug, lustig, freundlich, geduldig und sieht – für einen Mann Ende dreißig – in einer Badehose überraschend annehmbar aus. Er kann kochen, hat keine abstoßenden Gewohnheiten, von denen ich wüsste (von seiner Bescheidenheit abgesehen, die mich rasend macht, doch andere Frauen kommen damit sicher zurecht), und er ist wirklich ein Mann, der sich für viele Dinge interessiert und nie den Humor verliert. Auch wenn es klischeehaft klingt: Er ist der Mann, dem Frauen ihre Probleme anvertrauen und mit dem Männer ein Bier trinken gehen wollen. Außerdem ist er seiner wunderschönen siebenjährigen Tochter der beste Vater der Welt. Und jetzt, ihr Glücklichen, gehört er ganz euch.* Na, wie findest du deine Beschreibung, hm?«

Sie ist wundervoll, das lässt sich nicht bestreiten. Ich habe nie geahnt, dass meine beste Freundin so große Stücke auf meinen Mann hält.

Auf mich stürzt alles ein, was ich noch hinzugefügt hätte,

wenn ich an Harriets Stelle das Profil erstellt hätte: Max' breite Schultern, die einem versichern, dass er das Gewicht der Welt auf ihnen tragen könnte, wenn er müsste, und seine schönen festen Hände, die Sicherheit vermitteln, wenn er einen bei der Hand nimmt. Die ausgeprägten Muskeln in seinen Waden – den Waden eines Radfahrers –, die jedem seiner Schritte Zielstrebigkeit verleihen, und die Überempfindlichkeit seiner nackten Haut, die dazu führt, dass er so gut wie jede menschliche Berührung als kitzlig erlebt. Ich hätte darüber geschrieben, wie seine Nasenspitze zittert, wenn er redet, und damit selbst einem Streit eine humorige Atmosphäre verleiht. Und wie er mir nach einem schweren Tag als Letztes am Abend den Kopf ganz sanft streichelt – so sanft, dass es sich anfühlt, als striche mir ein Engel durchs Haar –, bis er die Frustrationen des Tages weggestreichelt hat und ich in den Schlaf sinke.

Ich glaube, wenn ich angefangen hätte, sein Profil zu erstellen, wäre ich nie fertig geworden.

»Harriet, ich bin geschmeichelt, wirklich. Das ändert aber nichts daran, dass ich deine ›Beschreibung‹ nicht online haben möchte.«

»Jetzt warte mal eine Sekunde, Mister Risikoscheu! Ehe du etwas überstürzt, sieh dir erst mal die Frauen an, die dir jetzt schon eine Nachricht geschickt haben! Schau: Hier ist eine Sophia, eine Ärztin – Chirurgin sogar. Und wenn ich es auch nur widerwillig zugebe, sie hat bessere Beine als ich. Sieh sie dir an – die sind ewig lang! Was gefällt dir denn nicht an einer Chirurgin mit solchen Beinen? Und da ist noch eine wirklich Hübsche ... Sekunde ... Ah, hier ist sie! Sarah ... Sie ist Sozialarbeiterin – wahrscheinlich ein bisschen ernst, aber trotzdem richtig heiß.«

Max sieht Harriet mit beunruhigend mehr Interesse an dieser Kollektion weiblicher Bewunderer über die Schulter, als zu einem Mann passt, der darauf beharrt, für all das noch nicht bereit zu sein. »Du hast ja nicht einmal meine Größe richtig angegeben, Harriet. Seit wann bin ich eins fünfundachtzig groß? Und meine Augen sind nicht dunkelbraun, sondern mittelbraun. Tja, es ist zwar sehr freundlich von dir, mich als ›sehr gutaussehend‹ einzuordnen, aber ehrlicher wäre es gewesen, wenn du das Kästchen mit ›durchschnittlich‹ angeklickt hättest.«

»Jetzt hör doch auf, so auf den Details rumzureiten, Max! Du bist fast eins achtzig groß, und überhaupt – wer rückt denn schon mit einem Maßband an und prüft die Angaben? Ich habe geschrieben, deine Augen sind dunkelbraun, weil ich halt finde, dass ›mittelbraun‹ ein bisschen ... ich weiß auch nicht ... unentschlossen klingt, während jede Frau auf einen Mann mit dunkelbraunen Augen steht. Und bei diesen Sites ist es üblich, sich in der Aussehensskala wenigstens eine Stufe höher zu setzen. Wenn ich geschrieben hätte, dass du durchschnittlich aussiehst, hätte es angedeutet, dass du hässlich bist, und dir wäre es ja wohl kaum recht gewesen, wenn ich das in der virtuellen Welt bekannt gegeben hätte, oder?«

Max sieht nachdenklich drein.

Ich wünschte, ich wüsste, was ihm durch den Kopf geht. Ich wünschte, ich könnte es mit ihm besprechen, von Angesicht zu Angesicht, obwohl ich weiß, dass in dem Moment, in dem das möglich würde, ein solches Gespräch nicht mehr vonnöten wäre.

»Es tut mir leid, Harriet. Ich merke ja, dass du nur versuchst zu helfen und dass du dir eine Menge Mühe gegeben hast. Aber der Zeitpunkt ist einfach falsch.«

»Ach, komm schon, Max! Du und ich, wir wissen doch beide: Wenn ich dich dir selbst überlasse, sagst du am Tag des Jüngsten Gerichts noch, dass es der falsche Zeitpunkt ist. Ein paar von diesen Frauen sehen doch wirklich nett aus. Was wäre das Schlimmste, was passieren kann, wenn du es einmal versuchst?«

Max verlässt den Küchentisch und beginnt, Arbeitsflächen abzuwischen, die bereits fleckenlos sauber sind. »Es geht nicht darum, dass ich mir Gedanken darüber mache, was Schlimmes geschehen könnte, Harriet. Weißt du, ich sehe mir die Bilder dieser Frauen an und bin mir sicher, dass sie alle furchtbar nett sind, aber sie sind nicht Rachel. Wenn ich sie anschaue, kann ich an nichts anderes denken als daran, wie wenig sie ihr gleichen, wie sehr ich Rachels wunderschönen hellen Augen, ihre fragende Miene und ihren wortgewandten Mund vermisse. Ich weiß, es ist dumm, und ich weiß, es wird nicht geschehen, aber das einzige Gesicht, das ich im Moment sehen möchte, ist Rachels.« Max hat langsam gesprochen, leise, und die zarteste Andeutung eines wehmütigen Lächelns biegt die Enden seiner Lippen nach oben, als liefe vor seinen Augen ein ganzer Film von Erinnerungen ab, den er sich lieber allein anschauen möchte.

»Aber, Max, Rach ist nicht mehr hier! Ich weiß, wie sehr du sie vermisst – oder wenigstens glaube ich, dass ich es annähernd erfassen kann, doch die Tatsache, dass du dich weigerst, je mit einer anderen Frau auszugehen, bringt sie dir auch nicht zurück.«

Max atmet tief ein und langsam, müde, wieder aus. »Darum geht es nicht, Harriet. Du verstehst gar nicht, worum es mir geht. Es geht nicht darum, dass ich glauben würde, ich könnte Rachel je zurückbekommen. Ich komme nicht damit klar, dass sie tot ist. Das ist ein großer Unterschied. Als Rachel starb, habe ich nicht nur sie verloren, sondern auch das Erstaunliche und Unfassbare, das wir gemeinsam hatten. Es ist, als hätte es mich gegeben und als hätte es Rachel gegeben … und dann noch diese dritte Person, in der wir uns wie durch Alchimie ergänzten, die eine Kombination von uns war. Und wenn man so etwas hat – man nennt so was wohl eine gute Beziehung –, dann gewöhnt man sich so sehr daran, ein wenig außerhalb seiner selbst zu leben, damit man mit diesem anderen Menschen diese andere Person bewohnen kann. Man vergisst ganz, wie man allein lebt, mit nur den eigenen Gedanken und Meinungen zur Gesellschaft. Man verliert nicht nur einen Partner. Es ist, als verlöre man denjenigen Teil von sich selbst, den man aufgewendet hat, um diese Beziehung zu schaffen. Und ich glaube kaum, dass ich so etwas jemals wieder mit einem anderen Menschen werde haben können. Ich weiß, welches Glück ich hatte, es überhaupt einmal zu erleben.« In Max' Augen steht ein bittender Ausdruck, die Hoffnung, Harriet möge verstehen, dass er erst am Anfang des Versuchs steht, mit sich selbst ins Reine zu kommen.

»Das verstehe ich ja, Max. Aber es ist ja nicht so, dass du nicht mehr allein denken oder keine Entscheidungen mehr treffen könntest. Du bist noch immer ein erwachsener Mann, der für sich selbst die Wahl treffen kann.«

»Natürlich ist es nicht so, dass ich keine eigenen Entscheidungen mehr treffen könnte. Es ist nur, dass ich ein wenig aus der Übung bin, und offen gesagt wäre es mir lieber, wenn ich es nicht tun müsste. Wenn du dich daran gewöhnt hast, ein ganzes Jahrzehnt lang deine Gedanken mit jemandem zu teilen und dich auszutauschen, wenn du gewöhnt bist, dass diese Gedanken überarbeitet, verbessert und oft verständlicher zu dir zurückkommen, als sie es waren, als du sie ausgesprochen hast, ist es schwer – wirklich schwer –, darauf zu verzichten. Ich versuche ständig, mir Rachels Stimme in den Kopf zu rufen. Ich weiß, das klingt wahrscheinlich dämlich, aber ich frage sie oft nach ihrer Meinung und versuche zu hören, was sie über Ellie und die Arbeit zu sagen hat und was sie darüber denkt, wie ich ohne sie zurechtkomme. Manchmal schaffe ich es, und das ist toll. Ich fühle mich dann, als hätte ich wenigstens einen kleinen Teil von ihr in meinem Kopf am Leben gehalten. Doch oft empfinde ich es so, dass sie gerade außer Reichweite ist, und dann trifft es mich umso stärker, dass ich sie verloren habe. Dass ich niemals mehr mit ihr reden kann. Dass sie mir nie wieder einen Rat erteilt oder mir hilft oder über meine blöden Witze lacht oder mir die Meinung sagt. Und ich kann mir nicht vorstellen, dass irgendjemand je ihren Platz einnimmt. Ich kann mir nicht vorstellen, mit irgendeiner anderen Frau diese Alchimie zu erleben. Und wenn ich das nicht mit Rachel haben kann, dann möchte ich eben lieber allein bleiben. Allein mit Ellie.« Max senkt den Kopf, als hätte ihn so viel Aufrichtigkeit ausgelaugt. In seinem Augenwinkel glänzt etwas, das er erfolglos versucht, unauffällig wegzublinzeln.

Es tut mir so leid, dass ich auch nur eine Sekunde lang an dir gezweifelt habe, Max.

Harriet starrt zur Terrassentür hinaus, täuscht vor, ganz in Ellies Spiel im Garten versunken zu sein, lässt den Blick gerade lange genug abgewandt, dass Max sich fassen kann. »Tut mir leid, dass ich übers Ziel hinausgeschossen bin, Max. Du weißt doch, dass ich dich nie absichtlich verärgern würde, oder?«

»Ich bin nicht verärgert, Harriet. Ich bin traurig, mir ist nicht nach Gesellschaft, und ich glaube, es wird noch eine Weile dauern, ehe ich es anders empfinde.«

»Na, hör zu, ich mache nichts mehr mit dem Profil, ich verspreche es dir. Ich werde es einfach dalassen, unberührt, sodass es virtuellen Staub ansetzen kann, bis du eines Tages dafür bereit bist, ob in ein paar Monaten oder ein paar Jahren. Okay?«

Ehe Max antworten kann, stürmt Ellie von draußen herein.

Harriet klappt den Laptop zu.

»Gibt's schon Essen? Ich hab so Hunger!«

»Du kommst genau richtig, Engel. Ich wollte gerade auftragen.«

Als Max die Backofentür öffnet und das Blech herauszieht, erinnere ich mich an den Duft der Lammkeule, die ich vor ihm dampfen sehe. Ich bin nicht hungrig – ich werde nicht mehr hungrig –, aber die Erinnerung an diesen Geruch ist voll Nostalgie und Heimweh, ein Duft, der mich von innen wärmt und in mir die Sehnsucht weckt, an diesem gemütlichen Mahl teilnehmen zu können. Der Dampf aus dem Ofen verdichtet sich zu einem undurchdringlichen weißen Nebel, und ehe ich noch einen letzten Blick auf Max und Ellie genießen darf, finde ich mich allein über den Wolken wieder. Wie es scheint, darf ich heute beim Sonntagsessen nicht einmal Zaungast sein.

Ich frage mich, was Max geantwortet hätte, wäre das Gespräch nicht von Ellie unterbrochen worden. Ich frage mich, ob Max zustimmen wird, das Profil online zu lassen, oder ob er eher darauf besteht, dass Harriet ihn aus dem virtuellen Rendezvous-Pool rauszieht. Ich frage mich, ob es nur eines langweiligen, einsamen Abends bedarf, bis Max die Neugier übermannt und er beginnt, sich die Profile von Frauen durchzulesen, die mich eines Tages ersetzen könnten. Ich versuche, mich mit allem zu trösten, was ich über Max weiß, sage mir, was für ein Mann er ist und was für eine Beziehung wir hatten. Ich erinnere mich an seinen Abscheu vor Verabredungen mit Unbekannten und daran, wie er, als wir gerade lange genug zusammen waren, um einander so etwas einzugestehen, seine Erleichterung bekundete, nun befreit zu sein von unbehaglichen Abenden in der Gesellschaft hoffnungsvoller Fremder.

Ich höre, was er meiner Mum am Abend meiner Beerdigung sagte, nachdem die Gäste gegangen waren, nachdem die wahllos zusammengestellten Sandwiches vom Esstisch geräumt waren, nachdem Ellie zu Bett gebracht worden war: Er hatte ihr gesagt, dass er ohne mich nicht weiterleben könnte, wäre da nicht Ellie.

Ich rufe mir ins Gedächtnis, was er heute zu Harriet gesagt hat, Äußerungen, die ganz gewiss nicht zu einem Mann passen, der kurz davorsteht, eine Beziehung ohne mich zu erwägen. Ich denke an all das, und am Ende gelingt es mir, mich in diesen Beschwichtigungen einzugraben.

Max ist kein bisschen mehr bereit, mich hinter sich zu lassen, als umgekehrt ich ihn. Ich muss ihm vertrauen, muss dem Erbe unserer Ehe vertrauen, muss darauf vertrauen, dass für uns beide noch mehr Zeit vergehen muss. Zeit, die im Ruf steht, alle Wunden zu heilen.

Ich muss auf all das vertrauen, weil ich sonst wirklich nicht viel tun kann.

6

Vertrauen kann oft unangebracht sein, wie sich herausstellt.

Max sitzt allein in einem Pub auf der Portobello Road und trommelt rhythmisch auf die Tischplatte. Seine Fingerbewegungen verraten seine Nervosität jedem, der ihm mehr als flüchtige Aufmerksamkeit schenkt. Da er jedoch am Freitagabend in einem Lokal in Notting Hill sitzt, das überfüllt ist mit Menschen, die zehn Jahre jünger und eine Generation cooler sind als Max oder ich, nimmt zu seinem Glück so gut wie niemand von ihm Notiz.

Seit meinem letzten Besuch ist mehr als ein Monat verstrichen, eine Tatsache, von der ich dank des frustrierend offen ausgegangenen Gesprächs zwischen Max und Harriet weiß, das ich gestern Abend während eines quälerisch kurzen Zugangs von nur wenigen Minuten anhören durfte. Ich habe dabei erfahren, dass Max in letzter Zeit viel nachgedacht hat, was ihn unerklärlicherweise zu dem Schluss geführt hat, es sei Zeit, »den Sprung« ins trübe Wasser der Online-Dating-Szene zu wagen. Wenig überraschend hat Harriet ihn in seiner Entscheidung bestärkt und ihm versichert, dass es das Beste sei, »es so schnell wie möglich hinter sich zu bringen«, so »wie man ein altes Pflaster abreißt«. Joan hat Max offenbar in der Zwischenzeit weiterhin »ermutigt«, mehr »unter Menschen zu gehen«, und die Verabredung an diesem Abend dient ebenso sehr dem Zweck, »Ruhe vor Mum« zu bekommen, wie widerstrebend eine Zehe ins Dating-Gewässer zu tauchen.

Dieses Gespräch gestern Abend mit anzuhören war furchtbar, eine der wenigen Gelegenheiten, bei denen ich mir gewünscht habe, sie nicht mitzuerleben. Von einigen Dingen erfährt eine tote Ehefrau besser nichts, und ganz oben auf der Liste steht ohne jeden Zweifel die grausame Vorstellung, der eigene Mann verabrede sich mit einer anderen Frau. Ich glaube aufrichtig, dass Max noch nicht dazu bereit ist und das auch weiß. Doch wenn an der Trauer etwas vorhersehbar ist, dann wohl, dass sie die Menschen dazu bewegt, sich unvorhersehbar zu verhalten.

Während meiner Abwesenheit, die sich über Wochen dahinzog – Wochen, die mir jetzt so viel länger vorkommen als damals, als ich sie lebte und atmete –, habe ich angenommen, dass meine Gefühle eindeutig sein würden, sollte Max irgendwann in der fernen, unvorstellbaren Zukunft entscheiden, wieder mit Frauen auszugehen. Ich habe erwartet, simple, pure Eifersucht zu empfinden und ein egoistisches Verlangen nach nichts Geringerem als einer zwischenmenschlichen Katastrophe. Doch wenn ich Max nun betrachte, Zeugin seines tiefen Unbehagens bin und mich erinnere, wie es sich anfühlt, zum ersten Mal einen Fremden zu treffen, mit den vielen einhergehenden Hoffnungen, Wünschen, Fantasien und Ängsten, ist mein vorherrschendes Gefühl der simple Wunsch, dass Max sich das nicht antäte. Dass ich ihm das nicht antäte. Dass nichts von alldem geschähe, um unser beider willen.

Ich weiß frustrierend wenig über die Frau, die Max treffen wird. Ich weiß, dass sie Tierärztin ist und Max findet, dass sie auf dem Foto »freundlich« wirkt. Ich weiß, dass ihr Name Dodie ist, was mir merkwürdig passend erscheint für eine Tierärztin und doch im gleichen Maße ungeeignet für jemanden, der im einundzwanzigsten Jahrhundert lebt. Ich weiß, dass sie vierunddreißig ist, jünger als ich, aber Gott sei Dank nicht so jung, dass es bedrohlich wirkt.

Ich weiß auch, dass die Frau, die schließlich zur Tür hereinkommen wird, von der Max kaum den Blick abwendet, den besten oder den schlimmsten vorstellbaren Abend verursachen könnte. Dass sie die Frau sein könnte, mit der Max alt wird. Oder eben nicht.

Wie auch immer, ich vermag nicht zu glauben, dass einer von uns schon so weit sein soll.

Die Flügeltür des Pubs schwingt auf, und eine Frau bleibt zögernd stehen, sucht den Raum nach dem schnellsten Fluchtweg ab, ehe ihr Blick schließlich auf Max haften bleibt, der unbeholfen von seinem Tisch aufsteht, an dem ihm kaum genügend Platz bleibt, um sich voll aufzurichten, und ihr einladend zuwinkt.

»Hi. Sie müssen Dodie sein.« Max streckt die Hand aus, damit sie sie schütteln kann, und beugt gleichzeitig, zur Einführung einen Wangenkuss erwartend, den Kopf eine Winzigkeit nach vorn. Doch Dodie erwidert die Bewegung nicht, sodass sein Kopf in ihren persönlichen Raum eindringt und sich zurückzieht wie ein unentschlossener Springteufel, bis Max schließlich, begleitet von einem nervösen Lachen (seinerseits) und einem verlegenen Lächeln (ihrerseits), mit den Lippen die Wange dieser Frau streift.

Damit ist kaum die Beziehung besiegelt, doch mein Magen schlägt vor Eifersucht schon Purzelbäume.

»Was kann ich Ihnen zu trinken holen?«

»Nur eine Cola. Das wäre toll. Danke. Ich muss noch fahren.«

Ein Anflug von Überraschung huscht über Max' Gesicht.

Ich verstehe gut, wieso. Er hat Harriet gesagt, dass er heute Abend mit dem Bus zu diesem Pub kommt, auch wenn er dazu umsteigen muss, weil er (vernünftigerweise und zu recht) annimmt, dass Blind Dates und Alkohol untrennbare Genossen sind. Jetzt muss Max entscheiden, ob er allein weitertrinkt und sich ein drittes Glas Bier bestellt oder ob er sich Dodie in ihrer Abstinenz anschließt.

Max bahnt sich einen Weg zur Theke, wo er ein paar unangenehme Minuten damit verbringt, die Aufmerksamkeit des Barkeepers zu erregen, während er gleichzeitig Dodie mehrmals verlegen und beruhigend zulächelt. Nach dem dritten Mal wendet Dodie das Gesicht in die andere Richtung und täuscht Interesse an den antiken Karten vor, die gerahmt an der Wand hängen.

Da Max nun endlich seine ganze Energie darauf verwenden kann, seine Bestellung aufzugeben, richte ich meine Aufmerksamkeit auf Dodie, um sie näher zu betrachten. Ich weiß genau, dass ich mich nach Max' Rückkehr an den Tisch unmöglich noch auf etwas anderes konzentrieren kann als die mikroskopisch kleinsten Anzeichen auf einen möglichen Flirt.

Dodie ist jemand, den die Zeitschrift *Country Life* wohl als »herzhaften Typ« bezeichnen würde: groß, breitschultrig und mehr stämmig als schlank, die Sorte Frau, deren Äußeres gut zu der Vorstellung passt, wie sie, bis an die Ellenbogen mit Blut und Plazenta beschmiert, ein Fohlen aus dem Bauch einer Stute hebt. Und die Kleidung, für die sie sich für dieses Blind Date entschieden hat, passt auch eher zum Leben auf dem Bauernhof. Sie trägt einen knielangen braunen Cordrock, der sich ein klein bisschen zu sehr an ihre breiten Hüften schmiegt und den Eindruck erweckt, dass sie und der Rock einen nicht allzu privaten Kampf darum ausfechten, wer die Oberhand behält. Sie hat ihn mit einem flaschengrünen Pulli mit Rundhalsausschnitt kombiniert, der aussieht, als hätte er sich schon zu oft mit Waschmittel getroffen und bedürfe jetzt dringend einer Behandlung mit einem dieser Dinger aus den Sonntagsbeilagen, mit denen man Pullover entflusen kann. Ihre Waden stecken in derben braunen Motorradstiefeln, die bei einem eingetragenen Mitglied der Hells Angels nicht fehl am Platze wirkten, während ihr schulterlanges Haar in letzter Zeit nicht mehr mit irgendwelchen elektrischen Geräten zum Trocknen, Lockenwickeln oder Glätten in Berührung gekommen zu sein scheint und sich trotzig aus ihrer Kopfhaut herausschlängelt, als hätte jede einzelne Strähne ihr eigenes, individuelles Statement abzulegen. Bei aller Fairness kann man sagen, dass ihre Erscheinung besser zu einem Kneipenquiz in Ambridge passen würde als zu einer ersten Verabredung in einer Bar in Notting Hill.

Während ich die Frau mustere, die mein Mann als erste Verabredung nach über einem Jahrzehnt ausgesucht hat, schiebt sie sich unvermittelt den rechten Zeigefinger in die tieferen Zonen ihres linken Oberkiefers, knibbelt ein, zwei Sekunden lang an etwas, holt es heraus und begutachtet, was ihr zwischen den Zähnen klemmte und jetzt unter ihrem Fingernagel sitzt. Dann, ohne auch nur einen kurzen Blick in die Runde zu werfen, ob sie etwa beobachtet wird, schiebt sie sich den hervorgequälten Fetzen wieder in den Mund, um ihn zu verzehren.

Selbst aus dieser Entfernung dreht sich mir der Magen um.

Ich sehe dorthin, wo Max schließlich bedient wird, und es gibt kein Anzeichnen, dass er gesehen haben könnte, was ich gerade beobachtet habe. Hätte er es, dann weiß ich nicht, ob er auch nur auf einen Drink hierbleiben, geschweige denn, den ganzen Abend mit ihr verbringen würde. Wenn es etwas gibt, auf das Max bezaubernd neurotisch reagieren kann, dann sind das Menschen, die in der Öffentlichkeit intime Angewohnheiten sehen lassen, die sie wirklich für sich behalten sollten. Das kann er auf den Tod nicht ausstehen. Und ich kann ihn natürlich nicht einmal warnen und ihm sagen, was ich mit angesehen habe. Wirklich, welchen Sinn hat ein Leben nach dem Tod, wenn man nicht einmal seinen Mann auf widerwärtige Angewohnheiten der Frau aufmerksam machen kann, mit der er den Abend verbringen will?

Max kehrt mit Dodies Cola und einem klugen dritten Glas Bier für sich zurück. Als er sich in den lilliputanischen Spalt zu zwängen versucht, den Dodie für ihn frei gelassen hat, stößt er mit dem Arm gegen einen Bilderrahmen. Der obere Zentimeter seines Biers schwappt auf seine Hand, die er sofort sauber leckt, während er versucht, nicht noch mehr zu verschütten.

Ich ertappe Dodie dabei, wie sie empört eine Braue hochzieht, als wäre er derjenige mit den unappetitlichen Gewohnheiten.

»So, Sie sind also mit dem Auto hier? Haben Sie einen Parkplatz gefunden? Freitagabends ist es hier immer ziemlich voll, nicht wahr? Ich erinnere mich noch, wie abends kaum jemand hierher wollte und es alle ins West End zog. Jetzt kann man hier kaum vom einen ans andere Ende der Straße gehen, ohne dass inzwischen ein neues Lokal aufgemacht hat.«

Max versucht, ausgebufft zu klingen, doch die Wahrheit ist, dass weder er noch ich in einer trendigen Bar gewesen sind, seit Ellie auf die Welt gekommen ist.

»Ja, ich habe einfach ein Stück die Straße rauf geparkt. Nach halb sieben kostet es nichts. Selbst auf den Anwohnerparkplätzen.«

»Also wohnen Sie nicht in der Gegend?«

Dodie mustert Max leicht nervös, als wiege sie die Wahrscheinlichkeit ab, dass er ein Serienmörder ist, der sich zu entscheiden versucht, ob er ihr in seiner oder in ihrer Wohnung die Kehle aufschlitzen will. »Nein, ich komme aus Nordlondon. Und Sie?«

»Ich bin aus Acton. Ich habe da mein ganzes Leben gewohnt. Na ja, fast. Ich bin dort aufgewachsen, aber meine Frau und ich wohnten zuerst in einer Mietwohnung in Kentish Town. Rachel mochte die Gegend allerdings nicht, und wir fühlten uns dort nie richtig zu Hause. Sie fand immer, dass es dort ein bisschen – wie nannte sie es? – verdreckt sei. Schon komisch, wie schnell sich die Viertel verändern, nicht wahr? Ich bin mir nicht sicher, ob ich mir heute dort noch ein Haus leisten könnte, selbst wenn ich es wollte. Jedenfalls, als wir eine Familie gründen und ein Haus kaufen wollten, gingen wir nach Acton. Meine Eltern wohnen noch da, und ich unterrichte dort auch, deshalb passte es sehr gut, wirklich.« Max schwafelt, wie man es von jemandem erwarten kann, der über zehn Jahre lang kein höfliches Gespräch unter diesen Umständen mit einer Wildfremden führen musste und vermutlich fast genauso lange in der legitimen Annahme lebte, sich nie wieder in dieser Lage wiederzufinden.

Doch Dodie scheint, was die Konversation angeht, keinen Zentimeter nachzugeben. Mit einem desinteressierten Nicken gibt sie so vage wie möglich zu erkennen, dass sie Max' Versuche, mit ihr zu kommunizieren, bemerkt hat, erwidert aber nichts, lächelt nicht einmal ermutigend.

Begreift sie überhaupt, welches Glück sie hat, mit ihm den Tisch zu teilen, nur Zentimeter von ihm entfernt zu sitzen, dicht genug, um ihn zu berühren, sollte sie es wollen, auch wenn ich aufrichtig hoffe, dass sie darauf verzichtet?

»Sie sind also Tierärztin. Wie sind Sie dazu gekommen? Ständig hört man, man soll bloß nicht mit Kindern und Tieren arbeiten, und trotzdem sind wir hier und tun genau das. Wir müssen verrückt sein.« Max lächelt sie breit an, das Signal – falls sie es nicht begriffen hat –, dass er einen Scherz macht.

Dodie beäugt ihn ernst. »Ich habe Tiere immer geliebt. Mein Vater ist Tierarzt, und ich bin mit Tieren groß geworden, deshalb war es für mich nie wirklich eine Entscheidung. Eher ein Ruf, dem ich gefolgt bin, würde ich sagen.«

Ich lache laut auf, und wahrscheinlich ist es gut, dass niemand mich hören kann. Sie behandelt Haustiere, meine Güte – das ist ja kaum die Entdeckung des Higgs-Bosons, oder?

»Das ist ein wenig wie bei mir mit dem Unterrichten. Nur, das mit dem Ruf beschränkt sich bei mir auf Kinder, die einander quer durch den Klassenraum anbrüllen.«

Dodie schafft es endlich, die Mundwinkel zu heben, und etwas Ähnliches wie ein Lächeln entsteht; möglicherweise hat sie aber auch nur das Gesicht verzogen.

»Also ich habe Tiere immer den Menschen vorgezogen. Sie stellen so viel weniger Ansprüche.«

Dodie trinkt gierig von ihrer Cola, während Max sie erwartungsvoll anblickt, als warte er auf die Pointe eines Scherzes, auf die sie hinarbeitet.

Dodie bleibt still.

»Ja, meine Frau Rachel sagte immer, natürlich nur zum Spaß, als Lehrer müsse man die Schule entweder so sehr geliebt haben, dass man sie nie verlassen will, oder so sehr gehasst haben, dass man die nächste Generation strafen will. Sie war Marketingdirektorin bei Visit Britain, und ich habe mich manchmal gefragt, ob man es nicht leichter hätte, wenn man den ganzen Tag in einem Büro sitzt und nur mit Erwachsenen zu tun hat. Nicht, dass ich behaupten will, ihr Job beim Fremdenverkehrsamt wäre leicht gewesen. Gar nicht. Oft war er härter als meiner. Und sie arbeitete länger. Sie war großartig darin. Brillant. Nur … na ja … wissen Sie, was ich meine?«

Max rutscht unbehaglich auf seinem Stuhl herum. Vermutlich ist er nicht sicher, ob er selbst weiß, was er meint.

»Also, was ist mit Ihnen? Sind Sie geschieden oder getrennt oder so was?«

Max blickt gequält drein.

Ich fühle mich gequält. Ihm muss klar gewesen sein, dass das Thema aufkommen würde, doch er wirkt in keiner Hinsicht darauf vorbereitet.

»Das ›so was‹, fürchte ich. Rachel – meine Frau – ist tot. Ich bin Witwer, aber ich hasse das Wort. Ich fühle mich dann, als würde ich in karierten Pantoffeln und einem Morgenmantel aus Tweed herumlaufen, Pfeife rauchen und Benny Goodman hören.«

Und genau das hättest du nach meinem Tod tun sollen, mein Liebling, wenn ich nur zu einer vernünftigen Stunde in unserem gemeinsamen Leben von dir gegangen wäre, statt dich im Stich zu lassen, als unsere Ehe noch jung war.

»Gott, das ist schrecklich! Was ist geschehen, wenn Ihnen die Frage nichts ausmacht?«

Das ist das erste Anzeichen von Interesse im Gespräch, das sie bisher gezeigt hat, und ihre Neugierde wird ausgerechnet vom Tod angefacht.

»Sie starb an einem Herzanfall. Sie hatte ihr ganzes Leben einen Herzfehler, von dem sie nichts wusste. Und dann, eines Tages, war es einfach vorbei. Es gab keine Vorzeichen. Sie war vorher nicht einmal krank.«

»Wirklich? Es tut mir so leid, ich weiß nicht, was ich sagen soll.«

»Schon gut. Sie könnten nicht viel sagen. Gerade hatten wir noch zusammen zu Abend gegessen, und im nächsten Moment liegt sie auf dem Boden. Ich möchte nicht abgedroschen klingen, aber alles ging einfach so schnell.«

»Also waren Sie dabei? Sie haben es tatsächlich beobachtet?«

Für meinen Geschmack begeistert sich Dodie ein wenig zu sehr am Grauenhaften der Geschichte.

»Der Notarzt sagte mir, dass sie innerhalb von wenigen Minuten tot war. Noch ehe er überhaupt eintraf. Sie ist in meinen Armen gestorben, und wenn Sie genug Bücher über Trauerbewältigung lesen, stellen Sie bald fest, dass es die ideale Todesfantasie erfüllt. Ich sollte für diese kleine Gnade wohl dankbar sein.«

Ich bezweifle, die Geschichte jemals ertragen zu können, egal, wie oft ich Max sie erzählen höre. Ich selbst habe keine Erinnerung an irgendwas, nachdem ich den ersten heftig stechenden Schmerz spürte und bemerkte, dass meine Kehle sich mit einer Entschlossenheit zusammenschnürte, die eindeutig nicht in meinem Interesse war, bis zu dem Moment, an dem ich mich hier wiederfand, Max zusah, wie er mit seinem schlimmsten Kummer zurechtzukommen hatte, und mich fragen musste, ob ein Leben nach dem Tod, an das ich nie geglaubt hatte, vielleicht doch existiert.

»Wann ist das denn passiert?«

»Vor etwas über einem Jahr. Für die Trauer ist das nicht viel Zeit, sagt mir jeder. Außer, sie raten mir gerade, auszugehen und mein Leben wieder zu leben. Es ist schon erstaunlich, wie jeder ein Experte für Trauerbewältigung wird, sobald jemand stirbt, der einem nahesteht.«

Ein unbehagliches Schweigen stellt sich ein. Das Ganze klingt immer weniger nach einem Rendezvous und immer mehr nach einer Therapiesitzung.

Mich macht es ziemlich nervös, dass diese Frau, die möglicherweise romantische Absichten hinsichtlich meines Mannes hegt, ihn unbeabsichtigt dazu bewegt hat, ihr sein Herz zu öffnen. Wer weiß, was sie mit dessen Inhalt anzustellen gedenkt?

»Tut mir leid. Ich weiß gar nicht, wieso ich Ihnen das alles erzähle. Gesprächsstoff für ein Rendezvous ist es nicht gerade, oder?«

»Schon gut. Es klingt, als wären Sie ein bisschen neben der Spur.«

Na, so kann man es wohl auch ausdrücken, aber nur, wenn man auf einen Preis für die Untertreibung des Jahres hofft.

»Ich bin zum ersten Mal aus, seit Rachel gestorben ist. Ich war mir nicht sicher, was ich erwarten soll. Vielleicht bin ich doch noch nicht so weit. Es tut mir leid.«

»Machen Sie sich keine Gedanken! Besser unter Menschen als allein, sagt man.« Dodie kaut heftig und unbefangen an ihrem Daumennagel, reißt ein Stück mit den Zähnen ab, pflückt es von der Zungenspitze und schnippt es auf den Holzfußboden.

Max scheint es nicht zu bemerken; er ist in Gedanken versunken, so als wüsste er jetzt, da er die Schleusentore geöffnet hat, nicht so ganz, wie er eindämmen soll, was aus ihm hervorsprudelt. »Manchmal glaube ich, es wäre einfacher, wenn ich nur an mich denken müsste. Aber es gibt auch Ellie, und die meiste Zeit weiß ich überhaupt nicht, ob ich das tue, was für sie am besten ist.«

»Ellie?«

»Ja, meine Tochter. Ich glaube, sie wird in meinem Profil erwähnt.«

Sie hat nicht mitbekommen, dass er eine Tochter hat? Vielleicht hätte sie seinem Profil größere Aufmerksamkeit geschenkt, wenn darin ein Haustier erwähnt worden wäre.

»Ja, richtig, stimmt. Wie alt ist sie?«

»Sie ist jetzt sieben. Sie war sechs, als Rachel starb. Manchmal frage ich mich, was ich ohne sie tun würde. Es zeigt sich, dass die Bedürfnisse eines kleinen Kindes äußerst hilfreich sind, wenn es darum geht, seine Trauer im Zaum zu halten.« Max verstummt plötzlich und errötet leicht, dann nimmt er einen langen, tiefen Zug aus seinem Bierglas.

Ich möchte wissen, was Dodie denkt, ob sie überlegt, wie sie rasch und möglichst würdevoll diesem unkonventionellen Date entkommen und danach noch etwas vom Abend haben kann, oder ob sie ein perverses Vergnügen empfindet, Max ihre breite Schulter zum Ausweinen zur Verfügung zu stellen. Ohne Zweifel gibt es Frauen, die nichts attraktiver finden als einen verletzlichen Mann, der gerettet werden muss, und selbst ich muss zugeben, dass Max gerade in diese Kategorie fällt, so wenig es auch zu ihm passt.

»Und wie verkraftet es … Entschuldigung, wie hieß sie noch mal?«

»Ellie. Ich weiß es eigentlich gar nicht, wenn ich ehrlich sein soll. Meistens glaube ich, dass sie alles in allem gut damit zurechtkommt. Sie ist ein erstaunliches kleines Mädchen. Das sagen sicher alle Eltern über ihre Kinder, aber Ellie ist es wirklich: Sie ist so umsichtig und aufmerksam und freundlich. Und es macht großen Spaß, sie um sich zu haben. Immer wieder höre ich, wie die Leute sich beschweren, welche Mühe die Elternschaft für sie bedeutet, und natürlich, manchmal ist es schwer, doch meistens erscheint mir Ellies Gegenwart als … Wie soll ich es ausdrücken? Als Privileg. Ich habe auch Glück, dass meine Eltern gleich um die Ecke wohnen und großartig mit ihr zurechtkommen. Nicht nur, dass sie helfen. Es ist mehr. Ich dachte immer, Rachel ersetzte ihnen die Tochter, die sie nie hatten, aber jetzt ist es Ellie. Sie holen sie jeden Tag von der Schule ab und sind wirklich wie zweite Eltern für sie. Ich nehme an, meine Mum kommt für Ellie im Augenblick einer Mutter am nächsten.«

»Na, nicht jeder hätte den Vorteil, dass die Eltern bereitstehen. Glück im Unglück, würde ich sagen.«

Dodies taktlose Plattitüde hängt in der Luft wie eine einsame Phrase, die Gesellschaft braucht, aber nur wenig Hoffnung hat, welche zu finden. Wäre es nicht besser, wenn diese Frau den Mund hielte und die Leute nur vermuten ließe, sie sei emotional inkompetent, statt es zu demonstrieren, indem sie laut ihre Gedanken ausspricht?

»Möchten Sie noch etwas trinken?«

Max möchte es eindeutig. Oder vielleicht braucht er es auch eher.

»Äh ... das wäre schön, doch ich habe gerade auf die Uhr gesehen, und ich bin noch mit Freunden zu einem späten Abendessen verabredet. Ich muss wirklich los.«

Das also ist das Rettungspaket für den gescheiterten Abend. Dodie muss sich bewusst sein, dass niemand ihr die Geschichte mit dem späten Abendessen abkauft, dass jeder diesen ältesten Trick aus dem Handbuch für Rendezvous kennt, dass sogar Max, der sich seit über einem Jahrzehnt mit keiner Frau mehr verabredet und in der Zwischenzeit keine romantischen Hollywood-Komödien geschaut hat, wissen muss, dass er nichts weiter als die lahmste aller Schutzklauseln hört.

»Ja, richtig, es ist spät. Tut mir leid, ich habe nicht auf die Zeit geachtet.«

Hör auf, dich zu entschuldigen, Max! Es ist nicht mal acht. Sie ist genau fünfundzwanzig Minuten hier gewesen. Sie sollte sich bei *dir* entschuldigen.

»Nicht schlimm. Danke für die Cola.«

»Gern geschehen. Ich hoffe, Sie genießen den Rest des Abends.«

»Ja, Sie auch.«

Sie ist schneller von ihrem Stuhl aufgesprungen und in der Jacke, als Max aufstehen kann, ohne beinahe wieder den Tisch anzustoßen.

»Nun, es war wirklich nett, Sie kennenzulernen. Ich hoffe, die Tiere benehmen sich anständig, und ... äh, schönes Wochenende.«

Ich sehe deutlich, dass Max sich nicht sicher ist, wie er diese unerfreuliche Begegnung möglichst freundlich abschließen soll, doch ehe er zu einer Entscheidung gelangt, beendet Dodie ihr erstes Treffen, das mit Sicherheit das einzige bleiben wird, mit einem »Ciao«, gibt unverhohlen einen Stoßseufzer der Erleichterung von sich und rauscht entschieden davon.

Max bleibt am Tisch stehen und scheint leicht verwirrt über das zu sein, was gerade geschehen ist. Ich weiß nicht, ob ihr zügiger Abgang ihn empört oder verärgert, gedemütigt oder einfach nur verblüfft hat. Vermutlich alles. Und mehr. Max geht an die Theke, bestellt sich ein viertes Glas Bier und kehrt an den leeren Tisch zurück, wo er in einsamem Schweigen Platz nimmt, Abweisung und Verwirrung in die Stirn graviert. Ich wünschte, ich könnte herausfinden, was er denkt. Ich möchte ihm zu verstehen geben, dass er nicht allein ist, ihm versichern, dass ich noch immer an seiner Seite stehe. Ich wünschte, ich könnte ihn überzeugen, dass er in keiner Weise die Schuld an dem Debakel des heutigen Abends trägt, sondern dass Dodie einfach nicht zu ihm passt. Und während er in diesem Augenblick der Einzige von beiden sein mag, der sich mutlos fühlt, ist er es doch, der diesem Fehlschlag mit der besseren Haltung entkommen ist als sie.

Max leert sein Glas in einer Zeit, die auch für Studenten rekordverdächtig wäre, und geht in den nach wie vor hellen Frühsommerabend hinaus. Als er sich auf den Weg nach Hause macht und seinen ersten Abend »draußen« beendet, beginnt für die regulären Notting Hiller der Abend erst.

Während Max ganz leicht schwankend zur Bushaltestelle geht, um zu seinen Eltern zu fahren und Ellie auf dem Nachhauseweg abzuholen, verschleiert ein nebliger Dunst mir die Sicht, und binnen Sekunden ist mein Zugang zur Welt der Lebenden völlig versperrt.

Ich wäre heute Abend wirklich gern länger bei Max geblieben. Ich würde gerne sehen, dass er heil nach Hause kommt, mich vergewissern, dass er nicht zu durcheinander ist; ich wollte dicht bei ihm bleiben, obwohl ich weiß, dass ich nichts Nützliches, nichts Greifbares anzubieten habe.

Stattdessen muss ich nun wie so oft warten, bis ich zurückkehren und sehen darf, wie es ihm geht. Bis dahin muss ich hoffen, dass alles okay ist.

7

Ein paar quälende Sekunden lang begrüßt mich Musik, dann lösen sich die Wolken auf, und ich spüre den vertrauten Kloß im Hals, der für mich in den letzten acht Jahren der spontane Begleiter dieser Textzeilen gewesen ist.

Als die Szene scharf wird, finde ich mich in unserem verdunkelten Wohnzimmer wieder, in dem nur das Flackern des Fernsehschirms die einsame Gestalt meines Mannes auf dem Sofa erhellt, während Dean Martin ihm erklärt (als wüsste Max es nicht schon längst), dass er niemand ist, bis jemand ihn liebt. Und da sind wir beide, auf dem Bildschirm, beweisen, dass wir jemanden gefunden haben, und Max sieht besser aus denn je in seinem anthrazitfarbenen Cutaway mit taubenblauer Krawatte, ich in seinen Armen, in etliche Schichten aus bodenlangem elfenbeinfarbenen Satin gehüllt – erst an jenem Tag hatte ich es gemeistert, darin zu gehen, ganz zu schweigen vom Tanzen. Der Moment, in dem wir auf die Tanzfläche schritten, um unseren Status als neuestes förmlich gebundenes Paar zu bestätigen.

Ich höre ein ersticktes Schluchzen, und als ich die Augen vom Fernseher nehme, sehe ich eine andere Version von Max, kein Vergleich zu dem strahlenden, tanzenden Frischvermählten auf dem Bildschirm. Er sitzt auf dem Sofa, und die Tränen laufen ihm das Gesicht herunter. Die Streifen auf seinen Wangen beweisen, dass er hier schon zu lange sitzt und weint. In der Hand hält er, gefährlich gegen das Bein geneigt, ein leeres Weinglas. Die Reste der roten Flüssigkeit benetzen die Glaswand, die halb leere Flasche steht neben seinen Füßen auf dem Boden. Er trägt dieselbe Kleidung, in der ich ihn nach seinem Rendezvous zurückgelassen habe, und ich vermute, dass seit meinem letzten Besuch nur wenige Stunden vergangen sind und dieser Videotrip auf der Straße der Erinnerungen von den enttäuschenden und desillusionierenden Vorfällen früher am Abend veranlasst worden ist.

Max wischt sich das Gesicht mit dem Rücken der freien Hand ab, und ich begreife, dass ich ihn erst zum dritten Mal weinen sehe, ein Anblick, den ich ohnehin erst beobachten konnte, seit ich tot bin. Ich möchte ihn in die Arme nehmen und ihn die Beständigkeit meiner Umarmung spüren lassen. Ich möchte ihn in Sicherheit wiegen mit der Liebe, die ich für ihn empfinde – die ich immer für ihn empfinden werde, egal, wie weit weg ich bin und welche Welten uns auch trennen. Ich möchte nicht, dass sie vorübergeht, diese Beziehung, in der keiner von uns beiden je richtig fassen konnte, dass wir solches Glück gehabt haben sollten, den anderen gefunden zu haben – nicht einmal, nachdem wir unsere erste gemeinsame Wohnung gemietet hatten, selbst nach der Hochzeit nicht und nicht einmal, nachdem wir einen neuen kleinen Menschen gezeugt hatten. Oft sagten wir – nur unter uns, nie laut, nie in Hörweite von anderen, damit wir nicht selbstgefällig erschienen –, dass es Beziehungen wie unsere nicht jeden Tag gebe und nicht für jeden. Ich glaube nicht, dass einer von uns je das seltene Glück angezweifelt hat, in dem gewaltigen Meer menschlicher Wechselbeziehungen ausgerechnet auf den jeweils anderen gestoßen zu sein, zwei einsame Boote, die auf einem Gewässer tanzten und deren Kurse sich ausgerechnet an einem Tag kreuzten, an dem wir beide dachten, dass im Umkreis vieler Seemeilen nur leerer Ozean wäre. Während Dean Martin seinen Lobgesang auf die romantische Liebe abschließt, wende ich mich wieder dem Fernsehschirm zu, gerade rechtzeitig, um zu sehen, wie Max mir etwas ins Ohr flüstert, während das nächste Lied beginnt und ein Schwarm von Gästen zu uns auf die Tanzfläche kommt. Ich werde nie vergessen, was er gesagt hat; ich höre seine Worte hier und jetzt in meinen Ohren, als hätte Max ein Mikrofon getragen und dem Kameramann wäre es gelungen, die privateste aller triumphalen Empfindungen aufzuzeichnen: »Wir haben es geschafft, Baby. Jetzt gibt es nur noch dich und mich und das Abenteuer unseres restlichen gemeinsamen Lebens.«

Und ein Abenteuer war es, ein wunderbares Abenteuer, allerdings sehr kurz.

Wir stehen nun lachend inmitten gratulierender Freunde und dröhnender Musik, doch der feierliche Ton des Fernsehers kann Max' Stimmung dort in der Dunkelheit nicht aufhellen. Er verbeißt sich ein tiefes, gutturales Schluchzen und schenkt sich ein weiteres einsames Glas Wein ein.

Bitte tu dir das nicht an, Max! Ich liebe es, wenn du an unsere gemeinsame Vergangenheit denkst, aber ich möchte, dass diese Erinnerungen dir Freude schenken und unsere Beziehung für dich neu entfachen, damit du sie auch in meiner Abwesenheit erleben kannst, doch sie soll dich nicht in alkoholisierten Kummer stürzen. Vielleicht bist du noch nicht so weit, dass du dir unser Hochzeitsvideo ansehen kannst. Vielleicht ist dies eine Sammlung von Erinnerungen, die noch eine Weile weggepackt werden muss. Vielleicht ist heute einfach nicht der richtige Abend, um sich an glücklichere Abende aus einem Leben zu erinnern, das wir nicht mehr führen.

Doch mein stilles Flehen hat genauso wenig Hoffnung, ihn zu erreichen, als hätte ich die Worte laut ausgesprochen. Es ist mir nicht möglich, ihm beruhigend ins Ohr zu flüstern, meine Arme um ihn zu legen, seine Traurigkeit wegzuküssen.

Das leere Weinglas taumelt wie in Zeitlupe aus Max' Hand auf den Teppich unter seinen Füßen. Seine Augen sind geschlossen, sein schweres Atmen ist hörbar in der Disco, die vor ihm stattfindet und in der er mich mit amateurhafter Begeisterung über die Tanzfläche wirbelt. Beide lächeln wir ekstatisch, erfüllt von Liebe und Adrenalin und voller Zuversicht, dass dies der erste Tag unseres gemeinsamen Lebens sein würde. Und das war er wohl auch. Nur entwickelte das Leben sich nicht so, wie wir es uns vorgestellt hatten.

Max gibt ein ganz leises Schnarchen von sich, den Kopf hat er auf die Sofalehne zurückgelehnt. Sein Gesicht ist noch feucht von Tränen, seine Lippen sind gefärbt vom Pigment fermentierter Trauben.

Ich erinnere mich an all die Male, die ich ihn schlafen gesehen habe. An die vielen Morgen, an denen ich vor ihm aufgestanden bin, die Nächte, in denen ich wach in der Dunkelheit dalag, nachdem ich Ellie gestillt hatte. Ich erinnere mich noch, wie friedlich ich mich dann immer gefühlt habe. Wie friedvoll, sicher und geborgen. Hier findet sich ein Nachhall dieser Ruhe, überschattet nur von dem Wissen, dass Max sich heute Nacht in den Schlaf geweint – und getrunken – hat, statt im Frieden mit sich und der Welt ins Reich des Unbewussten zu gleiten.

Während Max leise schnauft, eine Reaktion auf die Nichtwelt, die er gegenwärtig bewohnt, beginnt der weiße Nebel sich zu sammeln, und ich weiß, dass ich gleich wieder in meine eigene private Existenz zurückkehren werde. Ich erfreue mich an einem letzten Blick auf meinen schlafenden Mann, und die vertraute Liebe durchströmt mich, wie sie mich immer durchströmt hat und immer durchströmen wird, wenn ich ihn betrachte, ehe er ganz vor mir verschwindet.

8

»Ach, komm schon, Alter – hier muss es doch ein paar Single-Frauen geben!« Max' Bruder Connor lässt den Blick über die Szene vor sich schweifen.

Erwachsene, die auf unbequem niedrigen Bänken aus Mahagoni höflich eine bequeme Position suchen, bunte Plastikausrüstung in verschiedenen Farben und Größen, die auf dem Feld zusammengebaut wird, Kinder in einheitlichen weißen T-Shirts und marineblauen Shorts, die ungeduldig gegen das Warten anschnattern. Dieses Ereignis findet in dieser Woche fast mit Sicherheit überall im Land statt.

Und auf einer der Bänke sitzt Max, blickt seinen Bruder ungläubig an und lacht. »Deshalb bist du mitgekommen? Hast du im Ernst erwartet, dass du hier einen Haufen alleinerziehender Mütter triffst, die du anbaggern kannst? Ehrlich, du bist unverbesserlich. Tut mir leid, dich aus deinem schmutzigen kleinen Traum zu reißen, aber wir sind hier, um Ellie zuzusehen, und nicht, damit du eine Gelegenheit bekommst, Frauen kennenzulernen. Als hättest du das nötig!«

»Du unterschätzt mich, kleiner Bruder. Ich schaffe beides gleichzeitig. Man nennt das Multitasking. Solltest du vielleicht auch irgendwann mal ausprobieren.«

»Ja, klar, ich glaube, diese Form von Multitasking überlasse ich lieber dir, aber vielen Dank!«

Manchmal muss ich mir vor Augen führen, dass Max und Connor, die drei Jahre auseinander sind, tatsächlich von denselben Eltern abstammen. Ich nehme an, das gehört zu den

Erkenntnissen, zu denen man gelangt, wenn man mehr als ein Kind hat: dass ein gemeinsamer genetischer Pool durchaus zwei ganz unterschiedliche Menschen hervorbringen kann. Bemerkenswert ist dabei, dass Max und Connor trotz all ihrer Unterschiede dennoch so gut miteinander auskommen. Ich habe oft überlegt, wie viel Glück sie haben, dass sie nicht nur einander haben, sondern sich auch gegenseitig gut leiden können.

Wenn man Connor nicht so gut kennt wie ich, fällt es sicherlich leicht, ihn als ein wandelndes Klischee zu sehen: ein Hedge-Fond-Manager mit unbegreiflich hohem Gehalt, einem jährlichen Bonus, mit dem er ohne Zweifel die Hälfte aller Hypotheken auf unserer Straße ablösen könnte, einer Junggesellenbude in Farringdon, die mit jedem vorstellbaren Technikspielzeug ausgestattet ist, und einer endlosen Reihe unfassbar schöner Freundinnen, die er allerdings nie sehr lange behält. Auf dem Papier zumindest liest er sich wie jemand, dem die meisten von uns an einem Freitagabend in einer Bar in der City aus dem Weg gehen würden. Doch es sind nur die Schlagzeilen, lange nicht die ganze Geschichte. Er verbirgt ihn gut, hinter dem Erfolg, dem Status und dem Lenkrad seines Aston Martins, aber Connors selbstverherrlichendes Äußeres umgibt einen bezaubernd weichen Kern. Es hat Jahre gedauert, bis ich ihn entdeckt habe. Seine verborgenen Tiefen traten für mich an die Oberfläche, als ich sah, wie er mit Ellie umging. Ich weiß noch, wie eine Freundin, nachdem sie ihr erstes Kind bereits zur Welt gebracht hatte und ehe ich Ellie empfing – ehe ich mir Ellie überhaupt vorstellen konnte, zu mir sagte: »Sobald du Kinder hast, schwenkt das Prisma, durch das du deine Freunde betrachtest, von der Frage, wie du sie empfindest, zu der Frage, was sie für dein Kind empfinden.« Ich fand damals, es klinge selbstbezogen und leicht verrückt, und ich erinnere mich noch, wie ich mir schwor, nicht so eine Mutter zu werden, die erwartet, dass ihr Kind der Mittelpunkt im Leben aller anderen Menschen ist. Doch als Ellie auf die Welt kam, begriff ich, dass dieses Gefühl den rationalen Gedanken übersteuert, dass es den primitivsten aller Instinkte anspricht, den man nicht unter Kontrolle hat – dass ich mich zu Menschen hingezogen fühlte, die sich für Ellie interessierten, sich mit ihr befassten, in sie investierten. Es ist ein Urinstinkt, da bin ich mir sicher, dieser Drang, seinen Nachwuchs mit Menschen zu umgeben, die ihm helfen, seine Reise durch das Leben erfolgreich zu bewältigen.

Dadurch wurde Connor für mich zu mehr als einer zweidimensionalen Randfigur. Als Ellie zur Welt kam, ergriff er seine neue Rolle als Onkel mit solcher Freude, solcher Begeisterung, solch unerwarteter Hingabe, dass dadurch eine ganz neue Beziehung zwischen uns entstand. Ich kann mich an kein einziges Mal erinnern, dass er Ellie enttäuscht hätte. Und das ist auch der Grund, da bin ich mir sicher, wieso Max ihn heute zum Schulsporttag eingeladen hat.

Ich erspähe mein kleines Mädchen, wie es über das Feld auf seinen Daddy und seinen Onkel zuhetzt, und als Ellie die beiden erreicht, wirft sie sich auf Connors Schoß und in seine Arme.

»Hallo, Prinzessin! Du siehst heute ganz besonders bezaubernd aus, wenn ich dir das sagen darf. Wie ein schmackhafter Happen rosa Zuckerwatte. Du siehst viel hübscher aus als die anderen in ihrem öden einheitlichen Sportzeug.«

Ellie blickt zuerst Connor finster an, dann Max, und schließlich wendet sie sich mit gerunzelter Stirn wieder an Connor. »Ich müsste heute auch mein Schulsportzeug anhaben, aber Daddy hat vergessen, es zu waschen, also konnte ich es nicht anziehen, weil es vorne voll schwarzem Johannisbeersaft ist.«

»Bekenne mich schuldig, M'lady. Tut mir sehr leid, Engel. Ich habe es aber Miss Collins erklärt, und sie war nicht böse, nicht wahr?«

»Aber ich wollte es heute so gern tragen. Miss Collins sagt, wenn man das Schulsportzeug trägt wie alle, zeigt man, dass man zum Team gehört.«

»Trotzdem gehörst du immer noch zum Team, Prinzessin. Du bist nur das schönste Teammitglied, das ist alles. Ich wette, alle deine Freundinnen würden lieber das tragen, was du anhast, wenn sie es nur könnten.« Connor kitzelt Ellie am Bauch und wandelt ihre finstere Miene in perlendes Kichern um.

»Aber er vergisst es nicht wieder, oder, Daddy? Wir haben nämlich jetzt einen Kalender am Kühlschrank.«

»Ein Kalender am Kühlschrank, hm? Das klingt doch hochorganisiert.«

»Wir können nur hoffen. Ellie hat im Kalender alle Tage angestrichen, an denen sie ihr Schulsportzeug braucht, damit ich vorher weiß, wann es gewaschen sein muss. Aber es sind ja nur noch ein paar Wochen Schule, nicht wahr, Engel? Erst im September müssen wir wieder daran denken.«

»Keine Sorge, Daddy! Ich vergess das schon nicht.«

»Und, was steht heute auf dem Programm? Gewinnst du ein paar Rennen und machst deinen Daddy und mich stolz auf dich?«

»Ooch, ich weiß nicht. Ich versuch's. Aber Miss Collins sagt, es spielt keine Rolle, wer gewinnt. Sie sagt, das ist alles nur zum Spaß.«

»Na, deine Miss Collins hat eindeutig nie gelernt, dass es da draußen in der wirklichen Welt heißt: ›Jeder gegen jeden.‹ Vergiss bloß nicht, wenn du Zweite wirst, dann bekommst du keine der hübschen glänzenden Medaillen.«

Max rollt mit den Augen und zieht Ellie auf seinen Schoß.

»Hör nicht auf Onkel Connor, Schatz! Er weiß nicht, dass nicht alles im Leben ein Wettstreit ist. Du sollst hier nur Spaß haben und dich amüsieren. Weißt du schon, mit wem du den Dreibeinlauf machst?«

»Ja, Miss Collins ließ es uns doch aussuchen, und Megan und ich machen es zusammen.«

»Das ist doch toll. Ihr zwei seid ein gutes Team. Und wer verleiht dieses Jahr die Preise?«

Jetzt ist Ellie mit dem Augenrollen an der Reihe. »Mr. Baxter, Daddy, wie immer.«

»Welcher ist noch mal Mr. Baxter?«

»Ach, Daddy, du kennst Mr. Baxter doch. Er macht unseren ganzen Mannschaftssport. Er ist mein Lieblingslehrer. Er ist richtig lustig.«

»Ja, ich erinnere mich jetzt. Sagt er nicht immer, dass du aussiehst wie ein Labrador-Welpe?«

»Psssst, Daddy! Was, wenn jemand dich hört? Dann bekommen wir alle Schwierigkeiten.«

»Oh, ich glaube, damit kommen wir klar, mein Schatz. Wenn jemand Mr. Baxter verrät, was wir getuschelt haben, dann nehme ich die ganze Schuld auf mich und sage, es lag alles nur an mir.«

Ellie kichert und küsst Max mitten auf den Mund.

Ich schließe die Augen und erinnere mich an das Gefühl ihrer weichen, vollen Lippen.

»Pass auf, ich glaube, da ruft euch Miss Collins alle zurück. Los geht's, Schatz, wir sehen uns bald!«

Ellie schlingt Max die schlanken, vom T-Shirt bedeckten Arme um den Hals. »Kann ich nicht noch ein bisschen bei dir und Onkel Connor bleiben?«

»Was, willst du den ganzen Spaß verpassen? Sei nicht albern, Engel! Das erste Rennen geht gleich los.«

»Ich will aber noch nicht.« Ellie vergräbt ihre traurige Stimme unter Max' Kinn und verstärkt ihren Griff.

»Du möchtest doch nicht mit uns alten Knochen rumhängen, wenn du bei deinen Freundinnen und Freunden sein kannst, oder? Und wenn du hier bei deinem Daddy und mir bleibst, dann hast du überhaupt keine Chance, so eine schöne Medaille zu gewinnen.«

Ellie würdigt Connor keiner Antwort und vergräbt ihr Gesicht weiter an Max' Schulter, vielleicht ein Versuch, sich unsichtbar zu machen, damit sie niemals weggehen muss.

Max schließt sie in die Arme, als wollte er sie vor der Traurigkeit schützen, die er so gerne lindern würde.

Ich hatte gehofft, die Erinnerungen an letztes Jahr würden sie heute nicht mehr plagen und ihr diesmal nicht die Freude verderben. Ich war zuversichtlich, dass Connors Anwesenheit Ellie genügend ablenken würde, damit sie an diesem jährlichen Schulritual unbelastet teilnehmen kann.

Denn der Sporttag im letzten Schuljahr war entsetzlich. Mein Tod lag gerade zwei Monate zurück, und Ellie war noch zu verwirrt und hatte sich noch zu sehr in sich selbst zurückgezogen, um mit ihren Klassenkameraden auch nur zu reden, geschweige denn, gegen sie anzutreten. Sie ist immer wieder aus heiterem Himmel in Tränen ausgebrochen, und niemand – weder Max noch die Lehrer und ganz gewiss nicht die anderen Eltern – konnte sie trösten. Am Ende ist Max früh mit ihr nach Hause gefahren, wo er sie in eine Decke gepackt und mit ihr *Die Monster AG* angesehen hat, den Film, den Ellie sich in den Monaten nach meinem Tod so oft angeschaut hat.

Später hat Max seiner Mutter gestanden, dass er an dem Tag größere Wut über meinen Tod empfunden habe als an irgendeinem anderen Tag in den vergangenen neun Wochen. Der Mangel an Mitgefühl, den die anderen Eltern an den Tag gelegt hatten, habe ihn zornig gemacht; sie hätten Ellie seinem Empfinden nach nur schweigend und distanziert verurteilend angesehen. Er habe sogar überwältigenden Groll auf mich empfunden, weil ich ihn in die Rolle des trauernden Witwers versetzt habe, den jeder neugierig und verstohlen beäugt habe. Vor allem aber habe er sich selbst für sein Unbehagen gehasst, für seine Verlegenheit über Ellies Betragen und seinen Wunsch, dass sie ihre Trauer nur für einen Nachmittag einmal beiseiteschöbe. Er sagte, er sehne sich danach, einer normalen, unauffälligen Familie anzugehören, deren Tragödie nicht das Thema der Gespräche am Laufbahnrand wäre, wo sich Tratsch und Sensationslust als Mitgefühl und Verständnis tarnen. Und dass am Ende sein Schuldgefühl wegen all dieser Empfindungen beinahe unerträglich gewesen sei.

Max löst Ellies Kopf sanft von seiner Schulter und nimmt ihr Gesicht zwischen die Hände. »Das ist schon in Ordnung, Schatz. Alles wird super. Wir sind gleich hier und feuern dich an. Wir rühren uns nicht vom Fleck, das verspreche ich.«

Ellie blickt Max mit einer Intensität, die viel größer ist, als es zu ihrem Alter passt, tief in die Augen. »Versprichst du, dass ihr nirgendwohin geht? Ihr bleibt genau hier, den ganzen Nachmittag lang?«

»Das versprechen wir, Engel. Nicht wahr, Connor?«

»Pfadfinderehrenwort, Prinzessin. Wo könnten wir auch anders sein wollen, wenn unser liebstes kleines Mädchen den ganzen Nachmittag lang Wettkämpfe hat?«

Ellie schenkt ihnen ein schwermütiges Lächeln, das mehr für sich selbst gedacht ist als für die beiden. Angespannt rutscht sie von Max' Schoß, wendet sich zum Gehen und kehrt doch noch einmal auf eine letzte väterliche Umarmung zurück, ehe sie über das Feld zu ihrer Klasse geht. Auf halbem Weg bleibt sie noch einmal stehen, dreht sich zu Max und Connor um und bedenkt sie mit einem fast unmerklichen, unsicheren Winken.

Ihr Daddy und ihr Onkel reagieren mit übertriebener Ermutigung. Connor haucht ihr Luftküsse zu, und Max winkt engagiert.

»Sie klammert noch immer ganz schön, was?«

Connor und Max behalten Ellie wachsam im Auge, während sie ihren Weg fortsetzt.

»Um ehrlich zu sein, in letzter Zeit war es nicht allzu schlimm. Sie hat seit Ewigkeiten nicht mehr ins Bett gemacht, und zu mir ins Bett kommt sie im Allgemeinen erst, kurz bevor der Wecker klingelt. Bis eben habe ich geglaubt, sie wäre schon viel weiter.«

»Jeden Tag ein Schritt, was?«

»Ja, sicher. Mir gefällt es nur nicht, sie wieder so unsicher zu erleben.«

Sie fallen in respektvolles Schweigen, als wollten sie Ellies Aufgewühltheit würdigen.

»Sie kommt wieder in Ordnung, Max. Einige Zeit wird es dauern, aber sie packt das.«

»Ich will es hoffen. Wenn ich ehrlich sein soll, habe ich geahnt, dass der Tag heute irgendetwas bei ihr auslösen wird. Für mich ist es schon schwierig genug, Rachel an solch einem Tag nicht dabeizuhaben, und ich kann mir nicht einmal ausmalen, wie es für Ellie ist.«

Und auch für mich ist es schwer, dabei und doch fern zu sein, zu hören, aber nicht gehört zu werden, zu sehen, aber unsichtbar zu bleiben. Ich möchte alles besser machen für Ellie und dich, Max, doch ich bin machtlos.

»Es ist hart. Wen wundert's, dass sie Momente wie diesen eben hat, wenn man sich überlegt, was sie durchgemacht hat. Zwei Schritte vor, einer zurück, so klingt das.«

»Du hast wahrscheinlich recht. Deshalb habe ich mich so sehr gefreut, als du gesagt hast, dass du heute kommst. Sie hat zwar nicht beide Eltern dabei, und es ist schade, dass Mum und Dad ausgerechnet jetzt in Urlaub sind, aber wenigstens können wir beide sie anfeuern.«

»He, ich hätte es um keinen Preis verpassen wollen! Nicht einmal für ein Mittagessen bei *Nobu*, das ein Klient bezahlt.«

»Das ist sicher kein allzu großes Opfer, wenn ich mir überlege, wie viele Klienten dich jede Woche zum Mittagessen einladen?«

»Alles Arbeit, Max, egal, was du denkst. Der Kerl, mit dem ich mich heute treffen sollte, besitzt ein großes Fernsehunternehmen, das die neue Comedy-Sendung produziert, die letzten Freitag auf Channel 4 gelaufen ist und von der alles spricht. Hast du sie gesehen? Ich weiß nicht, was daran so toll sein soll. Ich fand sie kein bisschen komisch.«

Max zögert eine Sekunde lang, und ich kann beinahe hören, wie die Rädchen in seinem Kopf rattern und entscheiden, ob er es riskieren soll, sich seinem Bruder anzuvertrauen, oder lieber nicht.

»Nein, ich war nicht zu Hause. Ich hatte eine Verabredung.«

»Eine Verabredung? Hölle, du bist ja wirklich verschwiegen wie ein Grab! Wer ist die Glückliche?«

»Na, so glücklich war sie nicht, wie sich herausstellte. Es war ein absolutes Desaster. Ich will wirklich nicht darüber reden.« Eine leichte Schamesröte zieht über Max' Wangen.

»Na, komm schon, Mann! Du bist wahrscheinlich nur ein bisschen eingerostet. Ist schließlich ein Weilchen her, seit du die alte Myerson-Magie angewendet hast.«

»Ich habe nur ein Zauberkunststück zustande gebracht: Ich habe meine Verabredung in Rekordzeit vertrieben. Sie konnte überhaupt nicht schnell genug aus dem Pub rauskommen.«

»So schlimm kann es nicht gewesen sein.«

»Glaub mir, das kann es! Ich konnte nicht aufhören, über Rachel zu reden. Die ganze Zeit. Ich habe dieser Frau, die ich erst fünf Minuten kannte, von der Nacht erzählt, in der Rachel starb. Ehrlich, in mir zieht sich alles zusammen, wenn ich nur daran denke.«

Connor versucht, sich den Ausdruck amüsierten Unglaubens zu verkneifen, der auf sein Gesicht ziehen will, und scheitert. »Okay, du hast gewonnen, es klingt ziemlich schlimm.«

»Ich weiß, Connor. Deshalb möchte ich nicht darüber reden. Die ganze Zeit, die ich dort war, hörte ich eine Stimme in meinem Kopf, die mir sagte, ich soll den Mund halten und das Thema wechseln, aber aus irgendeinem Grund konnte ich es einfach nicht. All das Zeug über Rachel und Ellie kam einfach heraus, so, als müsste ich mich einmal so richtig über sie auslassen.«

»Na ja, man könnte natürlich sagen, wenn du anfängst, wieder mit einer Frau auszugehen, dann erfährt sie früher oder später sowieso von Rachel. Also ist es vermutlich besser, von vornherein offen zu sein.«

»Ich bin mir nicht sicher. Es war offensichtlich, dass ich mit dieser Frau überhaupt nichts gemeinsam hatte und es niemals irgendetwas werden könnte, also war das gar nicht die Frage. Es war mehr, dass ich mich so schuldig fühlte, als beginge ich einen Verrat an Rachel, indem ich mich einer Wildfremden über sie anvertraute. Aber obwohl es mir falsch vorkam, konnte ich mich einfach nicht bremsen.«

Die Erleichterung, die ich empfinde, mag ein wenig selbstsüchtig sein, doch ich bin froh, dass es nicht nur mir so vorkommt, als wären mein Tod und seine Folgen noch kein Thema für die Öffentlichkeit. Als Allerletztes möchte ich, dass Max sich zu allem, womit er schon fertigwerden muss, auch noch schuldig fühlt, aber zugleich wäre es mir sehr wichtig, dass unsere Ehe – einschließlich ihres vorzeitigen Endes – heilig bleibt. Dass sie noch nicht ausreichend verdaut ist, um sich als Gesprächsstoff zu eignen, und schon gar nicht für eine Unterhaltung mit dahergelaufenen Fremden.

»Wie hast du sie überhaupt kennengelernt? Hat euch jemand miteinander bekannt gemacht?«

Max sieht verlegen drein, als wäre sein Bruder auf einen Punkt des Geständnisses gestoßen, von dem er gehofft hatte, Connor würde ihn übersehen.

»Harriet kam auf die Idee. Und Mum. Ich hätte nicht auf sie hören sollen.«

»Was für eine Idee?«

»Es war eine Verabredung übers Internet. Harriet hat für mich ein Profil erstellt. Gebeten hatte ich sie nicht darum. Sie ist einfach hingegangen und hat es gemacht, ohne dass ich davon wusste.«

Connor lacht über den Versuch seines Bruders, sich zu verteidigen.

Woraufhin Max noch mehr errötet.

»Wie um alles in der Welt kannst du einen Rat von Mum annehmen? Ich meine, ich weiß natürlich, dass es für dich lange her ist, aber sie hatte praktisch ihr ganzes Leben lang keine Dates. Wenn du daran denkst, in die Dating-Szene zurückzukehren, warum kommst du dann nicht zu mir?«

»Weil ich nicht daran gedacht habe. Ich hatte keinerlei Wunsch, es zu tun, ganz zu schweigen von Verabredungen mit vollkommen Fremden. Sie haben mich einfach dazu überredet. Du kennst ja Mum, wenn sie loslegt, und Harriet ist noch schlimmer.«

»Aber sich übers Internet zu verabreden ... Ist das nicht ein bisschen ... Wie soll ich sagen? Verzweifelt?«

»Na ja, vielleicht war ich verzweifelt. Verzweifelt bemüht, Mum und Harriet loszuwerden. Aber ich hatte von vornherein recht – es war viel zu früh.«

Ich stimme ihm vollkommen zu. Vielleicht kommt einmal eine Zeit, wo wir beide es anders sehen. Im Moment allerdings kann ich mir nicht vorstellen, wann es so weit sein soll und wie es sich anfühlt, wenn es je so weit kommt.

»Warte mal eine Sekunde! Es wäre Unsinn, jetzt schon das Handtuch zu werfen. Dass du eine schlechte Verabredung hattest, heißt doch nicht, dass die nächste oder die übernächste genauso mies läuft. Wie ich schon sagte, du stehst noch am Anfang.«

»Ein nächstes Mal gibt es nicht. Das ist meine Sache. Ich hätte auf meine Instinkte hören sollen. Rachel ist erst ein Jahr tot. Es käme mir nicht richtig vor, eine andere Frau zu treffen. Noch nicht. Vielleicht nie. Ich weiß es einfach nicht.« Max hat schnell gesprochen und ist beinahe über seine eigenen Worte gestolpert bei dem Versuch, sie hervorzustoßen, ehe Connor eine Chance hat, etwas einzuwenden.

»Ich sehe ja, dass dir deine schlechte Erfahrung an die Nieren gegangen ist. Aber schuldig zu fühlen brauchst du dich wegen gar nichts. Rachels Tod ist nicht deine Schuld. Und es besteht kein Grund, weshalb du für alle Ewigkeit allein bleiben solltest. Das kannst du doch nicht im Ernst wollen?«

»Connor, ich kann kaum an morgen denken, und an Jahre in der Zukunft schon gar nicht. Ich weiß, dass es mir zu früh ist. Und ich bin sicher, dass andere – Menschen, die Rachel und mich gekannt haben – es ebenfalls für zu früh halten würden.«

»Wen interessiert, was andere denken? Ich kenne euch beide, und ich finde nicht, dass es zu früh ist. Neulich habe ich online etwas gelesen, bei dem ich an dich denken musste. Ich hätte dir den Link schicken sollen. Es war ein Artikel zu dem

Thema, wie lange man braucht, um über das Ende einer Beziehung hinwegzukommen. Offenbar beträgt die verbreitete Rate einen Monat für jedes Jahr. Nun, du und Rachel, ihr wart – wie lange? – zehn Jahre zusammen? Jetzt bist du über ein Jahr lang wieder allein, also hast du theoretisch jedes Recht, dich mit anderen Frauen zu treffen. Wenn du pedantisch sein willst, hast du sogar schon ein paar legitime Monate verloren.«

Max starrt Connor mit der gleichen Ungläubigkeit an, die auch ich empfinde.

»Ist das dein Ernst? Ein Monat pro Jahr? Das ist krass, Connor, sogar für dich.«

»Okay, okay, nicht den Boten erschießen. Ich erzähle dir nur, was ich im Internet gelesen habe. Eigentlich solltest du dich deswegen besser fühlen. Himmel, ich wollte dir nur zeigen, dass du dich wegen nichts schuldig zu fühlen brauchst.«

»Es geht nicht ums Schuldgefühl. Es geht darum, ehrenhaft zu sein. Ich erwarte nicht, dass du das verstehst.«

»Du hast recht. Das verstehe ich nicht, weil ich noch nie eine solche Beziehung hatte. Trotzdem glaube ich nicht, dass du dir einen Gefallen tust, wenn du den Kopf in den Sand steckst. Was hast du vor? Die nächsten vierzig Jahre in einem Zustand fortgesetzten Leugnens zu verbringen?«

Max und Connor fallen in ein Schweigen passiver Gereiztheit vor dem Hintergrund des Jubels auf dem Spielfeld, wo das erste Rennen beginnt. Am Start stehen keine Kinder aus Ellies, sondern aus einer älteren Klasse, und die beiden Brüder können sich in ihre jeweilige Verstimmung verkriechen.

Daran, dass Max wütend ist, trägt Connor keine Schuld. Daran ist niemand schuld. Wie schon Harriet und Joan versucht Connor das, was er für die richtigen Worte hält, in der richtigen Reihenfolge zu sagen. Sein einziger Fehler besteht darin, nicht zu wissen, dass es im Moment einfach keine richtigen Worte gibt. Egal in welcher Reihenfolge ausgesprochen – nichts könnte Max im Augenblick aus seiner bedrückten Stimmung helfen.

Connor ist es, das muss man ihm anrechnen, der schließlich das Schweigen bricht. »Max, hör zu, ich weiß, wie sehr du Rachel geliebt hast. Und du weißt, wie gern ich sie hatte. Sie war wunderbar. Das habe ich dir von Anfang an gesagt, da hatte ich sie gerade erst kennengelernt. Erinnerst du dich noch? Diese Dinnerparty, die Harriet und sie gegeben haben, als ihr beide frisch zusammen wart?«

Natürlich erinnere ich mich. Die Party fand in der kleinen Dachgeschosswohnung in Earls Court statt, die Harriet und ich uns teilten, seit wir nach London gekommen waren. Wir konnten uns nur eine Zwei-Zimmer-Wohnung leisten; ich bekam das Schlafzimmer, Harriet das Wohnzimmer, während die Küche – in die gerade mal ein Tisch mit vier Stühlen passte – als Gemeinschaftsraum herhalten musste. Die Dinnerparty hatte Harriet vorgeschlagen: ihre Art moralischer Unterstützung für meine erste Begegnung mit Max' Bruder, von dem ich so viel gehört hatte und der so viel erwachsener klang als jeder von uns. Ich glaube, Harriet und ich waren verzweifelt bemüht, unsere Weltoffenheit zu beweisen, aber ob nun gegenüber Connor, gegenüber Max oder uns selbst, da war ich mir nie so ganz sicher. Wir kochten Pasta, machten einen Salat mit Avocado und kauften im Supermarkt einen Wein, von dem wir annahmen, dass er gut sein musste, weil das Flaschenetikett komplett auf Französisch war. Ich weiß noch, für wie kultiviert wir uns hielten, ein Samstagabend-Dinner für meinen neuen Freund und seinen reichen älteren Bruder abzuhalten. Er war zweifellos ein Erfolg gewesen, dieser Abend; Connor hatte sich als weit weniger einschüchternd erwiesen, als ich ihn mir vorgestellt hätte, Harriet und er rieben sich intellektuell die ganze Zeit aneinander, Max streichelte mir unter dem Tischtuch die Hand, sowohl um mich zu beruhigen, dass das Dinner bislang ein Triumph gewesen war, als auch als Verheißung auf das, was später kommen würde. Natürlich erinnere ich mich. Wie könnte ich es je vergessen?

»Ich weiß, dass es dir klar war. Ich weiß, dass es Mum klar war. Ich weiß, dass es Harriet klar war, verflucht noch mal, denn sie waren seit Jahrzehnten beste Freundinnen. Aber deshalb begreife ich einfach nicht, wieso ihr mich drängt, mit anderen Frauen auszugehen, obwohl ihr alle wissen müsstet, dass es Rachel nicht gefallen würde. Ich glaube sogar, dass sie es nicht billigen würde.«

»Wirklich? Du glaubst wirklich, sie würde nicht wollen, dass du glücklich bist? Denn die Rachel, die ich kenne, würde es wollen. Weißt du noch, wie Ellie erst ein paar Monate alt war und du zu diesem Junggesellenabschiedswochenende eingeladen wurdest? Du hast gesagt, du würdest nicht fahren, es wäre nicht fair, Rachel das ganze Wochenende allein zu lassen, aber sie hat dich dazu überredet. Hat sie damals nicht gesagt, du bräuchtest mal eine Pause, auch wenn sie es war, die jede verdammte Nacht für Ellie aufstand? Oder die vielen Abende in diesem Jahr, die sie allein verbrachte, weil du deinen Fotokurs gemacht hast und völlig besessen warst von deiner Kamera? Und was ist mit den Samstagnachmittagen, wo es okay für sie war, dass wir zum Fußball gingen, auch wenn es ihr ganz bestimmt lieber gewesen wäre, du hättest Zeit mit ihr und Ellie verbracht? Ernsthaft, Bruder, ich glaube, du unterschätzt, wie großzügig deine Frau war. Ich dachte damals immer, wenn ich nur eine Frau finden würde, die halb so cool ist wie Rachel, dann würde sogar ich mich vom Hochzeitsvirus anstecken lassen. Also fall ihr jetzt nicht in den Rücken, indem du irgendetwas davon vergisst und so tust, als wollte sie nicht, dass du glücklich bist.«

Ich weiß nicht, ob ich dankbar sein soll, dass Connor sich an all diese Begebenheiten erinnert, oder mich schämen, weil ich seinem hehren Bild von mir in Wahrheit gar nicht gleichkomme. Jedenfalls nicht im Moment.

Max denkt ein paar Sekunden lang nach über das, was Connor gesagt hat. »Aber es besteht doch ein gewaltiger Unterschied, ob ich innerhalb einer Ehe alltägliche Selbstlosigkeit zeige oder ob ich es okay finde, wenn mein Mann mit anderen Frauen ausgeht. Ein himmelweiter Unterschied. Und wenn ich Rachel auch nur ein bisschen kenne, dann steht für mich fest, dass sie die Vorstellung entsetzlich fände. Ich bin einfach nicht bereit, ihr das anzutun.«

Max verschränkt entschlossen die Arme vor der Brust, und ich sende eine stille Dankeserklärung aus, dass er selbst nach meinem Tod noch Rücksicht auf mich nimmt.

»Hör zu, du hast wahrscheinlich recht. Du bist möglicherweise noch nicht so weit, dass du mit beliebigen fremden Frauen ausgehst, und nichts ist beliebiger als eine Internet-Bekanntschaft. Ich sage nur, ich finde nicht, dass du dir Rendezvous grundsätzlich versagen solltest. Ich glaube, du musst ein bisschen wählerischer sein, ein bisschen aufmerksamer aussuchen, mit wem du Zeit verbringst. Soll ich dich nicht mal mit einer meiner Freundinnen bekannt machen? Ich wüsste einige, die auf das Intellektuelle, Nachdenkliche und Kreative an dir stehen würden. Und wie wäre es, wenn wir zusammen losziehen? Ich organisiere einen guten altmodischen Abend zu viert mit zwei der anspruchsvolleren Frauen, die ich kenne. Da hättest du wenigstens jemanden, der die Hand dafür ins Feuer legt, dass die Frau nicht völlig durchgeknallt ist, und du kannst mit jemandem reden, falls es doch wieder so eine Katastrophe wird wie beim letzten Mal. Schlimmstenfalls verbringst du einen netten Abend mit deinem großen Bruder. Was gäbe es dagegen einzuwenden?« Connor schlingt Max einen Arm um den Hals, ein Akt, der zwischen ihnen körperliche Bekundungen der Zuneigung ersetzt.

Max reagiert mit einem vorgetäuschten Befreiungsversuch, und ein paar Sekunden lang ringen sie spielerisch auf eine Art, die sehr gut in diese Kindersport-Umgebung passt.

»Okay, gut – wenn du meinen Hals loslässt, ehe du mich erwürgst. Aber nur, wenn es wirklich vor allem nur ein Abend für uns beide ist. Und wenn die Frauen, die du mitbringst, nicht von der Sorte sind, mit der du normalerweise ausgehst, und nicht glauben, dass es Wörter mit mehr als drei Silben nur in Fremdsprachen gibt. Und nur, wenn du mir schwörst, dass du nicht irgendwann mittendrin verschwindest und es mir überlässt, allein irgendwelchen schwerfälligen Small Talk zu machen. Einverstanden?«

»Das ist eine lange Liste von Bedingungen, aber alles, was du sagst, sei dir gewährt, Bruder. Ich werde mir das Hirn zermartern, um für uns die perfekten Begleiterinnen zu finden, und ich rechne nicht mal mit Dank, wenn wir einen fantastischen Abend hatten. Na ja, jedenfalls nicht sehr.«

Die Jungs lachen im Geiste brüderlicher Kameradschaft und stürzen mich in einen Zustand, in dem ich mich ausgeschlossen und verwirrt fühle. Ich kann nicht verstehen, wieso Max zugestimmt hat. Nicht, nachdem er zuerst so entschlossen wirkte.

Und ich kann nicht begreifen, wieso alle Welt plötzlich so versessen darauf ist, dass Max eine andere Frau kennenlernt. Vielleicht glauben sie, dass es für ihn das Beste wäre und ihm helfen könnte, über meinen Verlust hinwegzukommen. Trotzdem werde ich die Befürchtung nicht los, alle sind vor allem deswegen so erpicht darauf, dass Max mich hinter sich lässt, damit sie ihr eigenes Unbehagen nicht mehr spüren müssen. An mir nagt immer der Verdacht, es ginge ihnen nur in zweiter Linie darum, dass Max seine Trauer überwindet, weil es für alle leichter wäre, wenn er die Rolle des trauernden Witwers ablegen und seine lustige Seite wiederentdecken würde. Wenn er freier lebte, ohne dass die Erinnerung an mich jedes Gespräch überschattet, würde er allen gestatten zu vergessen, dass so nahe und still in den Winkeln jedes einzelnen Lebens die Tragödie lauert. Ich muss mich immer wieder fragen, ob die ständigen Appelle Max das Leben leichter machen sollen oder den anderen.

»Gut, dann hör mal kurz auf, dir selbst zu gratulieren, Connor! Jetzt kommt Ellies erster Lauf.«

Ich sehe nach vorn auf die Laufbahn, und am Start steht Ellie, das Haar zu Zöpfchen geflochten. Ihre mageren Beine in den rosa Shorts, auf ihrem Gesicht ein Ausdruck von Entschlossenheit. Es scheint um den Fünfzig-Meter-Lauf zu gehen; zwei Dutzend Siebenjährige stehen nebeneinander, Ellie in der Mitte, und sie scheint es in der Tat sehr ernst zu nehmen.

Ein Pfiff aus Mr. Baxters Trillerpfeife, und alle Kinder flitzen gleichzeitig über die weiße Kreidelinie los, tiefe Konzentration im Gesicht.

Max und Connor jubeln von den Bänken, rufen Ellie mit so lauten Stimmen zu, dass sie die Ermutigungen der anderen Eltern übertönen.

Ellie rennt schnell, schneller, als ich sie je gesehen habe, und zusammen mit zwei anderen Mädchen führt sie das Feld an. Eine ihrer Hauptkonkurrentinnen blickt kurz zur Seite, um zu schauen, wie viel Vorsprung sie hat. Dem Mädchen ist nicht klar, dass es unmöglich ist, in gerader Linie vorwärtszurennen und dabei auch nur einen Sekundenbruchteil lang nicht nach vorn zu sehen. Sie kommt aus dem Rhythmus, stolpert, verliert ein paar Schritte und verschwindet in der nachfolgenden Menge. Jetzt sind nur noch Ellie und eine andere Mitschülerin ganz vorn. Ellies Gesicht ist rot, sie schnauft, ihre Miene ist ein Sinnbild der Unbeirrbarkeit und verrät die Erkenntnis, dass ihre Lehrerin oder Max sagen können, was sie wollen – zu gewinnen ist wichtig. Dann nähern sie sich schon der Ziellinie, und beide Mädchen treiben sich mit einer letzten Anstrengung vor, doch es sind Ellies eifrige Schultern, die zuerst über die Ziellinie kommen.

Auf den Zuschauerbänken klatschen Max und Connor die Hände hoch über ihren Köpfen zusammen, mit der gleichen Begeisterung, als hätte ihre Fußballmannschaft gerade die Meisterschaft gewonnen.

Mr. Baxter hängt Ellie eine Goldmedaille aus Plastik an einem roten Band um den Hals.

Vor Stolz strahlend rennt sie sofort zu ihren Anfeuerern und springt Max direkt in die Arme. »Hast du das gesehen, Daddy? Ich hab gewonnen! Ich habe das Rennen gewonnen!«

»Natürlich haben wir es gesehen, Schatz. Hast du nicht gehört, wie wir gejubelt haben? Du warst so schnell! Gut gemacht, mein Engel!«

»Ich hab noch nie ein Rennen gewonnen. Nicht mal in Sport, wo wir uns gar keine Mühe geben. Guck mal, ich hab 'ne Medaille!«

»Zeig mal her! Na, die sieht ja echt toll aus. Die hängen wir in deinem Zimmer auf, wenn wir nach Hause kommen, oder?«

»Ich habe noch mehrere Rennen vor mir, Daddy. Ich muss noch Staffellauf machen und den Dreibeinlauf. Vielleicht gewinne ich ja noch mehr Medaillen.«

Max lacht. »Ja, wer weiß? Aber die eine ist schon sehr, sehr gut.«

Ellie grinst. In ihren schokoladenbraunen Augen funkelt der Stolz. »Mummy hätte meine Medaille auch gefallen, oder?«

Max erwidert ihren nachdenklichen Blick und lächelt zärtlich. »Sie wäre hin und weg gewesen, Schatz. Was wäre sie stolz auf dich gewesen! Genau so stolz wie Onkel Connor und ich.«

Ellie schlingt Max die Arme um den Hals.

Das Glück in ihrem Gesicht ist ein ganz anderer Anblick als die Melancholie des vergangenen Jahres, und es ist Beweis genug, dass die Geschichte sich heute nicht wiederholen wird, wie ich es befürchtet habe.

Während ich zusehe, wie Ellie Max' Hals immer fester umschlingt, streicht ein warmer Hauch über mein Gesicht. Er kommt aus dem Nichts und hat keinen erkennbaren Ursprung. Mit geschlossenen Augen genieße ich dieses seltene Phänomen, das Gefühl, dass etwas, egal, was, meine Haut berührt, auch wenn ich nicht feststellen kann, woher es kommt.

Der warme Hauch lässt rasch wieder nach, und als ich die Augen öffne, bin ich allein im weißen Nebel. Ellie, Max und der Sportplatz: Sie sind alle verschwunden.

Einen flüchtigen Moment lang erfüllen mich die vertraute schmerzliche Traurigkeit und der Wunsch, mir wäre vergönnt gewesen, länger bei ihnen zu bleiben. Doch dann denke ich wieder an Ellies triumphierendes Lächeln, mit dem sie die Ziellinie überquert hat, an ihr euphorisches Gesicht, als ihr die Medaille umgehängt wurde, und das Entzücken in ihren Augen, mit der sie sie Max gezeigt hat, und mir wird bewusst, wie glücklich ich mich schätzen muss, heute überhaupt dabei gewesen zu sein, Dinge beobachtet zu haben, von denen ich nach Fug und Recht ausgeschlossen sein müsste.

Ich erinnere mich an den ersten Tag, an dem ich hier ankam, an das erste Mal, als mir der Einblick gewährt und danach wieder entzogen wurde, an mein Entsetzen, als ich mir überlegte, dass meine Vogelschau auf die Welt der Lebenden womöglich nur etwas Einmaliges gewesen sein mag, oder – noch schlimmer – lediglich das Produkt einer überaktiven Fantasie.

Dennoch bin ich hier, mehr als ein Jahr später, sehe Ellie bei einem Schulsporttag zu, habe Anteil an der Freude und dem Triumph meiner Tochter über ihren Erfolg, und ich empfinde Dankbarkeit, nicht nur für heute, sondern für die Zuversicht, dass ich sie früher oder später wieder besuchen werde. Ich kann nach wie vor nicht behaupten, dass ich verstehen würde, wo ich bin oder wieso ich hier bin, aber ich fühle mich imstande, auf dieser trügerischen Welle weiterzureiten, bis ich irgendwann begreife, welchen Sinn – wenn es einen gibt – dies alles hat.

9

Ich höre eine Glocke klingeln, und als der undurchsichtige Nebel sich endlich teilt und mir zeigt, was dahinter ist, bin ich im Flur unseres Hauses.

Ellie rennt gerade zur Tür. Als sie sie öffnet, steht meine Mutter auf der Schwelle, und ich bin mir nicht sicher, wer mehr begeistert ist, sie zu sehen, Ellie oder ich.

Nach meinem Tod hat es eine ganze Weile gedauert, bis ich begriff, dass Max' oder Ellies Gegenwart kanalisieren, was ich von der Welt der Lebenden zu Gesicht bekomme. Ich habe niemals Einblick in etwas, an dem nicht einer oder beide von ihnen teilnehmen. Deshalb sehe ich meine Mum oder Harriet oder sonst jemanden, den ich kannte, nur, wenn ihre Begegnung mit Max und Ellie zufällig mit einem meiner Einblicke in die Welt der Lebenden zusammenfällt. Und da Ellie meine Mutter nur einmal im Monat besucht, sind diese Zusammenfälle für meinen Geschmack viel zu selten.

»Bist du denn nicht schon ein ganz großes Mädchen, dass du Nanna die Tür öffnest? Wie geht es dir, meine Süße?«

»Alles okay. Ich hab mir gerade Zeichentrickfilme angesehen. Was machen wir denn am Wochenende bei dir, Nanna?«

Mum hat noch nicht mal die Jacke ausgezogen, aber sie ist es gewöhnt, dass Ellie in einem fort redet, sobald sie zur Tür hereinkommt. »Nun, wenn wir in Salisbury sind, ist es schon fast Zeit fürs Mittagessen. Also dachte ich, wir gehen auf ein Sandwich und einen Kakao in das Café, das du so magst. Und danach möchtest du vielleicht mit mir auf einen Bauernhof fahren – es gibt einen, auf dem du noch nicht warst. Dort kann man reiten. Wie klingt das?«

»Ich darf wirklich reiten? Das klingt toll!«

»Ja, das dachte ich mir. Und morgen, wenn das Wetter gut wird, und die BBC sagt gutes Wetter voraus, können wir einen schönen langen Spaziergang am Fluss machen, bevor ich dir dein Lieblingsessen koche.«

»Es gibt Roastbeef?«

Mum nickt und lächelt vor Freude über Ellies Aufregung.

»Und Bratkartoffeln und deine Spezialsoße?«

»Nicht nur das, ich habe auch schon Schokobrownies für den Nachtisch gemacht. Glaubst du, du schaffst es, das alles zu essen?«

»Das schaffe ich ganz bestimmt. Ich gehe nach oben, Nanna, weil ich noch meine Tasche zu Ende packen muss.«

Ellie stürmt auf allen vieren die Treppe hoch und verschwindet in ihrem Zimmer.

Max ruft aus der Küche, wo er bereits Kaffee aufsetzt.

»Wie geht es dir, Max? Ellie wirkt richtig fröhlich.«

»Das Schuljahr ist ja auch zu Ende, was wirklich eine Erleichterung ist, für beide von uns, aber aus unterschiedlichen Gründen. Ende nächster Woche fängt Ellie schon an, sich zu langweilen – während ich gerade mal anfange, mich zu erholen.«

Also beginnen die Sommerferien. Das heißt, seit meinem letzten Besuch, Ellies Triumph beim Schulsporttag, können nicht mehr als zwei Wochen vergangen sein.

»Ja, das kenne ich noch gut aus Rachels Schulzeit. Diese zwei Wochen fieberhafter Aktivität, dann ein Monat Ruhelosigkeit. Ich weiß, dass ihr Lehrer die Pause dringend nötig habt, doch ich finde, sechs Wochen sind zu lang für die Kinder.«

»Als Lehrer wie als Elternteil kann ich dir in beiden Punkten nicht widersprechen. Aber es wird ihr guttun, ein paar Tage mit dir zu verbringen. Sie hat sich wirklich darauf gefreut.«

»Ich auch. Es wird wunderbar, sie für mehr als einen einzigen Abend für mich zu haben.«

Ich bezweifle, dass Mum spitz klingen möchte, doch so klingt sie. Seit Ellies Geburt ist es für sie ein Stein des Anstoßes, dass Max' Eltern ihre Enkelin fast jeden Tag sehen und sie, Mum, nur einmal im Monat. Ich weiß, dass sie sich niemals beklagen würde, und ich bin mir sicher, sie empfindet es auch nicht so, aber ich hatte immer den Verdacht, dass sie sich wünschte, ich wäre nie nach London gezogen. Ich glaube, sie hätte es lieber gehabt, wenn ich in Salisbury geblieben wäre, dort eine Arbeit angenommen und ihr die Nähe zu ihrem Enkelkind geschenkt hätte, die sie ihren Eltern so selbstlos hatte angedeihen lassen.

»Also, Max, was hast du mit deinen vier Tagen in Freiheit vor?«

»Ach, weißt du, ich werde mich mit ein paar Freunden treffen, ein bisschen quatschen, vielleicht ein, zwei Bier trinken. Es war ein höllisches Halbjahr, und die Sommerferien hätten wirklich nicht einen Tag länger auf sich warten lassen dürfen.«

»Das ist nett. Triffst du jemanden, den ich kenne?«

»Ja, heute Abend gehe ich mit Connor und ein paar seiner … ähm … Bekannten aus. Er hat einen netten Abend organisiert.«

Mum erfasst nicht die Bedeutung dessen, was er gerade gesagt hat, ich jedoch schon. Es passiert also wirklich. Max erlaubt Connor tatsächlich, mit ihm diesen dämlichen Abend zu viert zu veranstalten. Vielleicht ist es nicht einmal der erste.

Vielleicht haben sie sich in den beiden Wochen, in denen ich abwesend war, Dutzende nette Abende zu viert gemacht.

»Das ist schön. Ein Männerabend also? Der wird dir sicher guttun.«

»Äh, so ähnlich. Na ja, eigentlich nicht. Nein, ich glaube nicht, dass es so etwas ist.«

Mum hebt amüsiert die Augenbraue, als drücke sich Max nur undeutlich aus. »Also, was habt ihr geplant?«

Max blickt eindeutig verlegen drein. Ausweichend sogar, würde ich sagen.

»Connor, er ... na ja ... er hat arrangiert, dass wir mit zwei Bekannten von ihm ausgehen. Zwei Frauen, mit denen er befreundet ist; er kennt sie über die Arbeit, glaube ich. Aber ich bin mir da nicht hundertprozentig sicher, ich habe ihm nicht so genau zugehört, wenn ich ehrlich sein soll.«

Max dreht Mum den Rücken zu, während er nervös weiterfaselt, und weicht ihrem Blick so lange aus, dass er – im Gegensatz zu mir – nicht sieht, wie der Ausdruck in ihrem Gesicht von Verwirrung über Nachdenklichkeit und Überraschung zu Unglauben umschlägt.

»Willst du damit sagen, dass ihr, du und dein Bruder, heute Abend ein Rendezvous zu viert habt?«

Max reicht Mum den Becher Kaffee, aber er kann ihr noch immer nicht in die Augen sehen. »Das ist nichts Ernstes. Nur ein bisschen Abwechslung, verstehst du. Connor dachte, es würde mir guttun, wenn ich mal aus dem Haus käme.«

Max lacht halbherzig und gezwungen, doch Mums Gesicht ist wie versteinert.

»Ich kann es nicht fassen, Max. Du hast heute Abend wirklich ein Rendezvous? Mit einer anderen Frau? Wo Rachel erst seit einem Jahr unter der Erde ist?«

»Celia, bausch die Sache doch nicht unnötig auf! Bitte mach aus einer Mücke keinen Elefanten!«

»Du musst mir schon verzeihen, aber für mich ist es ein Elefant. Ich wäre überhaupt nicht auf den Gedanken gekommen, dass du dich schon nach einer neuen Frau umsehen könntest. Nicht so bald. Was um alles in der Welt ist nur in dich gefahren, Max?«

»Ich sehe mich nicht nach einer neuen Frau um. Nicht richtig. Ich weiß nicht einmal, wieso ich es erwähnt habe. Das war dumm von mir. Es tut mir leid.«

Ich weiß, wieso Max es erwähnt hat. Er neigt zu absoluter Offenheit, eine geradezu genetische Veranlagung, den Menschen die Wahrheit zu sagen, auch wenn es nicht immer in seinem – oder ihrem –Interesse ist.

»Das ist also der Grund, weshalb Ellie diesmal länger bei mir bleiben soll? Damit du mit Connor zu diesem ... diesem Rendezvous gehen kannst? Himmel, ich komme mir so dumm vor! Ich nehme an, ich bin die Letzte, die es erfährt, oder?«

»Es gibt da nichts zu erfahren, Celia. Bitte, du musst aufhören, mehr darin zu sehen, als es tatsächlich ist! Ich gehe nur einen Abend mit meinem Bruder und ein paar seiner Bekannten aus. Mehr steckt nicht dahinter.«

»Ich wünschte, das wäre wahr, Max. Aber das ist es nicht, oder? Das ist nicht bloß ein Abend mit Freunden. Es ist ein Abend mit einer Frau, von der ich annehme, dass sie auf mehr hofft als ein wenig höfliches, platonisches Geplauder. Das ist im Allgemeinen der Zweck eines Rendezvous, nicht wahr, oder haben sich die Dinge wirklich so sehr geändert, seit ich jung war?«

Max verstummt für einen Moment.

Ich bemerke, wie er voll Unmut die Stirn kraust, dann blinzelt er es weg und atmet lange, geduldig und langsam aus.

»Ich wünsche mir nichts anderes als einen halbwegs unterhaltsamen Abend mit meinem Bruder, Celia. Es ist eben so, dass die meisten Menschen finden, ich sollte mal wieder das Haus verlassen. Wieder in Kontakt mit der Welt kommen. Mehr versuche ich gar nicht.«

»Da hörst du auch keinen Widerspruch von mir, Max. Ich habe dir selbst schon gesagt, dass ich mir Sorgen mache, du könntest aus deinen eingefahrenen Gleisen nicht mehr herauskommen, und dass du einmal etwas anderes sehen solltest. Deshalb frage ich dich ja immer wieder, ob du nicht öfter zu mir kommen und bei mir bleiben willst, nur damit du ein paar Tage lang aus London rauskommst. Aber du sagst immer, du fühlst dich gut. Jetzt stelle ich fest, dass es dir sogar gut genug geht für ein Rendezvous mit einer Unbekannten, obwohl meine Tochter nur knapp ein Jahr tot ist.«

Mum starrt Max fragend an, als wolle sie ihn auffordern, ihr zu widersprechen, und ich empfinde eine Welle der Dankbarkeit, weil sie als Einzige meinen Vorbehalten eine Stimme leiht, weil sie als Einzige eine Meinung vertritt, die von der Auffassung der Pro-Rendezvous-Brigade abweicht. Ich möchte ja nicht, dass Max für immer allein bleibt oder unglücklich ist oder mich für den Rest seines Lebens betrauert. Aber ich wünschte, ich hätte ein wenig Einfluss auf den zeitlichen Ablauf seiner Genesung. Heißt es nicht, dass die Trennung eines Paares sich nach dem Tempo des langsameren Partners richten sollte? Das Gleiche muss doch auch für Hinterbliebene gelten. Und jetzt im Moment empfinde ich die Vorstellung, dass er mit anderen Frauen ausgeht, als schmerzhaft verfrüht. Doch vielleicht belüge ich mich auch nur. Vielleicht sage ich das Gleiche noch in zwei Jahren, in zehn, in zwanzig Jahren. Vielleicht werde ich den Gedanken, dass Max eine neue Beziehung eingeht, nie ertragen können. Ich kann die Zukunft nicht vorhersagen. Ich weiß nur, wie ich jetzt empfinde, und ich empfinde es als zu früh, als viel zu früh.

»Ich möchte nicht streiten, Max, aber bestimmt verstehst du doch, wieso ich mich aufrege? Mir kommt es so ... überstürzt vor. Für mich wäre es völlig unvorstellbar gewesen, ein Jahr nach Roberts Tod mit einem anderen Mann auszugehen.«

Das ist wahr. Für sie war es völlig unvorstellbar. Tatsächlich ist Mum nach Dads Tod nie wieder mit einem anderen Mann ausgegangen, obwohl sie oft gefragt wurde, obwohl sie bis heute eine attraktive Frau geblieben ist, obwohl ich sie, besonders nachdem ich zu Hause ausgezogen war, immer ermutigt habe, ihr Glück in einer neuen Beziehung zu suchen. Es ist nie zu spät, habe ich ihr versichert, doch Mum war unbeirrbar: Sie hatte die Liebe ihres Lebens gefunden, sie hatte sie vorzeitig verloren, und das war es. Als ich älter wurde und eigene Beziehungen kamen und gingen, gelangte ich zu der Ansicht, Mums Entscheidung sei irrational – in meinen Augen war es unsinnig, eine lange verlorene Flamme zu nähren und dafür alle anderen zu ersticken. Ich erinnere mich, wie ich ihr bei mehr als einer Handvoll Gelegenheiten sagte, dass nichts ewig währe, dass Dad nicht gewollt hätte, dass sie allein bliebe, dass sie den Rest ihres Lebens auskosten solle. Erst jetzt begreife ich, wie unwissend ich war, und wie arrogant. Erst jetzt begreife ich, wie sehr ich mir wünschte, dass Max genauso entschlossen wäre wie Mum.

»Die Menschen sind verschieden, Celia. Ich will nur etwas tun, bei dem ich es für möglich halte, dass es für mich das Richtige ist. Wenn du die Wahrheit wissen willst, ich bin mir selbst nicht sicher, ob ich schon bereit dafür bin.«

»Wieso tust du es dann? Ich glaube nicht, dass ich die Einzige bin, die es seltsam findet. Was werden die Leute denken, wenn sie dich so bald mit einer anderen Frau ausgehen sehen? Sie werden denken, dass dir Rachel niemals wirklich etwas bedeutet hat, dass ihr nie die wunderbare Ehe geführt habt, von der ich weiß, dass ihr sie hattet. Sie werden es merkwürdig finden, dass du dich so bald von ihrem Verlust erholt hast. Machst du dir darüber denn überhaupt keine Gedanken?«

»Celia, du predigst zu den Bekehrten. Ich hatte genau die gleichen Befürchtungen. Aber irgendwie haben Mum, Connor und Harriet es geschafft, mich vom Gegenteil zu überzeugen. Du hattest recht, ich stecke in eingefahrenen Gleisen fest, und ich finde, ich muss etwas unternehmen, um da rauszukommen.«

»Aber ich verstehe nicht, wieso du deswegen so etwas ... Drastisches tun musst. Es klingt fast schon, als hättest du vergessen, was du und Rachel einander bedeutet habt, wie sehr ihr euch geliebt habt, wie besonders sie für dich war. Wie kann das so schnell verschwunden sein?«

Mum hat zu weinen begonnen. Tränen der Einsamkeit laufen ihr über die Wangen, und ich weiß nicht, ob sie um meinetwillen weint oder ihretwegen oder wegen Max oder Dad. Vielleicht ist es gar nicht möglich, die eine Trauer klar von der anderen zu trennen.

Max sackt auf einem Küchenstuhl zusammen, die Schultern resigniert nach vorn gesunken. Traurigkeit, Frustration und Niederlage stehen ihm deutlich ins Gesicht geschrieben. Ich beobachte ihn, wie er da sitzt und sich ohne Zweifel fragt, wie um alles in der Welt er in solch ein Gespräch verwickelt wurde, und ich muss immer wieder denken, dass ich einen Mann vor mir sehe, für den es unmöglich ist, es allen recht zu machen, ganz gleich, wie sehr er es versucht.

»Sie vergessen? Wie kannst du so etwas sagen, Celia? Wir reden hier von Rachel, von der Frau, die ich geliebt und geheiratet habe, der Frau, mit der ich den Rest meines Lebens verbringen wollte. Doch jetzt ist es nicht so gekommen. Und ich muss eine Möglichkeit finden, damit klarzukommen, jede Minute meines Tages, solange ich lebe.«

»Ich weiß, dass du sie geliebt hast, Max. Das weiß ich wirklich. Aber gerade deshalb kann ich nicht verstehen, wie du auch nur daran denken kannst, dich mit anderen Frauen zu treffen, obwohl Rachel gerade erst ein Jahr tot ist.«

»Weil sie nicht mehr zurückkommt. Ich werde sie niemals wiedersehen. Es hat über ein Jahr gedauert, bis das zu mir durchgedrungen ist, doch jetzt habe ich es begriffen. Ich möchte nun die Scherben des Lebens, die sie hinterlassen hat, zusammensuchen und etwas aufbauen, das der Normalität wenigstens entfernt ähnlich sieht.«

Ich werde niemals zurückkommen. Zum ersten Mal höre ich, wie Max es ausspricht, und die Angst und Beklommenheit und Machtlosigkeit treffen mich mit einer ungeahnten Heftigkeit. Er beginnt, sein Leben weiterzuleben, und ich kann nichts dagegen unternehmen. Ich denke an die Tausenden von Stunden, die ich mit Fantasien gefüllt habe, in denen sich alles um den Grund gedreht hat, warum ich hier bin. Ich habe überlegt, ob ich möglicherweise deshalb ein Auge auf die Lebenden werfen darf, weil ich nicht immer zu den Toten gehören werde, weil diese stellvertretende, machtlose Halbexistenz ein Ausdauertest ist, den ich meistern muss, um der Rückkehr für würdig erachtet zu werden. Doch nun erkenne ich, dass nicht einmal Max mehr hofft, mich jemals wiederzusehen.

»Es tut mir leid, Max. Natürlich musst du tun, was immer du für das Beste hältst. Es ist nur eben ein Schock. Auf keinen Fall möchte ich mich deswegen mit dir streiten.«

Max seufzt, doch ob es ein Seufzer der Erleichterung oder der Vergebung ist, kann ich nicht ganz sicher sagen.

»Wir streiten uns nicht, Celia. Ich glaube nur, dass niemand wirklich begreift, wie schwer es ist. Ich verbringe meine ganze Zeit damit, noch die kleinste Entscheidung abzuwägen, damit ich weiß, was am besten für Ellie und was am besten für mich ist in dieser seltsamen kleinen Zwei-Personen-Familie, in der wir plötzlich leben. Das ist ganz schön harte Arbeit, und deshalb nehme ich es wohl auch ziemlich persönlich, wenn jemand mir sagt, dass ich alles falsch mache.«

Mum bedeckt Max' Hand mit ihrer Rechten, auf der die Adern deutlich hervortreten. »Max, du solltest wissen: Wenn es jemanden gibt, der genau versteht, was du durchmachst, dann bin ich das. Ich bin genau da gewesen, wo du jetzt bist. Natürlich weiß ich, wie schwer das für dich ist. Deshalb biete ich dir ja an, dir öfter zu helfen. Deshalb schlage ich immer wieder vor, dass ich komme und eine Weile bleibe – um euch zu helfen, um mich um euch beide zu kümmern. Ich glaube, das täte euch beiden gut, und du weißt, wie gern ich es machen würde.«

»Das weiß ich, und es ist nicht etwa so, dass ich das Angebot nicht zu schätzen wüsste. Ich finde nur, dass es für Ellie und mich wichtig ist, uns an das Leben miteinander zu gewöhnen – nur wir beide. Und schließlich habe ich notfalls genügend Hilfe, denn Mum und Dad wohnen ja nur um die Ecke.«

Mums Miene spannt sich beinahe unmerklich an, doch ich kenne jede Nuance ihrer Gesichtsausdrücke zu gut, um es nicht zu erkennen. Ich merke ihr an, wie viel mehr sie noch sagen möchte, wie viel Schmerz sie in sich trägt, den sie mitteilen möchte, und wie stark ihre Selbstbeherrschung sein muss, um alles für sich zu behalten.

»Na ja, das Angebot steht. Melde dich, wenn du mich brauchst.«

»Danke, Celia. Und es tut mir leid, was heute passiert ist. Es war unsensibel von mir, es überhaupt zu erwähnen.«

Mum schweigt einen Moment und lässt sich langsam und vorsichtig auf einem Küchenstuhl nieder.

Zum ersten Mal merke ich ihr an, wie sehr sie gealtert ist, nicht nur am ergrauenden Haar und den zusätzlichen Falten der Trauer unter ihrem Make-up, sondern auch an der Müdigkeit in ihren Gliedern, denen die Energie oder der Wille zu fehlen scheint, sich mit Schnelligkeit zu bewegen.

»Ich vermisse sie so sehr, Max. Ich rede noch immer die ganze Zeit mit ihr, weißt du, manchmal sogar, ohne dass es mir bewusst ist. Ich bin in der Küche oder im Garten, und plötzlich merke ich, dass ich in Gedanken mit ihr geplaudert habe, als stünde sie neben mir. Sie war so lange der Fels in meinem Leben, und jetzt weiß ich einfach nicht, was ich ohne sie anfangen soll.«

Mum senkt den Kopf in die Hände und weint still, während ich neben ihr schwebe, nur wenige Zentimeter über ihr und dennoch außer Reichweite.

Max zieht einen Stuhl heran und legt ihr sanft den Arm um die Schultern. »Es ist schwer, Celia. Niemand weiß, wie hart es ist, wenn er es nicht selbst durchmacht. Wahrscheinlich begrenze ich deshalb die Gruppe von Menschen, mit denen Ellie und ich Zeit verbringen, so sehr. So wenige Menschen haben Verständnis.«

»Man sollte ja annehmen, dass ich mittlerweile besser darin wäre, damit zurechtzukommen. Ich weiß, dass ich wissen sollte, wie man mit einem Verlust fertigwird, doch diesmal ist es noch viel schlimmer, als ich es je für möglich gehalten hätte. Ich dachte, ich hätte die Trauer in all ihrer Entsetzlichkeit kennengelernt, nachdem Robert starb, aber das ... Ich glaube einfach nicht, dass ich mich je wieder davon erholen werde.«

»Es wird seine Zeit brauchen, Celia. Wir alle brauchen dafür Zeit.«

»Ich bin mir nicht sicher, ob es im Universum genug Zeit gibt, um über den Verlust von Rachel hinwegzukommen.«

»Ich weiß. Ich empfinde es auch so. Jeden Tag.«

»Das weiß ich, Max. Und es tut mir leid, ich sollte dich damit nicht belasten.«

»Du brauchst dich nicht zu entschuldigen. Natürlich solltest du mir sagen, wie es dir geht.«

Mum drückt Max' Hand und lächelt dankbar, dann vertiefen sich die Falten rings um ihre Augen, und sie schüttelt den Kopf, als wolle sie ein Bild verjagen, das ihr vor die Augen getreten ist. »Ich wünschte nur, ich wäre an ihrer Stelle gewesen. Es hätte umgekehrt sein müssen.«

»Wie meinst du das?«

»Es ist so grausam, Max. Kein Elternteil sollte jemals das eigene Kind begraben müssen. Ich würde mein Leben tausend Mal geben, wenn Rachel ihres dafür zurückbekäme. Kein Tag vergeht, an dem ich es mir nicht wünsche.«

Ich schlucke meine Tränen hinunter, während Mum den Kopf wieder in die Hände sinken lässt. Ich habe nicht geahnt, dass ihre Wunden noch so offen liegen. Ich hatte es nicht begriffen, weil ich sie seit Langem nicht mehr gesehen habe, aber deswegen fühle ich mich nicht weniger schuldig. Erst jetzt bin ich in der Lage, vor mir selbst zuzugeben, wie sehr ich sie ebenfalls vermisse. Als ich noch lebte, habe ich beinahe jeden Tag mit Mum telefoniert. So hatten wir es gehalten, seit ich zum Studieren fortgezogen war und voller Schuldgefühle den Menschen hinter mir zurückließ, der mich die letzten Jahre allein aufgezogen hatte. Ich bin mir sicher, zwischen einem Elternteil und einem Kind herrscht eine andere Bindung, wenn es einen Verlust gibt, eine Abwesenheit, ein Vakuum, das beide versuchen auszugleichen. Man fühlt sich verantwortlich für den anderen, man empfindet die Pflicht, dessen Verlust wiedergutzumachen und ihm umso näher zu sein, eine Nähe, von der ich vermute, dass sie in Familien überflüssig ist, in denen beide Elternteile vorhanden sind. Diese Verantwortung empfand ich manchmal als überwältigend, an Tagen oder in Nächten, wenn ich mit Freundinnen unterwegs war und mir Sorgen um Mum machte, die allein zu Hause saß, Sorgen, von denen meine Freundinnen nie belastet zu sein schienen. Doch ich habe es nie anders gekannt, und das Leben, das man als Kind geführt hat, erscheint einem immer als Normalfall.

Ich erinnere mich, dass ich schon sehr früh den Wunsch hatte, Mum stolz auf mich zu machen. Mir kam es immer so vor, als sei das das Mindeste, das ich ihr schuldig war. Selbst mein Umzug nach London war in meinen Augen ein Schritt zur Erfüllung dieses Ehrgeizes, die Schuld meiner Erziehung durch Leistungen zurückzuzahlen, von denen ich wusste, dass sie sie wertschätzte: einen liebevollen Partner, dessen Gesellschaft sie billigte, eine erfolgreiche Karriere, von der sie ihren Freundinnen erzählen konnte, ein gemütliches Zuhause, das sie gern besuchte, eine stabile Familie, mit der sie gern Zeit verbrachte. Vielleicht hat jedes Kind in gewissem Maße diesen Ehrgeiz. Vielleicht hoffen alle Kinder – welchen Weg sie auch einschlagen –, in irgendeiner Hinsicht beweisen zu können, dass es kein Fehler ist, sein Leben lang Eltern zu sein. Vielleicht war mein Ehrgeiz nur verschärft worden durch den Verlust, den meine Mutter erlitten, die Enttäuschungen, die das Leben ihr bereits zugewiesen hatte, das Wissen, dass ich wirklich alles war, was ihr noch blieb.

Wenn ich mir Mum jetzt ansehe, wie sie das Gesicht in den Händen verbirgt und unter dem Gewicht der angesammelten Trauer die Schultern sinken lässt, kann ich mir nicht vorstellen, wie um alles in der Welt sie noch eine weitere Tragödie des Lebens ertragen soll, wie sie es schaffen kann, der Welt zu vergeben, die ihr so viel geraubt hat.

Ich habe mein Leben lang versucht, sie nicht zu enttäuschen, und dennoch habe ich ihr am Ende das Schlimmste zugefügt, das ein Kind seinen Eltern zufügen kann.

Ellie erscheint in der Tür, den Scooby-Doo-Rucksack auf der Schulter, bereit für ihre Abenteuer in Wiltshire. Sie bleibt wie angewurzelt stehen, mustert rasch die Szene vor sich, und ein Ausdruck des Entsetzens tritt auf ihr Gesicht. »Was ist los? Warum seid ihr so traurig? Was ist passiert?«

Max springt augenblicklich auf ihre Besorgnis an, denn er ist auf die instinktive Verbindung eingestellt, die Ellie mittlerweile zwischen weinenden Erwachsenen und einer nahenden Tragödie zieht. »Nichts ist passiert, Schatz. Nanna fühlt sich nicht so gut, und ich versuche alles, damit es ihr wieder besser geht. Aber weißt du, was ihr am besten hilft? Wenn du mit ihr nach Salisbury fährst und ihr zusammen vier schöne Tage habt.«

Ellie lächelt und klettert auf Mums Schoß, schlingt ihrer Großmutter die Arme um den Hals und drückt sie in der festesten Umarmung an sich, zu der eine Siebenjährige fähig ist. »Du riechst gut, Nanna.«

»Danke, Ellie. Das ist mein Parfüm. Es heißt *Chance* und ist von Chanel. Vielleicht legen wir dir ein klein bisschen davon auf, wenn wir bei mir zu Hause sind.«

Das ist das Parfüm, das ich auch immer genommen habe.

Ellie nimmt die Arme von Mums Hals und lächelt sie schalkhaft an. »Wenn wir ins Café gehen, kann ich dann eine Ofenkartoffel mit Schmelzkäse haben und hinterher Kuchen?«

Mum setzt ihr Lächeln wieder auf und stellt Ellie auf den Boden. »Natürlich, Liebling. So, hast du alles? Deinen Schlafanzug? Deine Zahnbürste? Und deinen Lieblingsteddy?«

»Ich hab alles. Daddy hat mir vorhin geholfen, das meiste einzupacken.«

Als Max an der Haustür steht und ihnen hinterherschaut, spüre ich die vertrauten Luftschwankungen, die anzeigen, dass auch ich bald gehen werde. Ich erhasche einen letzten Blick auf Ellie auf einem Sitzkissen auf dem Beifahrersitz von Mums Auto, von wo aus sie Max Abschiedsküsse zuhaucht und aufgeregt durch das Fenster winkt. Die Wolken ziehen sich unter mir zusammen und lassen mich mit nichts weiter als der besorgten Überlegung zurück, was dieser Tag wohl noch in petto haben mag.

10

»Sie sind also Künstlerin, sagt Connor? Was hat Sie dazu bewogen, Künstlerin zu werden, statt etwas … na ja … Konventionellerem meine ich wohl?«

Sadie, die »Künstlerin«, wirft ihr langes, künstlich blondiertes Haar über die Schultern. Die Affektiertheit ihrer Kopfbewegung legt nahe, dass sie jeden Augenblick damit rechnet, von einem Schwarm Paparazzi in Blitzlichtgewitter getaucht zu werden. Dabei sitzt sie nur mit meinem Mann an einem kleinen runden Tisch in der Ecke eines Nachtklubs mit selbstgefälliger Kundschaft und ostentativ hochmütigem Barkeeper, wie Max sie immer verabscheute. Ich habe keine Zweifel, dass Connor das Lokal ausgesucht hat; man merkt es daran, wie aufgekratzt er in Gesellschaft einer auffallend hübschen Frau an der Theke steht und Whiskygläser aufreiht.

Sadie lächelt Max an, als dächte sie genau über ihre Antwort nach, ehe sie wieder die blonden Locken herumwirbelt, als wäre sie bei Probeaufnahmen für eine Shampoo-Reklame.

In den paar Minuten seit meiner Ankunft hat sie ihr Haarwurf-Ritual schon mehrmals zelebriert. Mir reichte die Zeit für die Schlussfolgerung, dass Sadie zu den Frauen gehört, für die das Flirten genauso lebenswichtig ist wie Sauerstoff.

»Na, wissen Sie, meiner bescheidenen Meinung nach wählt man es sich nicht aus, Künstler zu werden. Das ist etwas – finde ich –, zu dem man berufen ist.« Sie lächelt kokett, als wäre die Vorstellung, dass ihre Meinung auch nur im Entferntesten als bescheiden betrachtet werden könnte, vollkommen absurd. »Und ich kann nicht so tun, als sei es etwas anderes als ein Privileg, dass ich zu den Berufenen gehöre. Ich weiß genau, wie viel Glück ich habe. Wenn ich an die vielen armen Leute denke, die jeden Morgen in ihre Büros trotten, zu ihren dumpfen Acht-Stunden-Tagen, dann danke ich meinem Glücksstern, dass ich auf anderen Feldern begabt bin.« Als wolle sie demonstrieren – um jeden möglichen Zweifel auszuräumen –, worin eine ihrer vielen Begabungen besteht, schiebt Sadie ihren Stuhl vom Tisch zurück. Sie zieht die langen, schlanken Beine darunter hervor, nackte Beine, deren Oberschenkel von einem Rock bedeckt werden, den man genau genommen als breiten Gürtel beschreiben könnte, und schlägt sie langsam übereinander, bedächtig und – unleugbar – verführerisch, damit die ganze Welt sie sieht.

Mein Kinn würde auf den Boden knallen, wenn die Möglichkeit bestünde, dass es ihn erreichte. Subtilität, so scheint es, gehört nicht zu Sadies offenbar zahlreichen Attributen.

»Ja, also, davon müssen Sie mir mehr erzählen. Aber kann ich Ihnen vorher noch etwas zu trinken holen?«

»Oho, ja, gehen Sie nur! Ich hätte gern noch einen Gin Tonic. Aber nicht so viel Tonic.« Sie klimpert gespielt züchtig mit den Wimpern und hebt die Mundwinkel gerade weit genug, um anzudeuten, dass eigentlich jeder wisse, dass »nicht so viel Tonic« die auf der ganzen Welt bekannteste Umschreibung für moralisch fragwürdige sexuelle Praktiken ist.

Max geht zur Theke.

Er scheint nicht zu bemerken, dass seine Verabredung so gut wie jedes klischeehafte Charakteristikum nachahmt, das die Stars in Filmen zeigen, die erst spätabends im Pay-TV gezeigt werden.

Sadie ist genau die Sorte Frau, von der ich erwartet hätte, dass Connor sie mit Max zusammenbringt. Wenn ich bei einer

Gegenüberstellung mit hundert Frauen eine von Connors Freundinnen herauspicken sollte, würde ich gutes Geld darauf setzen, Sadie zu identifizieren. Sie ist nicht nur künstlich blondiert, sie ist makellos zurechtgemacht und – auch darauf würde ich wetten – chirurgisch aufgepimpt. Solche Brüste kann ihr unmöglich die Natur geschenkt haben, und ich bin mir sicher, dass man nur selten auf so volle Lippen trifft, die nie den Stich der Botoxspritze gespürt haben.

Als wäre das nicht genug, überlässt ihr Outfit der Fantasie so wenig Spielraum, dass sie auch eine Sandwich-Tafel tragen könnte, auf der genau steht, was im Angebot ist. Nur dass so eine Werbetafel deutlich mehr bedecken würde, als Sadie zu bedecken bereit ist. Sie hat den klitzekleinen braunen Lederminirock mit einer durchsichtigen cremefarbenen Chiffon-Bluse kombiniert, unter der sie nichts als einen ihr Dekolleté betonenden Spitzen-BH trägt. Einen BH, bei dem ich den Verdacht habe, dass sie ihn absichtlich zwei Nummern zu klein gekauft hat, damit er genau den Effekt hat, den er nun hat.

Sie gehört zu der Sorte Frau, vor der die meisten anderen Frauen instinktiv zurückschrecken und von der sich die meisten Männer instinktiv – und zum Verrücktwerden – angezogen fühlen. Aber Max ist nicht wie die meisten Männer. Wenigstens in dieser Hinsicht, hoffe ich aufrichtig, ist er es nicht.

»Also, wie läuft's, Maxy? Wickelst du die kleine Sadie um den Finger? Oder schon ihr Höschen?« Mit einem Arm umschlingt Connor seine Verabredung, die aussieht, als wäre sie geradewegs aus dem Katalog einer Modelagentur getreten, während er mit der anderen Max auf den Nacken klopft.

»Eigentlich führen wir ein durchaus zivilisiertes Gespräch.«

Mehr als Max' Unfähigkeit, seine Konsonanten richtig zu betonen, habe ich nie gebraucht, um zu merken, dass er leicht Schlagseite hat.

»Die ist prächtig, was, findest du nicht? Ich hab ja gesagt, du kannst auf mich zählen, oder, hm? Bei den richtig wichtigen Dingen im Leben musst du deinem großen Bruder einfach vertrauen, was, Maxy?« Connor zerzaust seinem kleinen Bruder das Haar, ein brüderlicher Tick, den Max normalerweise nicht leiden kann, doch sie scheinen heute Abend beide zu angeheitert zu sein, um sich daran zu erinnern.

»Du bist ein sehr, sehr guter großer Bruder, Connor. So, lass mich mal an die Theke, damit ich uns noch was zu trinken holen kann! Auch wenn es aussieht, als wärt ihr beide ziemlich gut versorgt.«

Max schiebt sich an Connor vorbei und wartet viel zu geduldig, bis einer der übertrieben gut aussehenden Barkeeper, die alle aus Kontinentaleuropa stammen müssen, geruht, seine Anwesenheit wahrzunehmen.

Nachdem er ein paar Minuten später endlich bedient worden ist, kehrt er mit einem Gin mit nicht so viel Tonic und einer überteuerten Flasche Bier für sich zu Sadie zurück.

Als er sich wieder an den Tisch setzt, beugt Sadie sich vor und zupft Max eine sicher nicht existente Fluse vom Hemd, genau rechts neben seiner linken Brustwarze. Während sie die unsichtbare Fussel theatralisch auf den Boden schnippt, lächelt sie Max einladend an, als hätte sie ihn gerade vor einem schlimmen Schicksal gerettet und erwartete irgendeine Form von Dankbarkeit.

Max blickt ein wenig bestürzt drein, als er von einer Fremden unversehens an der Brustwarze liebkost wird, aber er hat zu gute Manieren, um etwas anderes zu tun, als höflich zu lächeln. »So, welche Art Kunst machen Sie?«

»Nun, meine Kunst ist unkonventionell, wissen Sie. Ich bin keine bildende Künstlerin. Ich bemale keine Leinwand oder so was. Ich bin Performance-Künstlerin.« Sadie spricht es mit einem Tusch in der Stimme aus, als gäbe sie etwas bekannt, das zwangsläufig Ehrfurcht und Bewunderung hervorrufen müsse.

»Himmel, das ist ja ungewöhnlich! Was für Performances machen Sie?«

»Nun ja, wissen Sie, zentraler Punkt meiner Kunst ist die Infragestellung der Objektivierung durch den männlichen Blick. Im Grunde handelt es sich um eine Tanzperformance, die ich mit der Energie des Entkleidens untermauere, dazu mit Fotografien und Videos, um ein tief subversives Erlebnis zu schaffen. Wenn ich in Unterwäsche vor meinem Publikum stehe und die Zuschauer glauben, ich lasse alle Hüllen fallen, projiziere ich im ganzen Raum Bilder leidender Frauen aus allen Zeitaltern. Die Fotos und Videos gehen mit meiner Choreografie eine Wechselwirkung ein und schaffen, wissen Sie, eine wirklich nervenaufreibende Gegenüberstellung widersprüchlicher Ansichten von Stärken der Frauen und Weiblichkeit. Man könnte es vermutlich als feministische Performance-Installation bezeichnen, aber wissen Sie, ich ziehe es vor, auf solche Etikettierungen zu verzichten.«

Sadies »Performance-Installation« klingt für mich ganz einfach nach einer Varieté-Darbietung. Oder, um den älteren, treffenderen Ausdruck zu verwenden: nach Striptease.

»Und wo halten Sie Ihre Performances ab? In Galerien?«

»Nein, ich habe es immer so gesehen, dass Kunst nicht auf Galerien beschränkt sein sollte, wissen Sie. Dass sie mitten in der Öffentlichkeit aufgeführt werden sollte, dass man sie eher entdecken als vorhersehen sollte – dass das Element der Überraschung der Schlüssel ist. Wissen Sie, ich finde, man sollte nicht darauf warten, dass die Menschen zur Kunst kommen, sondern die Kunst sollte auf die Menschen zugehen. Deshalb gehe ich in Pubs und Klubs – manchmal sogar in Arbeiterkneipen – und in Kabaretts. Ich glaube, dort habe ich die größte Wirkung, wissen Sie, weil man dort am wenigsten mit mir rechnet.«

Ich frage mich, ob Sadie in jedem zweiten Satz »wissen Sie« sagt, weil sie sich irgendwo – ganz tief in ihrem Inneren – doch bewusst ist, dass niemand auch nur ansatzweise weiß, wovon sie redet.

»Das klingt wirklich beeindruckend. Sehr anspruchsvoll. Ich meine, darum geht es doch in der Kunst, nicht wahr – um die Herausforderung der Wahrnehmung?«

Das ist noch so etwas, das ich an Max liebe: seine Fähigkeit, engagiert über Themen zu reden, die ihn nicht die Bohne interessieren. Denn ich bin mir ziemlich sicher, auf der Liste der Dinge, über die Max niemals ein Gespräch führen wollte, stehen feministische Performance-Installationen ziemlich weit oben.

»Ja, nun, wissen Sie, ich glaube eben gern, dass ich Grenzen verschiebe und die Leute dazu bringe, über wichtige Fragen nachzudenken, während ich ihnen gleichzeitig etwas Hübsches anzuschauen gebe.« Sadie leckt sich die Lippen, langsam und nachdrücklich, nur für den Fall, es könnte irgendein Zweifel darüber bestehen, dass sie mit dem »Hübschen« sich selbst meint. Es ist, als hätte sie ihre gesamte Jugend auf der höheren Verführungsschule verbracht und wäre jetzt entschlossen, jede einzelne Stunde in die Praxis umzusetzen.

Max' Augen weiten sich wie bei einem Kaninchen im Scheinwerferlicht, was mir verrät, dass es sogar für ihn – der in über einem Jahrzehnt nur ein einziges Date hatte – unmöglich ist, die unverhohlene Flirtflut zu übersehen.

Was um alles in der Welt hat sich Connor dabei gedacht, Sadies Nummer aus seinem kleinen schwarzen Büchlein herauszusuchen und zu glauben, dass sie die perfekte Verabredung für meinen Mann ist? Ich kann mir niemanden vorstellen, der noch weniger sein Typ wäre.

»Außerdem, sind Sie selbst nicht auch irgendwie ein Künstler, Max? Zumindest hat Connor das gesagt.«

Max schaut so verblüfft drein, als hätte Sadie ihn mit jemand anderem verwechselt. »Ich, ein Künstler? Nein, ich fürchte, ich bin nur ein einfacher Geschichtslehrer.«

»Ach, kommen Sie, Sie sind zu bescheiden! Connor sagte zu mir, Sie seien ein ausgezeichneter Fotograf. Er dachte, wir könnten vielleicht auf künstlerischem Gebiet zusammenarbeiten.«

Also das ist die Verbindung? Connor hat angenommen, dass Max eine natürliche Affinität zu einer feministischen Performance-Künstlerin entdecken würde, weil er in seiner Freizeit ab und zu fotografiert?

Sadie scheint das Haarepeitschen aufgegeben zu haben und wickelt sich stattdessen nun diverse Strähnen um die Finger mit den rot lackierten Nägeln, als wolle sie demonstrieren, was möglich wäre, sollte Max sich entscheiden, seine eigenen Finger dort einzutauchen.

»Na, ich denke, mein Bruder hat da vielleicht ein wenig übertrieben. Ich habe ein bisschen dilettiert, aber ich bin nur ein Amateurfotograf, und in letzter Zeit habe ich überhaupt nicht viel fotografiert, wenn ich ehrlich sein soll.«

Am Ende des Satzes steht eine weitere Aussage, doch Max entscheidet sich, sie nicht auszusprechen. Ich bin erleichtert, diesmal nicht das Thema eines Gesprächs mit einer kapriziösen Fremden zu sein. Zumal einer, bei der ich den Verdacht habe, dass sie nicht viel Geduld mit einer anderen Frau hätte, die in ihr Territorium eindringt, und sei es nur via Konversation – auch nicht, wenn diese andere Frau tot ist.

»Und was sind Ihre Lieblingsmotive? Was turnt Sie am meisten an, wenn sie an dem langen Objektiv vorbeisehen?« Sadie zieht Max' Blick zur Tischplatte, wo ihre Hand sich um das hohe, schlanke, beschlagene Glas geschlungen hat, an dem sie in einer Geste auf und ab reibt, die nur als simulierend (wenn auch nicht unbedingt stimulierend) beschrieben werden kann.

»Hauptsächlich Porträt-Aufnahmen. Ein paar Landschaften, aber eigentlich immer nur als Tourist. Ein hübscher Sonnenuntergang oder eine beeindruckende Bergkette zieht unweigerlich meinen Blick auf sich. Meistens bin ich jedoch an den Gesichtern von Menschen interessiert.«

»Und was würden Sie aus meinem Gesicht machen, wenn Sie mich fotografieren würden?« Sadie wendet sich von Max ab und blickt ihn in der absichtlich übertriebenen Pose eines Fotomodells über die Schulter hinweg an. Mit affektierter Verlegenheit lacht sie über sich.

Glaubt sie wirklich – auch nur eine Sekunde lang –, dass irgendjemand ihr diese falsche Unschuld abkauft?

»Ich würde sagen, Sie wären ein sehr gutes Motiv. Tolle Haltung, reine Haut, bezaubernde Augen. Ich müsste Sie nicht mal anstrahlen, um diese Jochbeine einzufangen.«

Kommt es mir nur so vor, oder flirtet Max wirklich mit ihr?

Sadie neigt den Kopf und blickt ihn à la Prinzessin Diana durch Wimpern an, die mit Sicherheit falsch sind. »Vielleicht sollten wir wirklich künstlerisch zusammenarbeiten? Vielleicht sollte ich ... Sie wissen schon, Sie beauftragen, bei einem meiner Auftritte ein paar Fotos von mir zu schießen. Wir könnten sein wie Lee Miller und Man Ray.«

Max lächelt zur Antwort, ein Lächeln voller Offenheit und Anziehungskraft, und es gibt mir die schreckliche, Übelkeit erregende Bestätigung, die ich nicht erhalten will: Er fühlt sich tatsächlich von ihr angezogen.

Wie konnte ich mit meiner Einschätzung nur so weit danebenliegen? Und wie kann Max das passieren?

»Ich bin mir nicht so ganz sicher, ob ich in Man Rays Liga spiele, aber das klingt nach einer Menge Spaß. Wir sollten einen Termin verabreden. Doch vorher muss ich noch für kleine Jungs – entschuldigen Sie mich also eine Sekunde, okay?«

Für kleine Jungs? Wann hat Max damit angefangen, sich mit kindlichen Umschreibungen auszudrücken?

Auf dem Weg zu den Toiletten schnappt er sich Connor, und ich folge den beiden zu den Waschräumen. Normalerweise ist es nicht meine Art, Gespräche am Urinal zu belauschen, aber die Umstände sind außergewöhnlich, und davon abgesehen sollte es auch ein paar Vorteile mit sich bringen, eine tote Ehefrau zu sein.

»Ich glaube, sie mag mich vielleicht. Meinst du, sie mag mich?«

»Natürlich mag sie dich, kleiner Bruder. Was sollte sie an dir auch nicht mögen? Nenn mich Amor und danke mir später!«

»Was soll ich deiner Meinung nach tun? Gott, es ist so lange her, dass ich nicht mal mehr das Protokoll kenne!«

»Mach einfach weiter mit dem, was du in den letzten drei Stunden getan hast! Es scheint zu laufen wie geschmiert, wenn es irgendwas bedeutet, dass sie alle fünf Sekunden ihre Oberschenkel sehen lässt. Vertrau mir, Max! Du bist drin.«

»Meinst du wirklich? Findest du nicht, dass sie – du weißt schon – eine Nummer zu groß für mich ist?« Max blickt sein Bild im Spiegel an, als wolle er sich erinnern, was er zu bieten hat.

Ich weiß nicht, ob ich mich mehr darüber ärgern soll, dass

sie ihm gefällt, oder darüber, dass er auch nur eine Sekunde glauben kann, sie wäre ein besserer Fang als er.

»Wovon redest du da, Maxy? Niemand ist zu gut für meinen kleinen Bruder. Ich hätte dich doch kaum mit ihr zusammengebracht, wenn ich angenommen hätte, sie wäre eine Nummer zu groß für dich, oder?«

»Aber sie ist so ... ich weiß nicht ... so selbstsicher. Jemanden wie sie habe ich noch nie kennengelernt. Was um alles in der Welt sollte sie denn in mir sehen?«

»Nicht viel, wenn du dich weiter wie ein Idiot anstellst. Bring sie einfach zur Strecke, Maxy! Was hast du denn zu verlieren? Es wird verdammt noch mal wirklich Zeit, dass du mal wieder ein bisschen Action hast.« Connor ermutigt Max mithilfe einer betrunkenen Umarmung.

Die beiden bekunden einander, wie lieb sie sich gegenseitig haben, ein Austausch, an den sie sich morgen früh wohl kaum noch erinnern werden.

Ich müsste mich übergeben, wenn in meinem Magen noch etwas wäre, das ich erbrechen könnte. Er kann doch nicht wirklich versuchen, sie ins Bett zu kriegen. Oder? Was, wenn er es trotzdem tut? Und was, wenn sie darauf eingeht und ich dabei bin und mir alles in glorreich-grauenhaftem Technicolor ansehen muss? Zuzuschauen, wie er mit ihr flirtet, ist widerlich genug. Zeugin zu werden, wie er noch einen Schritt weitergeht ... das muss doch für jede Frau, tot oder lebendig, der allerschlimmste Albtraum sein?

Während Max und Connor schwankend den Waschraum verlassen, kann ich einen Blick auf Sadie werfen, die noch am Tisch sitzt und mit gesenktem Kopf in ein verstohlenes Gespräch mit Connors Verabredung versunken ist. Ich eile den Jungs voraus und kann gerade die letzten Sätze von Sadies Geständnis aufschnappen.

»Er ist ja wirklich ein netter Kerl, aber, du weißt schon, elektrisierend ist er nicht. Wenn ich ehrlich sein soll, ich steh nicht auf ihn. Ich weiß nicht, was Connor sich dabei gedacht hat. Ich nehme an, irgendwie, du weißt schon, hat sein kleiner Bruder ihm leidgetan. Wenn es dir nichts ausmacht, dann verdrück ich mich gleich. Du bist doch zufrieden mit Connor, oder? Es sieht so aus, als liefe es gut zwischen euch, du Glückliche!«

Sadie und ihre Freundin kichern verschwörerisch, dann gesellen sich mein hoffnungsfroher Ehemann und sein fehlgeleiteter Bruder zu ihnen.

Ich hänge nutzlos über ihnen und zermartere mir das Hirn nach einer Möglichkeit, Max zu warnen. Es muss doch einen Weg geben, mit ihm zu kommunizieren! Welchen Sinn hätte es sonst, dass ich dabei bin? Was soll es, alles sehen und hören zu können, wenn ich Max nicht vor einer Demütigung bewahren kann, die zu erleiden er längst noch nicht bereit ist?

Vielleicht kann ich ihn auf telepathische Weise kontaktieren, ein übersinnliches Gegenstück zu den stillen Blicken, die wir einander über Dinnerparty-Tische hinweg oder bei überfüllten Geburtstagsfeiern zuzuwerfen pflegten, die Blicke, die verrieten, dass wir gehen oder noch etwas trinken wollten, dass der Mensch, mit dem wir uns gerade unterhielten, ein Langweiler war und wir dringend gerettet werden mussten.

Ich schließe die Augen und stelle mir vor, wie Max wieder an den Tisch kommt und sich überaus höflich entschuldigt, ehe er allein nach Hause fährt. Wenn ich mich ganz stark konzentriere, spürt er vielleicht, dass er gerade ein Signal aus dem Jenseits auffängt, ein Signal, das ihm eine Blamage ersparen möchte.

Als ich die Augen öffne, nimmt Max jedoch nicht seine

Jacke, sondern Sadies Glas und reicht es seinem Bruder, der noch eine Runde bestellen soll. Er ist ganz rot im Gesicht und grinst; er wankt am äußersten Rand des Angeheitertseins und droht, in die Wogen der Trunkenheit abzustürzen.

»Na komm! Lassen wir die beiden Turteltauben alleine!«

Als Connor seine Verabredung zur Theke zurückdirigiert, blickt Sadie ihre Freundin mit einem kaum merklichen Stirnrunzeln an, das nur jemand bemerkt, der von ihrer Absicht bereits weiß.

»Wissen Sie noch, was Sie vorhin sagten – dass wir einmal zusammenarbeiten könnten? Nun, vielleicht können wir damit anfangen, dass ich mal zu einer Ihrer Performances komme. Bekomme ich vielleicht eine persönliche Einladung?« Max bedeckt Sadies Hand mit seiner Rechten und blickt ihr mit einer Mischung aus Lust, Hoffnung und Angst in die Augen.

Er flirtet mit ihr. Er flirtet wirklich. Ein bisschen unsubtil und definitiv trunken zwar, aber er flirtet.

Ich weiß nicht, was mir unangenehmer ist: zuzusehen, wie Max mit einer Frau flirtet, von der ich in einer Million Jahren nicht angenommen hätte, dass er sie attraktiv findet, oder zu beobachten, wie Max mit einer Frau flirtet, von der ich schon vorher weiß, dass sie ihn abweisen wird. Was immer es ist, ich fühle mich schrecklich unvorbereitet, Zeugin des Geschehens zu werden.

Ich schließe die Augen und wünsche mich weg; ich hoffe, dass die Seltenheit des Anliegens die Wahrscheinlichkeit erhöht, dass es erfüllt wird. Doch als ich wieder hinschaue, blicke ich auf den Tisch, wo mein Mann noch immer die Frau dümmlich angrinst, mit der er ganz offensichtlich gern die Nacht verbringen möchte.

Sadie sieht auf seine Hand und hebt den Blick. In ihren

Augen steht Mitgefühl. Sie entzieht ihm die perfekt manikürten Finger und legt sich ihre Hand wieder auf den Schoß. Sie lächelt ihn an, doch diesmal nicht kokett, sondern eher tröstend; es ist das Lächeln, mit dem man jemanden in Kenntnis setzt, dass er diesmal nicht den ersten Preis gewonnen hat. »Also, es geht ja auch nicht, dass ich jemanden so vorziehe, oder? Sie machen sich keine Vorstellung, wie eifersüchtig meine Fans sein können. Schauen Sie einfach Datum und Veranstaltungsort auf meiner Website nach, und ich erwarte Sie bald im Publikum!« Sie öffnet ihre Handtasche und holt eine Puderdose hervor, die sie aufklappt, um Max den Blick auf sich zu verstellen, dann pudert sie sich theatralisch die Nase.

Max sieht verwirrt drein.

Ich kann es ihm nicht verdenken. Mit jedem erdenklichen Zeichen hat sie ihn auf gegenseitige Anziehung gepolt, jetzt wird er kurz vor Toresschluss abgeschmettert. Das würde auch den selbstsichersten Charmeur verblüffen, und Max ist im Moment alles andere als das.

Für wen hält diese Frau sich eigentlich? Wie kann sie es wagen, nicht an Max interessiert zu sein? Was untersteht sie sich, ihn nicht »elektrisierend« genug zu finden? Wie kann sie ihm ihre Hand entziehen, wo ich alles – wenn ich etwas hätte – geben würde, um noch ein einziges Mal Max' Berührung zu spüren?

Im Moment könnte ich Connor den Hals umdrehen.

»Na, dann muss ich es eben so machen. Und danach können wir ja vielleicht noch etwas trinken gehen?«

Max scheint die Endgültigkeit der Abweisung, die er erlitten hat, noch nicht begriffen zu haben, und das überrascht wenig. Connor hat Max' zu übertriebener romantischer Zuversicht verleitet, während Sadie ihn flirttechnisch in falscher Sicherheit wog; eine tödliche Mischung. Kein Wunder, dass er glaubt, es gäbe noch eine Chance auf einen glücklichen Ausgang!

Sadie sieht auf ihre Armbanduhr. »Wissen Sie, es ist schon ziemlich spät. Ich glaube, ich fahre nach Hause, wenn Sie nichts dagegen haben?«

»Ach, wirklich? Ich dachte, Connor holt uns noch etwas zu trinken. Bleiben Sie nicht wenigstens noch auf ein Glas?«

Sadie beißt sich kokett auf die Unterlippe, ehe sie wieder ihr strahlendes Lächeln aufsetzt, mit dem sie die Scheinheiligkeit ihrer Abweisung kaschiert. Die Frau kann ihre Reize nicht einmal dann im Zaum halten, wenn sie gerade jemanden abschmettert. »Für mich leider nichts mehr. Ich muss morgen arbeiten. Als Künstlerin kenne ich kein Wochenende, wissen Sie. Sie sagen den anderen Auf Wiedersehen von mir, ja?«

Max nickt halbherzig, steht auf und hilft ihr in die Jacke.

»Viel Spaß noch! Und wir sehen uns sicher auf einer der berüchtigten Partys Ihres Bruders, wissen Sie.« Sadie legt Max gönnerhaft eine Hand auf den Arm.

Er antwortet, um der Würde auf beiden Seiten willen, mit einem stoischen Lächeln, das vielleicht ein wenig zu entschuldigend aussieht. Er beugt sich vor, um Sadie ein Abschiedsküsschen zu geben, doch sie dreht den Kopf weg und lässt Max keine andere Wahl, als die Luft neben ihrer Wange zu knutschen.

Und damit rauscht sie aus dem Klub und aus Max' Leben, mit nahezu hundertprozentiger Sicherheit für immer.

Während er noch in der eigenen Verblüffung gefangen am Tisch steht, eilt Connor mit einer Flasche Champagner in der einen und zwei Gläsern in der anderen Hand herbei.

»Ich dachte, ich pepp's mal für euch auf. Wo ist sie? Ist sich wohl gerade frisch machen für dich, was?«

Max schaut seinen Bruder mit leerem Blick an, als wäre er sich dessen Gegenwart kaum bewusst.

»Maxy, wieso glotzt du mich an wie ein Idiot? Nimm einfach die Flasche und die Gläser und kipp dir heute Abend noch einen auf meine Kosten!«

Als Connor die Flasche auf den Tisch knallt, fährt Max aus seiner Trance hoch. »Sie ist weg.«

»Was, zum Klo? Ist schon gut, der Schampus ist noch kalt, wenn sie wiederkommt.«

»Nein. Sie ist nach Hause gegangen. Sie ist weg. Ich kapiere es nicht.«

»Nee, nee, du musst dich irren. Sie ist sich wahrscheinlich nur die Nase pudern. Du weißt doch, wie die Frauen sind. Ich schicke Saskia hin, damit sie nach ihr sieht, wenn du willst.«

»Nein, Connor, du hörst nicht zu. Sie ist gegangen. Sie hat mir gesagt, dass sie nach Hause geht. Kaum waren wir von der Toilette zurück, konnte sie gar nicht schnell genug von hier verschwinden. Ich begreife es nicht.«

Jetzt ist Connor an der Reihe, perplex dreinzuschauen. Ein paar Sekunden lang starrt er die Tür an, dann Sadies leeren Stuhl, schließlich Max. Er wiederholt die trunkene Farce zweimal, dann fällt bei ihm endlich der Groschen. »Na, das ist ja verdammt seltsam! Tut mir leid, Kumpel. Weiß nicht, was hier abgegangen ist. Ich dachte, du und sie wärt heute Abend todsicher. Aber guck nicht so belämmert! Die Nacht ist noch jung. Ich hole Saskia von der Theke, dann suchen wir dir hier eben eine andere.«

Max schüttelt den schweren Arm ab, den ihm sein Bruder über die Schultern gelegt hat, und nimmt müde die Jacke von der Stuhllehne. »Eher nicht. Ich mach mich ebenfalls auf den Weg.«

»Was? Sei nicht blöd! Hier ist noch stundenlang was los.«

»Ich gehe nach Hause. Hätte überhaupt nie hierherkommen sollen. Ich weiß nicht, was ich mir dabei gedacht habe, mich von dir überreden zu lassen. Im Grunde wusste ich von vornherein, dass es ein Fehler ist.«

»He, kleiner Bruder, jetzt sei mal nicht so niedergeschlagen! Zeigt dir eine Frau die kalte Schulter? Na und? Im Teich sind noch mehr Fische. Besonders hier. Komm schon, trink ein Glas Champagner!«

»Nein, danke. Ich hatte genug. Ich bin ein Idiot. Ich habe mich wie ein Idiot benommen, und ich will nur noch nach Hause.«

»Jetzt sei kein Weichei! Du hast dich nicht wie ein Idiot benommen. So läuft das nur eben manchmal.«

»Nein, das stimmt nicht. Vielleicht liegt es an mir, vielleicht bin ich einfach noch nicht so weit. Vielleicht bin ich auch schon viel zu lange aus dem Spiel, um noch zu wissen, wie es geht. Und nach heute Abend bin ich mir nicht sicher, ob ich es mir überhaupt zumuten will, die Spielregeln neu zu lernen. Danke für den Versuch, wirklich, aber ich glaube, ich bleibe noch ein bisschen länger auf der Ersatzbank.«

Max will sich die Jacke überstreifen, doch Connor zieht sie ihm aus der Hand und nimmt seinen Bruder bei den Schultern. »Hör mal, du kannst dich doch nicht von einer einzigen Abweisung entmutigen lassen. Ich weiß, es ist eine Weile her, aber du musst einfach wieder in den Rhythmus kommen. Heute Abend solltest du dich bloß ein bisschen amüsieren. Du hast doch nicht etwa damit gerechnet, dass du gleich in den Sonnenuntergang reiten würdest, oder?«

»Nein, natürlich nicht. Ich hatte aber auch nicht damit gerechnet, alles so völlig falsch zu verstehen. Ich möchte überhaupt nicht mehr in den Rhythmus kommen, wenn ich mich dazu mit Frauen treffen muss, die unmöglich zu durchschauen sind, und so tun, als wäre ich über Rachels Tod hinweg. Das bin ich nämlich nicht. Ich hätte auf mich selbst hören sollen. Ich bin einfach noch nicht so weit.«

»Okay, Brüderchen. Geh nach Hause und schlaf etwas! Wir reden morgen. Vielleicht bist du dann wieder etwas optimistischer.«

»Das glaube ich kaum. Trotzdem danke. Du kannst nicht behaupten, dass ich es nicht versucht habe. Doch ich halte es für das Beste, wenn ich diesen Dating-Blödsinn fürs Erste sein lasse.«

Die Jungs umarmen sich noch einmal, dann geht Max zum Ausgang und tritt auf die Straßen von Mayfair hinaus. Als er sein Handy aus der Tasche nimmt, um nachzuschauen, ob er eine Nachricht bekommen hat, hält er abrupt im Gehen inne und starrt auf das Bild auf dem Display.

Ich schwebe zu seiner Schulter und werde von meinem eigenen Gesicht begrüßt, das mich anlächelt, Max neben mir, Ellie auf meinem Schoß. Wir drei grinsen vor dem Hintergrund des windgepeitschten Strands von Dorset in die Kamera. Ich weiß noch, wie wir ein nettes älteres Ehepaar baten, das Foto zu machen. Der Mann wollte unbedingt wissen, wie man so ein »neumodisches« Kamera-Handy benutzt, seine Frau hob liebevoll zweifelnd eine Braue und schätzte seine Fähigkeiten realistischer ein als er selbst, denn er fummelte frustriert an den Knöpfen herum, bis ihm schließlich mehr durch Glück als durch Können dieser wundervolle Schnappschuss gelang. Der Schnappschuss, den Max sich noch immer jedes Mal ansieht, bevor er telefoniert, und den er nun in Gedanken, die er für sich behält, anstarrt, während er sich nach Gesellschaft sehnt.

Für uns beide war es ein schwieriger Abend, aus unterschiedlichen Gründen, doch wenn wir heute etwas gelernt haben, dann wohl, dass weder Max noch ich bereit sind weiterzuziehen. Dass unser Instinkt von Anfang an recht hatte: Es ist noch zu früh, um das Leben definitiv ohne den anderen zu leben. Und selbst wenn Max bereit wäre, erfordert es doch mehr als eine beliebige Internet-Bekanntschaft oder ein Blind Date, um eine Frau zu finden, die seiner würdig ist. Ich meine, er ist nicht einfach irgendwer. Er ist Max. Ihn erobert nur jemand ganz Besonderes, wenn er denn tatsächlich eines Tages erobert werden möchte. Und um an Ellies Leben teilnehmen zu dürfen, muss diese Frau erst recht besonders sein.

Nach Wochen der Sorge und Stunden entwürdigender Fantasiebilder allein in der Weiße kann ich vielleicht endlich beruhigt sein, dass ich nicht kurz davorstehe, ersetzt zu werden. Dass weder Max noch Ellie auf der Suche nach einer Ersatzfrau oder Ersatzmutter sind. Dass ich noch immer einen Platz mitten in ihrem Leben habe, auch wenn ich nicht mehr da bin, um es mit ihnen zu teilen.

Und mit dieser Beruhigung schließe ich die Augen und gestatte Max, allein nach Hause zu fahren, zuversichtlich, dass er und ich noch immer aneinander gebunden sind, obwohl uns Welten trennen.

ZORN

11

Ich kann es nicht fassen. Ich kann nicht fassen, dass ich so naiv war. Ich kann nicht fassen, dass ich hier festsitze, allein, einen endlosen Tag nach dem anderen, aber unbekümmert und beruhigt, dass Max jeden Gedanken an ein nahes Rendezvous aus seinem Kopf verbannt hat. Und dann komme ich zurück und sehe das:

Wir sind in einem gedämpft beleuchteten Restaurant, das ich nicht erkenne, wahrscheinlich, weil es einer dieser angestrengt trendigen Läden ist, in die es Max und mich nicht mehr zog, nachdem Ellie aus dem Paar, das wir einst waren, eine Familie gemacht hatte.

Nach allem, was ich bisher herausfinden konnte – und das ist weit weniger, als mir lieb wäre, aber vermutlich das Menschenmögliche in den paar Minuten, seit mein Zugang wiederhergestellt wurde –, hat Max wieder ein Rendezvous. Nur ist dieses ganz anders als alle zuvor, und zwar sowohl seit meinem Tod als auch zweifelsohne in der Zeit, bevor er und ich zusammenkamen.

Die Frau ist schön. So schön, dass es schmerzt. Mich schmerzt es, meine ich; sie vermutlich nicht so sehr. Ihr langes Haar ist naturblond und von einem übermenschlichen Glanz, die Sorte Haar, von der man meint, es existiere nur in Shampoo-Werbespots, und das auch nur, weil es digital nachbearbeitet wurde. Ihre Augen haben die Farbe von Saphiren, ihr Blick hat eine funkelnde Intensität, in der man versinken möchte. Ihre Haut scheint frei von Make-up-Grundierung zu sein und zeigt in ihrer blass durchscheinenden Beschaffenheit dennoch keinen Makel. Sie hat die Sorte Körper, auf die ich immer neidisch war: gertenschlank und zierlich, eine Figur, die ohne Zweifel ausgiebige kulinarische Schlemmereien übersteht, ohne auch nur ein Gramm Belastungsmaterial anzusetzen. Sogar ihre Hände sind schön: lange, elegante Klavierspielerfinger, die nur ein einziger antiker Pyrit-Ring am Mittelfinger der rechten Hand ziert. Und als wäre dies alles für meinen aufwallenden Neid nicht genug, ist auch an ihrer Kleidung nichts zu beanstanden: Sie trägt eine weite gemusterte Bluse über engen dunkelbraunen Jeans, ein hellgrünes Chiffontuch als Accessoire – eine Kombination, die an mir altbacken oder komisch aussehen würde, vielleicht sogar beides zugleich, doch sie wirkt damit simpel und mühelos chic. Als i-Tüpfelchen auf dem schon beeindruckenden Aufgebot an Kränkungen ist sie mit Sicherheit wenigstens zehn Jahre jünger als ich.

Max sagt offenbar etwas Komisches, das ich nicht höre, weil ich so sehr in meine Musterung der Frau vertieft bin, die im Moment erschreckend nahe bei meinem Mann sitzt und deren Hand die beunruhigende Gewohnheit hat, flüchtig seinen Arm zu berühren, eine Geste der Bestärkung oder Ermutigung – oder beides.

Sie sitzen nebeneinander auf einer Bank und benehmen sich wie Sandkastenfreunde, die kichernd nostalgische Erinnerungen austauschen, nachdem sie sich zehn oder zwanzig Jahre nicht mehr gesehen haben, aber nicht wie zwei Menschen, die einander mehr oder weniger fremd sind. Was sie mit Sicherheit sein müssen. Ihr Gebaren hat jedoch etwas Entspanntes an sich, eine Vertrautheit, die in meinen Ohren die Alarmglocken schrillen lässt. Das Rendezvous läuft ganz eindeutig außerordentlich gut. Beklemmend gut.

So weit hätte es nie kommen dürfen. Wo ist Max' Überzeugung geblieben – die scheinbar unerschütterliche Überzeugung, in der ich ihn zurückließ –, er sei für so etwas noch nicht bereit? Was ist aus seinem Entschluss geworden, sich für die absehbare Zukunft vom Dating-Markt zu verabschieden? Was – oder wer – hat ihn überredet, in ein Territorium zurückzukehren, von dem ich glaubte, er hätte sich definitiv daraus zurückgezogen?

Die Wanduhr verrät mir, dass es gerade neun Uhr ist. In Anbetracht der letzten Reste von Abendlicht, die das Fenster erhellen, muss es noch Sommer sein, und daher kann mein letzter Besuch höchstens ein paar Wochen zurückliegen.

Es ist wirklich die pure Ironie: Meiner Erinnerung nach ist dies die einzige Abwesenheit gewesen, in der ich nicht von angsterfüllten Fantasien darüber verzehrt wurde, was ich bei meiner Rückkehr vorfinden könnte, und doch erweist sie sich als die einzige Zeit, in der solche Sorgen tatsächlich angebracht gewesen wären. Wann haben sie einander kennengelernt? Und wie? Wer ist sie, und was bedeutet sie ihm? Ist es ihr erstes Rendezvous oder eines von vielen?

»Nun, Eve, wie verlockend wäre denn die Aussicht auf ein Dessert?«

Sie heißt also Eve? Im Ernst? Reicht es nicht, dass sie schön und elegant ist, muss sie auch noch den Namen der allerersten Frau auf der Welt tragen?

»Also, ich habe am Nebentisch den Schokokäsekuchen gesehen, und der sah ziemlich köstlich aus. Vielleicht sollten wir uns ein Stück teilen?«

Also teilen sie sich den Nachtisch. Eine Gabel oder zwei?

Max grinst unverhohlen zufrieden und geht zur Theke, um Eve ihr dekadentes Dessert zu bestellen.

Ich kann mich nicht erinnern, wann ich ihn zuletzt so entspannt gesehen habe. Ich bezweifle, ob ich ihn so zufrieden erlebt habe, seit ich gestorben bin, und es wirkt auf mich in gleichem Maße erhebend und niederschmetternd. Natürlich möchte ich, dass Max glücklich ist. Ich bin mir nur nicht sicher, ob ich bereit dafür bin, ihn schon jetzt wieder so glücklich zu sehen. Oder ob ich möchte, dass Eve der Grund dafür ist.

Sie verlässt ebenfalls den Tisch, um sich zum Waschraum zu begeben, und streicht mit einer entwaffnend vertraulichen Hand über Max' Kreuz, als sie an ihm vorbeigeht.

Selbst ihr Gang ist beeindruckend. Ich blicke Eve ins Gesicht, während sie anmutig zur Treppe schreitet. Wenn jemand mir sagen würde, sie sei in der Tat die archetypische Frau, und nach ihrer Erschaffung habe man die Blaupause weggeworfen, hätte ich keine Mühe, es zu glauben. Und ich kann unmöglich die Tatsache ignorieren, dass sie nicht nur schön ist, sondern körperlich das genaue Gegenteil von mir. Ich weiß nicht, ob ich beleidigt oder erleichtert sein soll. Ich weiß nicht, ob es sehr taktvoll von Max ist, sich mit einer Frau zu verabreden, die so völlig anders aussieht als ich. Offenbart sich darin der Wunsch, ein wenig Abstand zwischen die Vergangenheit, die Gegenwart und eine Zukunft zu bringen, über die ich noch nicht bereit bin nachzudenken? Oder ist es taktlos und unsensibel von ihm, ein Anzeichen, dass er die letzten zehn Jahre mit dem Wunsch verbracht hat, ich wäre blond, blauäugig und von einer angeborenen Schlankheit statt brünett, braunäugig und im Besitz jener Sorte Körper, der sein relativ kurzes Leben damit verbracht hat, sich all das Essen zu versagen, das er haben wollte, aber nicht haben durfte?

Die beiden kehren genau im selben Moment an den Tisch zurück – selbst ihr Timing ist perfekt – und setzen sich wieder nebeneinander auf die Bank.

»Ich muss schon sagen, Eve, ich finde, es ist wirklich ein toller Abend. Wissen Sie, ich hatte das Dating schon fast ganz aufgegeben, Internet-Dating besonders. Aber mein Bruder – er ist in gewisser Weise eine Urgewalt – hat sich in mein Profil gehackt und Sie gefunden. Das wird mich lehren, in Zukunft etwas einfallsreicher zu sein, was Passwörter angeht. Doch zum ersten Mal in meinem Leben bin ich froh, einen Bruder zu haben, dem jede moralische Orientierung komplett abgeht.«

Also ist es ihr erstes Rendezvous. Auf mich wirkt das beinahe verstörender, als wäre es ihr zehntes: Denn wenn sie nach ein paar Stunden schon so vertraut miteinander umgehen, dann möchte ich mir gar vorstellen, was noch passieren kann, nachdem das Restaurant geschlossen hat.

Eve lacht.

Es klingt wie tropischer Regen, der auf einen warmen, seichten Ozean fällt. Es ist ein Lachen, bei dem man verrückt sein müsste, wollte man es nicht immer wieder hören.

»Wenn ich ehrlich sein soll, haben wir schon einiges gemeinsam. Ihr Bruder hat gut daran getan, Sie wieder auf die Site zu bringen, aber ich bin mir sicher, wenn Sie es selbst getan hätten, dann hätten Sie mich sowieso gefunden.«

»Hmm ... na ja, ich bin mir nicht so sicher, dass unser gemeinsames berufliches Interesse der Hauptgrund war, wieso mein Bruder so versessen darauf war, dass ich Sie kennenlerne.« Max hält einen Augenblick inne und ist vermutlich überrascht über das Selbstbewusstsein seiner Anspielung.

Ich bin ebenfalls erstaunt. Als wir uns kennenlernten, war Max nie so lässig.

»Das Gespräch von vorhin haben wir ja nicht beendet. Wie genau sind sie so jung Rektorin geworden?«

Sie ist eine Rektorin? Wie ist das möglich? Sie kann ja selbst noch nicht sehr lange mit der Schule fertig sein.

»Nun, ich hatte etwa vier Jahre unterrichtet und leitete bereits den Fachbereich Englisch, als mein Schulleiter vorschlug, dass ich mich für das Fast-Track-Programm bewerbe. Das habe ich getan, und ich bekam eine Stelle.«

»Aber trotzdem, mit dreißig Schulleiterin zu werden ... Das ist wirklich beeindruckend. Es kann doch nicht jeder in diesem Programm solch einen kometenhaften Aufstieg hingelegt haben?«

Sie ist dreißig. Älter, als ich dachte. Und dennoch jünger, als mir lieb wäre.

»Das war wohl einfach Glück. Ich hatte gar nicht daran gedacht, mich schon so bald auf eine Rektorenstelle zu bewerben, doch als der Posten an der Künstlerischen und Geisteswissenschaftlichen Profilschule frei wurde, sah ich, dass er ideal für mich wäre und ich verrückt sein müsste, wenn ich es nicht wenigstens versuchte. Ich hatte ehrlich nie erwartet, die Stelle zu bekommen.«

»Und wie lange sind Sie schon dort?«

»Ich habe jetzt mein erstes Schuljahr hinter mir. Meine Feuertaufe bestanden, das kann man wohl sagen. Und dabei habe ich jeden Augenblick genossen. Die Schüler sind großartig, und alles ist voller Energie. Ich kann mich wirklich nicht beschweren, im Gegenteil: Ich bin glücklich, dass mir in solch einer tollen Schule die Punktlandung geglückt ist.«

Max lächelt Eve an, als könne er sein Glück kaum fassen, eine erste Verabredung mit ihr zu haben. Sein Lächeln ist so offen, so hoffnungsvoll, so einladend, dass ich mir kaum vorstellen kann, wie jemand dem Drang widerstehen sollte, sich voll und ganz darauf einzulassen.

Max fährt sich durch das dichte, wellige Haar, wie er es in den letzten Minuten wiederholt im Rhythmus eines Zwangsgestörten getan hat, und das bestätigt mir, dass er nervös ist.

Diesen Tick habe ich immer an ihm geliebt. Während unserer Trauung hat er ständig in seinem Haar herumgespielt, und für jeden, der es nicht besser wusste, hat es ausgesehen, als wäre er eitel und prüfte, ob alles noch an Ort und Stelle saß. Keiner erkannte es als die simple, geistesabwesende Marotte, die es war. Als ich ihm endlich den Ring auf den Finger stecken konnte, waren seine Hände vom Haarwachs ganz schmierig. Wir haben gekichert, und niemand außer uns hat gewusst, was wir plötzlich so komisch fanden: ein privater Augenblick in der öffentlichsten aller Zeremonien.

»Ja, das erste Jahr im Management ist hart, so viel steht fest. Meins wurde noch härter durch den Umstand, dass Rachel so früh starb, noch ehe ich meine Konrektorenzeit begonnen hatte. Mir kam zwar der Gedanke, dass ich es vielleicht um ein Jahr verschieben sollte, weil ich niemals in der Lage wäre, mich auf dem Posten so zu engagieren, wie ich es eigentlich vorhatte. Aber das letzte Halbjahr kam mir eindeutig schon viel einfacher vor.«

An der Art, wie er meinen Namen im Gespräch fallen lässt, so nonchalant, mit so wenig Betonung, bemerke ich, dass an diesem Abend nicht zum ersten Mal über mich gesprochen worden ist. Damit Max derart auf mich hinweisen kann, muss ich bereits Thema gewesen sein, ehe ich dazugekommen bin. Eve muss schon komplett im Bilde sein über mein Leben und meinen Tod und die wunderschönen Jahre, die ich mit Max verlebt habe, ehe ich ihn unerwartet verlassen musste. Der Gedanke weckt in mir ein heftiges Schwindelgefühl, wie man es empfindet, wenn man unbeabsichtigt mit anhört, wie andere ein Gespräch über einen führen, das wenig schmeichelhaft ist und von dem man weiß, dass es für privat gehalten wird – eines, bei dem man sich wünscht, man hätte sich davon ferngehalten. So sehr es einen drängt zuzuhören, so sehr zieht es einem auch den Boden unter den Füßen weg. Und in diesem Fall kann ich mir nur ausmalen, was gesagt wurde, wie ich beschrieben wurde, welche Teile unserer Geschichte Max beschloss mitzuteilen und welche für sich zu behalten. Es ist auch meiner Fantasie überlassen, wie Eve darauf reagierte. Hat sie geduldig und teilnahmsvoll zugehört und Einfühlungsvermögen bewiesen? Oder hat sie die schiere Erwähnung meines Namens nur geduldet, den Blick auf eine Zukunft fixiert, in der sie sich vielleicht entscheidet, alle Hinweise auf mich auszulöschen?

Als Eves Lachen erklingt, werde ich aus meinen Spekulationen gerissen. Sie lacht über eine Geschichte, die Max erzählt, und ich sehe ihm an, wie sehr er sich in ihrer Aufmerksamkeit sonnt.

»Und dann sagte der Junge: ›Aber, Sir, ich mache jetzt keine Witze, doch … wissen Sie denn überhaupt, was Grime ist?‹ Er dachte wohl wirklich, ich glaubte, er würde von Schmutz reden. Wie kommt es nur, dass jede Generation annimmt, sie hätte das Rad der Kultur neu erfunden?«

»Ach, kommen Sie, wir waren doch genauso! Ich weiß noch, wie ich Blur und Oasis gehört habe und meine Eltern mir sagten, das sei keine Musik, das sei nur Lärm. Und jetzt ertappe ich mich dabei, wie ich das Gleiche denke von dem, was meine Schüler hören. Das ist die unausweichliche Generationenverschiebung – wir machen sie alle mit, ehe wir es auch nur bemerken.«

»Sie haben wahrscheinlich recht. Früher habe ich meine Eltern in den Wahnsinn getrieben, indem ich Run-D.M.C und die Beastie Boys in voller Lautstärke gehört und mich dabei gefragt habe, wieso sie nicht begreifen, wie umwälzend diese Musik ist. Ich glaube, wir sollten einfach die Hände heben und akzeptieren, dass uns nicht mehr gestattet sein sollte, moderne Musik zu hören, geschweige denn, über sie zu urteilen.«

Eve lacht wieder.

Ich wünschte, sie würde aufhören, Max so verdammt lustig zu finden. Das ist zu gefährlich. Ich weiß, wohin es führen kann, wenn man über Max' Witze lacht.

Connor hat mir einmal erzählt, er habe mit der Ungläubigkeit eines notorischen Singles reagiert, als Max ihm seine Absicht anvertraute, um meine Hand anzuhalten. »Was um alles in der Welt verleitet dich zu der Annahme, dass eine Frau für ein ganzes Leben genug sein könnte?«, fragte Connor. Max hat geantwortet, einer der Gründe, weshalb er wisse, dass er mich heiraten wolle, bestehe darin, dass ich über alle seine Witze lache, sogar über die schlechten.

Doch jetzt lacht Eve über Max' Witze, und ich sehe an seinen Augen und an seinem Lächeln, wie sehr er es genießt, wieder mit jemandem Zeit zu verbringen.

»Vielleicht ist das zum Teil ein Grund, weshalb wir den Lehrerberuf ergriffen haben – weil wir ein bisschen von unserer Jugend festhalten wollen?«

»Schließen Sie nicht von sich auf andere, Max! Meine Beweggründe waren vollkommen ehrenhaft.«

»Aber ernsthaft, was hat Sie bewogen, Lehrerin zu werden?«

»Ernsthaft? Okay. Ohne ernst klingen zu wollen – und ich kann darüber ewig und drei Tage reden, also unterbrechen Sie mich ruhig, wenn ich anfange, Sie zu langweilen –, ich glaube aufrichtig, dass es einer der wichtigsten Berufe auf der Welt ist. Die nächste Generation zu erziehen und auszubilden, junge Menschen darauf vorzubereiten, in die Welt vorzustoßen, dafür zu sorgen, dass sie in irgendeiner Weise zur Gesellschaft beitragen ... Mir fallen nicht viele lohnendere

Beschäftigungen ein. Jetzt, da ich Rektorin bin, vermisse ich wirklich den täglichen Kontakt mit den Schülern. Sie können einen ganz schön auf die Palme bringen, aber ich kann mir keine andere Arbeit vorstellen, der ich so viel Energie schenken würde.«

Als Eve ihre Ansprache beendet hat, sehe ich, dass Max sie mit einem Ausdruck betrachtet, der der Ehrerbietung nahekommt. »Da kann ich Ihnen nur zustimmen. Es kommt so selten vor, dass jemand es mit dieser Leidenschaft ausspricht. Die meisten Lehrer stecken sich schon nach ein paar Berufsjahren mit Zynismus an, ganz egal, wie sehr sie gegen das Virus ankämpfen. Ich finde es toll, dass Sie noch immer mit Leib und Seele bei der Sache sind.«

Eve lacht. »Ich weiß, was Sie meinen – in meinem Lehrerzimmer gibt es auch eine recht starke Zyniker-Fraktion. Ich sehe nur keinen Grund, bei einem Beruf zu bleiben, wenn er einen nicht mehr begeistert. Dazu ist das Leben zu kurz.«

Max antwortet nicht, und ich frage mich, ob er das denkt, was ich glaube.

Eve fährt währenddessen da fort, wo sie aufgehört hat. »Ohne salbadern zu wollen, ich finde es wichtig, einen Wert in dem zu sehen, was man tut. Eltern vertrauen einem den ganzen Tag lang ihre Kinder an – eine größere Ehre gibt es doch kaum.«

Max lächelt sie reflexartig an, und es tut mir weh, es mit ansehen zu müssen, denn ich weiß nicht nur, was hinter diesem Lächeln steht, sondern auch, was es herbeigeführt hat. Ich beobachte wieder, wie die Flamme der Begeisterung in seinen Augen aufflackert, so wie früher, so wie sie es seit über einem Jahr nicht mehr getan hat, und ich kann nicht anders: Ich wünsche mir, ich wäre es, der es gelungen wäre, dieses Feuer neu zu entfachen.

»Es ist toll, mit Ihnen über all diese Dinge reden zu können. Man vergisst so leicht, warum man tut, was man tut, besonders wenn man zu Hause ein Kind hat, um das man sich auch noch kümmern muss. Kinder zu haben verschiebt eindeutig die Prioritäten und zwingt einen, jede Minute umso effizienter zu nutzen. Ich bin mir aber sicher, dass Sie das eines Tages selbst herausfinden werden.«

Eve sieht Max leicht verdutzt an, und ich frage mich, ob er eine Grenze überschritten, die Signale falsch verstanden hat, ob er für eine erste Verabredung zu persönlich wird. Doch nur eine ganz schwache, vieldeutige Regung läuft ihr über das Gesicht, ehe es wieder einen gefassten Ausdruck annimmt. »Ja, was Ellie angeht, kann ich mir kaum vorstellen, wie Sie das alles schaffen: einen anspruchsvollen Job und eine siebenjährige Tochter. Das muss unglaublich schwierig sein.«

Allein zu hören, wie sie den Namen meines kleinen Mädchens ausspricht, fühlt sich für mich schon an, als hätte sie sich stärker in unserem Leben eingenistet, als ich es hinnehmen kann.

»Es wird einfacher, doch ich bestreite nicht, dass ich noch nie in so kurzer Zeit so viel lernen musste. Was da alles organisiert werden muss – wer hätte gedacht, dass ein Kinderleben so anstrengend ist? Ehrlich, Ellie hat ein regeres Sozialleben als ich, und fast jeden Tag gibt es nach der Schule irgendetwas, für das ich an ganz bestimmte Dinge oder Kleidung denken muss. Dafür braucht man wirklich das Organisationstalent eines Top-Managers. Ich will ehrlich bleiben – Rachel hat sich früher um das meiste davon gekümmert, und ich begreife erst jetzt, wie großartig sie es verstanden hat, alles im Kopf zu behalten.«

Ich lächle, als ich an Ellies ersten Schultag zurückdenke, den Startschuss für eine ganze Flut an außerschulischen Aktivitäten und Spielverabredungen. Max und ich waren erstaunt, dass ein so kleiner Mensch solch eine Ausdauer haben kann. Max sagte immer, es wäre, als hätte sie die Gesamtmenge unserer Energiereserven geerbt und durch eine Laune der DNS verdoppelt. Er behauptete auch gern, dass sie noch besser sei als das Beste von uns beiden zusammengenommen. Und da hatte er recht.

»Es klingt, als gelänge Ihnen das sehr gut. Leicht kann es nicht sein, die Arbeit beider Elternteile zu erledigen.«

Max schweigt kurz, und ich frage mich, ob er abwägt, wie viel genau er preisgeben möchte, ob er befürchtet, ihr mehr anzuvertrauen, als ihr lieb ist, ob er sich an die Demütigungen der zurückliegenden Rendezvous erinnert.

Ich dränge ihn lautlos, vorsichtig zu sein. Ich möchte nicht, dass er wieder verletzt wird.

»Es kann schon schwierig sein; ich würde lügen, wenn ich etwas anderes behauptete. Ehrlich gesagt, wenn man mit jemandem zusammenlebt, geht es gar nicht so sehr darum, dass man Dinge für selbstverständlich hält, sondern alles fällt irgendwie in eine Routine, und jeder übernimmt andere Pflichten. Sie wissen, wie das ist.«

Eve schweigt eine Sekunde lang. »Na ja, eigentlich weiß ich das nicht.«

»Wie meinen Sie das?«

»Ich … ich habe noch nie mit jemandem zusammengewohnt.« Eve lächelt nervös, als wäre es ihr peinlich.

»Ach so. Aber ich meine nicht bloß mit einem Partner. Als mein Bruder und ich uns früher eine Wohnung teilten, war es genauso.«

»Nein, ich meine damit, dass ich noch nie mit jemandem zusammengewohnt habe – ich habe mir niemals mit jemandem eine Wohnung geteilt, ich war nie in einem Wohnheim oder so. Seit ich bei meinen Eltern ausgezogen bin, habe ich immer allein gewohnt.«

»Wirklich? Himmel, Anfang zwanzig wäre ich hoffnungslos verloren gewesen, wenn ich allein gewohnt hätte. Connor und ich haben es immer gerade so eben geschafft, alle Rechnungen pünktlich zu bezahlen. Ich glaube, ich würde mich auch ziemlich einsam fühlen, wenn ich ganz allein leben würde. Haben Sie sich nie überlegt, mit irgendjemandem zusammenzuziehen?«

»Darum geht es nicht. Ich glaube, es hat sich einfach so ergeben. Nach einer Weile gewöhnt man sich daran, mit sich allein zu sein – ich bezweifle nicht, dass es mich schrecklich intolerant gegenüber allen anderen Menschen gemacht hat.« Eve lacht nur eine Winzigkeit zu hart. »Wie auch immer, es klingt, als hätte Ellies Sozialleben nicht allzu sehr gelitten, seit Sie am Ruder sind.«

»Nein, das kann ich mit Fug und Recht behaupten. Sie ist wirklich unglaublich. Sie hat ihre unsicheren Momente, so etwas bleibt nicht aus, aber sie ist beeindruckend robust, wenn man überlegt, was sie durchgemacht hat. Und es macht großen Spaß mit ihr. Ich bin unendlich froh, sie zu haben.«

»Es klingt, als hätte sie großes Glück, dass Sie ihr Vater sind.«

Eve blickt Max mit einer Miene an, die ich nicht ganz entschlüsseln kann; es ist ein tiefer, introspektiver Ausdruck, der in sich verloren wirkt. Ein paar Sekunden Schweigen folgen, die mit etwas aufgeladen zu sein scheinen, das beide nicht zu artikulieren vermögen und ich nicht deuten kann. Dann bricht Max die gemeinschaftliche Versunkenheit.

»Gott, mir ist gerade klar geworden, dass wir die letzten Gäste sind! Das Personal wird uns zum Teufel wünschen. Ich schätze, wir sollten uns langsam auf den Weg machen.«

Es ist kurz nach elf. Eve zieht sich einen schönen hellgrünen Regenmantel über, und gemeinsam gehen sie nach draußen, beide nur ganz leicht angeheitert. Max hat ihr locker und beschützerisch den Arm um die Taille gelegt; irgendwie sehen sie jetzt schon aus wie ein Paar.

»Ich hatte einen wunderbaren Abend, Eve. Sie haben meinen Glauben an das Internet-Dating wiederhergestellt.«

»Das freut mich zu hören. Allerdings hoffe ich, das bedeutet nicht, dass Sie gleich wieder online gehen, sobald Sie zu Hause sind.« Eve lächelt spielerisch, doch ich merke am Unterton ihrer Stimme ihre Unsicherheit.

Sie mag Max. Sie mag ihn wirklich.

»Ich hoffe ja irgendwie, dass ich das nicht brauche. Ich würde Sie wirklich gern wiedersehen. Wenn Ihnen das recht ist?«

Und er mag sie auch. Aber das habe ich schon gewusst, bevor er versucht hat, sein Terrain für eine zweite Verabredung abzustecken, und zwar von dem Moment an, an dem ich heute Abend dazugekommen bin und das Lächeln gesehen habe, von dem ich weiß, dass es für diese seltenen Augenblicke der Alchemie reserviert ist.

»Das wäre mir sehr recht. Glauben Sie mir, ich habe meinen Teil an Internet-Verabredungen und Blind Dates und schrecklichen Verkuppelungen mit Freunden von Freunden hinter mir, und Abende wie dieser kommen da nicht sehr oft vor.«

Als Eve den Blick senkt, schüchtern, vielleicht erschrocken über die eigene Offenheit, umschließt Max ihre Wange mit der Hand und bewegt sanft und langsam sein Gesicht auf sie zu, bis sie einander so nahe sind, dass sie die Wärme im Atem des anderen spüren müssen. Seine Finger streichen über ihr Haar, dann berühren sich ihre Lippen, und ich werde zum ersten Mal Zeugin, wie mein Mann eine andere Frau küsst.

Eine intensive, unkontrollierbare Übelkeit wallt in mir auf. Mir ist schwindlig und schlecht, und ich habe Angst, ohnmächtig zu werden. Ich kneife die Augen zu, um alles auszuschließen, um sie beide auszuschließen, und bleibe dort, in selbst auferlegter Dunkelheit, für eine gefühlte Ewigkeit des Selbstschutzes. Als ich es endlich wage, wieder hinzuschauen, hoffe ich, dass sie weg sind, dass es vorbei ist. Ich bete, dass ich wieder für mich allein in der Weiße bin.

Doch als ich die Augen öffne, sind sie noch da und küssen sich noch immer. Ihr Kuss ist weder leidenschaftlich noch kräftig, sondern eher sanft, voll Zuneigung, zart, und irgendwie ist das viel, viel schlimmer. Er ist zärtlich und romantisch und weist auf eine Zuversicht und einen Wunsch hin, dass es noch viel, viel mehr geben wird.

Endlich ist es vorbei, und sie kichern, verschwörerisch, als wären ihnen die eigenen ungehemmten Sehnsüchte peinlich.

Max winkt ein vorbeifahrendes Taxi heran, und einen Sekundenbruchteil lang fürchte ich, dass sie gemeinsam einsteigen, dass mir noch mehr Schreckliches bevorsteht. Wenigstens jetzt im Moment könnte ich das nicht ertragen. Aber Eve fährt allein, und die Qual ist, zumindest fürs Erste, vorbei.

Als Max ihr nachwinkt und in die andere Richtung davongeht, sammeln sich weiße Wolken am dunklen Nachthimmel, und ehe ich einen letzten Blick auf Max' Gesicht erhaschen kann, finde ich mich in meiner gestaltlosen Wildnis wieder, nichts als die Drangsal der jüngsten Erinnerungen zur Gesellschaft. Nur ein paar Sekunden früher, und dieser Anblick wäre mir erspart geblieben. Stattdessen bin ich ein wenig zu spät hier gelandet und muss das quälende Bild verjagen, doch es nimmt ein Eigenleben an, brennt sich in meine Augen ein, sodass ich nichts anderes sehe als dieses eine Bild. Auf etwas anderes scheine ich mich nicht konzentrieren zu können, nur auf diesen Anblick, wie Max die schöne Blonde küsst.

Ich beschwöre mich, stattdessen daran zu denken, wie ich mit Max zusammen war, an unseren letzten Kuss, an den letzten Abend, den wir gemeinsam verbracht haben, an dem wir seine Beförderung feierten. Ich erinnere mich, wie wir im Restaurant waren. Wir saßen einander gegenüber, und plötzlich beugte er sich über den Tisch, nahm mein Gesicht in seine Hände und küsste mich zärtlich auf die Lippen. Ich weiß noch, wie unerwartet es gewesen ist, wie glücklich es mich gemacht hat, wie es mir den Atem verschlug. Jetzt aber kann ich das nicht mehr spüren. Ich kann mich nur daran erinnern, als wäre es eine Szene aus einem Film; es fühlt sich an wie eine Erinnerung, die auch einem anderen Menschen gehören könnte.

Die einzigen Gefühle, die ich im Moment spüre, sind die Gefühle des heutigen Abends, die Gefühle, die ich mit solcher Verzweiflung ausradieren möchte, die Gefühle, die niemand je sollte ertragen müssen. Die Gefühle, die ich empfand, als ich zum ersten Mal Zeugin wurde, wie mein Mann eine andere Frau küsste. Ich kann nicht fassen, dass Max mir das angetan hat.

Ich kann nicht fassen, dass ich nun dieses unauslöschliche Bild vor Augen habe, von dem ich genau weiß, dass es mich in den nächsten Tagen verfolgen wird. Und dass er damit die Erinnerungen, die ich von uns gemeinsam habe, vernichtet hat.

Nur noch ein Kuss. Mehr möchte ich gar nicht. Nur noch einen. Seine Lippen auf meinem Mund zu spüren, zu erleben, wie unser Atem sich mischt, bis wir nicht mehr wissen, zu wem was gehört, einmal wieder die Intimität zu fühlen, die mir versicherte, dass ich bei Max immer beschützt und geliebt und begehrt sein würde.

Wenn ich jetzt die Augen schließe, bin nicht ich es, die Max küsst. Es ist Eve.

Mir ist, als sei heute Abend etwas Tiefgreifendes passiert. Etwas Unumkehrbares. Mir ist, als verließe mich ein Teil von Max, oder vielleicht bin ich es, die aus ihm entweicht.

Und ich bin wütend.

Wütend, dass Max lebt und ich nicht, dass sein Leben weitergeht, wo meines geendet hat, dass er in der Lage ist, Rendezvous zu haben und mit schönen Frauen zu flirten und sie spätabends vor Restaurants zu küssen.

Wütend, dass er noch eine Chance auf Leben, auf Liebe, auf Erfolg, auf Elternschaft hat.

Wütend über die naiv-überhebliche Gewissheit – damals –, dass mein Leben noch so lange weitergehen würde.

Wütend, dass ausgerechnet ich unter den vielen Menschen auf der ganzen Welt sein musste, die an jenem Tag starben.

Ich will doch nur bei ihm sein. Und bei Ellie. Und das Wissen, dass ich das nicht kann, ist das einsame Atom der Wahrheit, das nun in mir den Wunsch weckt, der Tod hätte wirklich das Ende von allem bedeutet.

12

Ich höre die Welt der Lebenden, noch ehe ich sie sehen kann. Es wird gejubelt, gebrüllt und skandiert, ein Wirrwarr aus Männerstimmen, teils aufgeregt, teils wütend. Als das wahre Leben dann ins Bild kommt, bin ich in der ersten Sekunde desorientiert, weil ich über einem großen Stadion schwebe, das ich nicht zu erkennen glaube. Dann erst zoomt meine Sicht den Menschen heran, den ich so gern sehen möchte.

Max steht auf der Tribüne, um die Schultern den zerschlissenen Schal seiner Mannschaft, der Queens Park Rangers. Ich schaue neben ihn und erwarte, Connor zu sehen, seinen regelmäßigen Fußballspiel-Begleiter, doch an Connors Stelle steht dort Eve und strahlt tapfer in der testosterongeschwängerten Menge.

»Nur noch fünf Minuten. Unsere Verteidigung braucht nur zu halten, und wir haben das Spiel gewonnen. Es macht dir doch wirklich nichts aus, oder? Ich weiß, es ist nicht das romantischste fünfte Rendezvous, aber ich dachte, es könnte Spaß machen, und ich wollte, dass du siehst, wieso ich vor einem Spiel immer so aufgeregt bin.«

Fünftes Rendezvous? Und er hat sie ins Stadion mitgenommen? In zehn Jahren hatte ich nur einmal das Privileg, Max zu begleiten, wenn seine geliebten Queens Park Rangers spielten, und selbst da nur, weil Connor krank war und keiner der über zehn Freunde, die er angerufen hatte, so kurzfristig Zeit hatte, womit es, wie er es so höflich ausdrückte, sinnvoller war, mich mitzunehmen, als die Eintrittskarte verfallen zu lassen. Fußball war Max immer heilig, heilig und eine Zone nur für Männer, in die Frauen keinen Zutritt hatten. Nur in diesem Punkt zeigten sich bei Max männliche Stereotype, und darüber hatte ich mich immer glücklich geschätzt, denn wenn man bedenkt, wo sich Beziehungen überall aufreiben können, ist ein Nachmittag einvernehmlicher Trennung pro Woche nichts, worüber man sich beschweren kann.

Aber das war, ehe Eve an ihrem fünften Treffen zu einem Fußballspiel eingeladen wurde. Sie kennen sich erst seit ein paar Wochen, und trotzdem hat sie bereits da Fuß gefasst, wovon Max mich ein Jahrzehnt lang ferngehalten hat. Mir fällt es schwer, nicht gekränkt zu sein. Diese Frau drängt sich nicht nur in mein Leben – in das Leben, das ich geführt hätte, wäre ich nicht gestorben –, sie scheint sich sogar mit größerem Erfolg darin zu bewegen, als es mir je vergönnt gewesen ist.

Der Abpfiff ertönt, und Max umarmt Eve in überschwänglicher Freude über den sportlichen Sieg.

Für mich ist es ein beinahe unerträglich, zusehen zu müssen, wie sie einander umarmen, er die Arme um sie legt und ihre Oberkörper einander mit einer Vertrautheit und einer Unbefangenheit berühren, die so lange allein uns beiden vorbehalten war.

Während sie langsam das volle Stadion verlassen, halten sie Händchen und lachen miteinander; unbestreitbar sind sie in Gesellschaft des anderen ganz entspannt.

Das erste Rendezvous war vielversprechend, zugegeben, aber seitdem hat es eindeutig Fortschritte gegeben. Nicht zum ersten Mal verfluche ich die Unvorhersehbarkeit und Unregelmäßigkeit meines Zugangs. Wenn er überhaupt einem Zweck dienen soll, dann sollte er doch so gut sein, mich umfassend auf dem Laufenden zu halten, was die romantischen Tändeleien meines Mannes betrifft. Wenigstens das sollte doch jeder toten Ehefrau zustehen, oder nicht?

Max und Eve erreichen die U-Bahn-Station und bleiben, leicht befangen, davor stehen. Sie sprechen nicht mehr, sie lachen nicht mehr, und eine unerklärliche Verlegenheit trennt sie voneinander.

Doch wie oder warum oder woher, das kann ich nicht sagen. Hier geht etwas vor, das ich nicht verstehe, ein unausgesprochenes geheimes Einverständnis zwischen ihnen, von dem ich ausgeschlossen bin, und es quält mich körperlich und seelisch, bei ihrer Intimität außen vor zu sein.

»Und, was hast du für den Rest des Abends vor? Wartet Ellie bei deinen Eltern auf dich?«

»Nein, sie übernachtet heute bei ihnen. Mum hat irgendeine opulente Backveranstaltung mit ihr geplant. Sie werden zusammen einen Heidenspaß haben.«

In dem Gespräch setzt eine Pause ein, die mir verdächtig angespannt erscheint. Ich glaube, ich weiß, was kommt, aber wenn ich damit richtigliege, dann möchte ich es nicht hören, da bin ich mir ziemlich sicher.

»Ich muss mich heute also nicht mehr um Ellie kümmern und könnte mit zu dir kommen. Es sei denn natürlich, du hast andere Pläne.«

Eve zögert nur einen Herzschlag länger, als Max aushalten kann.

»Tut mir leid. Vergiss, dass ich das gesagt habe! Es muss ja nicht sein. Wie wär's, wenn wir einfach noch schnell etwas essen, und dann bringe ich dich nach Hause.«

»Nein, nein. Es ist nicht so, dass ich es nicht will. Es ist nur …« Eve holt tief Luft, als müsste sie sich stärken, ehe sie weiterspricht. »Es ist nur so, dass es eine ganze Weile her ist, seit ich … seit ich jemanden … du weißt schon … bei mir hatte.«

In Max' Augen ist ein Hauch von Erstaunen zu sehen, und ich könnte ihm nicht mehr zustimmen. Kaum zu glauben, dass bei Eve die Verehrer nicht Schlange stehen.

»Es ist okay. Lass uns das einfach vergessen! Es tut mir leid. Was meinst du, sollen wir das Gespräch einfach zwei Minuten zurückspulen und neu anfangen? Ich habe bei alldem nicht viel Übung.«

»Bitte entschuldige dich nicht! Das ist nicht dein Fehler, wirklich nicht. Sondern meiner.« Eve schenkt Max ein gütiges Lächeln.

Wieder folgt angespanntes Schweigen.

»Gut, was möchtest du denn essen? Griechisch, Italienisch oder Curry? Euer Wunsch ist mir Befehl, Madam.« Max versucht verzweifelt, einen heiteren Ton in das Gespräch zu bringen, doch seine Unbeholfenheit ist sogar für mich greifbar.

»Nein, komm doch mit zu mir! Wir steigen am Supermarkt aus, und ich koche uns was.«

Max wirkt verwirrt, als wolle er instinktiv etwas antworten. Doch die Ritterlichkeit scheint ihn zu zwingen, etwas anderes zu sagen. »Nein, wirklich, Eve, es ist gut. Gehen wir doch ins Restaurant!«

»Max, ich hätte es gern, wenn du mit zu mir kämst. Ehrlich. Ich war nur eine Sekunde ein wenig von der Rolle. Ich habe wohl nicht damit gerechnet, dass es so schnell dazu kommt.«

»Himmel, wenn es dir zu früh ist, dann können wir warten. Im Ernst. Es gibt keine Eile. Wahrscheinlich hast du recht. Bitte lass uns einfach vergessen, dass ich es überhaupt erwähnt habe!«

Eve lacht, und ihr Lachen entspannt das Gespräch. »Bitte lass es uns nicht vergessen! Es ist nur eine Weile her bei mir, und obwohl ich wusste, dass es irgendwann so weit sein würde, hast du mich auf dem falschen Fuß erwischt. Trotzdem möchte ich, dass du mitkommst. Wirklich.«

»Wirklich?«

»Ja, wirklich. Ich verspreche es.« Eve beugt sich näher und küsst Max zärtlich auf die Lippen.

Es ist der Kuss, der eine Vielzahl von Möglichkeiten verheißt, von denen jede Einzelne in unnötig expliziten Bildern durch meine Fantasie wirbelt, jedes Szenarium noch entsetzlicher als das vorherige.

»Wenn du dich damit besser fühlst: Für mich ist es auch eine Weile her. Ich bin mit niemandem ... zusammen gewesen ... seitdem ... seit Rachel. Ich nehme an, wir müssen uns einfach gemeinsam da durchwursteln.« Max lacht jetzt ebenfalls.

Ich höre die Entspannung in seiner Stimme und glaube nicht, dass ich je etwas vernommen habe, was mich ihm so fern fühlen ließ.

»Na, wenn es einen Wettbewerb für unbehagliche Gespräche gibt, dann glaube ich, dass wir beide den ersten Preis verdient haben. Wahrscheinlich können wir unseren Schülern noch was vormachen, was Verlegenheit und Unsicherheit betrifft, meinst du nicht auch?« Eve lächelt.

Max ergreift ihre Hand und blickt ihr direkt, gelassen, voller Selbstvertrauen in die Augen. »Beginnen wir den Abend noch einmal neu, ja? Also, Eve, wie würde es dir gefallen, wenn wir auf einen gemütlichen Abend zu dir nach Hause gingen?«

»Na, da du so lieb fragst: Es klingt wie eine wunderbare Idee. Wenn du Glück hast, finde ich für dich vielleicht sogar eine Zahnbürste.«

Sie grinsen einander an, verschwörerisch und intensiv, ohne einen Blick für die Scharen von Fußballfans zu haben, die sie umströmen, um in die U-Bahn-Station zu kommen.

Ich atme tief durch und stemme mich gegen die emotionale

Flutwelle, deren Nahen ich spüre. Er wird es wirklich tun. Er wird mit einer anderen Frau schlafen. Er wird sich mit ihr nackt ausziehen und ihre Brüste streicheln und ihren strammen flachen Bauch bewundern, der nicht die Spuren einer Schwangerschaft zeigt. Er wird sich fragen, wann er das letzte Mal einen so schönen und makellosen und glatten Bauch gesehen hat. Er wird ihren nackten Hals küssen und ihre nackten Schenkel streicheln und ihre Haut schmecken, und der Geschmack wird ganz anders sein als alles, was er je geschmeckt hat. Er wird mit den Fingern ihren nackten Rücken hinunterfahren und ihre perfekten, runden Pobacken in die Hände nehmen und ihr in die Augen sehen, während sie sich lieben, und es wird eine Offenbarung für ihn sein, als liebe er zum allerersten Mal eine Frau, denn etwas in ihm hat so viele Monate lang, über ein Jahr lang geglaubt, dass er nie wieder eine Frau lieben wird. Er wird sie die ganze Nacht lang umschlungen halten, neben ihr schlafen, auf ihren Atem lauschen und beobachten, wie sie träumt, und am Morgen wird er neben ihr aufwachen und begreifen, dass heute der erste Tag seines verbleibenden Lebens ist. Seines Lebens ohne mich. Ich bin von Panik überwältigt. Ich kann dabei nicht zusehen. Ich kann sie nicht begleiten. Ich will nicht zusehen, wie sich der Abend entwickelt. Ich weiß, was geschehen wird, und kann auf die Folter verzichten, es mit eigenen Augen anzuschauen. Gewiss ist das doch mehr, als man irgendeiner Ehefrau zumuten kann, ob sie nun lebt oder tot ist?

Hand in Hand gehen Max und Eve auf den Eingang der U-Bahn-Station zu. Vor gemeinsamer Aufregung springen sie fast in die Bahn und fahren in ihre erste gemeinsame Nacht hinein, zu Eve.

Mir ist schlecht, ich habe das Gefühl, als könnte ich nicht atmen. Ich muss fliehen, aber wohin und wie, das weiß ich einfach nicht. Ich kneife die Augen fest zu, so fest, dass es wehtut. Vielleicht, denke ich, vielleicht verschwinden sie, wenn ich meine Gedanken auf Max und mich konzentriere.

Ich halte die Augen fest geschlossen und versuche, die lebhaften Fantasievorstellungen des Bevorstehenden durch Bilder dessen zu ersetzen, was gewesen ist, mit Erinnerungen an Max und mich. Daran, wie wir uns vor Ellies Geburt an den Sonntagmorgen auf dem Bett räkelten, nackt, umgeben von Sonntagszeitungen und einer Kanne mit Kaffee, der immer zu schnell kalt wurde. An diesen Vormittagen hatten wir am liebsten Sex – wenn wir beide nur ans Wochenende zu denken brauchten, ohne dass Zeitdruck, Müdigkeit oder Arbeit in diesen privatesten Raum eindringen konnten. Ich denke daran, wie Max hinter mir stand, wenn ich in der Küche arbeitete, mir das Haar aus dem Nacken strich und mich sanft auf die Seite meines Halses küsste. Ich denke daran, wie wir zusammen in der Badewanne lagen, unser geliebtes Ritual vor dem Zubettgehen, und über die Ereignisse des Tages sprachen, während wir sie von dem anderen herunterwuschen, uns von allem reinigten, was auf unserem Kokon haften geblieben war. Und ich denke daran, wie wir uns am Nachmittag auf dem Sofa des Hotelzimmers in New York liebten und dabei durch dessen bodentiefe Fenster im zweiundzwanzigsten Stockwerk auf die Skyline von Manhattan blickten, während der frühsommerliche Sonnenschein in den Raum fiel und unsere bereits überhitzten Körper wärmte. Hinterher hatten wir beide gewusst, dass etwas Besonderes geschehen war, etwas Außerordentliches, etwas, das wir niemals begreifen würden. Drei Wochen später machte ich den Test, und wir erfuhren, dass ein brandneues Leben unsere Familie komplettieren würde.

Als ich schließlich die Augen wieder öffne, umgibt mich nichts als Weiße. Ich weiß nicht, wie, doch ich habe es geschafft, mich willentlich aus der Szene zu entfernen, die mich ansonsten so lange verfolgt hätte, wie diese Jenseitswelt existiert. Ich bin dankbar, dankbarer, als ich es je für möglich gehalten hätte, wieder allein im Nichts zu sein.

Trotzdem spulen sich boshafte Fantasiebilder von den möglichen Ereignissen des Abends durch meinen Verstand wie ein zu schnell laufender Super-8-Film. Der Magen dreht sich mir um vor Neid, der mich von innen auffrisst wie ein Krebs, der in Rekordzeit streut.

Ich stelle mir Eves nackten Körper vor und das Wohlgefallen, das Max mit Sicherheit daran hat, dann blicke ich an mir herunter – an einem Körper, den außer mir niemand mehr sehen kann, mit einem Gesicht, das sogar ich seit über einem Jahr nicht mehr gesehen habe, (wer weiß also, in welchem Zustand es ist) –, und mich durchbohrt die spitze Lanze der Unzulänglichkeit. Hat Max unsere ganze Ehe mit der Frage verbracht, ob er nicht jemanden Besseres hätte finden können, ob er nicht mit einer Frau, die aussähe wie Eve, vor dem Standesbeamten hätte stehen können, statt mit mir? Wird er jetzt anfangen, sich diese Frage zu stellen? Wird er sich fragen, wenn er mit Eve im Bett liegt, wieso um alles in der Welt er ein Jahrzehnt in meiner nackten Gesellschaft verschwendet hat?

Zum ersten Mal, seit ich Max vor elf Jahren kennengelernt habe, ertappe ich mich dabei, wie ich anzweifle, ob ich jemals gut genug für ihn war. Und ob Eves Perfektion mich in den Klub der unzulänglichen ersten Ehefrauen absteigen lässt.

Ich kann an nichts anderes denken als an Eve. Eve, wie sie mit Max schläft, Eve, wie sie meinem Mann das Herz stiehlt, Eve und Max, wie sie sich auf die aufregende Reise in eine neue Beziehung begeben ohne Vorstellung, wohin die Straße sie führen mag, außer dass es, im Moment, so aussieht, als ginge sie in eine Richtung, in die sie beide wollen.

13

Beschwingt durchquert Max den Vorgarten seiner Eltern. In seinem Schritt ist etwas, das verdächtig nach einem Der-Morgen-danach-Federn aussieht. Ich erkenne das auf zehn Kilometer Entfernung – oder eintausend. Dass Max Sex gehabt hat, könnte nicht auffälliger sein, wenn er sich das Hemd herunterrisse, sich auf die Brust schlüge und den altehrwürdigen Triumphschrei sexueller Eroberung in den Dschungel brüllte.

Mein Verstand kapituliert vor einem Heer schizophrener Gedanken. Rational ist mir klar, dass ich tot bin, dass Max ein Witwer ist, dass es ihm freisteht, sich eine andere Beziehung zu suchen. Rational will ich nicht, dass er ewig unglücklich, in Trauer und allein ist. Doch diese vernunftbestimmten Empfindungen sind nicht stark genug, um den Ansturm der irrationalen Impulse zurückzuwerfen: dass Max mich betrogen hat, dass er zu schnell eine Neue gefunden hat, dass er das Andenken unserer Ehe mit diesem Akt emotionalen und körperlichen Verrats entweiht hat. Und angefacht werden die Flammen der Eifersucht von den wiederkehrenden verhassten Bildern dessen, von dem ich annehme, dass es heute Nacht stattgefunden hat.

Als Max die Haustür aufschließt, ruft Joan ihn in die Küche. »Kommst du mal schnell?«

Max schlendert hinein, gar nicht schnell, alle Gedanken ganz klar weit entfernt von der Küche seiner Mutter.

»Mach die Tür zu! Ich muss mit dir reden, bevor Ellie herunterkommt.« Ihr Tonfall deutet auf Besorgnis hin.

Zögernd zieht ein unruhiges Flattern aus meinem Bauch die Kehle hoch.

»Setz dich, Max! Du weißt, es macht mich nervös, wenn du um mich herumtigerst.«

Max tut, wie ihm geheißen. Er grinst noch immer und bemerkt Joans Ernst offenbar gar nicht.

»Es geht um Ellie. Heute Nacht hatten wir einen kleinen Unfall.«

O Gott. Bitte sag, dass es ihr gut geht! Bitte.

»Was für einen Unfall? Was ist ihr passiert? Ist sie okay?«

»Ellie geht es gut. Es war nicht die Sorte Unfall, an die du denkst. Sie hat wieder ins Bett gemacht. Ist die ganze Nacht drin liegen geblieben, die arme Kleine! Sie sagt, dass sie uns nicht aufwecken wollte.«

Mein armer Engel. Mein armes kleines Mädchen. Ich kann den Gedanken nicht ertragen, dass sie die ganze Nacht in einem nassen Bett liegt, ohne mich, die sie tröstet, für sie die Laken wechselt und an der Bettkante sitzen bleibt, bis sie wieder einschläft. Als Kleinkind hat sie hin und wieder ins Bett gemacht. Sie kam dann mitten in der Nacht in unser Schlafzimmer und stupste mir sanft – ach, wie sanft – gegen den Arm, bis ich mich endlich rührte, und flüsterte: »Mummy, ich bin wieder nass«, als wäre das, was geschehen war, völlig außer ihrer Kontrolle gewesen, und in gewisser Weise war es das wohl auch. Ich stand dann auf, und wir gingen in ihr Zimmer, nahmen unterwegs frische Laken aus dem Trockenschrank, und während ich das schmutzige Bettzeug abzog und durch frisch gebügeltes Leinen ersetzte, stand sie neben mir, hielt ihren braunen Teddy im Arm und beobachtete mich. Ich steckte ihr die Bettdecke fest, kuschelte mich neben sie, bis sie wieder eingeschlafen war, und versicherte ihr immer wieder, dass es nicht schlimm sei, dass sie sich keine Gedanken machen müsse, dass alle kleinen Menschen das eine oder andere Mal ins Bett machten. Ich wollte nicht, dass daraus etwas wurde, das sie zu sehr belastete.

In den Monaten nach meinem Tod machte sie wieder ins Bett, aber soweit ich weiß, hatte sie in dieser Hinsicht lange keine Probleme mehr. Wenn sie wieder damit angefangen hat, ist Joans Besorgnis angebracht.

»Himmel, Mum, ich hätte fast einen Herzanfall bekommen! Ist das alles? Ich dachte, es wäre ein richtiger Unfall gewesen. Ehrlich, ich kann es kaum fassen, wie melodramatisch du manchmal bist.«

»Ich glaube nicht, dass ich melodramatisch bin, Max. Ellie hat fast ein Jahr lang nicht mehr ins Bett gemacht, aber heute Nacht ist es ihr aus heiterem Himmel wieder passiert. Entschuldige, doch ich finde, da muss man schon fragen: Wieso ausgerechnet jetzt?«

Ich bin mit Joan einer Meinung. Natürlich ist es verdächtig. Wieso nimmt Max die Sache nicht ernster?

»Na, du weißt ja eindeutig die Antwort auf deine Frage, Mum, also warum ersparst du uns nicht das Ratespiel und sagst gleich, was los ist?«

Joan sieht Max finster an.

Ich verüble ihr das nicht. Er ist grob und kurz angebunden, und das sieht ihm nicht ähnlich. Und im Gegensatz zu mir weiß sie nicht, dass sie unbeabsichtigt die Blase seiner postkoitalen Zufriedenheit zerstochen hat. Er benimmt sich wie ein Teenager nach seiner ersten Nacht mit seiner Freundin, mürrisch und verärgert, dass er gegen seinen Willen wieder in die Wirklichkeit gezerrt wird. Das ist wirklich nicht sehr hilfreich.

»Das ist doch offensichtlich, oder? Es liegt daran, dass du ständig weg bist. In den letzten paar Wochen bist du häufiger aus gewesen als in den vergangenen achtzehn Monaten zusammen. Das beunruhigt sie, Max. Ich glaube, du musst die Geselligkeit mal eine Weile ruhen lassen.«

Der Ausdruck in Max' Augen – der bereits von Wonne zu Gereiztheit umgeschlagen ist – durchläuft eine weitere Wandlung. Jetzt ist er schlichtweg verärgert. »Du willst mir wirklich vorwerfen, dass ich zu viel ausgehe, Mum? Ist das nicht ein bisschen geheuchelt, denn schließlich warst du diejenige, die mich ständig damit genervt hat, ich soll ›mal wieder unter Menschen‹ gehen? Beides gleichzeitig geht nicht.«

Ich halte es für sehr wahrscheinlich – so unangenehm der Gedanke auch ist –, dass Max vergangene Nacht nicht genügend Schlaf bekommen hat. So wie jetzt benimmt er sich nur selten, und wenn, dann ist es jedes Mal die Folge eines ernsten Katers oder chronischen Schlafentzugs. Diesmal könnte es gut von beidem kommen. Ich versuche, bei dem Gespräch zu bleiben, das ich mit anhöre, und mich nicht in Fantasien zu verlieren, was Max die ganze Nacht wach gehalten haben könnte. Gedanken dieser Art tun niemandem gut, mir schon gar nicht.

»Ich habe nie vorgeschlagen, dass du jedes Wochenende bis Ultimo und wer weiß mit wem durch die Kneipen ziehen sollst. Noch vor gar nicht allzu langer Zeit wolltest du das Haus überhaupt nicht verlassen, und jetzt scheint es, als wärst du die ganze Nacht nicht zu Hause gewesen.«

»Mum, ich bin erwachsen. Ich brauche deine Erlaubnis nicht, wenn ich mal länger wegbleibe.«

»Sei nicht albern! Du weißt genau, dass davon nicht die Rede ist. Ich bin nur überrascht – sehr überrascht, falls es dich interessiert –, dass du den Vorfall in der vergangenen Nacht kein bisschen ernst nimmst.«

Und mir geht es genauso. Ich bin ebenfalls überrascht.

Außerdem werde ich allmählich wütend. Ich versuche aufrichtig zu unterdrücken, was ich wegen vergangener Nacht empfinde, damit ich klar über die Neuigkeiten heute Morgen nachdenken kann, und folglich bleibt mir nur Enttäuschung, weil Max sich so sehr in seine neue Beziehung mit Eve stürzt, dass Ellie sozusagen über Nacht vom ersten Platz auf seiner Prioritätenliste, wohin sie gehört, nach unten gerutscht ist.

»Jetzt ist es einmal passiert. Ich glaube nicht, dass wir deshalb schon gleich den Kinderpsychologen aufsuchen müssen.«

»Es besteht kein Anlass zum Sarkasmus. Wirklich, ich weiß nicht, weshalb du heute so gereizt bist.«

Ich weiß es, und ich weiß auch, wessen Schuld es ist.

»Ich bin nicht gereizt. Ich möchte bloß nicht wegen eines einzigen kleinen Zwischenfalls in Hysterie verfallen, das ist alles.«

»Was, wenn es nicht nur ein Zwischenfall ist? Was, wenn sich wieder ein Muster entwickelt, wie damals nach Rachels Tod? Das war schrecklich, das weißt du genau. Ich möchte es einfach im Keim ersticken, ehe es außer Kontrolle gerät.«

»Außer Kontrolle? Wirklich, Mum, du musst aufhören, alles dermaßen zu dramatisieren. Es ist nur ein Mal passiert. Das ist doch keine große Sache.«

Ich weiß nicht, was aus Max geworden ist, dem Max, den ich kenne und liebe, dem Max, der zu scherzen pflegte, er würde Ellie in Watte packen – ganz wörtlich –, wenn er glaube, dass es sie vor den Gefahren des Lebens schützen könnte. Wie kann er ignorieren, dass ihr Bettnässen ein Mittel ist, sich verständlich zu machen, ob sie sich dessen nun bewusst ist oder nicht? Wie kann er abtun, was immer sie uns sagen will, welche Gefühle sie hat, die sie uns anders nicht mitzuteilen weiß? Wie kann er die Möglichkeit kleinreden, unsere Tochter könnte leiden?

Ich habe ihm nur eine Aufgabe hinterlassen, die wirklich zählt – eine einzige –, und die besteht darin, dafür zu sorgen, dass es Ellie gutgeht. Dass sie sicher ist und sich geliebt fühlt und dass sie, soweit es menschenmöglich ist, durch die Liebe und die Unterstützung aller anderen für den Verlust ihrer Mutter entschädigt wird. Mehr wünsche ich nicht von Max. Dass er für unsere Tochter sorgt und sicherstellt, dass sie Kindheit und Jugend mit so wenig emotionalen Narben wie möglich übersteht. Begreift er denn nicht, wie wichtig es ist – wie entscheidend, wie absolut vorrangig –, dass er das schafft? Gut möglich, dass Max in Zukunft noch mehr Kinder hat, vielleicht einen ganzen Stall voll. Doch Ellie ist alles, was ich hatte, und jetzt ist sie alles, was ich je haben werde, mein einziges sichtbares Vermächtnis an die Welt, meine einzige Verbindung zu einer Zukunft, die ich nie haben werde. Sie ist alles Leben, was mir geblieben ist.

Wie kann Max das nicht sehen? Ist er wirklich blind gegenüber der Tatsache, dass er mich im Stich lässt, wenn er Ellie im Stich lässt? Und dass ich ihm niemals vergeben werde, wenn er sie im Stich lassen sollte?

»Ich will dich nicht kritisieren, Max. Das weißt du auch. Ich mache mir nur Sorgen um Ellie, das ist alles.«

»Und du glaubst, mir geht es anders? Wo ist sie überhaupt?«

»Sie war oben im Gästezimmer, ehe du kamst. Wirst du mit ihr reden?«

Ohne sie einer Antwort zu würdigen, stürmt Max aus der Küche und die Treppe hoch. Ellie sitzt am Rand des Bettes mit dem rosafarbenen Bezug, den Joan eigens für sie gekauft hat. Er bleibt in der Tür stehen, betrachtet unsere Tochter, die bedrückt den Kopf gesenkt hält und die Schultern hängen lässt.

»Ist Granny böse auf mich?«

»Aber natürlich nicht, Schatz. Sie wäre dir niemals böse. Sie war nur traurig, dass du eine schlimme Nacht hattest. Geht es dir jetzt wieder besser?«

Ellie nickt wenig überzeugend und ist nicht fähig, den Kopf zu heben und Max in die Augen zu sehen.

Wenigstens klingt er sanfter; offenbar hat er seine Frustration unten im Erdgeschoss gelassen.

Max setzt sich neben sie aufs Bett und legt ihr schützend den Arm um die Schultern.

Doch Ellie findet keinen Trost in der Umarmung ihres Vaters, sondern bricht in Tränen aus.

»Was ist denn, Engel? Was ist los?«

Ellie schluchzt – schwere, tief sitzende Schluchzer, die viel zu kräftig zu sein scheinen, um aus solch einem kleinen, zerbrechlichen Körper zu kommen. »Du warst nicht da, Daddy. Ich wollte zu dir, und du warst nicht da.«

Diese Anschuldigung sollte nicht allein auf Max' Schultern landen, und sie bringt eine Welle frischer Tränen mit sich. Ich möchte Ellie festhalten, sie auf meinen Schoß nehmen und sie so lange wiegen, bis ihr Kummer verflogen ist.

»Das tut mir leid, Engel. Ich dachte, du übernachtest gern bei Granny und Grandpa? Du weißt doch, es hätte ihnen überhaupt nichts ausgemacht, wenn du sie geweckt hättest.«

»Aber ich wollte nicht zu ihnen, Daddy. Ich wollte zu dir.«

Max zieht Ellies tränenüberströmtes Gesicht an seine Brust und streichelt ihr den Kopf. »Das tut mir leid, Schatz. Ich werde dich nicht mehr allein lassen, bis ich sicher weiß, dass du so weit bist. Ist das okay?«

Ellie beginnt sich in der Beuge von Max' tröstendem Arm zu entspannen, aber das Wimmern unterstreicht weiter ihre Worte. »Ver...versprichst du mir das ehrlich?«

»Aber sicher verspreche ich dir das, mein Schatz. Du weißt, dass ich nie etwas tun würde, das dir wehtut. Du bist mein ganz besonderer Engel, und ich habe dich ganz, ganz lieb.« Max zieht ihr Gesicht zu sich und beginnt, sie abzuküssen, wobei er alberne Schmatz- und Knutschlaute macht.

Das ist ein Spiel, das wir mit Ellie gespielt haben, seit sie ein Baby war: Wir bedecken ihr Gesicht mit Küssen und zählen, bis wir die Zauberzahl Hundert erreichen und sie mit dem Gefühl der Küsse auf ihrer Haut, der vielfachen Wiederholung und der Verspieltheit zum Lachen gebracht haben.

Und Ellie lacht nun auch und tut so, als wollte sie sich aus Max' Umarmung befreien, während sie gleichzeitig dafür sorgt, dass immer ein Stück Haut frei ist, damit er es küssen und seinem Ziel näherkommen kann.

»Neunundneunzig, hundert. Wie viele Male habe ich dich eigentlich bisher in deinem Leben so geküsst, Schatz?«

Ellie grinst in die Luft. Ein Stirnrunzeln gespielter Nachdenklichkeit hat ihre Tränen ersetzt. »Eine Million Mal.«

»Oh, wenigstens eine Million Mal, würde ich sagen. Eher zwei Millionen Mal. Und wo sie herkommen, da gibt es noch viel mehr.« Max fängt an, sie zu kitzeln, und küsst ihr Gesicht weiter, während sie in einem Kicheranfall auf das Bett zurücksinkt.

»Pass auf, Daddy! Ich will nicht, dass du Falten machst.« Ellie setzt sich auf.

Ich entdecke, dass sie etwas in der Hand hält, etwas Kleines, Abgegriffenes. Eine Wolke verdeckt den Sonnenschein in ihren Augen, und plötzlich läuft eine einsame, dicke Träne von ihrer Nasenspitze und droht auf das zu tropfen, was sie so aufmerksam beschützt.

Mit einer instinktiven, beschützerischen Bewegung wischt Ellie sie sich mit dem Ärmel ihrer Strickjacke ab.

»Was hast du denn da, Schatz? Darf ich es sehen?«

Langsam, widerstrebend hebt Ellie die obere Hand von dem, was sie darunter verbirgt; sie ist noch nicht ganz bereit, es ihm vollkommen preiszugeben, was immer es sein mag.

Es ist ein kleines Automatenfoto im Passformat. Darauf lachen Ellie und ich, die Gesichter eng zusammengedrückt, damit wir beide aufs Foto passen, ins Objektiv. Das Bild zeigt ganz und gar ungetrübtes Glück.

»Das ist ein wunderschönes Foto. Weißt du noch, wann ihr es aufgenommen habt?«

Ellie schüttelt die langen braunen Locken.

Ich erinnere mich noch daran. Wir waren zu Weihnachtseinkäufen in die Stadt gefahren, im Jahr vor meinem Tod. Wir waren in zahlreichen Kaufhäusern, bei Hamleys und bei Selfridges, wir haben uns die Weihnachtsbeleuchtung angesehen, zum Mittagessen Pizza gegessen, wie Ellie es am liebsten hat, und gemeinsam alle Geschenke für Max ausgesucht. In einem der großen Kaufhäuser stand ein Fotoautomat, und nachdem wir für die einzige Aufnahme posiert hatten, warteten wir ungeduldig darauf, dass die vier identischen Bilder herauskamen. Als das geschehen war, fragte Ellie, ob sie eins davon haben könnte, für ihre kleine Hunde-Handtasche.

Ich kann es kaum glauben, dass sie es noch hat. Es ist fast zwei Jahre alt. Ich könnte weinen bei dem Gedanken, dass sie so lange dieses Foto gehütet hat wie einen Schatz.

»Daddy?«

»Ja, Schatz?«

»Manchmal vermisse ich Mummy ganz doll. So wie heute Nacht, als ich ins Bett gemacht hab. Bei Mummy wusste ich immer, dass sie nicht schimpft, auch wenn ich sie mitten in der Nacht wecke. Ich wollte sie eben einfach unbedingt hier bei mir haben.«

Max zieht Ellie auf seinen Schoß und nimmt sie in die Arme. Seine Augen sind rot, und ich sehe ihm an, wie er mit den Tränen kämpft.

Ich würde alles darum geben, wenn ich Ellie jetzt in die Arme nehmen könnte, um sie wissen zu lassen, dass ich da bin, um ihr zuzusichern, dass ich zwar nicht mehr ihr Laken wechseln und sie wieder ins Bett stecken kann, ich aber trotzdem nach ihr sehe, sie noch immer liebe, noch immer hoffe, dass es eine Möglichkeit gibt, sie zu beschützen. Ich kann mir nicht vorstellen, dass es auf der Welt eine größere Folter geben kann – in dieser Welt oder jeder anderen –, als zu wissen, dass das eigene Kind leidet, und völlig machtlos zu sein, etwas zu unternehmen.

»Das weiß ich, Engel. Ich vermisse Mummy auch. Sie hat dich so lieb gehabt, so sehr, und sie hätte dich niemals verlassen, wenn sie die Wahl gehabt hätte, auf gar keinen Fall. Das weißt du doch, oder?«

Ellie zuckt mit den Schultern, die gequälteste Geste, die ich je gesehen habe.

Sie muss doch sicher wissen, wie lieb ich sie hatte, wie lieb ich sie noch immer habe? Max muss es sie sehen lassen, er muss es ihr klarmachen, tief und unauslöschlich in ihrem Herzen, dass ich sie niemals auch nur im Entferntesten allein lassen wollte.

»Sieh doch nur, wie glücklich ihr beide auf dem Bild seid! Wir hatten eine tolle Zeit mit Mummy, oder? Wir dürfen diese Zeit nie vergessen, denn so können wir Mummy in unserem Herzen behalten, immer und jeden Tag.«

Ellie bleibt still.

Sie möchte keine Erinnerungen. Sie möchte eine richtige, lebendige Mutter, die mit ihr spielt und lacht und sie zur Schule bringt, mit ihr Hausaufgaben macht, mit ihr ihre Erfolge feiert und sie bei ihren Vorhaben ermuntert und ihr nachts die Bettdecke feststeckt, nachdem sie die Laken eingenässt hat.

Sie möchte eine Mutter, wie alle ihre Freundinnen sie haben. Wie alle Kinder sie verdienen.

»Soll ich dir eine Geschichte erzählen?«

Ellie seufzt bei Max' Frage, und der Laut ist erfüllt von der Resignation eines Menschen, der eine weit größere Last auf den Schultern trägt, als jemand in Ellies Alter sie jemals tragen sollte.

»Sobald Mummy wusste, dass sie dich in ihrem Bauch hatte, und das war ganze acht Monate vor deiner Geburt – weißt du, was sie da tat?«

Mit nunmehr gespanntem Gesicht sieht Ellie zu Max hoch und schüttelt den Kopf.

»Sie fing sofort an, mit dir zu reden. Die ganze Zeit sprach sie zu dir und erzählte dir alles Mögliche über die Welt, was du selbst ja noch nicht sehen konntest. Sie erzählte dir, was sie den ganzen Tag lang tat und wohin sie ging und was sie sah und hörte und roch. Sie beschrieb dir, was sie aß, damit du wusstest, was du da schmeckst, wenn es durch die Nabelschnur in ihrem Bauch, durch die du ernährt wurdest, bei dir ankam. Sie erzählte dir von jedem in unserer Familie, von Granny und Grandpa, von Nanna, von Onkel Connor und von Harriet, denn sie wollte sicher sein, dass du, wenn du endlich zu uns auf die Welt kamst, die Menschen schon kanntest, die dich von Anfang an lieb hatten.«

Ellie sieht nachdenklich drein. »Konnte ich Mummy denn überhaupt hören, als ich in ihrem Bauch war?«

»Vielleicht nicht von Anfang an, aber das hat Mummy nicht davon abgehalten, mit dir zu sprechen. Doch am Ende, als du schon ein richtiges großes Baby warst, da waren wir sicher, dass du sie hören kannst. Sie hat dir Lieder vorgesungen – so viele verschiedene Lieder –, und manchmal spürte Mummy dann, wie du dich in ihrem Bauch bewegt hast. Und weißt du was? Nach deiner Geburt sang sie dir dieselben Lieder vor, und wenn du geweint hast, hörtest du dann oft mit dem Weinen auf. Mummy war überzeugt, dass es daran lag, weil du dich an die Lieder aus der Zeit erinnert hast, als du noch in ihrem Bauch warst.«

Unbewusst legt Ellie eine Hand auf ihren eigenen Bauch, als versuche sie sich vorzustellen, wie es sein muss, einen anderen Menschen dort drin herumzutragen.

Ellie, mein Prachtmädchen, das ist das wunderbarste Gefühl auf der Welt, und ich hoffe – nein, ich bin sicher –, dass du es eines Tages selbst kennenlernen wirst.

»Aber warum hat Mummy denn mit mir geredet, wenn sie nicht mal sicher war, dass ich sie hören kann?«

»Das ist eine gute Frage, Schatz. Ich habe sie das selbst einmal gefragt, ganz früh, als sie gerade damit anfing. Und weißt du, was sie mir geantwortet hat? Sie sagte, es wäre egal, ob du es hören kannst oder nicht, sie sei sich sicher, du würdest merken, dass sie mit dir spricht, und sie wollte, dass du gleich von Anfang weißt, wie lieb sie dich hat.«

Ellie steckt ihr Köpfchen fester unter Max' Arm, und ich sehe, dass ihre Unterlippe ganz leicht zittert.

Max blickt ihr ins Gesicht, und ich sehe ihm an, dass er es ebenfalls entdeckt hat. »Weißt du noch etwas? Manchmal hat sie sogar im Bus mit dir gesprochen, und sie sagte, dass die Leute sie dann ganz komisch angesehen haben, so als sei sie vielleicht ein bisschen verrückt, denn sie konnten ja nicht wissen, mit wem sie redet.«

Ellie kichert. Max hat sie kunstvoll vom Rand eines emotionalen Abgrunds weggelockt. »Wie war das denn, als ich geboren wurde, Daddy? Was ist da passiert?«

»Nun, Schatz, ich weiß, dass Mummy dir die Geschichte schon oft erzählt hat, aber weil es zufällig meine Lieblingsgeschichte auf der ganzen Welt ist, erzähle ich sie dir gern so oft, wie du möchtest.«

Ellie lächelt ihn an, getröstet von der Aussicht auf die vertraute Erzählung.

»Der Tag, an dem du geboren wurdest, war der sonnigste und hellste Märztag, den wir in dem Jahr bisher gehabt hatten. Es war ein Freitagmorgen, und ich wollte gerade das Haus verlassen und zur Arbeit gehen, als Mummy mich aus dem Schlafzimmer rief und ich sofort wusste, dass etwas Wichtiges passiert.«

»Wie konntest du das wissen?«

»Ich habe es an Mummys Stimme gemerkt. Sie klang aufgeregt und atemlos und ein bisschen ängstlich, alles zugleich. Deshalb bin ich schnell nach oben gelaufen, und Mummy sagte, sie glaube, dass du bereit wärst rauszukommen. Wir müssten ganz schnell ins Krankenhaus.«

»Und seid ihr im Krankenwagen gefahren?«

Diese Frage stellt Ellie unweigerlich jedes Mal, ganz egal, wie oft sie die Geschichte hört. Ich glaube, sie hofft, dass sich eines Tages die Einzelheiten ändern, um dem Bild zu entsprechen, das sie davon hat – aus Fernsehen, Filmen und Büchern –, wie Menschen ins Krankenhaus fahren sollten. Ich weiß genau, dass es sie immer enttäuscht hat, dass ihre Reise auf die Welt nicht von Blaulicht begleitet war, lauten Sirenen und einem Heer aus Sanitätern und Ärzten in grünen Kitteln, die uns hektisch umringten.

»Nein, es war kein Notfall, deshalb brauchten wir keinen Krankenwagen. Ich habe uns hingefahren. Als wir ankamen, brachten sie uns in ein Zimmer, und dann haben viele Ärzte und besondere Krankenschwestern nach uns geschaut, die

Hebammen genannt werden. Und obwohl alles so aussah, als wolltest du raus, wie zum Beispiel Mummys starke Bauchschmerzen, warst du selbst da schon ein bisschen eigensinnig, Schatz, und wolltest dich einfach noch nicht sofort zeigen.« Max kitzelt Ellie unter den Armen, und sie lacht über den Teil der Geschichte, der ihr immer am besten gefällt. »Weißt du, wie lange Mummy und ich in dem Krankenhaus waren, bis du endlich kamst?«

Ellie weiß es genau, doch damit lässt sie sich nicht von dem Spiel abhalten. »Wie lange denn?«

»Vierzig Stunden. Das sind fast zwei ganze Tage. Mummy war sehr, sehr müde. Aber dann endlich sagte die Hebamme, dass du fast so weit wärst, deinen großen Auftritt zu haben, und sie sagte zu Mummy, dass sie jedes Mal, wenn sie einen starken Schmerz in ihrem Bauch spürt, ganz, ganz fest pressen muss. Also hat Mummy fast zwei Stunden lang gepresst, und dann, auf einmal, konnte ich dein Köpfchen sehen.«

»Wie habe ich ausgesehen, Daddy? War ich ganz klein?«

»Na, in dem Moment warst du noch fast ganz in Mummys Bauch, doch dann presste sie wieder ein paar Mal, und plötzlich warst du da. Es war wie ein Wunder. Die Hebamme hat dich gleich auf Mamis Brust gelegt, und du hast deinen ersten lauten Schrei ausgestoßen. Das war das Aufregendste, was ich je gehört habe. Und ja, mein Engel, du warst winzig. Ich glaube nicht, dass ich je im Leben so einen kleinen Menschen gesehen habe. Als du in Mummys Armen lagst, habe ich dir den Kopf gestreichelt und deine kleinen Fingerchen genommen, und wir haben gestaunt, dass jemand so Winziges so perfekt sein kann. Das war und wird immer der wunderbarste Augenblick in meinem Leben sein, immer.« Max küsst Ellie auf den Kopf.

Ich erinnere mich an jede Sekunde – alle hundertpaarundfünfzigtausend davon –, als geschähe es jetzt. Ich erinnere mich an eine nicht enden wollende Stunde nach der anderen, in der die Hebammen mich nüchtern informierten, dass mein Muttermund noch nicht genügend geöffnet sei, und an mein Unverständnis, dass ich solche Schmerzen haben und trotzdem noch so weit vom Ziel entfernt sein konnte. Ich erinnere mich an unzählige Untersuchungen, die immer auf die entschuldigende Feststellung hinausliefen, dass es noch zu früh sei, um mit dem Pressen zu beginnen, und das von Angst, Schmerz und Besorgnis untermauerte Gefühl, die schlechteste Gebärende der Welt zu sein. Ich erinnere mich an die Erleichterung, als mir endlich gesagt wurde, ich sei bereit, und wir würden jetzt die Austreibungsphase einleiten, dass es der Anfang vom Ende sei, und als die wirkliche Arbeit losging, fühlte ich mich bis auf die Knochen erschöpft und glaubte nicht, dass man aus mir auch nur noch ein Quäntchen Energie herausquetschen könnte. Ich erinnere mich an die letzten neunzig Minuten und an meine Ungläubigkeit, dass der menschliche Körper solcher Gewalt widerstehen kann, und ich wiederholte immer wieder für mich, als wäre es ein lebensrettendes Mantra, dass seit ewigen Zeiten Frauen das Gleiche durchgemacht hätten und kein Grund bestehe, wieso es bei mir anders sein sollte. Und dann endlich war sie da, nackt in meinen Armen, die von Käseschmiere bedeckte Haut an meiner bloßen Brust, und ich wusste, dass unser Leben nie mehr so sein würde wie früher.

Die Leute sagen oft, Frauen entwickelten nur dadurch die Fähigkeit, mehr als ein Baby zu bekommen, weil sie das Erlebnis der Geburt aus ihrem Gedächtnis tilgten, und behaupten gern, dass eine Frau es einzig durch eine Form von Selbstverleugnung ertragen könne, mehr als einmal zu entbinden. Doch ich erinnere mich an alles, noch an die kleinste Einzelheit, und ich täte alles noch einmal, sofort, ohne das leiseste Zögern, um am Ende wieder Ellie zu haben.

»Und soll ich dir noch etwas sagen, mein Schatz? Bevor du zur Welt kamst, dachte ich, ich liebte Mummy so sehr, wie man jemanden nur lieben kann. Doch als ich zusah, wie sie dich auf die Welt brachte, als ich sah, wie tapfer sie war, als ich an ihrer Seite blieb, während sie die vielen Stunden so schwer arbeitete, um dir zu helfen auf die Welt zu kommen, da liebte ich sie noch mehr. Ich war so unglaublich stolz auf sie.«

Ich sehe mein kleines Mädchen an, das sich in die Arme meines Mannes schmiegt, und ich sehne mich danach, die Uhr zurückdrehen zu können, mit Max und Ellie im Entbindungszimmer zu sein, als wir drei uns zum allerersten Mal in die Arme nehmen, ihn zu hören, wie er jene Worte zu mir sagt, und diesen elementaren Drang zu spüren, unsere neue Familie vor jedem erdenklichen Leid zu beschützen.

»Und weißt du noch, was Mummy als Erstes sagte, als du auf der Welt warst?«

Ellie schüttelt den Kopf.

Das ist ein neues Ende für die Geschichte, ein Ende, das sie noch nie gehört hat. Es ist Max' Ende, nicht meins.

»Ich dachte, sie würde mir sagen, wie müde sie ist oder wie hungrig, denn sie hatte stundenlang nichts mehr gegessen. Aber als sie dich in ihren Armen hielt und ich sie in meinen, sah sie mir in die Augen und sagte mit strahlendem Gesicht: ›Jetzt sind wir komplett.‹ Und sie hatte recht. Wir waren komplett. Und das lag nur an dir, mein Schatz.«

Ellie ist jetzt ganz still und gibt sich selbst den Raum, den neuen Nachsatz zu einer ansonsten altbekannten Geschichte in sich aufzunehmen.

»Darum weiß ich genau, wie lieb Mummy dich gehabt hat, Engel. Ich habe ihr Gesicht gesehen, als du geboren wurdest, und ich habe in meinem ganzen Leben noch nie jemanden so glücklich gesehen. Und ich weiß, dass es schrecklich ungerecht ist, dass du Mummy nur für so kurze Zeit in deinem Leben hattest, doch in diesen sechs Jahren hat sie dich so sehr lieb gehabt, wie jemand überhaupt nur lieb gehabt werden kann.«

Ellie gibt ein gedämpftes Schluchzen von sich, und Max legt die Arme fester um ihre verletzlichen Schultern.

Ich bin mir nicht sicher, ob ich Max je dankbarer sein kann als in diesem Augenblick. Alle Enttäuschung, aller Ärger und das Gefühl, betrogen zu werden, haben sich verflüchtigt, und ich fühle mich schuldig, an ihm gezweifelt und auch nur eine Sekunde lang geglaubt zu haben – und sei es in der Hitze des Augenblicks –, dass er für Ellie nicht sein Bestes geben würde. Er ist Max. Er wird immer sein Bestes für sie geben.

»Ich weiß, wie schwer das für dich ist, Ellie. Aber du bist wirklich tapfer, Schatz, und ich bin so stolz auf dich. Und ich werde alle meine Daddy-Superkräfte einsetzen, um dafür zu sorgen, dass es dir gutgeht. Denn du bist für mich das Wichtigste auf der Welt, mein Mädchen, das weißt du doch wohl, oder?« Max legt den Kopf auf Ellies Scheitel und streicht ihr mit den Fingern vorsichtig über die Stirn. »So, Schatz, jetzt zu heute Nacht. Ich möchte nicht, dass du dir Gedanken machst über das, was passiert ist. So etwas passiert nun mal. Aber versprichst du mir eins? Wenn so etwas wieder vorkommt, egal, ob zu Hause oder hier oder bei Nanna, dass du sofort jemandem Bescheid sagst?«

Ellie nickt und lässt sich von Max die letzten Tränen abwischen.

»Du musst mir noch etwas mehr versprechen, Süße. Wenn du wegen Mummy traurig bist, dann kommst du zu mir und erzählst es? Und wenn ich nicht da bin und da niemand ist, mit dem du über sie reden willst, versprichst du, dass du dann die Augen schließt und dir Mummy und dich auf diesem Bild vorstellst und dich erinnerst, wie lieb sie dich gehabt hat?«

Ellie lächelt, schnieft ihre Trauer weg und hebt den Kopf, um Max mit einer Reife weit jenseits ihres Alters anzusehen. »Okay, Daddy. Ich verspreche es.«

»Braves Mädchen. So, warum gehst du dir nicht das Gesicht waschen und suchst deine Sachen zusammen. Wir treffen uns dann unten. Ich glaube, wir haben einen Sonntagnachmittag auf dem Sofa verdient, mit einer Decke, einem Film und vielleicht sogar einem von meinen ganz speziellen Eisbechern. Was meinst du?«

Ellie grinst, hüpft vom Bett und läuft ins Badezimmer.

Max geht nach unten, wo Joan gefrorene Yorkshire-Puddings auf ein Backblech legt.

»Tut mir leid, Mum. Du hattest recht. Das war nicht nichts, und ich hätte dich nicht so anfahren sollen. Aber ich habe lange mit ihr gesprochen und glaube, jetzt geht es ihr wieder besser.«

»Gut, das freut mich. Du weißt, dass ich es nicht mag, wenn wir uns streiten. Bist du sicher, dass ihr nicht zum Mittagessen bleiben wollt? Wir haben genug.«

»Danke, doch heute nicht. Ich finde, Ellie und ich brauchen ein bisschen Zeit für uns, und ich habe ihr einen Nachmittag mit Eis und einem schönen Film versprochen.«

»Da hast du recht. Aber ich hatte noch gar keine Gelegenheit zu fragen – hattest du gestern einen schönen Abend? Du siehst so aus, als hättest du nicht viel geschlafen.«

Max errötet, und ich merke, wie die Eifersucht wieder in mir hochkriecht.

»Ja, das war ein richtig schöner Abend, danke. Wir hatten viel Spaß.«

»Also war es dieselbe junge Dame, mit der du dich schon mal getroffen hast? Oder war es eine andere?«

»Du klingst, als hätte ich einen ganzen Harem zur Verfügung. Ja, es war die, die ich in letzter Zeit schon ein paar Mal getroffen habe. Sie heißt Eve. Du würdest sie mögen.«

Bitte hör auf, Max! Deine Mum muss sie nicht mögen. Deine Mum muss im Moment noch nicht einmal über sie nachdenken. Ihr steht noch ganz am Anfang der Beziehung, vergiss das nicht!

»Eve. Was für ein schöner Name! Und was macht sie?«

»Sie ist Rektorin an einer staatlichen Schule in Finsbury Park. Sie ist wirklich ziemlich beeindruckend.«

Ich höre in seiner Stimme den Ton gekünstelter Gleichgültigkeit und merke daran, dass er versucht, sich seinen Stolz nicht anmerken zu lassen, doch das Gefühl ist zu stark, um es ganz zu verbergen. Ein Gifthauch der Rivalität weht wieder in meine Richtung, und er besteht nicht nur aus emotionaler Rivalität und sexueller Eifersucht, er umfasst auch beruflichen Neid; das unvermeidliche Gefühl, dass Eves frühzeitiger Erfolg meine eigenen Leistungen überschattet, und die schmerzhafte Gewissheit, dass ich nun nie die Chance erhalten werde, das zu erreichen, was ich angestrebt habe.

»Eine Lehrerin? Dann habt ihr beide sicher viel gemeinsam? Sie klingt perfekt, Max. Wann stellst du sie uns denn vor? Warum bringst du sie nicht einmal zum Abendessen mit?«

Ein Eltern-Kennenlern-Abendessen? Schon? Ist das nicht ein bisschen voreilig? Ich kann mich nicht erinnern, dass es bei Max und mir so eilig war mit dem Kennenlernen der Eltern. Wenn ich mich richtig entsinne – und da bin ich mir ziemlich sicher –, waren wir schon sechs Monate zusammen, ehe es bei uns dazu kam. Wieso jetzt solche Eile, Eve in den Schoß der Familie Myerson zu holen?

»Dafür ist es noch etwas früh, Mum. Und außerdem müssen wir an Ellie denken. Ich habe ihr noch nichts von Eve erzählt, und ich will es auch noch nicht.«

»Ich wollte nicht vorschlagen, Ellie ebenfalls mitzubringen. Wir könnten ein Abendessen nur für Erwachsene haben, nur wir vier. Wie wäre es, wenn Ellie das nächste Mal übers Wochenende zu Celia fährt? Wann ist das? In zwei Wochen, oder?«

Mir fällt es schwer, mich nicht über Joans Vorschlag zu ärgern, unsere Tochter zu meiner Mutter zu schicken, damit mein Ehemann in aller Ruhe seine neue Freundin ihren potenziellen Schwiegereltern vorstellen kann. Auf der Skala taktloser Ideen rangiert diese ziemlich weit oben.

»In drei Wochen. Und ich weiß nicht, Mum. Findest du es nicht ein bisschen unpassend, sie so bald zu euch mitzubringen?«

»Überhaupt nicht. Wir sind doch alle erwachsen. Niemand legt dir nahe, die junge Frau gleich zu heiraten. Es wäre nur schön, sie zu kennen. Was du von ihr erzählst, klingt sehr interessant.«

Also ist sie nicht nur perfekt, sondern auch noch interessant. Ich wünschte, Joan hätte den Anstand, wenigstens zu versuchen, sich ihre freudige Erregung über Max' neue Freundin nicht ganz so offensichtlich anmerken zu lassen.

»Ich überlege es mir. Aber ich verspreche nichts.«

Das ist nicht so ganz die Beruhigung, auf die ich gehofft habe. Als Max seiner Mutter zum letzten Mal gesagt hat, dass er nichts verspreche, hatte er einen Monat später eine Internet-Verabredung.

Ellie hüpft in den Raum. Ihr Gesicht ist frei von Tränen und verräterischen Flecken. »Gehen wir jetzt und gucken einen Film, Daddy? Ich freu mich schon auf das Eis.«

Ehe ich Max' Antwort höre, ziehen sich unter mir die Wolken zusammen, und ich weiß, es ist nur noch eine Frage von Sekunden, bis sie mich von der Welt der Lebenden wieder trennen. Ich bin mir nicht sicher, ob es mir heute so besonders viel ausmacht. Ich fühle mich erschöpft und durcheinander, und im Moment scheine ich mich nicht entscheiden zu können, ob ich Max dankbar sein soll, weil er solch ein wunderbarer Vater ist, weil er so sensibel mit Ellie umgeht und ihr solch schöne Geschichten über unser gemeinsames Leben erzählt, oder ob es eher angebracht wäre, wütend auf ihn zu sein, weil er auch nur in Erwägung zieht, dass eine andere Frau meinen Platz in unserer Familie einnehmen könnte.

Ich wusste immer, dass das Leben uns mit einem Wirrwarr aus widersprüchlichen Gefühlen konfrontiert und wir daraus das Beste machen müssen. Wer hätte gedacht, dass der Tod genauso kompliziert ist?

14

Meine einsame Umgebung weicht der Welt der Lebenden und zeigt mir das Haus von Joan und Ralph. Ich kehre gerade rechtzeitig zurück, um als Zaungast ein gemütliches Abendessen zu viert zu beobachten. Der Anblick ist mir schmerzlich vertraut, ich habe hundert, zweihundert Mal dazugehört, doch heute sitze nicht ich auf dem vierten Stuhl mit dem Rücken zur Tür und dem Blick auf den Garten (denn Joan findet, der Gast sollte immer die beste Aussicht genießen), sondern die Frau, die mit bestürzender Mühelosigkeit meine Stelle einnimmt.

Eve lobt Joans Fischpastete, die sie alle in sich hineinstopfen, ein Gericht, das immer zu meinen Lieblingsspeisen gehört hat.

Max lässt eine Hand unter der Tischdecke verschwinden – dem alten Spitzentischtuch, das für mich nur Weihnachten aufgedeckt wurde –, und aus Eves Lächeln folgere ich, dass er darunter ihren Oberschenkel drückt.

»Sie müssen ziemlich clever sein, Schätzchen, um in Ihrem Alter schon Rektorin zu sein. Zu meiner Zeit ist man erst kurz vor der Pensionierung zu diesen Ehren gekommen.«

Schätzchen. So hat Ralph mich immer genannt. Jetzt spricht er sie so an. Ich blicke Eve ins Gesicht, das im Kerzenlicht strahlt. Kerzenlicht habe ich im Haus von Max' Eltern nie erlebt.

»Oh, da hat sich wohl einiges geändert, besonders in den letzten zehn Jahren. Der Lehrerberuf hatte solch einen schlechten Ruf, dass sie unbedingt Leute locken wollten, die etwas mit einbrachten.«

»Disziplin. Das ist heute das Problem in den Schulen. Und deshalb haben sie auch Schwierigkeiten, Leute zu bekommen, die dort arbeiten wollen. Den jungen Burschen wird es erlaubt, Amok zu laufen. Wir sehen es jeden Tag an der Bushaltestelle am Ende der Straße, nicht wahr, Ralph?«

Max schaut Eve augenzwinkernd an, und sie antwortet mit einem verschwörerischen Lächeln.

Ihre Beziehung ist noch so frisch – wie lange geht das genau mit ihnen, ein paar Monate? –, und trotzdem haben sie die Kunst der stillen Verständigung bereits vervollkommnet: diese verstohlenen Blicke in Gesellschaft, die man nutzt, um die Paarbindung zu vertiefen, ihre Grenzen zu sichern und sie vor Eindringlingen zu schützen.

Ich habe mich so mit Max verständigt. Und jetzt bin ich es, die, aller Abwehrmittel beraubt, dem gefährlichsten aller Eindringlinge gegenübersteht.

»Sie müssen gut mit Kindern umgehen können, Eve. Ich möchte wetten, Sie haben ein Händchen dafür. Sie haben diese Aura um sich, das merke ich einfach.« Während Joan diese Worte von sich gibt, spielt ein ermunterndes Lächeln um ihre Lippen, das nach Zustimmung heischt, als wäre sie versessen auf eine Bestätigung, dass Eve in der Tat dem erhabenen Idealbild entspricht, das Joan von ihr hat.

»Ich bin gern unter Jugendlichen, das stimmt. Ich finde sie wirklich erfrischend, sogar die schwierigen. Ich nehme an, es hilft, wenn man sich vor Augen führt, dass wir alle einmal in ihrem Alter waren.«

Joan lacht und strahlt.

Ich sehe genau, dass Eve einen Fan gewonnen hat, ehe auch nur der Hauptgang beendet ist.

»Nun, wissen Sie, manchmal finde ich es schon merkwürdig, dass Max Lehrer wurde, wo er doch seinen Lehrern so viel Ärger gemacht hat, als er noch jünger war.«

In Eves Augen leuchtet spielerische Neugierde auf. »Ach, wirklich? War er ein bisschen schwierig?«

»Schwierig? Das will ich meinen. Er schien zu denken, die Schule hätte sämtliche Regeln nur eingeführt, damit er sie brechen kann. Wenn ich mir überlege, wie oft wir die Schule am Telefon hatten mit einer Beschwerde über seine neuesten Streiche. Ehrlich, es gab eine Zeit, da graute mir vor dem Klingeln des Telefons, weil wieder einer seiner Lehrer dran sein würde. Ich weiß, man würde es nicht glauben, wenn man ihn heute so sieht, aber er war ein richtiger kleiner Rabauke.«

Eve grinst Max an, der in amüsierter Resignation mit den Schultern zuckt. Er hat diese Rolle schon früher gespielt, wenigstens einmal.

»Was hat er denn so angestellt?«

»Was nicht, wäre einfacher zu beantworten. Ralph, erzähl Eve doch mal die Geschichte mit dem Schwimmbad!«

»Welche? Die mit dem Färbemittel oder die, wo er nachher nackt war?«

»Wirklich, Dad, ich bin mir sicher, dass Eve so was gar nicht hören möchte.«

»Machst du Witze? Ich will mir kein Wort entgehen lassen.«

Natürlich will sie das. Wieso auch nicht? Ich erinnere mich, wie ich diese Geschichten zum ersten Mal hörte, mit Sicherheit ebenfalls bei einem meiner ersten Besuche im Haus der Myersons. Ich erinnere mich an meine Überraschung über Max' schlimme Jugendsünden und, noch viel mehr, an das Gefühl des Familienanschlusses, das sich einstellt, wenn einem solche Geschichten erzählt werden.

»Also, einmal kamen ihm irgendwie ein paar Dosen mit rotem Wasserfärbemittel in die Hände – ich glaube, wir wissen bis heute nicht, woher er es hatte, oder, Joan? Tja, und er dachte, es sei eine gute Idee, das Ganze in das Schwimmbecken der Schule auszuleeren.«

»Wollen Sie mich auf den Arm nehmen? Was ist passiert?«

»Was passiert ist?! Das Becken sah aus, als wäre jemand darin ermordet worden. Als der Hausmeister am Montagmorgen zur Arbeit kam, war er davon überzeugt, dass am Wochenende ein scheußliches Verbrechen geschehen sein musste, und rief die Polizei. Du hattest Glück, dass du deswegen nicht von der Schule geflogen bist, Max.«

»Ich weiß, Dad. Das sagst du mir seit zwanzig Jahren immer wieder.«

Max tut so, als sei er es überdrüssig, diese Geschichten schon wieder erzählt zu bekommen, doch seinem Lächeln sehe ich an, dass er es genießt, vor Eve ein wenig aufgezogen zu werden, dass sie in einen anderen Aspekt seiner Vergangenheit eingeweiht wird und seine Eltern diese privaten Geschichten mit ihr teilen.

»Also wurdest du überhaupt nicht bestraft?«

»Er wurde einen Tag vom Unterricht ausgeschlossen und musste zwei Wochen nach der Schule Müll sammeln. Du fandest ja, sie hätten ihn härter bestrafen sollen, oder, Ralph? Aber er war ein heller Kopf, müssen Sie wissen, und seine Klasse stand kurz vor den Probeexamina, und die Schule brauchte ihn, damit er ihren Durchschnitt anhob. Nur deshalb bist du da durchgekommen, Max – um Haaresbreite.« Joan hebt in mütterlichem Langmut die Brauen, als wäre Max noch immer ein Teenager, und sie hätte gerade wieder einmal nach einem Telefonat mit der Schule den Hörer aufgelegt.

»Und was ist mit dem Nacktzwischenfall? Das klingt sehr reizvoll.«

»Das willst du wirklich nicht wissen. Danke, Mum. Ich denke, wir können es mit den Schulanekdoten für heute belassen. Eve bekommt zu anderen Anlässen noch genügend Gelegenheit, den Horrorgeschichten zu lauschen.« Max fährt Eve mit der Hand zärtlich am Arm hoch und runter, und eine Sekunde lang begegnen ihre Blicke einander in gemeinsamer Verschmitztheit.

Ich sehe, wie Joan es bemerkt und Ralph verstohlen von der Seite anlächelt, der sie verschwörerisch anstrahlt. Das ist alles so entwaffnend vertraulich.

»Das Komische daran ist, Eve, dass Max als Teenager zwar eine aufsässige Ader hatte, er zu Hause aber nie ein Problemkind war. Er bewies stets starken Familiensinn, schon als kleiner Junge. Was hast du immer gesagt, Max? Dass du heiraten und fünf Söhne haben möchtest, damit du dein eigenes Five-A-Side-Fußballteam managen kannst. Fünf Söhne. Das stelle sich mal einer vor!«

Und ohne es zu ahnen, weckt Joan wieder mein altes Schuldgefühl. Fünf Söhne. Seine eigene Minifußballmannschaft. Als wir dann heirateten, war diese Kindheitsfantasie natürlich längst im Äther der Jugendträume verschwunden. Aber ein Sohn ... Max hätte zu gern einen Sohn gehabt. Und der Gedanke, dass es nicht ich sein werde, sondern höchstens eine andere, vielleicht sogar Eve, die ihm eines Tages den Sohn schenken wird, den er sich immer gewünscht hat, weist in eine mögliche Zukunft, die ich mir im Moment nicht auszumalen vermag.

»Ehrlich, fünf Söhne? Und hast du noch immer Ambitionen, deine eigene Fußballmannschaft zu züchten?«

Mein Herz würde einen Schlag aussetzen, wenn ich noch einen Herzschlag hätte.

Max wirkt leicht verdutzt, so als hätte er sich nie träumen lassen, mit Eve solch ein Gespräch vor seinen Eltern zu führen, doch es gelingt ihm, jeden Anklang von Verlegenheit hinter einem selbstironischen leisen Lachen zu verbergen. »Aus dem Blickwinkel eines vernünftig denkenden Erwachsenen betrachtet, halte ich fünf für wahrscheinlich ein paar zu viel. Ich weiß es ehrlich nicht. Ich bin einfach nur dankbar, dass ich Ellie habe. Auch nur ein Kind zu haben ist eine Gnade.«

Ein tiefes Schweigen fällt über die Runde, und als ich mich umsehe, bemerke ich in Eves Gesicht einen merkwürdigen Ausdruck, eine komplexe, verwirrte Miene, eine Maske geselliger Fröhlichkeit, hinter der sich Anspannung verbirgt, Unbehagen, ja, sogar Traurigkeit. Ich frage mich, ob sie über Max' halbherzige Antwort enttäuscht ist, ob ihre Erwartungen gedämpft worden sind, ob sie sich eine deutlichere Bestätigung erhofft hatte, dass Max sich vielleicht eine Zukunft mit mehr als einem Kind wünschen könnte. Ich frage mich, wie weit Eve vorausdenkt, was diese Beziehung angeht.

Ralph ist es, der das Schweigen bricht. »Ich wette, Sie haben Ihren Eltern nie Schwierigkeiten bereitet, oder, Schätzchen? Sie waren bestimmt anders als unser Max?«

Eve taucht aus der Abgeschiedenheit der Gedanken, über die sie sinniert, auf; hinter ihrem wachen Blick bleibt sie jedoch ein wenig geistesabwesend. Mit einem schüchternen Lächeln wendet sie sich Ralph zu. »Ach, ich weiß nicht recht. Auf die eine oder andere Weise bereiten sicher alle Teenager ihren Eltern Sorgen.«

»Aber Ihre Mum und Ihr Dad müssen jetzt doch so stolz auf Sie sein. Sehen Sie sich an! Sie sind jung, schön, klug, begabt, Sie haben eine beeindruckende Karriere gemacht. Wenn Sie mein kleines Mädchen wären, dann könnte ich überhaupt nicht aufhören, mit Ihnen vor jedem zu protzen, der mir zuhört.«

Ralphs Worte stechen mir ins Herz. Dagegen bin ich nicht gewappnet. Ich habe nur nachgedacht, wie ich mich vielleicht dabei fühle, wenn Max und Ellie jemand anderen in ihrem Leben haben. Ich habe nicht darüber nachgedacht, dass eine andere Frau sich in meinem weiteren Familienkreis einnisten könnte. Doch als ich mit anhöre, wie Ralph zu Eve spricht, mit welcher Bewunderung, welcher Wertschätzung und Nestwärme, spüre ich einen weiteren Verlustschmerz. Während der vergangenen zehn Jahre war Ralph für mich die einzige Vaterfigur in meinem Leben, nach dem Tod meines Dads. Ich bezweifle, dass ich es ertragen kann, wenn er seine Zuneigung nun ihr schenkt. Nicht ihr. Jetzt noch nicht.

Nicht zum ersten Mal, seit Eve in unser Leben getreten ist, überkommt mich das traurige Gefühl beruflicher Unzulänglichkeit. Fünfzehn Jahre meines Lebens habe ich mit einem Job zugebracht, der mir Spaß machte und von dem ich glaubte, dass er einen gewissen Wert besitze und dass ich ihn gut ausführte. Jetzt jedoch erscheint all das unbedeutend im Vergleich zu Eves kometenhaftem Aufstieg und ihrem frühen Erfolg. Jetzt kann ich an nichts anderes denken als an das, was ich nicht erreicht habe, weil mir die Zeit davonlief, obwohl ich irgendwo in meinem Kopf stets angenommen hatte, dass ich meine Ziele in den Jahrzehnten, die sicher noch vor mir lägen, schon erreichen würde. Körperlich schön, beruflich erfolgreich, freundlich, ruhig und charmant – es lässt sich einfach nicht bestreiten, dass Eve mich in jeder erdenklichen Hinsicht aussticht. Und sie wäre wirklich genau das, was ich Max wünschte, wenn ich nur schon so weit wäre, ihm etwas wünschen zu können, das über ein wenig mehr Zeit für das Angedenken an unsere zurückliegende Ehe hinausginge.

Im Moment ist seine zurückliegende Ehe jedenfalls das Letzte, woran Max denkt. Er grinst vor Stolz.

Eves Lächeln ist weniger überzeugend, geradezu zaghaft. »Ich bin mir da nicht ganz sicher. Ich habe wohl nur das Glück, dass ich das, was ich mache, wirklich liebe.«

»Ach, kommen Sie schon, Liebes! Sie brauchen nicht so bescheiden zu sein. Ich wette, Ihre Eltern waren ganz aus dem Häuschen, als Sie ihnen sagten, dass Sie Schulleiterin werden. Ich weiß noch, wie stolz wir waren, als Max seine Konrektorenstelle bekam.«

Ein lang gezogenes Schweigen folgt, das ein klein wenig über die Grenze geselliger Akzeptanz hinausgeht, und ich spüre selbst hier oben die kollektive Verlegenheit.

»Ich ... ich sehe meine Eltern nicht mehr.« Eve senkt den Blick, nachdem sie stockend geantwortet hat, als wäre es nicht ungefährlich, jemandem in die Augen zu sehen.

Zum ersten Mal entdecke ich einen winzigen Riss in ihrem selbstsicheren Gebaren.

»Wie, du siehst sie überhaupt nicht mehr? Nie?«

Max' Reaktion zeigt deutlich, dass er von einem Bruch in der Familie noch nichts gehört hat. Ich sehe das Anspannen seiner Wangen und das leichte Zusammenkneifen der Augenlider, die nur jemandem auffallen würden, der jede Nuance von Max' Mienenspiel genau kennt.

Eve wendet sich ihm zu. Sie hat die Fassung vollständig wiedererlangt. »Das ist eben so eine Sache. Vor ein paar Jahren hatten wir ein albernes Zerwürfnis, das irgendwie nie überwunden wurde. Du weißt ja, wie das ist.«

Erneut senkt sich eine gewichtige Stille herab, in der mit Sicherheit nicht nur ich denke, dass wir tatsächlich nicht wissen, wie das ist.

»Ich bin nur ... Ich bin nur überrascht, dass du es noch nie erwähnt hast. Das ist alles.« In Max' Stimme liegt ein anklagender Unterton, den er trotz der Gegenwart seiner Eltern nicht ganz zu unterdrücken vermag.

Nun ist es an Eve, Max beruhigend eine Hand aufs Bein zu legen. »Weil es keine große Sache ist. Können wir das Thema einfach fallen lassen?« Sie lächelt beschwichtigend, doch in ihrer Stimme liegt ein flehentlicher Unterton.

Max hält ihrem Blick ein paar Sekunden lang stand, und ich sehe ihm an, wie er sich einen Weg durch das Minenfeld der Emotionen sucht.

Dann entscheidet Joan, dass es ihre Aufgabe ist, die Spannung zu brechen. »Nun, ich bin mir sicher, sie wären furchtbar stolz auf Sie, wenn sie es wüssten. Ich finde es einfach wunderbar, dass Sie so erfolgreich sind, Eve. Und es ist wunderschön, dass Sie bei uns sind, wirklich. Sie sind Balsam für die Seele.« Mit diesen Worten des Verrats legt Joan ihre Hand auf Eves Rechte und drückt sie voll mütterlicher Anerkennung.

Eve mag sich mit ihrer eigenen Mutter überworfen haben, doch wie es scheint, ist Joan mehr als willens, diese Lücke zu füllen.

Die beiden Frauen lächeln einander an, als entdeckten zwei lange verschollene Freundinnen plötzlich die Seelengefährtin, nach der sie gesucht haben.

Joan ist jedoch noch nicht ganz fertig. »Sie kommen doch hoffentlich bald wieder? Besuchen Sie uns, wann immer Sie wollen, unsere Tür steht Ihnen immer offen! Sie sind jederzeit willkommen.«

Und mit dieser Einladung ist der Übergang von mir zu ihr abgeschlossen. Sie sind noch nicht mal beim Nachtisch, und Eve hat bereits meinen Platz in Joans Leben eingenommen.

Ich kann mich nicht erinnern, wann ich mich zuletzt so hoffnungslos gefühlt habe. Oder so traurig. Oder so wütend. Wenn ich beobachte, wie die vier lächeln und sich im Kerzenlicht einander anvertrauen und bewundern, fühle ich mich mehr denn je von Max' Welt ausgeschlossen. Denn ich sehe, wie mit jedem Vertrauensbeweis, egal, wie schwierig, und jeder Anekdote, egal, wie peinlich, mein Leben – das Leben, das ich mit Max und Ellie hatte – weiter außer Sicht gerät.

Das Leben, wie ich es kannte, hört auf zu existieren.

Ich schließe die Augen. Mir ist plötzlich schwindlig von einer Wut, die aus den Schatten meiner eigenen Trauer emporsteigt. Ich halte die Augen geschlossen, um die Angst zu stürzen loszuwerden, auch wenn ich weiß, dass ich nirgendwo hinunterstürzen und nirgendwo hineinstürzen kann.

Zum ersten Mal seit meinem Tod begreife ich, dass es noch etwas Schlimmeres gibt, als hier allein festzusitzen: nämlich zuzusehen, wie die Welt sich ohne mich weiterdreht, und begreifen zu müssen, dass ich ihr nicht mehr angehöre. Es ist die schmerzliche Erkenntnis, dass die Rolle, die ich während der kurzen Dauer meines Lebens spielen musste, nur sehr unbedeutend war. Ich hatte keinen wichtigen Job, ich habe das Leben keines anderen Menschen verändert, ich habe keine beeindruckenden Geldsummen verdient. Ich habe mir keinen Namen gemacht, nicht einmal einen kleinen, ich habe nicht das obere Ende irgendeiner Fahnenstange erreicht, ich habe nichts Substanzielles hinterlassen, dessentwegen man sich an mich erinnern wird. Ich habe weder Ruhm noch Berühmtheit erlangt, ich habe keine besonderen Ziele erreicht, ich habe nichts getan, das über das Landläufige hinausgeht.

Kurz gesagt, ich habe mein Leben nicht ausgelebt.

Stattdessen habe ich einen Mann geliebt, der mich schon vergisst, und eine Tochter geboren, die sich vermutlich kaum noch an mich erinnern wird, wenn sie einmal in meinem Alter ist.

Das ist nicht viel, worauf man stolz sein könnte, oder?

Als ich hier aufwachte, habe ich mir geschworen, dass ich nicht verbittern und den Lebenden ihr Leben nicht neiden würde, dass ich dankbar sein würde für die kleine Gnade des sporadischen Zugangs, der mir beschieden ist. Ich habe mir vorgenommen, mich nicht wegen alldem zu grämen, was ich in meinem allzu kurzen Leben nicht zuwege gebracht habe. Aber das war damals, als ich mich noch als Teil des Lebens meiner Lieben gefühlt habe, und sei es nur, weil sie um mich trauerten. Jetzt drängen sie mich an den Rand, und wer weiß, wohin mich das führen wird, wo ich am Ende sein werde.

Ich ertappe mich dabei, wie ich wie eine Irre auf dem Dachboden des Lebens meine Frustration in die Leere hinausbrülle, und öffne die Augen, nur um festzustellen, dass ich wieder allein in der Weiße bin. Hier bin ich, so viel muss ich zugeben, im Moment wohl auch am besten aufgehoben. Ich bin mir nicht sicher, ob ich noch eine weitere Sekunde ertragen hätte, machtlos diese häusliche Geselligkeit zu beobachten und mir meines Ausschlusses davon so schmerzhaft bewusst zu sein. Denn wann fühlt man sich einsamer, als wenn man an einer Party vorbeigeht, zu der man nicht eingeladen ist?

15

Helles gelbes Licht durchstößt in entschlossenen Salven die Wolken unter mir und gibt den Weg frei auf fleckige Fetzen blauen Himmels, und das strenge monotone Weiß löst sich auf.

Die Bäume im hinteren Teil von Mums Garten sind halb kahl, die wenigen verbliebenen Blätter sind braun gefärbt, als hätten sie sich mit ihrem bevorstehenden Welken bereits abgefunden. Darunter sammeln Mum und Ellie, in gestrickte Schals und Wollmützen gepackt, das überflüssige Laub auf und laden es in eine Schubkarre, die länger auf der Welt ist, als ich es war.

Zum ersten Mal seit meinem Tod bin ich zu Hause. Zu Hause bei Mum, meine ich. Ich weiß nicht – und ich habe es aufgegeben, darüber zu spekulieren –, wieso es so lange gedauert hat, bis es zu dieser speziellen Heimkehr kam. Paradoxerweise ist es zugleich beruhigend und nervenaufreibend, einen Ort zu besuchen, an den ich so viele Erinnerungen habe, Erinnerungen aus der Zeit, als ich in Ellies Alter war oder sogar noch jünger, Erinnerungen daran, genau an der gleichen Stelle zu stehen wie jetzt Ellie, aber in der Kleidung einer anderen Zeit und mit den Erfahrungen einer anderen Zeit und neben einer Frau, deren Gesicht noch nicht die Zeichen tief empfundener Trauer trug.

»Nanna, jedes Mal, wenn ich welche reintue, werden sie wieder rausgeweht.«

Mum lacht. »Ich weiß, Schatz. Die Karre wird ein bisschen

voll, oder? Schieben wir sie mal zum Komposthaufen und leeren sie da? Dafür ist es wohl höchste Zeit.« Mum nimmt die Griffe und schiebt die Karre auf die andere Seite des Gartens.

Ellie hält sich an einer Seite fest und tut so, als helfe sie, das Gewicht zu tragen.

»Dir ist doch nicht zu kalt, oder, Ellie? Ist dir schön warm unter der Mütze?«

»Mir ist gar nicht kalt, Nanna. Ich mag die Mütze. Sie ist ganz kuschelig.«

Mum blickt Ellie an, und ein nostalgisches Lächeln zaubert Licht in ihre Augen. »Deine Mummy hat die Mütze immer geliebt. Sie sagte, sie fühlt sich darin wie in einem Kokon, als käme der Wind gar nicht an sie heran. Ich wusste gar nicht mehr, dass ich sie noch habe. Was für ein Glück, dass ich sie wiedergefunden habe, sonst könntest du mir jetzt gar nicht helfen, oder?«

Aber natürlich! Das ist meine Mütze, die Ellie da aufhat. Die rot-weiß gestreifte, die ich noch tragen wollte, als sie mir längst zu eng war und nicht mehr richtig über die Ohren reichte. Und jetzt schützt sie Ellie vor den Elementen, so wie sie früher mich geschützt hat.

»Hat Mummy denn auch gern im Garten gearbeitet? Hier macht es viel mehr Spaß als bei uns zu Hause. Unser Garten ist ja ganz klein.« Ellie verzieht die Nase in gespielter Geringschätzung.

»Ach, Ellie-Maus, du siehst komisch aus, wenn du Fratzen schneidest. Für einen Garten in London ist er gar nicht so klein, weißt du. Aber ich muss schon sagen, ich habe es gern, dass du mir hier hilfst. Und ja, deine Mummy war auch eine begeisterte Gärtnerin. Schon von klein auf. Sie half mir immer, die Blätter wegzuräumen, so wie du es jetzt tust.«

Ellie strahlt vor Stolz. »Was hat Mummy denn noch gern im Garten gemacht?«

Sie sind wieder unter dem Baum. Ellie schaufelt mit beiden Händen widerspenstiges Laub in die Schubkarre, und ihren kleinen behandschuhten Händen entkommen genauso viele Blätter, wie sich andere willig in ihr Schicksal fügen.

»Nun, ihre Lieblingszeit im Jahr war ungefähr jetzt, wenn wir das Laub wegräumten und die Blumenzwiebeln pflanzten, die im Frühjahr blühen sollten. Am liebsten mochte sie Osterglocken. Und Tulpen. Sie war immer so aufgeregt, wenn die ersten Knospen kamen, und wir versuchten dann beide zu erraten, welche Farbe die erste Blüte hätte. Ihre Lieblinge waren die dunkellilafarbenen Tulpen.«

»Kann ich dir denn auch helfen, die Zwiebeln zu pflanzen, Nanna?«

»Natürlich kannst du das, Liebling. Wir haben heute vielleicht keine Zeit dafür, weil Daddy dich bald abholt, aber ich hebe welche für dich auf, dann kannst du sie pflanzen, wenn du das nächste Mal hier bist. Vielleicht kaufen wir ein paar Kübel nur für dich, um die du dich kümmern kannst, wenn du hier bist. Wie klingt das für dich?«

Ellie schlingt die Arme um Mums Hüften.

Mum zieht Ellie dicht an sich, als ließe sie sie am liebsten nie wieder los. »Es ist schon spät, Ellie! Wenn wir den heißen Kakao noch trinken wollen, ehe dein Daddy hier ist, dann sollten wir die Gartenarbeit sein lassen und reingehen.«

»Aber wir sind noch nicht fertig. Ich möchte nicht, dass du das alles allein machen musst.«

»Das ist sehr lieb von dir, Maus, doch du hast mir heute schon so viel geholfen, und es gibt für mich gar nicht mehr viel zu tun. Komm schon, ich finde, du hast dir das Stück Kuchen verdient, das noch übrig ist.« Mum nimmt Ellie bei der Hand.

Mein kleines Mädchen durchquert im Hüpfschritt die Hintertür und tritt in die Küche. »Nanna, findest du, ich sollte einen kleinen Hund haben dürfen?«

Mum schließt die Kühlschranktür, Milch in der Hand, und musterte Ellie mit einem Blick, den ich nur zu gut kenne: Das schiefe Lächeln verrät, dass sie genau weiß, worauf das Gespräch hinauslaufen wird, aber dennoch beabsichtigt sie, so behutsam wie möglich vorzugehen, um niemandem zu nahe zu treten.

»Wieso fragst du mich das?«

»Na, ich möchte wirklich furchtbar gern ein Hündchen, aber Daddy sagt, ich darf nicht.«

»Wieso sagt er das?«

»Er hat eine ganz lange dumme Liste von Gründen. Er meint, dass ein Hund eine große Verantwortung bedeutet und er keine Zeit hat, jeden Tag mit ihm Gassi zu gehen, und dabei habe ich gesagt, dass ich das mache und er gar nichts zu tun braucht.«

Mum setzt ihr scheinbar ernstes Gesicht auf, an das ich mich aus meiner eigenen Kindheit noch so gut erinnere. »Um fair zu Daddy zu sein, ich glaube nicht, dass du wirklich allein einen Hund ausführen könntest, oder? Dafür bist du noch immer ein bisschen klein, findest du nicht?«

Eine Sekunde lang sieht Ellie ratlos drein. Aber nur eine Sekunde lang. »Na ja, es ist ja nicht so, dass Daddy ihn ganz allein ausführen müsste. Ich würde mit ihm gehen. Und das wäre Bewegung für mich, und die wäre ja gut, denn Daddy sagt, dass Kinder in London nicht genug Bewegung bekommen. Und er sagt, es ist nicht fair, einen Hund den ganzen Tag allein zu Hause zu lassen, doch es wäre ja gar nicht für den ganzen Tag, weil ich und Granny und Grandpa hingehen und ihn holen und nach der Schule mit zu ihnen nehmen könnten.

Und er sagt, dass aus kleinen Hunden große Hunde werden und dass ich zu klein bin, um einen Hund zu haben, und dass die Neuheit sich abnutzen würde und er sich dann die ganze Zeit um das Tier kümmern müsste. Aber das stimmt nicht, ein Hund würde mir nicht langweilig werden, und ich würde mich um ihn kümmern, und ich werde nächstes Jahr schon acht, und das ist nicht zu klein, um ein Hündchen zu haben, oder?«

Mum entfleucht ein Lachen, das sie – erfolglos – in einem Kuss zu verbergen sucht, den sie Ellie auf den Scheitel drückt.

Ellie weicht von ihr zurück, und ein finsterer Ausdruck legt ihre Stirn in Falten. »Worüber lachst du denn, Nanna? Es ist nicht lustig, dass ich keinen Hund haben darf.«

»Ich lache nicht über dich, Ellie. Ich lache, weil du genauso klingst wie deine Mummy. Dich zu hören versetzt mich in die Zeit zurück, als sie vor vielen Jahren genau das gleiche Gespräch mit deinem Großvater führte.«

»Wollte Mummy auch einen kleinen Hund?«

»Fast so sehr wie du, glaube ich. Ich erinnere mich, wie sie alles Mögliche ausprobiert hat, um uns zu überzeugen.«

»Was hat sie denn gemacht?« Ellie spitzt die Ohren, und in ihren Augen steht unverkennbare Neugierde.

Mum zögert kurz. Vielleicht überlegt sie, ob eine vollständige Darlegung Max gegenüber unfair wäre. Sie lacht leise vor sich hin in einem Moment der privaten Erinnerung, die eindeutig nicht geeignet ist, Ellies Interesse zu stillen.

»Was, Nanna? Was ist denn? Sag es mir!«

»Okay, aber du darfst deinem Daddy nicht verraten, dass ich es dir erzählt habe.«

Mum lacht jetzt laut, ob aufgrund der Erinnerung oder aus Schalk, kann ich nicht sagen, doch ich bin genauso gespannt wie Ellie, was sie so amüsiert.

»Ich weiß noch, wie Mummy eine riesige Collage von all den Dingen gemacht hat, die wir tun könnten, wenn wir einen Hund hätten. Sie muss Hunderte von Bildern aus Zeitschriften ausgeschnitten haben. Es gab Bilder von Hunden am Strand und Hunden im Park und nassen Hunden im Fluss und Hunden, die vor dem warmen Feuer schliefen. Sie muss Stunden dafür gebraucht haben. Dein Großvater sagte, es sei wie ein fotografischer Schrein, und Mummy bestand darauf, dass die Collage hier in der Küche wochenlang an der Wand hing.«

Mums nostalgisches Schwelgen ist ansteckend, Ellie kichert auch, und ich sehe zu, genieße die seltene Gelegenheit zu beobachten, wie die Frau und das Kind, die ich auf der Welt am meisten liebe, durch ihr gemeinsames Lachen verbunden sind.

»Und hat sie dann ihren kleinen Hund bekommen?«

»Leider nicht, Schatz. Aber das hielt deine Mutter nicht davon ab zu versuchen, uns mit vielen anderen Ideen zu überzeugen.«

»Was für Ideen? Na komm schon, sag es mir, Nanna!«

Mum lächelt Ellie in spielerischer Komplizenschaft an. »Nur wenn du mir versprichst, sie nicht bei Daddy auszuprobieren. Versprochen?«

Mit zusammengekniffenen Augen denkt Ellie über den feierlichen Schwur nach, den sie da ablegen soll. »Ich verspreche, dass ich es versuche.«

»Na ja, damit werde ich mich wohl zufriedengeben müssen, Schatz. Ich erinnere mich, dass Mummy viele Versprechungen machte, welche Hausarbeiten sie übernehmen würde, wenn wir ihr einen Hund schenkten. Sie sagte, sie würde immer das Geschirr spülen und regelmäßig das Auto waschen und ihr Zimmer aufräumen, ohne dass wir sie auffordern müssten. Aber wir wussten, dass diese Versprechungen alle zu gut waren, um wahr zu sein. Dann überredete sie eine Freundin, ihren Hund mit zu uns zu bringen, weil sie hoffte, er würde deinem Großvater klarmachen, wie schön es wäre, selbst einen Hund zu haben.«

»Und hat er Grandpa gefallen?«

Mum lacht so sehr, dass sie Ellie nicht gleich antworten kann. »Na ja, nicht so ganz. Weißt du, es war ein feuchter Tag, und plötzlich fegt dieser riesige nasse Irish Setter durch unser Haus und hinterlässt schlammige Pfotenabdrücke auf sämtlichen Teppichen. Großvater jagte ihm hinterher und versuchte, ihn am Halsband zu packen, doch er kannte sich mit Hunden nicht gut aus und bekam ihn einfach nicht zu fassen. Ich werde nie vergessen, wie er den Setter im Kreis durch die Küche hetzte. Im meinem ganzen Leben habe ich nie so etwas Komisches gesehen.«

»Und was ist passiert? Hat Grandpa den Hund gefangen?«

»Als das Tier wieder in den Flur stürmte, schlug es so heftig mit dem Schwanz, dass es das Flurtischchen mit der kostbaren Sammlung von Denkmalschutzmagazinen deines Großvaters umwarf. Der Ausdruck auf seinem Gesicht, als das alles auf den Boden klatschte! Dein Großvater wurde nicht oft wütend, aber an dem Tag war er es ganz eindeutig.«

Den kleinen Zwischenfall mit dem Hund meiner Freundin hatte ich ganz vergessen. Charlotte, so hieß sie. Meine Freundin, nicht der Hund. Den Namen des Hundes weiß ich nicht mehr. Ich erinnere mich aber noch an die Standpauke, die Dad mir gehalten hat, nachdem Charlotte und ihr Irish Setter schließlich das Haus verlassen hatten, und an die düstere Erkenntnis, dass mein Plan auf ganzer Linie schiefgegangen war.

»Also hat Grandpa nicht erlaubt, dass Mummy einen Hund bekam? Warum sind Daddys nur so gemein?«

»Aber dein Daddy ist nicht gemein, Liebling. Du hast großes Glück, solch einen lieben Daddy zu haben. Und dein Grandpa war auch nicht gemein. Dein Daddy hat recht, Hunde machen viel Arbeit. Vielleicht überlegt er es sich anders, wenn du ein bisschen älter bist.«

»Hat Grandpa es sich anders überlegt?«

Ein flüchtiger Schatten der Traurigkeit verdunkelt das Glück in Mums Augen, zu kurz und zu gut getarnt, als dass Ellie es bemerkte, aber nicht diskret genug, um es vor mir zu verbergen. »Gehen wir ins Wohnzimmer, da kannst du deinen Kuchen essen! Ich bringe dir deinen Kakao. Dort drin brennt das Feuer, da ist es viel gemütlicher.«

Ellie hüpft aus dem Raum. Ihr dick mit Zuckerguss verziertes Stück Kuchen trägt sie auf einem Teller, der groß genug ist fürs Mittagessen. Mum hat sich in den vergangenen dreißig Jahren eindeutig nicht mit Krümeln auf dem Sofa anfreunden können.

»Hat Mummy denn je ein Hündchen bekommen?«

Mum schaut sie bestürzt an.

Ich weiß nicht, wie sie Ellie antworten soll, ohne dass es sie aufregt. Wie es aussieht, weiß sie es ebenfalls nicht.

Mum zieht Ellie zu sich aufs Sofa und legt meinem kleinen Mädchen die Arme um die unschuldigen Schultern. »Nein, das hat sie nicht. Es dauerte nämlich nicht besonders lange, und sie wollte gar nicht so unbedingt eins haben. Sie interessierte sich dann schon wieder für andere Dinge, und – na ja, weißt du – sie wurde älter, und ein kleiner Hund stand auf ihrer Wunschliste bald nicht mehr ganz oben.«

Schwindeleien kaschiert man am besten mit einem Fünkchen Wahrheit. Es stimmt, dass ich aufwuchs – zu schnell, fast über Nacht –, aber dass ich mich plötzlich für andere Dinge interessierte, ist nicht wahr. Vielmehr lenkten mich Aspekte des Lebens ab, die ich in meinem Alter – noch einstellig – nicht hätte kennenlernen sollen: Beerdigungen, Trauer und das Bedürfnis, den einen mir verbliebenen Elternteil zu beschützen. Daher schien ein Hündchen wirklich das Letzte zu sein, das jemand von uns gebraucht hätte. Und dennoch waren wir so nahe dran gewesen. Zum zehnten Geburtstag, hatte Dad gesagt, als mein beharrliches Drängen und Überreden und Schmeicheln ihn endlich hatte erweichen können. Dieses Versprechen, da bin ich mir sicher, hätte er nicht gebrochen.

»Na, ich höre aber nicht auf, mir ein Hündchen zu wünschen, egal, wie alt ich werde, und egal, wie lange ich warten muss. Sogar wenn ich warten muss, bis ich erwachsen bin und mein eigenes Haus habe.« Ellie beißt entschlossen in ihren Kuchen, während die Arme meiner Mum sie noch immer umfangen.

Für ein paar Sekunden sind sie beide still.

»Als Mummy sich das Hündchen wirklich wünschte und das alles machte, wie alt war sie da?«

»Nun, sie muss ungefähr in deinem Alter gewesen sein, denke ich. Vielleicht etwas älter, aber nicht viel.«

Ellie sieht nachdenklich drein und kaut, ein paar Sekunden lang in ihre eigene Welt versunken. »Nanna? Wie war Mummy denn so, als sie so alt war wie ich?«

Mum lässt Ellie los, damit sie sich ihr auf dem Sofa gegenübersetzen kann, und musterte sie eingehend, als sähe sie etwas an ihr zum ersten Mal. »Sie war ein wunderschönes kleines Mädchen. Genau wie du es bist.«

»Können wir uns noch ein paar von den Fotoalben ansehen? Hast du welche, wo sie genauso alt ist wie ich jetzt?«

»Sicher können wir das. Ich will sie mal suchen. Sie sind im Sideboard im Esszimmer.«

Keine Minute später ist Mum mit zwei abgegriffenen Fotoalben wieder da, beide in einem Braunton, der vor dreißig Jahren als schick und modern galt.

»Schauen wir doch mal! Ich glaube, die beiden sind genau richtig. Ja, das hier von 1981 und da ... hier ... warte, ich muss meine Brille aufsetzen ... Ja, das ist auch von '81. Perfekt.«

Mum schlägt das erste Album auf, sodass es auf ihrem und Ellies Schoß liegt, und ich schwebe darüber, um zu sehen, welche fotografischen Erinnerungen sie auf Lager hat.

»Guck nur, Mummys komisches Oberteil! Die Ärmel sind so bauschig. Sie sieht richtig schräg aus.«

Ich blicke ihr über die Schulter, um zu sehen, was diese Belustigung ausgelöst hat. Es ist ein Foto von mir, auf dem ich in diesem Wohnzimmer stehe, die Hände in die Hüften gelegt, wie es die älteren Mädchen machten, die ich beobachtete, wenn sie über das Feld am Ende unseres Gartens von der Schule nach Hause gingen. Ich trage ein bonbonrosafarbenes Top aus Faux-Satin mit Ärmeln, die so geschnitten sind, dass sie aussehen, als hätte sich eine Windbö in ihnen gefangen. Ich verstehe, wieso Ellie findet, dass ich damit leicht dämlich ausschaue.

»Du findest das vielleicht albern, doch damals war das modern. Prinzessin Dianas Kleid hat es angerichtet. Weite Ärmel wie die da sah man nach ihrer Hochzeit überall.«

Natürlich. Dieses Top war von der königlichen Hochzeit inspiriert. Ich hatte mich verzweifelt danach gesehnt, etwas anzuziehen, das dieses scheinbar märchenhafte Ereignis heraufbeschwor, und ich erinnere mich, wie Mum mit mir ein paar Wochen später eines Samstagmorgens durch die Geschäfte zog und geduldig eine Bluse nach der anderen von den vollen Kleiderstangen nahm, während ich jedes Stück zurückwies, bis sie schließlich dieses Top hervorzog, dessen synthetischer Stoff im künstlichen Licht schimmerte. Die ganzen

Sommerferien lang habe ich diese Bluse kaum jemals ausgezogen.

»Na, ich finde trotzdem, es sieht blöd aus. Ist das Mummy mit Grandpa?«

»Ja, das stimmt. Du hast doch schon viele Bilder von Grandpa gesehen, oder? Ich glaube mich zu entsinnen, dass das Foto gegen Ende der Schulferien aufgenommen wurde, an einem langen Wochenende, wenn ich richtig liege. Mummy hat uns überredet, mit ihr an diesem Tag nach Brighton zu fahren.«

»Daddy sagt dauernd, er fährt mit mir nach Brighton, aber er hat es noch nie gemacht. Ist es da schön?«

»Einfach wunderbar. Auf diesem Ausflug haben wir allerdings gar nicht so viel davon gesehen. Der Verkehr war schrecklich, ganz wie dein Grandpa es befürchtet hatte, und wir mussten uns auf den Heimweg machen, kaum dass wir angekommen waren. Deinem Grandpa ist es immer schwergefallen, deiner Mummy einen Wunsch auszuschlagen. Ein bisschen ist das wie bei deinem Daddy und dir.«

»Außer, es geht um Hunde. Da kann er richtig gut Nein sagen.«

Mum und ich lächeln gleichzeitig.

Ich erinnere mich an den Ausflug nach Brighton. Die Tage vor dem langen Wochenende waren schrecklich heiß, und in den Fernsehnachrichten sah man andauernd Bilder von Kindern, die am Strand spielten und im Wasser planschten. Ich erinnere mich, dass ich glaubte, jedes andere Kind im Vereinigten Königreich sei am Meer, nur ich nicht. Dad hatte ernste Vorbehalte, was die lange Fahrt nach Brighton für einen Tagesausflug anging, und er sollte recht behalten: Der Verkehr erwies sich als schrecklich, und ausgerechnet an dem Tag schlug das Wetter um, sodass wir nicht die Meeresbrise genossen, die unsere von der Sonne geküsste Haut kühlte, sondern auf der Promenade unter bedecktem Himmel vor Kälte schnatterten. Während der ewig dauernden Rückfahrt schwor ich mir, auf langen Tagesausflügen nie wieder Shorts anzuziehen.

»Guck, da ist Mummy mit meiner Mütze!«

Ich blicke Ellie über die Schulter, und sie hat recht. Da bin ich, stehe in einem Wald, den ich nicht wiedererkenne, und habe Gummistiefel an und die gestreifte Wollmütze.

»Ja, stimmt. Siehst du, wie tief sie sich die Mütze über die Ohren gezogen hat? Man erkennt kaum ihre Augen. Ein Wunder, dass sie überhaupt sehen konnte, wohin sie ging.«

Ellie kichert, und Mum fällt ein.

»Ach, ich höre dich so gerne kichern, Ellie. Niemand hat so ein ansteckendes Lachen wie du, Ellie, weißt du das? Es erinnert mich an Mummys Lachen. Bei ihr konnte auch niemand ernst bleiben.«

Ellie lächelt beinahe schüchtern und kauert sich noch mehr unter Mums schützenden Arm. »Wer ist denn die alte Frau da, Nanna? Die, die Mummy an der Hand hält?«

»Das ist die Nanna deiner Mummy. Meine Mummy. Deine Urgroßmutter.«

»Sie ist auf vielen von diesen Bildern. Mummy muss sie sehr gemocht haben.«

»Oh ja, sie hatten eine wunderbare Beziehung. Sie – die Nanna und der Grandpa deiner Mummy – wohnten am anderen Ende der Stadt, und Mummy hat sie beinahe jeden Tag gesehen.«

»So ein bisschen wie ich und Granny und Grandpa?«

Ein gequälter Ausdruck streift flüchtig Mums Gesicht, dann atmet sie tief durch und antwortet. »Ja, Liebling. So ein bisschen wie ihr.«

Ich sehe den Schmerz in Mums Augen, und er reicht aus,

um in mir das Schuldgefühl in vollem Ausmaß aufflackern zu lassen. Wenn ich nur nie weggezogen wäre, wenn ich mich nur nicht so weit weg von zu Hause angesiedelt hätte, wenn ich nicht entschieden hätte, meine Tochter so weit entfernt von Mum aufzuziehen, dann hätte sie vielleicht die gleiche Beziehung zu Ellie, wie ich sie zu meinen Großeltern hatte. Wie Ellie sie nun zu Joan und Ralph hat. Erst jetzt, da ich ständig von Ellie getrennt bin, kann ich verstehen, wie sehr es Mum verletzt haben muss, dass ich nach London zog. Wie muss sie es hassen, zwei Stunden von Ellie entfernt zu wohnen, während Joan und Ralph nur ein paar Minuten zu gehen haben! Welche Folgen die einfachsten und scheinbar pragmatischen Entscheidungen haben können, die wir treffen! Und oft begreifen wir es erst, wenn es zu spät ist. Wenn ich nie weggezogen wäre, wäre ich jetzt vielleicht nicht hier. Vielleicht wäre ich dort, würde mit Mum in den Fotoalben blättern und über knallbunte Blusen und gestreifte Mützen lachen und mich an schiefgegangene Ausflüge ans Meer erinnern. Vielleicht hätte ich den Rest meines Lebens noch vor mir anstelle dieser machtlosen Vorstellung, was hätte sein können.

Ich zwinge mich, der Straße des Selbstmitleids nicht weiter zu folgen. Ich bin diesen Weg schon gegangen und weiß, dass mich am Ende dieser bitteren Sackgasse eine Form des zeitweiligen Wahnsinns erwartet.

Wenn ich nicht weggezogen wäre, hätte ich Max nie kennengelernt, und es gäbe keine Ellie, und die Frage nach der Nähe zu den Enkelkindern wäre vielleicht rein akademischer Natur.

»Weißt du was, Nanna? Du solltest einfach bei Daddy und mir wohnen, und dann könnte ich dich jeden Tag sehen, genau wie Granny und Grandpa. Wir haben sogar ein freies Zimmer für dich und alles.«

Mum sieht sie verblüfft an.

Vielleicht wundert sie sich, wie Ellie es geschafft hat auszusprechen, was sie, Mum, sich insgeheim wünscht. Vielleicht empfindet sie Dankbarkeit, dass Ellie überhaupt solch ein Gedanke kommt. Vielleicht stellt sie sich ein anderes Leben vor, in dem Max eingewilligt hat, genau das zu tun.

»Das wäre toll, was, Liebling? Doch du und Daddy habt so eine schöne Zeit zusammen, und ich habe alle meine Sachen hier, nicht wahr? Du weißt aber, dass ich immer für dich da bin, Ellie. Du bist für mich das Kostbarste auf der ganzen Welt, und ich würde niemals auf unsere Wochenenden verzichten wollen. Du kannst so oft hierherkommen, wie du möchtest. Das weißt du doch, oder?«

Ellie lächelt und nickt, und ich merke, wie mich Erleichterung überflutet, dass Ellie noch immer meine Mum hat, die nach ihr sieht.

An der Tür klingelt es, und Ellie springt hin, um zu öffnen.

Mum bleibt gedankenverloren im Wohnzimmer, bis Ellie mit Max im Schlepptau zurückkehrt und Mum zwingt, aus ihrer Gedankenwelt in die Realität zurückzukehren.

»Hallo, Celia! Wie war das Wochenende?«

»Ach, wunderbar, danke, Max. Wir hatten eine tolle Zeit, nicht wahr, Ellie?«

Unser Mädchen nickt nachdrücklich. »Nanna und ich haben einen Kuchen gebacken und einen langen Spaziergang gemacht, und wir haben ein Puzzle gemacht, das echt schwer war, es hatte Hunderte Teile, und ich habe im Garten geholfen, richtig?«

»Das hast du. Du bist eine wunderbare kleine Helferin.«

»Und weißt du noch was, Daddy? Mummy wollte auch ein Hündchen haben, als sie so alt war wie ich, und Grandpa wollte ihr auch keins erlauben. Nanna findet, du solltest es mir erlauben, oder, Nanna?«

Mum zieht Max gegenüber wissend die Braue hoch, ehe sie sich gespielt entrüstet an Ellie wendet. »Na, du frecher Fratz! Ich habe nichts dergleichen gesagt, und das weißt du genau. Max, hättest du gern eine Tasse Tee, ehe ihr fahrt? Ich fürchte, das letzte Stück Kuchen hat gerade deine Tochter verputzt.«

»Nein, ich möchte nichts, vielen Dank, Celia. Wir müssen uns wirklich auf den Weg machen – wenn wir wieder zu Hause sind, habe ich noch eine Menge Arbeiten zu korrigieren. Schatz, renn doch mal nach oben, hol deine Sachen, und wir fahren, ja?«

Ellie tut, wie ihr geheißen, und ich frage mich, ob sie sich bei Mum nun immer so gut benimmt. Ich erinnere mich an zahllose Gelegenheiten, als wir drei aufbruchbereit waren, Ellie aber plötzlich Theater machte und mit Geduld und Versprechungen gelockt werden musste, sich ins Auto zu setzen, ohne sich in einen ausgewachsenen Wutanfall hineinzusteigern. Vielleicht ist sie einfach erwachsener geworden. Oder sie freut sich jetzt mehr darauf, in die väterlichen Gefilde zurückzukehren.

»Und was hast du am Wochenende unternommen, Max? Etwas Aufregendes?«

Ich frage mich, wie viel Mum weiß, ob sie überhaupt über Eve im Bilde ist. Ich kann nicht anders, ich hoffe, sie weiß es nicht. Nicht nur um meines Seelenfriedens willen, nicht nur, weil es ihre Beziehung umso realer machte, wenn Mum es wüsste, und umso bedrohlicher für mich. Nein, sondern auch um Mums willen. Sie ist noch zu anfällig. Das muss Max doch klar sein?

»Ach, weißt du, nicht viel. Ich habe einiges am Haus erledigt – all das Zeug, zu dem ich nicht komme, wenn Ellie da ist. Habe meine Eltern besucht. Nichts sonderlich Aufregendes. Heute Morgen habe ich sogar lange geschlafen – ich wusste gar nicht mehr, wie das ist.«

»Das ist wunderbar. Ihr alle habt ein erholsames Wochenende verdient.«

Also weiß sie nichts. Das freut mich. Ich will nicht, dass Mum sich vorstellen muss, was ich mir gerade vorstelle: ausschlafen zu zweit. In meinem Bett, ohne Zweifel. In meinem und Max' Bett. Eine Welle des Zorns auf Max überkommt mich, weil er Eve vermutlich gestattet hat, sich am heiligsten Ort unserer Ehe breitzumachen.

»Ich bin so weit, Daddy.«

»Sehr gut. Dann sag Auf Wiedersehen zu Nanna!«

»Tschüss, Nanna. Danke für ein wunderschönes Wochenende. Der Kuchen war total lecker.«

»Gern geschehen, Schatz. Wir sehen uns in ein paar Wochen. Und sorg dafür, dass Daddy deinen Aufsatz über den Regenwald, von dem du mir erzählt hast, einscannt und mir mailt! Den würde ich zu gern sehen.«

»Okay.«

Mum bringt sie an die Tür, wo sie Ellie mit einer Inbrunst umarmt, die offenbart, wie ungern sie sich von ihr verabschiedet. Doch Sekunden später sind die beiden fort, und Mum kehrt ins Wohnzimmer zurück.

Ich gehe mit ihr, erfreut, sie zum ersten Mal seit meinem Tod für mich allein zu haben.

Sie setzt sich auf das Sofa und zieht das offene Fotoalbum auf ihren Schoß. Sie vertieft sich in die Fotos und fährt mit den Fingern über den schützenden Plastikfilm, der sie an Ort und Stelle hält. Ihr Blick wandert schnell von einem Bild zum nächsten, als wäre dort zu viel, um es aufzunehmen, zu viel, um sich darauf zu konzentrieren, zu viel, um sich zu erinnern.

Ich beobachte sie, wie sie die Fotos betrachtet, und möchte mich so gern neben sie setzen, ihre Hand halten, ihren Atem hören und den Gesichtspuder riechen, den sie jeden Tag aufträgt, seit ich ein Kind war. Ich möchte wieder eine Tochter aus Fleisch und Blut sein, die Tochter, der sie so viel gab und die ihr nun nichts zurückgeben kann.

Mum sackt auf dem Sofa nach hinten. Ihre Hände umklammern das Buch, als habe sie Angst, dass alle Erinnerungen, die es enthält, für immer ins Nichts verschwinden, wenn sie es jetzt losließe. Ihr Kopf ruht auf dem Kissen hinter ihr, ihre Augen starren in den leeren Raum, und nur ihr langsames, einsames Atmen durchbricht die Stille.

Und es geschieht in diesem Moment, gerade als ich bei Mum bleiben will, bloß um ein Auge auf sie zu halten, bloß um zu fühlen, dass ich bei ihr bin, auch wenn sie nie etwas davon ahnen wird, dass mein Sichtfeld sich vernebelt und bewölkt und Mum innerhalb von Sekunden verschwunden ist. Mit ihr gehen die Fotoalben und das Wohnzimmer, in dem ich so viele Jahre verbracht habe, fernsah und spielte und Weihnachtsgeschenke öffnete und mich so sicher und glücklich fühlte, wie alle kleinen Kinder es verdienen.

Stattdessen bin ich wieder allein und habe nur meinen Zorn als Gesellschaft. Zorn, dass Mum diesen Abschiedsschmerz immer wieder erdulden muss, obwohl sie schon so viel zu leiden hatte. Zorn auf Joans und Ralphs täglichen Kontakt zu Ellie im Gegensatz zu Mums monatlichen Besuchen. Zorn, dass Max eine andere Frau in mein Bett holt, ohne auch nur zweimal darüber nachzudenken. Zorn, dass Ellie nichts anderes als Fotos hat zum Gedenken an die Mutter, an die sie sich eines Tages vielleicht kaum noch erinnern wird.

Zorn, dass das Leben ohne mich weitergeht.

Anderthalb Jahre liegt es zurück, dass ich vorzeitig aus dem Leben geworfen wurde, und dennoch bin ich der Erkenntnis, wieso ich hier bin oder was ich hier mache, keinen Schritt näher gekommen. Ich weiß nur, dass ich mehr Zeit habe, als ich will oder brauche, um über das nachzudenken, was ich gern aus meinem Leben gemacht hätte, und eine Ewigkeit dehnt sich vor mir aus, um die Ziele zu bedauern, die ich nicht erreicht habe.

VERHANDELN

16

Gerade als ich überzeugt bin, dass die Wolken sich aufzulösen beginnen, frage ich mich, ob ich mich irre und der Zugang doch nicht wiederhergestellt wird. Ob nur ein Spiel des Lichtes mich zu glauben verleitet, ich könnte wieder meinen Platz auf der Tribüne des Lebens einnehmen, auch wenn ich tatsächlich nirgendwohin gehe. Denn obwohl ich sicher bin, dass ich Bewegungen bemerke und vage vertraute Umrisse erkenne und das sanfte Gemurmel reger Unterhaltung höre, scheint das, auf das ich hinunterblicke, so weiß zu sein wie die Welt, die ich bewohne.

Die Wolken klaren ein wenig auf und gestatten nebelhaften Gestalten, scharf zu werden, und ich sehe, dass ich in einem Restaurant bin, einem steifen, nüchternen Restaurant, in dem alles vom Boden bis zur Decke, vom Geschirr bis zum Tischtuch, von den Bildern an der Wand bis zur Dienstkleidung des Servicepersonals grell und ungemildert weiß ist. Das Restaurant sieht genauso aus wie meine Welt, nur dass es Essen gibt, Gesellschaft und garantiert völlig überteuerte Rechnungen.

In der Ecke des weißen Raums steht ein langer, rechteckiger Tisch, und daran sitzen Harriet, Max, Ellie, Connor und ungefähr zwanzig Freunde von Harriet. Das hier, begreife ich, muss Harriets Geburtstagslunch sein. Sie gibt immer eine Party, und immer in dem Restaurant, das gerade am angesagtesten ist, ein Lokal, in dem die meisten Leute nicht einmal nach sechs Monaten einen Tisch für zwei bekommen könnten, geschweige denn eine Tafel für zwei Dutzend innerhalb einer Woche. Bei diesem Lunch isst jeder auf ihre Kosten, und sie zuckt nicht mal mit der Wimper, wenn der Dom Pérignon in Strömen fließt oder die Gäste sich ganze Hummer und Filet Mignon bestellen.

Und immer lädt sie Ellie mit ein. Seit Ellie gerade alt genug war, um in einem Kinderhochstuhl am Kopf des Tisches zu sitzen und zu meiner und Max' Verlegenheit nachhaltig zu stören, indem sie mit der Rassel dagegenschlug, ist sie ein fester Bestandteil dieser jährlich stattfindenden Zusammenkunft. Sie haben eine interessante Beziehung, die beiden. Harriet hat Ellie immer schon mehr wie eine kleine Erwachsene behandelt denn als ein Kind, und Ellie reagiert darauf, indem sie sich in Harriets Gesellschaft viel reifer benimmt, fast so, als probiere sie das Kostüm der Erwachsenen an, die sie eines Tages zu werden hofft.

Plötzlich dämmert mir, dass wir Mitte Januar haben müssen, wenn das Harriets Geburtstagslunch ist. Ich bin enttäuscht und bestürzt. Das bedeutet, dass ich Weihnachten und den Jahreswechsel verpasst habe. Schon wieder. Das sind zwei aufeinanderfolgende Weihnachtsfeste, die begangen wurden, ohne dass ich in irgendeiner Form dabei war, lebendig oder tot, fassbar oder unsichtbar. Zwei Jahre, in denen ich verpasst habe, wie Ellie beim ersten Morgenlicht aufwacht und vor ihrer Zimmertür einen mit Geschenken gefüllten Kissenbezug findet, zwei Jahre, in denen ich nicht sehen durfte, wie sie den prallen Sack zu uns ins Schlafzimmer trägt und Max ihr hilft, ihn aufs Bett zu heben, zwei Jahre, in denen ich nicht zuschauen konnte, wie sie ihre Geschenke öffnet und sich darüber freut, und in denen ich ihre Aufregung nicht miterleben konnte, dass es erst fünf oder sechs Uhr früh ist – oder zu welcher unchristlichen Stunde sie früher immer erwachte – an einem Tag, an dem sie mit Geschenken überhäuft wird.

Der Gedanke, dass meine Abwesenheit vielleicht mit Eves Anwesenheit zusammenfiel, trifft mich wie eine überraschende Ohrfeige. Vielleicht hat Ellie Eve schon kennengelernt, und sie haben Weihnachten zu dritt verbracht. Vielleicht haben Max und Eve nach der erfolgreichen Vorstellung bei Joan und Ralph beschlossen, ihre knospende Beziehung voranzutreiben. Vielleicht haben sie gemeinsam Silvester gefeiert. Vielleicht ist Eve in diesem Moment bei uns zu Hause und wartet auf Max' und Ellies Rückkehr.

Wieder einmal überkommt mich ein Gefühl der Habgier. Ich möchte bei Ellie sein, ich möchte noch immer – und für immer – die Frau sein, die sich als Erste um sie kümmert.

Es sind Phasen wie diese, in denen mich meine Abwesenheiten am meisten ängstigen, diese Lücken in Zeit und Raum, die unberechenbaren Zeitspannen, ehe ich zurückkehre. Die Zeitabschnitte, in denen ich nichts weiter tun kann, als mir auszumalen, was geschehen sein mag, während ich fort war. Und wenn ich dann endlich wieder zurück darf, muss ich die Informationsbrocken, die ich sammeln kann, zusammenfügen wie das unvollständige Puzzle vom Leben eines anderen.

Ich betrachte Ellie, die auf Harriets Schoß sitzt, und erinnere mich, wie viel Glück ich habe, sie überhaupt zu Gesicht zu bekommen.

»Wie alt bist du heute geworden, Hetty?«

»Zu alt, um es irgendjemandem zu verraten, du kleines Monster. Eines Tages, in ganz, ganz ferner Zeit, kommst du auch in mein Alter, und dann wirst du wissen, warum ich diese magische Zahl lieber für mich behalten will.«

»Aber es ist doch nicht so, als wärst du richtig alt. Du bist doch nicht hundert oder so was.«

Harriet lacht. »Nein, das stimmt, hundert bin ich nicht. Danke für die netten Worte!«

Ellie strahlt, als hätte sie ein großes Lob erhalten. »Du bist aber noch immer wirklich schön. Du hast kaum eine Falte. Und deine funkelnden Ohrringe mag ich auch.«

Harriet zieht Ellie näher an sich und drückt sie noch fester. »Und du, junge Dame, weißt genau, was man einer Frau an ihrem Geburtstag sagen soll. Deshalb bist du mir von allen hier am Tisch die Liebste. Deshalb und wegen deines untadeligen Geschmacks natürlich. Die Ohrringe sind ein Geburtstagsgeschenk von mir selbst. Ich habe mir gesagt, was brauche ich einen Mann, der mir Brillanten kauft, wenn ich sie mir selber leisten kann?«

Ellie fummelt ein paar Sekunden lang an der Traube aus Edelsteinen, die von Harriets Ohr herunterhängt, dann tritt ein neugieriger Ausdruck in ihr Gesicht. »Hetty? Warum hast du eigentlich keinen Mann?«

Harriet mustert mein kleines Mädchen mit amüsiertem Interesse. Wenn es jemanden gibt, der mit Ellies naseweisen Fragen fertig wird, dann ist es Harriet. »Nun, du großes Mädchen, ich habe noch keinen kennengelernt, den ich heiraten möchte.«

»Hast du deshalb auch keine eigenen Kinder?«

Harriet zögert eine Sekunde, und ich entdecke eine seltene Unruhe, ein Zögern in ihrem Gesicht, ehe sie ein beruhigendes Lächeln aufsetzt. »Wozu brauche ich denn eigene Kinder, wenn ich dich habe, die mir unbequeme Fragen stellt und meinen Schmuck bewundert?«

Ellie löst sich aus Harriets Umarmung. Ihre nachdenklich gekrauste Nase lässt darauf schließen, dass sie ihre Fragen noch nicht für ausreichend beantwortet hält. »Nein, aber echt. Fühlst du dich denn nicht einsam, so ganz allein?«

Harriets Miene wird weich, ihre gewohnte Selbstsicherheit für einen Augenblick durchlässig. »Ich glaube, jeder ist hin und wieder einsam, Ellie. Sogar Leute mit eigenen Familien.«

Das ist das erste Mal, dass ich höre, wie Harriet von ihrer Einsamkeit spricht, wenn auch nur indirekt. Vielleicht ist es symptomatisch für die Nachdenklichkeit, die sich oft an Geburtstagen einstellt, ganz gleich, wie laut sie gefeiert werden.

»Meinst du denn, du wirst je Babys haben? Denn wenn du welche hättest, wären sie ja so was wie meine Cousins und Cousinen, oder? Weil du ja so was wie meine Tante bist. Und ich habe keine Cousins oder Cousinen, deshalb wäre das echt cool.«

Harriet denkt einen Augenblick länger über Ellies Frage nach, als sie es meiner Ansicht nach muss. »Ach, ich weiß nicht, meine Hübsche. Ich glaube, dafür bin ich jetzt wohl ein bisschen zu alt, oder? Deshalb bin ich so nett zu dir, kleine Dame, damit mich jemand im Pflegeheim besucht, wenn ich richtig alt und runzlig bin und nur noch Unsinn rede. Das ist es nämlich, was Patenkinder tun müssen, wusstest du das? Das gehört zur Abmachung.«

Ellie lächelt, als sei sie sich nicht vollständig sicher, ob Harriet scherzt oder nicht. Ich kann es auch nicht mit völliger Gewissheit sagen.

Connor kommt herüber und entführt mein Mädchen zum anderen Ende des Tisches, wo er sie in ein Spiel mit zwei unserer Freunde von der Universität verwickelt, bei dem es offenbar darum geht, weniger angenehme Essgewohnheiten anderer Gäste zu entdecken. Ich sehe zu, wie Ellie ganz selbstverständlich mit den Erwachsenen umgeht, und ich kann nicht anders: Ich bin stolz auf sie. Ich weiß nicht, woher sie ihr Selbstvertrauen hat. Max und ich waren als Kinder beide furchtbar schüchtern. Doch das ist eine andere Erkenntnis aus der Erziehung, von der ich nichts wusste, ehe ich selbst Mutter wurde: dass Kinder so viel mehr sein können als die

Summe ihrer ererbten Anlagen und ihre beiden Elternteile in so vieler Hinsicht so weit zu überflügeln vermögen.

Aus dem Augenwinkel bemerke ich, dass Max und Harriet abseits der Runde in einer Ecke stehen und offenbar eine hitzige Diskussion begonnen haben. Ich überlasse Ellie Connors fähiger Hand, damit ich dort zuhören kann.

»Was zum Teufel soll das heißen – sie ist ›besonders‹? Du solltest niemanden kennenlernen, der ›besonders‹ ist. Du solltest nur ausgehen und dich ein wenig amüsieren!«

Ich glaube, ich errate, von wem Harriet spricht, und es klingt, als hätte sie gerade zum ersten Mal von ihr gehört.

»Harriet, ich begreife es nicht. Wochenlang hast du mich angestachelt und mir gesagt, ich soll ausgehen und neue Bekannte treffen, und jetzt, da ich es getan habe, scheinst du – ausgerechnet du – von dieser Entwicklung völlig überrascht zu sein. Was um alles in der Welt hast du denn erwartet?«

»Ich hatte erwartet, dass du ein paar Verabredungen hast, ein bisschen flirtest und dir hin und wieder einen antrinkst. Eben ein bisschen Spaß hast. Dass du aufhörst, im Haus rumzugammeln. Ich hatte ganz gewiss nicht erwartet, dass du mir offiziell bekannt geben könntest, nun eine Freundin zu haben. Eine Freundin, Max? Um Gottes willen, was ist mit Rach?«

Endlich. Ich hatte mich gefragt, wann – falls überhaupt – in all der Aufregung um Max' frisch aufgepepptes Liebesleben jemand mir die Ehre erweisen würde, sich zu erinnern, dass ich einmal existiert habe. Sogar vor gar nicht so langer Zeit.

»Ach, hör doch auf, Harriet! Du kannst nicht beides haben. Ich kann mich nicht erinnern, dass du Rachels Andenken vor ein paar Monaten hochgehalten hättest, als du mir ungebeten ein Dating-Profil eingerichtet hast. Und bitte beleidige mich nicht mit der Behauptung, ich hätte Rachel vergessen, nur weil ich mich mit einer anderen Frau treffe! Du hast keine Vorstellung davon, wie sehr ich Rachel noch immer vermisse.«

Er hat recht, ich weiß es auch nicht. Es wirkt beruhigend, ihn dies ganz aufrichtig sagen zu hören. Ich hatte schon das Gefühl, dass ich in Max' Gedanken nur noch in einem Erinnerungs-Archiv zu finden bin, aus dem er mich für Ellie zu gegebener Zeit rausholen kann.

»Schieb mir bloß nicht die Verantwortung für dein Tun zu, Max! Ich erinnere mich jedenfalls nicht, dir gesagt zu haben, du sollst hingehen und dich in eine andere Frau verlieben. Meine Güte.«

Kaum haben die Worte Harriets Lippen verlassen, als Max' Hals sich erdbeerrot färbt und die Röte nach oben zieht und sein ganzes Gesicht bedeckt. Seine Augen verraten Überraschung über sein eigenes Unbehagen. Doch er ist nicht ganz so erstaunt wie ich. Glaube ich. Er ist in sie verliebt. Max hat sich tatsächlich in eine andere verliebt. Und wenn seine Reaktion irgendetwas zu bedeuten hat, dann war er sich dessen bis vor wenigen Sekunden nicht einmal bewusst.

Mir ist, als bebte der nicht existente Boden unter mir, als ließe, was immer mich aufrecht hält, mich nun fallen, als wäre jeder Teil meines ätherischen Seins innerhalb eines Augenblicks destabilisiert. Es ist, als wäre die unerklärbare Quasi-Existenz, die ich noch besitze, rasch und in einem einzigen dramatischen Vorgang aus mir gewichen und hätte eine weit aufklaffende Schlucht hinterlassen, durch die nun ein kalter Wind weht und mich aus jedem erdenklichen Winkel trifft.

»Ach du lieber Gott! Du glaubst wirklich, du liebst sie, richtig? Himmel, was bist du für ein Idiot, Max! Dazu ist es noch zu früh, siehst du das denn nicht?«

Ich sehe es natürlich, ja, ich sehe es deutlich. Ich wünschte nur, du hättest es kommen sehen, Harriet, als du das Profil eingerichtet hast, ohne Max auch nur um seine Einwilligung zu bitten. Ich wünschte, dass du manchmal nicht mit dem Kopf durch die Wand stürmen würdest, wenn du nicht weißt, was dich auf der anderen Seite erwartet.

»Sei nicht albern! Du ziehst voreilige Schlüsse. Es geht erst seit ein paar Monaten. Es ist nicht nötig, vorschnell zu urteilen.«

»Ich glaube kaum, dass ich diejenige bin, die vorschnell urteilt, Max. Mein Gott, wenn du gesehen hättest, wie du reagiert hast, als das Wort mit ›L‹ nur fiel. Deine Gefühle standen dir dick ins Gesicht geschrieben. Wenn du es mir gegenüber nicht eingestehen willst, dann bitte, aber ich weiß, was ich gesehen habe.«

Sie hat recht. Es lässt sich nicht bestreiten. Max' Reaktion war eine bessere Bestätigung als tausend Worte.

Harriet und Max verfallen in ein unbehagliches Schweigen, als sei ihnen plötzlich klar geworden, dass ungefähr zwanzig Gäste am Tisch sitzen, sich mit Harriets Champagner betrinken und den Geburtstag feiern, den sie genießen sollte.

»Und, was hält Ellie von ihrer neuen Stiefmutter-Anwärterin? Ich könnte mir vorstellen, sie ist völlig ausgeflippt, oder?«

»Sie weiß noch nichts. Ich habe es ihr nicht gesagt. Deshalb wäre ich dir dankbar, wenn wir die Sache heute auf sich beruhen lassen könnten.«

»Na, man muss wohl dankbar sein für den kleinsten Anflug von gesundem Menschenverstand.«

Max atmet tief durch, und ich stoße einen erleichterten Seufzer aus. Ich glaube, dass ich absolut unvorbereitet gewesen wäre, wenn Ellie in meiner Abwesenheit Eve kennengelernt hätte. Wenigstens weiß ich jetzt, dass sie kein Pseudo-Familienweihnachten miteinander verbracht haben.

»Nun, ich plane allerdings, es ihr bald zu sagen. Wir – Eve und ich – haben beschlossen, dass sie Ellie zum Ende des Halbjahres kennenlernen soll.«

Bitte nicht, Max! Nicht Ellie! Noch nicht! Sie ist nicht so weit. Es ist ein zu großes Risiko: das Risiko, ihre Ängste neu zu entfachen, dass in ihrem Leben nichts stabil ist, dass sie sich nicht darauf verlassen kann, dass irgendetwas konstant bleibt, nicht einmal ein paar Monate lang. Und es besteht die Gefahr, dass sie Angst bekommt, auch du könntest sie verlassen, dass du sie allein lässt, weil du deine Aufmerksamkeit einer anderen Frau schenkst. Tu ihr das nicht an, noch nicht! Sie ist einfach noch nicht so weit.

Und ich auch nicht.

»Das kannst du nicht machen, Max. Das wäre ein dummer Fehler. Was du mit dieser Eve machst, ist deine Angelegenheit, aber du kannst nicht Ellie da mit reinziehen. Dazu ist es noch viel zu früh.«

»Tut mir leid, Harriet, doch das sehe ich anders. Im Februar kennen Eve und ich uns ein halbes Jahr, und Rachel ist dann beinahe zwei Jahre tot. In beiderlei Hinsicht finde ich nicht, dass es zu früh ist.«

Da ist wieder diese unbegreifliche Zeitschiene. Die Zeitschiene, mit der jeder lebende Mensch aufs Intimste vertraut zu sein scheint, von der mir zu erzählen aber nie jemand für nötig befunden hat, solange ich lebte. Wo steht geschrieben, dass beinahe zwei Jahre nach dem vorzeitigen Abgang der Ehefrau ein akzeptabler Zeitraum sind, um seiner mutterlosen Tochter die neue Frau in Daddys Leben vorzustellen?

»Max, ich weiß, dass ich dir nicht vorschreiben kann, was du zu tun hast. Wer bin ich schließlich schon, außer der sturen besten Freundin deiner Frau? Ich kann nur sagen, ich halte es für einen großen Fehler. Als Ellies Patin habe ich dir und Rach versprochen, immer auf das Kind zu achten, und ich sage dir – kategorisch und unmissverständlich –, dass ich es für verfrüht halte. Und damit kündige ich an, dass ich mich jetzt besaufen werde, weil ich Geburtstag habe und es eine Ungeheuerlichkeit ist, dass außer dir und Ellie ausgerechnet ich als Einzige noch nüchtern bin.« Dann schreitet Harriet zum Tisch, wo sie sich auf dem Schoß eines ihrer umwerfend gut aussehenden männlichen Freunde niederlässt, ihm das Glas aus der Hand nimmt und den Inhalt entschlossen hinunterstürzt.

Ich sehe sie ungern streiten, meinen Mann und meine beste Freundin. Ich bin nur ungern der Grund für ihren Konflikt. Mir passt es nicht, dass ich keine Lösung herbeiführen kann.

Ich wende meine Aufmerksamkeit wieder Max zu, doch als ich es tue, beginnt die Weißheit des Restaurants zu verschwimmen. Die Tische, Stühle, Böden und Wände verschmelzen zu einer formlosen, einheitlichen Masse, und ich weiß, dass mein Zugang gleich beendet wird. Ich erhasche einen letzten, undeutlichen Blick auf Max' Gesicht, ehe mir die Sicht ganz genommen wird. Er sieht traurig aus, er macht die Miene eines Mannes, der sich seiner Isoliertheit in einem Raum voller Menschen deutlich bewusst ist. Ich wünschte, ich hätte ein bisschen länger bei ihm bleiben können, nur um zu sehen, dass er sich fasst, ohne dass Ellie etwas bemerkt, nur um mir sicher sein zu können, dass er und Harriet sich wieder miteinander versöhnen.

Ich wünsche mir, ganz ehrlich, ich hätte beobachtet, wie es Harriet gelingt, Max davon zu überzeugen, dass er sich irrt und sie recht hat. Zu gern hätte ich gesehen, wie er es sich anders überlegt. Dann hätte ich beruhigt sein können, dass Harriet den Schlamassel beseitigt, dessen Mitverursacherin sie immerhin ist. Jetzt kann ich nur warten und hoffen, dass jemand Max während meiner Abwesenheit – wie lange sie auch währen mag – überzeugt, dass es nicht in jedermanns Interesse ist, wenn er Ellie und Eve jetzt schon miteinander bekannt macht.

17

Als ich eintreffe, sitzen Max und Ellie auf dem Sofa und schauen sich eine von Ellies Lieblingssendungen an, eine Clip-Show aus lustigen Heimvideos, bei der sie immer Lachanfälle bekommt. Heute scheint es ein Tier-Special zu geben, und das kommt, was Ellie betrifft, dem Fernsehhimmel so nahe, wie es nur geht.

»Ooooh, Daddy, guck nur, das Hündchen! Er wird mit dem Schlauch bespritzt und ist ganz nass. So ein dummer Hund.« Ellie kichert hemmungslos und zuckt vor Entzücken.

»Siehst du, was habe ich dir gesagt, Schatz? Hunde sind wirklich nicht besonders clever.«

Ellie beäugt Max misstrauisch. »Daddy, das ist ja noch ein Welpe. Natürlich, Welpen sind ganz dumm. Aber wenn sie aufwachsen, werden aus ihnen schöne, kluge, kuschelige Hunde.«

»So? Ich weiß gar nicht, wieso du mir das noch nie erzählt hast.«

Max lächelt Ellie neckend an, die ihre Stirn in Falten legt, um ein wenig amüsiertes ernstes Gesicht zu machen, doch sie kann nicht anders, sie muss ebenfalls grinsen.

Als der Nachspann beginnt, drückt Max die Stummtaste der Fernbedienung.

»Ach, Daddy, warum machst du es aus? Ich mag die Musik doch so.«

»Tut mir leid, Schatz, aber da ist etwas, worüber ich mit dir reden muss.«

Max klingt ernst.

Ellie sieht verärgert drein.

Ich bin präventiv beunruhigt.

»Du weißt doch, wie das ist, wenn du in der Schule eine neue Freundschaft schließt, dann möchtest du doch, dass ich die Kinder kennenlerne, und manchmal bringst du sie zum Tee mit nach Hause ...«

Ellie sieht ihn merkwürdig an.

Recht hat sie.

»Nun, ich habe eine neue Freundin, von der ich meine, dass du sie wirklich mögen wirst, und ich möchte, dass ihr euch kennenlernt.«

Also macht er es doch! Trotz Harriets Einwänden, trotz des gesunden Menschenverstandes, trotz der Stimme, die ihn in seinem Kopf doch zur Vorsicht mahnen muss, will er mein kleines Mädchen der Frau vorstellen, die mir gerade sein Herz stiehlt. Ich hatte gleich das schreckliche Gefühl, dass Max sich in dieser Hinsicht nicht umstimmen lassen würde.

Ellie schaut ihn aus zusammengekniffenen Augen an, und fast sehe ich, wie hinter dem Weiß ihrer Augen die Rädchen ihres flinken, hellen Verstandes surren. »Was für eine Freundin? Wie heißt sie?«

»Sie heißt Eve, und sie ist eine besondere Freundin, mit der ich in letzter Zeit viel unternommen habe. Ich habe ihr so viel von dir erzählt, sie kann es kaum erwarten, dich kennenzulernen. Was meinst du, hättest du denn auch Lust, sie kennenzulernen?«

Das ist wirklich nicht fair, Max. Wir wissen beide, dass Ellie alles tun wird, wenn sie glaubt, es macht dich glücklich. So verhalten sich wohlerzogene, rücksichtsvolle siebenjährige Töchter nun einmal.

»Wie ist sie denn so? Werde ich sie mögen?«

»Na, ich hoffe, dass du sie mögen wirst. Ich bin mir sicher, dass sie dich mögen wird. Sie ist Lehrerin, und sie ist sehr ruhig und freundlich, und es macht Spaß, mit ihr zusammen zu sein. Und weißt du noch, diese Törtchen, die wir neulich hatten, die mit den Sternen oben auf dem Zuckerguss? Eve hat sie gebacken.«

»Ich dachte, die wären von Granny?«

»Ich weiß, dass du das dachtest. Aber sie waren nicht von Granny, sondern von Eve. Sie waren lecker, oder? Eve ist eine tolle Köchin. Und sie liest gern Bücher, sieht gern Filme und unternimmt gern lange Wanderungen auf dem Land – all das, was wir auch gern machen. Und man kann sich gut mit ihr unterhalten.«

Ich höre mir diese Präsentation von Eves Attributen und Interessen an, und es fällt mir schwer, dabei nicht zu empfinden, dass Max mich nicht nur ersetzt, sondern es auch noch geschafft hat, sich zu verbessern.

»Daddy?«

»Ja, Schatz?«

»Ist Eve deine Beziehung?«

Max steht die Überraschung ins Gesicht geschrieben. Er hat den Scharfsinn unserer siebenjährigen Tochter eindeutig unterschätzt.

Ich muss zugeben, dass es mir genauso ging.

Ein paar Sekunden vergehen, in denen ich vermute, dass Max über die möglichen Folgen der beiden denkbaren, einander ausschließenden Antworten nachdenkt. Soll er die Wahrheit sagen und riskieren, dass Ellie Eve ablehnt, noch ehe sie einander begegnet sind, oder soll er die schwierige Frage auf später verschieben und hoffen, dass dann, wenn sie wieder aufkommt, die Antwort nicht ganz die gleiche Wirkung haben wird?

Ich empfinde Mitgefühl für Max, ganz ehrlich. Trotz meiner Eifersucht und meiner Frustration und meiner unbeirrbaren Überzeugung, dass es eine Fehleinschätzung ist, Eve so vorschnell in Ellies Leben zu bringen, ist er doch der Mann, den ich liebe, der Mann, den ich geheiratet habe, der Mann, den stets zu unterstützen ich geschworen habe, in guten und in schlechten Tagen, in Krankheit und Gesundheit. Bis dass der Tod uns scheidet, was er noch nicht getan hat, nicht ganz, nicht vollständig.

»Na, das ist sie wohl, ja, Schatz. Was hältst du davon? Kommt es dir merkwürdig vor, dass Daddy eine Beziehung hat?«

Ellie überdenkt ihre Antwort. Sie hat eindeutig keine Eile, bei dieser kritischen Frage eine vorschnelle Entscheidung zu treffen.

Ich würde alles darum geben zu wissen, was jetzt in ihrem Kopf vorgeht, erraten zu können, was sie denkt. Gäbe es eine einzige Superkraft, die das Jenseits mir verleihen könnte, würde ich mir wünschen, die Gedanken des kleinen Mädchens lesen zu können, das ich nie zurücklassen wollte.

»Ist sie schön?«

»Ja, das finde ich schon. Sie hat langes, blondes Haar und blaue Augen und ein hübsches Lächeln.«

»Ist sie so schön wie Mummy?«

Max' Antwort kommt mit einem bedrückenden Zögern.

Ich bin mir nicht sicher, ob ich bereit bin, die Antwort zu hören.

»Sie sind beide auf unterschiedliche Weise schön, Engel. Mummy war schön – genau wie du –, und Eve ist auf andere Weise schön.«

Das war nicht ganz der klare Sieg, auf den ich gehofft habe. Hätte er sich nicht wenigstens zu dieser einen Notlüge überwinden können, nur Ellie zuliebe?

»Und warum ist sie deine Beziehung? Das ist doch eine feste Freundin. Ist sie deine feste Freundin, nur weil sie schön ist?«

»Nein, nicht nur deshalb, Engel. Da gibt es viele Gründe. Eine feste Freundin ist nur eine wirklich besondere Freundin, mit der man mehr Zeit verbringen möchte als mit anderen Freundinnen. Hat keine deiner Freundinnen auf der Schule einen Jungen als Freund?«

Ellie verzieht das Gesicht zu einer Miene des Entsetzens. »Bäh, nein! Jungen sind ekelhaft.«

Max gestattet sich ein schiefes Grinsen, während Ellie geistesabwesend an der Naht auf der Sofalehne herumfummelt. Max verbietet ihr immer, daran zu spielen, aber heute lässt er es ihr durchgehen.

»Daddy? Wird Eve meine neue Mummy?«

Ellie sieht zu Max hoch, die Augen trüb vor Emotionen. Ich bezweifle, dass sie sie schon vollständig versteht.

Von allen Reaktionen hätte ich mit dieser am wenigsten gerechnet. Mir bricht das Herz wegen Ellie, wegen der Vielzahl an Fragen, die ihr chaotisch durch den Kopf gehen müssen, und wegen der brutalen Realität, die sie so gnadenlos in diese beängstigende Lage gebracht hat. Und weil sie so viel schneller groß werden muss, als Max oder ich es uns je gewünscht hätten.

Mir bricht das Herz auch wegen Max, wegen der einsamen Elternschaft, in der er sich so unerwartet wiedergefunden hat, wegen der schwierigen Gespräche, die er zu meistern versucht, und wegen des Katalogs an Entscheidungen, von denen er niemals geahnt hätte, dass er sie einmal allein treffen müsste.

Und mir bricht das Herz auch meinetwegen, weil ich mir bewusst bin, dass die Antwort auf Ellies Frage eines Tages »Ja« lauten könnte.

Max streichelt Ellie mit der Sanftheit, die typisch für ihn ist, über das Haar, steckt eine lose Locke hinter ihr winziges Ohr und fährt ihr mit den Fingern über die glatte Wange. Er sieht traurig aus, fast ängstlich, als raste eine Zukunft, die er noch nicht einmal ansatzweise überdacht hat, auf ihn zu, obwohl er längst nicht bereit für sie ist.

»Nein, mein Engel. Eve wird nicht deine neue Mummy sein. Sie ist nur eine besondere Freundin von mir, die gern auch deine besondere Freundin wäre.«

Ellie blickt Max zweifelnd an, als sei sie nicht ganz überzeugt, dass er die Wahrheit sagt. Ihr Kopf sinkt wieder auf die Armlehne des Sofas, und sie fängt von Neuem an, an der Naht zu knibbeln, als wäre der lose Faden das Einzige auf der Welt, worauf sie sich zu konzentrieren wagt. »Aber wenn du sie mehr magst als alle deine anderen Freunde, heißt das auch, dass du sie mehr magst als mich?« Ihre Stimme ist kaum lauter als ein Flüstern, und Ellie zögert, ehe sie den Blick hebt, um Max' Antwort zu erwarten.

Ich täte jetzt alles, um sie in die Arme nehmen und ihr die Sicherheit wiedergeben zu können, die sie so sehr braucht und verdient.

Max erfüllt diesen Wunsch für mich, und Ellie gestattet halbherzig, dass er sie auf seinen Schoß zieht. »Sei nicht albern, Schatz! Auf der ganzen Welt gibt es niemanden, den ich lieber hätte als dich. Nicht jetzt und auch nicht später. Wir sind ein ganz besonderes Zweier-Team, du und ich. Und niemand wird das je ändern können.«

Ellie entspannt sich in der Sicherheit von Max' Armen, aber ihr Gesicht verrät noch immer die Verwirrung durch tausend unbeantwortete Fragen.

»Sitz mal eine Sekunde still, Schatz! Ich habe etwas, das ich dir geben möchte. Ich wollte es eigentlich für deinen Geburtstag aufheben, doch ich glaube, du solltest es jetzt schon bekommen.« Max geht zu der Vitrine am anderen Ende des Wohnzimmers und nimmt ein kleines rotes Samtkästchen heraus, das er Ellie reicht.

Als sie es öffnet, liegt darin ein wunderschönes herzförmiges Medaillon, in das winzige Blumen graviert sind. Es passt perfekt zu Ellie. Max hätte es nicht besser aussuchen können.

»Lass es mich für dich aufmachen, Schatz! Ich möchte dir zeigen, was drin ist.« Max öffnet das zierliche Herz.

Darin sind zwei Fotos, eines in jeder Hälfte. Das eine ist von Max, ein Porträt von ihm, das ich in unserem letzten Urlaub in Griechenland aufgenommen habe; die Säulen des Parthenons sind hinter seinem Kopf gerade noch sichtbar. Das andere ist von mir, aufgenommen kurz vor meinem Todestag, auf einem langen Spaziergang, den wir drei an Ostern zu den South Downs unternommen hatten. Das war vor fast zwei Jahren.

»Siehst du, Süße, ich dachte, immer, wenn du das trägst, hast du die beiden Menschen, die dich auf der Welt am liebsten haben, gleich an deinem Herzen. Denn für mich ist auf der ganzen Welt niemand so besonders wie du, und wenn ich etwas sicher weiß, dann, dass du auch immer genau mitten in Mummys Herz gewesen bist. Und selbst wenn du und ich uns tagsüber nicht sehen und obwohl Mummy nicht mehr hier ist, sollst du doch nie vergessen, wie lieb wir dich beide haben.« Während er das sagt, legt Max Ellie das Medaillon um den Hals und hantiert am Verschluss, bis er sicher ist, dass er sich nicht öffnen wird.

Ellie hält das Haar für ihn zurück, und ich unterdrücke meine Tränen.

»Ich weiß, wie gern du dir Bilder von Mummy ansiehst,

und ich dachte, auf diese Weise kannst du Mummy immer bei dir haben, wo du auch bist.«

Ellie blickt in das Medaillon, das nun um ihren schönen, anmutigen Hals hängt. Sie schaut zu Max hoch und lächelt, dann klettert sie wieder auf seinen Schoß und birgt ihren Kopf an seiner Brust. »Das ist wunderbar, Daddy. Danke. Es ist wirklich richtig schön.«

Max und Ellie kuscheln sich weiter auf dem Sofa aneinander, und ich sehne mich danach, bei ihnen zu sein, sie beide fest zu umschlingen und nie wieder loszulassen. Ich gäbe alles, was mir zu Lebzeiten je wichtig gewesen ist, jeden materiellen Besitz, den ich je hatte, für einen einzigen Tag mit Ellie und Max.

Nur einen Tag. Das ist doch nicht zu viel verlangt, oder?

Die Luft unter mir schwirrt leicht, und ich weiß, was das bedeutet. Ich sende einen stillen, unhörbaren Abschiedsgruß an Max und Ellie, ehe sie aus der Sicht verschwinden, noch immer eng aneinandergeschmiegt.

18

»Warum bist du so komisch, Daddy? Zieh doch nicht so an meinem Arm. Bist du sauer?«

Max und Ellie eilen Hand in Hand den äußeren Weg des Regent's Parks entlang. Der Tag ist grau und bedeckt, und es muss kalt sein, denn Ellie trägt ihren Wintermantel und lila Stiefel, die mit Pelzimitat gefüttert sind, dazu eine Mütze, Handschuhe und Schal aus Wolle. Max hat offenbar leichte Panik, denn er stürmt in einem Tempo voran, bei dem Ellie nicht mithalten kann; er schleift sie mit, als könnte sein Schwung bewirken, dass sich die Beine einer fast Achtjährigen schneller bewegten, als es ihnen je möglich war.

»Natürlich bin ich nicht sauer, Schatz. Ich mache mir nur Sorgen, dass wir zu spät kommen. Wir haben gesagt, dass wir Eve um halb drei treffen, und das ist schon vorbei.«

Das also ist der Grund. Ich wette, es ist die große erste Begegnung. Kein Wunder, dass er nervös ist! Ich bin plötzlich ebenfalls nervös, dabei bin ich nicht einmal eingeladen.

Über diese Begegnung habe ich während der einsamen Stunden in den vergangenen Wochen fast ununterbrochen nachgedacht. Zuerst habe ich mir gewünscht, dass sie in einer entsetzlichen Katastrophe endet. Ich war überzeugt, nichts gefiele mir besser, als wenn rasch offensichtlich wird, dass Harriet und ich die ganze Zeit über recht hatten. Doch dann dämmerte mir, dass es nur zwei Möglichkeiten gibt, wenn Eve und Ellie nicht miteinander auskommen: Entweder gelangt Max zu dem Schluss, dass er seine Affäre mit Eve beenden muss, was ihn unglücklich machen würde, oder Max setzt die Beziehung trotz Ellies Einwänden fort und macht Ellie unglücklich. Und bei jeder der beiden Varianten würde ich mich miserabel fühlen, denn ich will nicht, dass Max oder Ellie unglücklich sind; Eve spielt in der Rechnung keine Rolle.

Max und Ellie erreichen den Eingang zum Londoner Zoo, und da ist sie, wartet auf sie, in der durchgestyltesten legeren Aufmachung, die je gesehen habe: schokoladenbraune Gummistiefel von Hunter über einer hellbraunen Jeans, einen dunkelgrünen, locker sitzenden dreiviertellangen Mantel und einen rehbraunen Kaschmirschal, den sie sich wunderschön um den schlanken Hals gelegt hat.

»Tut mir leid, dass wir zu spät kommen. Du wartest doch nicht schon lange, oder? Wie auch immer, Ellie, das ist Eve. Eve, das ist Ellie.«

Ellie blickt Eve schüchtern an, als könnte sie nicht fassen, dass jemand, der so schön ist, tatsächlich mit ihr reden möchte. »Hallo.«

»Hallo, Ellie. Ich freue mich, dich kennenzulernen. Ich habe von deinem Vater schon so viel über dich gehört. Er hört nie auf, von dir zu erzählen.«

Ein verlegenes Lächeln ziert Ellies Lippen, und sie schmiegt sich enger an Max.

Die drei betreten den Zoo, und Max wirft Eve über Ellies Kopf hinweg ein beruhigendes Nicken zu. Eve antwortet mit einem tiefen Einatmen und einem besorgten Hochziehen ihrer makellos gezupften Augenbrauen.

Sie ist nervös. Sie ist wirklich nervös.

Ich habe, ganz ehrlich, im Laufe des letzten Monats nicht allzu viele Gedanken daran verschwendet, wie Eve diese Begegnung bewältigen würde, doch jetzt merke ich ihr deutlich an, dass es auch für sie nicht einfach ist. Eindeutig hängt mehr von den heutigen Ereignissen ab, als irgendjemand von uns wahrscheinlich in Erwägung zu ziehen gewagt hat.

In der ersten halben Stunde ziehen die drei leicht ziellos durch den Zoo. Max steuert vorsichtig die Unterhaltung und achtet darauf, sie auf unverfängliche Themen zu lenken: wie Papageien zu sprechen lernen, wieso Flamingos rosa sind und ob Spinnen schneller rennen können als Ameisen.

Erst als sie das Affengehege erreichen, wirkt Ellie ein wenig entspannt, und das Verhör beginnt. »Was ist deine Lieblingsfarbe, Eve?«

»Wahrscheinlich Grün. Wieso, was ist deine?«

»Meine ist Rosa. Daddys ist Blau. Mummys Lieblingsfarbe war Lila. Und was ist dein Lieblingsessen?«

»Oh, das ist schwierig. Ich mag so viele unterschiedliche Gerichte.«

Mit der Ungeduld eines Menschen, der findet, dass Verschleppungstaktiken überbewertet werden, kneift Ellie die Augen zusammen. »Aber wenn du dich jetzt entscheiden müsstest? Was würdest du nehmen?«

»Wahrscheinlich Roastbeef. Und du?«

»Mein Lieblingsessen ist immer Eiscreme. Weißt du, was Daddy am liebsten isst?«

»Nein, ich glaube nicht. Was denn?«

»Soll ich es ihr sagen, Daddy?«

Ellie handelt unbewusst, da bin ich mir sicher, doch sie legt die Hierarchie der Gruppe definitiv fest.

Max nickt.

»Daddy mag am liebsten ein großes, saftiges Steak. Mit dicken Fritten und einem Salat mit Avocado. Ich finde Avocado total widerlich. Ich hasse Avocado. Sie ist so glitschig im Mund. Igitt.«

Max und Eve lachen Ellie an.

Sie grinst verlegen, aber ich merke, dass sie die Aufmerksamkeit genießt. »Und was ist dein Lieblingsfilm? Kein Erwachsenenfilm, sondern ein Kinderfilm?«

»Mannomann, das ist auch schwierig! Als ich in deinem Alter war, war mein Lieblingsfilm *Mary Poppins,* doch das ist dir wahrscheinlich ein bisschen zu altmodisch, oder?«

»Ich liebe *Mary Poppins*! Mummy und ich haben ihn uns ein paar Hundert Mal angesehen. Ich weiß den ganzen Text von *Superkalifragilistischexpiallegetisch.* Ich kann es dir jetzt vorsingen. Möchtest du?«

Max legt den Arm um Ellies Schultern und zieht sie zart an sich. »Vielleicht später, Schatz. Wir wollen doch den Affen keine Angst machen, oder?«

Ellie setzt das gespielt beleidigte, finstere Gesicht auf, das sie in den letzten zwei Jahren perfektioniert hat, eine Miene, die Max und Eve augenblicklich zum Kichern bringt. Ellie ist einfach süß mit diesem Gesicht. Eve hat Glück, es schon beim ersten Treffen gesehen zu haben.

»Und ... was sind deine Lieblings... äh ...klamotten? Hast du lieber Hosen oder Röcke?«

»Das kommt darauf an, wohin ich gehe. Heute zum Beispiel würde ich mich in einem Kleid nicht wohlfühlen – da bin ich in Jeans glücklicher. Aber wenn ich zur Arbeit fahre oder abends ausgehe, ziehe ich Röcke oder Kleider eindeutig vor. Ich finde, wir Ladys sehen in Kleidern am besten aus.«

Ellie nickt zustimmend und ernst. »Mummy hat sich auch gern chic angezogen. Jeden Tag trug sie Kleider zur Arbeit, normalerweise schwarz oder lila, und normalerweise die, die man um sich herumwickelt wie einen Morgenmantel. Das klingt doof, aber sie sah darin wirklich gut aus.«

Eve lächelt, aber ich kann nicht erkennen, ob es ein Lächeln echter Ermutigung oder höflicher Duldung ist. Ich kann nicht abstreiten, ich bin dankbar, dass Ellie sich regelmäßig auf mich bezieht. Welche Mutter wäre nicht froh, dass sie ausgerechnet heute nicht vergessen wird? Doch ich stelle fest, dass ich überraschenderweise befangen bin. Es liegt daran, dass ich mir vorstellen kann, wie es Eve nun geht, voller Hoffnung, dass dieses Ein-Meter-zwanzig-Energiebündel weder die Macht noch den Wunsch besitzt, die knospende Beziehung zu meinem Mann zu stören, und sich gleichzeitig vollkommen bewusst, dass der Erfolg dieses Ausflugs ganz in ihrer Hand liegt. Leicht ist es für uns alle nicht. Hätte jemand mir vor nur ein paar Wochen gesagt, dass ich heute mit Eve sympathisieren und mir beinahe wünschen würde, dass Ellie mich nicht ganz so oft erwähnt, hätte ich es niemals geglaubt.

»Und was magst du lieber, Tiere oder Kinder? Ich glaube, das ist richtig schwer, weil ich meine Freundinnen wirklich gern hab, aber Hunde mag ich auch.«

Max und Eve tauschen wieder einen wissenden Blick, und ich vermute, es ist nicht das erste Mal, dass Eve von Ellies Besessenheit von einem kleinen Hund hört.

»Oh, definitiv Kinder. Ich mag Hunde zwar auch, doch ich bin lieber unter jungen Leuten. Deshalb bin ich Lehrerin geworden.«

Ellie lässt sich eine Weile Zeit, um Eves Antwort zu überdenken. »Und was, denkst du, ist schöner – eine Mummy zu sein oder eine Lehrerin? Denn Daddy sagt, dass es ein bisschen so ist, als wäre man ein Elternteil, wenn man ein Lehrer ist, und deshalb ist es so eine wichtige Arbeit.«

Eve zögert kurz, und wieder sehe ich die aufflackernde Unruhe, die ich schon in ihrem Gesicht bemerkt habe, als sie bei Joan und Ralph zu Abend aß.

Auch in Ellies Augen erkenne ich Unruhe, die Ungeduld einer Fragenden, die verzweifelt auf Antwort wartet.

Ich kann nicht anders, ich frage mich, was in ihrem aktiven kleinen Verstand vorgeht – ob ihre Gedanken bereits vorauseilen zu Fantasien und Angstvorstellungen von einer Zeit, in der Eve vielleicht die Mutterschaft dem Unterrichten vorzieht.

»Schatz, meinst du nicht, das waren erst einmal genug Fragen? Vielleicht möchte Eve auch etwas über dich hören. Warum erzählst du ihr nicht von deinem Schulausflug letzte Woche ins Naturkundemuseum, während wir gehen und die Löwen suchen?«

Die drei halten auf die Großkatzen zu.

Ellie schwatzt nach Herzenslust, hält sich dabei aber an Max' Arm fest, eine eindeutige Demarkation ihres Territoriums. Jedem Passanten erscheinen sie jedoch gewiss als glückliche Bilderbuch-Familie.

Der Anblick erinnert mich an den Tag vor vier Jahren, als ich die Frau war, die neben Ellie durch den Zoo streifte. Sie ging im Hüpfschritt zwischen Max und mir und forderte uns immer wieder auf, sie durch die Luft zu schwingen. Jedes Mal, wenn wir sie vom Boden hoben, kicherte sie ansteckend, ließ die nackten Beine vor sich hochfliegen; der Adrenalinschub war wie eine Droge, von der sie einfach nicht genug bekommen konnte. An diesem Tag war es so wunderbar gewesen, Ellies Begeisterung zu beobachten, als sie zum ersten Mal so viele Tiere erblickte, die bis zu diesem Tag ins Reich der Bilderbücher und Fernsehsendungen gehört hatten, ihr Staunen, als bisher fiktionale Geschöpfe vor ihren Augen zum Leben erwachten. Die Affen im Gorilla-Königreich allerdings hatten es ihr am meisten angetan. Sie war wie verhext vom menschenähnlichen Gebaren der Primaten gewesen und hatte jedes Mal gelacht, wenn eines der Tiere sich kratzte oder etwas mit der Hand aufnahm. Anfänglich konnte sie es nicht fassen, als Max ihr erklärte, dass sie tatsächlich unsere nächsten Verwandten im Tierreich seien. Dann witzelte sie gleich, sie sei froh, keinen Gorilla zum Daddy zu haben.

Es kommt mir vor, als sei es erst gestern gewesen, und zugleich Jahre her. Ich weiß noch, wie Max und ich auf dem Heimweg übereinstimmend der Meinung waren, dass es unser bislang schönster Familienausflug gewesen sei, einer dieser seltenen perfekten Tage, die vorübergehend alle Ängste, Unsicherheiten und Bedenken vergessen lassen, die man in Bezug auf die eigenen Fähigkeiten hegt, für einen kleinen Menschen zu sorgen. An einem solchen Tag kann man stattdessen einfach nur aus vollem Herzen dessen Gesellschaft genießen. Diesen Tag werde ich nie vergessen. Ich frage mich nur, ob Ellie sich an ihn erinnert. Vermutlich nicht. Dazu war sie vor vier Jahren wohl noch zu klein.

Als die drei sich der Löwengrube nähern, tauschen Max und Eve über Ellies Kopf hinweg einen verstohlenen Blick. Er ist Ausdruck gegenseitiger Beruhigung, gemeinsamer Erleichterung, zögernden Selbstvertrauens. Er zeigt, dass sie kaum glauben können, wie glatt alles läuft. Ich kann es auch nicht fassen.

Denn obwohl ich stolz bin, dass Ellie sich so gut beträgt, schaffe ich es nicht, die unruhige Stimme in meinem Kopf zum Schweigen zu bringen, die mich erinnert, wie schwierig, wie nervenaufreibend, wie destabilisierend die Situation für meine Tochter sein muss. Die Stimme beharrt darauf, dass Ellie sich vielleicht nur deshalb so gut benimmt, weil sie Angst hat, sie könne die Zuneigung ihres Vaters verlieren, wenn sie sich nicht bei Eve beliebt macht. Die Stimme warnt mich, dass keine Siebenjährige ewig so weitermachen kann.

»Gehen wir jetzt meine Cousins und Cousinen gucken, Daddy?«

Max blickt Ellie fragend an. »Welche Cousins und Cousinen, Schatz? Du hast keine Cousins und Cousinen.«

»Die Gorillas, Mensch. Sie waren so lustig, als wir das letzte Mal hier waren. Ich will hingehen und wieder Hallo zu ihnen sagen, sonst denken sie noch, wir können sie nicht leiden.«

Sie erinnert sich! Damit habe ich wirklich nicht gerechnet. Vielleicht erinnert sie sich nicht an alles, vielleicht erinnert sie sich nur an die Gorillas und sonst nichts, doch dass sie sich überhaupt an etwas erinnert, das an jenem Tag geschah, übertrifft schon meine kühnsten Hoffnungen.

»Sicher können wir das, Schatz. Aber möchtest du vorher nicht lieber ein bisschen auf den Abenteuerspielplatz?«

»Okay, Daddy. Wer zuerst da ist!«

Als Ellie vorausrennt, nimmt Max Eve bei der Hand und küsst sie sanft auf die Wange, dann flüstert er ihr etwas ins Ohr. Was immer er sagt, lässt sie dankbar lächeln; sie strahlt vor Glück.

Ellie ist nun ein paar Meter voraus und blickt über die Schulter zurück, um sich zu vergewissern, dass die beiden ihr noch folgen – genau rechtzeitig, um zu sehen, wie Max Eves Gesicht zwischen die Hände nimmt und sie auf die Lippen küsst. Ellies strahlende Augen verdunkeln sich auf der Stelle. Eine Wolke aus Verwirrung, Verletzung und Ablehnung überschattet ihr Gesicht, und die Freude über den Tag verflüchtigt sich in einem einzigen peinlichen Augenblick.

Ohne zu bemerken, dass Ellie sie beobachtet, legen Max und Eve die Stirnen aneinander, die Finger verflochten, versunken in einen Moment gegenseitiger Betörung, die ganz klar jeden anderen ausschließt.

Ich sehe rasch zwischen Ellie und Max hin und her und warte, was Ellie als Nächstes tut. Mir erscheint es, als vergingen Minuten, doch vermutlich sind es nur ein paar Sekunden, in denen Ellie sie bestürzt und verlegen beobachtet. Was meine Tochter von diesem Tag des Kennenlernens auch immer erwartet hat – damit hat sie offenbar nicht gerechnet.

Plötzlich kneift sie die Lider zusammen, dreht sich in die andere Richtung, öffnet die Augen in dem sicheren Wissen, dass sie es geschafft hat, den Anblick zu verdrängen, der sie so verstört hat, und rennt in vollem Tempo zum Spielplatz.

Einen Sekundenbruchteil später löst sich Max aus Eves Umarmung und blickt sich um, nur um Ellie zu sehen, die vorausläuft. Viel zu spät, um zu bemerken, was sie gesehen hat.

Was hat sich Max nur dabei gedacht? Ist ihm – oder Eve – nicht der Gedanke gekommen, dass sie nur eine Chance haben, nur eine Gelegenheit, einen guten ersten Eindruck auf Ellie zu machen und sich als ein Paar zu präsentieren, das sie nicht irgendwann ausschließen wird? Hat er sich nicht überlegt, dass Ellie ihre Umarmung sehen und der Anblick ihr das Herz brechen könnte? Ist diese Liebe so berauschend, dass er sich nicht vor Augen halten kann, wie schwer es für Ellie sein muss?

Max und Eve, noch im Unklaren über den Grund von Ellies Spurt zum Spielplatz, eilen ihr hinterher und lachen gemeinsam über einen Scherz.

Als sie sie schließlich einholen, sitzt sie schon auf der Schaukel und schwingt sich in einem mechanischen Rhythmus vor und zurück, der auf jemanden hindeutet, der sich in den Tiefen der eigenen düsteren Gedanken verloren hat.

Max ruft ihr zu und deutet auf einige Bänke am anderen Ende des Spielplatzes. Eve und er setzen sich dorthin. Er legt ihr den Arm um die Schultern, sie ihm die Hand auf den Oberschenkel.

Während ich immer ein Auge auf Ellie halte, geselle ich mich zu Max und Eve auf die Bank.

»Nun, ich würde behaupten, dass es besser läuft, als irgendwer von uns erwartet hätte. Ist mit dir alles okay?« Max fährt mit den Fingern durch die Spitzen von Eves makelloser Frisur.

»Ich glaube schon. Ich kann nicht fassen, wie nervös ich war, als ich auf euch beide gewartet habe. Ich glaube, es war schlimmer als vor einem Bewerbungsgespräch.«

»Es tut mir so leid, dass wir zu spät gekommen sind. Absolut mein Fehler. Selbst nach all der Zeit vergesse ich immer wieder, wie lange es dauert, das Haus zu verlassen, wenn man ein Kind im Schlepptau hat.«

»Schon gut, es macht mir nichts aus. Vielleicht war es sogar gut so. So hatte ich ein paar Augenblicke, um tief durchzuatmen und das Zittern meiner Beine unter Kontrolle zu bringen.«

Sie lächeln sich aufmunternd an, während ich den Moment nutze, um nach Ellie zu sehen.

Sie sitzt noch immer auf der Schaukel, nach wie vor in ihre Gedanken versunken.

»Wie ich dir seit mehreren Wochen erkläre, hattest du überhaupt nichts zu befürchten. Es bestand nie die Gefahr, dass Ellie dich ablehnen würde. Ich kann mir nicht vorstellen, wie jemand an dir etwas finden sollte, das er ablehnen könnte. So jemand müsste verrückt oder schwachsinnig sein. Oder beides. Und Ellie ist weder das eine noch das andere.«

Eve streichelt Max' Bein, und mir dreht sich der Magen um bei der Geste, die ihnen so natürlich erscheint und mir dennoch so fremd ist.

»Es geht überhaupt nicht darum, ob Ellie mich in diesem Augenblick mag, oder? Es geht darum, wie sie es findet, dass du jemand anderen in ihr Leben bringst. Schon der Gedanke, dich mit einem anderen Menschen zu teilen, und sei es nur für einen Nachmittag, muss ihr sehr schwerfallen.«

»Eve, ich möchte wirklich nicht, dass du dir Sorgen machst. Ellie weiß, wie lieb ich sie habe. Und sie verkraftet erheblich mehr, als man denkt, wenn man sie sieht.«

»Oh, du hast sicher recht. Mir tut sie nur so leid. Ich kann mir nicht einmal vorstellen, wie es ist, seine Mutter zu verlieren, wenn man noch so klein ist. Es muss unerträglich schwer für sie sein. Und ich bezweifle nicht, dass es in Zukunft manchmal noch schwerer sein wird. Die Pubertät ohne Mutter wird alles andere als einfach sein.«

Ich weiß, sie möchte nur ihr Mitgefühl bekunden, aber ich finde nicht, dass ausgerechnet Eve mich oder Max darauf hinzuweisen braucht.

»Dass du an so etwas denkst, gehört zu den vielen Gründen, weshalb du so toll bist und warum ich einfach weiß, dass wir es miteinander schaffen. Sie mag dich wirklich. Das merke ich.«

»Ehrlich? Meinst du das ernst? Als sie mich vorhin in die Mangel nahm, war ich mir nicht so sicher, ob ich die richtigen Antworten gegeben habe.«

»Ach, mach dir deswegen keine Gedanken! Sie klingt vielleicht nach Spanischer Inquisition, aber sie bombardiert Fremde nur dann mit Fragen, wenn sie sich wirklich für sie interessiert. Ich glaube, man kann mit Fug und Recht behaupten, dass du im Moment der Hit bist.«

»Sie ist bezaubernd, Max. Du musst sehr stolz auf sie sein. Sie macht dir alle Ehre.«

»Ohne wie ein prahlerischer Dad klingen zu wollen, aber ich finde sie einfach wunderbar. Dass der heutige Tag so gut läuft, ist jedoch auch dir zu verdanken. Ich weiß, welche Sorgen du dir wegen dieses ersten Kennenlernens gemacht hast, doch du hältst dich brillant.«

Eve dankt Max mit einem langen Kuss, in dem Max sich

verliert, und er hat offenbar wenig Absichten, sich in absehbarer Zukunft wiederzufinden.

Ich sehe nach Ellie – jemand muss es ja tun –, und mit einem Stich der Panik stelle ich fest, dass sie auf einem Klettergerüst hockt, das eindeutig für viel größere Kinder gedacht und viel zu hoch für sie ist. Sie wirkt wie an dem Punkt festgeklebt, die Augen auf ihren Vater fixiert, der diesen Eindringling umarmt, im Gesicht einen Ausdruck der Empörung, des Preisgegebenseins, der Wut, der Rachlust. Solch eine Miene habe ich bei ihr noch nie gesehen. Mir kommt es vor, als sei sie in eine komplett neue emotionale Sphäre gerutscht, die ein Bezugssystem aufweist, das Ellie in Rekordzeit lernen muss, obwohl es sich ihrem Begreifen noch lange entziehen wird.

Ich wende mich Max und Eve wieder zu, konzentriere mich mit jeder Faser meines nicht mehr vorhandenen Seins darauf, dass sie sich voneinander lösen sollen, dass sie aufblicken sollen, dass sie die Gefahr bemerken sollen, in der Ellie schwebt. Doch sie sind zu sehr ineinander versunken, zu betört von ihrer Romanze, zu selbstgefällig in ihrer Freude über den vermeintlich erfolgreichen Tag. Ihre Blicke schließen alles andere aus und sind hypnotisch miteinander verschränkt.

Ich schaue wieder zu Ellie. Sie setzt ihren Aufstieg fort, klettert trotzig und furchtlos in eine Höhe, von der sie weiß, dass sie sie überfordert und dass sie dort nicht mehr sicher ist, eine Höhe, von der sie weiß, dass jemand sie daran hindern sollte, sie zu erreichen. Doch niemand ist da, um sie aufzuhalten, niemand kümmert sich um ihre Sicherheit, niemand gibt ihr einen Grund, nicht noch höher hinaufzuklettern.

Ich brülle laut, ich brülle verzweifelt mit jedem wirkungslosen Dezibel, das ich habe, ich brülle Ellie an, sie soll nicht höher klettern, beschwöre sie herunterzukommen, flehe sie an, wieder hinabzusteigen. Und ich brülle auch Max an, bettele darum, dass er nur für eine Sekunde die Augen von Eve nimmt, bettle, dass er endlich bemerkt, wo Ellie ist und was sie tut, dränge ihn, sich zu erinnern, dass er eine siebenjährige Tochter hat, für deren Wohlergehen er allein verantwortlich ist und die gerade seine Liebe auf die unmittelbarste Weise auf die Probe stellt, die ihr möglich ist.

Ellie hat fast die Spitze erreicht und blickt wieder zu Max und Eve, gibt ihnen eine letzte Gelegenheit, sie wahrzunehmen, bietet ihnen eine letzte Chance, stellt sie vor eine Wahl, die deutlicher nicht sein könnte – wenn sie es nur bemerkten –, nämlich, sich für sie zu entscheiden und nicht füreinander.

Ich sehe dorthin, wohin Ellie den Blick gerichtet hat, und muss zu meiner Panik erkennen, dass ihre stumme Bitte so wirkungslos bleibt wie meine Bemühungen. Max und Eve liegen einander noch immer in den Armen, haben Ellies Drohung noch immer nicht bemerkt, sind nach wie vor entsetzlich blind gegenüber der bevorstehenden Gefahr in so geringer Entfernung zu ihnen.

Als ich die Augen wieder auf Ellie richte, wende ich mich ihr gerade rechtzeitig zu, um zu sehen, wie ihr linker Fuß abgleitet, ihre Hände in einem verspäteten Versuch, die Eisenstangen zu packen, durch die Luft fahren, dann stürzt sie mit rudernden Armen und Beinen hinunter.

Ehe sie aufschlägt, höre ich ihren Schrei.

Dann wird alles weiß.

Ich schließe die Augen, hoffe, dass mir nur das Licht einen Streich spielt, verlange, dass es bloß an der Panik liegt, wenn ich Ellie ausgerechnet in diesem kritischen Moment aus dem Blick verliere. Doch als ich die Augen wieder öffne, sehe ich keine Ellie mehr, keinen Spielplatz, kein Anzeichen, welches Schicksal meine Tochter ereilt haben mag. Nur diese hassenswerte kahle, öde Leere rings um mich herum.

Ich weiß nicht, was ich tun soll. Mir ist, als könnte ich nicht denken, als könnte ich mich nicht bewegen, doch ich kann nicht stillhalten. Ich muss zu ihr, auch wenn ich weiß, dass dazu keine Möglichkeit besteht.

Ob ich die Augen schließe oder sie öffne, ich sehe nichts anderes als ein entsetzliches Bild nach dem anderen, schauderhafte Szenen, die sich in meinem Kopf einnisten und nicht weichen wollen, ganz gleich, wie sehr ich mich anstrenge, sie hinauszudrängen.

Was, wenn sie wirklich ernsthaft verletzt ist? Was, wenn sie sich etwas gebrochen hat? Wenn … wenn dieser Bruch lebensbedrohlich ist? Was, wenn sie mit dem Kopf zuerst aufgekommen ist? Was dann? Was, wenn das, was passiert ist, ausgerechnet das ist, was ich mir nicht vorzustellen vermag?

Nie hat es einen Moment gegeben, in dem ich bereitwilliger einen Handel eingegangen wäre – wenn es mir nur möglich gewesen wäre. Ich täte alles, wirklich alles, verspreche ich, wenn es Ellie nur gut geht. Ich höre auf zu hoffen, dass Max' Beziehung scheitert, ich höre auf, mir zu wünschen, dass Ellie sie beendet, ich höre auf, die Kürze meines Lebens zu beklagen. Ich werde nie wieder um etwas anderes bitten.

Was immer du willst, was immer ich zu geben habe, bitte nimm es, bitte, und sorge dafür, dass es Ellie gut geht!

19

Stunden sind vergangen. Lange, schmerzvolle, unendliche Stunden. Stunden voller Angst und Sorge, voller panischer Angebote an jemanden oder etwas, von dem ich nicht einmal sicher bin, ob ich an ihn oder es glaube, geschweige denn, dass ich es sehen oder mich gar seiner Existenz vergewissern könnte.

Noch immer weiß ich nichts Neues. Ich bezweifle, ob es etwas Schlimmeres gibt, als allein auf möglicherweise schlechte Nachrichten zu warten. Diese Dehnung der Zeit, dieser Wissensmangel, diese sorgenerfüllte Isolation sind allesamt weit schwerer zu ertragen als jeder physische Schmerz, den ich jemals erdulden musste, selbst schlimmer als der Schmerz am Ende, der mich hierherbrachte.

Ich glaube nicht, dass ich meine unergründliche weiße Welt je als so abweisend empfunden habe. Als so streng. Oder so einsam. Sie hat sich nie so weit angefühlt, so leer, so fern von allen, die ich kenne und liebe. Sie sind eine Ewigkeit entfernt, und obwohl ich tief in mir immer gewusst habe, dass uns nicht nur der unberechenbare weiße Nebel trennt, der mir die Sicht verdeckt, sondern auch die Schranke zwischen Aktiv und Passiv, zwischen der Welt der Lebenden und dem Jenseits, zwischen Leben und Tod, empfinde ich es erst jetzt, qualvoll und tief, als hätte das Wissen sich in mein nutzloses Herz gebrannt und fräße sich jetzt durch allen Trost, allen Halt, alle Illusion von Teilhabe, die mir noch geblieben sind.

Im Moment weiß ich nicht einmal, ob ich überhaupt darauf vertrauen darf, sie jemals wiederzusehen.

Ständig sehe ich Ellie ganz oben auf dem Klettergerüst vor mir, den Augenblick ihres Sturzes in Superzeitlupe, jedes einzelne Bild für sich grauenerregend. Alles verhöhnt mich für mein Unvermögen einzuschreiten, sie aufzuhalten, sie zu retten. Jede Sekunde ist eine grausame Erinnerung an meine Machtlosigkeit.

Welchen Sinn hat dieser Blick aus dem Jenseits, wenn er nicht mit den Kräften eines Schutzengels einhergeht? Wenn ich keine Tragödien verhindern kann? Wenn ich nicht das Geringste tun kann, um mein kleines Mädchen vor Schaden zu bewahren?

Bitte, lass alles in Ordnung sein! Bitte! Ich werde nie wieder um etwas bitten. Ich verspreche es.

Etwas flackert unter mir, und nicht zum ersten Mal in den letzten Stunden lasse ich meiner Hoffnung freien Lauf, dass es jetzt vielleicht so weit ist, dass die Wolken sich jetzt vielleicht auflösen, dass ich sie jetzt vielleicht sehen darf, damit ich schauen kann, wie es ihr geht.

Ich strenge die Augen an, entschlossen, mich auf das zu konzentrieren, was unter mir liegt, mir einen Weg durch den weißen Nebel zu bahnen. Durch schiere Kraft meines Willens, meiner Verzweiflung und meiner mütterlichen Beharrlichkeit will ich die Welt in Sicht bringen und den Weg zurück zu meiner Tochter finden, die mich braucht.

Und plötzlich gehorchen die Wolken, und ich bin da, ich bin zurück. Allerdings befindet Ellie sich an dem Ort, den ich am meisten gefürchtet habe. Ich bin in einem Krankenzimmer, in einem mit blauen Vorhängen abgetrennten Bereich.

Max und Eve sitzen auf Stühlen neben einem Bett, in dem mein kleines Mädchen mit dem Arm in einer Schlinge und einem Gesicht liegt, das fast so weiß ist wie das steife Laken unter ihr.

»Wie fühlt sich dein Arm denn jetzt an, Engel?«

»Er tut noch ein bisschen weh, besonders, wenn ich ihn bewegen will.«

»Na, du weißt ja, was du dann machen kannst, oder? Du bewegst ihn einfach nicht. Ich bin mir sicher, morgen früh fühlt er sich schon viel besser an. Wir haben Glück, dass du nur eine Verstauchung hast und bloß eine ganz leichte Gehirnerschütterung. Als du da bewusstlos am Boden lagst, da dachte ich kurz, es wäre etwas viel Schlimmeres passiert. Wie die nette Ärztin sagte, hast du großes Glück gehabt, dass du dich nicht viel schwerer verletzt hast. Ehrlich, ich weiß nicht, was du dir dabei gedacht hast, auf so ein hohes Gerüst zu klettern.«

Nur eine Verstauchung und eine sehr leichte Gehirnerschütterung. Gott sei Dank! Dank sei jedem, dem gedankt werden muss! Die Erleichterung ist wunderbar, und ich möchte sie genießen.

Aber sie ist bewusstlos gewesen, meine geliebte Kleine. Sie hat dagelegen, auf dem Boden, ohne sich zu bewegen. Armer Max! Die Qualen, die er ausgestanden haben muss, kann ich mir nur zu gut vorstellen.

»Es tut mir leid, Daddy.«

Max streicht Ellie über die Stirn und küsst nacheinander alle ihre nicht verbundenen Finger. »Dir braucht gar nichts leidzutun, Schatz. Ich bin nur so erleichtert, dass es dir gut geht. Du hast uns eine Heidenangst eingejagt, Schatz. Wenn ich mir vorstelle, wie tief du gestürzt bist ...«

Max' nicht beendeter Satz verliert sich in einer Parallelwelt von Möglichkeiten, die keiner von uns auszusprechen wagt. Seine Stimme schwankt leicht und untermalt damit den Film aus Salzwasser, den er wegblinzelt, ehe Ellie ihn bemerken kann. Ich sehe, dass Eve ihn beobachtet, und frage mich, wie eine Frau einem Mann widerstehen soll, der weint, weil seine Tochter gerade von einem schlimmen Schicksal verschont wurde.

»Wann können wir denn nach Hause fahren, Daddy? Hier ist es echt total langweilig.«

»Im Krankenhaus ist es immer langweilig, fürchte ich, Schatz. Fahren können wir, sobald die Ärztin wiederkommt und dich entlässt. Das sollte nicht mehr lange dauern.«

Max lächelt Eve entschuldigend an. Ihren ersten gemeinsamen öffentlichen Auftritt hatten sie sich gewiss anders vorgestellt.

Ellie bemerkt ihren stummen Austausch, und ich sehe, wie ihre Miene von Langeweile in Angst umschlägt. »Daddy, bist du sauer auf mich?« Ellies Stimme klingt zögerlich, als wäre sie noch nicht ganz überzeugt, dass sie bereit ist, aus der Deckung zu treten.

»Wieso sollte denn jemand sauer auf dich sein, Engel?«

Ellie lässt den Kopf hängen, und man kann unmöglich sagen, ob aus Verlegenheit, Angst oder Scham. »Weil ich zu hoch raufgeklettert und runtergefallen bin und uns den Tag verdorben hab.«

Max nimmt ihre Hand und lächelt sie fragend an, als wäre er sich unsicher, was diese vorübergehende Sorge verursacht haben könnte. »Sei nicht albern, Schatz! Natürlich sind wir nicht sauer auf dich. Das war ein schlimmer Unfall, und niemand gibt dir irgendwelche Schuld. Wir machen uns nur Sorgen um dich, das ist alles. Aber du wirst schnell wieder gesund, nicht wahr?«

Ellie nickt stockend und scheint von Max' Beteuerung nicht überzeugt zu sein. »Versprichst du mir, dass du nicht wütend bist?«

Max schenkt ihr das geduldige, sanfte, väterliche Lächeln,

das er exklusiv für Ellie reserviert hat. »Soll ich dir etwas sagen, Schatz? Etwas, das Mummy immer gesagt hat, nachdem du zur Welt gekommen warst? Sie sagte, dass sich alles ändert, wenn man ein Kind bekommen hat. Man macht sich nicht mehr um sich selbst Gedanken, sondern man sorgt sich nur noch um diesen winzigen Menschen. Und es ist erstaunlich, wie ein kleiner Mensch – wie du – dann dein ganzes Universum übernehmen kann. Aber das hast du gemacht, und du tust es noch immer. Denn kaum waren Mummy und ich Eltern, wollten wir auf der ganzen Welt nichts mehr, als dich glücklich, gesund und sicher zu wissen. Wenn dir also etwas Schlimmes passiert, ganz gleich, was, ganz gleich, wieso, dann interessiert mich nur, dass es dir wieder besser geht und du wieder in Ordnung kommst. Verstehst du?«

Ellie blickt Max forschend an, dann zeigt ihr Gesicht ein zögerndes Lächeln, als begriffe sie Max' Erklärung nur teilweise, entnähme ihr aber den Trost, den sie sucht.

»Ellie, was hältst du davon, wenn ich gucke, ob ich irgendwo ein bisschen Schokolade finde? Ich glaube, wir alle brauchen jetzt etwas Energie. Das ist doch okay, Max, oder?«

Er nickt und lächelt zustimmend, und Eve schlüpft hinter den gemusterten blauen Polyestervorhang und lässt Max und Ellie allein, zum ersten Mal seit dem Unfall, soweit ich weiß.

Max blickt sich über die Schulter, als wollte er schauen, ob die Luft rein ist. »Also, was hältst du von Eve? Ich weiß, es ist ein seltsamer Tag, aber vor deinem Unfall hatten wir doch eigentlich eine schöne Zeit, oder?«

Ellie sieht nachdenklich drein, als riefe sie sich Ereignisse von vor ein paar Stunden ins Gedächtnis, die zu vergessen sie bereits beschlossen hat. »Sie ist okay.«

Die Enttäuschung steht Max so deutlich ins Gesicht geschrieben, als wäre es ein offenes Buch. »Aber sie ist doch wirklich freundlich zu dir gewesen, oder? Als sie auf dem Weg hierher bei dir hinten im Wagen saß – da hat sie sich doch sehr nett um dich gekümmert, oder?«

Ich weiß nicht, was unangenehmer ist: zu sehen, wie verzweifelt Max darum buhlt, dass Ellie ein wenig Anerkennung zeigt, oder mir vorzustellen, wie Eve mein kleines Mädchen auf dem Weg zum Krankenhaus in den Armen gehalten hat.

»Ich denke schon.«

»Und sie war doch unterhaltsam, während wir hier festsaßen, oder? Sie hat uns die vielen lustigen Geschichten von den Übeltaten ihrer Schüler erzählt.«

Ellie nickt teilnahmslos. »Daddy? Kommt Eve jetzt immer bei unseren Ausflügen mit?«

Max schaut ein wenig verdutzt drein, als wäre ihm der Gedanke noch nie gekommen. »Aber natürlich nicht, Schatz. Ich wollte nur, dass du sie kennenlernst, das ist alles. Ich meine, es wäre ja schön, wenn wir sie manchmal einladen würden, etwas mit uns zu unternehmen, findest du nicht auch? Denn mir würde es gefallen, und ich glaube, ihr auch. Sie mag dich wirklich, Ellie. Das hat sie mir erzählt. Sie sagte, du bist bezaubernd – ihre Worte, nicht meine.«

Ellie lächelt schüchtern, doch ich glaube, es erfordert mehr als ein einziges Kompliment, um sie für Eve einzunehmen.

»Schatz, ich habe sogar überlegt, ob wir Eve vielleicht auf deine Geburtstagsparty einladen wollen?«

Max wirkt hinreichend unsicher, ob dies eine gute Idee ist oder nicht. Ich kann nicht fassen, dass er es überhaupt vorschlägt. Nicht so bald, nicht jetzt schon, nicht nach allem, was heute geschehen ist.

»Hm, da kennt sie doch keinen.«

»Das stimmt. Sie würde die Leute aber kennenlernen, oder? Es kommen schließlich viele nette Leute, stimmt's?«

Ellie zieht sich in eine zeitweilige Innenschau zurück. Du darfst ruhig misstrauisch sein, möchte ich ihr zurufen. Du musst nicht zustimmen, wenn du nicht möchtest. Daddy wird dich auch dann noch lieb haben, wenn du nicht willst, dass seine neue Freundin zu deiner Geburtstagsparty kommt.

»Aber, Daddy, du hast gesagt, auf meiner Party wird es schon eng im Haus, und deshalb darf ich nur zehn von meinen Freundinnen einladen.« In Ellies Augen blitzt ein spitzbübisches Funkeln auf.

Max presst die Lippen zusammen, um sein Lächeln zu kaschieren. »Du hast recht, Ellie, das habe ich gesagt. Zehn Freundinnen sind ja auch eine Menge, nicht wahr?«

»Aber wenn du eine Freundin zusätzlich zu meiner Party einladen darfst, sollte ich dann nicht auch eine Freundin extra einladen dürfen?« Ellie sieht zu Max hoch, die dunklen Augen in gespielter Unschuld geweitet.

Max begegnet ihrem Blick mit dem Ernst, der den stattfindenden Unterhandlungen angemessen ist. »Okay, Ellie. Das kommt mir fair vor. Wenn Eve zu deiner Party kommt, dann kannst du auch noch eine Freundin einladen. Wen willst du denn noch gern dabeihaben?«

Ellie kneift nachdenklich die Augen zusammen. »Die Sache ist die, ich möchte gern Lottie einladen, aber Emily genauso. Und weil sie beste Freundinnen sind, wäre es ja schade, wenn sie nicht beide kommen können.«

Max lächelt. Inzwischen ist er ein williger Komplize, der von unserem kleinen Mädchen geschickt um den Finger gewickelt wird. »Und was schlägst du da vor, mein Schatz?«

»Nun, du sagst ja immer, dass es wichtig ist, in der Schule nett zu sein und niemanden auszuschließen. Deshalb denke ich, ich sollte wirklich Lottie und Emily einladen. Nur, um fair zu sein.«

Max kann das Lachen nicht mehr zurückhalten. »Du kämpfst mit harten Bandagen, Ellie Myerson, aber abgemacht. Lottie, Emily und Eve sind nun alle offiziell zu deiner Geburtstagsfeier eingeladen. Ich hoffe nur, wir finden eine Torte, die groß genug ist für so viele Gäste.«

Ich kann es nicht fassen. Von allen Menschen auf der Welt ist Eve die Letzte, die zu Ellies Geburtstagsparty gehen sollte. Selbst ich durfte vergangenes Jahr nicht dabei sein. Ich weiß nicht, wie ich es verwinden soll, wenn es dieses Jahr wieder so ist, wenn mir mein Zugang an diesem Tag nicht gewährt wird, wenn ich weiß, dass Eve mit meiner Tochter Geburtstag feiert und ich nicht einmal still aus der Ferne zusehen darf.

Ellie feiert ihren Sieg, indem sie vom Bett rutscht und Max mit dem gesunden Arm umschlingt.

In diesem Moment wird der blaue Vorhang beiseitegezogen, und Eve kehrt zurück, eine Tafel Milchschokolade von der Größe eines Nummernschildes in der Hand und eine junge Ärztin im Schlepptau.

»Na, meine Liebe, ich kann mich nicht erinnern, dass ich dir schon erlaubt habe aufzustehen, oder? Und du weißt ja, dass du die ärztlichen Anweisungen befolgen musst, solange du bei uns bist?«

Ellie kichert verlegen und steigt mit Max' Hilfe in das gestärkte weiße Leinen zurück.

»Nun, ich denke, du kannst nach Hause gehen, wenn du es übers Herz bringst, uns zu verlassen. Mum und Dad schlage ich vor, dich früh ins Bett zu stecken und dich in den nächsten vierundzwanzig Stunden zu beobachten. Bei irgendwelchen Anzeichen von Übelkeit oder Benommenheit – und auf jeden Fall, wenn sie brechen muss! –, bringen Sie sie sofort wieder her! Davon abgesehen, Ellie, rate ich dir, in nächster Zeit um Klettergerüste einen großen Bogen zu machen.«

Mum und Dad. Solch einen Irrtum begeht man leicht. Nicht so leicht ist es, dabei untätig zuzusehen.

Und wie es scheint, führt diese Fehlinterpretation nicht einmal zu einer Röte in den Gesichtern meines Mannes oder seiner neuen Freundin. Nicht einmal Ellie macht sich die Mühe, der Ärztin zu widersprechen.

Als die Ärztin die Kabine verlässt und der Vorhang sich hinter ihr schließt, endet mein Zugang augenblicklich, ohne das leiseste Flackern in der Luft, das mich normalerweise warnt, wenn meine Zeit aufgebraucht ist.

In vielerlei Hinsicht waren es quälende Stunden. Und obwohl ich unaussprechlich dankbar bin, nun zu wissen, dass mein kleines Mädchen keinen bleibenden Schaden davongetragen hat, kann ich mich nicht der Erleichterung erwehren, dass dieser Tag endlich vorüber ist.

20

»Na, komm, mein Schatz! Ich bringe dich zu Bett.«

Ich stehe im Flur unseres Hauses, als Max, Eve und Ellie durch die Vordertür hereinkommen. Alle drei tragen sie dieselbe Kleidung wie bei meinem letzten Besuch. Ellies Arm steckt immer noch in der Schlinge, und die Dunkelheit draußen verrät mir, dass wir das letzte Kapitel dieses Tages beginnen.

Dreimal an einem Tag. Das gab es noch nie.

»Ooooch, kann ich nicht noch was aufbleiben? So spät ist es noch gar nicht.«

»Nein, heute Abend nicht, Schatz, tut mir leid. Es ist längst Schlafenszeit, und nach dem abenteuerlichen Tag, den du hinter dir hast, brauchst du Ruhe.«

»Aber die Ärztin hat doch gesagt, du sollst mich beobachten, und das kannst du nicht, wenn ich im Bett bin. Darf ich nicht noch ein bisschen aufbleiben? Ich bin nicht mal müde!«

»Du bist übermüdet, Engel. Deshalb müssen wir dich in dein Zimmer bringen. Sag Eve Gute Nacht, und ich komme mit dir hoch und decke dich zu.«

Ellie stößt ein theatralisches Seufzen aus und wünscht Eve im Vorbeigehen eine gute Nacht.

Als Max ihr über die Treppe nach oben folgt, dreht er sich um und bedenkt Eve mit einem entschuldigenden Schulterzucken. Ich bin mir nicht sicher, ob er sich für Ellies Benehmen entschuldigt oder für die Unterbrechung ihres Abends.

Während Max Ellie sanft in ihr Zimmer schiebt, verweile

ich unten bei Eve und beobachte sie, wie sie durch mein früheres Wohnzimmer streift und sich umsieht. Ich wüsste gern, wie oft sie schon hier gewesen ist und was sie von meinem Zuhause denkt, diesem fotografischen Schrein eines Lebens, zu dem sie nie gehört hat. Hier steht ein gerahmtes Hochzeitsfoto von Max und mir, daneben eines von uns während der Hochzeitsreise. Dort sind wir drei im Krankenhaus an dem Tag, an dem Ellie zur Welt kam, und dann umarmen wir uns über ihrem Kuchen an ihrem ersten Geburtstag. Große gerahmte Montagen zeigen unseren Urlaub in Italien und den anderen in Griechenland. Für Erweiterungen ist bemerkenswert wenig Platz.

Eve mustert sämtliche Fotos, wie es gewiss jede neue Partnerin tun würde, und ich frage mich, was sie von ihnen hält: ob es sie traurig macht, dass sie kein Teil dieser Familie ist, ob sie sich bedroht fühlt, weil hier ein Glück herrschte, mit dem sie nicht konkurrieren kann, oder ob sie wütend ist, weil Max noch nicht bereit ist, die Gespenster der Vergangenheit aufzugeben, obwohl sie ihm so eine unleugbar attraktive Gegenwart bietet. Vielleicht stellt sie sich auch schon den Tag vor, an dem sie alles herunterreißt und durch Fotos ersetzt, auf denen sie zu sehen ist.

Als Max wieder in den Raum kommt, wirkt er angespannter, als er gern möchte.

»Ist alles okay? Möchte Ellie noch immer nicht ins Bett?«

»Ach, das ist es nicht. Sie ist nur wirklich durch den Wind. Normalerweise macht sie gar kein Theater beim Zubettgehen. Aber heute war es ein bisschen viel für sie.«

Ich weiß nicht, ob mit Absicht oder nicht, doch in Max' Stimme ist ein leiser Vorwurf zu hören, als er sich aufs Sofa wirft. Er winkt Eve zu sich und legt ihr den Arm locker um die Schultern. Der Geste fehlt die Überzeugung, die Hingabe, die Eve vielleicht schon von ihm erwartet.

»Na ja, es muss ein schlimmer Schreck gewesen sein, aus so großer Höhe zu fallen. Und du sagst, sie war zum ersten Mal im Krankenhaus. Das ist für niemanden schön.«

»Es ist noch mehr. Ach, ich weiß es nicht. Vielleicht haben wir die Dinge überstürzt. Vielleicht ging es alles zu schnell. Vielleicht hätten wir doch noch warten sollen, dich mit ihr bekannt zu machen.«

Eve erstarrt, als wappnete sie sich für einen nicht näher bestimmten Angriff, und eine Härte tritt in ihr Gesicht, die ich noch nie bei ihr gesehen habe. »Um ehrlich zu sein, habe ich von Anfang an gesagt, dass ich es für ein wenig übereilt halte.«

»Na ja, jetzt wünschte ich mir, du hättest dich mehr angestrengt bei dem Versuch, es mir auszureden.«

Die Härte entwickelt sich zu Verärgerung, und Eve löst sich aus Max' flüchtiger Umarmung. »Max, es war deine Idee. Du bist es, der schon eine ganze Weile darauf drängt, während ich mich so vorsichtig wie möglich verhalte und versuche zu unterstützen, was immer du für das Beste hältst. Es ist wirklich nicht okay, wenn du jetzt mir die Schuld gibst, dass es nicht nach Plan gelaufen ist.«

»Ich gebe dir keine Schuld. Jetzt im Nachhinein denke ich nur, dass wir vielleicht doch besser gewartet hätten, das ist alles. Es hat ihr eindeutig stärker zugesetzt, als wir gedacht hatten.«

Eve springt vom Sofa auf und sucht mit den Füßen nach ihren Schuhen.

Was sie tut, sieht verdächtig nach Vorbereitungen für den Aufbruch aus.

»Als *wir* dachten? Ich erinnere mich nicht, dass dir während unserer vielen Gespräche meine Bedenken so wichtig erschienen. Wie oft habe ich gesagt, dass ich finde, wir sollten

Ellie nicht damit überfallen? Mein Gott, ich weiß nicht, wieso ich je annahm, dass es funktionieren könnte!«

Max starrt sie mit offenem Mund an, eindeutig verblüfft, dass ein paar beiläufige Bemerkungen solch einen Ausbruch auslösen können. »Du willst doch nicht etwa gehen, oder? Es tut mir leid. Ich hatte nicht die Absicht, etwas an dir auszulassen. Es war nur einfach ein schwieriger Tag.«

»Das weiß ich, Max. Ich war dabei. Für mich war der Tag auch schwierig. Auch wenn du das bequemerweise vergessen hast in deiner Eile, mir die Schuld an alldem in die Schuhe zu schieben.«

»Ich gebe dir an nichts die Schuld. Es tut mir leid, wenn es so rüberkam. He, was ist denn los?«

Max versucht, Eve beruhigend über den Arm zu streichen, doch sie schüttelt seine Hand mit einer Heftigkeit ab, die wohl alle von uns überrascht, sie eingeschlossen.

»Es war dumm von mir zu glauben, dass es je funktionieren könnte. Es wird nicht funktionieren. Ich hätte es von Anfang an wissen müssen.«

»Wovon redest du denn da? Ellie kommt schon damit klar, sie ist nur vorübergehend angeschlagen. Ich hatte noch gar keine Gelegenheit, es dir zu sagen, aber sie will dich sogar zu ihrer Geburtstagsparty im nächsten Monat einladen. Ich weiß nicht, wie der Tag besser hätte laufen können. Du etwa?«

Sie stehen nun beide, den Kamin zwischen sich.

Max blickt Eve beschwörend an, verzweifelt bemüht, Abbitte zu leisten für jedes Fehlverhalten, das er unbeabsichtigt begangen hat.

Eve wirft den Kopf herum und sieht ihn an. Ihr Gesicht ist verzerrt von Empörung, von Enttäuschung und noch etwas, das ich nicht deuten kann. »Was, damit wir glückliche Familie spielen können? So einfach ist das aber nicht, Max. Es tut mir leid, wir hätten es nie so weit kommen lassen dürfen. Ich werde jetzt gehen, es ist am besten so.«

»Bitte, geh nicht! Ich verstehe nicht, was los ist. Ich möchte, dass du bleibst.«

»Es hat keinen Sinn. Du begreifst es nicht. Es hat einfach keinen Sinn.« In ihrer Stimme klingen eine Verzweiflung und eine Niedergeschlagenheit mit, die für das Gespräch, das sie führen, völlig überzogen wirken.

Ich bin so perplex wie Max.

»Was meinst du damit, es hat keinen Sinn? Was hätte denn mehr Sinn? Wir passen fantastisch zusammen, du und ich. Das weißt du so gut wie ich.«

»Aber manchmal reicht das einfach nicht aus, Max. Wirklich, bitte mach es mir nicht noch schwerer, als es schon ist!«

»Eve, was immer hier vorgeht, wie immer ich dich so durcheinandergebracht habe, es tut mir leid. Was immer es ist, wir bewältigen es, das verspreche ich. Und der Grund, wieso ich dir dieses Versprechen geben kann, ist der: Ich liebe dich.«

Drei kleine Worte. Die drei Worte, die auszusprechen so wenig Energie kostet und die dennoch alles bedeuten. Es sind die Worte, von denen ich wusste, dass sie mir das ohnehin zerstörte Herz zerreißen würden, sobald ich jemals hören würde, wenn er sie zu einer anderen sagt. Und nun hat er es getan, und es wirkt, wie ich es mir vorgestellt habe: Ein heißes, brennendes Gefühl rast mir durch die Adern und droht, mich von innen heraus zu verdorren.

»Sag das nicht, Max! Verschwende das nicht an mich! Du solltest das nicht an mich verschwenden.«

»Es ist nicht verschwendet. Es ist die Wahrheit. Ich wusste es schon von Anfang an, und jetzt, da ich es ausgesprochen habe, kann ich nicht sagen, wieso um alles in der Welt ich so lange damit gewartet habe, es dir zu sagen. Ich liebe dich, und ich möchte mit dir zusammen sein. Deshalb erklär mir bitte, was los ist!« Max legt die Arme um sie, und als er sie an sich zieht, bricht sie in Tränen aus, in tiefe Schluchzer. Sie lässt sich von Max zum Sofa zurückführen, und seine Schultern entspannen sich vor Erleichterung, weil er eine Krise aufgeschoben, wenn nicht sogar abgewendet hat.

»Ich kann es nicht. Es tut mir leid, Max. Ich kann es einfach nicht. Wenn ich es dir erzähle, macht es keinen Unterschied aus. Davon wird nichts besser. Es wird nur alles schlimmer. Vertrau mir einfach!«

»Mir was erzählen? Was kann so schlimm sein, dass du es mir nicht erzählen kannst? Es kann nicht schlimmer sein als manches, was ich dir erzählt habe.«

Eve hebt den Blick, und ich sehe in ihren Augen eine Last, die zu schwer ist, als dass man sie allein tragen könnte. »Doch, Max, das ist es. Es ist schlimmer. Und es tut mir so furchtbar leid, dass ich es dir nicht eher gesagt habe. Du ahnst nicht, wie oft ich es dir im vergangenen halben Jahr erzählen wollte, und ich weiß, es klingt abgeschmackt, doch der Augenblick war eben nie der richtige. Ich wollte nicht riskieren, etwas zu zerstören, von dem ich wusste, dass es eine gute Sache ist. Ich glaube nämlich nicht, dass Verbindungen wie diese sehr oft vorkommen, und ich wollte sie auf keinen Fall aufs Spiel setzen. Das ist der einzige Grund, weshalb ich nie etwas gesagt habe. Kannst du mir wenigstens das glauben?«

Max nickt.

Sämtliche Ruhe und Zuversicht sind aus seinem Gesicht verschwunden und einer Beklommenheit in seinen Augen gewichen, einem Grauen vor der Wahrheit, die nun zutage treten soll. Die momentane Stille zwischen ihnen wirkt ohrenbetäubend, eine Stille, die sich in den Katalysator für eine Myriade von Enttäuschungen verwandeln kann.

Eve nimmt einen tiefen Atemzug und schließt die Augen, kämpft gegen die Flut ihrer eigenen Tränen an. Als sie sie wieder öffnet, sieht sie Max an und beginnt zu reden. »Als ich noch ein Kind war, waren die besten Freunde meiner Eltern ein Ehepaar namens Duncan und Julie. Sie waren die Art Freunde, die alles zusammen unternahmen – sie fuhren gemeinsam übers Wochenende weg, grillten am Sonntag, kümmerten sich gegenseitig um uns Kinder. Sie waren wirklich wie eine erweiterte Familie. Aber als ich fünfzehn war, trennten Duncan und Julie sich. Aus irgendeinem Grund – ich habe ihn nie erfahren – stellten sich meine Eltern auf Duncans Seite, und ich sah Julie nie wieder. Ich kannte Duncan mein ganzes Leben lang, und im Rückblick würde ich sagen, dass ich ein wenig für ihn geschwärmt habe. Er war lustig und charmant, und um diese Zeit bemerkte ich zum ersten Mal, dass er auch gut aussah. Ich erinnere mich nicht, dass es mir je aufgefallen wäre, bevor er und Julie sich trennten. Er verbrachte viel Zeit bei uns, und manchmal redeten wir beide stundenlang miteinander, allein. Allmählich begann er, mich einzuweihen, wie es zu seiner Trennung gekommen war, und erzählte all die abgeschmackten Geschichten, wie und warum sie einander fremd geworden waren. Nur war ich erst fünfzehn und wusste überhaupt nicht, dass es abgeschmackte Geschichten gab. Mir schmeichelten seine Aufmerksamkeit und die Tatsache, dass ein Erwachsener mit mir redete wie mit einer Gleichaltrigen. Du weißt selbst, wie es ist, wenn du fünfzehn bist und dir nur wünschst, dass die Menschen dich wie einen Erwachsenen behandeln. Da dämmert es dir nicht, dass gerade das verzweifelte Bedürfnis danach dich noch immer als Kind kennzeichnet. Um eine quälerisch lange Geschichte kurz zu machen, eines führte zum anderen, und ehe ich wirklich Zeit bekam, um über das nachzudenken, was da geschah, hatte ich eine Affäre mit Duncan. Nur ist ›Affäre‹ vermutlich ein zu großes Wort dafür. Eher war es ein sechswöchiger Irrtum. Ich hatte erst zwei Jungen geküsst, und keine dieser Begegnungen hatte für mich die Welt in Brand gesetzt. Ich nehme an, Duncan gab mir das Gefühl, die Frau zu sein, die ich sein wollte, ohne dass mir klar war, dass ich dazu noch nicht bereit war. Er hätte sich überhaupt nie auf diese Weise mein Vertrauen erschleichen dürfen, nie seinen erbärmlich willensschwachen Wünschen nachgeben, sich niemals mit einem so jungen Mädchen einlassen dürfen, schon gar nicht, weil er damit auch meine Eltern hinterging. Er war ein absoluter Dreckskerl, doch ich brauchte eine ganze Weile, bis ich das begriff.«

»Ein Dreckskerl, Eve? Der Mann hat dich ausgenutzt, er hat das Vertrauen deiner Eltern missbraucht, er hat das Gesetz gebrochen, meine Güte. Er gehört hinter Gitter.« Max kocht vor Wut.

Eve muss ihm fest und beruhigend die Hand auf die Schulter legen, nur damit er bei ihr auf dem Sofa bleibt. »Max, ich weiß, es ist schwer, aber du hast versprochen, mich zu Ende reden zu lassen. Es tut mir so leid; das ist wirklich nur die Einleitung.«

Er sieht Eve wieder an und begegnet ihrem beschwörenden Blick. Sein Gesicht zeigt Ungläubigkeit und Enttäuschung und die Angst eines Menschen, der sieht, wie die Vergangenheit aus der Dunkelheit heranschießt, um ihn zu attackieren, während eine Zukunft, auf die er gehofft hatte, ihm unkontrollierbar aus den Händen gleitet.

Ich blicke Eve an und entdecke auch in ihren Augen Unbehagen. Ihr Gesicht offenbart Besorgnis und eine Geschichte, die sich bislang hinter ihrer Schönheit versteckt hat. Bei allen denkbaren Geheimnissen in Eves ansonsten makellosem Schrank bezweifle ich, dass Max auf so etwas besser vorbereitet gewesen ist als ich.

Eve lässt die Hand von Max' Schulter auf den eigenen Schoß sinken und beginnt, den Ring an ihrem rechten Mittelfinger geistesabwesend zu drehen. Sie atmet tief durch, als hoffe sie, so die Kraft zu finden, die sie braucht, um fortzufahren. »Der Grund, weshalb es nur ein paar Wochen hielt – sonst wäre es vielleicht viel länger weitergegangen –, war der, dass ich schwanger wurde. Wir hatten nicht verhütet, was mich im Rückblick erstaunt; nicht, dass ich damals auf den Gedanken gekommen wäre, denn Fünfzehnjährige nehmen nur zu gern an, dass ihnen nichts geschehen kann. Doch ich kann es noch immer nicht fassen, dass Duncan das Risiko eingegangen ist.«

Eve war schwanger? Mit fünfzehn? Ich glaube nicht, ob ich mir eine Erwachsene vorstellen kann, der ich weniger zugetraut hätte, dieses Geheimnis mit sich herumzutragen. Ich bin entgeistert, aber ich bin nicht so fassungslos wie Max, dem ungläubigen Gesichtsausdruck nach zu urteilen, mit dem er Eve mit aufgerissenen Augen anstarrt, als bräuchte er dringend jede verfügbare Sekunde, um seine Partnerin neu einzuordnen.

»Plötzlich war das Unvorstellbare entsetzlich real. Ich war fünfzehn und schwanger von einem zweiundvierzigjährigen Freund meiner Eltern. Es war, als wäre mein schlimmster Albtraum wahr geworden. Du machst dir keine Vorstellung, wie streng und konventionell meine Eltern waren. Ich wusste einfach, dass sie nie darüber hinwegkommen würden. Also tat ich das, was man tut, wenn man fünfzehn ist und zu spät bemerkt, dass man einen entsetzlichen Fehler begangen hat: Ich hielt es geheim. Zu Duncan sagte ich nur, dass ich die Affäre beenden wollte, und wenn er mich nicht in Ruhe ließe, würde ich meinen Eltern erzählen, was geschehen war. Das reichte aus, damit er sich auf der Stelle komplett von mir zurückzog. Dann steckte ich den Kopf in den Sand und hoffte, dass es irgendwie, durch ein Wunder, weggehen würde. Ich weiß wirklich nicht, was ich mir dabei gedachte habe. Ich glaube, ich dachte überhaupt nicht viel. Vermutlich hatte ich einfach Panik. Ich tat so, als wäre nichts geschehen, und ließ Monate in einem Zustand kompletter Verleugnung verstreichen. Erst als ich schon über den vierten Monat hinaus war, bemerkte meine Mutter, dass ich zunahm, obwohl ich wochenlang kaum mehr als Toast gegessen hatte. Nach einem einzigen Besuch beim Hausarzt kannte sie den Grund. Selbst da noch, selbst noch auf dem Weg zur Praxis, dachte ich, dass es sich irgendwie als nicht wahr erweisen könnte. Ich hoffte, der Arzt würde entdecken, dass mit mir etwas ganz anderes nicht stimmte, dass das Baby unerklärlicherweise verschwunden wäre. Ich nehme an, ich hoffte, dass meine Angst sich für mich um das Problem gekümmert hätte. Meine Eltern waren so entsetzt, wie ich es erwartet hatte, so wie alle Eltern es wären. Das Perverse daran war jedoch, dass sie in keiner Weise auf Duncan wütend waren. Sie drohten ihm nicht einmal mit der Polizei. Ihr ganzer Zorn landete vor meinen Füßen: Ich hätte ihnen Schande gebracht, sie hätten mich nicht so unmoralisch erzogen, ich hätte mein Leben weggeworfen. Sie könnten meinen Anblick nicht mehr ertragen, verabscheuten mich – es war eine ziemlich drastische Litanei der Enttäuschungen. Sie bestanden auf einer Abtreibung, und niemand sollte je davon erfahren. Und ich stimmte zu, weil ich nicht wusste, was ich sonst tun sollte. Ich glaube, dass ich in diesem Stadium beinahe erleichtert war, dass jemand für mich die Entscheidung traf. Ich wollte nur eines: Alles sollte wieder so werden, wie es gewesen war. Mir kam gar nicht in den Sinn, dass nichts jemals wieder normal sein würde. Als ich den Eingriff hatte, war ich bereits in der zweiundzwanzigsten Woche, und der Fötus musste medikamentös abgetrieben werden. An die Einzelheiten kann ich mich kaum erinnern. Ich glaube, ich habe das meiste einfach verdrängt. Aber es kam zu Komplikationen, und ich hatte Blutungen und musste operiert werden. Ich erinnere mich noch an meine Angst, als ich in den Operationssaal gerollt wurde, doch erst hinterher erklärten sie mir, dass sie mein Leben nur hatten retten können, indem sie meine Gebärmutter entfernten. Als ich aufwachte, erwartete mich nicht nur die Tatsache, dass ich kein Baby mehr hatte, sondern mir fehlte jede Möglichkeit, um jemals ein Kind zu bekommen.«

Max gibt ein gequältes Seufzen von sich und greift instinktiv nach ihren Händen, als könnte er sie nach all den Jahren doch noch schützen.

Mir ist schwindlig von der Offenbarung. Es ist einfach zu viel.

Max öffnet den Mund, als wolle er antworten, doch Eve schüttelt den Kopf, und es ist offensichtlich, dass sie noch nicht fertig ist. »Es tut mir leid, Max. Mir ist klar, wie schwierig das für dich sein muss, aber gleich ist alles gesagt. Das verspreche ich. Nachdem alles vorüber war, konnten meine Eltern mir kaum noch in die Augen sehen. Ich war ihr Vorzeigekind gewesen, ihr einziges Kind, das Mädchen, das nie etwas Falsches tun würde, und sie kamen einfach nicht über das hinweg, was geschehen war. Und eines Abends, während der Abschlussprüfungen in der Schule, eröffneten meine Eltern mir beim Abendessen, dass ich das Haus zu verlassen hätte, sobald die Prüfungsphase vorüber sei. Das war so extrem, fast absurd, dass ich annahm, sie wollten mich mit einer leeren Drohung bestrafen und es sei allein der Zorn, der aus ihnen sprach. Mir kam überhaupt nicht der Gedanke, sie könnten es tatsächlich ernst meinen, nicht einmal nach allem, was geschehen war. Aber drei Wochen später kam ich nach meiner letzten Prüfung nach Hause, fand zwei gepackte Koffer im Flur und stellte fest, dass alles andere, was ich je besessen hatte, aus meinem Zimmer geräumt worden war. Es war, als hätte ich nie existiert, als hätten sie jeden Beweis für meine Existenz im Haus ausgelöscht. Meine Mutter war in der Küche, und ich fragte sie, was sie mit dem Rest meiner Sachen gemacht habe, doch sie weigerte sich, es mir zu sagen. Den Ausdruck in ihrem Gesicht werde ich nie vergessen. Sie weinte nicht, sie sah nicht wütend aus, nicht einmal enttäuscht. Ich glaube, ich hätte es besser ertragen, wenn es so gewesen wäre. Ihr Gesicht war so kalt, so hart, als hätten sich alle Gefühle, die sie je für mich empfunden hatte, in Stein verwandelt, als stünde sie nun einer Wildfremden gegenüber. Schweigend reichte sie mir einen Umschlag; darin waren zweihundert Pfund und ein Zettel, auf den sie die Adresse einer Jugendherberge am anderen Ende der Stadt geschrieben hatte. Ich flehte sie an, es sich noch einmal zu überlegen, ich bettelte darum, bleiben zu dürfen. Ich glaube nicht, dass ich je solche Panik empfunden habe, weder vorher noch hinterher. Doch in ihrem Gesicht zeigte sich nicht einmal der Anflug von Zweifel. Sie erwiderte nur, ich solle gehen, bevor mein Vater nach Hause käme. Ich versuchte, sie zu umarmen, aber sie wollte – oder konnte – die Umarmung nicht erwidern. Und so ging ich weg.« Eve unterbricht sich abrupt, und ein fast unmerkliches Zucken ihrer Stirn ist das einzige Anzeichen eines Geistes, in dem still die Erinnerung an die tragische eigene Vergangenheit brütet.

Ich denke an meine Mum und an Ellie und an die Umkehrung elterlicher Verantwortung, die Eve beschrieben hat. Ich vermag mir überhaupt nicht vorzustellen, wie eine Mutter oder ein Vater so etwas tun kann. Oder wie ein Kind es überleben sollte.

Eve starrt weiter vor sich hin. Ihr Blick scheint auf nichts gerichtet zu sein, was Bestandteil der Gegenwart wäre. Sie stößt einen Atemzug aus, der schwer mit der Last des Geständnisses beladen ist, und fährt fort. »Ich fuhr zu der Jugendherberge und bekam ein Zimmer. Ich erinnere mich noch so klar daran, als wäre ich gestern dort gewesen, in diesem abweisenden, kahlen, braun gestrichenen Raum. Ich erinnere mich auch, wie ich dachte, dass es menschlich unmöglich sein müsse, sich noch einsamer zu fühlen, als ich mich in diesem Augenblick fühlte. Damals gab es keine Handys, also konnte ich meinen Freundinnen keine SMS schicken, um sie um Hilfe zu bitten. Die Schule war vorüber, daher fand ich auch dort keinen Trost. Ich verbrachte ein paar Tage ganz allein in diesem Zimmer und fragte mich in einem Zustand der Panik, was ich jetzt tun sollte. Irgendwann dämmerte es mir, dass mir zwei Möglichkeiten blieben: aufzugeben oder mein Schicksal in die eigenen Hände zu nehmen. Darum machte ich mich auf die Suche nach einer Arbeit und landete wirklich auf den Füßen. Ich bekam einen Job in einem Café, das von einem schwulen Pärchen betrieben wurde, und wenn ich daran zurückdenke, dann sind es eigentlich Russell und Mark, die mir das Leben gerettet haben. Sie ließen mich den ganzen Sommer über in Vollzeit arbeiten, halfen mir, eine Ein-Zimmer-Wohnung zu finden und einzurichten, sorgten dafür, dass ich immer genug aß – ich bin sicher, ich habe meinen doppelten Lohn an Speisen im Café verzehrt –, und ließen mich als Teilzeitkraft weiterarbeiten, als ich im Herbst wieder zur Schule ging, um die College-Zulassung zu bekommen. Ich weiß nicht, wie ich ohne sie überlebt hätte. Als ich an die Universität kam, tat ich das Gleiche: Ich besorgte mir einen Job als Kellnerin für fünf Abende in der Woche und den ganzen Samstag und verdiente damit drei Jahre lang meinen Lebensunterhalt. Den Rest kennst du.«

Max streicht Eve über die Hand.

Sie wirkt erschöpft.

Er auch.

Ich bin von Schuldgefühlen überwältigt, und von dem starken Bedürfnis erfüllt, mich bei jemandem zu entschuldigen, der nicht einmal ahnt, dass ich noch existiere.

»Ich kann es nicht fassen, dass du das alles durchmachen musstest. Und ich vermag mir nicht einmal vorzustellen, welche Widerstandskraft man braucht, um sich selbst derart über Wasser zu halten.«

»Ach, ich weiß nicht. Ich meine, es ist einfach so, dass man herausfindet, wozu man fähig ist, wenn man keine anderen Möglichkeiten mehr hat. Das ist eine binäre Entscheidung: Entweder findet man eine Möglichkeit zu überleben oder nicht. Und ich bezweifle, dass die zweite Möglichkeit für mich infrage kam.«

Eve hat die ganze Erzählung sehr nüchtern vorgetragen, als sei es der Lebensbericht eines anderen Menschen, doch nun sehe ich an ihrem Gesicht, wie viel Überwindung die Offenbarung sie gekostet hat.

»Und was ist nun mit deinen Eltern? Tut ihnen leid, was sie dir angetan haben? Haben sie erkannt, wie unbarmherzig das war?«

»Das kann ich dir nicht sagen. Seit fünfzehn Jahren habe ich sie weder gesehen noch mit ihnen gesprochen. Meine Mum habe ich zum letzten Mal gesehen, als sie mich in der Küche aufforderte, das Haus zu verlassen. Ich bringe es nicht über mich, den Kontakt zu ihnen zu suchen – nicht, nachdem sie mich so verstoßen haben –, und soweit ich weiß, haben sie nie versucht, mich zu finden. Daher sehe ich nicht, wie oder warum sich daran je etwas ändern sollte.«

Max atmet so tief ein, als wollte er Eves Lebensbeichte in sich aufsaugen.

Die ganze Zeit, all diese Monate lang, habe ich verzweifelt darauf gewartet, dass Eves schlimmer Makel ans Licht kommt, damit ich die Unvollkommenheit entdecke und mich in ihrer Gegenwart ein kleines bisschen weniger unzulänglich fühle. Doch ich habe nicht damit gerechnet, dass sie ein so tief greifendes, so entscheidendes Geheimnis verbergen könnte, das jeder Frau unvorstellbare Qualen bereiten würde. Ein Geheimnis mit Auswirkungen, die den Lauf von Max' und Ellies Leben nachhaltig beeinflussen könnten.

»Eve, es tut mir so leid! Ich kann mir nicht vorstellen, wie so etwas ist. Ich kann mir nicht vorstellen, dass meine Eltern mir je so etwas angetan haben könnten oder dass ich mich Ellie gegenüber so verhalten würde. Es ist kein Wunder, dass du nie mehr mit ihnen reden wolltest. Es tut mir furchtbar leid, dass ich dich so oft gedrängt habe, mir von ihnen zu erzählen. Wenn ich es nur geahnt hätte …«

»Ich habe keine Geheimnisse vor dir haben wollen, Max. Ich habe nur nie gewagt, darauf zu vertrauen, dass andere Menschen nicht genauso reagieren wie meine Eltern. Deswegen spreche ich niemals davon.«

»Du hast es nie jemandem erzählt?«

»Außer Mark und Russell habe ich keine Menschenseele ins Vertrauen gezogen. Das klingt verrückt, oder? Ich glaube, ich habe mich immer zu sehr gedemütigt gefühlt, nicht nur wegen dem, was ich getan habe … nein, eigentlich gar nicht deswegen … Ich habe meinem fünfzehnjährigen Ich seine Fehler längst vergeben. Aber von dem, was meine Eltern mit mir gemacht haben, fühle ich mich so unglaublich beschämt. Was sagt es denn über mich aus, von Menschen abzustammen, die zu so etwas imstande sind?«

»Es sagt aus, dass du bemerkenswert bist, weil du es bewältigt hast und zu dem hinreißenden Menschen wurdest, der du heute bist. Himmel, ich kann nicht fassen, dass du so etwas fünfzehn Jahre lang mit dir herumgeschleppt hast!«

»Ich würde sagen, ich war einfach noch nicht so weit, mich dem Ganzen zu stellen. Deshalb wollte ich nie jemanden an mich heranlassen, weil ich wusste, dass es irgendwann ja doch herauskommen würde, und das erschien mir bisher immer als zu großes Opfer. Ich habe mich nicht kokett gegeben, als wir das erste Mal ... du weißt schon ... zusammenkamen. Es war wirklich nicht üblich, dass jemand bei mir übernachtet.«

Max blickt Eve an, als entdecke er in ihr etwas Neues. »Ich fand dich nie kokett. Ich fand es eher einnehmend. Und es war ja auch nicht gerade so, dass ich im Vollbesitz meiner Casanova-Kapazitäten gewesen wäre, oder?«

Eves angedeutetes Lächeln und die Art, wie sie beruhigend Max' Hand drückt, verraten mir mehr, als ich wissen will, über die intimen Momente, die zu beobachten mir in den letzten Monaten erspart geblieben sind.

»Dir ist doch hoffentlich klar, dass das zwischen uns nicht das Geringste ändert? Außer, dass ich dich noch mehr bewundere als vorher. Du bist wirklich unglaublich, Eve. So viel erreicht zu haben wie du, und dann unter diesen Begleitumständen, ist eine außerordentliche Leistung, das kann man nicht anders sagen. Ich möchte wirklich, dass du und ich es miteinander versuchen, dass wir jetzt nicht aufgeben. Ich glaube ganz ehrlich, dass es funktionieren kann.«

Ich schaue Eve an und erwarte, die Erleichterung zu sehen, die jemanden befällt, der gerade die Atempause erhalten hat, auf die er hoffte. Doch Eves Gesicht zeigt kein Anzeichen der Dankbarkeit oder Freude, dass der Mann, den sie liebt, ihr gerade versichert hat, dass er sie definitiv noch immer liebt.

»Aber ganz so einfach ist es ja nicht, oder? Es geht ja nicht nur um dich und mich. Es geht auch um die Kinder, die wir nie miteinander haben könnten, selbst wenn wir es wollten, die Kinder, die du dir vielleicht gewünscht hast, ehe ich dir alles erzählt habe. Das ist für jeden ein großes Opfer, und ich möchte nicht, dass du es bringen musst.« Eve lässt den Kopf sinken und kann die Tränen von fünfzehn Jahren, die die Barriere ihres Selbstschutzes durchbrechen, nicht mehr zurückhalten.

Ich sehe ihr zu, wie sie weint, und höre ihren Schmerz, und ich kann mir nicht vorstellen, dass sie je wieder aufhören kann.

Max nimmt sie in die Arme und wiegt sie sanft hin und her. »He, alles ist okay. Alles kommt in Ordnung, das verspreche ich dir. Ich weiß, es zerreißt dir das Herz, doch es beeinflusst meine Empfindungen dir gegenüber nicht im Geringsten. Ehrlich nicht.«

»Aber ich weiß doch, dass das nicht stimmt. Deine Mum hat mir gleich bei unserer ersten Begegnung erzählt, dass du immer viele Kinder haben wolltest. Du hast schon jemanden verloren, mit dem du eine große Familie hättest haben können. Es wäre nicht fair von mir, wenn ich dir das erneut verwehren würde.«

Max lacht laut, aber freundlich, und ich vermute, dass Eve diese Reaktion genauso wenig erwartet hat wie ich.

»Als ich das sagte, war ich elf. Ich bin zwar immer für eine gewisse Beständigkeit in den Anschauungen bekannt gewesen, doch ich glaube nicht, dass ich an kindlichen Fantasien festhalten muss, die ich hatte, ehe ich in die Pubertät kam. Ich wusste damals gar nicht, wovon ich rede, und noch viel weniger ahnte ich, was es bedeutet, Vater zu sein. Himmel, die Vorstellung, fünf Kinder zu haben, jagt mir heute eine Heidenangst ein. Das wäre doch der helle Wahnsinn.«

Eve gelingt ein wehmütiges Lächeln, und sie wischt sich die Tränen vom Gesicht. »Wolltest du denn nicht mehr als eins?«

»Doch. Wenn ich ganz aufrichtig bin, dann schon. Aber das, was passiert ist, hat mich gelehrt, mit dem zufrieden zu sein, was ich habe, und für Ellie könnte ich überhaupt nicht dankbarer sein.«

Meine Gedanken überschlagen sich mit Geschichten aus einem Leben, wie es die drei nie führen können. Die Geschwister, mit denen Ellie vielleicht niemals spielen wird. Der Sohn, dem Max vielleicht nie das Radfahren beibringt. Das Kind, das Eve niemals zur Welt bringen wird. Von jeder möglichen Zukunft, von der wir glauben, sie vor uns zu haben, ist die, in die wir am Ende geraten, unweigerlich eine, die wir uns nie hätten träumen lassen.

»Ellie ist wunderbar. Ich habe es heute sehr genossen, sie ein wenig kennenzulernen. Aber ich nehme an, sie ist mit ein Grund, weshalb ich vorhin in solche Panik geraten bin. Ich bin mir nicht sicher, ob ich die Kraft habe, mich auf eine neue Familie einzulassen, die mich vielleicht wieder ablehnt.«

»Du wirst nicht abgelehnt werden, Eve. Ich weiß nicht, wie ich dich davon überzeugen soll, ich kann dir nur immer wieder versichern, dass ich dich liebe und dass ich für uns eine gemeinsame Zukunft sehe.«

Max zieht Eve an sich und küsst sie mit solcher Zärtlichkeit, dass ich mir nicht vorzustellen vermag, wie auch nur noch der leiseste Zweifel übrig sein soll, wenn sie sich aus dieser Umarmung gelöst hat.

»Ich kann nicht fassen, dass du dabei so ruhig bleibst. Ich dachte wirklich, du schickst mich weg. Es ist eine ziemlich große Bürde. Ich bin mir wirklich nicht sicher, ob sich irgendjemand solch eine Last mit an Bord nehmen sollte.«

»Habe ich nicht auch genügend Altlasten? Eve, in eine neue Beziehung bringt jeder Altlasten ein. Ohne Ausnahme.«

»Das weiß ich ja. Ich denke nur, meine sind schwerer als die meisten.«

»Schwerer als meine? Denkst du das wirklich?«

»An deinen bist du wenigstens nicht selbst schuld.«

»Du aber doch auch nicht an deinen, Eve. Nicht einmal ansatzweise.« Max blickt Eve genau an, und ich kann sehen, wie sich eine Entscheidung heimlich in seine Miene vorarbeitet. »Okay, du hast mir dein größtes Geheimnis anvertraut, also ist es nur fair, wenn ich das Gleiche tue. Kurz nachdem Rachel gestorben war, dachte ich ernsthaft daran, Schluss zu machen. Es war nicht nur ein flüchtiges Spiel mit einer Idee, die einfacher erschien als die Wirklichkeit, der ich mich stellen musste. Es waren finstere, schreckliche Gedanken, die von Stellen tief in mir kamen, von denen ich nie etwas geahnt hatte. Und sie machten mir wirklich Angst, weil ich nie geglaubt hätte, dass ich jemals daran denken, geschweige denn *ernsthaft* darüber nachdenken würde. Wenn ich mich heute daran erinnere, graust es mich noch immer, ehrlich gesagt. Es ist wirklich Furcht erregend, wenn man etwas an sich entdeckt, von dem man von ganzem Herzen wünscht, man hätte es nicht.«

Es ist auch angsteinflößend, über den Menschen, den man liebt, etwas zu erfahren, wovon man wünscht, er hätte es nicht erdulden müssen. Ich habe gewusst, dass Max in den ersten Monaten nach meinem Tod deprimiert gewesen ist, aber nicht, wie tief diese Depression reichte. Den Gedanken, dass er das alles allein hat durchstehen müssen, kann ich kaum ertragen.

»Das tut mir so leid, Max. Es muss eine schreckliche Zeit für dich gewesen sein. Ich kann mir überhaupt nicht vorstellen, wie du gelitten hast und wie du darüber hinweggekommen bist.«

»Um ehrlich zu sein, wenn ich an die Zeit zurückdenke, weiß ich das selbst nicht. Aber wie du schon sagtest, man macht einfach weiter. Etwas anderes kommt nicht infrage. Man weiß nicht, woher oder wie Rettung kommen soll, doch allein das Weitermachen rettet einen vor sich selbst.«

Beide verfallen in Schweigen, und ich vermute, dass ich nicht als Einzige darüber nachdenke, wie jeder von uns vor sich selbst geschützt wurde – oder auch nicht.

»Was hat dich durchhalten lassen? Oder weißt du es nicht?«

»Das ist leicht zu beantworten: Ellie war es. Wenn du ein kleines Kind hast, dann gibt das für dich den Ausschlag. Na ja, bei mir zumindest war es so. Ich brauchte jemanden oder etwas, um die Lücke zu füllen, die die Trauer hinterlassen hatte, und Ellie war da, die ganze Zeit, wartete geduldig und einfach perfekt am Rand der Bühne.«

Wieder legt sich Stille über sie, aufgeladener als beim letzten Mal, und ich frage mich, in welchem Ausmaß Max' Bekenntnis Eves Traurigkeit verstärkt hat.

»Ich glaube, ich weiß, was du meinst. Ich will nicht behaupten, dass es vergleichbar wäre, aber ich nehme an, den Verlust meiner Fruchtbarkeit habe ich in einem gewissen Umfang mit dem Unterrichten ausgefüllt. Ich erinnere mich noch, wie mir mit Anfang zwanzig bewusst wurde, dass ich etwas brauchte, das die mütterliche Leere füllen würde. Ich fühlte mich des einen Trostes beraubt, des einen Mutmachers, den sich alle Eltern auf der Welt teilen: dass nach ihrem Tod durch ihre Kinder auch ihr Leben weitergeht. Das ist das ultimative Unsterblichkeitsprojekt, nicht wahr – Kinder zu haben? Und fast solange ich zurückdenken kann, weiß ich, dass mir das niemals vergönnt sein wird. Deshalb musste ich eine andere Möglichkeit finden, um fortzubestehen, eine andere Möglichkeit, um sicherzustellen, dass ich etwas zurücklasse, eine andere Möglichkeit, einen Einfluss auszuüben, der mich vielleicht überlebt.«

»Und die Möglichkeit gibt dir das Unterrichten?«

»Ja, das glaube ich. Das Unterrichten schenkt mir die Nähe junger Menschen, die ich anders nie erleben würde, und es gestattet mir, einen Einfluss auf ihr Leben auszuüben, so klein er auch sein mag. Manchmal rede ich mit Schülern und stelle mir vor, wie sie eines Tages vielleicht das, was ich ihnen beigebracht habe, an ihre Kinder weitergeben, an ihre Nichten und Neffen oder an ihre eigenen Schüler. Und das erscheint mir recht bemerkenswert – dass Wissensbrocken, die ich weitergebe, auf unerwartete Weise den Weg zu Menschen finden, die ich nicht einmal kenne. Dass sie durch wer weiß wie viele Trennlinien hindurch an einem unbekannten Punkt in der Zukunft zu ihnen gelangen. Ich stelle mir gern Wellen von Einfluss und Erfahrung vor, die Kreise von einer Generation zur anderen ziehen, und ich glaube, wenn mir das nur ein paar Mal gelingt, bei nur einer Handvoll Schülern, dann ist es die Mühe wert gewesen. Klingt das nicht wirklich blöd?«

Ich kann mich nicht erinnern, wann ich zum letzten Mal etwas gehört habe, das weniger blöd klang.

»Es klingt überhaupt nicht blöd. Es könnte sogar eines der weisesten Dinge sein, die ich je gehört habe. Weißt du, ich habe mich eigentlich nie hingesetzt und darüber nachgedacht, wieso ich das Unterrichten jedem anderen Beruf vorgezogen habe, doch was du da sagst, ergibt wirklich Sinn. Vielleicht sind alle Jobs genau das, auf die eine oder andere Weise: Versuche, auf der Welt einen Eindruck zu hinterlassen, und sei er noch so klein.«

»Ich glaube, da gebe ich dir recht. Und für mich ist das

Unterrichten wohl zum persönlichen Unsterblichkeitsprojekt geworden, weil ich nie eigene Kinder haben werde. Allerdings werde ich abwarten müssen, um zu sehen, wie effektiv es letztendlich wirklich sein wird.«

Eve lacht, und Max stimmt ein. In ihrem Lachen liegt die Katharsis gegenseitiger Eingeständnisse.

»Du weißt aber, dass es jetzt, da wir unsere dunkelsten Geheimnisse geteilt haben, keine Ausflucht mehr gibt. Für die vorhersehbare Zukunft hast du mich am Hals, ob es dir nun gefällt oder nicht.«

»Wirklich, Max? Bist du dir sicher? Ich glaube nicht, dass du diese Entscheidung übereilt treffen solltest. Ich möchte, dass du sie überschläfst, und in ein paar Tagen unterhalten wir uns darüber.«

Max schüttelt den Kopf und lächelt selbstbewusst und beruhigend. »Ich brauche keine paar Tage. Es ist ganz einfach. Ich liebe dich und möchte, dass wir es schaffen.«

»Du liebst mich trotz allem, was ich dir erzählt habe?«

»Ich liebe dich trotz und wegen allem, was du mir erzählt hast. Ich schlage dir eine Abmachung vor, Eve: Wenn du den Mut hast, dich in diese Beziehung zu mir zu stürzen, dann verspreche ich dir, immer ehrlich zu dir zu sein und dir nie irgendwelche hässlichen emotionalen Überraschungen zu bereiten. Abgemacht?«

Eve lächelt und zieht Max' Gesicht näher. »Angesichts dessen, dass ich dich auch liebe, Max Myerson, sehe ich nicht, wie ich da ablehnen soll.«

Sie lachen beide, dann küssen sie sich, und ich weiß, dass meine Zeit hier und heute zu Ende gehen muss.

Ich schließe fest die Augen und zähle bis hundert. Als ich sie wieder öffne, sind Max und Eve verschwunden, ersetzt durch die leere weiße Welt, die einmal Grund für Angst und

Einsamkeit war, jetzt aber zunehmend Quelle tröstlichen Alleinseins ist.

Ich denke über die Offenbarungen nach, die sie einander heute gemacht haben, und fühle mich daran erinnert, wie Max jene drei entscheidenden Worte zum ersten Mal zu mir sagte. Das war an einem langen, einsamen Strand in Norfolk bei einem Wind, der fast Sturmstärke erreichte und seine Erklärung aufs Meer hinausblies. Deshalb wusste ich nicht sicher, ob ich richtig gehört hatte. Ich musste es ihn wiederholen lassen, und als er es tat, erwiderte ich sie, überrascht von meiner eigenen Sicherheit, dass sie kein anderer Mann jemals mehr zu mir sagen müsste. Die Worte, von denen ich über ein Jahrzehnt lang glaubte, dass Max sie nie mehr zu einer anderen als mir sagen würde. Diese Worte ein letztes Mal von Max oder Ellie hören zu können, dafür würde ich alles geben.

Ich denke an Ellie, mein eigenes perfektes kleines Unsterblichkeitsprojekt, und an den Umstand, dass alles, was ich will, alles, worauf ich jetzt noch hoffen möchte, nur umfasst, dass sie so glücklich und sicher und geliebt ist, wie sie es verdient. Denn was Spuren angeht, die in der Welt zurückbleiben, gibt es nichts Besseres als sie.

DEPRESSION

21

Ehe ich irgendetwas sehe, höre ich den Lärm aufgekratzter Kinder. Während das Geschnatter immer lauter wird und die Wolken sich teilen, erkenne ich, dass ich zum ersten Mal seit meinem Tod genau dort bin, wo ich sein möchte.

Ellie trägt ein wadenlanges, kurzärmeliges fliederfarbenes Kleid. Der Rock ist mit Pailletten bedeckt, der Herzchenausschnitt passt wunderbar zu ihrem Engelsgesicht. Ihr Haar fließt bis unter ihre Schulterblätter, nur je eine dünne Strähne ist auf beiden Seiten mit lila Feen-Klammern am Kopf befestigt, was ihr das Aussehen einer Waldnymphe verleiht. Sie sieht wunderschön aus. Das würde ich sogar dann sagen, wenn sie nicht meine Tochter wäre. Die Party scheint im vollen Gange zu sein, und Ellie und ein Dutzend ihrer Freundinnen spielen Stopp-Tanzen, ein Spiel, bei dem man tanzt und zu einer Statue erstarren muss, wenn die Musik aufhört. Connor gibt am iPod den Discjockey.

Ich mustere das Wohnzimmer und schaue, wer noch da ist. In der hinteren Ecke, an der Küchentür, stehen Harriet und meine Mum und wispern verstohlen miteinander wie ungezogene Schulmädchen, ohne dass es ihnen gelingt – falls sie das überhaupt versuchen –, das offensichtliche Thema ihres Gespräches zu verhehlen. Denn alle paar Sekunden blickt eine von ihnen zum anderen Ende des Wohnzimmers, wo Eve sich mit Joan und Ralph unterhält. Ich bin dankbar für ihre Loyalität, doch ich möchte nicht, dass sie Ellie ihren großen Tag verderben.

Eve sieht natürlich umwerfend aus. Sie trägt ein schräg geschnittenes Seidenkleid mit Blumenmuster, die Art Kleid, wie ich es vielleicht in einem Ladenfenster entdeckt und in einem Moment der Selbsttäuschung mit in die Umkleidekabine genommen hätte, um es in naivem Optimismus anzuprobieren. Nur dass mich dann der erste Blick in den Spiegel zum x-ten Mal daran erinnert hätte, dass üppige Hüften und Kleider mit Schrägschnitt noch nie eine gute Kombination waren. Eve hat ihr Kleid mit Kitten Heels ohne Strümpfe und einer einfachen Kette mit Brillant-Anhänger kombiniert, und die weichen Wellen ihres Haares fallen ihr gleichmäßig über die Schultern. Ich muss zugeben, an Mums oder Harriets Stelle wäre es mir vermutlich auch sehr schwergefallen, mich nicht in einer Ecke herumzudrücken und nicht ebenfalls über sie herzuziehen.

Ich sehe noch mehr Bekannte, ein paar Eltern aus der Schule, einige alte Freunde von Max und mir, von denen die meisten mittlerweile eigene Kinder haben und mit dem Ablauf von Geburtstagspartys am Wochenende ausnahmslos vertraut sind. Max steht gleich hinter Eve und spricht mit einer alten Freundin von der Uni und deren Mann. Er unterbricht Eves Gespräch mit seinen Eltern und stellt ihr Rebecca und Mark vor.

Ich kann mich meiner Eifersucht nicht erwehren, denn es ist ihr erster gemeinsamer öffentlicher Auftritt, das erste Mal, dass sie gemeinsam Gastgeber sind, und eindeutig Eves erste Begegnung mit vielen Leuten aus Max' Leben. Und mit vielen aus meinem Leben.

Ich weiß, ich sollte dafür dankbar sein, dass ich hier sein darf. Schließlich habe ich mir in den letzten Wochen nichts mehr gewünscht als das. Trotzdem muss ich sagen, dass es schwierig ist, Max und Eve mitten in der Gruppe zu sehen, die vor weniger als zwei Jahren mein Umfeld war.

Ellie und ihre Freundinnen spielen jetzt ein Spiel, bei dem sie ein Paket weiterreichen, das in etliche Schichten Geschenkpapier gewickelt ist. Die Kinder sitzen gespannt im Kreis.

Da sich Mum und Harriet noch immer verstohlen in der Ecke unterhalten, beschließe ich, sie als Erste zu belauschen.

»Ich war so überrascht wie du, sie hier zu finden, Celia. Ich weiß, dass es etwas Ernstes ist, aber ... ausgerechnet Ellies Geburtstagsparty?«

»Nun, es ist schön zu erfahren, nicht als Einzige darüber im Dunkeln gelassen worden zu sein, dass sie heute kommt. Als ich eintraf, war es ein ziemlicher Schock für mich, das muss ich zugeben.«

»Wie lange weißt du schon von ihr?«, fragt Harriet.

»Eindeutig nicht so lange wie alle anderen. Max hat es mir vor zwei Wochen am Telefon erzählt. Ich hatte aber schon vermutet, dass da etwas läuft; einige Bemerkungen Ellies deuteten darauf hin.« Mum schaut zu ihrer Enkelin, als die Musik aufhört.

Ellie öffnet die äußerste Schicht Geschenkpapier und entdeckt einen Satz plüschbezogener Buntstifte. Connor sorgt dafür, dass sie das Beste bekommt, da kann man sicher sein.

»Und was hältst du von ihr? Mit jemandem wie ihr hätte ich nicht gerechnet. Sie sieht so ... jung aus.«

»Für mich sieht jeder jung aus, Harriet. Als Max uns vorhin sehr kurz miteinander bekannt machte, erschien sie mir sehr freundlich. Ich hatte kaum Zeit, mir eine Meinung zu bilden. Es ist nur so seltsam, sie hier zu sehen, in Rachels Haus, mit Max.«

Für beide muss es die erste Begegnung mit Eve sein. Ich kann nicht behaupten, dass mir Max' Zeitplanung besonders zusagt. Hat Ellie denn nicht genug auszufechten? Muss ihre Geburtstagsparty auch noch zum Austragungsort einer Vielzahl von Erwachsenen-Komplikationen werden?

»Mir kommt es schon merkwürdig vor, und ich kann mir nicht vorstellen, wie es erst auf dich wirkt. Was hat Ellie gesagt?«

Mum zuckt mit den Schultern. »Nicht viel, und ich wollte sie nicht bedrängen, schon gar nicht, weil ich in den vergangenen beiden Monaten nur am Telefon mit ihr gesprochen habe. Max hat ihren letzten Besuch abgesagt, angeblich, weil das Halbjahr zu Ende ging, doch Ellie hat ausgeplaudert, dass sie Eve kennengelernt hat. Im Zoo.«

»Autsch. Das ist hart. Es tut mir leid, Celia. Das muss für dich sehr schwierig sein. Mein Gott, Rach wäre fuchsteufelswild, wenn sie wüsste, wie unsensibel Max sich verhält.«

Nein, nicht fuchsteufelswild. Nur traurig, dass er so viel weniger umsichtig ist, als ich es von ihm gewohnt bin.

»Es ist ja nicht so, als hätte ich grundsätzlich etwas dagegen, dass er jemanden Neues in seinem Leben hat. Ich halte es für zu früh, ganz klar, doch Max hat mir seinen Standpunkt schon sehr deutlich gemacht. Ich sorge mich nur, was in Zukunft bevorstehen könnte.«

»Was meinst du damit?«

»Nun, keiner von uns weiß so recht, was diese Frau vorhat. Oder wie ernst es ihnen miteinander ist. Und ich bin mir sehr bewusst, wie prekär meine Position ist, wenn Max eine neue dauerhafte Lebensgefährtin hat.«

»Was, glaubst du etwa, sie könnten versuchen, dich auszuschließen, Celia?«

»Überraschend wäre das nicht, oder? Wieso sollten sie oder Max wollen, dass seine Ex-Schwiegermutter zu ihnen kommt? Aber ich könnte es nicht ertragen, Harriet, wenn ich

Ellie nicht ab und zu sehen würde. Es würde mir das Herz brechen.«

Auch mir würde es das Herz brechen. Bei all meiner Sorge, dass Eve mir mein Leben stehlen könnte, hatte ich bisher nicht die Möglichkeit in Betracht gezogen, dass sie auch meine Mutter ausschließen könnte.

»Ich würde keine voreiligen Schlüsse ziehen, Celia. Die Beziehung ist noch ganz am Anfang.«

»Das würde man nie erraten, wenn man sieht, wie Joan sich verhält. Man könnte eher meinen, Eve gehörte hier schon fest dazu.«

Mum und Harriet werfen einen Blick dorthin, wo Eve mit Joan und Ralph lacht, und in dem Moment nimmt Joan Eves Hand mit beiden Händen und tätschelt sie anerkennend.

Mum hat recht. Die Zuneigung in Joans Gesicht ist nicht zu übersehen.

»Joan scheint von Eve ziemlich begeistert zu sein, aber wer weiß, wie lange das anhält!«

»Ich finde es demütigend. Sie benimmt sich, als hätte Rachel nie existiert. Egal, was dahintersteckt, es ist respektlos.«

Ehe Harriet etwas erwidern kann, springt Ellie herbei und nimmt sie bei der Hand.

»Komm und sei Schiedsrichterin beim Tanzwettbewerb, Hetty! Du bewertest die Mädchen, und ich frage Eve, ob sie die Jungen bewertet. Komm mit!«

Ellie zerrt eine wenig begeisterte Harriet auf die andere Seite des Wohnzimmers, wo die Sofas beiseitegeschoben worden sind, um vorübergehend eine Tanzfläche zu schaffen. Harriet und Eve stellen sich befangen nebeneinander, auf entgegengesetzten Seiten von so viel mehr als einem kindlichen Wettbewerb.

Mum steht allein in einem überfüllten Raum. Sie hasst diese Situation, das weiß ich, auch wenn sie vermutlich der Alternative vorzuziehen ist, die sich nun in Gestalt Joans zu ihr schlängelt.

»Celia. Wie schön, dich zu sehen! Ich war mir nicht sicher, ob du es dieses Jahr schaffen würdest.«

Noch aus einer Welt Entfernung spüre ich, wie Mums Nackenhaare sich aufstellen. »Selbstverständlich schaffe ich es. Wieso um alles in der Welt sollte ich nicht?«

Wenn Mums zementiertes Lächeln ein Versuch ist, ihre Verärgerung unter geselliger Freundlichkeit zu verbergen, so ist sie nicht sonderlich erfolgreich.

»Nun, weißt du, du hast ja einen so langen Weg hierher. Wie nett von dir, diese Reise für nur ein paar Stunden auf dich zu nehmen.«

»So weit ist es gar nicht, Joan. Ich werde wohl kaum die Geburtstagsfeier meiner einzigen Enkeltochter verpassen wollen, nicht wahr?«

»Nein, nein, natürlich nicht. Ich wünschte nur, du hättest Ellie heute Morgen sehen können, als wir alles für die Party vorbereitet haben. Sie war so aufgeregt.«

Das ist natürlich das Letzte, was Joan wünscht, und das wissen wir alle drei.

»Und was habt ihr Ellie zum Geburtstag geschenkt? Ich glaube nicht, dass ich gesehen habe, wie sie es geöffnet hat.«

»Nein, wir haben ihr das Geschenk schon früher gegeben, ehe alle anderen kamen. Sie hat Rollerskates bekommen. Na ja, eigentlich sind es eher eine Art Stiefel. Das hat sie sich gewünscht. Sie war ganz begeistert.«

Eine erwartungsvolle Stille folgt, in der Mum darauf wartet, dass Joan die Frage erwidert. Als das nicht geschieht, bleibt Mum wenig anderes übrig, als die Gesprächslücke zu füllen.

»Sie sind sicher sehr hübsch. Ich werde mein Geschenk an Ellie für später aufheben. Ein letztes Geschenk, wenn sie glaubt, dass es schon vorbei ist für ein Jahr. Eine kleine Überraschung, ein besonderer Ausflug, den ich für uns beide geplant habe. Ich kann es kaum erwarten, was für ein Gesicht sie macht, wenn ich es ihr sage.«

Mum lächelt, und ich vermute, dass sie nicht einmal versucht, sich ihren triumphierenden Unterton zu verkneifen. Ich frage mich, ob die »kleine Überraschung« die Reise nach Venedig ist, die Mum Ellie versprochen hat. Ellie möchte dorthin, seit sie als kleines Kind im Fernsehen eine Reportage darüber gesehen hat und nicht fassen konnte, dass es wirklich eine Stadt gibt, in der die Menschen mit dem Boot unterwegs sind und nicht mit dem Auto.

Max erspart es Joan, sich eine ausreichend originelle Antwort einfallen zu lassen, indem er die Lautstärke der Musik senkt und, den Arm um Ellies Schultern gelegt, mit ihr in die Mitte des Raumes tritt. »Wenn alle mal kurz herhören könnten: Ellie hat mir das Versprechen abgenommen, heute nicht peinlich zu sein und keine von meinen – wie hat sie sich ausgedrückt? – ›albernen Schmalzreden‹ zu halten. Also versuche ich, nicht albern zu sein, doch ich kann nicht garantieren, dass es nicht schmalzig wird. Ich kann kaum glauben, dass es schon acht Jahre her ist, dass ich diese kleine Dame in den Armen hielt und sie kurz darauf hier in dieses Haus brachte, das ihr Heim sein sollte. Ich weiß, es ist abgeschmackt, aber es kommt mir wirklich so vor, als wäre es gestern gewesen. Mir erscheint es erstaunlich, dass solch ein winziges Bündel von Baby zu der wunderschönen, klugen und freundlichen jungen Dame herangewachsen sein soll, die hier vor euch steht und, wie ich sehe, mit jeder Sekunde, die ich rede, verlegener wird. Tut mir leid, Schatz, ich bin fast fertig. Ich bin so unglaublich stolz auf dich, Engel, und habe dich ganz, ganz lieb. Also bitte, erhebt alle die Gläser und sagt mit mir: ›Zum Geburtstag viel Glück, Ellie!‹«

Während alle meinem kleinen Mädchen zuprosten, umarmt Max sie, und ich sehe an ihrer Miene, dass sie versucht, sich ihr Entzücken nicht anmerken zu lassen, als wäre sie unsicher, ob es akzeptabel ist, wenn sie ihre Freude zeigt über die viele Aufmerksamkeit, die sie erhält.

Plötzlich wird das Licht gelöscht, und es wird still im Raum. Aus der Küche nähert sich das Flackern von Kerzenlicht. Als die Torte in Sicht kommt, vermag ich kaum meinen Augen zu trauen.

Gebracht wird die Geburtstagstorte von keinem der offensichtlichen Kandidaten: weder von Max noch von Mum, Joan, Harriet, Ralph oder Connor.

Eve ist es, die die Torte hereinträgt.

Eve bringt meiner Tochter die Geburtstagtorte.

Ich kann nicht fassen, wie unsensibel Max ist.

Als Eve zu dem Tisch geht, an dem sich Ellie und ihre Freunde erwartungsvoll drängen, fällt mein Blick auf die Torte, und unversehens schnürt sich mir die Brust zusammen. Ich habe wieder das Gefühl, nicht atmen zu können, nur liegt es diesmal nicht an den Mechanismen meines Herzens. Ich blicke zu Mum hinüber. Sie hat es ebenfalls entdeckt und sieht Harriet an. Beide zeigen sie die Panik, die ich empfinde, und ich schaue in der Annahme, dass auch er ein wenig Besorgnis empfindet, auf Max, der neben Eve steht. Doch er grinst sie stolz an, als gäbe es einen Sieg zu feiern. Eve belohnt ihn mit einem Lächeln, das von vorweggenommenem Erfolg gefüllt zeugt.

Eve stellt die Torte auf den Tisch.

Ellie sieht die Geburtstagstorte an, wendet sich zu Max,

schaut wieder auf die Torte, und ihre Unterlippe beginnt zu zittern.

Dann bricht sie in Tränen aus.

»Was ist denn, Schatz? Was hast du?«

Max versucht, das Meer aus Kindern zu teilen, das ihm den Weg zu Ellie verstellt, doch Mum ist vor ihm da und nimmt Ellie in die Arme.

»Max, was hast du dir nur dabei gedacht?«

»Wobei? Ellie, was ist denn? Komm, Daddy nimmt dich in die Arme!«

Mein kleines Mädchen verstärkt den Griff um Mum und schluchzt lauthals.

»Die Torte, Max. Wie konntest du nur?«

»Was ist denn mit der Torte? Ich finde, es war sehr nett von Eve, sie zu machen. Ich verstehe nicht, was das Problem sein soll.«

Er versteht es nicht? Hat er es wirklich vergessen?

Mum wendet Max den Rücken zu und verlässt den Kreis der verwirrten Kinder, die nur ein Gedanke umtreibt, nämlich die Frage, wann sie endlich ihren lange versprochenen Zuckerflash bekommen. Sie bringt Ellie in eine Ecke des Raumes und wiegt sie auf den Knien, um sie zu beruhigen. Sie überlässt es Harriet, die Schimpftirade loszulassen. Und Harriet wendet sich Eve zu.

»Sie hätten sich besser vorher mit jemandem von uns abgesprochen.«

Eve sieht erschüttert aus, als wäre sie angegriffen worden, ohne dass jemand sie vorher gewarnt hätte, dass eine Schlacht zu schlagen ist. »Es … es tut mir leid. Wir dachten einfach, es wäre schön, wenn Ellie eine selbst gebackene Torte hätte. Ich wollte niemanden beleidigen. Und ganz bestimmt wollte ich Ellie nicht aufregen.«

»Natürlich ist sie aufgeregt. Hast du gedacht, sie weiß es nicht mehr, Max?«

»Weiß was nicht mehr?« Max' Verärgerung verflüchtigt sich nur langsam, aber die ersten Vorboten einer beunruhigenden Erinnerung lassen die Ungerührtheit, die er an den Tag gelegt hat, allmählich bröckeln.

»Der Kuchen, Max. Der Kuchen mit den lila Schmetterlingen. Der Kuchen, den Rach zu Ellies sechstem Geburtstag gebacken hat. Er war praktisch identisch mit dem, den deine Freundin ihr zwei Jahre später vorsetzt. Du hast dir nicht überlegt, ob das vielleicht ein Problem sein könnte?« Harriet faucht Max den Satz zu, sodass ihn nur die hören können, die unmittelbar in der Nähe sind.

Max' Gesicht nimmt die Farbe von Kaminasche an.

Eve atmet scharf und entsetzt ein und schlägt die Hand vor den Mund.

»Ach, du lieber Gott! Das hatte ich total vergessen. Es ist nicht Eves Fehler, es war meiner. Es war meine Idee. Es ist absolut mein Fehler.«

Max geht zu Mum und Ellie in die Zimmerecke, wo mein kleines Mädchen noch immer leise an der Schulter meiner Mutter schluchzt. Er streicht Ellie behutsam über den Rücken, immer wieder, bis sie schließlich erlaubt, dass Mum sie in seine Arme schiebt.

Harriet bleibt im Kreis der Kinder und funkelt Eve an – deren Gesicht nun von der Befangenheit unerwünschter Aufmerksamkeit gerötet ist. Im Raum ist es still bis auf Ellies Wimmern. Alle Blicke sind auf die beiden Frauen im Auge des Sturmes gerichtet, verwirrt und ungeduldig die Blicke der Kinder, gebannt und besorgt die der Erwachsenen.

Eve nimmt den Kuchen, auf dem die Kerzen noch unsicher flackern, vom Tisch und trägt ihn zurück in die Küche. Unterwegs bläst sie die acht Flämmchen aus. Als die Kerzen ausgehen, endet auch mein Zugang.

Die Enttäuschung brennt mir tief in der Magengrube. Es ist heute zu früh, um ausgeschlossen zu werden, ohne dass ich sicher weiß, dass Ellie sich erholt, ehe ich weiß, dass sie den Rest ihrer Party genießt, ehe ich weiß, dass Erwachsenen-Konflikte ihr nicht noch mehr den Tag verderben. Ehe ich verstehen kann, wie um alles in der Welt Max ein einziges Detail eines Tages vergessen kann, an den ich mich immer erinnern werde.

Allein in der Weiße, denke ich an den letzten Geburtstag zurück, den ich bei Ellie war. Ihren sechsten Geburtstag mit dem anderen, ersten Schmetterlingskuchen und der Schaukel, die wir ihr geschenkt hatten, der chaotischen Party, die wir gegen den Rat unserer klügsten Freunde unvorsichtigerweise zu Hause abgehalten hatten statt im Gemeindezentrum. Ich gäbe alles, um die Uhr zurückdrehen zu können und diesen Tag noch einmal zu erleben, noch einmal bei diesem Meilenstein im Leben meiner Tochter dabei zu sein. Oder, wenn ich ihn nicht noch einmal erleben kann, damals wenigstens gewusst hätte, dass es mein letzter Kindergeburtstag sein würde.

Ich beginne, über die vielen allerletzten Gelegenheiten nachzusinnen, bei denen ich nicht gewusst habe, dass ich sie nie wieder erleben würde. Nicht nur Ellies letzten Geburtstag, sondern auch Max' letztes Wiegenfest und das letzte Weihnachten und den letzten Sommerurlaub. Das letzte Mal, dass ich Ellie zu Bett brachte, ihr die Decke feststeckte, ihr eine Geschichte vorlas und ihr einen Gutenachtkuss gab. Das letzte Mal, dass ich für uns drei kochte und wir am Küchentisch saßen, von unserem Tag erzählten und so viel mehr Nahrung aufnahmen als nur das Essen auf unseren Tellern. Das letzte Mal, dass Ellie zu uns ins Bett kroch, weil sie schlecht geträumt hatte, die Nacht zwischen uns verbrachte und dabei mehr Platz einnahm, als es einer Sechsjährigen eigentlich möglich sein sollte. Das letzte Mal, dass Max und ich uns liebten, jenen letzten Sonntagabend, an dem wir beide eigentlich zu müde waren, aber wussten, dass mein Fruchtbarkeitsfenster sich bald für einen weiteren Monat schließen würde, und keiner von uns wusste, dass solch ein gieriger und entschlossener Sexualakt der Gipfelpunkt unzähliger Vereinigungen sein würde. Das letzte Mal, dass ich an jenem letzten, schicksalhaften Morgen aufwachte, Max noch schlafend an meiner Seite, und mich wie jeden Morgen, seit wir zusammengezogen waren, Dankbarkeit, Freude und Liebe überwältigten, dass dies der Mann war, mit dem ich das Glück hatte, das Leben zu teilen. Das letzte Mal, dass Max mich küsste, an jenem Abend im Restaurant, so überraschend und romantisch, als hätte er irgendwie tief in seinem Innern gespürt, dass dieser Abend noch aus anderen Gründen als seiner Beförderung besonders war. Wenn ich nur gewusst hätte, wenn es nur eine Vorwarnung gegeben hätte, dass diese unerwartete öffentliche Bezeugung seiner Zuneigung der Abschluss jedes Kusses, jeder Berührung, jedes gemeinsamen körperlichen Moments sein würde, die wir je geteilt hatten, dann wäre mir klar gewesen, dass ich ihn bewahren muss, hoch schätzen und unauslöschlich ins Gedächtnis aufnehmen muss, damit er niemals verschwindet.

Hätte ich nur gewusst, dass jedes dieser Ereignisse das letzte seiner Art sein würde und ich mich an jedem Einzelnen davon festhalten sollte, als hinge mein Leben nach dem Tod davon ab, dann fände ich jetzt vielleicht mehr Trost in meinen Erinnerungen. Erinnerungen, die so oft ihre feineren emotionalen Details vor mir verbergen, als verspotteten sie mich und meine Unfähigkeit, sie zu lokalisieren.

Ich denke über die Menschen nach, die auf einen plötzlichen Tod hoffen, damit ihnen die Qualen einer langwierigen schweren Krankheit erspart bleiben, die Menschen, die behaupten, mich um die Art meines Sterbens zu beneiden, und ich denke mir, dass sie fehlgeleitet sind. Ich führe mir vor Augen, wie dankbar ich für ein Wissen um das, was kommt, gewesen wäre – so schwierig, so verstörend, so beängstigend es auch gewesen wäre –, wenn ich dadurch die Möglichkeit gehabt hätte, meine letzten Eindrücke angemessen wertzuschätzen und mich zu verabschieden. Wenn es verhindert hätte, dass ich so viele kostbare letzte Augenblicke als selbstverständlich angesehen hätte. Wenn mir die Stunden erspart geblieben wären, in denen ich mir nun das Hirn zermartere nach Erinnerungsbröckchen, die von Anfang an dürftig gewesen sind und mit jedem verstreichenden Tag schwächer werden.

Oder wenn nur Ellie und Max des Bewusstseins dieser letzten Gelegenheiten nicht beraubt worden wären, dass sie imstande gewesen wären, diese niemals wiederkehrenden Momente auszukosten, dass ihnen nicht auch die Möglichkeit, sich zu verabschieden, genommen worden wäre.

Denn wenn wir diese letzten Gelegenheiten als das hätten erkennen können, was sie sind, wenn uns das Abschiednehmen ermöglicht worden wäre, dann fiele es uns nun vielleicht leichter, uns damit abzufinden, dass das Leben ohne uns weitergeht.

Oder ich mache mir etwas vor. Vielleicht gibt es auf der ganzen Welt nichts – nicht in dieser weißen Welt oder in der Welt der Lebenden –, was uns die Sehnsucht nehmen kann. Denn nichts kann etwas an der Tatsache ändern, dass ich tot bin und sie leben oder dass mir die Hoffnung, einen einzigen Tag noch einmal mit ihnen zu durchleben, nicht erfüllt wird. Ich habe keine Möglichkeit zu erfahren, was sie noch von mir wissen und was sie bereits vergessen haben. Nichts nimmt mir die Angst, dass jedes einzelne Erlebnis, das wir drei miteinander hatten, jede Erinnerung, die uns drei im Moment noch aneinander bindet, sich am Ende einfach im Äther auflöst wie Asche, die auf dem Ozean verstreut wird.

22

»Ich bin überrascht, dass du gekommen bist. Ich hatte angenommen, Eve wäre deine Erzfeindin Nummer eins.«

Connor sitzt mit Harriet an einem Holztisch in einem Pub, der mir beinahe so vertraut ist wie meine eigene Küche, in dem Pub um die Ecke.

Als wir in die Gegend zogen, war er am helllichten Tag voller alter Männer mit von jahrzehntelangem Trinken geröteten Gesichtern. Bald darauf aber wurde er von einem ehrgeizigen jungen Koch gekauft, der daraus einen Pub mit sehr guter Küche machte und vierzehn Pfund für Fish and Chips verlangen konnte, ohne dass einer der neu ins Viertel gezogenen Anwohner auch nur mit der Wimper zuckte.

Ehe Ellie auf die Welt kam, aßen Max und ich fast jedes Wochenende dort, und nach ihrer Geburt auch noch recht regelmäßig. In diesem Pub aß Ellie sogar zum ersten Mal außer Haus; sie saß in einem Hochstuhl aus Plastik, schlug mit dem Löffel auf den Tisch und ließ sich ihren zu Hause zubereiteten Gemüsebrei schmecken, während wir vor Freude lachten, dass sie in einem Pub mit uns zum Essen aus war.

Heute sehe ich keine Spur von Ellie, aber Max und Eve stehen am anderen Ende des Schankraums und studieren das Tagesangebot.

»Na, du weißt, wie man so schön sagt: ›Halte deine Freunde nahe bei dir, aber deine Feinde noch näher!‹ Ich kenne die Frau kaum, also hielt ich es für eine passende Gelegenheit, sie mal genauer unter die Lupe zu nehmen.«

»Ich dachte schon, du wärst gekommen, um es wiedergutzumachen, dass du sie auf Ellies Geburtstagsparty so runtergeputzt hast.«

Indigniert sticht Harriet mit dem Finger nach Connors Schulter. »Ich habe sie nicht heruntergeputzt. Ich habe nur Ellies Gefühle geschützt. Jemand musste es tun. Solltest du ihr zu Hilfe geeilt sein, muss ich es übersehen haben.«

»Na ja, bei dem ganzen wütenden Östrogen, das im Wohnzimmer umherwogte, konnte man sich ja kaum bewegen. Egal, jetzt, da du hier bist, sei nett, okay? Max hatte wirklich Muffensausen wegen heute, also mach es den beiden nicht allzu schwer! Dies hier ist für niemanden ein Spaziergang.«

Skeptisch zieht Harriet eine Braue hoch und blickt zu Max und Eve, die Händchen haltend vor der beschrifteten Tafel kichern. »Sie scheinen es nicht sehr schwer zu nehmen. Pass auf, für mich ist es eine merkwürdige Situation, ja? Ich mag Max, das weißt du, aber Rach war meine beste Freundin, und für mich ist es hart, ihn mit einer anderen zu sehen.«

Connor riskiert es, Harriet beruhigend eine Hand auf den Arm zu legen.

Sie schüttelt sie nicht augenblicklich ab.

»Niemand erwartet von dir, dass du es nicht als merkwürdig empfindest. Ich hatte Rachel sehr gern. Für mich war sie die erwachsenere jüngere Schwester, die ich nie hatte. Weißt du noch, wenn wir abends zu viert ausgegangen sind und uns die Hucke vollgesoffen haben? Die beiden waren großartig. Rachel war großartig. Aber wenn es Max nicht gestattet ist, sein Leben weiterzuleben, nachdem sie nun einmal gestorben ist, dann könnte er sich auch gleich selbst in einen Sarg legen. Es tut mir leid – ich weiß, es klingt herzlos, doch es ist nun mal wahr. Also, glaubst du, du kannst ihnen ein bisschen Spielraum lassen? Gerade so viel, dass wir drei Gänge und zwei Flaschen Wein mit Anstand hinter uns bringen?«

Ich erwarte, dass Harriet sich gegen Connors sanften Tadel sträubt, aber sie hebt nur unverbindlich die Augenbrauen, dann kommen Max und Eve wieder zu ihnen an den Tisch.

»Also, was klingt lecker? Hast du dich schon entschieden, was du isst, Eve?«, fragt Harriet.

»Ich nehme die Jakobsmuscheln mit Pancetta als Vorspeise und danach das Lammkarree. Ein echtes Schlemmermahl, ich weiß, aber ich bin schon halb verhungert.«

»Das klingt nach einer guten Wahl. Ich glaube, ich schließe mich dir an.«

Als Harriet die Speisekarte zuklappt, sucht Connor ihren Blick und lächelt anerkennend.

Als Antwort grinst sie süffisant.

»Was ist mit dir, Max?«

»Ich bin hin- und hergerissen zwischen dem Steak aus der Hochrippe und dem Filet. Ich treffe die Entscheidung, wenn der Kellner die Bestellung aufnimmt.«

»Und ich dachte immer, es wären die Frauen, die Schwierigkeiten hätten, sich zu entscheiden.«

»Ich glaube nicht, dass eine Frau mit Verstand auch nur die geringsten Probleme hat, sich bei dir zu entscheiden, Connor. Aber sag mal, Max, wie geht es denn Ellie? Ich habe sie seit ihrer Geburtstagsfeier nicht mehr gesehen. Ist sie über das Kuchen-Debakel hinweggekommen?«

Connor wendet sich Harriet, die neben ihm sitzt, grimmig zu, bohrt seinen Blick in die Seite ihres Kopfes, damit sie auf ihn aufmerksam wird, doch sie starrt Max an und wartet auf seine Antwort.

»Mit ihr ist alles prima, Harriet. Wie man erwarten konnte,

nachdem sie fünf Minuten, nachdem es geschehen war, schon wieder die allerbeste Laune hatte.«

»Na ja, ›allerbeste Laune‹ hätte ich es nicht gerade genannt. Ich würde sagen, sie hat gute Miene zum bösen Spiel gemacht.«

Eve läuft so tiefrot an, dass ihr Gesicht kaum von ihrem karmesinroten Schal zu unterscheiden ist, und sie vergräbt die Nase in einem sehr großen Glas Weißwein.

Mir ist klar, dass Harriet mich nur in Schutz nehmen will, und das weiß ich auch zu schätzen, aber selbst ich kann Eve keinen Fehler vorwerfen. Schließlich konnte sie unmöglich wissen, dass sie ihn begeht.

»Tja, Kinder, nicht wahr? So verdammt empfindlich. Deshalb bin ich froh, dass ich nur der Onkel bin, wenn auch ein verdammt guter: auftauchen, ein schönes Geschenk überreichen, Freude schenken und empfangen. Wenn ihr mich fragt, ist das der perfekte Beitrag zum Kinder-Aufziehen.« Connor hebt das Glas, und die drei anderen prosten ihm lachend zu.

Der Konflikt ist abgewendet. Es ist eigenartig, Connor in der Rolle des Diplomaten zu erleben. In unserer alten Viererrunde war er stets der Witzbold, der uns drei andere gnadenlos aufzog und nur selten auf einen Witz auf unsere Kosten verzichtete.

»Ich glaube, wir kennen alle den Grund, weshalb du keine Kinder hast, Connor: weil du von Geburt an unfähig bist, an den Wochenenden vor Mittag aufzustehen. Ich glaube, ein Baby im Haus wäre für dich eine gewisse Herausforderung.« Max lacht seinem Bruder frech zu.

Es ist schön zu beobachten, wie die Rollen von Spötter und Verspottetem einmal vertauscht sind.

»Ich gebe mich geschlagen. Ich bin zu eigensüchtig, um Kinder zu haben. Ich finde nicht, dass es falsch ist, das zuzugeben. Einige von uns kennen sich gut genug, um zu wissen, dass sie besser allein bleiben, was, Harriet?«

Unbehagen flackert in Harriets Augen auf, und ich kann nicht sagen, ob er von Verlegenheit oder Verärgerung herrührt. »Ach, ich weiß nicht. Die meisten Menschen verfügen gewiss über ausreichend Narzissmus, um sich Kinder zu wünschen. Und an Narzissmus mangelt es dir im Allgemeinen ja nicht gerade, oder, Connor?«

»Touché. Andererseits sehe ich auch nicht, dass du deine Freiheit aufgibst, um Babys zuzugurren, ihr Kötzelchen wegzuwischen und ihnen die stinkenden Windeln zu wechseln, Harriet. Geschweige denn deinen Job oder dein Sozialleben aufzugeben oder deine irre Schuhsammlung, die immer größer wird.«

»Tja, vielleicht sind wir aber auch nicht mehr im Mittelalter, und Frauen brauchen für die Mutterschaft nicht alles aufzugeben. Himmel, Connor, dir hat doch irgendjemand schon gesagt, dass wir jetzt im einundzwanzigsten Jahrhundert leben, oder?«

Harriet leert ihr Weinglas in einem trotzigen Zug, während Max und Eve zusehen, ironisch belustigt. Offenbar betrachten sie das Streitgespräch als verbalen Appetithappen.

»Hör mal zu, ich sag es nur, wie es ist. Frauen können sich so viel einreden, wie sie wollen, dass die Elternschaft jetzt das Wolkenkuckucksheim libertärer Gleichheit ist. Doch es bleibt die Tatsache bestehen, dass es Frauen sind, die die Kinder bekommen, und Frauen zu Hause bleiben, um sich um sie zu kümmern, wenn sie klein sind. Gegen die Biologie lässt sich nicht argumentieren, egal, wie viele feministische Bücher man gelesen hat. Das stimmt doch, Eve, oder?«

Eve setzt sich plötzlich gerade hin, als hätte sie nicht erwartet, in diesen verbalen Schlagabtausch einbezogen zu werden.

»Nein, Connor, du spielst den *Advocatus Diaboli*, und das weißt du auch. Wenn du behauptest, die Wahlmöglichkeiten für Frauen hätten sich in den letzten fünfzig Jahren nicht verändert, dann redest du eindeutig genug Unsinn, um uns beide wütend zu machen.«

Einen Augenblick herrscht Schweigen, und ich frage mich, ob Connor es ihr übel nimmt, dass sie ihm den Kopf gewaschen hat.

Doch er sieht Eve an und lacht auf. »Okay, du hast es mir gezeigt. Auch wenn ich nicht absichtlich widerspreche. Ich finde wirklich, dass Frauen weniger Entscheidungsfreiheit besitzen, als wir alle gern behaupten. Ich bin ein Feminist – ich bin auf eurer Seite.«

Harriet explodiert praktisch neben ihm. »Ein Feminist? Du? Dass ich nicht lache! Jemand, der jeden Samstagabend eine andere Frau aufgabelt, nur um sie nach dem Sonntagmorgen nie wiederzusehen, darf sich wohl kaum als Feministen bezeichnen.«

»Wovon redest du da? Das ist die sexuelle Revolution. Das haben wir deinesgleichen zu verdanken.«

»Himmel, wenn du aufseiten des Feminismus stehst, ist er eine verlorene Sache.«

»Sehr komisch! Wie auch immer, ich weiß nicht, wieso du dich so aufregst. Du bist doch das Paradebeispiel für eine Frau, die ihr Recht auf Partnerwahl ausübt, oder nicht?«

»Wenn ich etwas wählen darf, dann wünsche ich mir, dass ich dieses Gespräch mit dir möglichst nicht weiterführen muss.«

Eve lacht, und Harriet und sie tauschen ein verschwörerisches Lächeln.

Ich bin mir nicht sicher, wie ich mich dabei fühle, dass meine beste Freundin und die neue Partnerin meines Mannes sich verbünden, auch wenn es nur eine Zweckallianz ist, um Connor die Stirn zu bieten.

»Du liebst unsere kleinen Meinungsverschiedenheiten, Harriet. Gib dir keine Mühe, es abzustreiten! Wie auch immer, für dich ist das doch ein akademisches Streitgespräch, oder? Wie alt wurdest du an deinem letzten Geburtstag? Achtunddreißig? Wenn du es dir plötzlich anders überlegen solltest, müsste deine biologische Uhr mal dringend aufgezogen werden.« Connor lacht ungebärdig über seinen eigenen Witz.

Max schenkt ihm ein halbes Lächeln brüderlicher Unterstützung, doch Harriet und Eve wenden den Blick ab, Harriet schaut aus dem Fenster und Eve auf die Dessertkarte, die in einem Plexiglasständer auf dem Tisch steht.

Ich weiß, wieso Eve dieses Thema als unangenehm empfinden kann, doch ich bin mir nicht sicher, was Harriet daran so gewaltig zu schaffen macht. Vermutlich hat die Erwähnung ihres Alters sie erbost; sie hat immer eine gewisse Eitelkeit an den Tag gelegt, was ihre angesammelten Jahre anbelangt, und schätzt es vielleicht nicht, sie aufs Butterbrot geschmiert zu bekommen, schon gar nicht in Gesellschaft einer Frau, die fast zehn Jahre jünger ist.

»Gut, ehe du es schaffst, beide Frauen an diesem Tisch zu kränken, würde ich sagen, dass wir an die Theke gehen und uns um das Essen kümmern, denn es sieht nicht so aus, als würde jemand kommen und unsere Bestellung aufnehmen.«

»Kränken? Ich? Ich weiß überhaupt nicht, was du meinst. Verzeiht uns, Ladys! Wir sind gleich wieder da.«

Als Max und Connor zur Bar gehen, steht Harriet auf und marschiert zum Waschraum.

Vielleicht ist sie noch nicht so weit, dass sie mit Eve unter vier Augen sprechen kann.

Ich geselle mich zu Max und Connor, als sie gerade beide

für sich Steak aus der Hochrippe mit Pommes frites bestellen.

»Sie ist umwerfend, Max. Ich fand sie schon auf Ellies Party toll, aber heute wirkt sie viel entspannter. Ich weiß nicht, wie du es geschafft hast, eine Frau zu ködern, die so viel besser aussieht als du. Aber gut gemacht, Alter. Die würde ich nie wieder aus den Fingern lassen.«

»Danke für das Pseudo-Kompliment. Doch im Ernst, es bedeutet mir eine Menge. Sie ist ziemlich beeindruckend, was?«

»Ich glaube, du meinst, sie ist schön und beeindruckend. Gott, ich kann es gar nicht fassen, dass du mit einer endest, die aussieht wie ein Model. Ich dachte immer, das wäre mein Vorrecht.« Connor lacht wieder über seinen eigenen Witz, doch Max tritt voll Unbehagen von einem Fuß auf den anderen, während die Farbe seines Gesichts darauf hindeutet, dass jemand plötzlich die Heizung sehr hoch gestellt hat. »Was? Was habe ich jetzt wieder falsch gemacht?«

»Es kommt mir einfach seltsam vor, dass du sagst, ich ›ende‹ mit jemandem. Ich habe immer gedacht, dieser Jemand würde Rachel sein.«

Brüderlich legt Connor Max den Arm um die Schultern, eine seltene Gebärde aufrichtiger Zuneigung statt des sonst üblichen Herumtollens. »Ich weiß, Alter. Aber das Leben geht weiter. Und ich finde, du schlägst dich im Moment einfach brillant, also bitte, fang nicht an, dich runterzumachen!«

Max atmet tief ein und lässt die Luft sehr langsam wieder entweichen, als hätte er den ganzen Kopf voller unerwünschter Gedanken, die er vertreiben will. »Vermutlich ist es ziemlich blöd, doch ich kann einfach nicht damit aufhören, mich schuldig zu fühlen.«

»Schuldig weswegen? Meine Güte, es ist ja nicht so, dass du untreu wärst.«

»Das sagt sich leicht, aber genau so kommt es mir vor. Ich denke immer noch sehr viel an Rachel, sogar dann, wenn ich mit Eve zusammen bin; in gewisser Hinsicht fühlt sich das an wie Untreue.«

Ich weiß, dass es vermutlich falsch von mir ist, doch ich kann nicht anders, ich genieße einen kleinen Anflug von Genugtuung. Ich habe angenommen, dass ich genauso sehr aus Max' Bewusstsein verschwunden bin wie aus seinen Augen. Es ist eine Überraschung – eine seltene, schöne Überraschung – zu erfahren, dass meine Präsenz in Max' Gedanken nicht vollkommen von Eve überstrahlt wird.

»Max, wenn wir wegen unserer Gedanken statt wegen unseres Handelns wegen Untreue angeklagt werden könnten, dann müsste jeder einzelne Mann auf diesem Planeten verurteilt werden.« Connor lächelt schalkhaft.

Doch sein Versuch, eine heitere Note einzubringen, prallt an Max ab. »Ich bin einfach so sehr gewöhnt, dass Rachel der Mensch ist, mit dem ich alles bereden kann. Es ist, als wäre ein Teil meines Gehirns für die Frage reserviert: ›Was würde Rachel tun oder dazu sagen oder davon halten?‹ Ich ertappe mich sogar dabei, dass ich sie in Gedanken nach ihrer Meinung zu Eve frage. Das ist doch völlig daneben, oder?«

Connor öffnet den Mund, und ich spüre, dass eine flapsige Bemerkung in der Luft liegt, doch dann besinnt er sich eines Besseren, und in seinem Gesicht beobachte ich einen entschiedenen, bewussten Wechsel zum Ernsten.

»Ja, sicher, das sollte so auch nicht sein. Aber mit Eve ist es ja auch noch ganz frisch. Wie lange geht es jetzt? Sechs Monate? Gib dem Ganzen noch ein wenig Zeit, und du denkst nicht mehr so oft an Rachel, ganz bestimmt!«

»Sieben Monate. Doch darum geht es nicht. Ich bin mir nicht mal sicher, ob ich es will. Mir gefällt es ja im Grunde, dass sie in meinem Kopf irgendwie weiterlebt und dass ich mit ihr noch über die Dinge reden kann. Das möchte ich überhaupt nicht verlieren.«

Und ich möchte auch nicht, dass du es verlierst, Max. Denn solange ich in deinem Kopf lebe, ist es, als hätte ich dich nie wirklich verlassen. Und dich zu verlassen wäre das Letzte, was ich je gewollt hätte.

»Nur damit ich's richtig verstehe: Du hast ein schlechtes Gewissen, weil du die ganze Zeit an Rachel denkst, aber gleichzeitig möchtest du damit eigentlich auch nicht aufhören. Dennoch möchtest du mit Eve zusammen sein, obwohl du die ganze Zeit an Rachel denkst. Mein Gott, das ist genau der Grund, weshalb ich mich vor jeder Beziehung hüte: Sie sind im Nu so verflixt kompliziert.«

»Na, sicher möchte ich mit Eve zusammen sein. Ich fühle mich gegenüber Rachel aber schuldig, dass ich mich auf Eve eingelassen habe, und Eve gegenüber, weil ich so oft an Rachel denke. So kompliziert ist es also gar nicht, oder?«

»Max, von meinem Standpunkt aus betrachtet, ist es sogar ziemlich verwirrend. Mir kommt es so vor, als fühltest du dich schuldig, weil du glücklich bist, und schuldig, weil du trauerst. Für mich klingt das, als könntest du nicht gewinnen.«

»Ich habe nie behauptet, dass es logisch wäre. Aber was soll ich deiner Meinung nach unternehmen?«

»Also, ich weiß jedenfalls, was du nicht tun solltest: Sag Eve unter keinen Umständen, dass du noch immer dauernd an Rachel denkst, ganz egal, wie sehr dein überaktives Gewissen dich dazu drängt! Ich weiß, wie du tickst. Aber vertrau mir einfach – sie wird es nicht hören wollen.«

»Ich soll mit Eve einfach weitermachen, als wäre nichts?«

»Max, da ist nichts. Wie ich schon sagte, kann man dir keine Gedanken anlasten, die du nicht steuern kannst.«

»Ich weiß nicht. Es kommt mir irgendwie ein bisschen … unehrlich vor.«

»Tja, weißt du, manchmal ist Unehrlichkeit die beste Taktik. Und jetzt schlage ich vor, dass du wieder an den Tisch gehst, wo diese atemberaubend schöne Frau, die du irgendwie ausgetrickst hast, damit sie deine Freundin wird, ganz allein sitzt. Weiß der Henker, was Harriet die ganze Zeit auf der Damentoilette treibt! Ich hole die Getränke ab und bringe sie rüber.«

Gehorsam befolgt Max die Anweisungen seines Bruders. Unterwegs kommt er an Harriet vorbei, die einen Umweg geht, um Connor an der Bar zu treffen.

»Was hat dich so lange aufgehalten? Hoppla – was hast du denn mit deinem Gesicht gemacht?«

»Immer der Charmeur, Connor! Ich habe Lippenstift aufgetragen, das ist alles.«

»Nein, es sieht toll aus. So heiß, dass es qualmt. Du solltest öfter Lippenstift tragen.«

Harriet lässt das Kompliment in der Luft hängen, ob nun, damit es verweilt oder damit es sich verflüchtigt, das kann ich nicht ganz sicher sagen.

»Also, wie halte ich mich an der Sei-nett-Front? Mir kommt es vor, als schlüge ich mich allerbestens.«

»Ein wackliger Start, aber du wirst langsam warm. Ist doch gar nicht so schwer, nett zu anderen zu sein, oder, Harriet?«

Sie bedenkt ihn mit dem vernichtenden Blick, der so typisch für sie ist, einem Blick, der den meisten ein klares Zeichen gibt, den Mund zu halten, und der Connor in der Regel nur umso mehr herausfordert. Ehe er fortfahren kann, erwidert sie: »Hör zu, solange ich dich allein hier habe! Es gibt etwas, worüber ich mit dir reden muss. Es geht um Celia. Ich weiß nicht, ob du es Max subtil andeuten kannst – und damit meine ich wirklich subtil, Connor, und nicht auf deine übliche Art eines Elefanten im Porzellanladen –, aber ich glaube, Celia ist im Moment sehr empfindlich, und ich vermute, es könnte ein wenig mit Zuwendung zu tun haben.«

»Empfindlich weswegen?«

»Du weißt schon – Max und Eve, ihre Beziehung zu Ellie, ob sie ausgeschlossen wird, sobald Eve ihre Füße ganz unter dem Tisch hat. Celia ist deswegen ganz schön niedergeschlagen.«

»Aber das ist doch albern! Max würde niemals unterbinden, dass sie Ellie sieht.«

»Du hast gut reden. Du gehörst der richtigen Seite der Familie an. Sie nicht. Ich finde es nicht vollkommen aus der Luft gegriffen, wenn sie sich Sorgen macht, welchen Platz sie in der Familie haben wird, sobald die Karten neu gemischt sind, und du?«

Connors Miene ist voller Skepsis, doch ich bin Harriet dankbar, dass sie Mums Interessen vertritt. Immerhin gibt es sonst niemanden mehr, der für sie einsteht.

»Bist du sicher, dass es dir um Celia geht? Mir klingt es mehr danach, als fühlte sich noch jemand ein bisschen vernachlässigt.«

Harriet sträuben sich sichtlich die Haare.

Ich nehme an, keiner von uns ist es gewöhnt, dass Connor echtes emotionales Einfühlungsvermögen an den Tag legt.

»Ja, danke dafür, Dr. Freud, aber hier geht es um Celia. Also, redest du mit Max oder nicht?«

»Okay, okay. Ich spreche ihn darauf an. So, kannst du die Gläser nehmen, und ich trage den Kübel?«

»Du hast Champagner bestellt? Was feiern wir denn?«

»Ich weiß nicht. Das Wochenende? Die Freiheit? Samstagslunch mit zwei schönen Frauen?«

Harriet stupst Connor spielerisch gegen den Arm, und als die beiden zum Tisch zurückgehen, strahlt erstes Frühjahrslicht durchs Fenster und blendet mich einen Augenblick lang. Es dauert einige Sekunden, bis ich wieder sehen kann, und als es so weit ist, muss ich feststellen, dass mein Zugang verschwunden ist.

Ich denke über den Lunch nach, den die vier haben, und empfinde einen starken, verdrossenen Neid, dass ich dem Quartett nicht mehr angehöre, das ein Jahrzehnt lang solch ein wesentlicher Bestandteil meines Lebens gewesen ist.

Ich überlege, dass es beinahe zwei Jahre her ist, dass ich ein Gespräch mit jemandem geführt habe, seit ich mit jemandem in einem Raum gewesen bin, seit ich einem anderen Menschen von Angesicht zu Angesicht gegenüberstand, ihm ins Auge sah und er meinen Blick erwiderte. Erst jetzt, da ich einen so vertrauten und doch so fernen Vorgang beobachte, werde ich daran erinnert, wie es sich anfühlt. Und daran, wie sehr ich es vermisse.

Ich denke über Max' Geständnis nach und frage mich, ob Connor recht hat, ob Max' Erinnerung an mich schwinden wird, je mehr Tage sich ansammeln, an denen ich tot bin, bis er sich meine Stimme nicht einmal dann mehr ins Gedächtnis rufen könnte, wenn er es wollte. Denn wenn das geschähe, wäre es ein schlimmerer Tod als der, den ich bereits kennengelernt habe.

23

Ich bin in einem Schlafzimmer, das ich nicht erkenne. Sicher, es nicht zu kennen, bin ich mir deshalb, weil ich, ob lebendig oder tot, noch nie in so einem schönen Schlafzimmer gewesen bin.

Das Himmelbett besteht aus Mahagoni mit Schnitzwerk, das Zimmer hat einen polierten Parkettboden und einen offenen Kamin, und in einer Ecke steht eine frei stehende Badewanne, als hätte jemand vergessen, ihr zu sagen, dass sie Anspruch auf einen eigenen Raum besitzt. Es ist die Sorte Hotelzimmer, von der ich seit Ellies Geburt nur träumen kann, jenem entscheidenden Moment, von dem an wir unsere Wochenenden auf Spielplätzen, Tiergärten und in Parks verbrachten.

In dem Bett, unter einer purpurfarbenen Damastdecke und auf einem strahlend weißen Laken liegen Max und Eve, im Schlaf eng umschlungen. Beide haben sie die Gesichter den georgianischen Fenstern mit den schweren Seidenvorhängen zugewandt, und die Umrisse ihrer miteinander verschlungenen Beine sind nicht voneinander zu unterscheiden.

Ich weiß, ich sollte nicht hier sein. Ich weiß, dass es Grenzen gibt – der Privatsphäre und der Moral –, die auch die Toten nicht überschreiten dürfen. Ich weiß, dass ich mich per Willenskraft entfernen sollte, dass ich es versuchen müsste, auch wenn ich scheitere, dass die Absicht mehr zählt als das Ergebnis. Doch ich kann es nicht. Denn das Wissen, dass der Anstand mir gebietet zu gehen, wird überstimmt von meinem Verlangen zu bleiben, so masochistisch es auch sein mag.

Ich versuche, das Gefühl abzurufen, wie es ist, dort zu sein, wo Eve jetzt ist. Max' Körperwärme im Rücken zu spüren und unter der schweren Last seines Armes zu schlafen, den er mir beschützerisch um die Schulter gelegt hat, einen gelegentlichen kühlen Zug, wenn er sich bewegt und die Bettdecke beiseitezieht, sodass ein kurzer Hauch der äußeren Welt in unser Abgeschiedensein vordringt. Diese Momente unter der Bettdecke im Dunklen gehören, so dachte ich immer, zu den friedvollsten, die jedes Paar je erleben kann.

Plötzlich gibt es Bewegung unter mir, und ich höre ein vertrautes Geräusch, ein Geräusch, das ich seit vielen Monaten nicht mehr vernommen habe: das Schnaufen, mit dem Max sich dem Erwachen nähert. Ich gerate in Panik, denn ich bin mir zu deutlich bewusst, wie falsch es von mir ist, hier zu sein. Ich habe Angst, dass sie mich finden, wie ich über ihrem Bett schwebe und sie im Schlaf beobachte, fürchte, sie könnten entdecken, dass ich ihnen nachspioniere, nicht nur heute, sondern schon seit Monaten, und dass sie mich dafür ewig verabscheuen könnten.

Doch dann fällt mir ein, dass sie mich nicht sehen können, dass ich für sie unsichtbar bleibe, weil ich tot bin. Ich könnte auf dem Fußende des Bettes hocken oder nackt in der Badewanne sitzen, ohne dass sie etwas merkten. Eine Sekunde lang frage ich mich, was ich bevorzugen würde: hier entdeckt zu werden, an Ort und Stelle, sodass mein voyeuristisches Geheimnis auffliegt, oder weiterhin für Max unsichtbar zu bleiben.

Als ich wieder hinunterschaue, rührt Eve sich ebenfalls und dreht sich herum, sodass sie Max ansieht.

Er öffnet die Augen, lächelt, als könnte er sein Glück kaum

fassen, wieder einmal neben ihrem nackten Leib erwacht zu sein, und er küsst sie zärtlich auf den Mund. »Guten Morgen, Schöne.«

»Guten Morgen, Liebling.«

Und dieser kurze Austausch allein ist Grund genug, weshalb ich hätte versuchen sollen zu verschwinden, als ich noch eine Chance dazu hatte, ehe ich eine Szene miterleben muss, die wie geschaffen dafür ist, mich für immer zu verfolgen.

Das ist unsere Morgenbegrüßung, meine und Max'. Es war unser Weckruf bei jedem einzelnen Tagesanbruch nach den dreitausend und ein paar zerquetschten Nächten, die wir miteinander verbracht haben. Es gehörte zu den Dingen, derentwegen ich mich überhaupt erst in Max verliebt habe, an jenem ersten Morgen nach der ersten Nacht, als wir zusammen im Bett aufwachten und keiner von uns sicher wissen konnte, ob es das erste Mal von vielen oder das erste und einzige Mal sein würde. Max küsste mich auf den Mund und sprach jene drei liebevollen Worte. Er war der einzige Mann, der mich je mit solcher Zärtlichkeit am neuen Tag willkommen geheißen hatte. Danach war ich sicher gewesen, dass Max anders war, besonders, so viel mehr wert als nur eine einzige gemeinsame Nacht.

Und jetzt gehören diese Worte genau wie alle seine anderen Kosewörter plötzlich nicht mehr mir, sondern Eve. Irgendwie ist es noch schlimmer, dieses intime Morgenritual zu beobachten, als zu hören, wie Max ihr zum ersten Mal seine Liebe gestanden hat. Eine Liebeserklärung kann auch vorgetäuscht werden. Eine solche Intimität nicht.

»Danke dafür.«

Max streicht Eve eine Haarsträhne von der Wange auf die Schulter. »Für was denn?«

»Für alles. Dass du es gebucht hast. Dass du dafür gesorgt

hast, dass Ellie bei Mum und Dad bleibt. Dass du so umsichtig bist. Du hattest recht – das ist genau das, was wir brauchten. Ein paar Tage allein für uns und fern von allem.«

Eve knabbert grinsend an seinem Ohr. Ich frage mich, ob sie diese Vorliebe von allein entdeckt hat oder ob Max es ihr sagen musste, so wie mir.

»Absolut gern geschehen. Es ist ja auch nicht so, als wäre ich völlig selbstlos. Acht Monate, und das ist das erste Mal, dass ich dich für zweiundsiebzig wunderbare Stunden für mich allein habe. Und ich verfolge die Absicht, jede einzelne Sekunde auszukosten.« Eve wirft sich auf Max und küsst seinen Hals auf eine Weise, die mich irgendwie an eine Löwin in einem Naturfilm erinnert, die eine Gazelle zu Boden reißt.

Max gibt ein paar Sekunden lang nach, dann zieht er sich geistesabwesend zurück. »Ja, es war hart, nur dann eine ganze Nacht miteinander verbringen zu können, wenn Ellie bei Celia ist. Ich weiß wirklich zu schätzen, wie geduldig du bist. Es ist ja nicht so, als würde ich nicht liebend gern jedes Wochenende mit dir verbringen, wenn es nur möglich wäre.«

Max zieht Eve an sich, doch nun ist sie es, die sich aus der Umarmung löst. »Es ist komisch, darüber habe ich nachgedacht.«

»Worüber?« Max scheint nicht sonderlich interessiert zu sein zu erfahren, worüber Eve sich Gedanken gemacht hat. Er küsst nacheinander jeden ihrer Finger.

Ich frage mich, wie ich es bei anderen Gelegenheiten geschafft habe, mich durch Willenskraft zu entfernen. Was der Trick auch sein mag, diesmal scheint er nicht zu funktionieren.

»Unser Übernachtungsdilemma. Ich habe mich gefragt, ob wir demnächst darüber nachdenken können, ob ich bei dir bleibe, wenn Ellie da ist.«

Die Art, wie Eve das Ende des Satzes anhebt, gestattet ihr, ihn als Frage zu maskieren, obwohl sie genauso gut wie ich weiß, dass er dies keineswegs ist.

Max lässt Eves Hand los. Die Unbeschwertheit in seinem Gesicht schaltet ein paar Gänge herunter. »Ich ... ich dachte, du wärst einverstanden, dass wir es langsam angehen lassen. Dass wir Ellie sanft an die Vorstellung gewöhnen.«

»Das bin ich. Das war ich. Ich denke nur, es wird eine Zeit kommen, wo wir ein bisschen mehr Freiheit haben wollen in der Frage, wann ich bei dir übernachte. Und ich frage mich, ob das früher oder später so weit sein wird.«

Wieder die Anhebung. Eine Erklärung, als Frage betont.

Max setzt sich auf und verbringt einige Sekunden damit, sehr sorgsam die Kissen hinter sich in Ordnung zu bringen, ehe er sich dagegenlehnt und sich die Bettdecke bis zur Brust hochzieht. »Ich weiß es nicht. Ich hätte es gern so. Nichts lieber. Ich glaube nur, für Ellie wäre es noch zu früh.«

Eve streicht Max mit ihren eleganten Fingern über den nackten Arm. »Baby, ich glaube, Ellie verkraftet ein gutes Stück mehr, als du ihr zutraust. Ich weiß, dass du sie schützen willst, und das ist einer der vielen Gründe, weshalb ich dich liebe, aber in letzter Zeit sind wir drei doch wirklich gut miteinander zurechtgekommen, oder nicht?«

Wir drei. Sie spricht es aus, als wären sie eine permanente Trias.

Max nickt halbherzig, eine Zustimmung, der die Überzeugung fehlt, und überlässt es Eve, ihm weiteres Beweismaterial vorzulegen.

»Denk nur an die letzten Wochenenden, die wir zusammen verbracht haben, und die vielen Tage in den Osterferien! Sie hatte eine wunderschöne Zeit beim Food Festival, und im Wasserpark war sie in Topform. Wir hatten – wie viele? –

ungefähr ein Dutzend Tage zusammen. Ich glaube, sie kommt ganz wunderbar damit zurecht.«

Ein Dutzend Tage? Eve hat etwa ein Dutzend Tage mit meinem kleinen Mädchen verbracht, und ich habe davon nur zwei gesehen – ich habe nur von zweien gewusst. Wenn irgendetwas die Frustration einer abwesenden Mutter befeuert, dann das Bewusstsein, keine Ahnung zu haben, was das eigene Kind tut, mit wem es sich trifft, mit wem es Zeit verbringt, ohne dass man davon weiß, ohne dass man es erlaubt hat.

»Das weiß ich. Es ist einfach fantastisch, wie entspannt sie sich nach nur zwei Monaten Bekanntschaft in deiner Nähe verhält. Du kannst wunderbar mit ihr umgehen. Ich glaube aber trotzdem, dass einzelne Tage noch immer etwas ganz anderes sind, als wenn du bei mir übernachtest. Ich möchte wirklich keinen Rückfall verursachen. Letzten Herbst ist es mir gelungen, die Dinge im Keim zu ersticken, und das möchte ich nicht noch einmal durchstehen.«

»Ich verstehe das vollkommen, und ich könnte auch nichts weniger wollen. Doch damals hatten wir eine ganz andere Situation: Wir hatten kaum angefangen, uns zu sehen, und es war das einzige Mal, dass sie ins Bett gemacht hat. Seitdem ist doch einiges in Bewegung gekommen, und ich glaube aufrichtig, dass sie so weit sein könnte.«

Sie glaubt es aufrichtig? Was weiß sie denn? Sie kennt mein kleines Mädchen nicht, sie weiß nicht, was Ellie sich wünscht oder braucht oder wie empfindlich sie auf Veränderungen reagiert. Komm schon, Max – ich verlasse mich darauf, dass du das Richtige tust.

»Ich bin mir nicht sicher. Du weißt, wie gern ich jedes Wochenende mit dir verbringen würde, doch ich würde es mir nicht verzeihen, wenn wir es überstürzen und die Sache ausgerechnet jetzt vermasseln, da Ellie sich an die Vorstellung gewöhnt, dass du um uns bist.«

Eve beugt sich auf den Ellbogen vor. Die Bettdecke rutscht ihr provokant von den Schultern, und sie küsst Max auf die Nase. »Ich glaube nicht, dass die Gefahr besteht. Wir sind ziemlich unbesiegbar, du und ich.«

Eve lacht, und ich bin beeindruckt, wie viel selbstbewusster und sicherer sie ist im Vergleich zu der Frau, die erst vor ein paar Monaten ihre dunkelsten Geheimnisse offenbarte und aus Furcht vor Zurückweisung fast katatonisch war. Mich beeindruckt auch, wie sehr ihre Beziehung sich verändert hat, seit ich sie zuletzt allein zusammen beobachtet habe.

Max zieht sie in die Arme, was ihm gestattet, sie dicht bei sich zu halten und gleichzeitig ihrem Blick auszuweichen. »Es geht nicht nur um Ellie. Ich möchte auch nicht, dass andere Leute denken, es wäre zu früh. Meine Eltern zum Beispiel. Oder Celia. Ich glaube, wir würden uns die eine oder andere erhobene Augenbraue einhandeln, wenn wir beieinander übernachten würden, meinst du nicht auch?«

»Ach, Baby, du weißt genau, dass deine Mum und dein Dad entzückt sein würden über jedes Zeichen, dass die Dinge zwischen uns gut laufen. Sie wollen dich nur glücklich sehen. Und was Celia angeht – es ist ja nicht so, dass wir es ihr offiziell ankündigen müssten, sodass es Wochen dauern könnte, bis wir diese Brücke überschreiten müssen. Damit können wir uns doch bestimmt erst dann befassen, wenn es so weit ist?«

Mein Blut würde kochen, wenn es mir noch irgendwie durch die Adern rinnen würde. Gewiss wird Max doch meine Position verteidigen, die Position meiner Mutter, sein eigenes Recht, Unbehagen bei dem Gedanken zu empfinden?

»Da hast du vermutlich recht. Du glaubst also wirklich

nicht, dass andere finden könnten, es wäre noch zu früh? Ich will nicht … na ja … respektlos erscheinen.«

Eve legt Max den Kopf auf die Brust und blickt ihn mit ihren blauen Disney-Prinzessinnenaugen an. »Max, nächste Woche liegt Rachels Tod zwei Jahre zurück. Ich weiß, du möchtest nur das Richtige tun, und ich könnte dich nicht mehr lieben, weil du so ehrenhaft und besorgt mit ihrem Andenken umgehst, aber du hast ein Recht, dein Leben weiterzuleben. Und wenn jemand ernsthaft deine Integrität anzweifelt, nur weil deine neue Freundin gelegentlich bei dir übernachtet, dann ist es doch wirklich dessen Problem, meinst du nicht auch?«

Mit jedem überzeugenden Wort, das gesprochen wird, spüre ich, wie Max weiter von mir fortgleitet und sich noch ein metaphorischer Kilometer mehr zwischen uns erstreckt. »Du hast bestimmt recht. Ich sollte mich nur um Ellie wirklich sorgen.«

»Warum fragst du sie dann nicht? Schließlich ist es ihr Zuhause, und es wäre nicht fair von mir, ohne ihre Zustimmung zu kommen und zu bleiben. Lassen wir sie es doch selbst entscheiden!«

Max blickt nachdenklich drein, aber ich kenne seine Antwort, ehe er auch nur ein Wort gesagt hat. »Ja, das ist eine gute Idee. Natürlich. Und wenn es ihr noch nicht recht ist, bist du dann einverstanden, noch eine Weile zu warten?«

»Selbstverständlich. Ich warte, solange es nötig ist, solange Ellie braucht. Ich finde nur, dass es sich lohnt, mal den Zeh ins Wasser zu stecken.«

Max lächelt dankbar, als hätte Eve soeben ein Problem für ihn gelöst, statt eins für uns alle zu schaffen. »Du bist gut in solchen Dingen, Eve. Nächstes Wochenende spreche ich mit Ellie.«

Eine andere Frau, die in meinem Bett die Nacht verbringt. Mit meinem Mann. Unter meinem Dach. Während meine Tochter im Nebenzimmer schläft. Jetzt weiß ich, wie die sieben Zwerge sich vorkamen.

»Nun, was wollen wir heute unternehmen? Da wäre dieses Herrenhaus, das wir besichtigen können, oder wir suchen uns einen hübschen Pub und lesen beim Mittagessen Zeitung.«

Eve zieht Max wieder unter die Decke, ehe sie antwortet. »Wirklich? Du möchtest ausgehen? Mir fällt einiges ein, was wir hier im Hotel tun könnten und womit ich den Tag lieber verbringen würde, es sei denn, du hast Einwände.«

Ich schließe die Augen so fest, wie ich kann, und versuche, an irgendetwas zu denken, das nichts damit zu tun hat, dass mein Mann und seine schöne Freundin gleich nur wenige Meter unter mir Sex haben werden. Ich höre Geräusche, die jeder bis auf den entschlossensten Voyeur zu vermeiden suchen würde. Ich fange an, das erste Lied vor mich hin zu summen, das mir in den Sinn kommt, eins der Kinderlieder, die ich früher Ellie vorsang, wenn sie nicht einschlafen konnte.

Ein paar Sekunden vergehen, und das Einzige, was ich noch höre, ist meine eigene Stimme. Ich wage es nicht, meine Augen schon zu öffnen, denn ich habe Angst, dass die Stille nicht die Beendigung meines Zugangs bedeutet, auf die ich hoffe, sondern nur eine andere, leisere Form der Aktivität.

Schließlich schaue ich vorsichtig aus dem Augenwinkel hin, entschlossen, mich nicht mit dem vollen Anblick zu belasten, wenn es mir irgend möglich ist.

Ich sehe nur noch Weiße. Mit wachsender Zuversicht öffne ich das andere Auge und entdecke mit überwältigender Erleichterung, dass ich davor bewahrt worden bin, zur unsichtbaren und unfreiwilligen Zeugin des Sexuallebens meines Mannes zu werden.

Im Geiste gehe ich alles, was ich gerade beobachtet habe, mit der Akribie einer Gerichtsmedizinerin durch – die Zuneigung, die Betörung, die Absicht Eves, sich noch tiefer im Leben meiner Tochter einzunisten –, und ich begreife, dass ich statt des Schocks oder der Verleugnung, der Wut und Frustration, die ich zuvor empfunden habe, nur noch Leere fühle, Passivität, Trägheit. Das Gefühl, das dazu passt, dass ich gerade die unabstreitbare Intimität zwischen dem Mann, mit dem ich verheiratet war, und der Frau beobachtete, die ihn eines Tages vielleicht heiraten will.

Ein einziger Gedanke kreist durch meinen Kopf, und ich kann ihm nicht entkommen: Es scheint der Anfang vom Ende meiner Präsenz im Zentrum von Max' Leben zu sein.

24

»Ich glaube, du musst die Soße ein bisschen stärker rühren, Daddy, sonst wird sie ganz klumpig. Und ich hoffe, du behältst die Zeit im Auge. Du hast nur noch fünf Minuten, und die Uhr tickt.«

Gehorsam rührt Max die Soße um, dann kehrt er ans Schneidebrett zurück und attackiert eine Zucchini mit dem Gemüsemesser.

»Ich hoffe, du hast den Nachtisch nicht vergessen, Daddy. Die Zeit läuft ab, weißt du.«

Max wirft ihr einen gespielt entsetzten Blick zu, schießt zur Kühlschranktür, reißt sie auf und liefert den Beweis, dass das Dessert – Mousse au Chocolat, wie es aussieht – fertig ist und darauf wartet, dass sie sich daran ergötzt.

Ich bin in meiner Küche erschienen und habe Max und Ellie vorgefunden, wie sie *Kochduell* spielen. Das gehört zu Ellies Lieblingsspielen, und sie ist, natürlich, die Schiedsrichterin. Im Laufe der Jahre hat sie diese Rolle perfektioniert, in der die extremsten Charaktere verschiedener Juroren aus diversen einschlägigen Fernsehsendungen zu einer einzigen grotesken Karikatur verschmelzen. Ellie nennt sich Miss Teri Judge – ein Name, der ihr selbst eingefallen ist und das Wort für Richter mit *mystery,* Geheimnis, kombiniert. Als ich noch lebte, verging kaum ein Wochenende, ohne dass die Zubereitung von wenigstens einer Mahlzeit von Ellies gespielt kritischem Auge begutachtet wurde. Ich finde es beruhigend zu sehen, dass sich daran nichts geändert hat.

»Pass auf, dass du die Zucchini schön dünn schneidest, Daddy! Du weißt, es ist scheußlich, wenn die Scheiben zu dick sind. Und ich möchte dir schließlich nicht in letzter Sekunde einen Fehler ankreiden müssen, nicht wahr?«

»Tut mir leid, Boss. Du hast absolut recht. Ich wollte einen Avocadosalat anrichten, aber gerade noch rechtzeitig fiel mir ein, dass du den nicht magst.«

»Ich hasse Avocados. Das habe ich dir schon hundert Mal gesagt. Und trotzdem hast du mir vor ein paar Wochen welche auf mein Schulbrot getan.«

Max lacht. »Das ist Monate her. Doch ich gebe zu, du hattest mir vorher gesagt, dass du sie nicht so gern magst. Weißt du, es ist gar nicht so leicht, all das im Kopf zu behalten, was du magst und was nicht.«

»So schwer ist das auch nicht, Daddy. Ich mag alles außer Avocados. Und Leber. Und Blutwurst. Die ist supereklig.«

Max streckt Ellie zur Antwort die Zunge raus, was sie begeistert erwidert.

»Ich habe heute sehr sorgfältig darauf geachtet, nur die besten Zutaten zu verwenden, solche, von denen ich weiß, dass Miss Teri sie bevorzugt.«

»Das halte ich für vernünftig. Du hast die ganze Staffel geführt und möchtest jetzt doch keine Punkte verlieren, wo der Titel für dich zum Greifen nahe ist, oder?« Ellie springt von dem Stuhl, auf dem sie gehockt hat, und geht zum Herd, wo sie an der Soße schnüffelt, die in einem Stieltopf vor sich hin köchelt. »Sie riecht gut. Ich hoffe nur, sie ist nicht so sauer wie letztes Mal. Du hattest viel zu viel Zitrone drin.«

»Selbstverständlich habe ich deine Kommentare zum letzten Mal, als ich dieses Gericht gekocht habe, beherzigt, und ich kann dir versichern, dass die Soße diesmal nur einen winzigen Spritzer Zitrone enthält.«

Ellie kichert. »Drei Minuten, Daddy. Komm schon! Du musst noch das Dressing für den Zucchinisalat machen, die Gnocchi abgießen, die Soße einmischen, die Teller wärmen und das Knoblauchbrot schneiden.«

»Nur keine Sorge! Ich habe alles unter Kontrolle. So ziemlich jedenfalls.«

»Nun ja, nicht mehr lange, und dann werde das wohl ich beurteilen.«

Ellie liebt das Kochen von jeher. Ich kann mich daran erinnern, wie sie mich als Kleinkind, das gerade allein stehen konnte, schon anbettelte, sie auf einen Stuhl zu heben, damit sie mir »helfen« konnte, einen Kuchenteig zu rühren, ein Dressing zu schlagen oder eine Soße umzurühren. Sie sah mir zu, wie ich Speisen abschmeckte, und verlangte, es mir nachmachen zu dürfen. Ihr Geschmackssinn war gut und sehr früh entwickelt. Je älter sie wurde, desto mehr war sie eine echte Hilfe in der Küche, der perfekte kleine Souschef. Damals übernahm hauptsächlich ich das Kochen, nicht Max, doch heute ist er notwendigerweise der Herr in der Küche. Und es ist beeindruckend, wie er das kulinarische Repertoire unserer Familie gemeistert und sogar um einige eigene Rezepte erweitert hat.

»Der Countdown läuft, Daddy. Fünf, vier, drei, zwei, eins, null. Schluss mit dem Kochen!«

Als Ellie sich an den Küchentisch setzt, stellt Max die letzte Schüssel auf die Eichenplatte – ein braunes Körbchen mit einem Riesenhaufen Knoblauchbrot – und nimmt selbst mit dramatischem Seufzen Platz. Theatralisch wischt er sich die Stirn ab.

»So, was präsentierst du uns denn heute Abend, Daddy?«

»Nun ja, Miss Teri Judge, heute Abend habe ich Gnocchi mit einer Pilz-Sahne-Soße aus Zitrone, Zwiebeln und Knoblauch gekocht, beträufelt mit Trüffelöl und serviert mit Parmesanspänen. Dazu gibt es einen Zucchini-Salat mit Zitrone und Minze, und, nur weil ich weiß, dass Sie es lieben, Knoblauch-Ciabatta.«

»Das klingt sehr gut. Aber kosten wir doch erst, wie es schmeckt.« Ellie schiebt sich die erste Gabel Gnocchi in den Mund und setzt eine übertrieben nachdenkliche Miene auf, während sie kaut. Sie legt zwei Gabeln Salat nach und schließt die Kostprobe mit einem großen Bissen Knoblauchbrot ab. »Köstlich, Daddy. Wenn dein Dessert so gut ist wie das Hauptgericht, dann kann ich mit Sicherheit sagen, dass du es bis ins Finale schaffst.«

Max lacht. »Na, da bedanke ich mich doch sehr. Ich fühle mich geehrt, Miss Teri.«

Für ungefähr eine Minute schweigen sie, und das Essen ist wichtiger als das Gespräch.

Max ist es, der schließlich das Schweigen bricht. »Ellie? Du magst Eve doch, oder?«

»Ja, sie ist nett. Sie hat auch viele tolle Sachen zum Anziehen.«

»Das hat sie wirklich. Also, ich habe mich gefragt, was du davon halten würdest, wenn Eve manchmal – nicht oft, nur hin und wieder – über Nacht bei uns bleiben würde.«

Ellie legt die Gabel weg und mustert Max eindringlich.

Ich weiß, es ist falsch von mir, aber ich hoffe, sie wendet etwas ein, und sei es nur, um den Aufschub der emotionalen Hinrichtung ein klein wenig zu verlängern.

»Wieso? Hat sie Angst in ihrem eigenen Haus, so ganz allein?«

»Nein, eigentlich nicht. Ich dachte nur, es wäre schön, wenn sie manchmal nicht den ganzen weiten Weg nach Hause zurückfahren müsste, nachdem wir hier abends ausgegangen sind. Ein bisschen ist das so, wie wenn du eine Freundin hier hast, die bei dir übernachten darf. Manchmal macht es eben Spaß, wenn jemand über Nacht bei einem bleibt, oder?«

Ellie schweigt und denkt weiter nach.

Ich bin mir sicher, sie spürt, dass es nicht mit einer Pyjama-Party von Achtjährigen zu vergleichen ist, wenn Eve die Nacht bei Max verbringt, doch ob sie nun verstanden hat, worin der Unterschied genau besteht, lässt sich fast unmöglich sagen.

»Aber wo würde sie schlafen? Wenn meine Freundinnen hier sind, dann schlafen sie in dem aufblasbaren Barbie-Bett in meinem Zimmer, doch für Eve wäre das viel zu klein.«

Max macht ein verlegenes Gesicht, als hätte er nicht damit gerechnet, dass ihm so viele Fragen gestellt werden würden. »Also, ich denke, sie würde in meinem Zimmer schlafen, bei mir.«

Ellies Gesicht nimmt einen leicht bestürzten Ausdruck an, als wäre ihr diese Möglichkeit bis zu diesem Augenblick noch nicht in den Sinn gekommen ... und als wäre ihr lieber, es wäre dabei geblieben.

Ihr Schweigen scheint Max nervös zu machen. »Schatz, sie würde nur dann hierbleiben, wenn es okay für dich ist. Das hier ist unser Haus – deines und meines –, und mit allem, was hier geschieht, müssen wir beide einverstanden sein, nicht wahr?«

Ellie bleibt still.

Ich kann mir nur eine Erklärung für ihr Schweigen vorstellen, nämlich, dass ihr nicht wohl ist bei der Aussicht. Oder wieso sonst sollte sie so lange zögern?

»Aber gefällt es dir denn nicht, wenn nur du und ich hier sind?«

Max legt ihr väterlich eine Hand auf den blassen bloßen

Arm. »Natürlich gefällt es mir, Engel. Ich freue mich, dass das hier unser Haus ist und dass wir zusammen hier sind. Doch denkst du nicht, dass es manchmal ganz nett wäre, es auch mal mit jemandem zu teilen?«

Ellie tut, was Max vorschlägt, und denkt nach. »Aber wenn Eve hier wäre, dann würdest du mich abends vielleicht nicht mehr ins Bett bringen.«

Max riskiert ein Lächeln voreiliger Erleichterung. »Doch, das würde ich auf jeden Fall tun. Ich freue mich jeden Tag darauf, dich am Abend ins Bett zu bringen.«

»Aber vielleicht bist du dann zu beschäftigt mit Eve und kannst mir keine Gutenachtgeschichte mehr vorlesen.«

»Schatz, ich wäre nie zu beschäftigt, um dir eine Geschichte vorzulesen. Unsere Vorlesestunde ist das Beste am ganzen Abend. Drei Kapitel pro Abend, jeden Abend, ohne Ausnahme, solange du das willst. Das verspreche ich dir.«

Ellie gönnt sich eine strategische Pause, um noch mehr nachzudenken, und stützt den Kopf sinnend auf die Hände. »Aber wie oft würde Eve denn bleiben? Hätten wir denn überhaupt noch Abende für uns allein, nur du und ich?«

»Auf jeden Fall, Engel. Ich bezweifle, dass Eve mehr als ein- oder höchstens zweimal in der Woche hierbleibt. Und eigentlich auch nur am Wochenende. Die meiste Zeit über wären es immer noch nur du und ich.«

»Und was ist mit dem Morgenkuscheln? Ich komme so gern morgens zu dir ins Bett.«

Max zögert kurz, als stellte er sich die möglichen Alternativen vor und bemühte sich, die beste Antwort zu finden.

Ich sehe deutlich, dass es für ihn ein Minenfeld ist, diese schöne neue Welt als Alleinerziehender, und ich muss ehrlich sein: So sehr mir das Thema dieses speziellen Gesprächs auch missfällt, ich wüsste nicht, wie er sich besser schlagen sollte.

»Von meinem Morgenkuscheln mit meinem kleinen Schatz lasse ich mich von niemandem abhalten. Vielleicht komme ich sogar zu dir und kuschle mit dir in deinem Bett.«

Max kitzelt Ellie an den Rippen, und sie windet sich aus seiner Reichweite, dann stopft sie sich wieder eine Gabel Gnocchi in den Mund, kaut sie langsam und methodisch, das Gesicht ganz pflichtgetreue Entscheidungsfindung. »Okay, Daddy. Wenn du versprichst, dass du mich trotzdem ins Bett bringst und mir Bücher vorliest und wir morgens weiter kuscheln, dann habe ich nichts dagegen, wenn Eve manchmal hier übernachtet. Aber nicht dauernd. Nur hin und wieder.«

Max beugt sich vor und küsst sie auf den Scheitel, und mir wird klar, dass ich im Grunde keine andere Entscheidung meiner Tochter erwartet habe.

Sie fallen in ein beiderseitig behagliches Schweigen. Ellie isst ihren Teller leer, und Max schenkt sich ein zweites Glas Wein ein. Das erste, vermute ich, hat er sehr schnell geleert, um sich Mut anzutrinken.

»Daddy?«

»Ja, Schatz?«

»Trägst du dann deinen Ehering nicht mehr?«

Max hebt den Kopf und begegnet Ellies forschendem Blick. Mit ihrer Frage lenkt sie das Tischgespräch eindeutig in eine Richtung, an die er nie und nimmer gedacht hätte.

Die Zeit – sogar meine Zeit, selbst die geborgte Zeit, die ich jetzt nutze – scheint stillzustehen, während wir beide auf Max' Antwort warten.

»Wieso fragst du das denn, Schatz?«

»Weiß nicht. Ich habe mich nur gewundert.«

Max zögert, und in dieser ohrenbetäubenden, gespannten, unerträglichen Stille hängt eine Vielzahl von Möglichkeiten, denen ich mich einfach noch nicht stellen kann.

Er schiebt Ellies Stuhl über die Holzdielen, sodass die beiden einander gegenübersitzen und an den Knien berühren. »Machst du dir Sorgen, ich könnte meinen Ehering ablegen, Engel?«

Ellie zuckt mit den Schultern und starrt auf den Fußboden.

»Schatz, ich habe nicht vor, ihn in nächster Zeit abzulegen.«

Ellie hebt das Gesicht zu Max und betrachtet ihn, nur teilweise beruhigt.

»Schatz, weißt du eigentlich, was genau ein Ehering ist?«

Sie antwortet wieder mit einem Schulterzucken, vermutlich weiß sie es nicht, will es jedoch nicht zugeben; möglicherweise aber möchte sie die Sache auch gar nicht so genau wissen.

»Wenn zwei Menschen heiraten, schenken sie einander Ringe, weil sie der ganzen Welt zeigen wollen, dass sie sich einer ganz besonderen Person verpflichtet haben. Es ist ein Symbol, ein bisschen wie das Abzeichen, das du an deiner Wichtel-Uniform trägst, damit jeder weiß, dass du ein Wichtel bist. Ein Ehering ist auch so etwas; er zeigt allen, dass du einen ganz besonderen Klub mit nur einem anderen Menschen gegründet hast, den du mehr als jeden anderen auf der Welt liebst.«

Ellie nimmt sich eine Sekunde, um die Analogie zu überdenken. »Heißt das also, wenn du ihn eines Tages abnimmst, für immer ... heißt das dann, dass du jedem auf der Welt erklärst, du liebst Mummy nicht mehr?«

»Nein, keineswegs, Schatz. Denn Menschen können lieben, ohne dass sie einen Ring tragen, um es zu beweisen. Ich habe dich ja auch lieb, nicht wahr, aber wir haben keine Ringe.«

»Das ist was anderes. Du bist mein Daddy.«

»Ja, das stimmt, das ist etwas anderes. Doch es gibt eine

Menge Leute, die einander lieben, wie Mummy und ich einander geliebt haben, und die trotzdem keine Ringe tragen. Zum Beispiel die Eltern deiner Freundin Susannah. Sie sind nicht verheiratet und tragen keine Ringe, aber sie lieben einander doch trotzdem, oder? Selbst wenn ich eines Tages den Ring ablege, würde das nicht bedeuten, dass ich Mummy nicht mehr liebe, ja?«

Ellie überdenkt Max' Argument kurz, dann legt sie die Stirn in brütende Falten; eine Antwort führt stets zu mehreren neuen Fragen. »Heißt das, dass du noch immer mit Mummy verheiratet bist, auch jetzt noch, obwohl sie nicht mehr hier bei uns ist?«

Das ist die perfekte Frage, und ich würde sie Max ebenfalls stellen, wenn ich nur könnte. Obwohl, jetzt, da sie heraus ist, weiß ich plötzlich nicht mehr sicher zu sagen, ob ich für die Antwort bereit bin.

Max streicht Ellie übers Haar, und sein Schweigen erscheint endlos. »Solange ich lebe, wird es in mir immer einen Teil geben, der mit Mummy verheiratet ist. Nicht nur, weil es stets einen Teil von mir geben wird, der sie liebt, sondern auch, weil sie mir dich geschenkt hat und für mich nichts auf der Welt kostbarer ist als du.«

Er küsst sie wieder auf den Scheitel, und sie grinst ihn mit einer Mischung aus Stolz und Befangenheit an, ehe sie auf seinen Schoß klettert. Es ist die Beruhigung, die beide von uns hören wollten und hören mussten.

»Also, Daddy, woher hast du überhaupt gewusst, dass du mit Mummy verheiratet sein wolltest?«

»Das ist eine sehr gute Frage, Schatz. Ich habe mich auf der Hochzeit eines Freundes in Mummy verliebt. Bestimmt hat dir Mummy die Geschichte schon erzählt, doch meine Version ist ein bisschen anders als ihre. Sie saß mir an einem großen runden Tisch gegenüber, und ich konnte nichts anderes denken, als dass sie wirklich wunderschön ist. Ich konnte nicht anders, ich musste sie anstarren. Aber dann machte ich mir Sorgen, dass sie mich für ein bisschen komisch halten könnte, und ich versuchte, sie nicht mehr anzustarren, nur ging das nicht.«

Ellie kichert. »Also hat Mummy dich für einen komischen Vogel gehalten?«

Nein, das habe ich nicht. Ich fand ihn wundervoll. Ich glaube nicht, dass mir ein Fremder schon einmal so große Aufmerksamkeit geschenkt hatte, und dieser stille, lang gezogene Flirt war nichts anderes als aufregend gewesen.

»Ich hoffe nicht. Ich war aber wirklich versessen darauf, sie zu beeindrucken und ihre Aufmerksamkeit zu erringen und all das, und deshalb fing ich an, vor all den anderen Leuten an unserem Tisch Witze zu erzählen, und versuchte, richtig komisch zu sein, weil ich hoffte, dass sie mich dann bemerkt.«

»Und fand sie dich komisch? Denn manchmal machst du ganz furchtbar schlechte Witze, Daddy.«

Ellie ist jetzt völlig in die Geschichte versunken. Geschichten über unsere gemeinsame Zeit vor ihrer Geburt hat sie immer geliebt. Viele Kinder können solche Erzählungen nicht ertragen, können den Gedanken nicht aushalten, dass es Leben gab, ehe sie lebten, doch Ellie hat ihre eigene Vorgeschichte immer fasziniert.

»Na ja, muss wohl, denn als das Essen vorbei war und man vom Tisch aufstehen konnte, habe ich sie gefragt, ob sie an der Bar etwas trinken wollte, und sie sagte Ja. Und das hätte sie sicher nicht getan, wenn sie gedacht hätte, ich wäre ein komischer Vogel, oder?«

»Vielleicht doch, weil ihr so richtig langweilig war.« Ellie lacht über ihren Scherz, und ich beobachte sie stolz, staune, wie süß und bezaubernd sie ist trotz allem, was sie durchstehen musste. »Und was ist dann passiert?«

»Nun, wir verbrachten den Rest der Party miteinander, und ich war nicht mehr so nervös. Wir haben uns wirklich gut unterhalten. Hinterher wusste ich, obwohl wir nur dieses eine Gespräch hatten, dass Mummy die lustigste, freundlichste, klügste, netteste und schönste Frau war, die ich je kennengelernt hatte.«

Ellie strahlt vor Vergnügen, von einem Erwachsenen ins Vertrauen gezogen zu werden, vergräbt sich unter Max' Arm und an seinem Schlüsselbein. »Hast du da angefangen, Mummy zu lieben?«

»Ja, ich glaube, so war es, Schatz.«

Ellie kuschelt sich tiefer in die Umarmung, dann verzieht sie das Gesicht und setzt sich unvermittelt gerade, als wäre ihr soeben etwas sehr Wichtiges eingefallen. »Daddy? Liebst du Eve?«

Die unirdische Stille meiner Welt hallt in der Küche unter mir wider, während sich Max ein paar Sekunden nimmt, um seine Antwort zu überdenken. Ich kenne sie zwar, bin mir aber dennoch nicht sicher, ob ich es ertragen kann, sie erneut zu hören oder Zeugin zu werden, wie Ellie sie aufnimmt.

»Ja, Engel, das ist so. Doch ich liebe sie nicht auf die gleiche Weise, wie ich Mummy liebe.«

»Wieso? Was ist der Unterschied?«

»Also, Mummy war die erste große Liebe meines Lebens, und davon kann jeder Mensch nur eine Einzige haben.«

»Wieso kann man nur eine haben?«

»Man kann in seinem Leben viele Menschen lieben, aber deine erste große Liebe ist etwas Besonderes. Bevor ich Mummy kennenlernte, hatte ich andere Freundinnen, und bei einigen dachte ich sogar, dass ich sie liebte, doch nachdem ich

Mummy begegnete, wusste ich, dass es vorher keine echte Liebe gewesen war. Mit Mummy war es anders, gleich von Anfang an. Es ist ein magischer Moment, wenn man zum ersten Mal begreift, wie es ist, jemanden wirklich zu lieben. Und dieses erste Mal kann es nur einmal geben.«

Ellie sieht ihn nachdenklich an, als hätte Max mehr Fragen aufgeworfen als beantwortet. »Aber andere Menschen liebst du doch auch, oder? Wie Granny und Grandpa? Und Connor? Und mich?«

Max drückt Ellie fest an seine Brust und legt seinen Kopf auf den ihren. »Ja, sicher, Engel. Nur gibt es unterschiedliche Arten von Liebe. Zum Beispiel habe ich dich ganz anders lieb, als ich irgendjemand sonst auf der Welt lieb habe.«

»Wie anders denn?«

»Weil du meine Tochter bist, bist du ein Teil von mir, und das macht meine Liebe für dich vollkommen einzigartig. Man nennt so etwas bedingungslose Liebe. Es bedeutet, dass ich alles für dich tun würde, einfach alles, wenn du dadurch sicher bist und es dich glücklich macht.«

Ellie denkt ein paar Sekunden darüber nach, als frage sie sich, wie sie das am besten auf die Probe stellt. »Einfach alles, Daddy?«

»Ja, mein Engel. Alles.«

»Dann können wir jetzt vielleicht bitte Nachtisch essen, denn ich möchte wirklich gerne Mousse au Chocolat.«

Max lacht und steht vom Stuhl auf; Ellie klammert sich noch immer an ihn.

»Kleines, du bist unverbesserlich. Aber dein Wunsch ist mir Befehl. Und außerdem kannst du mir ja nicht meine endgültige Punktzahl nennen, ehe wir das ganze Menü gegessen haben.«

Als Max und Ellie zum Kühlschrank gehen, spüre ich die

vertraute Veränderung der Luft unter mir. Max öffnet gerade die Tür, und da verliere ich beide komplett.

Ich bleibe allein mit der bittersüßen Erinnerung an die heutigen Vorfälle zurück. Denn selbst der Trost von Max' väterlicher Fürsorglichkeit vermag mich nicht von der entscheidenden Entwicklung des Abends abzulenken: Eve wird in meinem Bett schlafen. Sie wird in meinem Bett schlafen und mit meinem Mann aufwachen, und in null Komma nichts wird sie es sein – nicht ich und nicht einmal Max –, die Ellie abends ins Bett bringt und ihr die Gutenachtgeschichte vorliest. Ich wusste es. Eve tritt in eine fertige Familie ein – meine Familie – und beginnt, mein Leben an meiner Stelle zu führen. Und es gibt nichts, wodurch ich das aufhalten kann.

Ich dachte, mein gebrochenes Herz sei bereits voller Trauer über das Leben, das ich verloren habe. Nun entdecke ich, dass es ein ganz neues Reich der Traurigkeit gibt, das am Bühnenrand auf mich gewartet hat und seinen Auftritt hat, als ich am wenigsten damit rechne: Trauer um das Leben, das ich nun nie führen werde. Um die vielen Möglichkeiten, die ich nun nie kennenlerne. Um die Abende mit Max, die ich nun nie haben, die Familienfeiern, die wir nun nie zu dritt besuchen werden. Für die Freundinnen Ellies, die ich nie sehen, die Freunde, die ich nie ablehnen kann, den zukünftigen Ehemann, den ich nie kennenlernen, die Hochzeit, die ich nie besuchen werde. Die Erfolge meines kleinen Mädchens, an denen ich nie Anteil nehmen, und die Fehlschläge, von denen sich zu erholen ich ihr nie helfen kann. Die Partys und Picknicks, die ich verpasse, die Weihnachten und Ostern, an denen ich nicht teilnehme. Die vielen Länder, Städte, Dörfer, Inseln und Meere, die ich nie besuchen, die Kilometer auf Reisen, die ich nie zurücklegen werde, die Naturwunder, die seit Jahrtausenden bestehen und die ich nun nie mit eigenen Augen sehen werde.

Die Bücher, die ich nie lesen, die Filme, die ich nie sehen, die Musik, die ich nie hören, die Bilder, die ich nie malen, das Klavierspiel, das ich nie richtig meistern werde. Die Arbeit, die ich nie beginnen oder beenden, die Jobs, auf die ich mich nie bewerben, die beruflichen Meilensteine, die ich nie erreichen werde. Die Morgen – all die Tausende erwartungsvoller Morgen – die ich nicht neben Max aufwachen werde, während Ellie auf mir herumklettert, und an denen ich weiß, dass ich wahrhaft dankbar sein muss für die Familie, die das Leben mir geschenkt hat.

Das ganze Leben, von jedem monumentalen Ereignis zu jedem mikroskopisch kleinen Detail, jeden Tag, den ich nicht gelebt habe und nun nie mehr leben werde. Es ist Trauer um das Leben, das ich vielleicht geführt hätte. Um das Leben, an Bord dessen jemand anders an meiner Stelle geht. Um das Leben, das ich so verzweifelt zurückhaben möchte, während ich tief drinnen doch weiß, dass ich es nie bekommen werde.

25

»Ich schleppe mich um neun Uhr abends durch die ganze Stadt, um zu sehen, was mit dir los ist, und jetzt sagst du mir, dass du bloß keine Lust hattest hinzugehen?«

Die Welt der Lebenden ist in Sicht gekommen – und in Hörweite –, und mir offenbart sich, dass Harriet wütend herumbrüllt, was für sich genommen nicht untypisch für sie ist. Ungewöhnlich ist daran allerdings, dass das Brüllen in meiner Küche stattfindet und ihr Gebrüll sich gegen Max richtet.

»Dass ich keine Lust hatte, stimmt doch überhaupt nicht. Ich verstehe nicht, dass du es so ausdrückst. Ellie hatte nach der Schule Theater-AG, und ich wollte nicht, dass sie die versäumt.«

»Das ist die lahmste Ausrede, die ich je gehört habe. Wieso gibst du nicht wenigstens zu, dass du nicht hingehen wolltest?«

Harriet ist nicht nur wütend. Sie ist aufgebracht. Und aufgebracht ist Harriet nicht besonders oft.

»Ich verstehe nicht, warum du mir derart zusetzt, Harriet. Wieso ist es solch eine große Sache, an welchem Tag ich hingehe?«

»Das ist dir nicht klar? Echt nicht? Du meinst also, es sollte mir egal sein, wenn der Mann meiner besten Freundin keine Lust hat, die fünfzehn Minuten Fahrt zum Friedhof auf sich zu nehmen, obwohl es ihr zweiter Todestag ist? Du meinst, das sollte mich einen Scheiß interessieren?«

Mein zweiter Todestag. Das wusste ich nicht. Hier oben gibt es keine Kalender, aus denen man erfahren könnte, welcher Tag welcher Woche es ist, und ich habe es schon lange aufgegeben zu versuchen, methodisch das Verstreichen der Zeit nachzuhalten.

Zwei Jahre bin ich also nun schon tot. Es ist seltsam – mir kommt es einerseits Ewigkeiten länger vor, und zugleich habe ich den Eindruck, es war erst gestern, dass ich mich hier wiederfand und mich fragte, ob dies eine Version des Himmels oder der Hölle sei oder aber etwas völlig anderes.

Und heute ist Max nicht mit Ellie auf den Friedhof an mein Grab gefahren. Heute hat er sich entschieden, nicht des Tages zu gedenken, an dem ich ihn verließ. Heute gestattet er vielleicht auch Ellie zu vergessen. Und wenn das der Fall ist, weiß ich nicht, wie ich mich anders fühlen soll als tief unglücklich und verlassen.

»Harriet, es ist nicht erforderlich, dass du mir sagst, wie ich meiner Frau zu gedenken habe. Und ich schätze es nicht, dass du hierherkommst und mich in meinem eigenen Haus anbrüllst, vor allem nicht, während Ellie oben schläft.«

»Na, dir muss man es ja offenbar sagen, denn seit Blondie in dein Leben getreten ist, benimmst du dich, als hätte Rach überhaupt nie existiert!«

Max umfasst den Rand der Arbeitsfläche, und ich sehe ihm an, dass er seine gesamte Selbstbeherrschung braucht, um Harriet nicht im gleichen Ton zu antworten.

Aber irrt sie sich? Ich kann mir nur eine einzige Erklärung dafür vorstellen, dass er heute nicht mit Ellie zum Friedhof gefahren ist: Er ist so sehr mit Eve beschäftigt, dass ich in seinem Leben auf den Platz ganz hinten verwiesen wurde, sogar heute.

»Harriet, ich halte es für besser, Eve nicht mit hineinzuziehen, und sei es nur, um unsere Freundschaft nicht zu belasten. Ellie begleitet mich am Samstag auf den Friedhof. Für Ellie ist das korrekte Datum nicht von Bedeutung. Für sie geht es um das Gedenken an ihre Mutter. Und damit befassen wir uns am Wochenende.«

Harriets Wut steigert sich zur Raserei. »Das ist nicht gut genug, Max! Es geht gerade um das Datum. Das Datum ist das Wichtigste. Kannst du dir auch nur eine Sekunde lang vorstellen, dass im umgekehrten Fall Rach heute Ellie nicht mit zu deinem Grab genommen hätte?«

Nein, ich kann es nicht. Ich kann es mir nicht vorstellen. Ich denke gern, dass ich ihn für den Rest meiner Zeit an jedem Todestag besucht und dafür gesorgt hätte, dass Ellie jedes einzelne Mal an meiner Seite gewesen wäre.

»Ehrlich, Max, es geht nicht um dich. Es geht um Ellie, und ganz offensichtlich weist du mich genau deswegen so radikal ab, weil du weißt, dass ich recht habe. Du weißt, dass du deine Vaterpflichten vergessen hast, indem du heute nicht mit Ellie vor dem Grab gestanden und Rachs Andenken geehrt hast.«

Max hat angestrengt aus dem Küchenfenster gestarrt und Harriet den Rücken zugekehrt, als könnte er dem Konflikt entgehen, indem er ihrem Blick ausweicht. Doch jetzt fährt er zu ihr herum, und seine Augen drücken einen Zorn aus, wie ich ihn an ihm noch nie erlebt habe. »Meine Vaterpflichten soll ich vergessen haben? Das soll ich mir ausgerechnet von dir anhören, von jemandem, der selbst nicht einmal Kinder hat, der glaubt, dass Geld und Ansehen und die gelegentliche Erwähnung seines Namens in irgendeiner dämlichen Anwaltszeitschrift ein adäquater Ersatz für echte zwischenmenschliche Beziehungen sind? Wag es ja nicht, mir Vorträge zu halten, wie ich meine Tochter aufzuziehen habe, wenn du keinen Funken Mütterlichkeit in den Adern hast!«

Drückendes Schweigen senkt sich über die Küche. Noch nie habe ich so greifbare Leere erlebt. Max beugt sich, mit beiden Armen abgestützt, über die Spüle, verbraucht und ausgelaugt; zweifelsohne wirft er sich seinen Ausbruch bereits vor. Harriet steht nur da, das Gesicht starr vor Schock, anscheinend unschlüssig, ob sie sich nicht bewegen kann oder nur nicht bewegen will. Einige Sekunden verstreichen, in denen keiner von ihnen spricht, und nicht einmal ein Atemgeräusch unterbricht die Stille.

Unvermittelt schießt Harriet zum Küchentisch, reißt ihre Handtasche herunter und stolpert geradezu aus der Küche. Ein paar Sekunden später knallt hinter ihr die Haustür ins Schloss.

Max packt eine Tasse, die auf dem Abtropfgestell steht, und wirft sie so heftig in die Spüle, dass sie beim Aufprall zerschellt.

Das Klirren erzeugt eine Turbulenz in seiner Welt und in meiner; mein Zugang bricht schlagartig ab. Kein allmähliches Zusammenziehen der Wolken diesmal, kein sachtes Beben in der Luft, keine Nebelfinger, die mich auf meinen bevorstehenden Abschied vorbereiten. Nur ein abruptes Ende, als wäre das Licht eingeschaltet worden und tauchte den Konflikt unter mir in unerträgliche Helligkeit.

Ich sehe noch immer diesen Ausdruck von Zorn in Max' Gesicht, und ich habe Angst, dass ihre Freundschaft sich davon nicht erholt. Ich denke an Harriet und frage mich, wohin sie gegangen sein mag – in eine Bar? Wieder ins Büro? Allein nach Hause? – und wie Max' Vorwurf sie mit einer Wucht durchbohrt hat, gegen die sie sich normalerweise zu betäuben versteht. Ich denke an das entschiedene Ende, an Harriets wütenden Aufbruch, und ich kann mir nicht vorstellen, welche äußere Kraft sie überreden soll, jemals wieder unsere Tür zu durchschreiten.

Ich denke darüber nach, wie schmerzhaft es war, sie streiten zu sehen, wie frustrierend es ist, völlig ohnmächtig dabeizustehen und mich nicht einmischen zu können, nicht auf eine Lösung hinarbeiten zu können, nicht sicherstellen zu können, dass kein dauerhafter Bruch entsteht.

Aber Harriet hat recht. Natürlich ist das Datum wichtig. Und Max' Entscheidung, mit Ellie nicht den Tag zu begehen, ist seine bisher eindeutigste Tat, die zeigt, dass er mich in einen fernen Winkel ihres Lebens verweist, auf den letzten Ruheplatz in der Familiengeschichte.

Von Anfang an, seit dem Moment, an dem ich hier ankam und begriff, dass das Leben, soweit es mich betrifft, nicht mehr gelebt, sondern nur noch still und unsichtbar beobachtet werden kann, bereiteten mir nicht die Isolation in diesem Jenseits oder die Möglichkeit, nicht wieder zurückkehren zu können, die größten Ängste. Es ist auch nicht die Vorstellung, was, wenn überhaupt, auf diesen Ort folgen könnte. Meine größte Angst war immer, eines Tages entdecken zu müssen, dass ich vergessen wurde. Qualerfüllt und machtlos zusehen zu müssen, wie ich immer mehr aus der Erinnerung der Menschen, die ich liebe, verschwinde. Zu beobachten, wie das kleine Leben, das ich verlassen habe, wie die Reste des Gedenkens sich allmählich verflüchtigen wie Dunst, der an den kältesten Tagen von einem See aufsteigt.

Nicht die Sterblichkeit des Leibes ist die wahre Tragödie der Toten, sondern die Auflösung der Erinnerung. Vergessen zu sein ist für die Toten gleichbedeutend damit, nie gelebt zu haben. Aber vielleicht ist dies das Schicksal, dem wir uns am Ende alle stellen müssen. Dass die Frage nicht lautet, ob wir, sondern, wann wir vergessen werden.

ANPASSUNG

26

Ich begreife es nicht. Ich bin in Max' Schlafzimmer – unserem Schlafzimmer – aufgetaucht, um zu entdecken, dass ich hier so allein bin wie in meiner eigenen Welt. Das ist mir noch nie passiert. Ich treffe stets dort ein, wo Max oder Ellie sind, wer immer auch bei ihnen ist, wo immer sie sich aufhalten. Noch nie bin ich in einem leeren Zimmer gelandet.

Ein gutes Jahr bin ich nicht mehr in diesem Raum gewesen, glaube ich. Trotz der Stille bin ich beruhigt aufgrund der Tatsache, dass ich wieder hier bin. Alles ist noch so ziemlich wie in meiner Erinnerung: das weiß lackierte eiserne Bettgestell mit der nun leicht grauweißen Tagesdecke und der abgewetzte Ledersessel, der immer nur als Ablage für Kleidungsstücke diente, die wir bei Gelegenheit in den Schrank hängen wollten. Da steht noch die Kommode, die wir in einem Secondhandladen gekauft haben. Max hatte mich für verrückt gehalten, weil ich dafür Geld ausgegeben hatte, bis ich sie abgeschliffen und klar lackiert hatte. Da musste sogar er zugeben, dass sie ein Schnäppchen gewesen ist. Über dem Bett hängt der Braque-Druck, ein Hochzeitsgeschenk meiner Mutter, dessen zwei blaue Vögel mich sieben Jahre lang jeden Morgen begrüßten.

Aber da, neben meinem Bett, sehe ich den einzigen mir nicht vertrauten Gegenstand, eine braune Reisetasche aus Leder, die verdächtig nach der Art Gepäckstück aussieht, die man benutzt, wenn man irgendwo über Nacht bleibt. Und mir fällt nur eine Person ein, die zu diesem Zweck eine Reisetasche neben mein Bett stellen könnte.

Ich höre Stimmen aus der Küche und bewege mich mit dem Gewicht von tausend Pflastersteinen im Bauch nach unten. Schon ehe ich dort ankomme, bin ich mir schmerzlich bewusst, wen ich vorfinden werde. Und tatsächlich. In der Küche sitzen Max, Ellie und natürlich Eve und essen Schokoladeneis. Sie hat im wahrsten Sinne des Wortes ihre Füße unter meinen Tisch gestellt.

»Musstest du dein Bild für Kunst heute abgeben, Schatz?«

»Nein.«

»Und wann dann?«

»Weiß ich nicht.«

»Du hast dir so große Mühe damit gegeben, da musst du doch wissen, wann du es abgeben musst...«

Ellie zuckt mit den Schultern, den Blick starr auf den Nachtisch gerichtet.

Max betrachtet Ellie stirnrunzelnd und sieht Eve verlegen an. Er wirkt ein wenig fassungslos und überlässt es Eve, den Gesprächsfaden aufzunehmen.

»Hast du mehr über euren Ausflug zum Ende des Schuljahrs erfahren, Ellie? Steht schon fest, ob es an die See geht oder in einen Abenteuerpark?«

»Weiß ich nicht.«

»Was hoffst du denn, wofür sie sich entscheiden?«

»Ist mir egal.«

Max und Eve tauschen einen besorgten Blick. Es ist ein stiller Blick gegenseitigen Einvernehmens, der sie fest als die Gruppe der Erwachsenen etabliert, von der Ellie ausgeschlossen ist. Ich fühle mich traurig für das kleine Mädchen, das – aus welchem Grund auch immer – heute Abend keine Lust hat, mit seinem Dad und dessen neuer Freundin zu plaudern.

Schweigend essen sie ihr Eis zu Ende.

Ellie hebt kaum den Kopf und weigert sich standhaft,

jemandem in die Augen zu sehen. »Eve?« Ellie nestelt am Bündchen ihrer Strickjacke. Ihre Augen sind fest auf einen losen Faden gerichtet, an dem sie sanft zupft. »Wo wohnst du?«

»Du weißt doch, wo sie wohnt, Ellie. In Stoke Newington. Warum fragst du das?«

Max' Einwurf ist schroff und ungeduldig. Ich verstehe nicht, was zwischen den dreien heute Abend vorgeht, doch welches Spiel sie auch spielen, ein friedliches *Vater, Mutter, Kind* ist es nicht.

»Ich habe mich halt gewundert. Magst du dein Haus, Eve?«

Eve lächelt Ellie an – ein offenes, vertrauensseliges Lächeln –, und ich glaube, sie merkt Ellies Ton noch keine Gefahr an.

Ich sehe allerdings die Aufregung in ihren Augen.

»Ja, ich mag mein Haus. Da ist es wirklich gemütlich. Im Wohnzimmer habe ich einen schönen Kamin, wo man im Winter ein richtiges Feuer anzünden kann, und im Badezimmer steht eine herrliche alte viktorianische Wanne. Und mein Schlafzimmer würde dir bestimmt auch gefallen – ich habe dort eine hübsche Blumentapete. Du musst mich einmal besuchen und es dir ansehen.«

Ich betrachte Ellie, während Eve redet, und sehe eine unangenehm vertraute Wolke einen Schatten über ihr unschuldiges Gesicht werfen. Sie wägt das Für und Wider ab, schätzt das Risiko ein und überlegt, ob das, was sie vorhat, die möglichen Folgen wert ist.

»Wenn dir dein eigenes Haus so gut gefällt, warum musst du denn dann hierherkommen und bei uns übernachten?«

»Ellie, hör sofort damit auf! Du brauchst nicht frech zu Eve zu sein.« Max ist genervt.

Ich sehe die Gereiztheit und den Trotz in Ellies Augen.

Indem Max sich auf Eves Seite gestellt hat statt auf ihre, hat er Ellie den Fehdehandschuh hingeworfen, und es sieht aus, als nähme meine Tochter die Herausforderung nur allzu gern an.

»Ich war nicht frech. Ich habe nur eine Frage gestellt. Wenn sie Eve nicht gefällt, ist das nicht meine Schuld.«

Eve öffnet den Mund, um etwas zu sagen, aber Max lässt sie nicht zu Wort kommen. »Du bist sehr wohl frech, und das weißt du auch ganz genau. Wenn du nicht nett bei uns sitzen und höflich sein kannst, dann gehst du vielleicht besser in dein Zimmer.«

»Vielleicht solltest du in dein Zimmer gehen. Mit Eve. Das möchtest du doch am liebsten.«

Ein schockiertes Schweigen herrscht, während wir der Wucht von Ellies Wut nachspüren.

Sie blinzelt schnell und regelmäßig, ein Zeichen, das ich nur zu gut als Vorboten der Tränen erkenne.

»Das reicht, Ellie. Ich möchte, dass du dich bei Eve entschuldigst. Auf der Stelle.«

Ellie springt von ihrem Stuhl auf, als könnte es ihrem Argument zusätzliche Überzeugungskraft verleihen, wenn sie den nächsten Schuss stehend abfeuert. »Warum bist du so gemein zu mir? Eve darf auf einmal einfach herkommen und die Nacht über bleiben und tun, was sie will, und ich darf nicht mal eine Frage deswegen stellen? Wieso bist du so unfair?« Schwer atmend steht Ellie vor Max und starrt ihm ins Gesicht. Sie hat die Hände zu Fäusten geballt und wartet auf seinen nächsten Zug.

Jetzt ist der Moment gekommen, in dem Max den Beweis anzutreten hat, den Ellie so dringend sehen muss: dass er hinter ihr steht, dass er auf ihrer Seite ist, dass er ihr ihre Grenzübertretung genauso verzeiht, wie er es Eve vergibt, dass sie in

Ellies Welt eindringt. Dass sie in unser ganzes Haus hineindrängt.

»Ich sage es zum letzten Mal, Ellie. Ich möchte, dass du dich bei Eve entschuldigst.«

Vor Zorn ist meine Kleine jetzt knallrot im Gesicht. Ihre Unterlippe zittert vor unterdrücktem Kummer, und ich will nur, dass Max aufhört; ich will, dass er nachdenkt, seine Blamage ignoriert, nur für einen Augenblick, und die Bedürfnisse unserer Tochter an die erste Stelle setzt. Ich möchte ihn bei den Schultern nehmen, ihm in die Augen sehen und ihn erinnern, dass unser kleines Mädchen sonst nie frech zu jemandem ist, dass sie sich kaum jemals schlecht benimmt und ihr Betragen am heutigen Abend das Zeichen dafür ist, dass etwas sie durcheinandergebracht hat. Und ich möchte ihn fragen, wie hoch wohl die Wahrscheinlichkeit ist, dass sie so verwirrt ist, weil Eve bei ihrem Vater schläft. Eigentlich ist das doch offensichtlich, oder? Ich möchte Ellie auf den Schoß nehmen und ihren emotionalen Aufruhr besänftigen und Max' Hand ergreifen und den so seltenen Konflikt zwischen den beiden Menschen, die mir wichtiger sind als alle anderen, beilegen.

Aber am Ende bin nicht ich es, die die Gelegenheit erhält, die Lage zu entschärfen.

»Wirklich, Max, es ist okay. Wir haben alle eine anstrengende Woche hinter uns und sind ein bisschen übermüdet. Lass uns einfach einen schönen Abend haben und es vergessen!«

Ausnahmsweise, zum ersten Mal überhaupt, wünsche ich mir, dass Max auf Eves Rat hört.

Doch sein entschlossenes Gesicht, das so perfekt und zugleich ironisch das seiner Gegnerin spiegelt, verrät mir, dass er nicht im Traum daran denkt nachzugeben. »Es ist nicht okay. So, Ellie, zum allerletzten Mal: Würdest du dich bitte bei uns beiden entschuldigen, dass du so frech bist?«

Ellies wütender Gesichtsausdruck fällt zusammen. Heiße Tränen schießen vor wie Lava aus dem aktivsten aller Vulkane, brennen mit rechtschaffener Empörung auf ihren Wangen, versengen die Augen mit Demütigung. Ihr bleibt wenig anderes übrig, als aus dem Raum zu stürmen und die Treppe hochzurennen, dann knallt sie wütend die Tür hinter sich zu.

Weder Max noch Eve sprechen ein Wort. Ich sehe, wie der Zorn aus Max' Gesicht verschwindet, als die ersten, zögernden Anzeichen von Schuldgefühl sich in den Falten auf seiner Stirn bemerkbar machen.

Eve spielt mit dem Anhänger an ihrem Hals und sieht ihm ernst zu, als warte sie auf einen Hinweis, was als Nächstes geschehen soll.

Max scheint es nicht eilig zu haben, das Schweigen zu brechen.

»Es tut mir leid, Max. Wie es aussieht, hattest du recht. Ich hatte ehrlich geglaubt, sie kommt damit zurecht. Ich hätte es sonst niemals vorgeschlagen.«

Max schaut sie mit einem Ausdruck momentaner Verdutztheit an, als hätte er vergessen, dass sie noch immer im Zimmer ist. »Tja, in diesem Fall wäre es mir lieber gewesen, wenn ich unrecht gehabt hätte.«

Er wendet wieder den Blick ab, und ich bemerke ein flüchtiges Flackern in Eves Gesicht – ob es von Kränkung herrührt, von Verärgerung, Angst oder Indignation, kann ich nicht sagen –, als Max sie wieder in drückendem Schweigen allein lässt.

Nach einer Weile, die mir wie eine Ewigkeit vorkommt und Eve vermutlich noch länger, beugt er sich vor und nimmt ihre Hand. »Es tut mir leid. Es ist nicht deine Schuld. Letzten

Endes war es meine Entscheidung. Ich hätte lieber auf mein Gefühl hören sollen, als mich davon täuschen zu lassen, dass Ellie gut damit zurechtzukommen schien, als ich sie fragte.«

Mit zerknirschtem Gesicht streichelt Eve ihm mit der freien Hand über die Wange. »Mir tut es auch leid. Es ist wirklich eine Enttäuschung. Ich habe mir so gewünscht, dass der heutige Abend gut verläuft.«

»Das weiß ich. Mir ging es ja genauso. Aber vielleicht waren wir ein bisschen zu naiv.« Ritterlich redet er in der Mehrzahl, obwohl wir alle drei wissen, dass für das emotionale Fiasko heute Abend nur eine Person verantwortlich ist. »Ich muss jetzt nach Ellie sehen.«

Sie blicken einander schließlich in die Augen, und ehe Eve antwortet, vergeht ein angespannter Herzschlag. »Ja, ich weiß. Das ist in Ordnung. Wirklich. Ich räume den Tisch ab.«

Max steigt die Treppe hoch und geht in Ellies Zimmer, wo er sie mit dem Gesicht in ihrem flauschigen Hundekissen vorfindet, in das sie haltlos hineinschluchzt. Er setzt sich neben sie aufs Bett und legt ihr beschwichtigend eine Hand auf die Schulter.

Ellie schüttelt sie mit einer wütenden Bewegung ab, die so viel Ablehnung ausdrückt, dass sie damit ohne Zweifel uns alle überrascht. »Fass mich nicht an! Ich will nicht, dass du mich anfasst. Lass mich in Ruhe!«

Max wirkt verdutzt. Ich glaube nicht, dass er bisher wahrgenommen hat, wie aufgebracht sie wirklich ist.

»He, Schatz. Was ist denn? Es tut mir leid, dass ich sauer auf dich war. Ich mag es nur nicht, wenn du so frech bist. Das passt gar nicht zu dir. Willst du mir denn nicht sagen, was los ist?« Er wagt einen zweiten Versuch physischen Kontakts; diesmal streicht er ihr sanft und zögernd über den Rücken, eine Berührung, der Ellie normalerweise nie widerstehen kann.

»Geh weg! Ich will nicht, dass du mich in den Arm nimmst. Ich will nicht, dass du mich anfasst. Ich will Mummy. Ich will einfach meine Mummy!«

Sie ist jetzt hysterisch. Tränen laufen ihr das Gesicht hinunter, und ihre Stimme erstickt an wütenden Schluchzern. So habe ich sie noch nie erlebt, so verstört, so aufgelöst. Und nie habe ich mir mehr gewünscht, sie in die Arme schließen zu können, ihr übers Haar zu streichen, sie auf die Stirn zu küssen und ihr die Sicherheit zurückzugeben, nach der sie sich mit solcher Verzweiflung sehnt. Das ist die einzige Erwartung, die ein Kind an die Mutter stellt, die Erwartung von bedingungsloser Liebe, Fürsorge und Bestätigung, die jedem Kind von Geburt an zusteht, und ausgerechnet das vermag ich ihr nicht zu geben, als sie es am meisten braucht.

Max, sehe ich, kämpft gegen die Tränen an. Ihn hat ein Tsunami der Trauer getroffen, auf den er heute ganz und gar nicht vorbereitet war. Seine einzige Hoffnung an diesem Abend galt der behaglichen Häuslichkeit, zum ersten Mal unter dem gleichen Dach zu schlafen wie die Tochter, die er anbetet, und die Frau, die er nun liebt.

»Na hör mal, Schatz! Atme doch mal tief ein und ganz langsam wieder aus! Meinst du, das schaffst du? Ich weiß, du vermisst Mummy, und ich weiß, dass vieles für dich wirklich ganz schwer ist. Aber denk doch bitte daran, dass ich immer für dich da bin, und Eve auch, und wir kümmern uns beide um dich.«

Ellie sitzt plötzlich kerzengerade, als fühlte sie sich von Max' Worten körperlich angegriffen. Unter Tränen und schluchzend versucht sie, sich zu artikulieren. »Ich will aber nicht, dass sie sich um mich kümmert. Ich will sie nicht hier haben. Ich hasse sie. Sie weiß gar nicht, wie man sich um Kinder kümmert. Sie hat ja selber gar keine Kinder.«

Jetzt brüllt sie, und es kann nicht einmal ansatzweise ein Zweifel bestehen, dass Eve im Erdgeschoss jedes ihrer zornigen Worte deutlich verstanden hat.

»Ellie, mein Schatz, du musst versuchen, dich zu beruhigen. Ich weiß, dass es schlimm für dich war, ich kann sehen, dass du wütend bist, aber ich kann dir nur helfen, es wieder besser zu machen, wenn du mich lässt.«

»Ich möchte nicht, dass du irgendwas besser machst. Ich hasse dich. Wenn nur Mummy hier wäre! Wenn nur Mummy hier wäre und du nicht! Ich möchte nur Mummy wiederhaben.«

Ellie weint mittlerweile so heftig, dass ich mich sorge, ihr könnte schlecht werden. Ich sehne mich so verzweifelt danach, bei ihr zu sein, ihr die Mutter sein zu können, die sie braucht, fähig zu sein, sie zu halten und zu küssen und sie wissen zu lassen, wie unermesslich lieb ich sie habe.

Ich dachte, es gäbe nichts Schlimmeres, als zusehen zu müssen, wie das eigene Kind leidet, und keine Möglichkeit zu haben, einzugreifen, zu helfen, zu lindern. Jetzt begreife ich, dass es unsäglich viel schlimmer ist zu wissen, dass man der Grund des Leidens ist, das man nicht lindern kann.

Max handelt entschieden. Er zieht Ellie in seine Arme und hält sie so fest, so sicher, dass sie der liebenden Umfassung selbst dann nicht entkommen könnte, wenn sie es versuchte. Ganz leise beginnt er, ein Schlaflied zu summen, das ich Ellie zur Schlafenszeit vorgesungen hatte, als sie noch klein war. Ständig wiederholt er die gleichen paar Zeilen, bis langsam und allmählich ihre Abwehr aufweicht und sie es sich gestattet, sich in Max' Armen zu entspannen. Doch sie schluchzt immer noch.

Schließlich, unter herzzerreißendem Wimmern und den letzten Tränen, hebt sie den Kopf, den sie an seiner Brust vergraben hat. »Das ist Mummys Lied.«

»Ich weiß, Engel. Doch ich glaube nicht, dass sie etwas dagegen hat, wenn ich es mir dieses eine Mal ausleihe, und du?«

Ellies kurze, flache Atemzüge normalisieren sich, während sie nachdenklich zu Max hochsieht. Ihr Gesicht ist noch fleckig und gerötet von ihrem Ausbruch.

Max fährt fort, mein Lieblingsschlaflied zu singen, *Goodnite, Sweetheart, Goodnite*, und wiegt Ellie, die sich auf seinem Schoß zusammengerollt hat, in den Armen. Nach ein paar Strophen fällt Ellie ein, und ich bin erstaunt, dass sie sich an den Text noch erinnert. Über zwei Jahre ist es her, dass ich ihr das Lied zuletzt vorgesungen habe.

Die beiden sitzen zusammen und singen das Lied, das in mir so viele Abende wiederaufleben lässt, an denen ich Ellie in den eigenen Armen hielt, nachdem ich sie vor dem Schlafengehen gebadet hatte, an denen ich ihr vorgelesen habe, wenn sie schon im Schlafanzug war, an denen ich sie in den Schlaf sang. Unsichtbar und unhörbar schwebe ich über ihnen und falle ebenfalls ein, und wir drei sind vereint durch das gleiche Lied auf unterschiedlichen Seiten der Linie zwischen Leben und Tod.

Wir singen das Lied immer wieder, die wenigen Zeilen, die wir kennen, das Lied, das Ellie damals von einer Trennung für eine Nacht erzählte, dessen Nachklang nun jedoch so viel tiefgründiger ist, so viel ergreifender.

»Daddy, es tut mir leid, dass ich vorhin so gemein zu dir war.«

»Du brauchst dich für absolut gar nichts zu entschuldigen, Engel. Es tut mir leid, dass ich dich so traurig gemacht habe.«

Ellie nimmt Max bei der Hand und spielt geistesabwesend mit dem Ehering an seinem Finger. »Es ist nur ... Das ist unsere Familie, und mir gefällt es, wenn da nur du und ich sind.« Sie hat die Worte geflüstert, als wäre es gefährlich, sie zu laut auszusprechen.

Max streicht ihr über die Stirn und drückt Ellie noch fester an sich.

»Engel, unsere Familie, das werden immer nur du und ich sein. Und Mummy. Andere Menschen können kommen und gehen, einige davon werden sogar bleiben – ich hoffe ja, dass du eines Tages heiratest und eigene Kinder hast –, aber wir drei werden immer etwas ganz Besonderes füreinander sein. Denn es ist die erste Familie, die du gekannt hast, und niemand kann das je ändern.«

»Nicht mal, wenn jemand hier oft übernachtet?«

»Nicht einmal, wenn du groß und erwachsen bist und woanders wohnen möchtest, wo dein Daddy nicht die ganze Zeit rumhängt. Schatz, du wirst für mich immer an erster Stelle stehen. Niemand wird mir jemals wichtiger sein als du.«

Ellie lässt zu, dass ein Pulsschlag in Schweigen vergeht. »Nicht einmal Eve?«

Max nimmt Ellies Gesicht zwischen die Hände und blickt sie mit der Eindringlichkeit eines Menschen an, der entschlossen ist, die Stärke seiner Empfindung seinem Gegenüber zu vermitteln. »Niemand, Engel. Das verspreche ich dir. Eve möchte deine Freundin sein, weil sie weiß, wie lieb ich dich habe, und sie möchte gern selbst herausfinden, was für ein besonderes Mädchen du bist. Das ist alles.«

Ellie gähnt und reibt sich die Augen, und Max hilft ihr in den Schlafanzug, dann nimmt sie ihre Energie zusammen, um ihre müden Glieder ins Bett und unter die Decke zu bringen. »Daddy, bleibst du bei mir, bis ich eingeschlafen bin?«

»Aber sicher, Schatz.«

»Du versprichst mir, nicht wegzugehen? Auch wenn Eve ganz allein da unten wartet?«

»Mein Schatz, ich gehe nirgendwohin, das verspreche ich dir.«

Ellie hält seine Rechte mit beiden Händen fest und schließt die Augen. Es dauert keine Minute, und ihr tiefes, gleichmäßiges Atmen zeigt, dass sie eingeschlafen ist.

Max löst sich aus ihrem Griff und schleicht auf Zehenspitzen aus dem Zimmer.

Ich bleibe bei ihr und bewache in tiefer Verwunderung meinen schlummernden Engel. Zwei Jahre ist es her, seit ich Ellie schlafen sah, und es bleibt eindeutig der schönste Anblick auf der Welt. Ihre Lider flattern von Träumen, von denen ich hoffe, dass es schöne sind, und ihre Nase zuckt gelegentlich; das hat sie kurz nach dem Einschlafen immer getan. Sie liegt so friedlich da, dass es kaum vorstellbar ist, dass sie nur Minuten zuvor so außer sich war. Schwer vorzustellen ist auch, was sie alles zu erdulden hatte und noch durchzustehen hat.

Ich bin erfüllt von Liebe zu ihr, doch es ist eine Liebe der Sehnsucht und aus der Ferne. Die bittersüße Liebe einer Mutter, die nicht in der Lage ist, die instinktivste, ursprünglichste, wichtigste Aufgabe zu verrichten: ihr Kind vor allen Gefahren des Lebens durch die schiere Macht der mütterlichen Präsenz zu beschützen.

Ich könnte Ellie die ganze Nacht lang im Schlaf betrachten, doch das Jenseits hat andere Pläne. Ich fühle mich aus dem Kinderzimmer weggezogen, hoch erhoben, während sich unter mir die Wolken zusammenziehen, bis Ellie außer Sicht ist und ich nichts mehr sehe als leeren Raum.

27

»Du siehst müde aus.« Mit der Hand fährt Max an Eves Rücken hoch und runter.

Im Pyjama stehen sie in meiner Küche.

»Ich habe nicht gut geschlafen. Mir ging der gestrige Abend einfach nicht aus dem Kopf. Ich weiß, du hast gesagt, dass Ellie sich wieder gefangen hatte, als sie schlafen ging, aber es war schon ziemlich furchtbar, Max.«

Also ist es der Morgen nach dem letzten Abend, den ich beobachtet habe.

»Ich weiß, doch wir können nicht ungeschehen machen, was gestern passiert ist. Wir müssen es einfach weiter versuchen und hoffen, dass es heute Morgen besser läuft.«

Eve nimmt den Wasserkessel aus dem Schrank neben dem Herd und setzt mit einer Vertrautheit Kaffee auf, die ich ihr instinktiv übel nehme. Vielleicht hat sie zum ersten Mal hier geschlafen, während Ellie zu Hause war, aber ganz eindeutig ist ihr Frühstück unter unserem Dach keine Premiere.

»Ich weiß, dass du versuchst, zuversichtlich zu sein, und mir ist auch klar, dass ich das Gleiche tun sollte, doch ich kann mir nicht helfen, ich fühle mich hier ein bisschen hilflos. Warum sollte Ellie eine andere Frau bei sich haben wollen? Wenn ich an ihrer Stelle wäre, würde ich mich auch dagegen wehren. Ich kann ihr nicht verübeln, dass sie dich ganz für sich haben möchte.«

Max lächelt und zieht Eve in seine Arme. »Nun, Eve Abraham, den ganzen Morgen hast du kein wahreres Wort gesprochen.«

Eve lacht, doch sie löst sich dennoch aus seiner Umarmung. »Nein, im Ernst, Max. Was machen wir denn? Vielleicht sollte Ellie mich eine Weile nicht sehen? Sollte ich ihr nicht lieber ein bisschen Raum mit dir geben? Das ist es doch vermutlich, was sie braucht, oder?«

»Ich glaube nicht, dass wir im Moment irgendwelche vorschnellen Entscheidungen treffen sollten. Warten wir dieses Wochenende einfach ab, dass die Aufregung sich legt, und dann sehen wir weiter. Okay?«

Ehe Eve antworten kann, eilt Ellie mit ihrer gewohnten morgendlichen Lebhaftigkeit in die Küche.

»Ich bin schon halb verhungert. Was frühstücken wir denn?« Ellie wirft sich auf einen Küchenstuhl. Ihren flauschigen, weißen Morgenmantel mit den lila Punkten hat sie fest zugebunden, und unter dem Tisch lässt sie die Füße in den Hündchenpantoffeln baumeln.

Am Herd tauschen Eve und Max einen vorsichtig optimistischen Blick, dann dreht sich Eve um und antwortet.

»Ich dachte, ich mache uns Arme Ritter. Wenn du das magst, heißt das.«

»Lecker. Arme Ritter ess ich am liebsten.«

»Das weiß ich. Ein kleines Vöglein hat es mir verraten. Hast du sie schon mal mit Ahornsirup gegessen?«

»Nein. Das klingt komisch, aber irgendwie nett. Essen wir das heute Morgen?«

»Na, ich dachte, wir könnten es, wenn du es probieren magst?«

Eve verquirlt Eier und Milch, während Max und Ellie am Küchentisch sitzen. Ellie spielt am Laptop, Max liest Eve von seinem Tablet die Nachrichten vor. Eine Szene häuslichen

Glücks, die Ruhe nach dem Sturm, ein Anzeichen, wie harmonisch diese neue Komposition trotz des Streites des gestrigen Abends sich entwickeln könnte.

Mich führt es zurück zu den Hunderten von Morgen, an denen ich Ellie ihr Lieblingsfrühstück zubereitete. Zwischen uns war es zu einem Wochenendritual geworden, das bis in die Zeit zurückging, als sie alt genug war, um ihre Essenswünsche auszudrücken. Von diesem Ritual hatte ich geglaubt, ich könnte es noch jahrelang zelebrieren, unterbrochen nur in der Teenagerzeit, wo sich Kinder zurückziehen. Ich hatte vor, es erneut aufzunehmen, sobald Ellie ein Frühstück mit der ganzen Familie wieder würde genießen können, statt es nur über sich ergehen zu lassen. Ich hatte immer geglaubt, dass ich eines Tages mit ihr und meinen Enkeln am Küchentisch sitzen könnte – vielleicht nicht in derselben Küche an demselben Tisch, aber mit der gleichen Begeisterung für Arme Ritter und der gleichen häuslichen Gemütlichkeit, dem gleichen Gefühl ungetrübten Glücks, das sich einstellt und einen den ganzen Tag lang begleitet, wenn man ihn mit den Menschen beginnt, die einem am meisten bedeuten.

»So, Ellie, es geht los. Hier ist einer zum Anfang, und ich gebe jetzt noch mehr in die Pfanne. Vergiss nicht den Ahornsirup!«

Ellie übergießt die warme, knusprige Scheibe mit dem Sirup und nimmt einen übergroßen Bissen. »Hmm. Das ist köstlich. Das ist einfach mein Lieblingsfrühstück. Mummy hat mir fast jedes Wochenende Arme Ritter gemacht.«

»Na, ich bin sicher, sie sind nicht so gut wie die von deiner Mummy. Nirgendwo schmeckt es einem je so gut wie bei seiner Mum.«

Ellie nimmt noch einen Mundvoll und antwortet, ehe sie alles heruntergeschlungen hat. »Mummys Arme Ritter waren die besten. Aber die hier sind auch gut. Daddy, können wir das wieder jedes Wochenende zum Frühstück haben?«

»Na ja, ich weiß nicht, ob es jedes Wochenende geht. Aber auf jeden Fall wieder öfter, wenn du möchtest.«

Ellie grinst mit dem Entzücken eines Kindes, dem ein Versprechen gemacht wurde. Als Eve an den Herd zurückkehrt, um die zweite Fuhre in Angriff zu nehmen, folgt Ellie ihr und umschlingt sie aus kulinarischer Dankbarkeit mit den Armen, unverkennbar eine unerwartete, spontane Umarmung. »Danke, Eve! Das Frühstück ist wirklich gut.«

Eve dreht sich zu ihr um und blickte Max dabei mit schüchterner Freude an. Er grinst vor Stolz – auf wen er stolz ist, kann ich nicht sagen –, und Eve hebt Ellie in ihre Arme.

»Gern geschehen, Kleines. Ich bin froh, dass es dir schmeckt.«

Meine Tochter lässt den Kopf neben Eves Hals ruhen, die Beine um die perfekte Taille dieser maßgefertigten Ersatzmutter geschlungen, die Arme über blond übergossene Schultern gelegt. Als sie Eve geistesabwesend über den Rücken streicht, frage ich mich, ob es möglich ist, zweimal an gebrochenem Herzen zu sterben.

Nichts wünsche ich mir mehr, als dass Ellie glücklich, ruhig, getröstet, versorgt ist. Nichts könnte schlimmer sein, als sie noch einmal so aufgelöst wie gestern Abend zu sehen. Ich hatte stets angenommen, das schlimmste jenseitige Herzeleid würde darin bestehen, dass ich zusehen muss, wie Max sich auf eine andere Frau einlässt. Jetzt entdecke ich allerdings, was noch ungleich viel schmerzlicher ist: wenn Ellie sich dieser anderen Frau öffnet.

Es klingelt an der Tür, und den überraschten Blicken in der Küche entnehme ich, dass sie niemanden erwarten.

Ellie springt mit der Begeisterung eines aufgeregten Hündchens aus Eves Armen. »Darf ich aufmachen, Daddy? Bitte! Ich bin doch schon acht.«

Max lacht und nickt.

Ellie schießt aus der Küche, ehe er es sich anders überlegen kann.

Kaum aus den wachsamen Augen seiner Tochter, geht Max zu Eve, umarmt sie von hinten, streicht ihr das Haar von einer Schulter und spricht ihr leise ins Ohr. »Du gehst wahnsinnig toll mit ihr um. Wir schaffen das, verstehst du? Alles wird gut.« Er belohnt ihr Schulterblatt mit zahlreichen kleinen Küssen.

Gewiss streicht sein Atem warm über ihren Hals, und seine Hände an ihren Armen drücken sie ohne Zweifel sanft und beruhigend.

»Guckt mal, wer da ist!« Ellie eilt in den Raum zurück, und ihr folgt niemand anders als meine Mum, die gerade rechtzeitig kommt, um mitzubekommen, wie ihr Schwiegersohn im Pyjama als Erstes an einem Samstagmorgen den nackten Hals seiner neuen Freundin, ebenfalls im Schlafanzug, in der Küche ihrer Tochter küsst.

In den Sekunden unheilschwangerer Stille, die folgen, beobachte ich, wie der Blick meiner Mutter scharfsinnig durch den Raum schweift und jeden Informationsbrocken aufnimmt, den sie braucht, um zu der unanfechtbaren Schlussfolgerung zu gelangen.

»Möchtest du Arme Ritter, Nanna? Eve hat sie mit Ahornsirup gemacht, und sie sind richtig lecker.«

Mum wendet sich Ellie zu, ein starres Lächeln im Gesicht. »Nein, danke, Liebling. Ich habe schon gefrühstückt.«

Als die kurze Unterbrechung des Schweigens vorüber ist, dauert es noch einige Sekunden, ehe Max wenigstens so weit die Fassung zurückerlangt, um sprechen zu können. »Wie schön, dich zu sehen, Celia! Was machst du dieses Wochenende in der Stadt? Du hast gar nicht erwähnt, dass du vorbeischaust?«

Er betont es als Frage, doch es gelingt ihm nicht, einen Anklang von Vorwurf aus seiner Stimme fernzuhalten.

Mir tut Mum furchtbar leid. Einen Anblick wie diesen braucht keine trauernde Mutter.

»Ich bin unterwegs zu einem Wochenende bei Freunden in Highgate und dachte, ich schaue vorbei und sage euch Hallo. Es tut mir leid – ich dachte, ihr wärt mittlerweile aufgestanden und angezogen. Es ist beinahe zehn. Mir war nicht klar, dass ich bei etwas stören würde.«

Sie klingt zerknirscht, aber ich spüre, dass sie vor allem sich selbst bedauert, und das kann ich ihr, ganz ehrlich, nicht verdenken.

»Sei nicht albern! Du störst ja gar nicht. Kann ich dir wenigstens eine Tasse Kaffee oder Tee anbieten?«

Er bemüht sich, beiläufig zu klingen, doch ich glaube nicht, dass sich außer Ellie jemand täuschen lässt.

»Alles bestens, vielen Dank, Max. Könnten wir vielleicht kurz reden? Im Wohnzimmer? Unter vier Augen?«

Max nickt verwirrt und folgt ihr aus der Küche.

Die Tür hat sich kaum hinter ihnen geschlossen, als Mum gequält und indigniert zu flüstern beginnt. »Wie kannst du nur, Max? Wie kannst du so unsensibel sein?«

»Celia, ich wusste nicht, dass du heute vorbeikommen würdest. Ich finde es nicht fair, mir vorzuwerfen, ich wäre unsensibel, wenn ich nicht einmal wusste, dass wir uns heute Morgen sehen würden.«

»Ich meine auch nicht, dass ich gekommen bin und das mit angesehen habe. Ich meine, dass sie hier ist, ausgerechnet heute.«

»Ich verstehe nicht. Was ist heute so besonders?«

»Du meinst, der Gedanke ist dir nicht einmal gekommen? Du findest nicht, dass es ein bisschen rücksichtslos ist, sie an diesem Wochenende im Haus meiner Tochter zu beherbergen? Hast du etwa gedacht, Harriet würde mir nicht erzählen, dass du am Donnerstag nicht mit Ellie auf dem Friedhof warst? Und dass du heute mit ihr hingehen wolltest? Offenbar wird das nicht geschehen, da sie hier ist.«

Max gibt das Seufzen eines Mannes von sich, der weiß, dass ihm keine andere Wahl bleibt, als die meisten Menschen, die er mag, hin und wieder gegen sich aufzubringen. »Selbstverständlich fahre ich heute mit Ellie auf den Friedhof.«

»Bitte sag mir nicht, dass sie euch begleitet!«

»›Sie‹ heißt Eve, und nein, das wird sie nicht. Ellie und ich gehen allein.«

Mum scheint darüber beinahe enttäuscht zu sein, als wäre ihrem Zorn mit einer anderen Antwort besser gedient gewesen. Sie lässt sich auf dem Sofa nieder.

Der Konfrontation ist der Stachel genommen.

»Ich finde es trotzdem falsch, dass sie gerade in dieser Woche hier ist. Ich weiß, dass du dein Leben weiterleben möchtest, und ich versuche, dich dabei wirklich zu unterstützen, aber findest du nicht, dass einige Tage heilig sind und der Familie vorbehalten bleiben sollten?«

Max setzt sich neben Mum; sein Gesicht zeigt ganz die beschwichtigende Miene, die ich so gut kenne. »Ganz im Ernst, Celia? Ja und nein. Natürlich finde ich es wichtig, mit Ellie zum Friedhof zu fahren, damit wir gemeinsam Rachels Todestag begehen können, doch ich bin nicht mit dir und Harriet einer Meinung, dass es genau an dem Tag geschehen muss. Wenigstens nicht in Ellies Alter. Und was das Thema des Weiterlebens angeht: Ich weiß, es ist hart für dich, und ich versuche, deiner Position gerecht zu werden, aber ehrlich gesagt finde ich, dass zwei Jahre keine zu kurze Zeitspanne sind für solche Veränderungen.«

Mums Gesicht nimmt wieder den verärgerten Ausdruck an, und ich merke, dass Max ungewollt alles wieder hat aufbrechen lassen. »Zwei Jahre sind nichts, Max. Im Vergleich zu einer Lebenszeit sind sie nicht mehr als ein Blinzeln. Ich wünschte nur, du hättest ein wenig länger gewartet. Wäre es wirklich unmöglich gewesen, Rachels Andenken ein wenig mehr Zeit zu lassen, ehe du eine andere Frau in ihr Haus bringst? Dies war Rachels Zuhause, Max. Was denkst du denn, wie sie sich fühlen würde, wenn sie wüsste, dass sich dort jetzt eine andere Frau aufhält?«

Es ist eine rhetorische Frage, nicht nur, weil ich nicht antworten kann, sondern vor allem, weil Mum durch ihren Ton bereits klargemacht hat, was die Antwort ist.

»Ich weiß es ehrlich nicht, Celia. Ich kann nur versuchen, das zu tun, was mir hier und heute richtig erscheint. Es hat viel Zeit gebraucht, aber ich glaube, ich verstehe erst jetzt, unter welch großem Schock ich nach Rachels Tod stand. Ich nehme an, die Plötzlichkeit ihres Todes hat es beinahe unmöglich gemacht zu begreifen, dass sie wirklich von uns gegangen war. Nie ist mir etwas schwerer gefallen, als mich damit abzufinden, dass mein tägliches Leben mit ihr vorüber war. Trotzdem glaube ich, dass es mir endlich gelungen ist, und ich nehme an, deswegen scheint es mir so, als wäre der richtige Moment gekommen, um neu anzufangen. Denn so sehr ich mir auch wünsche, es wäre anders, Rachel ist nicht mehr bei mir. Sie kann das Leben nicht mehr mit mir teilen, und es kommt mir vor, als müsste ich das entweder akzeptieren oder die nächsten vierzig Jahre in einem Dauerzustand der Leugnung verbringen.« Max spricht in sanftem, eindringlichem, geduldig unanfechtbarem Ton. Er ist der Grund dafür, dass so viele unserer Konflikte so rasch enden konnten und so ruhig. Gegen diesen Ton argumentiert es sich nur schwierig, diesem Ton widersteht man schlecht. Und diesen Ton behält Max bei, als er weiterredet. »Sieh mal, ich weiß, dass es ein kleiner Schock gewesen sein muss, hereinzukommen und Eve heute Morgen hier anzutreffen. Aber sie ist sehr nett, und sie kommt großartig mit Ellie klar. Ich glaube, sie tut Ellie sehr gut. Ich will nicht eine Sekunde behaupten, dass es für dich leicht sein sollte, doch ich hätte es wirklich gern, wenn du Eve kennenlernen und in Zukunft mit uns allen drei Zeit verbringen würdest.«

Das ist der herzlichste aller Appelle, und mir erscheint es beinahe widernatürlich, dass in zwei so kurzen Ansprachen so viel gesagt werden kann. Denn es ist das erste Mal, dass ich so deutlich höre, wie Max die Absicht ausdrückt, sich ein Leben ohne mich aufzubauen. Ein Leben, in dem er eine andere Frau liebt. Ein Leben, in dem er zulassen – sogar ermutigen – wird, dass eine andere Frau meiner Tochter eine Mutter ist. Mir ist, als betrachtete ich den Tod meiner Ehe, einer Ehe, die ich nie auflösen wollte und die ich dennoch nicht zu retten vermag. Es ist, als überreichte mir Max die Urkunde einer Scheidung, in die ich niemals eingewilligt habe.

»Meinst du das so, wie du es sagst, Max?«

»Was?«

»Dass du möchtest, dass ich an eurem Leben mit Eve teilhabe? Dass du es gern hättest, wenn wir Zeit miteinander verbringen?«

»Aber natürlich. Weshalb sollte ich nicht?«

Mum entspannt die Schultern mit der Erleichterung ausgeräumter Befürchtungen. »Ich habe mir nur solche Sorgen gemacht, Max! Ich wusste nicht, was du davon hältst, wenn deine Ex-Schwiegermutter in der Nähe ist, während du …

während du eine neue Beziehung beginnst. Um ehrlich zu sein, in den letzten Monaten bin ich mir wie ein besserer Babysitter vorgekommen.«

Max legt Mum mitfühlend die Hand auf den Arm. »Es tut mir sehr leid, wenn ich dir dieses Gefühl vermittelt habe. Natürlich wirst du immer zu unserem Leben gehören. Ellie hat nur zwei Großmütter, und ich glaube nicht, dass sie eine von euch beiden aufgeben würde.«

»Danke, Max. Mir bedeutet das so viel, mehr, als du vermutlich ahnst. Ich weiß auch, dass ich es dir nicht oft genug sage, aber ich finde, du leistest an Ellie wunderbare Arbeit. Ich bin wirklich sehr stolz auf dich. Und das wäre Rachel auch.«

Da hat sie recht. Erst nach Ellies Geburt ist mir klar geworden, dass die Auswahl des Menschen, mit dem man Kinder hat, vermutlich die wichtigste Entscheidung ist, die man im Leben je trifft. Und es dauerte bis nach meinem Tod, bis ich das volle Ausmaß meiner Dankbarkeit gegenüber dem Menschen begriff, den zu finden ich das Glück hatte.

»Das hoffe ich sehr. Ich tue schließlich nichts anderes, als das Werk fortzusetzen, das Rachel begonnen hat, das wir zusammen begonnen haben. Ich habe keine Zweifel, dass der Grund, wieso Ellie so wunderbar und so robust ist, darin zu finden ist, dass Rachel ihr in ihren ersten sechs Lebensjahren so viel mitgegeben hat, so viel Liebe und Geduld, Zuneigung und Ermutigung. Nur dank Rachel ist Ellie heute so, wie sie ist, da besteht für mich nicht der geringste Zweifel. Deshalb sind Rachel und ich vermutlich stolz aufeinander.«

In der Wärme von Max' Stimme ist eine Ruhe eingebettet, die ich, soweit ich weiß, noch nie gehört habe.

»Nun, ich bin ganz bestimmt stolz auf euch beide. Und ich weiß, dass ich dir gestatten muss weiterzugehen, und zwar in dem Tempo, das dir richtig erscheint. Bei mir ist es wohl einfach anders. Ich bin mir nicht sicher, ob es für mich noch viel gibt, auf das ich mich hinorientieren kann.«

»Sei nicht albern! Du hast Ellie und mich, und ich glaube, du hast mehr Freunde als wir beide zusammen. Wenn ich höre, was du alles unternimmst, werde ich oft schon von der Vorstellung müde.«

»Ich halte mich beschäftigt, weil es nicht anders geht, Max. Denn wenn ich das nicht täte, müsste ich noch mehr an Rachel denken als ohnehin schon. Ich weiß, dass es schrecklich für dich ist, so jung deine Frau zu verlieren. Ich weiß noch, wie es mir ging, nachdem Robert gestorben war. Ein Kind zu verlieren ist jedoch etwas ganz anderes. Eine widernatürlichere Grausamkeit gibt es nicht. Wenn man bedenkt, mit wie viel Liebe man sie aufgezogen hat, wie viel Zeit man investiert hat, damit sie glücklich sind, wie viele Hoffnungen man für ihre Zukunft hatte, dann kann man sich nicht einmal eine Sekunde lang vorstellen, dass sie nie die Chance bekommen, all das zu erreichen, was man für sie erträumt hat. Als Robert starb, war ich aufgelöst. Doch als Rachel mir genommen wurde, kam es mir vor, als wäre die natürliche Ordnung der Dinge auf den Kopf gestellt worden. Als wäre die Welt wahnsinnig geworden. Wenn du von deinen Kindern eines erwartest, dann ist es, dass sie dich überleben. So sollte es sein, nicht wahr? Deshalb rechne ich nicht damit, dass es in meinem Leben noch einmal eine Zeit gibt, in der mir irgendetwas wieder ganz richtig erscheint.« Mum redet leise und gemessen, als hätte sie sich mit den ungerechten Schicksalskarten abgefunden, die ihr ausgeteilt worden sind.

Und wie sie es so nüchtern ausspricht, bewegt es mich umso mehr.

Max legt ihr einen Arm um die Schultern, und während ich zusehe, wie mein Mann meine Mutter tröstet, kann ich meine

Tränen nicht mehr zügeln. Sie tropfen träge auf die Wolken, die sich unter mir zusammenziehen, und ich weiß, dass mein Zugang für heute jeden Moment zu Ende sein wird.

Sekunden später schwebe ich wieder in der weißen Leere, die ich nun als Zuhause betrachte, und mein Geist schweift in Richtungen, von denen er sich vermutlich fernhalten sollte, zur neuen Dreiheit – von Max, Ellie und Eve – und zum Leben, das sie vielleicht miteinander führen werden, ohne mich. Die ganze Zeit war ich so sehr mit dem Schuldgefühl beschäftigt, sie verlassen zu haben, dass ich mich nicht darauf vorbereitet habe – nicht richtig, nicht tief in meinem Innern –, was ich an dem Tag empfinden werde, an dem sie beginnen, sich von mir zu lösen. Und jetzt, da es geschieht, weiß ich gar nicht, was ich deswegen fühle. Denn wie soll die Quadratur des Kreises gelingen, die Sehnsucht, dass Mann und Tochter geliebt werden, in Einklang zu bringen mit der Traurigkeit und dem Kummer, dass man selbst dazu nicht in der Lage ist?

28

Weiß weicht allmählich einem Blau, dann wird auch die Sonne sichtbar und offenbart einen Tag, wie er klarer und heller nicht sein könnte. Ein breiter Kiesweg liegt unter mir, den Parkflächen mit kunstvoll gestutzten Zwergkoniferen säumen. Im Hintergrund sehe ich einen majestätischen Palast aus roten Ziegeln. Das Sonnenlicht taucht die Mauern in flimmernde Wärme, die ihnen die Aura eines Gebäudes verleiht, das zu seiner Zufriedenheit in Flammen steht. Die Blätter an den Bäumen ringsum sind orange, golden und trotzig rot – es ist ein perfekter Herbsttag.

Wenn es Herbst ist, dann müssen über vier Monate vergangen sein, seit ich zum letzten Mal in die Welt der Lebenden geblickt habe. Den ganzen Sommer habe ich verpasst. Vier Monate von Ellies Leben sind ohne mich vergangen. Ein Drittel eines Jahres ist in Bezug auf die Entwicklung einer Achtjährigen eine halbe Ewigkeit. Wer weiß, wie sehr sie sich in meiner Abwesenheit verändert hat, wie viel größer sie ist, wie viel schwerer, trauriger oder glücklicher?

Vier Monate, in denen Max' und Eves Beziehung gediehen ist, ohne dass ich etwas mitbekommen habe. Jetzt, da ich hier bin, wage ich kaum, mir die möglichen Entwicklungen ihrer Liebesaffäre auszumalen, auch wenn ich in meiner Zeit allein über wenig anderes spekuliert habe.

Ich bin hier schon gewesen. Letztes Mal saß Ellie noch im Buggy, trug ein Kleid mit roten und rosafarbenen Punkten und eine weiße Sonnenmütze, die ich ihr immer wieder auf den Kopf setzen musste, nachdem sie sich sie genervt heruntergerissen hatte. An diesem Tag stand die Sonne höher, war heißer und weniger gnädig. Max hat den Buggy geschoben, und seine wohlgeformten Radfahrerwaden ragten aus Khakishorts. Eine grotesk übergroße Sonnenbrille, bei der er darauf bestand, sie sei modisch, schützten seine Augen vor der Helligkeit. Ich erinnere mich, wie mir der Schweiß den Rücken heruntergelaufen ist und ich fürchtete, das weite Baumwollkleid, das ich trug, würde Flecken zeigen. Wir verbrachten den größten Teil des Besuchs in der Kühle des Hauses und bereuten, unseren schattigen Garten an einem so unerbittlichen Tag verlassen zu haben.

Heute ist es eine viel größere Ellie, die auf den Besuchereingang des Hampton Court Palace zugeht, Hand in Hand mit ihrem Vater, und was sie trägt, hat sie sich selbst ausgesucht, da bin ich sicher: eine enge dunkelblaue Jeans, grüne Chucks und einen pastellfarbenen Regenmantel mit Knebelknöpfen, die die Form von Schmetterlingen haben. Sie hat sich gar nicht sehr verändert, bemerke ich erleichtert. Ihr Haar wurde geschnitten, seit ich sie zum letzten Mal sah, aber es ist noch immer lang und schön und tanzt ihr fröhlich auf den Schultern. Sie trägt eine kleine lila Handtasche, deren Riemen sie sich über die Schulter geschlungen hat, als imitierte sie die erwachsene Frau, die sie eines Tages sein wird. Das ist der einzige Hinweis, dass sie in meiner Abwesenheit etwas älter, etwas reifer geworden ist.

Von Eve ist heute keine Spur zu sehen, und dafür bin ich dankbar, dankbar, dass ich Max und Ellie für mich allein haben kann. Dankbar, dass sie Zeit zu zweit verbringen.

Nachdem sie Eintrittskarten gelöst haben, beginnen sie ihre Tour durchs Haus. Max ist ganz in seinem Element und gibt historisches Wissen an Ellie weiter, als wäre es genauso wesentlich für ihre persönliche Entwicklung wie die DNS, die er ihr vor neun Jahren vermacht hat. Während sie durch den ersten Raum streifen, ergötzt Max meine Tochter mit der Seifenoper der Tudor-Dynastie.

Plötzlich unterbricht er seinen Redefluss. »Schatz, du magst Eve doch, oder? Ihr beide kommt gut miteinander aus, nicht wahr?«

Meine Ohren stimmen sich augenblicklich auf etwas ein, das wie der Beginn eines Gesprächs klingt, das ich nicht verpassen möchte.

»Ja, sie ist nett. Und ich finde es wirklich toll, wenn sie mir bei den Hausaufgaben hilft. Besonders bei Mathe. Ich hasse Mathe.«

Max drückt Ellie leicht die Schulter, und sie tut so, als müsste sie sich seinem Griff entwinden.

»Ich glaube, das wurde letztes Wochenende sehr deutlich, als du verkündest hast, du würdest nicht verstehen, welchen Sinn Additionen haben, wenn du mit einem Computer viel einfacher rechnen könntest.«

Ellie kichert. »Aber das ist doch wahr!«

Max bedenkt sie mit einem typischen missbilligenden Stirnrunzeln. »Von Mathe einmal abgesehen, fändest du es schön, wenn wir drei mehr Zeit miteinander verbringen würden? Wir hatten ja schließlich einen tollen Sommer, oder?«

»Die Sommerferien waren super. Ich wünschte, die Schule wäre nicht wieder so schnell losgegangen. Wann können wir wieder campen gehen?«

Sie waren zusammen campen? Ich kann mir Eve einfach nicht im Schlafsack vorstellen.

»Vielleicht im nächsten Frühjahr, wenn du Lust hast und das Wetter nicht zu schlecht ist. In der Nacht, in der es so regnete, hat das Campen keinen großen Spaß gemacht, was?«

Sie lachen beide über eine Erinnerung, die ich nicht teilen kann.

»Eve war so albern, als das Zelt undicht wurde und sie dachte, sie hätte ein Tier im Haar. Das war richtig komisch.«

Ich versuche, mir auszumalen, wie die drei zusammen in einem Zelt kauern, ein wahrer Prüfstein für Authentizität einer Familie, doch mir will einfach kein Bild vor Augen treten.

»Es ist doch wirklich schön, dass Eve so viele Dinge gefallen, die uns gefallen, oder? Unsere Landausflüge am Sonntag. Und unsere Kochduelle. Und samstagmorgens schwimmen zu gehen.«

»Dad, es war total toll, als Eve versucht hat, dir beizubringen, wie man taucht, und du immer wieder an die Wasseroberfläche getrieben bist. Wenn wir das nur gefilmt hätten! Wir hätten es auf YouTube einstellen können, denn das hätten sich ganz bestimmt viele Leute angeguckt.«

Dad. Das ist das erste Mal, dass ich höre, wie Max von Ellie »Dad« genannt wird. Anscheinend ist mein kleines Mädchen in den Monaten meiner Abwesenheit erwachsener geworden, als ich zuerst bemerkt habe.

Ellie streckt die Arme aus und ahmt nach, was wohl Max' Tauchversuche sein sollen. Die drei scheinen eine ganze Welt von neuen Erlebnissen zusammen zu sammeln. Eine komplett neue Familie ist im Entstehen begriffen.

»Und du magst es doch jetzt auch, wenn sie bei uns schläft, oder?«

Max geht weiter, während sie reden, und schützt geistesabwesend Interesse an den Renaissancegemälden vor, doch seine Gemütsruhe ist eine Maske, die nur unzureichend verbirgt, was in ihm vorgeht. Er wirkt nervös. Ich verstehe nur nicht den Grund dafür.

»Ich mag es, wenn sie an Samstagen bei uns bleibt. An den anderen Abenden ist es auch okay. Aber am besten ist es sonntags, weil ihr beide totale Loser seid, wenn ihr raten sollt, wer bei *X Factor* weiterkommt. Da schlage ich euch immer.«

Max versucht zu lächeln, doch es gelingt ihm nicht, seine deutlich greifbare Unruhe zu kaschieren. »Weißt du, ich habe mich gefragt, wie es dir damit ginge, wenn Eve nicht nur am Wochenende bei uns wäre, sondern die ganze Zeit? Wenn sie bei uns wohnen würde?«

Eve soll zu ihm ziehen? Schon? Sie sind doch kaum ein Jahr zusammen.

Eve lernt Ellie kennen, Eve nimmt an Familienfeiern teil, Eve übernachtet hin und wieder bei uns: Jeder dieser Meilensteine hätte, falls nötig, rückgängig gemacht werden können, so erschien es mir wenigstens. Doch wenn Eve einzieht, mit all ihren Sachen, wenn sie ihren Wohnsitz in meinem Haus hat, die Rechnungen mitbezahlt und meine Hälfte des Kleiderschranks übernimmt – ich bin mir nicht sicher, ob ich dafür bereit bin. Nicht jetzt. Jetzt noch nicht.

»Was, du meinst, dass sie dann immer bei uns wohnt?«

»Ja, Engel, genau das meine ich. Was denkst du, was würdest du davon halten, wenn das passiert?«

Ellie macht ein merkwürdiges Gesicht, als ginge sie die möglichen Antworten durch und versuchte, ihre wahren Empfindungen von dem zu trennen, von dem sie weiß, dass es Max glücklich machen würde. »Aber was ist mit ihrem Haus in Stoke Newington? Will sie da nicht mehr wohnen?«

Sie kommen in die Great Hall, die in ihrer Weitläufigkeit den passenden Hintergrund für ein so folgenschweres Gespräch bildet.

»Es ist nicht so, dass sie dort nicht mehr wohnen möchte, Schatz. Aber sie ist so gern bei uns – bei mir und bei dir –, dass sie lieber die ganze Zeit bei uns wäre. Und mir würde das auch gut gefallen. Ich finde, wir hatten zu dritt schon eine Menge Spaß. Doch das Wichtigste für mich ist, was du davon hältst, denn wenn dir die Idee nicht gefällt, denken wir nicht weiter darüber nach. Das verspreche ich.«

Wenn er es so ausdrückt, klingt es so fair, so vernünftig, so rücksichtsvoll. Und trotzdem kann ich nicht verhindern, dass ich am ganzen Leib zittere.

Ellie sagt nichts.

Ich mache mir schon Sorgen, dass es für sie zu viel ist, um es zu verarbeiten, dass es eine zu große Entscheidung bedeutet und zu früh ist, um ihren letzten verbliebenen Zufluchtsort der Sicherheit und Stabilität aufzugeben.

»Aber ich will dich nicht mit jemand anders teilen. Nicht die ganze Zeit. Mir gefällt es, wenn nur du und ich da sind.« Sie spricht gedämpft und in zögerlichem Ton, die Redeweise von jemandem, der sich Gehör verschaffen muss, die Folgen aber fürchtet.

Ich möchte sie in die Arme schließen, hochheben und ihr sagen, dass sie keine Angst zu haben braucht, ihr versichern, dass Max niemals etwas tun wird, das sie unglücklich macht.

»Schatz, ich genieße es immer, wenn wir Zeit miteinander verbringen. Und niemand wird dem je in den Weg kommen, das verspreche ich dir. Wenn ich denken würde, dass du und ich weniger Zeit miteinander verbringen würden, wenn Eve zu uns zieht, würde ich das gar nicht wollen. Es würde nur bedeuten, dass sie öfter mit dabei wäre, wenn wir Zeit zusammen verbringen.« Max sieht Ellie erwartungsvoll an.

Ich kann ihm nicht verdenken, dass er dieses Gespräch führt, wenn Eve und er planen zusammenzuziehen. Ich wünschte nur, sie hätten es nicht für so bald geplant und dass Ellie nicht solch einem schwierigen Dilemma gegenüberstünde: ihrem

Vater zu gefallen und die eigenen Wünsche beiseitezuschieben oder sich ihre Wünsche zu erfüllen und dabei väterliche Enttäuschung zu riskieren. Wie löst eine Achtjährige einen solchen Widerspruch auf?

Unweigerlich wird dem Kind alleinerziehender Elternteile die Last aufgebürdet, allzu früh Verantwortung für die Probleme Erwachsener übernehmen zu müssen. Es muss eine Elternschaft für seine Eltern ausüben: Das droht uns allen am Ende, doch so viel früher – viel zu früh – für Ellie und für mich. Ich wollte nie, dass Ellie in dieser Hinsicht so sein muss wie ich. Ich wollte nie, dass sie erfahren muss, wie es sich anfühlt, sich um die eigenen Eltern sorgen zu müssen und an ihren Problemen in einem Alter teilzuhaben, in dem man in Bezug auf alles, das nichts mit der eigenen freudigen Erkundung der Welt zu tun hat, unschuldig bleiben sollte.

Vielleicht bedeutet Eves Gegenwart in ihrem Leben genau die Erleichterung, die erforderlich ist, damit sie die Vergangenheit nicht wiederholen müssen. Vielleicht ist die Entscheidung, die Ellie jetzt treffen muss, der Preis, den sie für eine normale Jugend zu zahlen hat. Vielleicht brauchen wir alle Eve dringender, als wir uns eingestehen wollen. Mehr, als ich zugeben will.

»Ich glaube, das würde Mummy nicht gefallen. Es ist ihr Haus und nicht Eves.« Ellie sieht zu Max hoch. Ein nachdenkliches Stirnrunzeln steht über ihren Augen.

Ich wünschte, ich könnte ihr für ihre Rücksichtnahme danken, dafür, dass sie mich im Gedächtnis behalten hat und auch nach so langer Abwesenheit noch überlegt, was ich empfinden könnte. Ich wünschte, ich könnte die Zeit zurückdrehen und Ellie die Familie zurückgeben, die sie so sehr verdient, die Familie, die nicht von ihr erwartet, dass sie an Entscheidungen teilnimmt, die eigentlich Lichtjahre außerhalb des Begreifens einer Achtjährigen liegen sollten.

»Weißt du, was ich denke, Schatz? Ich glaube, Mummy würde bloß wollen, dass wir glücklich sind, egal, was dazu nötig ist.«

Wenn es nur so einfach wäre! Manchmal glaube ich, ich gäbe alles dafür, dass ihnen endlich Glück beschieden ist, ohne dass eine Unterströmung widersprüchlicher Empfindungen das Wasser trübt. Doch diese Großherzigkeit erscheint mir furchtbar weit entfernt zu sein, während ich noch immer um das Leben trauere, das ich verloren habe.

»Aber wenn Eve einziehen würde, käme es mir nicht mehr wie Mummys Haus vor. Es wäre dann wie Eves Haus. Und was würden wir mit Mummys ganzen Sachen anfangen?«

»Unser Haus wird immer das Haus deiner Mummy sein, Schatz, weil dort so viele Erinnerungen an sie zu Hause sind, so viele Erinnerungen, die uns drei gehören. Wenn Eve einziehen würde, wäre es, als würden wir ein neues Kapitel in einem Buch beginnen, aber es müsste ja nicht heißen, dass wir die Kapitel davor vergessen, oder?«

Ellie schweigt nachdenklich, während sie, Hand in Hand, die Great Hall verlassen.

»Warum bist du so sicher, dass Mummy nichts dagegen hätte?«

»Nun, Engel, das ist nur so ein Gefühl, das ich habe. Aber weißt du, Mummy hat mir so viel über Beziehungen und Liebe und Familie beigebracht. Sie hat mir in dieser Hinsicht so gut wie alles beigebracht, was ich weiß. Mummy hat mir gezeigt, wie man ein guter Ehemann und wie man ein guter Vater ist. Und weil sie mir das alles beigebracht hat, glaube ich nicht, dass sie es gern sehen würde, wenn es für immer verloren wäre. Wenn Eve zu uns zieht, könnte ich dafür sorgen, dass das nicht passiert.«

Mich trifft ein Sturm der Beschämung. Ich fühle mich wie ein Schulmädchen, das gerade eine Auszeichnung erhalten hat, nachdem es sich den ganzen Morgen lang schlecht benommen hat. Ich wusste nicht, dass Max mir etwas zurechnet, das ich überhaupt nicht verdient habe, und schon gar nicht jetzt. Schon gar nicht, seit ich fort bin.

»Was meinst du also, Schatz? Hast du noch andere Sorgen, was passieren könnte, wenn Eve zu uns zieht?«

Ellie nickt langsam. Die Lebhaftigkeit ihrer tanzenden Locken steht im krassen Widerspruch zur Bestürzung in ihrem Gesicht.

»Was ist es denn? Kannst du mir es sagen?«

Ellie lässt Max' Hand los. Sie scheint sich ihrer Antwort auf die Frage selbst unsicher zu sein, als würde sie die Vorteile der Verheimlichung gegenüber denen der Offenlegung abwägen.

»Es ist das, was du gerade gesagt hast, über all die Erinnerungen an Mummy zu Hause. Andauernd höre ich, dass ich ja die ganzen schönen Zeiten mit Mummy hätte, an die ich mich erinnern kann. Aber manchmal geht das nicht. Manchmal erinnere ich mich kaum noch an etwas. Und dann bekomme ich Angst, dass ich sie eines Tages ganz vergessen habe. Also was, wenn Eve einzieht und all ihre Erinnerungen mitbringt und ganz viele neue Erinnerungen macht und sie die ganzen Erinnerungen an Mummy ausradieren?« Ellie ballt und öffnet wiederholt beide Hände, als würde sie dadurch, dass sie ihr Bekenntnis laut ausspricht, alles nur noch schlimmer machen.

Max kauert sich nieder, sodass er auf Augenhöhe mit ihr ist, und nimmt sie wieder bei der Hand. »Ach, Schatz! Ich glaube, du wirst überrascht sein, wie viele Erinnerungen an Mummy im Laufe der Zeit zurückkehren, wenn du es am wenigsten erwartest. So ist das mit dem Erinnern; es klappt nicht immer auf Befehl, doch ich verspreche dir, dass du viel mehr gespeichert hast in deinem Köpfchen, als dir im Moment überhaupt bewusst ist.« Er nimmt Ellie in die Arme und küsst sie auf den Kopf, als könnte er so wie durch Zauberei ihre Erinnerungen zum Leben erwecken. »Weißt du, neulich habe ich geduscht und erinnerte mich plötzlich daran, wie Mummy und ich nach Südamerika in den Urlaub fuhren – das ist viele Jahre her, noch vor deiner Geburt. Ich erinnerte mich daran, dass wir am Strand lagen, als es plötzlich zu regnen begann, kein kalter Regen wie hier, sondern ein warmer tropischer Regen. Da wusste ich wieder, wie wir den Strand entlangliefen, ganz nass wurden und darüber lachten, wie albern wir waren. Ich hatte seit Ewigkeiten nicht mehr an diesen Nachmittag gedacht, und ich weiß nicht, weshalb er mir letzte Woche plötzlich einfiel, aber solche unerwarteten Erinnerungen finden ihren Weg auch zu dir, ganz genauso. Das kann ich dir versprechen.«

Ich lächle vor mich hin. An den Wolkenbruch in Südamerika habe ich selbst seit Jahren nicht mehr gedacht. Komisch, solche Dinge kommen einem in dem Moment, in dem sie geschehen, so vor, als würden sie ewig im Gedächtnis bleiben, so besonders und einzigartig sind sie, und dennoch verschwinden sie wie Millionen anderer Erlebnisse, die wir in unserem Leben anhäufen, jahrelang in der Vergessenheit, manchmal jahrzehntelang, nur um uns zu den unpassendsten und unvorhersehbarsten Momenten wieder einzufallen. Es war ein zauberhafter Nachmittag an diesem Strand in Brasilien. Wir waren die einzigen Menschen dort. Bei seiner Schilderung hat Max vernünftigerweise verschwiegen, dass wir uns nackt auszogen und im Sand herumrannten und über unsere unerwartete Kindlichkeit lachten. Ich erinnere mich, wie wir uns Regen direkt aus dem Himmel in den Mund laufen ließen, während wir bis zu den

Hüften im Meer standen, und uns gegenseitig nass spritzen, ehe wir hastig und ungestüm Sex hatten, gleich am Strand. Das war für uns beide so untypisch, diese fast öffentliche Zurschaustellung körperlicher Intimität, und gerade wegen seiner Seltenheit umso kostbarer.

»Das ist komisch, Dad, denn als wir vorhin hier reingegangen sind, dachte ich, ich erinnere mich, schon einmal hier gewesen zu sein, als ich klein war, doch ich war mir nicht sicher, ob das eine echte Erinnerung ist oder ob ich es mir einfach nur ausdenke.«

Es war wirklich so, mein liebes Mädchen, es war wirklich so. Und nichts könnte mich glücklicher machen, als zu wissen, dass ein kleines Stück von unserer gemeinsamen Vergangenheit noch immer in deinem Kopf ist und darauf wartet, ausgegraben, gereinigt und poliert zu werden.

»Das denkst du dir nicht nur aus, Schatz. Wir sind hier gewesen, als du etwas mehr als ein Jahr alt warst, und es war einer der schwülsten Tage in London, an die ich mich erinnern kann. Du warst sehr wütend, weil dir so heiß war. Mummy kaufte eine Flasche Wasser, und wir setzten uns in den Schatten, und dort tupfte sie dir kaltes Wasser auf Gesicht und Hals, um dich abzukühlen. Und soll ich dir noch etwas von diesem Tag erzählen?«

»Was denn?«

»Nachdem Mummy dich beruhigt hatte, saßen wir unter einem Baum im Gras und versuchten, dir das Küssen beizubringen. Mummy fragte immer wieder: ›Gibst du mir ein Küsschen, Ellie?‹, und dann küssten wir uns, damit du sehen konntest, wie es geht. Und ungefähr nach dem fünfzehnten Mal, dass Mummy dich fragte, bist du plötzlich zu ihr gekrabbelt und hast ihr einen dicken, feuchten Kuss auf den Mund gegeben. Das war das erste Mal, dass du einen von uns geküsst hast. Wir haben uns so sehr gefreut, dass wir dich immer wieder baten, es noch mal zu tun, und du warst so stolz darauf, etwas Neues gelernt und uns zum Lachen gebracht zu haben, dass du immer weitergemacht und uns wieder und wieder abwechselnd geküsst hast, bestimmt fünf Minuten lang. Das war mit das Süßeste, was du je gemacht hast, und Mummy und ich waren ganz aus dem Häuschen.«

Er hat recht. Ich habe es fast vergessen, aber das ist die Geschichte von Ellies ersten Küssen, ganz genau. An dem Tag war sie einfach wunderbar. Jedes Mal, wenn ihr wieder ein Kuss gelang, haben wir in die Hände geklatscht, und sie kicherte ansteckend, und die Wiederholung des Ganzen bedeutete für uns nichts als Entzücken. Für uns hatte sich der Ausflug trotz des schwülen Wetters voll und ganz gelohnt.

Ellie lächelt.

Eine einzige heraufbeschworene Erinnerung genügt, und ihre Anspannung verflüchtigt sich.

»Stimmt das, Dad? Ist das wirklich so passiert?«

»So wahr, wie wir hier jetzt stehen und bei der Besichtigung dieses enorm großen Schlosses keine Fortschritte machen.«

Ellie kichert, und die beiden nehmen ihre Tour mit neu gewonnener Entschlossenheit wieder auf.

Sie sind in einem dunklen, eichenvertäfelten Raum, und Max legt unserer Tochter eine Hand auf die Schulter und bleibt mit ihr stehen. »Weißt du, wie ich mich am besten an Mummy erinnern kann, wenn ich es am meisten möchte?«

»Nein, wie?«

»Wann immer ich an Mummy denken möchte, muss ich nur dich ansehen.«

Max führt Ellie auf die andere Seite des Raumes, wo ein großer, antiker, goldgerahmter Spiegel an der Wand hängt. Er positioniert sie davor und stellt sich hinter sie, seine Hände auf ihren Schultern, dann sehen sie sich die Spiegelbilder an, die zu ihnen zurückblicken. Ich denke an die vielen Menschen, die in einem Jahrhundert hier gestanden haben, und frage mich, welche Geschichten dieser Spiegel gesehen hat.

»Wenn du einen Eindruck von Mummy bekommen willst, brauchst du nur in den Spiegel zu sehen, mein Schatz. Du bist ihr Ebenbild. Du hast das gleiche lockige Haar, das lustig tanzt, selbst wenn du traurig bist, die gleichen dunklen braunen Augen, die alle Geheimnisse der Welt bergen, das gleiche warme Lächeln, dessentwegen jeder dein Freund sein möchte. Du siehst genauso aus wie sie. Und du gleichst ihr nicht nur äußerlich. Du hast auch viele ihrer Angewohnheiten, und ich weiß nicht, ob du sie ihr abgeguckt hast, als du klein warst, oder ob du sie geerbt hast, aber ich muss dabei immer lächeln. So, wie du mit den Augen rollst – auch wenn du es selbst gar nicht bemerkst –, wenn jemand etwas sagt, das du für albern hältst. Oder wie du mit den Händen durch die Luft fährst, wenn du richtig aufgeregt bist. Und dein Stirnrunzeln verrät, wenn du wütend bist. So war es auch bei Mummy, und das ist der Grund, wieso ich manchmal lachen muss, wenn du dich ärgerst.«

Ich betrachte Ellies Spiegelbild und sehe zum ersten Mal, dass Max recht hat. Ich verstehe nicht, wie es mir bislang entgehen konnte. Vielleicht kommt es daher, dass sie in den letzten beiden Jahren so groß geworden ist, oder vielleicht sehen wir uns auch selbst anders als andere Menschen. Doch als ich Ellies Gesicht nun mustere, ist es, als blickte ich ein Foto von mir aus meiner Kinderzeit an. Und was die Angewohnheiten betrifft, hat er ebenfalls recht. Max hat immer über mein »Flatterhand-Syndrom« gelacht und warnte mich ständig vor meinem Augenrollen, weil er befürchtete, dass ich eines Tages Ärger deswegen bekommen könnte. Keine dieser beiden

Eigenschaften habe ich je an meinem kleinen Mädchen bemerkt, bis zu diesem Moment.

Ellie kichert über ihr Spiegelbild. Vielleicht ist ihr die Beobachtung peinlich, der sie sich ausgesetzt fühlt, vielleicht lacht sie aus Vergnügen über ihre neueste Entdeckung. »Bin ich wirklich so wie sie, Dad?«

»Ganz bestimmt, mein Schatz. Ihr seid wie zwei hübsche Erbsen aus einer Schote.«

Ellies Grinsen wird breiter und lässt auf ihren geröteten Wangen winzige Grübchen entstehen. »Wo bin ich denn noch so wie Mummy?«

»Okay, lass mich nachdenken! Erst einmal seid ihr beide unfasslich ungeduldig und könnt nicht begreifen, wieso ihr auch mal auf etwas warten müsst. Dann die Art, wie ihr geht: Ich habe Mummys Gang immer geliebt, die Art, wie sie die Hüften schwang, wenn sie sich bewegte, und du machst es ganz genauso. Oder wie du die ganze Glasur von einem Kuchen ziehst und zuerst auffutterst, bevor du den Rest isst – genau so hat es auch Mummy immer gemacht. Und es gibt noch unzählige andere Ähnlichkeiten. Du kochst gern, so wie Mummy, aber du magst kein Mathe, ebenfalls wie sie. Du liebst Berge und Seen und große Weiten, und auch darin gleichst du deiner Mutter. Und du bist aufrichtig daran interessiert, mit Menschen zu reden, und sie reden gern mit dir, und das ist eine ganz besondere Eigenschaft, die du ebenfalls von deiner Mutter hast. Ehrlich, Engel, du bist in einer Million Hinsichten so wie sie.«

Ellie schiebt ihre Hand in Max', und sie setzen ihre Tour durch die Vergangenheit fort.

Es ist schon komisch, dass ich diese Aspekte meiner selbst an Ellie nie entdeckt habe. Ich habe immer angenommen, die Spuren, die ich in ihr hinterlassen habe, wären rein genetischer Natur, ein unsichtbarer Code, der, mit Max' Erbanlagen vermengt, eine vollkommen neue, einzigartige Formel ergab. Ich habe gedacht, Verhaltensweisen könnten nicht vererbt werden und sie und ich wären nicht lange genug zusammen gewesen, als dass sie so etwas gelernt haben könnte. Ich habe angenommen, Vorlieben und Abneigungen wären individuell, keine Präferenzen, die über die Generationen weitergegeben werden. Ich bin davon ausgegangen, dass von mir keine Spur übrig wäre, weder von meiner Persönlichkeit noch von meinen Eigenarten und schon gar nicht von meinen Schwächen. Jetzt jedoch entdecke ich, dass Reste von mir in Ellie weiterleben und vielleicht auch in ihren Kindern fortbestehen, und das ist vielleicht eines der großen Geschenke der Elternschaft.

Max und Ellie haben die Tudor-Küche erreicht, und Ellie bewundert den gewaltigen Kamin und die altmodischen Gerätschaften.

»Dad, wenn Eve zu uns zieht, wärt ihr, du und sie, dann nicht die ganze Zeit zusammen, und ich wäre allein?«

Max mustert sie intensiv, als könnte er sich nicht vorstellen, wie sie jemals auf einen solchen Gedanken gekommen ist. »Engel, ich werde dich niemals allein lassen – nicht einmal einen Abend lang –, solange du es nicht möchtest. Die einzige Veränderung, wenn Eve einzieht, würde darin bestehen, dass sie dir jeden Abend bei deinen Matheaufgaben helfen würde und wir drei zusammen fernsehen könnten, wann immer wir es wollen, und du jedes Wochenende Arme Ritter zum Frühstück bekämst. Ich finde, das wäre doch wirklich schön, und du?«

Ellie kneift nachdenklich die Augen zusammen. »Aber du und ich, wir würden immer noch *Kochduell* spielen, und wir würden manchmal einfach allein auf dem Sofa kuscheln, wenn wir einen Film gucken, und ich dürfte an den Wochenenden auch weiter lange aufbleiben?«

»Aber sicher, Engel. Nichts zwischen dir und mir würde sich ändern.«

Ellie sieht zu Max mit einer Eindringlichkeit hoch, die so viel von ihrer turbulenten Geschichte auszudrücken scheint. »Okay, Dad. Ich habe, glaub ich, nichts dagegen, wenn Eve bei uns wohnen will, solange du mir versprichst, dass wir trotzdem noch Sachen allein unternehmen, nur wir beide.«

Max hebt Ellie in seine Arme und küsst sie auf die Nase. »Schatz, wir werden immer Zeit haben, um allein etwas Schönes zu unternehmen, nur du und ich. Du bist mein superbesonderes kleines Mädchen, und ich möchte nicht, dass jemals irgendetwas oder irgendjemand zwischen uns tritt.«

Sie umarmen einander, ohne auf die anderen Besucher zu achten, die um sie herumgehen, völlig im Unklaren über die folgenschwere Entscheidung, die hier gerade getroffen wurde.

»Und wann wird sie einziehen? Am nächsten Wochenende?«

»Nein, nicht so bald, glaube ich, Engel. Ich dachte, es wäre schön, wenn wir vorher ein bisschen mehr Zeit für uns hätten, und Eve wird in ihrem Haus sehr viel zu erledigen haben. Wie wäre es also, wenn wir sie in vielleicht zwei Monaten oder so fragen, ob sie zu uns ziehen will? Wie wäre es mit Anfang Dezember? Dann wären wir Weihnachten alle zusammen, wenn dir das recht ist?«

»Okay. Dad. Wir wollen ja nicht, dass sie Weihnachten ganz allein verbringen muss, oder?«

Mein Mann und meine Tochter umarmen einander in einer jahrhundertealten Küche, und während ich sie beobachte, denke ich über die Entscheidung nach, die Max und Ellie heute getroffen haben, und über das Gespräch, das zu der Entscheidung führte. Ich frage mich, was mich stärker belasten wird: zuzusehen, wie Eve meinen Platz in meinem Haus einnimmt, oder die bange Frage, ob die existierenden Erinnerungen, die ererbten Charakteristika, die gemeinsamen Erlebnisse der alten Bewohner diese grundlegende Änderung im Personal überstehen können.

Als Max und Ellie die alte Küche verlassen und einem Gang folgen, der sie zu ihrem nächsten Ziel führt, schwingt hinter ihnen eine Tür zu, und unter mir ziehen sich eilig die Wolken zusammen. Nach nur wenigen Sekunden sind sowohl Gegenwart als auch Vergangenheit verschwunden, und ich bin wieder allein in der Weiße.

Aber ich bin nicht einsam. Ich bin nicht verstört oder niedergeschlagen oder empört wie so oft, nachdem mein Zugang geendet hat. Heute denke ich an Ellie und ihre wackelnden Hände und rollenden Augen und ihre Finger, die die Schokoglasur von einem Stück Kuchen ziehen, und ich weiß zum ersten Mal, dass ich zwar hier bin, ein kleiner Teil von mir jedoch dort unten verbleibt, bei ihr.

29

Disco 2000 von Pulp plärrt aus übergroßen Lautsprechern. Der Raum – ein schlichter rechteckiger Saal mit Ziegelwänden aus den Sechzigerjahren – ist mit Ballons, Luftschlangen und Bannern geschmückt. Menschen tanzen, aber ich erkenne niemanden. Einen Augenblick lang befürchte ich, bei meinem Zugang ist ein Fehler geschehen, und ich bin beim falschen Ereignis und unwillentlich auf der Party eines Fremden gelandet. Ich drehe mich um in der Hoffnung, wenigstens ein bekanntes Gesicht zu entdecken, doch diese Leute sehen beträchtlich jünger aus als meine Bekannten.

Ich will mich gerade in eine Ecke verziehen und dort warten, bis hoffentlich der Irrtum bemerkt wird und ich hier rauskann, als ich das Banner über der Tür entdecke:

ALLES GUTE ZUM VIERZIGSTEN, MAX!

Das ist also Max' vierzigster Geburtstag? Aber Max mag Partys gar nicht. Jedenfalls der Max, mit dem ich verheiratet war. Und wer sind all diese Leute, die aussehen, als wären sie noch lange nicht vierzig, sondern müssten erst einmal dreißig werden? Alte Freunde von Max oder junge Freunde von Eve?

Es erinnert mich daran, wie viel sich in meiner Abwesenheit geändert hat. Ich weiß noch, wie Max und ich über unsere vierzigsten Geburtstage sprachen, als sie noch ausreichend fern waren, um darüber zu scherzen. Er sagte, er hätte es gern, wenn wir zu seinem Vierzigsten noch einmal nach New York flögen, damit Ellie die Stadt kennenlernt, in der sie gezeugt wurde. Ich wollte an meinem Vierzigsten nach Island, um dort etwas Neues zu erkunden und etwas von Anfang an mit Ellie zu entdecken. Wie es aussieht, hat sich Max eine Menge anders überlegt, seit ich fort bin.

Endlich erspähe ich ihn, Eve und Ellie in einer Ecke des Raumes. Ellie ordnet Geschenke auf einem Tisch, und Max spricht mit Eve, der er beschützend den Arm um die schmale Taille gelegt hat. Sie sieht hinreißend aus. Sie trägt ein goldfarbenes, paillettenbesetztes Etuikleid und Satinschuhe mit Sieben-Zentimeter-Absatz. Sie sieht elegant und stylish aus. Ihr goldenes Haar leuchtet über den Pailletten, ihr schlanker Leib ist der perfekte Bügel für das denkbar simpel geschnittene Kleid.

Ich gehe zu ihnen und komme gerade rechtzeitig an, um aus der Nähe und viel zu deutlich zu sehen, wie Max Eve leidenschaftlich und lange auf den Mund küsst.

»Danke, Baby – das ist eine fantastische Party. Ich finde sie toll. Ich kann mir allerdings nicht vorstellen, wie du das alles organisiert und die vielen Leute eingeladen hast, ohne dass ich etwas geahnt habe. Ich muss mich eindeutig vorsehen, du hast eine verschlagene Ader.«

Also hat Eve für all das gesorgt. Ich hätte es mir denken können. Völlig unvorstellbar, dass Max selbst so etwas organisiert.

»Na, ich hatte ja viel Hilfe von meiner fabelhaften Party-Mitplanerin, stimmt's, Ellie?«

»Dad, du ahnst ja gar nicht, wie schwer es ist, so was geheim zu halten. Ich musste das Adressbuch in deinem Handy durchgehen, während du unter der Dusche warst, und deshalb hat es fast eine Woche gedauert, bis ich die Nummern all deiner Freunde hatte. Und erinnerst du dich, wie ich neulich sagte, ich bräuchte mein altes Turnzeug, um daraus in der Schule etwas zu schneidern? Na, das war erstunken und erlogen, tut mir leid. Ich wollte nur nach oben an deinen Computer und die ganzen alten Songs suchen, die du magst, die aus den Neunzigerjahren und so, damit Eve dem DJ eine Liste geben kann. Und heute Morgen, als du mit dem Fahrrad losgefahren bist, haben ich, Eve und Granny und Grandpa uns hierher verdrückt und alles dekoriert.«

Ellies Augen funkeln vor Freude, endlich dieses Geheimnisses entbunden zu werden. Bestimmt war es für sie eine große Herausforderung, es zu bewahren.

»Vor dir muss ich mich also auch hüten, junge Dame. Ich kann es nicht fassen, dass es dir gelungen ist, in meinen Sachen zu schnüffeln, ohne dass ich etwas gemerkt habe.«

»Eve hat gesagt, es wäre nur zu deinem Besten. Und schließlich habe ich es ja auch nicht ohne Erlaubnis getan.«

Ellie und Eve nicken einander in gegenseitiger Anerkennung ihres Erfolgs zu.

»Und wann habt ihr die vielen heimlichen Gespräche geführt? Ich wüsste nicht, wann ich einmal so lange fort gewesen wäre, sodass ihr die Gelegenheit dazu hattet.«

»Oh, Ellie und ich können sehr effiziente Party-Planerinnen sein, wenn es erforderlich ist. Wir haben samstagmorgens in der Umkleidekabine im Schwimmbad geplant und an den beiden Abenden, an denen du Elternabend hattest. Und du glaubst doch auch nicht, dass Ellie und ich an drei aufeinanderfolgenden Samstagen shoppen gegangen sind, während du Fußball geguckt hast? Ehrlich, Ellie, für wen hält dein Dad uns denn?«

Ellie kichert, während mir klar wird, wie viel Zeit Eve mittlerweile mit meiner Tochter verbringt.

»Na, ihr könnt beide sehr stolz sein. Euch ist es wunderbar gelungen, alles geheim zu halten, und diese Party ... Na, ich glaube, das ist die beste Party, auf der ich je war.«

Eve und Ellie drücken einander zur Gratulation, und ich spüre beinahe die Wärme ihrer Umarmung. Sie scheinen einander aufrichtig zu mögen, ich kann es nicht abstreiten. Kinder sind nicht gut darin, solche Zuneigung vorzutäuschen. Ich kann auch nicht abstreiten, wie sehr ich mich freue, Ellie glücklich, zufrieden und entspannt zu sehen. Und, wie es ausschaut, geliebt.

»Max, ich gehe schnell in die Küche und hole das letzte Essen. Ich denke, die Leute werden sich bald mit Alkohol zufriedengeben müssen.«

»Ich komme mit und helfe dir. Ellie, geh doch zu Grandpa und unterhalte dich mit ihm! Er sieht aus, als würde er sich über die Gesellschaft freuen.«

Ich blicke in die Richtung, in die Max zeigt, und sehe Ralph, der allein neben einem fast vollständig geplünderten Tablett mit Sandwiches sitzt. Auch Joan entdecke ich jetzt, als sie Max und Eve in die Küche des Saals folgt, wo Eve gerade Minibagels und Focaccias aus der Folie wickelt und auf große Porzellanteller legt. Danach leert sie Tüten mit Knabbereien in Holzschüsseln.

»Das ist wirklich eine schöne Party, ihr beiden. Die Musik ist ein bisschen laut, doch da macht sich wohl nur mein Alter bemerkbar. Du bist ganz schön clever, Eve, das alles vorzubereiten, ohne dass er auch nur Verdacht geschöpft hat.«

»Da liegst du nicht falsch, Mum. Eine fantastische Überraschung! Aber ehrlich, Eve, du wusstest doch wahrscheinlich, dass ich nie zugestimmt hätte, wenn du mich gefragt hättest, ob ich eine Party geben möchte, oder?«

Eve lässt den Kopf hängen und hebt in gespielter Zerknirschung eine Augenbraue, dann brechen sie in heiteres Gelächter aus, und Max küsst sie auf eine Art, wie er mich ganz sicher nie vor seiner Mutter geküsst hat. Joan lacht ebenfalls, den Rücken zur offenen Küchentür, durch die ich Mum und Harriet näher kommen sehe.

Ich habe gehofft, dass sie heute auch dabei sein würden, doch nach dem Streit, den ich neulich beobachtet habe, bin ich nicht davon ausgegangen.

Wenn Mum nur nicht ausgerechnet in dem Moment in die Küche käme, in dem Max und Eve erneut öffentlich ihre Zuneigung bekunden! Ich weiß nicht, ob es an der Kombination meines Mannes, seiner neuen Freundin, meiner Mum und Küchen liegt, aber wie es scheint, ist es ein ideales Rezept für emotionale Unruhe.

»Habt ihr euch schon auf einen Termin geeinigt, wann Eve einzieht?«

Während Joan gespannt auf die Antwort wartet, bleiben Mum und Harriet wie angewurzelt stehen, außerhalb von Joans Sicht, aber in Hörweite, und schauen einander völlig perplex an.

Max und Eve sehen in Joans Rücken etwas, das Joan entgeht, und stehen stumm da, die Münder leicht geöffnet, als suchten sie vergeblich nach einer Antwort.

»Ihr braucht mich nicht so anzuglotzen wie zwei ungläubige Fische. Das ist doch eine vollkommen naheliegende Frage, oder nicht? Ich habe mich gefragt, ob dein Dad und ich irgendwie helfen können. Vielleicht können wir deine Sachen abholen, Eve, oder beauftragst du ein Umzugsunternehmen?«

Max und Eve verharren wie am Fleck festgeklebt und machen beide Gesichter wie Teenager, die hinter dem Fahrradschuppen beim Rauchen erwischt worden sind.

Schließlich ist es Mum, die eine Stimme für sie alle findet. »Wolltet ihr es mir selbst sagen, oder sollte ich es einfach so herausfinden, wenn ich das nächste Mal komme, um Ellie übers Wochenende abzuholen?«

Joan fährt herum wie ein erschrockener Vogel, der gerade bemerkt, dass ein anderer an seinem Nest zupft. Sie entdeckt meine Mutter und meine beste Freundin nur eine Armeslänge hinter sich.

Mums Augen funkeln vor Empörung und Demütigung, und Harriet schaut drein wie jemand, der begriffen hat, dass er gleich Zeuge eines unvergesslichen Duells wird.

»Das tut mir wirklich leid, Celia. Wir haben es erst vor Kurzem beschlossen, und ich hatte noch keine Gelegenheit, es dir zu sagen.«

»Na, du kannst es ja jetzt nachholen.«

»Vielleicht ist das nicht der beste Moment, um darüber zu reden. Vielleicht erzählt Max dir morgen davon? Wir wollen ihm doch nicht seine Feier verderben, oder?«

Joan versucht sich an der Diplomatie, doch ein echter Diplomat hätte erkannt, dass sie sich von den fünf Personen, die sich in die enge Küche drängen, am wenigsten dazu eignet, die Situation zu entschärfen.

»Du kannst das sehr gut sagen, Joan. Du bist es ja schließlich nicht, die im Dunkeln gelassen wurde, nicht wahr?«

»Wir haben dich nicht absichtlich im Dunkeln gelassen, wirklich nicht, Celia. Wir sind wegen dieser Sache vielmehr recht aufgeregt. Eve zieht in etwa sechs Wochen zu uns, Anfang Dezember, damit wir drei Weihnachten zusammen verbringen können.« Max schenkt ihr ein besänftigendes Lächeln.

Ich bin mir jedoch nicht sicher, ob er hier mit Charme durchkommt.

»Das klingt ein bisschen überhastet. Wieso die Eile?«

»Es besteht keine Eile, Celia. Wir waren nur der Meinung, dass der Moment passt. Für uns.«

Mum runzelt angesichts von Max' phlegmatischer Antwort die Stirn.

Harriet hingegen ist ungewöhnlich still, aus Gründen, die ich nicht verstehe. Ich hätte von ihr erwartet, dass sie in einer Situation wie dieser zu meiner Verteidigung vorprescht.

»Gibt es noch mehr, was du uns nicht erzählst?« Mum klingt nun streitlustig, ein Ton, den man bei ihr nicht gewöhnt ist.

Max und Eve blicken einander an, ob verwirrt oder komplizenhaft, kann ich nicht sagen.

Mum nimmt es als ihr Stichwort fortzufahren. »Ich kann mir nur einen Grund vorstellen, weshalb ihr so schnell zusammenzieht, und zwar, dass Eve plant, schwanger zu werden. Oder ist sie es etwa schon?«

Joan holt theatralisch Luft, Harriet zieht schockiert die Braue hoch, Max lässt resigniert den Kopf hängen, und Eve schaut gelassen vor sich hin.

Mum versucht indes, ihre Überraschung zu verbergen, dass ihr solch eine indiskrete Beschuldigung öffentlich über die Lippen gekommen ist.

»Ich finde deine Bemerkung wirklich unnötig, Celia, wenn du mir verzeihst, dass ich das sage. Max' und Eves Privatleben ist genau das, was das Wort ausdrückt: ihre Privatsache«, erklärt Joan.

»Verflucht noch mal, hier ist gar nichts privat, was besprochen werden müsste! Besteht vielleicht eine Chance, dass ihr alle einfach aufhört, vorschnell Schlüsse zu ziehen, und die Tatsache akzeptiert, dass es keinen verborgenen Grund gibt, sondern dass Eve und ich einfach nur zusammenleben wollen?«

Eve legt Max beruhigend eine Hand auf den Arm. »Ist schon gut, Max. Um ehrlich zu sein, ich finde, es wird Zeit, dass wir es ihnen trotzdem erzählen.«

»Uns was erzählen?« Jetzt ist es die Neugier, die Joan in den Klauen hält.

»Nicht, Baby. Es ist nicht nötig. Lass es einfach sein!«

Eve schüttelt den Kopf und wendet sich dem Trio aus erwartungsvollen Gesichtern zu, die vor Wissbegierde geradezu aus den Nähten platzen. Eve kann sich ihrer ungeteilten Aufmerksamkeit sicher sein.

Max macht ein gequältes, aufgewühltes Gesicht, doch er weiß, dass sich Eve nicht aufhalten lassen wird.

Ich kann es nicht fassen, dass sie es ihnen allen sagen will, hier und jetzt. Ich habe das merkwürdige Gefühl, sie beschützen zu müssen, und teile Max' Wunsch, eine Offenbarung zu verhindern, die sie später vielleicht bereut.

Eve scheint die einzige Person im Raum zu sein, die während des ganzen unangenehmen Gesprächs nicht die Fassung verloren hat.

»Die Wahrheit ist die: Falls Max und ich zusammenbleiben, was ich aufrichtig hoffe, werden wir keine Kinder miteinander haben, und zwar aus dem einfachen Grund, dass ich keine bekommen kann. Ich hatte als junges Mädchen eine Operation, und es gab Komplikationen – auf die ich nicht näher eingehen möchte –, daher steht die Mutterschaft für mich nicht zur Frage. Aber das ist in Ordnung, denn Ellie ist wunderbar, und mehr Familie braucht niemand. Dieser Umzug wird von uns dreien gewünscht, und es wäre schön, wenn wir dazu euren Segen bekämen – euer aller Segen.«

Niemand sagt etwas.

Joan sieht erbost aus, und ich frage mich, ob es sie eher wurmt, dass sie so spät ins Vertrauen gezogen wurde, oder ob sie mit dem unvermittelten Gedanken beschäftigt ist, nie mehr als ein einziges Enkelkind zu haben. Mums Gesicht verrät eine Mischung aus Scham und Erleichterung, während Harriets Miene ganz undurchschaubar ist. Wenn ich sie nicht besser kennen würde, würde ich sagen, sie zeigt einen Ausdruck des Mitgefühls, doch ich weiß, dass das unwahrscheinlich ist. Vielleicht halte ich ja Langeweile für Mitgefühl.

Mir kommt der Gedanke, dass dies ein entscheidender Moment im Leben der fünf Menschen ist, die unbeabsichtigt in dieser hüttengroßen Küche zusammengefunden haben, während Madonnas *Like a Virgin* einen passend unpassenden Hintergrund für ihr Schweigen liefert. In diesem Augenblick können sie Eves Unglück anerkennen und sie trotz aller eigenen Unsicherheiten und Ängste in der Familie willkommen heißen. Oder es wäre die perfekte Gelegenheit, Eve mit dem Knüppel niederzuschlagen, den sie ihnen durch ihr Bekenntnis in die Hände gespielt hat, und sie endgültig abzuweisen.

Gegen jede Wette, die ich eingegangen wäre, hätte man sie mir vor meiner Ankunft an diesem Abend angeboten, hoffe ich darauf, dass die erste Möglichkeit eintreten wird.

Mum ist es, die schließlich das Schweigen bricht, mit einer Stimme, die von Anklage zu Reue umgeschlagen ist. »Es tut mir wirklich furchtbar leid, das zu hören, Eve. Es muss schrecklich für dich sein. Wenn ich es gewusst hätte, wäre ich natürlich niemals so taktlos gewesen.«

Ehe Eve antworten muss, springt Joan in die Bresche, fest entschlossen, in puncto Mitgefühl auf keinen Fall die zweite Geige zu spielen. »Wie entsetzlich für dich, Liebes! Wenn du mich nur schon früher eingeweiht hättest! Unfruchtbarkeit ist eine schlimme Sache, aber du kommst offenbar sehr gut damit zurecht.« Joan neigt den Kopf zur Seite und drückt Eve die Hand, als reagierte sie auf die Eröffnung, sie leide an einer tödlichen Krankheit, statt unfähig zu sein, sich fortzupflanzen.

»Es ist gut, wirklich, danke euch beiden. Ich wollte nur alle falschen Annahmen über den Grund ausräumen, wieso ich zu Max ziehe. Und auch, was unsere Zukunft anbelangt.«

Ehe jemand eine Chance hat, weitere Gedanken zu äußern, schlendert Connor herein, nimmt sich eine Handvoll Knabbereien und beißt in einen Bagel mit Räucherlachs, ehe er begreift, dass er in einen überfüllten Raum eingedrungen ist, in dem die Anspannung beinahe greifbar ist. »Was hab ich verpasst? Teufel, was ist denn mit euch los? Ist jemand gestorben? Ich dachte, wir feiern hier eine Party.« Schon ziemlich angeheitert, schlingt er Harriet einen Arm um die Schultern.

»Max und Eve haben uns gerade ihre Pläne mitgeteilt. Sie wollen zusammenziehen.« In Harriets Stimme ist ein Unterton, als reiche sie das argumentative Staffelholz an Connor weiter in der Erwartung, dass er an ihrer aller Stelle der angemessenen Empörung Ausdruck verleiht.

»Ja, ich weiß. Toll, was? Ich helfe ihnen jedenfalls. Lang ist es nicht mehr – noch ein paar Wochen, oder?«

Harriet schüttelt Connors Arm ab und schießt dabei einen ungläubigen Blick in seine Richtung. »Du wusstest davon? Und du hast mir nichts gesagt?«

»Es war ja nicht meine Neuigkeit, oder? Außerdem, jetzt weißt du's ja. Wo ist das Problem?«

Harriet funkelt ihn an, als läge die Antwort auf seine Frage auf der Hand.

»Und was ist mit Ellie? Hat sie in der Angelegenheit überhaupt etwas zu sagen?« Mums Stimme zittert ganz leicht, und es wird deutlich, dass sie sich von der unerwarteten Neuigkeit noch nicht ganz erholt hat.

»Buh!«

Mum zuckt zusammen. Als sie sich umdreht, steht Ellie hinter ihr und hält grinsend ein Stück Schokoladenkuchen in der einen Hand und Ralph an der anderen. »Warum steht ihr denn hier alle wie die Spaßverderber rum? Kommt und tanzt mit mir! Ein paar Songs sind gar nicht so verstaubt, wie ich gedacht habe.«

»Wir haben gerade gehört, dass Eve zu Daddy und dir zieht.« Mum versucht, jede Regung aus ihrer Stimme zu halten, das merke ich, doch die Kunst der Neutralität hat sie nie besonders gut beherrscht.

Vielleicht hofft sie, dass ihre Enkelin sich für sie querstellt.

Doch stattdessen geht Ellie zu Eve und legt ihr die Arme um die schlanken Hüften. »Ja, das wird toll«, sagt sie. »Wir renovieren unten alles, und ich darf helfen, die Farben auszusuchen. Eve bringt mir bei, wie man ganz viele verschiedene Kuchen backt, und vielleicht schaffen wir es mit ihrer Hilfe sogar, im Kopf zu behalten, an welchen Tagen ich mein Sportzeug mit in die Schule nehmen muss. Das wird echt cool.«

Das Schweigen wird von Gesichtern untermalt, die tausend Worte sprechen. Bei Joan ist Siegestriumph zu sehen, bei Mum Erstaunen, in Harriets Augen scheint Traurigkeit zu stehen.

Nur Connor sind keine Hintergedanken anzumerken. »Da hast du recht, Prinzessin. Das ist eine fantastische Neuigkeit. Ich kann mir zwar überhaupt nicht vorstellen, wieso jemand, der so hübsch und toll ist wie du, Eve, ausgerechnet bei meinem langweiligen Bruder einziehen will, aber ich muss zugeben, er ist ein Glückspilz.«

»Sag so was nicht, Onkel Connor, sonst schreckst du Eve noch ab, und dann kommt sie am Ende vielleicht doch nicht!«

Eve lacht und hebt Ellie in die Arme.

Die Herzlichkeit einer Achtjährigen hat die Anspannung endlich gelöst.

»Mach dir darum keine Sorgen, Kleines! Nichts könnte mich davon abhalten, bei dir und deinem Dad einzuziehen. Wir werden viel Spaß haben.«

Als Ellie die Arme um Eves Hals schlingt, sieht Mum bestürzt zu. Bestürzt ist sie über die Zuneigung ihrer Enkelin zu einer Frau, die sie kaum kennt, und mir wird plötzlich klar, dass ich vermutlich mehr Zeit in Eves Gesellschaft verbracht habe als Mum.

»Wisst ihr, ich glaube, Ellie hat recht. Wir haben uns lange genug in der Küche versteckt, und in Anbetracht dessen, dass es meine Party ist, würde ich sagen, wir gehen wieder rein und genießen sie. So, meine beiden Lieblingsdamen, wer möchte mit einem alten Mann an seinem vierzigsten Geburtstag tanzen?«

»Juhuu! Schnell, gehen wir, Dad!«

Max, Eve und Ellie tänzeln aus der Küche, Joan und Ralph dicht auf den Fersen. Joan sieht über ihre Schulter zurück und zeigt Mum zum Abschied ihr berüchtigtes »Ich-hoffe-jetzt-bist-du-zufrieden«-Gesicht.

»Verfluchter Mist! Das war ein bisschen viel für einen Samstagabend.«

Harriet schlägt Connor nicht ganz spielerisch auf den Arm. »Ja, und das hätte sich alles vermeiden lassen, wenn du so vernünftig gewesen wärst, mir zu sagen, was los ist.«

»Ich hatte kein Recht, es zu erzählen. Wisst ihr, mir ist klar, dass es für euch beide ein bisschen befremdlich ist, besonders für dich, Celia. Aber könnt ihr Max nicht ein bisschen von der Leine lassen? Er hat es in den letzten beiden Jahren wirklich nicht leicht gehabt, und ich muss sagen, ich bin froh, ihn wieder so glücklich zu erleben.«

Mum sieht Connor müde an, und ich vermute, die Erschöpfung in ihren Augen hat nur wenig mit der späten Stunde zu tun. »Ich missgönne ihm ja nicht sein Glück, Connor. Doch ihr müsst auch sehen, dass diese … Entwicklungen für einige von uns schwieriger hinzunehmen sind als für andere.«

»Das weiß ich. Das verstehe ich. Schwierig ist es für jeden. Aber heute Abend ist vermutlich nicht der beste Moment, um darüber zu grübeln, oder? Also, wer will tanzen? Komm schon, Harriet! Ich habe dich den ganzen Abend noch nicht auf der Tanzfläche gesehen.«

»Geh du schon vor! Ich muss noch schnell was mit Celia klären.«

Connor zeigt ein schiefes Grinsen, mit dem er andeutet, dass man kein Genie zu sein braucht, um zu erraten, worüber Harriet reden möchte, und lässt die beiden allein.

»Also, damit hatte ich nicht gerechnet.«

»Ach, Harriet, ich auch nicht! Das ist ein schöner Schock. Mir war nicht klar, wie sehr Ellie Eve mag.«

»Ich weiß. Sie scheint diese Frau förmlich anzubeten. Ich dachte immer, dass ich ihr nach dir und Joan die Liebste wäre, aber das war wohl ein Irrtum.«

Mum drückt Harriet mitfühlend die Hand, aber ich sehe ihr an, dass sie mit den Gedanken woanders ist. »Weißt du, es ist furchtbar von mir, das zu erwähnen, doch es bedeutet auch eine Art Erleichterung zu wissen, dass Max vermutlich keine weiteren Kinder haben wird. Seit Rachels Tod hat mich eine Frage nicht losgelassen: Wenn Max weitere Kinder mit einer anderen Frau hat, was wird dann aus Ellie? Es wäre für sie nicht einfach gewesen. Ich wünsche Eves Schicksal bestimmt niemandem, doch ich glaube, für Ellie ist es wohl das Beste, oder nicht?«

Harriets Gesicht nimmt einen Ausdruck an, den ich sicher noch niemals an ihr gesehen habe, ein Unbehagen, das ganz untypisch ist für eine Frau wie sie, die sich in kaum einem Gespräch, ganz gleich, über welches Thema, erschüttern lässt.

»Du machst dir also keine Sorgen, wenn Ellie als Einzelkind aufwächst? Sollen aus Einzelkindern nicht schreckliche, ichbezogene, soziopathische Erwachsene werden?«

»Ach, ich glaube, das ist ein Mythos. Rachel war schließlich auch ein Einzelkind, und sie hätte nicht zuvorkommender und liebevoller sein können.«

»Während ich einen Bruder habe und notorisch selbstsüchtig bin. Wahrscheinlich hast du recht. Wenn dir die Frage nichts ausmacht: Warum hattet ihr nur ein Kind? Wolltet ihr kein zweites?«

Nur Harriet hätte den Mumm, meine Mutter das zu fragen. Ich habe ihr diese Frage natürlich gestellt, oft, aber das war auch mein Vorrecht.

»Nach Rachel hatte ich nicht das Bedürfnis. Robert und ich hatten sie so lieb, dass es uns fast gierig vorkam, noch mehr zu wollen. Wir waren zu dritt glücklich. Ich erinnere mich, wie meine Mum mich zu einem zweiten Kind ermutigte. Sie sagte, wir sollten es lieber tun für den Fall, dass Rachel etwas zustößt, so als wäre ein anderes Kind eine Art Versicherungspolice.«

»Eine Thronfolgerin und einen Ersatz, meinst du?«

Mum lächelt wehmütig über Harriets Bemerkung, und ich weiß, dass ich mich immer schuldig fühlen werde, sie verlassen zu haben, ganz gleich, wie lange ich hier bin.

»Also wünschst du dir jetzt, du hättest mehr als ein Kind?«

»Ich denke eigentlich gar nicht darüber nach. Es hat ja doch keinen Sinn, über so etwas zu brüten. Die Vergangenheit können wir nicht ändern, und der Wunsch, sie noch ändern zu können, macht uns nur unglücklich.«

Harriet legt Mum einen Arm um die Schulter, und ich bin dankbar, dass sie ihr den Trost anbietet, den ich ihr so gern selbst spenden würde.

»Komm schon! Wir mischen uns wieder unter das Volk, oder? Lange geht die Party wahrscheinlich sowieso nicht mehr.«

Ich folge ihnen in den Saal, und dort, mitten auf der Tanzfläche, ist Max, Ellie an einer Hand, den anderen Arm um Eves Taille geschlungen. Die drei tanzen zusammen, als wäre es das Normalste auf der ganzen Welt.

Bei dem Anblick fällt mir etwas ein, an das ich seit Ewigkeiten nicht mehr gedacht habe. Ich erinnere mich, wie Max und ich mit Ellie in den Armen getanzt haben, als sie noch ein Baby war. Dieser Tanz bildete unser abendliches Ritual nach dem Bad und vor dem Zubettgehen. Wir spielten dann Ella Fitzgerald oder Billie Holiday mit dem iPod ab und hielten Ellie nackt zwischen uns, wiegten uns im Rhythmus der Musik. Ihre frisch gewaschene Haut fühlte sich weicher und glatter an als alles andere auf der Welt, dieses nachgiebige Fleisch, das jedes Mal überrascht zurücksprang, wenn man es drückte, und man konnte nicht widerstehen, es zu berühren, zu streicheln und zu küssen.

Ich weiß noch, wie glücklich wir drei an diesen gemütlichen Abenden waren, und so schmerzhaft es auch ist, mich in der Familie durch ihr neuestes Mitglied ersetzt zu sehen, bin ich ihnen doch dankbar, dass sie in mir die Erinnerung wieder geweckt haben. Diese kostbare Zeit, mit der der Tag in gemeinschaftlicher Zuneigung endete und zu der Ellie oft am glücklichsten war, würde ich gegen nichts eintauschen wollen. Wenn ich die Wahl hätte, wieder zu leben und dies nie gehabt zu haben, würde ich mich immer für die Erinnerung entscheiden, Ellie als nacktes Baby in den Armen gehalten zu haben.

Ich frage mich, ob dieser Abend für die Toten ebenso sehr ein Test ist wie für die Lebenden. Habe ich, während ich Freunde und Verwandte beobachte, wie sie Eve in die Familie aufnehmen, eine Entscheidung zu treffen, eine Entscheidung darüber, wo ich mein virtuelles Zelt aufschlagen werde? Werde ich draußen in der Kälte bleiben, bitter und nachtragend, emotional genauso ausgeschlossen wie physisch, und mich noch mehr der Isolation, Einsamkeit und Reue ausliefern? Oder folge ich dem Vorbild der Lebenden, akzeptiere die Unumkehrbarkeit meiner Abwesenheit und begrüße Eve für das, was sie mit einbringt? Denn auf was könnte ich noch hoffen als darauf, Max und Ellie mit jemandem zu teilen, der sie liebt, dem sie etwas bedeuten und der wieder Glück in ihr Leben bringt?

Ein Lied, das aus den Lautsprechern gellt, reißt mich aus meinen Gedanken. Es gehört zu Max' Lieblingssongs, auch wenn man es nie für möglich gehalten hätte: *Never Forget* von Take That. Der Saal bricht in kollektive Feierstimmung aus, fünfzig oder mehr Gäste brüllen den Refrain eher, als dass sie ihn sängen, Arme winken trunken durch die Luft, und hier und da wird der nostalgischen Wirkung wegen ein Feuerzeug in die Höhe gehalten. Sogar Connor und Harriet fallen ein, tanzen und lachen gemeinsam in der Euphorie eines Abends, den man mit Freunden verbringt, die man schon seit Jahrzehnten kennt. Ich habe mir den Text nie richtig angehört, doch jetzt, da ich es tue, kommt es mir vor, als wäre der Song für mich geschrieben worden, für mich hier und jetzt.

Ich schwebe allein in der Ecke und sehe zu, wie die Lebenden das Leben genießen, das sie noch führen dürfen, beobachte Max, Eve und Ellie, die im Rhythmus des Refrains hüpfen, und weiß nun mit Sicherheit, dass ich dem Traum eines anderen zusehe.

30

Die letzten Gäste sind gerade gegangen, Max und Eve haben sie mit sanfter Gewalt zur Tür geleitet. Die Gastgeber sind auch nicht mehr ganz nüchtern und haben eine gute halbe Stunde lang versucht, den Saal leer zu bekommen. Die Uhr an der Wand verrät mir, dass es zwanzig nach eins ist. Es war ein langer Abend.

Es war auch ein seltsamer Abend – in den dunklen Ecken zu hängen, als unsichtbarer, ungeladener Gast auf der Party meines Mannes zum runden Geburtstag. Ich sollte mittlerweile daran gewöhnt sein, außen zu stehen und zuzuschauen; etwas anderes habe ich in den vergangenen zweieinhalb Jahren nicht getan, und ich bin wohlvertraut mit dem Schmerz, der Einsamkeit und dem Neid, die zu dieser Rolle gehören. Aber heute Abend war es anders. Heute habe ich es anders empfunden.

Seit meinem Tod bin ich Zeugin von Konflikten, Empörung und Trauer geworden, während die Menschen, die ich zurückließ, ihr eigenes Tempo fanden, um sich den Veränderungen anzupassen, die meine Abwesenheit auslöste. Doch heute Abend habe ich zugesehen, wie Geheimnisse geteilt und Geständnisse gemacht wurden, und anstelle der Implosion, die ich befürchtet habe, ergab sich stille Kooperation.

Ich habe gesehen, wie Harriet und Eve zusammen zu *Girls Aloud* tanzten, habe Mum mit Max plaudern gehört, als wäre nichts Außergewöhnliches vorgefallen, und Ellie flitzte zwischen den Gästen umher, der schönste aller geselligen Schmetterlinge.

Wenn das der Abend war, an dem die Zuneigung aller zu Max und Ellie auf die Probe gestellt wurde, dann scheinen sie alle mit »Bestens« bestanden zu haben. Mir kommt es vor, als gäbe es nur eine Person, die sich noch zu beweisen hat.

Ich begebe mich in die Küche, wo Harriet und Eve Teller und Gläser spülen. Max steht daneben und hält die schlafende Ellie in den Armen.

»Max, warum setzt du dich mit Ellie nicht irgendwo hin? Solange sie schläft, bist du hier sowieso unnütz. Harriet und ich schaffen den Abwasch schon allein – das macht dir doch nichts aus, Harriet?«

»Gar nichts. Der Himmel weiß, wann mein Taxifahrer sich herablässt zu kommen. Nur zu, genieß deinen Geburtstag noch ein bisschen, Max! Dass ich mich anbiete, für dich zu spülen, wird nicht oft vorkommen!«

Max küsst Eve und verlässt mit der schlafenden Ellie die Küche.

Harriet und Eve arbeiten schweigend ein paar Minuten nebeneinander her; Harriet spült, Eve trocknet ab. Ich frage mich, ob die beiden zum ersten Mal allein in einem Raum zusammen sind.

»Wie sich herausstellt, haben du und ich mehr gemeinsam, als wir uns vorgestellt hätten.«

Harriet ist es, die das Schweigen gebrochen hat.

»Ach, wirklich? Und was?«

Ich bin gebannt. Ich kenne nicht viele Frauen, die nach außen hin weniger gemeinsam haben als meine beste Freundin und die neue Liebe meines Mannes.

»Ich bin mir sicher, dass Max dir von dem Streit erzählt hat, den wir beide vor ein paar Monaten hatten. An Rachs zweitem Todestag?«

Eve errötet leicht, aber ausreichend, um Harriets Annahme

zu bestätigen. »Er ist nicht in die Einzelheiten gegangen, doch die Richtung habe ich mitbekommen.«

»Na ja, es hat etwas geklärt, worüber ich schon eine Weile gebrütet hatte. Seit Rachs Tod, um genau zu sein. Ich kam zu der Überlegung, dass Max recht haben könnte und mein Leben wirklich ein bisschen arg ichbezogen verläuft. Und dass diese ganze Fortpflanzungsgeschichte vielleicht einen Gedanken wert wäre, ehe die Zeit abläuft.«

Ich bin erstaunt. Mir gegenüber hat Harriet nie auch nur die geringste Neigung zur Mutterschaft gezeigt, kein einziges Mal in den fast zwanzig Jahren, die wir einander kannten.

»Wow, das ist eine große Entscheidung! Ich weiß, dass wir uns nicht gut kennen, aber ich dachte immer, dass du keine Kinder möchtest.«

»Wollte ich bisher auch nicht. Doch wenn deine beste Freundin mit Mitte dreißig an Herzversagen stirbt, lenkt es deine Gedanken in eine bestimmte Richtung. Und ich habe mir überlegt, was ich hinterlasse, wenn ich sterbe. Ich habe mir Ellie angesehen und mir ausgemalt, wie sie aufwächst und selbst Kinder hat, die schon das nächste Jahrhundert erleben könnten, und plötzlich erschienen mir ein paar Artikel in juristischen Fachzeitschriften nicht mehr als das einzige Vermächtnis, das ich hinterlassen will. Versteh mich nicht falsch – ich liebe meine Arbeit und würde mit niemandem tauschen wollen! Doch ich weiß es nicht – vielleicht hat auch nur in einem Ohr die biologische Uhr überlaut getickt.«

Ich kann nicht anders, ich muss grinsen. Das sieht Harriet so ähnlich – zu tun, was man von ihr am wenigsten erwartet. Manche Menschen reagieren auf das Näherkommen des vierzigsten Geburtstags mit Affären oder mit Scheidung, hoffen, ihr jüngeres Ich in einer neuen Beziehung wiederzufinden. Andere suchen ihre verlorene Jugend in einem schnellen neuen Auto oder einem schlanken, chirurgisch aufgebesserten Körper. Einige hoffen Trost am Boden einer Weinflasche zu finden oder in Nachtklubs, die ihre Söhne und Töchter besuchen. Doch meine beste Freundin entdeckt, als die Midlife-Crisis näher kommt, einen plötzlichen Wunsch nach Mutterglück, gegen das sie sich immer verwahrt hat.

Ich wüsste nur zu gern, wie die Midlife-Crisis bei mir ausgefallen wäre, wenn ich sie nur erreicht hätte.

»Also ... na ja ... was planst du?«

»Das ist die große Frage. Ich hatte einen Termin bei einer Kinderwunschklinik – einer guten natürlich, ich habe mich erkundigt –, um mich über die Möglichkeit einer Samenspende beraten zu lassen. Schließlich kann ich nicht erwarten, dass morgen der Märchenprinz auf seinem weißen Pferd angeritten kommt und mich schwängert.«

»Himmel, das ist ein großer Schritt! Wie ist es gelaufen?«

»Gar nicht so gut, wie sich herausstellte. Man schien dort zu denken, dass ich so ziemlich meinen gesamten Lebensvorrat an Eiern aufgebraucht habe und die Menopause schon ungeduldig an meine Tür pocht.«

»Oh, das tut mir furchtbar leid, Harriet! Das zu erfahren muss wirklich hart gewesen sein.«

»Die schönste Stunde meines Lebens war es jedenfalls nicht. Ich hatte den Plan schon so gut wie aufgegeben, da las ich von einer anderen Privatklinik mit Erfolgsquoten, die den Rest der In-vitro-Befruchtungswelt zutiefst beschämen, und ich denke daran, mir dort einen Termin geben zu lassen. Wir werden sehen. Es ist wirklich die pure Ironie. Nachdem ich mein Leben lang sicher war, keine Kinder zu wollen, kommt es mir jetzt vor, als könnte ich an nichts anderes mehr denken als daran, wie ich am besten Mutter werde. Wahrscheinlich möchte ich ja gerade deshalb so sehr ein Kind, weil man mir sagt, dass ich keines mehr haben kann. Ich konnte mich noch nie gut damit abfinden, meinen Willen nicht zu bekommen.« Harriet lächelt selbstironisch.

Ich kann mir nicht vorstellen, wie sie sich fühlt, denn zu der Harriet, die ich kenne, passt ein Kinderwunsch nun einmal überhaupt nicht. Ihr Ton ist nun stoisch, nüchtern, doch das sind nur die Barrieren, die sie zum Selbstschutz errichtet. So weit kenne ich sie immerhin.

»Das Gefühl ist mir nur allzu vertraut. Es ist erschreckend, wie schnell es zu einer Besessenheit werden kann. Ich weiß noch, wie ich anfing, mir aktiv zu wünschen, ich könnte Kinder haben – das ist ungefähr fünf Jahre her –, und plötzlich schien es, als schöbe jede Frau, an der ich auf der Straße vorbeikam, einen Kinderwagen. Dann gingen vier meiner Kolleginnen gleichzeitig in den Mutterschutz, und drei meiner alten Freundinnen von der Uni wurden innerhalb eines halben Jahres schwanger. Dann fängt es langsam an, einen in den Wahnsinn zu treiben.«

Ich denke an all die Monate, in denen Max und ich versucht haben, Ellie ein Geschwisterchen zu schenken, und wie alles beherrschend, emotional und obsessiv das gewesen war. Und dabei konnte ich mich bereits so glücklich schätzen, schon ein Kind zu haben.

»Ja, aber ich hätte nie gedacht, dass ich eine dieser Frauen sein könnte. Ich bin mir nicht sicher, ob es zu mir passt, auch wenn es nicht vieles zu geben scheint, was ich tun kann, um mich zu stoppen. Es ist einfach eine hässliche Überraschung, wenn man mit achtunddreißig entdecken muss, dass man unwillentlich Entscheidungen für den Rest seines Lebens getroffen hat, die man nie – jedenfalls nicht bewusst – so rigide treffen wollte. Ich nehme an, ich wurde von der Fantasie verführt, dass Frauen wirklich alles haben können, ohne zu bedenken, dass dieses

Angebot mit einem ziemlich harten Haltbarkeitsdatum versehen ist. Ich bin sicher, jede Frau denkt, alle Zeit der Welt zu haben. Aber die haben wir gar nicht, oder?«

Sie hat recht, die haben wir nicht. Ich dachte, ich sei die Einzige, die es so hart empfindet, doch ich sehe nun, dass es für die Lebenden genauso gilt wie für die Toten. Ich nehme nicht an, dass jemals jemand findet, genug Zeit gehabt zu haben. Ich bin sicher, die meisten von uns verschieben jeden Tag Entscheidungen, ob unwichtig oder essenziell, als gäbe es immer ein Morgen.

»Na ja, auf jeden Fall klingt diese andere Klinik vielversprechend. Was glaubst du, wann bringst du da den Ball ins Rollen?«

»Ich bin mir nicht sicher. Ich habe sie gerade erst per E-Mail kontaktiert. Deshalb weiß ich nicht, ob man mir dort helfen kann.«

»Hör zu, mir ist klar, dass du vermutlich jede Möglichkeit in Betracht gezogen hast, aber wenn diese Klinik nichts machen kann, hast du schon überlegt, ein Kind zu adoptieren oder in Pflege zu nehmen? Ich bin mir sicher, die Agenturen würden dir schreiend nachlaufen, wenn sie wüssten, dass du interessiert bist.«

»Ja, daran habe ich schon gedacht – ungefähr eine Nanosekunde lang – und die Möglichkeit bereits verworfen. Ich bin viel zu narzisstisch, als dass ich mich um das Baby anderer Leute kümmern wollte. Wenn es nicht meine Gene hat, bringe ich einfach nicht die Motivation auf, ihm meine Energie zu widmen. Es ist schon komisch, ich habe mich gefragt, ob Max und du schon an Adoption gedacht habt.«

Adoption? Auf den Gedanken bin ich noch nicht gekommen. Doch jetzt, da er im Raum steht, finde ich die Vorstellung beängstigend.

»Wir haben einmal darüber geredet, aber wir glauben nicht, dass es etwas für uns ist. Nicht zuletzt deswegen, weil es Ellie wieder aus der Bahn werfen könnte. Wie ich schon sagte, sie ist wunderbar, und jede Familie müsste sich glücklich schätzen, sie zu haben.«

Es stimmt. Ellie ist wunderbar. In mir ruft es die Frage wach, weshalb Max und ich uns je so sehr in den Plan verstiegen haben, noch ein Kind zu bekommen.

»Na, wenn die Wissenschaft mir nicht helfen kann, dann muss ich eben hinnehmen, dass es nicht hat sollen sein. Ich bin sowieso noch nicht hundertprozentig überzeugt, ob ein Kind für mich die richtige Entscheidung wäre. In mir ist eine Stimme, die unsicher ist, ob ich mein Leben, wie es jetzt ist, wirklich aufgeben will, oder ob ein Kind zu haben, das ich im Grunde nur an den Wochenenden sehen würde und das die Nanny besser kennen würde als mich, für uns beide das Richtige wäre. Wenn es also aus irgendeinem Grund nicht klappt, muss ich mich damit begnügen, Ellies Patin zu sein und zu hoffen, dass ich in den nächsten paarundvierzig Jahren nett genug zu ihr bin, damit sie sich herablässt, mich ab und an im Altersheim zu besuchen.« Harriet lacht, doch hinter ihrer Heiterkeit lauert die Traurigkeit.

»Ellie betet dich an, das weißt du. Sie ist das treueste Patenkind, das ich kenne.«

»Ja, ich weiß, ich habe Glück. Dafür muss ich Max und Rach immer dankbar sein. Die Sache ist nur die, und ich bin sicher, mein Geständnis werde ich bereuen, sobald ich zur Tür hinaus bin, und vermutlich würde ich es nicht ablegen, wenn ich nicht leicht betrunken wäre: Heute Abend habe ich dich beneidet. Denn wenn ich unter allen Kindern auf der Welt wählen könnte, wäre ich am liebsten für Ellie die Ersatzmutter. Aber jetzt, da du zu Max ziehst, rutsche ich in der

Hackordnung ihrer Zuneigung garantiert eine Sprosse runter.«

Also deshalb war Harriet so still. Ich wusste, dass sie etwas auf dem Herzen hatte. Nur hätte ich in einer Million Jahren nicht erraten, was es war.

»Harriet, ich glaube, weil Rachel tot ist, kann es überhaupt nie genug Frauen geben, die versuchen, die Mutterrolle für Ellie zu übernehmen, meinst du nicht auch? Das ist einfach keine Aufgabe, die eine Frau allein bewältigen kann, so viel weiß ich.«

»Auf jeden Fall machst du bisher gute Arbeit. Im Ernst. Ganz egal, wie ungern ich es zugebe in meiner Eifersucht, ich kann nicht bestreiten, dass sie ganz versessen auf dich ist.«

Meine alte beste Freundin und die neue Freundin meines Mannes tauschen ein zögerlich mitfühlendes Lächeln aus.

»Danke, dass du es mir anvertraut hast, Harriet. Es ist dir sicher nicht leichtgefallen.«

»Na ja, es erschien mir als das Richtige, nachdem du dich vorher uns allen anvertraut hattest. Das gehört zu den Dingen, die Rach mir beigebracht hat – dass Beziehungen darauf beruhen, dass man zueinander offen und ehrlich ist. Darin bin ich nie besonders gut gewesen, aber Rach gehörte zu den wenigen Menschen mit genügend Geduld, um abzuwarten, bis ich bereit war, meine Karten auf den Tisch zu legen. Die meisten Menschen blicken nie hinter das, was meine Mum als meine spröde Fassade bezeichnet. Doch ich finde, wenn du und ich für die absehbare Zukunft zu Ellies Leben gehören, dann sollten wir lieber Freundinnen sein, wenn möglich.«

»Das würde mir auch gefallen.«

Eine kaum spürbare Brise der Eifersucht weht in meine Richtung, doch ihr folgt rasch ein weit wärmerer Wind, ein unerwarteter Schwall von Beruhigung über die Aussicht auf eine keimende Freundschaft zwischen Harriet und Eve. Ich glaube, ich habe bisher nicht begriffen, welches Schuldgefühl ich empfinde, weil ich meine beste Freundin im Stich gelassen habe. Vielleicht war in meiner mit Reue gefüllten Kriegskasse kein Platz für noch mehr Gewissensbisse, kein Raum übrig, um noch eine Person unterzubringen, von der ich mich, ohne es zu wollen, abgewendet habe. Erst jetzt, da ich höre, wie sie sich Eve öffnet, erfasse ich, wie viel Harriet verloren hat, als mit mir unsere Freundschaft starb.

Und ebenfalls erst jetzt merke ich, wie sehr ich Harriet vermisse; ich vermisse es, ihr alles sagen zu können, vermisse die Gewissheit, dass ihr Pragmatismus und gesunder Menschenverstand immer nur einen Telefonanruf weit entfernt sind. Ich vermisse sie als den Menschen, an den ich mich wenden konnte, wenn ich vernünftigen Rat benötigte, wenn ich die praktische Lösung eines Dilemmas schon kannte und nur jemanden brauchte, der mir klarmachte, dass ich richtiglag. Diese Sorte Rat habe ich hier oft dringend nötig.

Ich denke über meine Beziehung zu Harriet nach, über den entscheidenden Moment, an dem aus beiläufigen Bekannten lebenslange Freundinnen wurden. Ich erinnere mich an dieses fast zwanzig Jahre zurückliegende Gespräch, als wäre es gestern gewesen. Wir saßen beide in Schals und Handschuhen an einem kalten Herbsttag unseres ersten Semesters zusammengekauert auf einer Bank vor der Mensa, rauchten Zigaretten, obwohl es zum Rauchen zu kalt war, und tranken Kaffee, obwohl wir beide noch nicht recht auf den Geschmack gekommen waren. Ich weiß noch, wie ich ihr von dem Tag erzählte, an dem mein Vater getötet wurde, davon, wie ich zum ersten Mal Mordgedanken gegen einen anderen Menschen hegte, gegen den Betrunkenen, der Dad achtlos überfahren hatte, und von der schweren Last der Verantwortung für meine Mutter, die ich seitdem immer empfunden hatte, eine Bürde, bei der ich mir nicht vorstellen konnte, dass sie mir je von den Schultern genommen würde. Ich erinnere mich an Harriets Zurückhaltung und mein Gefühl, dass sie etwas sagen wollte, aber die richtigen Worte oder vielleicht auch den Mut nicht fand, und daran, wie ich sie ermutigte auszusprechen, was sie auf dem Herzen hatte. Doch ich musste entdecken, dass sie sich umso mehr zurückzog, je mehr ich sie bedrängte.

Und ich erinnere mich, wie ich eine Ansprache über die Selbstoffenbarung hielt, einen Monolog, der erfüllt war von der selbstsicheren Gewissheit, die man besitzt, ehe man endgültig zur Erwachsenen wird. Darin beschwor ich, wie Freundschaften sich auf der Grundlage des Risikos entwickeln, das man mit gegenseitigen Geständnissen eingeht, während das Ausweichen nur zu Entfremdung führt. Die Offenlegung meiner Verletzlichkeit habe es ihr eigentlich erleichtern müssen, mein Vertrauen zu erwidern, erklärte ich ihr, während ich die ganze Zeit fürchtete, dass sie mir am Ende sagen würde, dass ich dumm sei oder, noch schlimmer, mich aufspiele.

Doch statt so etwas zu tun, sah sie mir in die Augen, als versuchte sie ihrerseits, die Wahrscheinlichkeit abzuschätzen, dass ich sie abweisen könnte. Dann begann sie mit ihrer Geschichte, als vertraute Harriet sie nicht mir an, sondern der leeren Luft.

Und sie erzählte mir von dem Tag, an dem ihre Mutter sie mit tränenverschmiertem Gesicht und ungekämmtem Haar von der Schule abholte. Harriet wusste sofort, dass etwas wirklich Schreckliches geschehen war, etwas, nach dem sie gar nicht fragen wollte, aus Angst, die Wahrheit zu erfahren. Sie beschrieb, wie sie mit ihrer Mutter und ihrem Bruder zu Hause ankam und dort erfuhr, dass ihr Dad weggegangen sei und nicht mehr bei ihnen wohnen würde. Selbst in diesem Alter, berichtete sie, habe sie gewusst, dass solch ein Verschwinden nicht normal ist, und sie sei sich sicher gewesen, dass sie eines Tages die ganze Geschichte erfahren würde, für die das, was sie gerade gehört hatte, nur die Einleitung war. Mehr als ein Jahr dauerte es, bis ihre Mutter die Wahrheit enthüllte. Eines Tages habe sie ohne jede Warnung beim Abendessen verkündet, dass Harriets Vater nach Frankreich gezogen sei, um mit einer Frau zusammenzuleben, die er heiraten wolle, und dass sie nicht damit rechne, ihn je wiederzusehen – dass sie nicht einmal wisse, wo genau er wohne. Sie sagte ihren Kindern, dass sie mehr Geld bräuchten, dass sie hoffe, abends im Pub kellnern zu können, und dass Harriet auf ihren kleinen Bruder aufpassen müsse, damit sie sich den Babysitter sparen könnten, den sie nicht bezahlen könne.

Harriet sagte, sie erinnere sich nur allzu deutlich an ihre Entschlossenheit, ihre Mutter nicht im Stich zu lassen, an die Abende, an denen sie sich zudeckte und sich nichts mehr wünschte, als dass ihre Mum sie ins Bett brächte, an die Nächte, in denen sie schlimme Träume hatte und beim Aufwachen hinnehmen musste, dass niemand da war, um sie zu trösten. Sie begreife, versicherte sie mir, dieses töchterliche Verantwortungsgefühl genau, ein Gefühl, das einen auch nicht verlasse, wenn man schon längst zu Hause ausgezogen sei.

Das war das Gespräch, so sagten wir später beide, nach dem wir wussten, dass wir lebenslang Freundinnen sein würden.

Ich hätte nie damit gerechnet, dass sich Harriet fast zwanzig Jahre später noch immer darauf beziehen könnte.

Ich habe gedacht, das einzige Echo, das ich in die Welt gebracht hätte, sei Ellie, doch nun erkenne ich, dass ich Fragmente von mir an den unerwartetsten Stellen hinterlassen habe, bei Menschen, die erst jetzt allmählich Eigenschaften zeigen, die ich zuvor nicht entdeckt hatte. Ich habe angenommen, ich hätte alles, was mich ausmacht, hierher mitgenommen, doch nun stelle ich fest, dass ich etliche Spuren hinterlassen habe.

Ich sehe, dass meine Freunde und meine Familie dabei sind, neue Bündnisse zu schmieden und sowohl alte treue als auch neue Beziehungen einer Prüfung zu unterziehen. Einer Prüfung, die auch umfasst zu akzeptieren, dass ich nicht mehr bin, dass ihr Leben ohne mich weitergeht, dass sie andere Menschen finden können, die sie mögen und mit denen sie lachen und denen sie die Abenteuer ihres Alltags mitteilen können.

Meine Prüfung ist in vieler Hinsicht sowohl größer als auch einsamer: meine eigene Abwesenheit zu akzeptieren, mich mit der bittersüßen Erkenntnis abzufinden, dass die Menschen, die mir am wichtigsten sind, auch ohne mich glücklich sein können, ohne dass dieses Sich-Abfinden die Bedeutung des Lebens zerstört, das ich mit ihnen geteilt habe.

Während Harriet und Eve unter mir die Aufräumarbeiten beenden, wünsche ich mich mit einer Mühelosigkeit fort, die ich noch nie erlebt habe. Nicht zum ersten Mal, aber dennoch neu genug, um mich zu erstaunen, stelle ich fest, dass ich die Ruhe schätze, die meine Isolation mir schenkt, und den Raum, über alles nachzudenken, was sich heute Abend ereignet hat.

Mit kommt der Gedanke, dass die größte Prüfung, der sich bedingungslose Liebe stellen muss, vielleicht darin besteht zuzulassen, dass die Menschen, die uns am meisten am Herzen liegen, andere lieben und von anderen geliebt werden. Die einzige Frage, die bleibt – für mich wenigstens –, lautet, ob ich die Kraft habe, diese Prüfung zu bestehen.

AKZEPTANZ

31

Die Leere rings um mich öffnet sich und enthüllt meinen alten Hausflur, in dem sich pralle schwarze Plastiksäcke stapeln. Sie liegen übereinander wie misshandelte Gefangene nach einem Fluchtversuch. Ein Sack ist nicht richtig zugebunden, und jeder, der sich daran vorbeidrückt – oder so wie ich schwebend von oben hineinblickt –, sieht seinen Inhalt.

Ich luge hinein, und da liegt, einsam und verlassen ganz oben, mein Lieblingscardigan, in dem ich an Winterwochenenden praktisch lebte, wenn es uns zu kalt war oder wir es daheim zu gemütlich fanden, um das Haus zu verlassen. Darunter entdecke ich den Gürtel meines roten Kleides im Fünfzigerjahrestil mit dem U-Ausschnitt und dem Bleistiftrock, von dem Max immer sagte, er hätte es von allen meinen Sachen am liebsten und er würde sich freuen, wenn er mich darin jeden Tag sehen könnte. Das Kleid, von dem er einmal sagte, er hätte mich darin gern geheiratet, hätte ich mich nicht für etwas Traditionelles und unentschuldbar Teures in Elfenbein entschieden.

Jetzt, so scheint es, kann er ohne mich leben und ohne das Kleid.

Kann es ein deutlicheres Zeichen geben, dass die Menschen, die man zurückgelassen hat, bereit sind, ein Leben ohne einen zu führen, als der Anblick der eigenen weltlichen Habe, die entsorgt wird? Der Stapel dieser ungefähr zwei Dutzend Restmüllsäcke, die untätig ihr Schicksal erwarten, macht auf mich den Eindruck, als verließe wieder ein kleiner Teil von mir endgültig die Erde.

Von oben höre ich Stimmengemurmel. Mit der allzu vertrauten Furcht, was ich vorfinden mag, wenn ich nachschauen gehe, begebe ich mich ins Obergeschoss.

»Dad, darf ich das behalten?«

Ellie ruft ihre Frage Max zu, dessen Füße aus der Dachbodenluke ragen und gefährlich unsicher auf der wackligen Leiter stehen, die wir immer ersetzen wollten.

Als ich den Treppenabsatz überquere, sehe ich, dass Ellie auf meinem Bett sitzt – oder dem Bett, das einmal meines war –, Eve neben sich. Sie sind von Kleidung umgeben, von Schuhen, Handtaschen, Schmuck, Schminkzeug: den Überresten eines Lebens, die nicht mehr benutzt werden.

Ellie hält einen silbernen Anhänger in Tränenform in der Hand, nichts Besonderes, nicht einmal das Original von Tiffany, das Ende der Neunzigerjahre so allgegenwärtig war, sondern eine Imitation, die ich mir gekauft habe, nachdem ich meine erste Festanstellung erhalten hatte, als Marketingassistentin beim Londoner Fremdenverkehrsamt. Ich war so stolz auf die Stelle gewesen, dass ich den Anhänger ein paar Jahre später noch immer trug, weil er für mich meinen ersten Vorstoß ins Erwachsenenleben symbolisierte.

Ellie hat ihn auch immer gemocht. Als sie ein Kleinkind war, spielte sie jedes Mal damit, wenn ich sie auf den Arm nahm, fasziniert, angezogen vielleicht von seiner Form, die Traurigkeit symbolisiert, oder von dem Glanz des polierten Silbers, das eine verzerrte Miniaturausgabe der Welt ringsum widerspiegelte. Ich erinnere mich, wie ich mit ihr schimpfte, wenn sie zu fest zog, denn ich hatte Angst, sie könnte die Kette zerreißen. Manchmal war ich richtig ärgerlich, dass ich keinen Schmuck tragen konnte, an dem sie nicht zu zerren versuchte. Jetzt würde ich alles dafür geben, dass sie mir vom Hals zieht, was immer sie möchte.

»Wie Dad vorhin sagte, kannst du alles behalten, was du möchtest. Die Sachen, die du gleich gern in deinem Zimmer hättest, legst du am besten auf einen Stapel. Und wenn es Dinge gibt, die du später vielleicht haben möchtest, dann packt Dad sie für dich auf den Dachboden. Vergiss nicht, wir geben von den Sachen deiner Mummy kein Stück weg, von dem du glaubst, du könntest es eines Tages haben wollen. Das ist ganz wichtig.«

Eves Antwort klingt vollkommen vernünftig. Rational gesehen stimme ich ihr zu. Nur ist es reichlich schwierig, rational zu bleiben, wenn man zusehen muss, wie das ganze eigene Leben hergerichtet wird, um die Ewigkeit auf einer Müllkippe zu überdauern.

Max kommt mit einem gerahmten Bild vom Dachboden, das eine Mutter zeigt, die einem Kind die Brust gibt, ein Picasso-Pasticcio, das ich gemalt habe, als ich mit Ellie schwanger war.

»Du weißt, wer das gemalt hat, oder, Schatz?«

»Nein, wer?«

»Mummy. Ich glaube, es war um die Zeit deiner Geburt. Sie sagte, du hättest sie dazu inspiriert.«

Ellie starrt das Gemälde an, als hoffe sie, darin etwas von mir zu finden, das sie bisher noch nicht kennengelernt hat.

»Das ist richtig schön. Mummy konnte gut malen, oder? Können wir das in meinem Zimmer an die Wand hängen?«

»Aber sicher, mein Schatz. Stell es doch schon mal dorthin, damit es nicht versehentlich unter die Sachen gerät, die wir in den Wohlfahrtsladen bringen!«

Dorthin also sollen die schwarzen Plastiksäcke! Der Müllkippe vorzuziehen ist es wohl schon.

Ellie rührt sich nicht. Sie zeigt ihre nachdenkliche Miene, die darauf hindeutet, dass sie über einer Frage brütet oder zumindest der Überlegung, sie zu stellen. »Glaubst du, die Leute, die Mummys Sachen da kaufen, achten gut darauf? Was, wenn sie sie kaufen und dann einfach wegwerfen?«

Max und Eve tauschen einen angespannten Blick, mit dem sie still darüber debattieren, wer besser geeignet ist, die Antwort zu geben.

»Weißt du was, Ellie? Wenn Leute Sachen aus zweiter Hand kaufen, egal, ob in einem Wohlfahrtsladen oder auf einem Antikmarkt, dann behandeln sie sie meistens besser, als wenn sie etwas Neues gekauft hätten. Ich weiß zumindest, dass ich es so halte. Sachen aus zweiter Hand haben etwas ganz Besonderes an sich. Du weißt, dass sie eine Geschichte hatten – ein ganzes Leben –, ehe sie in deinen Besitz kamen, und du behandelst sie deshalb mit größerem Respekt, eben weil sie vor dir jemand anderem gehört haben. Deshalb glaube ich, dass die Sachen deiner Mummy alle schöne neue Häuser finden werden, in die sie dann gehören.«

Eve hat recht, aber diese Wahrheit ist trauriger als etwas Erfundenes. Denn so sehr meine Habe auch von dem, bei dem sie enden, geschätzt werden, diese Leute werden die Vorgeschichte der Sachen doch nie erfahren, nie die Geschichten kennenlernen, die mit ihnen zusammenhängen, niemals wissen, weshalb sie für mich etwas Besonderes waren. Die Alleinbesitzerin dieser Erinnerungen bin ich.

Sie werden nicht wissen, dass ich die rosa Sandalen mit der etwas zu lockeren Schnalle, die Eve gerade aus dem Schrank genommen hat, an dem Tag in New York getragen habe, als Max und ich uns in einen Hauseingang flüchten mussten, um einem Wolkenbruch zu entgehen, der für den Rest des Nachmittags anhielt. Sie werden nicht wissen, dass ich das Vintage-Kleid mit dem blauen Gürtel, das über der Sessellehne liegt, auf der Hochzeitsfeier trug, bei der ich Max kennenlernte, und dass ich es aus Sentimentalität nie weggegeben habe. Sie werden nicht wissen, dass ich die Handtasche, die Ellie gerade durchwühlt und in der sie nichts finden wird als einen alten Lippenstift und ein paar zusammengeknüllte Papiertaschentücher, von meinem ersten Jahresbonus gekauft habe und sie eine Tasche ist, die mehr gekostet hat, als für einen Behälter für Schlüssel, Brieftasche und Fahrausweis angemessen wäre. Sie werden nicht wissen, dass ich das Holzkästchen, das auf dem Bett liegt und darauf wartet, in einen Sack gesteckt zu werden, auf dem Souk von Marrakesch gekauft habe, wo ich den Händler auf zwanzig Prozent des ursprünglichen Preises heruntergehandelt habe, während Harriet mich anfeuerte. Sie werden nicht wissen, dass die rote Glasschale, die Max gerade in Blasenfolie einwickelt, die Schale, die im letzten Jahrzehnt auf meinem Frisiertisch gestanden und eine Auswahl an Ohrringen beherbergt hat, von meinen Großeltern stammt. Sie ist eines der wenigen Dinge, die ich aus ihrem Cottage in Wiltshire retten konnte, ehe die Entrümpler kamen und uns einen verächtlich niedrigen Preis für alles boten. Wer immer diese ganzen Sachen erwirbt, wird nichts davon erfahren.

»Aber meinst du nicht, Mummy wäre traurig, wenn ihre Sachen nicht mehr hier sind? Dass wir nicht mehr für sie darauf aufpassen?«

Ellie richtet die Frage an Max. Vielleicht kann nur er ihr versichern, dass es richtig ist, wenn sie heute an der Aktion teilnimmt.

»Ich glaube, Mummy wäre froh, dass ihre Sachen neue Häuser finden, wo sie anderen Menschen Freude machen und nützlich sind. Darüber wäre sie bestimmt glücklicher, als wenn alles für immer in Schränken verstaubt und gar nicht mehr benutzt wird.«

Ehrlich gesagt, bin ich mir da gar nicht sicher. Dass alle

meine Besitztümer noch in meinem alten Haus waren, hat mich durchaus getröstet. Vielleicht rührt meine Unsicherheit von dem Wunsch her, dass alles unter einem Dach bleibt, oder der Furcht, dass die Sachen in alle Winde verstreut werden, an unbekannte Orte mit unbekannten Besitzern, ohne dass ich je in der Lage wäre, ihr Schicksal nachzuverfolgen. Vielleicht ist es einfach die Angst vor noch mehr Veränderung.

Ellie zieht unter dem Bett eine Kiste aus durchsichtigem Plastik hervor, und als sie den Deckel hebt, begreife ich mit lähmender Panik, dass diese Plastikbox alles enthält, was meine Tochter jetzt noch nicht zu Gesicht bekommen soll: meine Tagebücher, meine Briefe, die ich begonnen oder erhalten habe, hingekritzelte Notizen über Gedanken und Gefühle, ein Kompendium meines Innenlebens, das bis in eine Zeit zurückreicht, als ich nicht einmal so alt war, wie Ellie es jetzt ist. Ich bin noch nicht bereit dafür, dass sie irgendetwas davon liest. Noch nicht. Es ist zu früh, und sie ist zu jung.

Max entdeckt sie gerade rechtzeitig, und ein alarmiertes Stirnrunzeln zieht über sein Gesicht. »Ich glaube, diese Kiste gehen wir heute nicht durch, Schatz. Die gehört zu den Dingen, die ich auf den Dachboden bringe, und wir schauen sie uns ein andermal an.«

Ellie wirkt misstrauisch, als wäre ihr klar, dass ihr der große Preis verweigert wird.

Ich danke Max im Stillen, dass er auf meine Bedenken reagiert hat, von denen er nichts wissen kann.

Er trägt die Kiste zur Leiter.

»Dad, ich hab Durst. Darf ich in die Küche gehen und Kakao kochen?«

»Sicher, Engel. Mach gleich drei Tassen. Wir kommen in ein paar Minuten nach.«

Ellie hopst vom Bett und eilt lautstark die Treppe hinunter.

Eve blickt ihr hinterher und wartet, bis sie hört, dass die Küchentür geschlossen wird. »Da sind noch zwei weitere Säcke für das leere Zimmer. Ich wollte sie vor Ellie nicht erwähnen.«

Eves Erwähnung des leeren Zimmers klingt verdächtig euphemistisch, allerdings haben wir wirklich ein leeres Zimmer, und dorthin gehen Eve und Max gerade, jeder einen Sack aus meinem Leben in den Händen.

Das leere Zimmer, einst Heimstatt für wenig mehr als ein Ausziehbett, einen Schreibtisch und ein paar Bücherregale, scheint jetzt zur Gruft für ein Dutzend Umzugskartons und etwa die gleiche Anzahl Plastiksäcke geworden zu sein. Ich nehme an, das ist alles mein Zeug. Wer hätte geahnt, dass es möglich ist, in einem eher kurzen Leben so viel Ballast anzusammeln?

Während Max und Eve die beiden Neuzugänge auf bestehenden Haufen ablegen, mustert Eve das Zimmer seufzend.

»Was meinst du, wann hast du Zeit, dich darum zu kümmern?«

»Na ja, die Müllkippe hat bis heute Abend um zehn geöffnet, und ich dachte, ich fahre, wenn Ellie im Bett liegt. Lange dauern dürfte es nicht. Ich hoffe, es mit zwei Fuhren zu schaffen.«

Also gehört all das hier mir. Oder wenigstens gehörte es mir. Viel länger wird es niemandem mehr gehören.

»Ich möchte wirklich nicht, dass Ellie mitbekommt, wie ich so viele von Rachels Sachen wegwerfe. Ich weiß aber einfach nicht, was ich damit anfangen soll. Ich fühle mich schuldig, all das zu entsorgen, doch bei dem Gedanken, alles zu behalten, geht es mir ebenso. Ich weiß, es hat keinen Sinn, an jedem einzelnen kleinen Ding festzuhalten, das sie je besessen hat, und es wäre auch dir gegenüber nicht fair, wenn ich es täte. Wenn du nächste Woche einziehst, sollst du dich zu Hause fühlen. Und das wird nie geschehen, wenn jede Schublade, die du öffnest, irgendeine Erinnerung an Rachel enthält.«

Die ganze Entrümpelung dient also Eves bevorstehendem Einzug. Das hätte ich mir wohl denken können.

»Max, ich habe es bereits gesagt, aber ich sage es noch einmal. Hier besteht keinerlei Eile. Nicht von meiner Seite aus.«

»Doch, ich bin bereit dazu. Ich tue es nicht nur für dich. Ich tue es auch für mich und für Ellie. Für uns alle. Wir haben keine realistische Chance auf ein neues Leben, wenn das ganze Haus voll greifbarer Schatten ist. Es ist sowieso unvernünftig, all diese Sachen festzuhalten – Rachels Schulbücher und Arbeitsunterlagen und das alte Malzeug, das jetzt niemandem mehr nützt. Niemand wird sich dieses Zeug je wieder ansehen, und deshalb hat es auch keinen Sinn, es zu behalten. Das weiß ich genau.«

Meine ganz persönliche Habe: die Hinterlassenschaften meiner Kindheit, meiner Jugend, meines Arbeitslebens, meiner privaten Leidenschaften. Alles soll in eine Mülldeponie geworfen werden wie in ein Massengrab für anonyme Besitztümer. Wie eine zweite Beerdigung kommt es mir vor, für die letzten Reste meines körperlichen Lebens, nur dass diesmal nicht gesungen wird, keine Grabreden gehalten werden, Familie und Freunde nicht dabei sind, um im würdigen Rahmen Abschied zu nehmen.

Mir ist zum Heulen zumute.

Aber nicht ich bin es, der zusammenbricht.

Max setzt sich auf die Bettcouch und fängt plötzlich zu weinen an – kurze, gedämpfte Schluchzer, die Laute eines Mannes, der verzweifelt bemüht ist, sich zu zügeln, jedoch Gefühlen ausgeliefert ist, die er nicht kontrollieren kann.

Eve setzt sich neben ihn, legt ihm einen Arm um die Schultern und die andere Hand auf sein Bein, sagt nichts, erlaubt ihm, schweigend zu trauern.

»Es tut mir leid, Eve. Ich weiß nicht, was über mich gekommen ist. Es fällt mir viel schwerer, als ich erwartet hätte. Ich habe mir eingeredet, dass ich die Sache pragmatisch angehen kann, dass es nur eine Arbeit ist, die ich hinter mich bringen muss – der nächste notwendige, logische Schritt. Aber es ist doch erheblich komplizierter. Jedes einzelne Stück, das wir einpacken, erinnert mich an etwas, weil es etwas mit Rachel zu tun hat. Es ist fast, als leistete ich die Trauerarbeit eines Lebens an einem einzigen Tag. Ich habe versucht, mich zusammenzureißen, für dich und für Ellie, doch jetzt bin ich schlichtweg überwältigt.«

Nun bin ich an der Reihe, mich schuldig zu fühlen für meine Selbstsucht, mit der ich vergessen habe, dass ich nicht die Einzige bin, für die es ein Tag des endgültigen Abschieds ist.

»Ich wollte heute wirklich nicht vor dir die Beherrschung verlieren, Eve. Ich wollte nicht, dass du dich fragst, ob das eine Bedeutung für uns hat oder ob ich noch gar nicht bereit bin für deinen Einzug, denn das bin ich. Ich kann es kaum erwarten, dass du ständig hier bei uns lebst. Ich nehme an, dass es einfach immer einen Teil von mir geben wird, der Rachel vermisst und wütend auf die Welt ist, weil sie Ellie und mir so früh genommen wurde. Wenn ich ehrlich bin, wird ein Teil von mir sie immer lieben. Nur ist das völlig unabhängig von der Liebe, die ich für dich empfinde. Mir ist es sehr wichtig, dass du das weißt. Es vermindert meine Gefühle für dich nicht, in keiner Weise.«

Ich wische mir die eigenen Tränen ab, die sein unerwartetes Geständnis hevorgerufen haben. Im Laufe des vergangenen Jahres habe ich beobachtet, wie Max sich in eine andere Frau verliebte und begann, ein Leben mit ihr aufzubauen, wie er sie in unser Haus einlud und ihr gestattete, unsere Tochter zu bemuttern. Ich habe zugesehen, wie ich in seinem Leben immer mehr an Präsenz verlor, während er Platz schuf, damit die andere Frau meine Rolle übernehmen konnte, ohne dass ich etwas dagegen unternehmen konnte. Ich habe angenommen, dass er mich aus unserem Haus, aus seinem Gedächtnis, sogar aus seinem Herzen gedrängt hätte. Doch nun entdecke ich, dass es für mich noch immer einen Platz in Max' Leben gibt, selbst jetzt, da er sich ein neues Leben mit Eve aufbaut.

Ich blicke mich im Raum um, sehe nach den Kartons und Säcken voller Dinge, die für den Müll bestimmt sind. Max hat recht. Diese Sachen sind nicht mein Leben. Sie sind die unbelebten Überreste eines Lebens, das reich und vielfältig war, und einer Ehe, die nicht ausgelöscht werden kann, ganz gleich, welche neuen Beziehungen nach ihr kommen, egal, wie lange Max mich überlebt.

Ich wünschte, ich könnte ihm sagen, dass er sich nicht sorgen soll, dass ich ihn verstehe, dass er sich nicht schuldig zu fühlen braucht, weil er meinen materiellen Besitz aus dem Haus schafft. Ich möchte ihm sagen, dass er das Zeug sechs Meilen tief vergraben könnte, ohne dass es die Beziehung beeinträchtigte, die wir miteinander hatten. Ich wünschte, ich könnte ihn ein letztes Mal in die Arme schließen, ihm in die Augen sehen und ihm sagen, dass alles okay ist.

Doch an meiner Stelle nimmt Eve sein Gesicht zwischen die Hände. »Ich möchte nicht, dass du je glaubst, du könntest mit mir nicht über Rachel sprechen. Natürlich weiß ich, wie sehr du sie noch immer vermisst und dass ein Teil von dir sie immer lieben wird. Ich weiß, dass sie stets jemand Besonderes für dich sein wird, und sei es aus keinem anderen Grund, als dass sie die Mutter deiner Tochter ist. Keine Sekunde bilde ich mir ein, dass ich sie je ersetzen kann, weder für dich noch für Ellie, und das würde ich auch gar nicht wollen. Wir fangen etwas Neues an, du und ich, das ist eine Fortsetzung der Vergangenheit, keine Auslöschung des Gewesenen. Ich bitte dich nur um eines: mich nie auszuschließen und solche Gefühle niemals für dich zu behalten. Ich möchte in der Lage sein, alles mit dir zu teilen, auch die schmerzhaften Dinge, und mit einbezogen sein in eure Erinnerungen an Rachel. Schließlich weiß man nicht, ob wir uns überhaupt ineinander verliebt hätten, wenn du nicht bereits jemanden geliebt und mit ihm so erfolgreich zusammen gewesen wärst. Nicht alle Männer haben gelernt, wie das geht, weißt du. Wenn man es recht bedenkt, haben wir beide Rachel für sehr vieles zu danken.«

Max schließt Eve in Liebe und Dankbarkeit in die Arme.

Während ich ihnen zusehe, wie sie sich festhalten, wiederholen sich Eves Worte immer wieder in meinem Kopf und schenken mir die Beruhigung, von der ich gar nicht wusste, dass ich sie von ihr benötige.

Ich fühle mich abwesend in Max' Leben, aber zum ersten Mal nicht ausgeschlossen. Es ist, als existierte ich irgendwo in den Falten ihrer Umarmung, und dieses Gefühl verleiht mir den Impuls, den ich brauche, um mich loszureißen und sie der Entsorgung von Dingen zu überlassen, die ich nicht mehr benötige. Es ist ein Augenblick, in dem ich ihnen ihre Privatsphäre zugestehen und mich, vorerst, in die Welt zurückziehen muss, in die ich nun gehöre.

32

Vor unserem Haus parkt ein weißer Kastenwagen. Seine Hecktüren stehen offen und zeigen allen neugierigen Passanten den Inhalt des Laderaumes. Viel zu sehen gibt es nicht, nur zwei Umzugkartons und eine einsame übergroße Einkaufstüte von Selfridges.

Ich frage mich, ob ich nur ein paar Stunden lang abwesend gewesen bin und das der Wagen ist, mit dem meine weltliche Habe in Wohlfahrtsläden und Recycling-Zentren geschafft wird. Wenn dem so ist, dann möchte ich eigentlich lieber nicht zusehen.

Während ich überlege, ob ich versuchen soll, mich wegzuwünschen, kommen Ellie, Eve und Max mit leeren Händen aus dem Haus. Max steigt in den Laderaum, reicht Ellie die Selfridges-Tüte und Eve einen der Kartons und nimmt den letzten Karton selbst. Mit einem nachdrücklichen Hüftstoß schließt er die Tür des Kastenwagens hinter sich.

Ich geselle mich eine Sekunde später zu ihnen.

Der Flur steht wieder voller Kartons, Säcke und Koffer, aber die Gepäckstücke erkenne ich nicht. Heute, nehme ich an, wird nicht aus-, sondern eingezogen.

»Gut, das war die letzte Fuhre, und ich muss sagen, ich bin ganz schön erledigt. Ich beantrage eine Pause mit Tee und Keksen. Sind die Damen einverstanden?«

»Dad, hätte ich je schon einmal Nein zu Plätzchen gesagt? Ich setze Teewasser auf.«

Während Ellie in die Küche eilt, folge ich Max und Eve ins

Wohnzimmer und werde von Veränderungen begrüßt, die mir ein für alle Mal signalisieren, dass ich hier nicht mehr zu Hause bin. Als bräuchte ich weitere Beweise.

Der Fotoschrein meines Lebens mit Max und Ellie ist entfernt worden, nur eine einsame gerahmte 10x15cm-Aufnahme von uns dreien in Griechenland steht zwischen den Büchern. Die Wände sind mit Kunst behängt, die es hier früher nicht gab: schöne Kunst, gute Kunst, teure zeitgenössische Kunst, wie es aussieht. Nur keine Kunst, wie Max und ich sie je gemeinsam besessen haben. Der Kaminsims präsentiert jetzt stolz Fotos in Größe 20x25 cm von Max und Eve an einem Sommertag, bei einer Hochzeit oder einem Gartenfest. Sie stehen Arm in Arm da, und beide lachen – sie lächeln nicht nur, sie lachen – in die Kamera. Sie sehen glücklich aus. Richtig glücklich. Ich frage mich, wer die Party gegeben hat oder wer das Hochzeitspaar war. Ob ich die Gastgeber kenne oder nicht, das Fest gehörte zu Max' neuem Sozialleben, ein Leben, über das ich furchtbar wenig weiß.

Mir fällt auf, dass der abgewetzte grüne Sessel fehlt. Seit wir zusammengezogen sind, habe ich versucht, Max dazu zu bewegen, dieses Ding zu entfernen, das er sich im dritten Semester zugelegt hat, und zwar meiner Vermutung nach nicht in einem Geschäft, sondern an irgendeiner Straßenecke. Der Sessel, von dem zu trennen er sich so lange geweigert hat, ist endlich verschwunden und einem kleinen, hübschen braunen Ledersofa gewichen. Ein gelaugter Kiefernschreibtisch steht neben der Fenstertür am hinteren Ende des Wohnzimmers, und ein neues Regal wartet in einer der Wandnischen darauf, mit Büchern, die Eve mitgebracht hat, befüllt zu werden.

Wie merkwürdig es ist, mit anzusehen, wie mein altes Zuhause solche Veränderungen durchmacht! Ein bisschen ist es, als ginge man ins Haus des Nachbarn, das in Größe und

Form ähnlich ist, sich in Bezug auf Wandfarbe, Stil und Einrichtung aber beunruhigend unterscheidet. Wie eine Erinnerung kommt es mir vor, die in schroffem Kontrast zu der Erinnerung eines anderen an die gleiche Begebenheit steht, ohne dass sich klar bemessen ließe, welche Version – wenn überhaupt – der Wahrheit entspricht.

Ellie kommt langsam herein. Sie trägt vorsichtig ein Tablett, das zu schwer ist für ihre kleinen Arme und gefährlich schwankt. Ihr gelingt es, das Tablett auf der hölzernen Kiste mitten im Zimmer abzustellen, ehe sie sich zwischen Max und Eve aufs Sofa schiebt.

Max reagiert darauf mit einem amüsierten Grinsen und macht ihr Platz. »Wirklich, Ladys, ich bin geschafft. Was meint ihr, sind wir für heute fertig?«

»Machst du Witze, Dad? Es ist noch total viel zu tun. Wir haben ja nicht mal mit dem Auspacken angefangen. Hast du nicht die vielen Kartons im Flur gesehen?«

Max lacht und drückt sie an sich. »Du bist eine richtige Sklaventreiberin, Ellie Myerson, weißt du das?«

»Mmm … na, wo ich das bloß herhabe? Hast du gestern nicht bis nach Mitternacht Aufsätze korrigiert? Und Freitagabend ebenfalls?«

»Ah, ich wollte mir das Wochenende freischaufeln, damit ich beim Einzug helfen kann, nicht wahr?«

»Ich weiß nicht recht, Ellie. Dein Dad – er ist der letzte große Charmeur, was?«

Ellie und Eve tauschen einen verschwörerischen Blick, dann werfen sich beide auf Max und fangen an, ihn gnadenlos auszukitzeln.

»Ich gebe auf, ich gebe ja auf. Ich gestehe, ich bin genauso ein Sklaventreiber wie meine peitschenknallende achtjährige Tochter.«

»Das Eingeständnis kommt ein wenig zu spät, Max. Findest du nicht auch, Ellie? Kitzle ihn genau unter den Rippen, damit zeigst du's ihm!«

Ellie kichert wild, und Max kann kaum atmen, so sehr lacht er. »Das ist ... nicht ... fair. Wenn ... jemand sich ... ergibt ... dann ... müsst ihr ... aufhören. So ... lautet nun mal ... die Regel.«

»Was meinst du, Ellie? Lassen wir ihn laufen?«

»Nur wenn er verspricht, dass wir den Rest deiner Sachen auspacken, sobald er seinen Tee getrunken hat, bis es Zeit für Pizza und *X Factor* wird.«

»Ich verspreche es ... ich verspreche es. Alles, nur damit ... ihr zwei ... Xanthippen ... von mir runtergeht.«

Ellie steigt von Max' Brust, und Eve rollt sich ans andere Ende des Sofas. Alle drei ringen um Atem.

Als ich Max betrachte, fällt mir zum ersten Mal auf, wie sein Gesicht sich verändert hat. Die Düsternis, die zweieinhalb Jahre lang Furchen in seine Stirn grub und das Licht in seinen Augen dämpfte, ist verschwunden. Er hat das Gesicht eines Mannes, der glücklich ist, zufrieden mit seinem Los, der endlich den Frieden gefunden hat, den er zu lange suchen musste. Das Gesicht eines Mannes, der nach einer schmerzvollen Phase emotionaler Not wiederhergestellt ist. Es wärmt mir das Herz, wieder die Überschwänglichkeit des Mannes zu sehen, den ich geheiratet habe, und es tröstet mich zu wissen, dass er diese Eigenschaft zurückerhalten hat, auch wenn ich an ihr nicht mehr teilhaben kann. Ellie und Eve habe ich zu verdanken, dass Max wieder er selbst ist. Ohne sie hätte er es nicht geschafft. Nicht ohne sie beide. Das weiß ich.

Ich betrachte Ellie und das ungehemmte Grinsen, das ihr Gesicht belebt, und in ihren Augen steht nichts als helle Freude. Welche Vorbehalte sie gegen Eves dauerhafte Teilhabe an ihrem Leben auch gehegt haben mag, sie haben sich eindeutig längst verflüchtigt.

Als ich den Blick wieder durchs Zimmer schweifen lasse, empfinde ich kein Bedauern um meine Dinge, die nicht mehr dort sind, sondern fühle mich überraschend erleichtert über ihre Abwesenheit. Eves Besitz in dem Haus zu sehen, das einmal mein Zuhause war, kommt mir nicht vor wie ein Thronraub, obwohl ich damit gerechnet hatte, sondern wie eine Befreiung vom Ballast der Vergangenheit. Plötzlich fühle ich mich entlastet, als hätten diese materiellen Besitztümer mich an die Welt der Lebenden gebunden wie eine Schnur, die nun zerschnitten wurde und mich von der Bürde meiner eigenen Trauer erlöst.

Als ich mich nun im Haus umsehe, dem Haus, in dem ich so viele glückliche Zeiten mit Max und Ellie erlebt habe, entdecke ich Fremdartigkeit und Vertrautheit in einem. Es ist, das weiß ich nun, nicht mehr mein Haus. Es lässt mich endlich ziehen, so wie ich es ziehen lasse.

Max schlürft demonstrativ seine Tasse leer. Um zu beweisen, dass er zu seinem Wort steht, springt er vom Sofa auf und zerrt Ellie dabei mit sich. Als das Trio lachend und juchzend ins Obergeschoss hochgeht, bleibe ich ohne die Absicht, ihm zu folgen, noch im Wohnzimmer. Ich möchte ihnen die Privatsphäre lassen, die ihnen so oft genommen wurde, weil mir unwohl ist, dass ich mich immer wieder in ihr Leben gedrängt habe. Es wird Zeit, dass ich sie allein auspacken lasse.

33

Gelächter durchdringt die Wolken, und als sie sich endlich auflösen, finde ich mich zu Hause in der Küche mit Ellie und Eve wieder. Sie kochen oder backen gerade. Den Zutaten zufolge und den Liedern, die aus dem iPod-Dock kommen, wird es ein Weihnachtspudding.

Sie singen beide zu der Musik. Ellies Nase ist mehlbestäubt, und sie fischt so oft mit der Hand in der Tasse mit den Rosinen, dass Eve sie noch einmal nachwiegt, ehe sie sie in die Rührschüssel gibt. Sie wirken wie ein gutes Team. Eine harmonische Familie. Wüsste man es nicht besser, könnte man sie für Mutter und Tochter halten.

»Was müssen wir denn jetzt machen?«

»Das ist recht einfach, aber erzähl niemandem, dass ich das gesagt habe, weil alle ganz beeindruckt sein werden, dass wir den Pudding komplett selbst gemacht haben! Sobald alles zusammengemischt ist, decken wir die Schüssel ab, wickeln eine Schnur darum und kochen sie ungefähr fünf Stunden im Wasserbad.«

»Fünf Stunden? Das ist ja eine Ewigkeit! Aber dann ist er fertig?«

»So ziemlich. Wir hätten ihn schon vor drei Wochen kochen sollen. Eine Woche ist im Grunde nicht lang genug. Idealerweise gießt man ungefähr einen Monat vor Weihnachten alle paar Tage ein bisschen Brandy darüber, damit der Pudding dann richtig gut schmeckt.«

»Brandy? Also werde ich davon betrunken?«

Eve lacht und tupft Ellie spielerisch noch ein bisschen mehr Mehl auf die Nasenspitze. »Ja, möglich. Aber weil wir dieses Jahr dazu keine Zeit haben, passiert dir wohl nichts.«

Eve stellt die Schale in einen großen Stieltopf und gibt kochendes Wasser hinzu, dann fangen beide an, das Chaos zu beseitigen, das sie angerichtet haben.

»Eve? Du weißt doch, dass jeder sagt, Weihnachten ist die Zeit im Jahr, wo man am glücklichsten sein soll? Es ist nämlich so, dass ich manchmal gar nicht glücklich bin. Ich bin dann sogar trauriger als sonst je.«

Eve hält beim Abwischen der Arbeitsfläche inne und wendet sich meinem kleinen Mädchen zu. In Ellies Gesicht zeichnet sich ein Ernst ab, der umso auffälliger ist, weil man noch ihre Verspieltheit von gerade eben vor Augen hat.

»Warum bist du denn traurig, Mäuschen? Freust du dich nicht auf Weihnachten? Wir werden eine tolle Zeit haben, mit Oma und Opa und Onkel Connor am ersten Weihnachtstag und dann in Salisbury bei Nanna am zweiten Feiertag. Darüber wirst du doch nicht traurig sein, oder?«

Ellie scheint sich kurz von Eves Begeisterung anstecken zu lassen, doch dann tritt ihr Kummer wieder zutage. Ihre Augen werden feucht, und eine traurige einzelne Träne läuft ihr die Wange hinunter.

»Was hast du, Ellie? Was bedrückt dich denn plötzlich so?«

Eve nimmt Ellie bei der Hand und führt sie zum Küchentisch, wo sie sich setzt und mein Mädchen auf den Schoß zieht. Sie folgt einem Mutterinstinkt, wie er natürlicher nicht sein könnte, und ich kann Eve nichts vorwerfen. Es ist, als hätte sie es ihr Leben lang getan.

»Gerade wenn ich mich wegen Weihnachten freue, habe ich ein schlechtes Gewissen, weil Mummy Weihnachten so gern hatte und ich weiß, wie traurig sie wäre, alles zu verpassen.«

Ihr Geständnis endet mit einem elenden Schluchzen, als Ellie die Schlacht gegen die Tränen verliert. Zugleich mit der Sehnsucht, sie in die Arme zu nehmen und zu trösten, empfinde ich großen Stolz auf sie. Ich frage mich, wie viele Kinder ihres Alters so nachdenklich wären, so sensibel, und ob es ihr immer bestimmt war, so mitfühlend zu sein, oder ob mein Tod sie einfühlsamer gemacht hat, als sie andernfalls geworden wäre.

Eve hält Ellie in den Armen und streicht ihr sanft über die Wange. »Ich bin mir ganz sicher, du und deine Mummy hattet ganz wunderbare Weihnachtsfeste zusammen. Und obwohl sie nicht mehr da ist, bleiben dir ja immer die Erinnerungen an diese Weihnachten, oder?«

Ellie antwortet mit einem beinahe unmerklichen Nicken. Als sie spricht, klingt ihre Stimme zögerlich und kaum lauter als ein Wispern. »Ich glaube, an Weihnachten vermisse ich Mummy am meisten.«

Und an Weihnachten vermisse ich dich auch am meisten, mein Engel, wenn das überhaupt möglich ist, da ich dich jeden Tag mit einer Wucht vermisse, die mir Angst gemacht hätte, wäre ich von jemandem vor ihrem Ausmaß gewarnt worden, ehe ich hierherkam. Ich wünschte, du könntest jetzt wissen, Ellie, wie sehr du geliebt und vermisst wirst und wie unglaublich stolz ich auf dich bin.

Eve wischt Ellies feuchtes Gesicht mit einem sanften Streicheln ihrer Finger ab. »Warum erzählst du mir nicht ein paar deiner schönsten Erinnerungen an Weihnachten mit Mummy?«

Ellie holt mehrmals tief Luft, um die Tränenflut einzudämmen und sich ihre Antwort zu überlegen. »Ich mochte es, wenn ich aufgewacht bin und vor meiner Zimmertür den Sack mit den Geschenken gefunden habe, die der Weihnachtsmann dagelassen hatte. Ich bin damit zu Mummy und Daddy ins Schlafzimmer gegangen und zu ihnen ins Bett gekrabbelt, und dann haben sie mir zugesehen, wie ich all meine Geschenke aufgemacht habe. Das war immer das Beste am ganzen Tag, finde ich.«

Das finde ich auch. Ich erinnere mich an Ellie an ihrem ersten Weihnachtsfest, als sie noch kein Jahr alt und viel versessener darauf war, ihre Krabbel- und Kletterfertigkeiten auf unserem Bett zu erproben, als geduldig zwischen uns zu sitzen. Max und ich wechselten uns damit ab, Geschenke für sie zu öffnen, lachten darüber, wie begeistert sie mit dem Geschenkpapier raschelte und knisterte und wie wenig sie die Spielzeuge in den Paketen interessierten. Und dann, Jahr für Jahr, kehrte sich das Verhältnis dieser Faszination langsam um, bis sie an ihrem dritten Weihnachtsfest begriffen hatte, dass das Abreißen des glitzernden bunten Papiers nur ein Mittel darstellte, um an das richtig Tolle zu kommen, das darin verpackt war. Dieses dritte Weihnachtsfest war wirklich zauberhaft. Ellie floss über vor Begeisterung über den bevorstehenden Besuch des Weihnachtsmanns und folgte mir auf Schritt und Tritt in der Küche. Ihre Vorfreude erreichte Fieberstärke, als ich ein Glas Milch und ein Minztörtchen für ihn hinstellte und eine Möhre für Rudolph danebenlegte. Sie konnte von nichts anderem reden als von dem Mann, der auf einem Schlitten durch die Luft fliegt, um ihr Geschenke zu bringen. Mit ihren endlosen Fragen und ihrer Sorge über Santa Claus' Wohlergehen brachte sie uns immer wieder zum Lachen:

»Friert er denn nicht in der kalten Nacht?«

»Ist er denn nicht furchtbar müde, wenn er gar keinen Schlaf bekommt?«

»Was, wenn die Rentiere in der Dunkelheit irgendwo gegenrennen und er sich wehtut?«

»Was, wenn er unser Haus vergisst?«

Letzteres, das konnte ich ihr versichern, würde niemals geschehen.

»Und was war dein schönstes Weihnachtsgeschenk aller Zeiten?«, fragt Eve.

Ellie braucht kaum nachzudenken, bis sie auf Eves Schoß herumhüpft, als müsste eine neu getroffene Entscheidung dringend heraus. »Ich weiß es! Es war mein letztes Weihnachten mit Mummy, und als ich alle Geschenke in meinem Sack geöffnet hatte, sagte Dad, dass Santa Claus noch etwas für mich unten gelassen hat, weil es zu schwer war, um es zu meinem Zimmer hochzutragen. Dann gingen wir alle ins Wohnzimmer, und da stand ein funkelnagelneues Fahrrad mit einer großen roten Schleife am Lenker. Das war auf jeden Fall meine größte und tollste Weihnachtsüberraschung aller Zeiten.«

»Das klingt nach fantastischen Weihnachten, Ellie. Ganz sicher wirst du es niemals vergessen. Weißt du, ich habe gerade überlegt, was wir heute Nachmittag machen wollen. Warum basteln wir nicht eine Andenkenkarte, auf der du alle deine guten Erinnerungen an deine Mummy aufschreibst?«

Eve klingt fröhlich und ermutigend, und was eine Andenkenkarte auch sein mag, ich bin ihr dankbar, dass sie versucht, Ellies Traurigkeit einzudämmen.

»Was ist eine Andenkenkarte?«

»Eine große Collage aus Fotos, Erinnerungsstücken, Souvenirs – alles, was du hast, womit du deine schönsten Zeiten mit Mummy in Verbindung bringst. Wir sammeln das alles und kleben es auf ein großes Stück Karton, und den können wir dann in deinem Zimmer aufhängen, sodass du ihn jeden

Abend, bevor du einschläfst, und jeden Morgen beim Aufwachen sehen kannst. Wir könnten sie basteln, solange Dad noch beim Fußball ist. Klingt das gut?«

Es klingt wundervoll.

Ellie springt von Eves Schoß. Ihre Energie ist von solch einem herzerwärmenden Vorschlag neu entfacht, und sie eilt zum Wohnzimmer. »Das finde ich toll. Können wir sofort anfangen? Im Fernsehschrank ist eine große Schachtel mit Fotos, und ich hole meine Schatzkiste aus meinem Zimmer. Da sind ganz viele Sachen von Ausflügen mit Mummy drin.«

Während Ellie davonschießt, um greifbare Erinnerungen zusammenzusuchen, betrachte ich Eve dankbar, wie sie Ellie nachsieht, ein liebevolles Lächeln im Gesicht. Leicht kann es nicht sein, so spät auf diese Familienparty zu kommen und durch ein Minenfeld von Hinterbliebenenetikette zu tapsen, oder? Ich habe zu viel Zeit damit verbracht, eifersüchtig zu sein, weil sie meine Rolle einnimmt, weil sie mein Leben lebt, obwohl ich es nicht mehr leben kann. Dabei habe ich manche bewundernswerte Eigenschaft an ihr vielleicht übersehen: ihren freundlichen Umgang mit Ellie, ihr Mitgefühl und ihre Liebe für Max, ihre Großzügigkeit mir gegenüber, der Frau, die seit dem ersten Treffen vor sechzehn Monaten wenig mehr getan hat, als sich über sie zu beschweren.

Vielleicht wird es Zeit, dass die Toten den Lebenden gegenüber genauso viel Großzügigkeit erweisen wie umgekehrt.

Ellie ist wieder am Küchentisch. Sie wühlt in zwei großen Schachteln und zieht verschiedene Andenken hervor, um sie Eve zu zeigen, die vier weiße DIN-A4-Blätter auf eine Pappe geklebt hat und nun dasitzt und wartet, Schere und Klebstoff griffbereit.

»Was ist das, Ellie?«

»Das ist meine Eintrittskarte in den Parthenon. Mummy und Daddy haben mich mit nach Griechenland genommen, und das war unser bester Urlaub aller Zeiten. Da gab es in Athen ein Restaurant, wo wir fast jeden Abend hingegangen sind, weil sie die leckersten Garnelen vom Grill auf der Welt hatten. Dann fuhren wir auf eine Insel – ich weiß nicht mehr, wie die hieß –, und das Meer war so klar, dass man ganz tief reingehen konnte, und man konnte noch immer seine Zehen sehen. Und mittags war es oft so heiß, dass wir in unsere Ferienwohnung gehen mussten. Aber wir hatten eine richtig gemütliche Hängematte, und Mummy oder Daddy legte sich mit mir rein, und wir lasen zusammen Bücher. Eines Tages möchte ich noch mal dorthin zurück.«

Ellie schließt die ausführliche Schilderung eines Urlaubs ab, von dem ich nicht zu hoffen gewagt hätte, dass sie sich an ihn erinnern würde, und kramt dabei in den Schachteln nach weiteren Schätzen.

»Na, dann sollte die Eintrittskarte doch wohl auf jeden Fall auf die Andenkenkarte, oder? Und vielleicht finden wir auch ein Foto aus diesem Urlaub?«

»Ja, auf jeden Fall. Ich glaube, wenn ich groß bin, möchte ich Archäologin werden. Das wäre richtig cool. Man gräbt Sachen von vor Tausenden von Jahren aus, und dann guckt man, wem sie gehört haben. Das ist wie ein Puzzle, nur dass man keine Schachtel mit dem Bild hat, auf dem man nachgucken kann, wie es aussehen soll. Ich glaube, das wäre ein total cooler Job.«

Sie ist wirklich besonders, mein kleines Mädchen. Ich habe keine Zweifel, dass sich ihre Berufspläne im Laufe des kommenden Jahrzehnts noch unzählige Male ändern werden, doch im Moment empfinde ich große Freude darüber, dass ihr gegenwärtiges Ziel unentwirrbar mit Unternehmungen verknüpft ist, die sie mit Max und mir gemacht hat.

»Bist du das auf dem Bild, Ellie?«

Meine Kleine sieht es an und kichert. »Ja, das bin ich als Frau Marienkäfer, als wir in der Schule *James und der Riesenpfirsich* aufgeführt haben. Dad hat irgendwo ein Video davon, das ist total peinlich. Ich war erst fünf. Alle haben immer ihren Text vergessen, und die Lehrerin musste ihn uns zurufen. Aber Mummy hat mir mein Kostüm genäht, und es war auf jeden Fall das beste Kostüm im ganzen Stück.«

Ich erinnere mich an das Marienkäfer-Kostüm. Ich habe stundenlang daran gesessen. Bei den Anproben war Ellie das ungeduldigste Model der Welt – sie sträubte sich jedes Mal, wenn ich versuchte, etwas zu ändern –, aber als ich es ihr endlich vor dem Spiegel vorführen konnte, betrachtete sie ihr Spiegelbild mit solcher Verwunderung, dass die Stunden an der Nähmaschine für mich völlig bedeutungslos wurden. Ich sehe noch heute, ganz lebhaft, diesen Ausdruck auf ihrem Gesicht – den Ausdruck von jemandem, den die eigene Verwandlung in den Bann schlägt.

»Es gibt noch einen Haufen anderer Sachen, die ich auf der Andenkenkarte haben möchte, Eve. Ich suche ein Bild von Mummy und mir am Klavier – ich weiß, dass es irgendwo eins gibt –, denn sie hat mir Melodien wie *Twinkle, Twinkle* beigebracht. Und ich suche mein Seepferdchen-Abzeichen, weil Mummy und Daddy mir das Schwimmen beigebracht haben. Und ich habe auch noch die Eintrittskarte von damals, als Mummy mich zu *Mary Poppins* mit ins Theater genommen hat. Oh, und im Ballett waren wir auch, *Der Nussknacker* im Opernhaus. Die Karten gehören da unbedingt drauf. Kann ich auch eine Seite aus meinem Übungsbuch reinkleben, wo ich ein goldenes Sternchen für meine Rechtschreibung bekommen habe? Denn Mummy hat mir immer bei den Hausaufgaben geholfen. Das wäre doch okay, oder?«

»Es wäre wunderbar. Das sind alles ganz tolle Dinge für deine Andenkenkarte. Ellie, ich weiß, dass es wirklich sehr traurig ist, dass du deine Mummy schon so früh verloren hast, aber es klingt ganz danach, als hättet ihr richtig schöne Zeiten miteinander verlebt. Ich finde sogar, du hast mit deiner Mummy mehr Schönes erlebt als einige Kinder mit Mummys, die viel, viel länger da sind.«

Eve hat recht. Wir hatten schöne Zeiten zusammen, Ellie und ich. Manchmal habe ich sie betrachtet, wenn wir zusammen im Theater oder im Kino waren oder einfach im Park spazierten oder eine Galerie besuchten, und ich dachte immer, welches Glück ich doch hätte, eine Tochter zu haben, mit der alles solchen Spaß machte. Ich hatte Freundinnen, die sich beklagten, dass ihre Männer am Wochenende zu diversen Sportaktivitäten verschwanden, doch mir kam das immer vor wie ein besonderes Geschenk. Die vielen Nachmittage mit Ellie, an denen wir allein durch die Stadt zogen – ich hätte sie gegen nichts eingetauscht.

Ellie blickt auf das Foto, das sie hält – sie, Max und ich fahren im Innenhof von Somerset House Schlittschuh –, und scheint plötzlich nicht mehr so ganz überzeugt zu sein von Eves guter Idee.

»Aber ich vermisse sie noch immer. Manchmal vermisse ich Mummy umso mehr, wenn ich mich an schöne Zeiten mit ihr erinnere.«

Eve streicht Ellie eine lose Locke aus der Stirn und klemmt sie wieder in die rote Haarspange. »Aber natürlich vermisst du sie noch, Ellie. Du wirst sie vermutlich immer vermissen. Aber überleg nur, auf wie viele Arten deine Mummy noch immer bei dir ist, so, wie in all den Dingen, von denen du mir gerade erzählt hast. Schwimmen und auf dem Klavier spielen und deine Hausaufgaben gut machen; das sind alles Dinge, die Mummy dich gelehrt und dir gegeben hat, und du wirst sie immer für dich haben. Ich bin auch sicher, dass es da noch viel mehr gibt. Zum Beispiel Mummys Bratkartoffeln – überleg nur, wie viele Menschen die noch genießen werden, weil sie dir das Rezept verraten hat! Solche Bratkartoffeln machst du vielleicht noch in fünfzig Jahren, für deine eigenen Kinder bestimmt und vielleicht sogar noch für deine Enkel, und das nur, weil Mummy dir gezeigt hat, wie man sie zubereitet. Das ist doch wirklich etwas Besonderes, oder?«

Ellie kichert, vielleicht über die Vorstellung, Bratkartoffeln könnten etwas Besonderes sein, oder über den Gedanken, eines Tages eigene Kinder zu haben.

»Das wäre also so wie damals, als Mummy mir zeigte, wie man lustige Stimmen für Märchenbücher macht, denn jetzt mache ich sie beim Vorlesen für alle meine Freundinnen in der Schule, und alle lachen sich kaputt. Oder wie sie mir zeigte, wie man ganz leicht das Gesicht eines Hundes malt, und alle in meiner Klasse finden das richtig clever?«

»Ganz genau, Ellie. Das sind beides sehr gute Beispiele. Und genau so funktioniert das Erinnern auch. Ich bin deiner Mummy nie begegnet, aber mir kommt es vor, als würde ich sie kennen, weil ich von dir und Dad so viele schöne Geschichten von ihr gehört habe. Deshalb weiß ich von vielen Dingen, die ihr drei zusammen gemacht habt, und was für ein Mensch sie war, auch wenn ich nie die Gelegenheit hatte, sie persönlich kennenzulernen.«

Ich bin erschrocken und fühle mich ganz schön kleinlaut. Die ganze Zeit habe ich angenommen, es müsse Eve schwerfallen, ihr wehtun, sie sogar wütend machen, in eine

Familie zu kommen, in der die Erinnerung an ihre Vorgängerin so stark in der Luft hängt. Nun aber verrät mir Eve, dass ich es falsch gesehen habe, dass sie es nicht nur duldet, wenn von mir die Rede ist, sondern sogar ihr Möglichstes tut, um mir in Max' und Ellies Leben Raum zu verschaffen.

»Sieh nur, wie viele Menschen du bereits auf deiner Andenkenkarte hast, Ellie. Nicht nur dich, Mummy und Dad, sondern auch Granny, Grandpa, Nanna, Harriet, Connor ... und ist das ein Foto von dir mit Mummys Arbeitskollegen? Weißt du, obwohl sie so jung gestorben ist, hat deine Mummy das Leben von vielen Menschen berührt, und sie haben alle ihre eigenen Erinnerungen an sie. Auf diese Weise ist sie noch immer hier bei uns allen.«

Ellie studiert die Karte unseres gemeinsamen Lebens, die sie angefertigt hat, und zum ersten Mal bin ich sicher, dass Max und Ellie – mit ein wenig Hilfe von Eve – ergebene Hüter unserer gemeinsamen Erinnerungen sein werden.

»Meine Mummy war wirklich besonders. Sie wusste immer, wenn ich den Kopf gestreichelt haben wollte, und egal, wie traurig ich war, sie konnte mich immer aufheitern. Abends, wenn sie mich ins Bett brachte, spielten wir immer dieses Spiel, wo ich ihr sagte, dass ich sie bis in den Himmel und um die ganze Welt herum liebe. Und sie sagte mir dann, dass sie mich bis in den Himmel und um die ganze Welt herum und wieder zurück liebt, und dann sagte ich, auch um den Mond, und sie sagte, und um die Planeten, und manchmal machten wir damit ewig weiter, bis wir das ganze Sonnensystem durchhatten. Und Mummy hörte immer damit auf, dass sie mich lieb hätte bis in die Unendlichkeit und noch weiter, wie Buzz Lightyear in *Toy Story*, und dann gab sie mir einen dicken Gutenachtkuss und machte das Licht aus. Manchmal wollte ich dann noch mal von ihr zugedeckt werden und ihr sagen, dass ich sie lieb habe.«

Ellie starrt auf die Andenkenkarte und spielt geistesabwesend mit dem Klebestift, doch in dem Bild, das ich jetzt vor Augen habe, ist Ellie fünf Jahre alt und liegt kichernd im Bett, nachdem wir uns gegenseitig unsere Liebe per Kurztrip durchs Universum bekundet haben. Ich habe dieses Zubettgehritual geliebt. Und ich liebe es auch, dass sie sich noch immer daran erinnert.

»Warum machst du es dann nicht, Ellie? Nichts hält dich davon ab, deiner Mummy zu sagen, dass du sie lieb hast. Schau, hier ist ein wirklich schönes Foto von ihr, von dem Tag, an dem sie deinen Dad heiratete. Du könntest es ihr jetzt sagen.«

Ellie wirkt unsicher. »Wäre es ein bisschen so, wie dass Mummy mit mir gesprochen hat, ehe ich geboren wurde?«

»Wie meinst du das?«

»Dad hat mir erzählt, dass Mummy ganz viel mit mir geredet hat, als ich noch in ihrem Bauch war. Sie hat mir alles von der Welt erzählt, bevor ich sie selbst sehen konnte. Wäre es ein bisschen so, wenn ich jetzt mit Mummy sprechen würde?«

»Ja, ich glaube, es wäre so ziemlich das Gleiche. Denn damals konnte Mummy dich nicht sehen, so, wie du heute sie nicht sehen kannst, doch das hat sie nicht davon abgehalten, dir Dinge zu erzählen, so, wie du jetzt ihr Dinge erzählen möchtest.«

Ellie nimmt das Foto, das Eve ihr gegeben hat. Es ist ein Porträt von mir, aufgenommen nur wenige Momente, nachdem der Standesbeamte uns zu Mann und Frau erklärt hat. Ich strahle, aber nicht in die Kamera, sondern zur Seite und nach oben, auf etwas außerhalb des Bildes. Dieses »Etwas« war

Max, und ich glaube, abgesehen von der Geburt Ellies war es der glücklichste Moment in meinem Leben.

Meine kleine Tochter betrachtet das Foto und sieht dann Eve auf der Suche nach Unterstützung an, die sie ihr in Form eines ermutigenden Lächelns und eines auffordernden Nickens schenkt.

»Mummy, ich wollte dir nur sagen, dass ich dich vermisse, und ich hoffe, dass es dir gut geht und dass du uns nicht allzu sehr vermisst. Ich wollte dir auch sagen, dass ich dich an Weihnachten ganz besonders vermisse. Hoffentlich hast du eine schöne Zeit, wo immer du bist! Und ich wollte dir unbedingt sagen, dass ich noch immer die ganze Zeit an dich denke, obwohl du nicht mehr hier bist, und dass ich dich ganz, ganz doll lieb habe.«

Ich versuche, meine Wangen zu trocknen, doch ein konstanter Strom von Tränen ersetzt die, die ich abwische. Ich hätte nie gedacht, dass ich jemals hören würde, wie noch einmal jemand diese Worte zu mir sagt. Und von allen Menschen auf der Welt gibt es niemanden, von dem ich sie lieber hören würde als von meinem wunderbaren kleinen Mädchen.

Denn ich habe dich auch lieb, Engel, mehr als du jemals ahnen könntest. Mehr als ich je für möglich hielt. Bis in die Unendlichkeit und weiter.

Ellie legt das Foto auf den Tisch, die Vorderseite nach unten, und tupft Klebstoff auf die Rückseite, dann befestigt sie es in der rechten oberen Ecke ihrer Andenkenkarte. »Meinst du, das ist so richtig?«

»Ich glaube, das war einfach perfekt, Ellie.«

Ellie sieht mit ruhigem Gesicht auf.

Ihre kleine Ansprache hat vielleicht die Katharsis gebracht, die sie brauchte.

»Ich glaube, ich bin fast fertig. Ach, da ist noch was, das drauf soll.«

Ellie sucht in ihrer Schachtel mit den besonderen Schätzen und gräbt schließlich einen dicken Stapel gelber Post-it-Notizen aus.

»Was ist das?«

»Das sind Zeichnungen, die Mummy für mich gemacht hat. Als ich klein war, hatte ich manchmal schlimme Träume, und ich fand es dann richtig schwer einzuschlafen, weil ich solche Angst hatte vor dem, was ich träumen würde. Jeden Abend hat mir Mummy deshalb etwas Nettes gemalt, wenn ich ins Bett sollte – einen Engel oder eine Fee oder ein großes lachendes Gesicht –, und das hat sie über mein Bett geklebt und mir gesagt, es passt auf mich auf, während ich schlafe, damit ich keine Albträume bekomme.«

Ich wusste nicht, dass sie sie alle aufgehoben hat. Ich weiß noch, wie ich versuchte, mir jeden Abend ein neues freundliches Bildchen auszudenken, ungefähr einen Monat lang, bis die Albträume genauso plötzlich verschwanden, wie sie gekommen waren.

»Gut, ich bin fertig.«

»Schön, sollen wir in dein Zimmer gehen und die Karte aufhängen?«

Ellie nickt, und zusammen tragen sie die Collage nach oben ins Kinderzimmer.

»Was meinst du? Sollen wir sie auf dem Kaminsims aufstellen, damit du sie sehen kannst, wenn du im Bett liegst? Schau mal!«

Sie setzen sich zusammen aufs Bett, und Eve legt Ellie einen Arm um die Schultern.

»Ich glaube, deine Mummy wäre stolz darauf, du nicht? Da sind ein paar wirklich schöne Erinnerungen drauf.«

Ellie nickt. Ihr halbherziges Lächeln kann nicht ganz von der Traurigkeit in ihren Augen ablenken.

»Du vermisst sie, Ellie; das ist aber ganz natürlich. Und du weißt auch, dass das richtig so ist, oder? Denn jeder Mensch hat nur eine Mummy, und das ist es, was die Mummy für jemanden so ganz besonders macht.«

Eve versucht, Ellie in die Augen zu blicken, doch ihr Gesicht bleibt betrübt.

»Du weißt doch, dass ich nicht hier bin, weil ich versuchen will, sie zu ersetzen, oder? Niemand kann das, denn deine Mummy war und bleibt für dich einzigartig. Aber ich hoffe, dass du und ich sehr gute Freundinnen werden und du mir immer viele Dinge über deine Mummy erzählst, denn es klingt so, als sei sie ein außergewöhnlicher Mensch gewesen. Ich weiß sogar, dass sie das gewesen sein muss, denn sie hat dich zur Welt gebracht, und du bist jemand ganz Besonderes.«

Ellie begibt sich in Eves Arme, und ihre Umarmung scheint die Zeit stillstehen zu lassen und beide sicher in einer Umlaufbahn der Hoffnung für die Zukunft zu halten.

»Danke, dass du das mit mir gemacht hast, Eve. Ich mag es wirklich, wenn du hier bist, sogar sehr.«

Eve lacht und küsst Ellie auf den Scheitel. »Ich kann dir versichern, dass es mir genauso geht, Mäuschen. So, was meinst du, sollen wir nach unten gehen und schauen, ob wir beim Weihnachtspudding das Wasserbad nachfüllen müssen?«

Ellie hüpft vom Bett, und Hand in Hand verlassen die beiden den Raum.

Ich bleibe im Kinderzimmer und werfe noch einen Blick auf die Andenkenkarte, die stolz auf dem Kaminsims steht. Sie ist wirklich hübsch. Ellie hat über einige Dinge Titel geschrieben, andere hat sie unkommentiert gelassen, weil sie für sie wohl selbsterklärend sind. Ich entdecke ein Foto von uns dreien bei unserem Zoobesuch – wir müssen jemanden gebeten haben, uns aufzunehmen, aber ich erinnere mich nicht mehr. Ein anderes Foto gehört zu meinen Lieblingsbildern und zeigt Mum, Ellie und mich in Mums Garten in Salisbury: Frauen aus drei Generationen im Sonnenschein aufgereiht, lächelnd vor dem Hintergrund eines Rosenstrauchs in voller Blüte.

Mir ist, als hätte ich lange die Kürze meines Lebens bedauert. Überzeugt, dass es nicht lang genug gewesen wäre, um irgendeine Bedeutung zu hinterlassen, habe ich lange um die Ziele getrauert, die ich nie erreichen, und die Erfolge, die ich nie erringen konnte. Doch jetzt begreife ich, dass das nur eine Sicht der Dinge ist. Es war das Urteil einer Frau, die verbittert und zornig gewesen ist und ihr Glas als halb leer betrachtete, eine Frau, der das Lebenselixier gestohlen wurde, das sie für ihr rechtmäßiges Eigentum hielt. Doch es gibt eine andere Sichtweise, die durch den Nebel und Dunst der frühen Trauer gerade erst in Sicht tritt, eine insgesamt hellere Landschaft eines von fortdauernder Liebe, erledigten Aufgaben und sowohl monumentalen als auch alltäglichen Erlebnissen erfüllten Lebens, an das die Lebenden sich bis an den Tag ihres eigenen Todes erinnern werden.

Ich betrachte ein Foto von Ellie, auf dem sie mit mir und Max im Haus seiner Eltern vor dem Weihnachtsbaum sitzt, ein Foto aus dem letzten Jahr, das uns zusammen vergönnt war. Sie wirkt so zufrieden und sorgenfrei, und zum ersten Mal seit meinem Tod kommt mir der Gedanke, dass nur ein Hindernis zwischen Ellie und einem glücklichen Familienleben steht, dass nur eine Sache getan werden muss, damit sichergestellt ist, dass sie die Zukunft haben kann, die sie braucht und verdient. Ich weiß nur nicht, ob ich dazu schon bereit bin. Ich weiß nicht einmal, ob ich dazu fähig bin, ob ich die mütterliche Aufopferung damit nicht zu weit treiben würde. Doch wenn Eve in der Lage ist, mir solche Großzügigkeit zu erweisen und meiner Tochter solch große Freundlichkeit und meinem Mann solche Liebe zu schenken, dann muss ich sicherlich versuchen, mich zu überwinden und mich zu revanchieren.

34

Ich bin erstaunt. Positiv erstaunt, aber dennoch erstaunt. Ich habe mir eingeredet, dass ich heute vielleicht hier sein darf, doch nie wirklich damit gerechnet. Es ist, als dürfte ich in diesem Jahr alle Highlights miterleben: erst Ellies Geburtstag, dann der von Max, und nun dies – das Weihnachtsfest. Na ja, Harriets Party an Heiligabend.

Harriets Heiligabend-Party ist seit über zehn Jahren ein Ereignis. Seit ich mit Max zusammengezogen bin und sie ihre erste Eigentumswohnung gekauft hat. Die Gästeliste ist immer ziemlich wahllos oder zufällig, je nachdem, wie man es nimmt; es sind stets ein paar alte Freunde von der Universität da, zahlreiche Kollegen, einige entsetzlich gut aussehende Männer, bei denen Harriet mit dem Gedanken spielt, sie zu verführen, ihre nächsten Angehörigen und die Menschen, die sie stets zuckersüß als ihre »weitere« Familie bezeichnet: mich, Ellie, Connor, meine Mum, sogar Joan und Ralph. Sie lädt sie immer alle ein. Dieses Jahr bin ich die Einzige von ihnen, die nicht anwesend ist. Nicht sichtbar anwesend zumindest.

Sie hat sich diesmal mit der Dekoration selbst übertroffen. Das georgianische Haus in Islington, das sie im Jahr meines Todes gekauft hat, ist angelegt, als hätte der Architekt die ganze Zeit an Weihnachtspartys gedacht: majestätische Decken, bis zum Boden reichende Fenster, polierte Parkettfußböden und offene Kamine in jedem Zimmer. Heute Abend ist das Wohnzimmer im Erdgeschoss von transparenten, über die Bücherregale drapierten Lichterketten beleuchtet, und ein Christbaum, der groß genug für ein Kaufhaus und mit goldenen und silbernen Kugeln behängt ist, beherrscht die eine Ecke des Raumes. Auf dem Tisch flackern Teelichter in Milchglashaltern und bescheinen die großen Servierplatten mit Speisen, die Harriet mit Sicherheit heute Nachmittag vom hiesigen Feinkostgeschäft hat liefern lassen: gefüllte Weinblätter, kleine Blätterteigpasteten mit sonnengetrockneten Tomaten, Seebarschspalten, Rinder-Carpaccio, dicke Kalamata-Oliven und eine Auswahl an Käse, wie man sie sonst nur in einem Fünf-Sterne-Restaurant oder einem Spezialgeschäft findet. Am anderen Ende des Tisches stehen vier Sektkübel, jeder mit einer eigenen Flasche Pol Roger bestückt, für die es ohne Zweifel im Kühlschrank ausreichend Nachschub gibt. Wenn man Harriet eines nicht vorwerfen kann, dann, dass sie nicht wüsste, wie man stilvoll eine Party schmeißt.

Als ich den Raum absuche, entdecke ich Ellie. Sie steht an einem Fenster und spielt etwas mit Connor. Es scheint darum zu gehen, dass sie ihm so fest auf den Arm boxt, wie sie kann, ohne dass er mit der Wimper zuckt. Ich vermute, hier ist eine Frau, auf die er ein Auge geworfen hat, und dass seine gleichzeitige Zurschaustellung von Machotum und Onkelhaftigkeit zu seiner Masche gehört.

Meine Mum steht am Bücherregal und unterhält sich mit … Eve! Das hätte ich am allerwenigsten erwartet.

Und die Gastgeberin selbst sitzt auf einem hellgrauen Sofa von Conran und ist in ein Gespräch mit meinem Mann vertieft.

Max balanciert einen Teller voll Essen in einer Hand, während er mit der anderen eine Champagnerflöte an den Mund hebt und trinkt, und ich bemerke, dass etwas fehlt, etwas, von dem ich nicht erwartet hätte, dass es so bald fehlen würde, etwas, auf dessen Fehlen ich mich nicht angemessen vorbereitet fühle.

Sein Ringfinger ist betont nackt. Ich erkenne gerade einen sehr schwachen Kreis aus blasserer Haut, wo der breite Platinreif fast ein Jahrzehnt lang gesteckt hat und wo er bis zum Tag von Max' Tod bleiben sollte.

Ein Stich der Zurückweisung durchfährt mich, ein Angriff der Zwillingsmächte Neid und Verrat. Fast ergebe ich mich ihnen, ehe ich Max' Stimme wieder in meinem Kopf höre. Die Worte, mit denen er Ellie vor all den Monaten beruhigt hat, wiederholen sich immerfort wie ein gelassenes, beharrliches Mantra und bringen mich allmählich auf den sicheren Boden der Realität zurück. Der Ring signalisiert nicht Liebe, sondern Verpflichtung, und dieser Verpflichtung ist Max genauso sehr beraubt worden wie ich an dem Tag, an dem ich ihn gegen meinen Willen verlassen habe.

»Es tut mir leid, wirklich leid. Ich weiß noch immer nicht, was an dem Tag über mich gekommen ist. Ich hoffe, du kennst mich gut genug, um zu wissen, dass ich normalerweise nicht so unsensibel bin. Aber was ich zu dir sagte, war vollkommen unmöglich, und ich fühle mich seitdem schrecklich.«

Als Max sein Glas auf dem Boden abstellt, versuche ich, nicht auf seinen leeren Finger zu blicken oder darüber nachzudenken.

»Es ist okay, Max. Wirklich. Entschuldigt hast du dich ja schon so ungefähr hundert Mal in den vergangenen Monaten, und ehrlich, es ist vergeben und vergessen.«

»Ich weiß, ich weiß. Du hattest so etwas eben nur ganz zuletzt verdient, denn du bist nach Rachels Tod doch so gut zu mir gewesen. Dieser zweite Todestag war einfach richtig hart; ich hatte das Gefühl, ich könnte tun, was ich wollte, irgendjemanden würde ich auch immer vor den Kopf stoßen.

Also habe ich voll ausgeteilt und es geschafft, jeden zu verletzen.«

»Max, wir wissen beide, dass Takt und Diskretion nicht gerade meine starken Seiten sind. Ich wusste sehr gut, dass ich in dieses Gespräch geriet wie jemand, der unter dem diplomatischen Gegenstück zum Tourette-Syndrom leidet. Ich hatte kein Recht, dir solch eine Standpauke zu halten. Ich kann nur manchmal einfach den Mund nicht halten.« Harriet zieht spielerisch eine Braue hoch, als warte sie darauf, dass Max ihr widerspricht.

Mit einem spitzbübischen Lächeln weigert er sich. »Du hattest jedes Recht, empört zu sein. Rachel war deine beste Freundin, und du fandest, ich hielte ihr Andenken nicht genug in Ehren. Ich glaube, man könnte sagen, dass wir an dem Tag beide nicht in Höchstform waren.«

Gemeinsam schweigen sie in stillem gegenseitigem Einverständnis, das dieses Thema ein für alle Mal beendet.

»Mal etwas ganz anderes. Ich nehme an, Eve hat dir von meinen fehlgeschlagenen Versuchen in der Fruchtbarkeitsklinik erzählt?«

Max zögert kurz, dann entscheidet er offenbar, dass nach den Konflikten und Missverständnissen des vergangenen Jahres die Wahrheit fast mit Sicherheit besser ist als eine Ausflucht. »Das hat sie, ja. Sie hat sich Sorgen um dich gemacht. Mir ging es wirklich nahe, das zu hören, Harriet. Ehe ich Eve kennengelernt habe, habe ich nie groß über Unfruchtbarkeit nachgedacht. Hat es irgendwelche Entwicklungen gegeben? Eve sagte, du wolltest dir noch eine andere Klinik ansehen.«

»Komischer Zufall, gestern habe ich eine E-Mail von den Gynäkologen dort erhalten. Sie haben sich meine Krankenakte angesehen und scheinen zu denken, dass der Arzt, den ich vorher konsultiert habe, unnötig pessimistisch war. Ich weiß es nicht. Die Zynikerin in mir sagt natürlich, dass ich eine Idiotin bin und sie es nur auf mein Geld abgesehen haben. Wenn man sieht, was für einen Vorschuss sie verlangen, könnte man meinen, ich leiste eine Kaution für eine Mietwohnung. Trotzdem, es fällt schwer, nicht wenigstens ein bisschen Hoffnung zu empfinden.« Harriet lächelt auf drollige Weise und nimmt einen tiefen Zug aus ihrem Champagnerglas.

»Aber das ist doch eine tolle Nachricht! Im Ernst, Harriet, ich freue mich unglaublich für dich.«

»Abwarten. Wenn es unterm Strich dann doch nicht funktioniert, habe ich immerhin einen tollen Job und ein ziemlich gutes Leben, um mich zu beschäftigen. Mir kommt es nur vor wie etwas, das ich wenigstens probieren will, und wenn es klappt, wäre es fantastisch, aber wenn nicht ... Na ja, darüber mache ich mir Gedanken, wenn es so weit ist.«

»Falls ich dir irgendwie helfen kann – egal, wie –, bin ich für dich da. Das weißt du doch, oder? Um ehrlich zu sein, ich habe immer gedacht, dass du dich ein bisschen vorschnell gegen die Mutterschaft entschieden hast. Schon die Art, wie du mit Ellie umgehst, zeigt, dass du eine großartige Mum wärst.«

»Springen wir mal nicht auf den Fruchtbarkeitszug auf, ehe er losgefahren ist! Noch ist es sehr früh. Trotzdem bin ich dir und Rach sehr dankbar. Ich bin mir nicht sicher, ob ich auch nur eine Sekunde darüber nachgedacht hätte, wenn ich nicht solchen Anteil an Ellies Leben nehmen würde. Und wenn Rach ... Na ja, wenn das, was Rach passiert ist, mich nicht dazu gebracht hätte, meine Prioritäten neu zu überdenken. Natürlich ist auch dir zu danken für den finalen argumentativen Tritt in den Hintern; den hatte ich nötig.«

»Ich dachte, wir würden nicht mehr davon reden?«

»Das war das letzte Mal, ich schwör's. Also, ich hätte vermutlich nicht so lange damit warten sollen, bis ich es dir sage, Max, doch ich finde Eve großartig. Ehrlich. Ich kann sehen, wie glücklich sie dich macht – ein Blinder mit Krückstock würde es sehen –, und auf jeden Fall ist sie ganz fantastisch zu Ellie. Ich glaube, dass sie und ich gute Freundinnen sein werden, sobald ich meine Rivalität zu ihr in dieser Hinsicht überwunden habe.«

Ich kann nicht anders, und ich muss lachen. Harriet und ich, beide an der gleichen Front.

»Danke, Harriet. Das bedeutet mir eine Menge. Ich hätte es gern, wenn wir mal wieder zusammen etwas unternehmen, mit oder ohne Ellie. Vielleicht machen wir bald noch mal ein Erwachsenentreffen zu viert?«

Harriet stößt ein lautes, übertriebenes Stöhnen aus. »Na, das sehe ich nicht, fürchte ich.«

»Also hast du im Moment niemanden?«

»Nein, an dem Horizont gibt es nicht mal einen Lichtschimmer. Außer beruflich treffe ich zurzeit niemanden, und so sehr ich meinen Job auch mag, ich gehe grundsätzlich nicht mit einem Anwalt aus. Noch einen Workaholic in meinem Leben könnte ich nicht ertragen. Und falls es dir nicht bewusst ist, der Pool der annehmbaren Männer über fünfunddreißig ist nicht nur ausgetrocknet und leer, er liegt voll mit dem Laub vom letzten Jahr und zwei toten Vögeln noch dazu.«

Max lacht, dann blitzt es spitzbübisch in seinen Augen auf. »Das kommt vielleicht ein bisschen aus heiterem Himmel, aber weißt du, wer immer scharf auf dich war? Connor. Ernsthaft. Er hat dich stets sehr gemocht. Ich verstehe einfach nicht, weshalb er nie mit dir ausgegangen ist. Vielleicht findet er, du gehörst zu sehr zur Familie. Aber du könntest es wirklich schlechter treffen, oder? Vielleicht bringst du ihn sogar ein bisschen zur Ruhe.«

»Connor? Das ist doch wohl nicht dein Ernst? Ich meine, ich möchte dir nicht wehtun, und ich weiß, dass ich sehr lange allein war, doch ich kann mir niemanden vorstellen, bei dem die Katastrophe sicherer vorprogrammiert wäre.«

»Ach, komm schon! So schlimm ist er nicht. Manch einer würde ihn für einen guten Fang halten. Und wenigstens kennst du ihn so lange, dass du weißt, in welchem Keller er welche Leiche hat. Was stimmt denn nicht an ihm?«

»Du meinst, davon abgesehen, dass er nie auch nur eine Beziehung hatte, die länger als einen Monat gehalten hat, und selbst das ein Kampf an der Monogamiefront war? Er ist sogar noch eitler als ich, und ich kann mich nicht erinnern, wann er das letzte Mal mit einer Frau ausgegangen ist, die nicht seine Tochter hätte sein können. Nein, Max, mit diesem Verkupplungsversuch bist du meilenweit neben der Spur.«

Einige Sekunden vergehen, bis Max' Gelächter sich so weit gelegt hat, dass er wieder antworten kann. »Dagegen lässt sich wirklich nichts sagen. Trotzdem glaube ich, dass er bereit ist, eine Familie zu gründen. Ernsthaft. Er braucht dazu nur die Liebe einer guten Frau, Harriet.«

»Ich glaube, er hat im Laufe der Zeit die Liebe vieler guter Frauen bekommen. Wie auch immer, in Anbetracht der Tatsache, dass ich gerade an der Kinderwunschfront stehe, fällt mir niemand ein, der für eine Beziehung weniger geeignet wäre. Ich versuche vielleicht, ein echtes Baby zu bekommen, Max – da brauche ich nicht noch einen übergroß geratenen Säugling in meinem Leben. Wenn ich anfangen würde, mit jemandem auszugehen, dann auf keinen Fall mit einem Mann, der noch mehr Angst vor der Elternschaft hat als ich.«

»Ich glaube, du könntest dich auch in dieser Hinsicht irren, Harriet. Ich weiß natürlich, Connor macht einen auf ewigen Junggesellen, aber ich wäre nicht überrascht, wenn er nicht eines allzu fernen Tages vom Alarm seiner eigenen biologischen Uhr geweckt wird. Sieh dir nur an, wie fantastisch er mit Ellie umgeht! Er gäbe einen großartigen Dad ab, also wirklich!«

Alle drei blicken wir zum Weihnachtsbaum hinüber, wo Connor gerade Ellie hochhebt, damit sie an die Schokolade ganz oben kommt.

»Ja, aber dafür gibt es einen sehr guten Grund. Es kommt daher, dass er mit einer Achtjährigen auf der gleichen Wellenlänge ist.«

»Gut, Harriet. Wie du meinst. Ich dachte nur, ich spreche es mal an. Doch die Dame, wie mich dünkt, protestiert zu viel.« Max lächelt verschmitzt und entlockt Harriet ein ironisches, das Gespräch beendendes Augenfunkeln.

Ich muss sagen, ich stimme Max zu; ich finde die Idee gar nicht so abwegig. Max und ich haben nach dem Abend, an dem wir Harriet und Connor einander bekannt machten, schon einmal darüber gesprochen, nach einer Dinnerparty vor über zehn Jahren. Harriet und Connor hatten den ganzen Abend lang über alles und jedes mit einer Leidenschaft gestritten, die – zumindest in Hollywood-Filmen – nur einen Schluss zuließ. Das ganze kämpferische Flirten hat vielleicht nie zu etwas geführt, doch ich bin nicht sicher, ob ich es komplett ausschließen würde, selbst nach all diesen Jahren nicht.

Joan und Ralph nähern sich dem Sofa, und ich stelle fest, dass ich mich in Erwartung eines Konflikts anspanne. Von Harriet ist es sehr großzügig, sie jedes Jahr zur Party einzuladen, aber ich finde es auch ein bisschen masochistisch. Mir fällt keine einzige Gelegenheit ein, bei der meine beste Freundin und meine Schwiegermutter sich im selben Raum aufhielten, ohne dass ich von Harriet in irgendeine Ecke gezerrt wurde, damit sie ihrem Zorn Luft machen konnte, nachdem Joan die neueste in einer langen Kette spitzer kritischer Bemerkungen abgeschossen hatte. Wieso Harriet sich immer wieder den unausweichlichen Verbalattacken aussetzt – vor allem jetzt, da ich nicht mehr hier bin, um sie hinterher zu beruhigen –, ist mir unbegreiflich.

Joan lächelt.

Ralph wirkt ein bisschen nervös.

»Was für eine schöne Party, Harriet! Ich finde, deine beste bisher. Ich habe so viele interessante Menschen kennengelernt. Vorhin habe ich sogar mit einem Richter gesprochen, einem sehr charmanten Mann. Ich meine, das muss doch eine faszinierende Arbeit sein. Es ist so nett von dir, uns einzuladen, wir wissen es wirklich zu schätzen.«

Harriet ist um Worte verlegen, und das kommt nur sehr selten vor. Sie wirft Max einen verblüfften Blick zu, und er antwortet mit einer belustigten Miene. Ralph strahlt – wenn ich mich nicht irre – ein wenig triumphierend.

»Na ... äh ... das ist sehr nett von dir, Joan. Ich freue mich, dass du dich amüsierst.«

»Oh, wir fühlen uns hier wunderbar. Das tolle Essen und der Champagner ... Ich glaube, ich habe schon vier Gläser getrunken. Der steigt mir ganz schön zu Kopf.«

»Na, von dem gibt's noch mehr. Da wir von Champagner reden – bitte entschuldige mich, ich muss schauen, ob noch von allem reichlich vorhanden ist!«

Harriet zieht sich taktvoll zurück, und Max winkt seine Eltern zu sich aufs Sofa.

»Das war nett von dir, Mum. Ich glaube, Harriet hat sich sehr gefreut.«

»Ja, nun, Max, es ist ja auch eine prima Party. Ehre, wem Ehre gebührt, sage ich immer.«

Max grinst schief, aber es gelingt ihm, sich die verschiedenen Antworten zu verkneifen, die ihm ohne Zweifel gern im Kopf herumspuken. »Warum bleibst du hier nicht kurz sitzen, Mum, und Dad holt dir ein Glas Wasser? Ich muss rasch ins Bad, und dann sehe ich mal schnell nach Eve.«

Als Max zur Tür hinausschlüpft, begebe ich mich zu Mum und Eve, die noch immer in der Ecke intensiv miteinander reden.

»Bitte entschuldige dich nicht, und bitte denk dir nichts dabei! Mir ist klar, wie schwierig es für dich sein muss, Celia, und es tut mir leid, wenn wir nicht so behutsam gewesen sind, wie wir hätten sein können. Dir Unbehagen einzuflößen war wirklich das Letzte, was wir beabsichtigt hatten, und schon gar nicht, wenn Ellie es mitbekommt.«

»Das ist sehr freundlich von dir. Ich will nicht abstreiten, dass es schwierig war, doch das ist nicht Max' Schuld und mit Sicherheit nicht deine, Eve. Aber eine Tochter zu verlieren … darauf kann einen nichts je vorbereiten.«

»Ich kann mir nicht einmal entfernt vorstellen, wie schrecklich das sein muss. Meinen Eltern so viele Jahre entfremdet zu sein war schwierig genug – ich weiß, Max hat dir gesagt, ich hätte sie eine Weile nicht mehr gesehen –, doch ich will überhaupt nicht so tun, als wäre das auch nur annähernd das Gleiche wie das, was du durchgemacht hast.«

»Ich möchte nicht verbittert erscheinen – schon gar nicht heute Abend –, aber ich glaube, man gewöhnt sich einfach nicht daran, dass das eigene Kind nicht mehr ist. Vermutlich wird es immer Momente geben, in denen ich es vergesse und den Telefonhörer abnehme, um Rachel anzurufen. Vielleicht kommt es daher, dass ihr Tod so unerwartet und plötzlich kam, jedenfalls scheint es, dass mir noch immer so viele unausgesprochene Gedanken im Kopf herumspuken. Ich glaube, Rachel weiß, wie stolz ich auf sie war, ich bin mir sogar sicher, doch ich wünschte so sehr, ich hätte eine letzte Gelegenheit gehabt, es ihr zu sagen.«

Du hast es gerade getan, Mum.

»Na, was ist denn hier los?« Eine Champagnerflasche in der Hand, stellt Max sich zu Mum und Eve und füllt ihnen die Gläser auf.

Mum wirkt leicht verlegen. »Ich habe mich nur gerade bei Eve für einige dieser Missverständnisse entschuldigt, die wir in letzter Zeit hatten. Ich weiß, diese Situation ist für niemanden leicht, schon gar nicht für euch beide, mit so viel emotionalem Ballast im Schlepptau eine neue Beziehung zu beginnen, und wenn ich zusätzliche Spannung verursacht haben sollte, tut es mir wirklich sehr leid. Ich habe Zeit gebraucht, um mich daran zu gewöhnen, das ist alles. Ich hoffe, ihr könnt mir beide vergeben.«

Mich schmerzt es, Mums Unsicherheit zu spüren. Ich mag es nicht, sie so verletzlich zu erleben, schon gar nicht auf einer Party wie dieser. Trotz ihrer Entscheidung, nach Dads Tod allein zu bleiben, weiß ich, dass sie Familienfeiern immer besonders schwer erträglich findet.

Max schlingt einen Arm um ihre Schultern und drückt sie voller Zuneigung. »Da gibt es überhaupt nichts zu vergeben, Celia. Es war für uns alle ein merkwürdiges Jahr, und das Wichtigste ist, dass wir es durchgestanden haben und unsere Beziehungen dabei intakt geblieben sind. Ich bin mir nicht sicher, ob viele andere Familien das geschafft hätten.«

Mum lächelt ihn an, dankbar und erleichtert, als er ihr auf die Wange küsst. »Auf jeden Fall freue ich mich schon, euch drei am zweiten Feiertag bei mir zu haben. Ist es denn wirklich okay, dass du den Nachtisch mitbringst, Eve? Ellie sagt, der Weihnachtspudding sieht toll aus. Und dass du auch einen Kuchen gebacken hast. Das wäre wirklich nicht nötig gewesen, aber es ist sehr nett von dir.«

»Das war keine Mühe. Wir freuen uns wirklich alle darauf. Auf eine frohe Weihnacht!«

Eve, Max und Mum stoßen versöhnlich miteinander an.

Wie es scheint, ist das ein Abend für Wiedergutmachungen in alle Richtungen.

Max hat recht. Nicht jede Familie hätte die Tragödien, die Veränderungen, die emotionalen Turbulenzen überstanden, die meine Familie in den letzten zweieinhalb Jahren durchmachen musste. Mir wird plötzlich klar, dass ich zum ersten Mal seit meinem Tod die Menschen, die mir am meisten bedeuten, in Harmonie vereint sehe. Und statt mich ausgeschlossen zu fühlen, bringt es mir unerwarteten Frieden.

Ellie eilt zur Ecke des Raumes. Sie zerrt Connor mit sich. »Rate mal, Dad! Onkel Connor sagt, dass er mir das tollste Weihnachtsgeschenk aller Zeiten gekauft hat. Ich kann kaum erwarten herauszufinden, was es ist.«

Max blickt auf seine Armbanduhr. »Na, lange brauchst du nicht mehr zu warten, mein Schatz. Bis Weihnachten sind es nur noch anderthalb Stunden, also fahren wir lieber nach Hause, sonst lässt Santa Claus unser Haus dieses Jahr vielleicht doch noch aus.«

Als Max, Ellie und Eve sich verabschieden, entscheidet das Jenseits, dass es auch für mich Zeit wird, die Party zu verlassen.

Es ist ein Abend der unvorhersehbaren Sühnen gewesen. Der soziale Einklang, von dem ich einmal angenommen habe, er würde mich kränken mit seinem Versprechen eines Lebens, das auch ohne mich zufrieden geführt wird, hat mir stattdessen eine unerwartete Gelassenheit geschenkt. Das zeigt wohl, dass wir nie aufhören werden, uns selbst zu überraschen, nicht einmal lange nach unserem Tod.

Als der Anblick und dann auch die Lärmkulisse einer Party in vollem Gang von den sich zusammenziehenden Wolken verschluckt werden, bleibe ich zurück und hoffe, dass es nicht das letzte Mal war, dass ich Ellie an diesem Weihnachtsfest gesehen habe.

35

Die hellen Wolken teilen sich, doch unter mir herrscht völlige Dunkelheit. Ein paar Sekunden lang habe ich keine Orientierung und brauche Zeit, um mich an den dramatischen Wechsel der Lichtverhältnisse zu gewöhnen. Schließlich kann ich die Umrisse von Dingen in der Welt unter mir ausmachen.

Ich bin in einem Gebäude und sehe eine kleine Gestalt, die einem Gang folgt. Sie zerrt etwas hinter sich her, was eine schwere Last sein muss. Sie erreicht eine Tür und bleibt zögernd ein paar Sekunden lang stehen; die tiefen befangenen Atemzüge verraten, wie sehr die Gestalt sich konzentriert. Sie hebt eine Hand und legt sie leicht auf die Tür, drückt sie langsam und behutsam auf, bis der Weg frei ist und sie den Raum betreten kann.

Plötzlich schaltet sich Licht ein, erschreckt mich und raubt mir kurzzeitig die Sicht.

»Frohe Weihnachten, Dad! Frohe Weihnachten, Eve!«

Als ich die Augen öffne, entdecke ich, dass wir in meinem Schlafzimmer sind – meinem früheren Schlafzimmer –, wo Max nun unter der Bettdecke auftaucht und sich in dem Versuch, wach zu werden, die Augen reibt. Eve liegt neben ihm und beginnt, sich zu rühren, doch sie ist noch nicht ganz im Land derer, die bei Bewusstsein sind. Und in der Tür steht Ellie in einem roten Schlafanzug, den kleine Schneemänner zieren, das Gesicht vor Aufregung gerötet und die Hände fest um die Öffnung das prall gefüllten rosa Kissenbezugs geschlossen, der neben ihr steht.

Ich bin dabei. Ich bin bei ihnen, am ersten Weihnachtsmorgen seit meinem Tod. Ich weiß nicht, wem oder was ich dafür zu danken habe, dass ich diesmal hierherkommen darf, aber ich danke dir, wer immer oder was immer du auch bist.

»Frohe Weihnachten, mein Schatz! Du weißt schon, dass wir erst Viertel vor sechs haben, oder?«

»Ja, weiß ich. Ich bin schon seit Ewigkeiten wach und ganz brav gewesen und in meinem Zimmer geblieben bis jetzt. Ich bin nur fünfzehn Minuten früher hier, als du mir erlaubt hast. Aber guck mal, was für einen dicken Sack Geschenke ich diesmal bekommen habe!«

Ellie nimmt alle Kraft zusammen und zerrt mit einem melodramatischen Ruck den schweren Kissenbezug vor sich.

Eve setzt sich auf und gibt Max einen Gutenmorgenkuss. »Frohe Weihnachten, Ellie! Also, kommst du zu uns rein?«

Ohne dass mehr Aufmunterung nötig wäre, zerrt Ellie ihren Geschenkesack auf Max' Bettseite, klettert über ihn drüber, als wäre er nur ein Hindernis, das sie hinter sich bringen muss, entdeckt die fast unsichtbare Lücke zwischen ihrem Vater und seiner Freundin und schlüpft mit den Füßen zuerst unter die Bettdecke.

Max lächelt und hievt ihre Beute für sie aufs Bett.

Ich beobachte alle drei, wie sie unter der Decke liegen. Ellie packt ein Geschenk nach dem anderen aus. So, wie es immer war, dominieren Kleinigkeiten die obere Hälfte des Sacks, und Max und Eve täuschen beide gehörige Überraschung vor, als hätten sie keinen der Gegenstände je zuvor gesehen, staunen abwechselnd über neu auf den Markt gekommene Seifenstücke und Schreibpapier mit TV-Figuren. Meine Gedanken schweifen zurück zu der Zeit, als ich unter dieser Bettdecke lag und Ellie neben mir ihre Geschenke öffnete, wenn ich mich vorbeugen konnte, um Max' nackte Brust zu berühren, und dabei wusste, dass ich immer auf genau so ein häusliches Leben gehofft hatte.

Ich verliere mich in Gedanken an das letzte Weihnachtsfest, das wir zusammen verbracht haben, und stelle fest, dass mir die Erinnerungen kommen, ohne dass ich sie heraufbeschwören muss, Erinnerungen, die sich für die letzten zweieinhalb Jahre versteckt hatten und erst jetzt an die Oberfläche treten.

Ich erinnere mich, wie Ellie in genau dieses Zimmer kam, leise auf unser Bett kletterte und uns mit der Erkenntnis weckte, dass es erst Viertel nach fünf Uhr morgens war. Ich erinnere mich, wie wir das Öffnen der Geschenke mit dem Vorschlag hinauszögerten, dass Max erst nach unten gehen und uns Kaffee und Ellie einen Kakao machen solle. Ich erinnere mich, wie Ellie und ich uns unter der Bettdecke aneinanderkuschelten, um die kalte Luft abzuhalten, die noch von den Heizungen erwärmt werden musste, die sich erst in einer halben Stunde einschalten würden. Wir unterhielten uns gegenseitig mit Aufzählungen der Dinge, auf die wir uns am bevorstehenden Tag am meisten freuten. Bei ihr war es das Öffnen der Geschenke, bei mir das berühmt-berüchtigte Mittagessen bei Joan und Ralph, ein Mittagessen, das hinterher jeden zu dem Schwur bewegte, nichts mehr zu essen, ehe das Jahr um wäre. Ich erinnere mich, wie Max wieder die Treppe hochkam, drei dampfende Tassen auf einem Tablett, und uns aufforderte, aufzustehen und aus dem Fenster zu blicken. Ellie und ich weigerten uns. Es sei uns zu kalt, sagten wir, tauchten tiefer unter die Decke und kicherten über unsere rebellische Art. Ich erinnere mich, wie Max uns gut zuredete und sagte, wir würden es bedauern, wenn wir es nicht täten, und wie wir schließlich nachgaben, hastig aus dem Bett sprangen, uns der eisigen Luft stellten und die Vorhänge öffneten, um von nichts als Weiße überall begrüßt zu werden: Weiße, so weit wir sehen konnten, eine Decke der Reinheit, die die Dunkelheit erleuchtete. Ich erinnere mich an Ellies ungetrübte Freude, mit der sie das zauberhafte Winterwunderland betrachtete, in dem die Welt, die sie kannte, von einem nirgendwo begrenzten Schneeteppich bedeckt war, und wie sie fragte, ob wir auf der Stelle hinausgehen und einen Schneemann bauen könnten. Ich erinnere mich, wie Max das Radio einschaltete und wir hörten, dass es ein historischer Schneefall sei, die größte verzeichnete Schneemenge, die je in einer einzigen Nacht gefallen sei und die erste weiße Weihnacht in London seit drei Generationen. Ich erinnere mich, wie wir Ellie klarmachten, welches Glück sie habe, so etwas als kleines Mädchen mitzuerleben, während wir so lange hätten warten müssen, bis wir es sahen. Ich erinnere mich, wie ich wieder unter die Decke schlüpfte, aber die Vorhänge offen ließ, damit wir von unserem Nest aus Gänsedaunen die schneebedeckten Baumäste betrachten konnten, und wie Ellie mit dem Öffnen der Geschenke begann, während wir alle drei auf unsere eigene Weise wussten, dass dies wirklich ein ganz besonderer Morgen war. Ich erinnere mich an die aufgeregten Blicke, die Max und ich tauschten, während Ellie sich durch ihren Geschenkesack arbeitete, weil wir wussten, dass das Beste erst noch kommen würde, und das ansteckende Entzücken in ihrem Gesicht, als wir sie endlich nach unten trugen, wo sie das Geschenk entdeckte, das wir nicht in einen Kopfkissenbezug bekommen hatten.

Ich erinnere mich an das alles, als würde es jetzt geschehen, als gehörten diese Empfindungen in die Gegenwart und nicht in die Vergangenheit, und ich begreife, wie sehr ich bislang von vielen meiner Erinnerungen getrennt gewesen bin, dass ich Begebenheiten gesehen habe, als betrachtete ich ein Heimvideo aus dem Leben eines anderen Menschen. Aber diese Erinnerungen sind anders. Es sind die Erinnerungen von jemandem, der sich nicht mehr vor den Gefühlen fürchtet, die sie begleiten, so bittersüß sie auch sein mögen.

Die ganze Zeit hatte ich Angst, dass Eves Präsenz im Leben meiner Familie nicht nur langsam Max' und Ellies Erinnerungen auslöschen würde, sondern auch meine. Stattdessen scheint ihre Gegenwart mir Erinnerungen wiederzugeben, von denen ich nicht einmal wusste, dass ich sie verloren habe.

Ellie ist jetzt halb durch ihre Geschenke. Unvermittelt hört sie auf, ein Paket auszupacken, und legt Max mit einer unpassend erwachsenen Geste eine Hand auf den Arm. »Weißt du, was den Morgen wirklich perfekt machen würde, Dad? Wenn Mummy auch hier wäre und wir alle vier an Weihnachten zusammen wären.«

Ellies Worte hallen beharrlich in meinen Ohren wider, und etwas verschiebt sich in mir, etwas Unfassbares und Unergründliches, etwas, das aus der verschlafensten Mulde aufsteigt und eine Barriere zwischen mir und meiner Vergangenheit hebt, eine Barriere, die ich selbst geschaffen habe und die aus meiner eigenen Trauer besteht. Es ist die Erkenntnis, die endgültige und unwiderrufliche Erkenntnis, dass die Rolle, die ich im Leben zu spielen hatte, wirklich zu Ende gespielt ist.

Ich denke wieder an meinen letzten ersten Weihnachtstag und entdecke, dass ihm eine sanfte Welle der Erinnerungen nach der anderen folgt, Erinnerungen, die sich auf eine Weise real und ganz emotional und freudig anfühlen, wie ich es nicht mehr erlebt habe, seit ich hierherkam: die Erinnerung an Ellie, die am Strand von Hope Cove vor Verwunderung giggelt, als wir ihr zum ersten Mal das Meer zeigen, woraufhin Max und ich mit ihr in den Armen in das zu kalte Wasser hinein- und wieder hinauslaufen und ihre knubbligen Knie aus dem gelben Badeanzug ragen, in den wir ihre pummeligen Gliedmaßen gezwängt haben. Die Erinnerung an Ellie, wie sie lacht, während Max sie auf der Schaukel anstößt, und wie sie laut verlangt, sie immer höher zu stoßen, und wie sie schließlich triumphierend verkündet, dass sie den Himmel berührt. Die Erinnerung an Max und mich, wie wir zum ersten Mal mit Ellie an Bord eines Flugzeugs gehen, und an ihre Ungläubigkeit nach dem Start, dass solch ein riesiges Ding tatsächlich fliegen kann. Ich erinnere mich an den Tag, an dem Harriet und ich unseren Abschluss machen, an die hohen Absätze und den Lippenstift, den wir trugen, um die düsteren Roben aufzulockern, an den Stolz im Gesicht meiner Mutter, als der Dekan mir mein Zeugnis überreichte, und daran, wie wir auf dem Rasen vor dem College Pimm's tranken, während die Sonne auf uns herabstrahlte, als wollte sie uns in unserem Erwachsenenleben willkommen heißen. Ich erinnere mich an meinen ersten Arbeitstag, an die Angst, mit der ich am Morgen aufwachte, dem Job nicht gewachsen zu sein, und an die stille Zuversicht, mit der ich wieder ins Bett ging, dass es mehr als nur okay sein, dass ich vielleicht meine Nische gefunden haben könnte. Ich erinnere mich an die Kampagne, an der ich in den Monaten vor meinem Tod gearbeitet habe, die Kampagne, für die ich härter geschuftet habe als an irgendeinem anderen Projekt seit der Uni und von der ich wusste, lange bevor sie mit einem Preis ausgezeichnet wurde, den Max an meiner Stelle entgegennahm, dass sie die beste Arbeit war, die ich je gemacht hatte. Ich erinnere mich an den Samstagmorgen, an dem Max und ich zum ersten Mal unser Haus besichtigten, ich im vierten Monat schwanger und Opfer tagelanger Übelkeit. Ich weiß noch, wie wir sofort erkannten, dass wir unter keinem anderen als diesem Dach unser Kind aufziehen wollten. Dies sollte unser Haus sein, das Haus mit dem Belfast-Waschbecken in der Küche, den Terrassentüren auf der

Südseite, durch die die niedrige Herbstsonne hereinfiel, und dem Feuer, das hinter dem schmiedeeisernen Kaminrost im Wohnzimmer brannte und uns mit Wärme willkommen hieß. Ich erinnere mich an den ersten Abend, an dem wir Ellie nach Hause brachten, sie zwischen uns mitten ins Bett legten und das Wunder bestaunten, etwas so unbestritten Perfektes geschaffen zu haben. Ich erinnere mich an den Morgen in Aguas Calientes zwei Jahre zuvor, als ich mit Max im Dunkeln auf der Doppelmatratze in unserem billigen Jugendherbergszimmer aufwachte, ehe wir uns unserem Führer und seinen anderen ausländischen Schutzbefohlenen anschlossen, um im Morgengrauen den Aufstieg zum Machu Picchu zu beginnen, wo wir rechtzeitig den Gipfel erreichten, um zu sehen, wie über den alten Monumenten die Sonne aufging, und wie Max mich dort fragte, ob ich den Rest meines Lebens mit ihm verbringen wolle.

An all das erinnere ich mich, und alles gehört ohne jeden Zweifel mir. Es sind keine fernen Erinnerungen mehr, keine Szenen aus einem Leben, bei denen ich weder die Fähigkeit noch den Mut habe, sie mir ohne eine Untermalung aus Bitterkeit, Reue und Verlustschmerz anzusehen. Stattdessen wecken sie jetzt eine leichte Euphorie angesichts eines erfüllten Lebens.

Sie sind Erinnerungen, die endlich den Weg zurück zu mir gefunden haben, um mich zu umarmen, zu liebkosen und mir den größten Trost zu schenken, den ich seit meinem Tod erfahre. Vielleicht bin ich nur durch die Akzeptanz, dass die Gegenwart nicht mehr mein ist, endlich fähig, mich auf die Vergangenheit einzulassen.

Plötzlich kommt mir der Gedanke, es könnte kein Zufall sein, dass ich heute hier bin. Vielleicht ist der Grund, weshalb ich so viele Familienereignisse versäumt habe, so viele Jahrestage und Geburtstage und Feiertage, gar nicht der, dass mich eine äußere Kraft jenseits meines Begreifens oder meiner Kontrolle fernhielt. Vielleicht war ich einfach nur nicht bereit. Vielleicht wäre es zu schmerzlich gewesen. Vielleicht bin ich erst jetzt in der Lage, mir diese Meilensteine als Beobachterin statt als Teilnehmerin anzusehen, ohne das Gefühl zu haben, dass meine Welt – woraus auch immer sie besteht – zerfällt.

Vielleicht bin der einzige Mensch, der meinen Zugang die ganze Zeit kontrolliert hat, ich selbst.

Ellie zieht ihr letztes Geschenk aus dem Sack. Das Paket ist groß und rechteckig, in hübsches Papier mit glitzernden Goldsternen auf silbernem Hintergrund eingeschlagen, das vermutlich Eve entdeckt hat.

»Ehe du das öffnest, Schatz, musst du wissen, dass es von Eve und mir ist. Wir haben den Weihnachtsmann gefragt, ob er etwas dagegen hätte, wenn wir dir dieses Jahr dein großes Geschenk geben, und wir haben es ihm liegen gelassen, damit er es zu den anderen in deinen Sack packen kann.«

Ellie richtet ihren Blick wieder auf das Geschenk und behandelt es jetzt noch vorsichtiger als zuvor. Behutsam löst sie drei Streifen Klebeband, die das letzte Hindernis bilden vor dem, was darin ist, und zieht das Geschenk aus der Hülle.

Es ist eine große Schmuckschatulle aus poliertem Mahagoni, das wunderbar schimmert. Als Ellie den Deckel hebt, schiebt sich die Schublade darunter automatisch hervor und offenbart ein Gewirr aus einzelnen Fächern, jedes üppig mit tiefrotem Samt ausgeschlagen. Es ist wirklich ein schönes Stück.

»Dein Dad und ich fanden, dass jetzt, da du die Verwalterin des ganzen Schmucks deiner Mummy bist, du auch deine eigene richtige, erwachsene Schmuckschatulle brauchst, in der du alles sicher aufbewahren kannst.«

Ellie strahlt die beiden an, als begriffe sie augenblicklich, dass das ein Reiferitual ist, ein Moment des Übergangs, in dem sie eingeladen wird, in die Welt der Erwachsenen einzutreten. »Ich danke euch so sehr! Ich finde sie ganz toll. Und ich verspreche, wirklich gut darauf aufzupassen und auf alle von Mummys Sachen.«

Sie schlingt die Arme um Eves Hals, und die Reihenfolge der Dankbezeugungen ist, da bin ich mir sicher, komplett gerechtfertigt. Es ist eine höchst großzügige und ergreifende Geste, und ich bin sicher, dass dafür sowohl Ellie als auch ich Eve zu danken haben. Ein Akt der Großzügigkeit, für die ich mich nur auf eine einzige Art revanchieren kann, das weiß ich.

»Und das ist nicht alles, Engel. Eine Überraschung haben wir noch für dich. Bleib mal kurz da sitzen, ich bin sofort wieder da!«

Max verschwindet, und Ellie blickt Eve erwartungsvoll an.

Eve ist unfähig, das breite Grinsen in ihrem Gesicht zu unterdrücken. Ich glaube, sie ist fast aufgeregter als Ellie.

Als Max die Tür öffnet, quietscht Ellie vor Entzücken, ehe ich es schaffe, etwas zu entdecken.

»Ein kleiner Hund! Ihr habt mir ein Hündchen gekauft? Ach, was ist der süß!«

Ein schokoladenbrauner Labrador springt aus Max' Händen auf das Bett, wo ihn die ausgestreckten Arme eines sehr glücklichen achtjährigen Mädchens erwarten.

»Na, tatsächlich ist es eine Sie. Ich nehme also an, du magst sie.«

»Sie mögen? Ich liebe sie. Ich liebe sie schon jetzt so sehr! Ist sie wirklich ganz allein für mich? Ich werde mich gut um sie kümmern, ihr werdet schon sehen. Vielen, vielen Dank!

Aber du hast doch die ganze Zeit gesagt, ich darf keinen kleinen Hund haben. Wie kommt es, dass du es dir anders überlegt hast?«

»Tja, da kannst du dich bei Eve bedanken. Wie sich herausgestellt hat, ist sie genauso verrückt nach Hunden wie du.«

Eve nimmt die kleine Hündin in die Arme und hält sie still, damit Ellie ihr die Nase streicheln kann. »Als ich klein war, wollte ich immer einen Hund, aber meine Eltern haben es mir nie erlaubt. Deshalb wusste ich genau, wie traurig du bist. Und dein Dad und ich, wir denken beide, dass du dich in letzter Zeit sehr erwachsen verhalten hast und bereit bist, dich um sie zu kümmern. Das bist du doch, oder?«

»Aber sicher bin ich das! Trotzdem, Dad, du hast gesagt, es wäre nicht fair, wenn ich einen Hund hätte, wenn ich ihn nicht tagsüber ausführen kann. Nimmst du sie jetzt mit zur Schule?«

Max lacht, als er sich zu ihnen aufs Bett setzt. »Nein, natürlich nicht. Grandpa hat sich freundlicherweise angeboten und gesagt, er führt sie jeden Tag aus, wenn wir alle in der Schule sind. Das heißt aber, dass wir vorher und nachher selbst mit ihr rausgehen müssen. Glaubst du, das schaffst du zusammen mit uns?«

»Ich verspreche, ich tue es jeden Tag. Und Grandpa kann sie zur Schule mitbringen, wenn er mich abholen kommt. Alle meine Freundinnen werden ja so neidisch sein! Was meint ihr, wie sollen wir sie nennen?«

»Ich finde, das sollte deine Entscheidung sein, Schatz, meinst du nicht auch? Welcher Name würde denn deiner Meinung nach zu ihr passen?«

Ellie mustert das Gesicht der kleinen Hündin eindringlich, als versuchte sie, den Namen in den warmen, kakaobraunen Augen zu entdecken.

»Dad, wie hieß noch mal diese Göttin, die wir in diesem Museum in Griechenland gesehen haben? Die, die richtig cool war und ganz viele verschiedene Sachen richtig gut konnte, und am Ende des Urlaubs habe ich dir gesagt, dass sie meine Lieblingsgöttin ist?«

»Du meinst Athene?«

»Athene. Ja. Genau. So sollten wir sie nennen. Athena. Mit a. Denn dieses Hündchen wird auch ganz viele Sachen sehr gut können, und ich bringe ihm einen Haufen Kunststücke bei. Athena wird der klügste Hund von ganz London sein. Wie könnten sie kurz Thena nennen, zum Beispiel, wenn wir sie im Park rufen müssen. Was meint ihr?«

In einem Moment stiller, liebevoller Verbundenheit tauschen Max und Eve über Ellies Kopf hinweg einen stolzen Blick.

»Das, mein Schatz, ist so ziemlich der beste Name für einen Hund, den ich je gehört habe. Athena heißt sie also.«

Ellie bedankt sich bei Max mit einem Hagel von Küssen auf sein ganzes Gesicht, dann wendet sie ihre Aufmerksamkeit wieder dem größten Schatz des Morgens zu. Während ich zusehe, wie die drei sich auf dem Bett mit dem neusten Clan-Mitglied tummeln, begreife ich endlich, dass ich mich getäuscht habe, was dieses Trio angeht. Sie sind nicht wahllos zusammengewürfelt, wie ich es manchmal annahm. Sie sind eine Familie, eine glückliche Familie, eine Familie, der ich nicht mehr angehöre. Sie sind aber auch eine andere Familie als die, die ich kannte und liebte. Und als ich das erkenne, mit meinen eigenen Augen sehe, wird mein Ausschluss davon auf eine Weise erträglich, wie ich sie nie für möglich gehalten hätte. Eve und Max hatten recht, als sie sagten, dass man immer nur eine Mutter haben kann und nur eine erste große Liebe. Und das sind zwei Errungenschaften, die mir mein vorzeitiger Tod nicht nehmen kann.

Während ich zusehe, wie diese neu gebildete Familieneinheit gemeinsam Ellies Geschenke betrachtet, stelle ich mir vor, wie der Rest des Tages für sie sein wird.

Ich weiß, dass später am Morgen Max, Eve und Ellie die zehn Minuten bis zu Joan und Ralph gehen werden, wo Ellies Großeltern und ihr Onkel sie mit noch mehr Geschenken überhäufen werden; das ist das Vorrecht des Einzelkindes. Beim Mittagessen wird Ralph mit Ellie zu seiner Linken und Eve zu seiner Rechten sitzen, während Joan ihm gegenübersitzt, und er wird darüber scherzen, welches Glück er hat, von drei so wunderschönen Frauen umgeben zu sein. Ich weiß, dass Joan den Weihnachtspudding mit nur einem Spritzer Brandy übergießen und abbrennen wird, und dann wird Connor darauf bestehen, dass sie ihn noch einmal flambieren, und ihn mit so viel Alkohol tränken, dass Joan ihn dafür tadelt, als wäre er noch ein Kind. Die Erwachsenen werden Partyspiele bis in die frühen Morgenstunden spielen, während Ellie nach der Aufregung fest einschlafen wird. Max wird sie in eine Decke einschlagen und den kurzen Weg nach Hause tragen. Und ich weiß, dass es nun Eve ist, die die Hauptrolle in dieser Familienerzählung spielen muss, nicht mehr ich.

Nach diesen vielen Monaten, in denen ich mich um meinen Zugang gesorgt habe – wann er mir das nächste Mal gewährt und wann er mir plötzlich verweigert wird –, frage ich mich allmählich, wie viel Wert er eigentlich noch für mich besitzt. Ich pflegte, mich genötigt zu fühlen, die Welt unter mir zu beobachten und mich während meiner Abwesenheiten mit Spekulationen darüber zu beschäftigen, was ich gerade wohl verpasste. Früher einmal war mir der Gedanke unerträglich, dass mein Zugang eines Tages dauerhaft enden würde, um nie wiederzukehren. Jetzt jedoch frage ich mich, ob ich nicht glücklicher wäre, wenn ich mit meinen Erinnerungen allein wäre, den wiederhergestellten Erinnerungen in glorreichem, gefühlsbetontem Technicolor, die gerade rechtzeitig wiedergekommen sind, um mir zu versichern, dass mein Leben am Ende doch nicht sinnlos gewesen ist.

Es ist schon komisch, wenn man über die vielen Lektionen über das Leben nachdenkt, die ich erst dadurch gelernt habe, dass ich tot bin. Ich habe gelernt, dass es bei der Arbeit nicht um den Titel geht oder den gesellschaftlichen Status, nicht um frühzeitigen Erfolg oder externe Anerkennung, nicht um die Ansammlung von Ruhm, Reichtum oder Macht. Denn wenn wir nicht der eine Mensch aus einhundert Millionen sind, der etwas so Außergewöhnliches erreicht, dass man sich noch nach Generationen an uns erinnert – der Komponist oder Dramatiker, der Staatsmann oder Philosoph, der Erfinder oder der Zerstörer –, geht es uns um die alltäglichen Freuden, die wir an unserer Arbeit finden, den Wert, dem wir ihr beimessen, und die Befriedigung, die wir aus ihr ziehen, Tag für Tag.

Ich habe gelernt, dass es bei der Liebe nicht um unseren Platz in ihrem Zentrum geht, sondern darum, die Großzügigkeit zu entwickeln, denen, die uns wichtig sind, zu wünschen, das Glück dort zu finden, wo immer sie es suchen, mit wem immer sie es sich ersehnen, selbst wenn es – aus welchem Grund auch immer – nicht mit uns ist.

Ich habe gelernt, dass die Anstrengungen des Lebens die Fähigkeit einschließt, mit Anstand, Großzügigkeit und Dankbarkeit für das Leben, das wir hatten, zu sterben – wie lange dieses Leben auch dauerte.

Ich habe gelernt, dass der Tod kein Hindernis für die Liebe ist und eine unserer größten Errungenschaften darin besteht, dass sich die, die unsere Tage mit uns verbrachten, gut an uns erinnern.

Ich habe gelernt, dass ersetzt zu werden nicht bedeutet, vergessen zu werden, und selbst wenn das Leben ohne uns weitergeht, hinterlassen wir ein Erbe, das spätere Generationen beeinflusst, so still und unbedeutend unser Leben auch gewesen sein mag.

Ich habe letzten Endes gelernt, dass nicht das wichtig ist, was man weiß oder wen man kennt, was man erreicht und wie erfolgreich man es tut, oder der Umfang der Anerkennung oder wie viele Menschen sich an einen erinnern. Entscheidend ist die Qualität des Eindrucks, den jeder von uns bei denen hinterlässt, die wir geliebt haben und die uns geliebt haben.

Und ich habe gelernt, dass die Kreise des Einflusses, die von jedem von uns ausgehen, über das Vorstellbare hinaus Menschen und Orte und Zeiten erreichen. Alles, was wir tun können, ist, darauf zu vertrauen, dass jene, denen wir auf unserer Reise durch das Leben begegnen – die Eltern und Kinder, die Partner und Geschwister, die Freunde und Kollegen –, kleine Teile von uns weitertragen, von den Dingen, die wir ihnen beibringen, über die Worte, die wir ihnen sagen, bis hin zu unseren kleinsten eigenen Erfindungen. Und dass sie das alles von Generation zu Generation weitergeben und unser Andenken so noch am Leben erhalten, lange nachdem unser Körper gestorben ist. Und dass dies, schließlich und endlich, das große Unsterblichkeitsprojekt des Lebens darstellt.

Wenn ich nun auf meine sechsunddreißig Lebensjahre zurückblicke, sehe ich keinen Katalog von bereuten Entscheidungen, sondern eine Abfolge von Beziehungen, die jede für sich ihren eigenen Nachlass aufweist.

Ich sehe eine erfolgreiche Ehe mit einem liebevollen Mann, eine Ehe, die uns beide ungemein glücklich gemacht hat, eine Ehe, in der jeder von uns vom anderen gelernt hat und in der Max' Entdeckungen und Erfahrungen gesammelt hat, die ohne Zweifel bei der nächsten großen Liebe seines Lebens wirken werden.

Ich sehe die schöne, gut erzogene Tochter, die ich auf die Welt gebracht habe, der ich Laufen und Sprechen beigebracht habe, das Klavierspielen und die Zubereitung von Bratkartoffeln und die mit ein wenig Hilfe von ihrem Vater und ihren Großeltern und der Frau, die meiner Vermutung nach eines Tages ihre Stiefmutter sein wird, hoffentlich einen kleinen Teil unserer Beziehung mitnimmt, wohin immer sie in Zukunft geht.

Ich sehe die Mutter, der ich half, ihre Trauer zu ertragen, deren Stolz ich erwerben konnte und der ich mit Ellie das allergrößte Geschenk gemacht habe.

Ich sehe eine beste Freundin, die mich ins Zentrum ihrer Gefühlswelt eingelassen hat, mit der ich einige der größten Geheimnisse meines Lebens teilte und die aus meinem Tod das eigene Bestreben gezogen hat, Leben zu schaffen.

Und nun ist da eine andere Frau, der ich nie begegnet bin, als ich noch lebte, eine Frau, die mich von jenseits des Grabes kennenlernt und die die Kreise des Einflusses willig aufnimmt, die ich in der Familie ausbreiten lasse, die sie geerbt hat.

Es klingt nicht nach einer allzu schlimmen Existenz, wenn ich es so formuliere. Es ist ironisch, das ist mir bewusst, dass ich erst im Tod gelernt habe zu leben.

Und ich nehme an, dass ich in gewisser Weise erst jetzt gelernt habe, wie man stirbt. Denn darum geht es in dieser Jenseitswelt doch wohl? Die ganze Zeit dachte ich, der Zweck meines Zugangs bestehe darin, mir zu gestatten, meine Familie bei der Trauer zu beobachten, allen nahe zu bleiben und über sie zu wachen, während sie sich damit abfinden mussten, dass ich nicht mehr an ihrem Leben teilhabe. Jetzt erkenne ich, dass dieser Zugang auch meinem eigenen Trauerprozess diente und mir den Raum geboten hat, den ich brauchte, um zu lernen, ohne sie zu sein. Ich erhielt die Freiheit, um die Familie zu trauern, die ich vermisse, um das Leben, das ich verloren habe, und das Leben, das ich nun nie führen werde. Vielleicht ist es eine Gelegenheit, die nur denen gegönnt wird, die jung oder unerwartet sterben, oder, wie in meinem Fall, sowohl als auch; eine Gelegenheit wie die des unheilbar Kranken, mit dem Tod vor Augen, seine Vergangenheit zu bewerten und sich auf eine Zukunft vorzubereiten, die sich in seiner Abwesenheit entwickeln wird.

Die ganze Zeit habe ich mich davor gefürchtet, dass Max und Ellie mich hinter sich lassen. Mittlerweile begreife ich, dass es meine Aufgabe ist, sie hinter mir zu lassen, und dass jetzt die Zeit dafür gekommen ist. Denn wenn Trauer der Preis ist, den wir für die Liebe zahlen, so haben wir meiner Ansicht nach alle unsere Schuld beglichen.

Max, Eve und Ellie sind in die Küche gegangen, wo sie unser traditionelles Weihnachtsfrühstück aus Räucherlachs und Frischkäse-Bagels schlemmen. Mich tröstet es zu sehen, dass manche Dinge sich nie ändern.

Max wählt ein Album von Weihnachtsliedern auf dem iPod aus, und die hohe Sopranstimme erklingt in ihrer Welt und in meiner. Die Stimme ist schön und friedvoll, und mir wird träumerisch zumute, als betrachtete ich die Welt durch die sepiagetönte Brille eines Lebens, das, wie ich nun sehen kann, der Vergangenheit angehört.

Mir ist klar, es ist beinahe so weit, dass ich gehen muss. Nicht nur für heute Morgen, für immer. Ich weiß, dass mir eine Teilhabe an der Gegenwart nicht mehr zusteht, nicht einmal eine indirekte. Es wird Zeit, dass alle ihr Leben ohne mich führen, und es wird Zeit, dass ich mich dem stelle, was als

Nächstes kommt. Ich habe keine Vorstellung, was auf diese Jenseitswelt folgen wird, wenn ich willentlich meinen Zugang zur Welt der Lebenden aufgebe. Ich weiß jedoch, dass ich es, was immer es sein mag, nicht fürchte. Denn ich habe mich mit dem Leben, das ich führte, versöhnt, und auch mit dem Tod, der mich ereilte, und diese Akzeptanz war alles, was hier von mir verlangt wurde.

Die ganze Zeit hatte ich gedacht, dass die Annahme meines Todes mit einer Erkenntnis der Endlichkeit der Existenz einhergehen würde, einer Bestätigung, dass meine Vergangenheit mit mir verginge und dass meine Beziehungen mit meinem Aufbruch allesamt getilgt würden. Ich hatte geglaubt, es würde die Akzeptanz erfordern, dass alles – jeder Gedanke, jedes Gefühl, jede Hoffnung, jede Furcht, jedes Verlangen, jede Leidenschaft und jede Erinnerung – mit meinem Körper endete. Ich hatte angenommen, es wäre die Akzeptanz, dass letzten Endes nichts und niemand der Vergänglichkeit des Lebens entgeht.

Doch jetzt sehe ich die Abfolge von Spuren, die ich unauslöschlich hinter mir zurückgelassen habe, und empfinde Gewissheit, dass alle, die ich kannte und liebte, mein Erbe während ihres Lebens bei sich behalten und ihm gestatten werden, ihre eigenen Beziehungen zu beeinflussen, ihre Entscheidungen, ihre Reisen, wohin sie auch immer führen werden.

Es ist die Akzeptanz, dass meine größte Zuwendung an die Welt Liebe gewesen ist und dass es kein Vermächtnis gibt, das dauerhafter wäre und weitere Kreise ziehen könnte.

Und unter dieser Akzeptanz kann ich nun aufrichtig sagen, Hand aufs erloschene Herz, dass es in meinem Leben nicht eine einzige Sache gibt, die ich ändern würde, wenn sich mir diese mythische Möglichkeit böte.

Als die ersten dünnen Wolken meine Sicht benebeln, erhasche ich einen letzten Blick auf Ellie, die mit frischkäseverschmiertem Mund das letzte Stückchen Bagel verschlingt. Sie sitzt zusammengerollt auf Max' Schoß und kichert über einen Scherz, den nur die drei kennen, während das neueste Mitglied des Clans aufgeregt ihre Füße umspringt. Sie sieht glücklich aus, entspannt, ein Kind, das nicht mehr von Trauer belastet ist, sondern stattdessen die Familie annimmt, von der es weiß, dass sie sich um es kümmern wird.

Ich frage mich, ob mein Aufbruch von dieser Jenseitswelt das Ende allen Zugangs für unerdenkliche Zeiten verkündet oder ob ich eines Tages doch eine Rückfahrkarte erhalte, um Ellie die Universität abschließen zu sehen, ihrer Hochzeit beizuwohnen oder der Geburt ihrer Kinder. Der Gedanke, dass mir das vergönnt sein könnte, ist wunderbar. Doch wenn nicht, wäre es nicht das Ende der Jenseitswelt. Denn ich weiß, dass sie es einfach wunderbar treffen wird, mein kleines Mädchen. Ihnen allen wird es einfach wunderbar ergehen.

Die hellen Wolken verdichten sich, das Weiß sammelt sich unter mir, und ich weiß ohne Raum für Zweifel, sie nehmen mir die Sicht zum allerletzten Mal.

was Liebe, Lunches und fortdauernde Freundschaft sind, und das Leben wäre ohne sie unermesslich viel trostloser.

Meine Nichten – Tamsin, Maddy, Jemima, Tilly, Esme und Lois – haben mir so viel über kleine Mädchen beigebracht, ehe ich selbst eines bekam, und mir unwillentlich einige der besten Dialogzeilen in diesem Buch beschert.

Meine Großeltern, Bidsa und Ronni Beckerman, sind zwar nicht mehr am Leben und können dies nicht mehr selbst lesen, doch ihr fortbestehender gewaltiger Einfluss – ihre Liebe, ihr Stolz und die Nahrung, die sie mir in intellektueller wie kulinarischer Hinsicht gaben – wird noch Generationen überdauern.

Meine Mutter, Tania Bowler, ist seit vierzig Jahren die zehn Blocks, die sie von mir trennen, öfter hin- und zurückgegangen, als ich zählen kann, und ich hoffe, dieses Buch ist, wenigstens teilweise, ein Testament all dessen, was sie mir über mütterliche Bindung beigebracht hat. Und ich bin froh, dass Jerry sie auf ihren letzten Reisen begleitet und sie glücklich gemacht hat.

Meine wunderschöne Tochter Aurelia kam gerade rechtzeitig an, um mir zu zeigen, dass Elternschaft alles erfüllt, was ich mir davon versprochen habe (und mehr), und eine emotionale Welt öffnet, die viel reicher ist und viel mehr Spaß macht, als ich je zu hoffen wagte.

Und an meinen Ehemann, Adam Jackson: Ihm nur Danke zu sagen erscheint mir schmerzlich unzureichend, wenn ich bedenke, dass ohne seine Liebe und Unterstützung, seinen weisen Rat und seine aufschlussreichen Kommentare – ganz zu schweigen von zahllosen Wochenenden, an denen er allein das Kind gehütet hat – dieses Buch nie fertig geworden wäre. Aber ich danke dir, und ich liebe dich.

DANKSAGUNGEN

Mehrere Arbeiten über das Trauern, den Tod und das Sterben haben mir geholfen, meine Gedanken über Rachels Lage zu formulieren: *Über den Tod und das Leben danach* von Elisabeth Kübler-Ross, *The New Black: Mourning, Melancholia and Depression* von Darian Leader und das wahrhaft inspirierende *In die Sonne schauen: Wie man die Angst vor dem Tod überwindet* von Irvin D. Yalom.

Mein Dank geht an alle bei Penguin: an Sarah Hunt Cooke, Kate Burton und die Rechte-Abteilung, an Joe Yule vom Marketing und besonders an meine Lektorin Hana Osman für ihre präzisen Anmerkungen, ihre Anleitungen zur Bearbeitung und ihr Auge für Potenzial in Figuren, das dazu beitrug, ihr Leben – und diese Geschichte – sehr zu bereichern.

Mein Agent Luigi Bonomi ist die Sorte Agent, von der alle Schriftsteller träumen, doch nur wenige von uns haben das Glück, einen solchen Agenten zu bekommen. Er stürzte sich in ein einzelnes Kapitel, und seine Ideen zur Verbesserung, sein kommerzieller Scharfsinn und sein Glaube an die Erzählung haben grundlegend beeinflusst, wie dieses Buch am Ende aussah. Er gibt außerdem Frauen, die zum ersten Mal Mutter werden, kompetenten onkelhaften Rat.

Ich stehe in der Schuld von Stephanie Jackson, die alles gelesen hat, was ich je schrieb, und mich unerschütterlich ermutigte, daran zu glauben, dass ich eines Tages veröffentlicht werden kann.

Horatia Lawson und James Ingle sind nicht zu überbieten,